紅樓夢研究

馮其庸

馮其庸印

序

馮其庸

我最早讀朱淡文女士的論紅文章，是她發表在一九八二年第三期《紅樓夢學刊》上的那篇題爲《曹寅小考》的文章。我初讀這篇這章，真如食哀梨，如試并剪的快感，至今我還保留著這一份感受。我曾向不少朋友推薦過這篇文章，我說題目雖然叫「小考」，實際上卻是「大考」。全文考證六個問題，都是紅學研究或曹學研究中的硬問題，但她卻如破關斬將，迎刃而解，令人信服不疑。她爲曹寅曾作過康熙伴讀舉出了硬證；她提出曹寅的生母不是孫氏而應爲顧氏，其身份應該是妾；她又提出了曹寅和曹宣是異母兄弟而不是同母兄弟，他們之間存在著矛盾，等等等等。凡此種種論斷，都具有不可能搖的力量。而這一系列的研究成果，實質上對研究曹雪芹的家世和《紅樓夢》的創作是具有十分重要的意義的。

淡文女士收在這本書裡的文章，大部分是考證文章。前些年，紅學界曾有一種看法，認爲考證式的論紅文章，不是紅學的主要方面，考證式的研究，出路也不大，因爲一旦就材料沒有了，考證也就無事可做了。……

什麼樣的研研紅文章算是紅學的主要方面，這無關緊要，可以存而不論。倒是如何看待紅學研究乃至於古典文學研究、史學研究中的考證問題？考證工作究竟重要不重要，有沒有出路？這些認識上模糊不清的問題，應該提出來討論和加以澄清。

我認爲在古典文學研究、史學研究等範圍內，考證實在是一個必不可少的基礎工作。沒有正確的考證，對許多問題的認識，就會含糊不清，不敢下斷語。例如有人問：曹寅究竟是否當過康熙的伴讀？沒有淡文女士的考證，回答只好含糊其辭，又例如有人問：曹寅的母親既是孫氏，爲什麼他收在《楝亭文鈔》內的文章又稱《舅氏顧赤方先生擁書圖記》？這其間究竟是一個什麼樣的關係？在未經考證之前，又只好含糊其辭，但一經考明曹寅的生母不姓孫是姓顧，是顧景星的妹妹以後，讀者自然便恍然大悟顧、曹之間的這種甥舅關係了。由此可見，正確的認識，必須建立在可靠的史料和對史料的可靠的考證分析上，沒有史料依據的認識，即憑空的想當然的認識，它總歸只是空洞的認識，或者說是主觀唯心的認識。

「我們不能把考證作爲唯一的目的。」其實這句話也是含糊其辭的。就考證本身來說，考清楚他所考的問題，對這個問題作出科學的結論來，這就是它的唯一的目的。至於這個正確的結論此後在學術研究中將起何種作用，當然不是考證者可以預先全部料到的。就整個研究工作來說，根本就不存在把考證作爲唯一目的的問題。在此爲唯一目的，在彼也許就成爲研究另一問題的依據。何況就近幾十年來的情況來說，學術界不是考證多了，調查研究多了，恰好相反，倒是說空話，說瞎話多了，根本沒有調查研究，就胡說什麼傳統文化要滅亡了，傳統戲曲要滅亡了，傳統道德也要滅亡了等等等等，難道這樣的無稽之談，不正是這種空疏文風的反映嗎？

我所以提出這個問題，是有感於我們學術研究領域裡仍然需要大聲疾呼地提倡實事求是的文風，提倡調查研究，提倡考證，提倡說話要有可靠的根據，而反對那種空空洞洞的理論，反對說空話，反對社會上的那種膚滑的文風。

應該說，淡文女士的這部論著，在學術上是有相當的重量的，其原因，就是因爲她的許多新穎獨到的論點，都是經過認真的考證分析然後得出的結論。而這些結論，都是未經人道語，是屬於她個人研究所得，不是稗販而來。

淡文女士對曹家的敗落，作了全面的分析，提出了曹家內部自相殘害的主要原因。這個結論，脂批裡有過，紅學研究中也曾有過，不能算作是完全獨創。但抓住這個問題，加以深入地全面地論析，是前人所沒有做的。特別是她的這一結論，是建立在對曹氏人物的一系列的「小考」的基礎上的。也就是說，得出這個結論，是有系列的歷史調查和考證工作爲基礎的，因此她的這一結論，也就具有相當強的說服力了。

我所以那麼強調考證，絲毫也不是不重視理論，理論是十分重要的，我們目前好的理論文章也並不多，甚至是很少，爲什麼？其中一個重要原因是脫離實際，脫離調查研究，脫離第一手感性資料，這樣他的理論概括，也只能是空洞無物的了。試看前些年的那些長篇大論的「滅亡論」，還有那些動不動以新體系標榜的文章，還有那些玄之又玄的、人們稱之爲「看不懂的文章」的文章，難道不就是這空洞無物的理論的標本麼？

我希望淡文女士的這部著作問世，不僅爲紅學界提供一份豐碩的成果，而且在學風和文風上，也能起到剛健清新的作用。

一九九一年一月十五日夜一時

於京華瓜飯樓

目錄

一、《紅樓夢》神話論源

在人類的童年時代，各民族都產生過大量的神話。其中最爲豐美完整的是希臘神話，它對歐美文學藝術影響甚巨。我國古代神話沒有專書，僅散見於《楚辭》、《山海經》、《淮南子》等典籍中，斷簡零札，不成系統。魯迅先生指出：中華民族先居黃河流域，自然條件較差，求生太爲勞苦，民族性重實際輕幻想；再則我國神鬼不別，同一神祇常常變更，易於忘卻，故神話不可能發達並流傳下來①。雖則如此，作爲人類童年時代想像產物的神話，對我國文學——無論是詩歌、戲曲還是小說，都產生了不可磨滅的影響，並成爲它們豐富瑰麗的題材來源。到明代，甚至出現了文人創作的長篇神話小說：《西遊記》、《封神演義》和《西遊補》等。《紅樓夢》毫無疑問是現實主義巨著，但亦以神話爲「楔子」，從女媧補天所遺頑石的幻形入世引出全部故事，用警幻仙姑揭示《情榜》，神瑛絳珠重證前緣結束全書：這就把小說套入了神話的框架。書中亦偶有穿插神話描寫的章節，如第五回「賈寶玉神遊太虛境」，起了提綱全書主要人物命運結局的作用。曹雪芹爲何要給《紅樓夢》蒙上一層神話的面紗呢？二百年來的讀者，沒有人認爲這是作者「有意說鬼話」，而把它看成作者掩蓋創作動機，避免文字之獄的手段。這當然是很對的。但除此而外，還應該有美學方面的原因。曹雪芹有意利用神話作爲表現人物及反映現實生活的一種方式，爲現實主義的作品穿上浪漫主義的外衣，給讀者以迷離飄忽，似假如真的特殊美感。恩格斯説過：「作者愈讓自己的觀點隱蔽起來，對藝術作品也就愈好。」②曹雪芹對文藝的見解未必會如此明晰，可是他的《紅樓夢》卻使二百年來的讀者聚訟不休，甚至鬧出擁林、擁薛派「幾揮老拳」的笑話，這不能説與曹雪芹的美學思想毫無關係。因爲曹雪芹「發願不作模仿文字」，所以他筆下的神話基本上都是創作。創作並不等於没有淵源。改造原來的神話人物或從舊有神話取其一點生發開去，寫成「故事新編」，爲其創作思想和美學思想服務，也很新巧別致。現試將《紅樓夢》中的神話故事和神話人物擇其要者分析溯源，俾更明雪芹原意。非敢存探驪得珠之想，聊作拋磚引玉之舉而已。

(一)女媧補天

曹雪芹在小説一開始就給我們講了個女媧煉石補天的神話故事，母題(motif)雖是古老，細節卻全係獨創。

這個以女性爲英雄的古老神話，應是在母權制原始社會產生的。現有最早記載，當推西漢劉安《淮南子．覽冥訓》：

往古之時，四極廢，九州裂，天不兼覆，地不周載；火爁炎而不滅，水浩洋而不息；猛獸食顓民，鷙鳥攫老弱。於是女媧煉五色石以補蒼天，斷鼇足以立四極，殺黑龍以濟冀州，積蘆灰以止淫水。蒼天補，四極正，淫水涸，冀州平，狡蟲死，顓民生。

《列子·湯問》也有類似記錄，文字較簡，且在女媧補天之後即記共工破壞：

　　天地，亦物也。物有不足，故昔者女媧氏煉五色石以補其闕，斷鼇足以立四極。其後共工氏與顓頊爭爲帝，怒而觸不周之山，折天柱，絶地維。故天傾西北，日月星辰就焉。地不滿東南，故百川水潦歸焉。

《淮南子》將共工撞折不周山歸入《天文訓》：

　　昔者共工與顓頊爭爲帝，怒而觸不周之山，天柱折，地維絶：天傾西北，故日月星辰移焉；地不滿東南，故水潦塵埃歸焉。

可知劉安也認爲女媧補天在前，共工撞折不周山在後。

根據上述兩種早期著作，女媧補天是在天地混沌初開，人類始生時期的事。因爲天地本身有缺陷，引起了洪水大火，猛獸食人，毒蛇橫行，給人類以巨大的痛苦，於是女媧才煉石補天，爲她的孩子們創建適於生存發展的環境。這一原始的神話反映了人類與自然的鬥爭，不牽涉任何社會原因，與共工撞折不周山而致地陷東南也毫無關係。

但隨著階級社會的產生和發展，女媧補天的神話也發生了變異。東漢王充《論衡·談天》首先將共工撞折不周山作爲女媧補天之因：

　　儒書云：共工與顓頊爭爲天子不勝，怒而觸不周之山，使天柱折，地維絶。女媧銷

> 煉五色石以補蒼天，斷鰲足以立四極。天不足西北，故日月移焉；地不足東南，故百川注焉。

王充根據的是哪一部「儒書」，他沒有說。到中國封建社會高峰時期的唐王朝，司馬貞爲補《史記》撰《三皇本紀》，發揮了王充的引述，女媧補天的神話進一步演化了：

> 女媧亦木德王，……當其末年也，諸侯有共工氏，任智刑以強，霸而不王，以水乘木，乃與祝融戰，不勝而怒，乃頭觸不周山崩，天柱折，地維缺。女媧乃煉五色石以補天，……於是地平天成，不改舊物。

這樣，神話進一步歷史化，維持舊秩序的最高統治者媧皇氏的偶像樹立起來了。

回顧補天神話的演變過程，可以清楚地看到社會發展的痕跡。究其本來面目，女媧補天與共工並無關係。而且，據《淮南子·天文訓》及《列子·湯問》，共工撞折不周山後，天地傾斜，並沒有人去補過天。因此筆者懷疑王充的說法乃是記憶有誤，係把《淮南子》一書的《覽冥訓》和《天文訓》搞到一起，合二而一的結果。

以曹雪芹之博學，女媧補天神話的由來和發展該是爛熟於心的。由於曹雪芹本人是封建社會的叛逆者，故他選取了《淮南子》、《列子》中補自然之天的女媧，而不選那個按照封建王道需要塑造出來的使「地平天成，不改舊物」的偶像媧皇氏。何以見得？且看石頭所記正文第一句：「當日地陷東南」，明指共工撞折不周山而言。小說中女媧補天是石頭身前之事，而「地陷東南」發生在石頭身後，可知曹雪芹所引女媧補天神話並非出自《論衡》和《三皇本紀》。小說第二回那張「應運而生」的「大仁者」名單裡也沒有媧皇。這說明曹雪芹根本就沒有把女媧當作「修治天下」的封建統治者。因而小說開頭煉石補天的女媧決不是「補封建社會之天」的形象。

曹雪芹在楔子中運用這個以女性爲英雄的神話，並添寫了許多「荒唐無稽」的細節，本是妙手拈來，文章偶成，不過要引出那塊青埂峰頑石而已。

(二)青埂峰頑石和曹寅《巫峽石歌》

小說「楔子」介紹了一塊女媧補天所遺的青埂峰頑石，它「自經鍛煉之後，靈性已通」，因不甘寂寞而「幻形入世」，「歷盡悲歡離合，炎涼世態」，以自己的塵世經歷寫成《石頭記》一書，由空空道人抄錄回來，問世傳奇。青埂峰頑石即是小說的敍述者。這奇特的構思，獨創的表現手法，在中國古典小說中真可謂獨闢蹊徑，前無古人，因此大家都以爲是曹雪芹的「杜撰」。當然這確是曹雪芹的創作，而創作的靈感實來自他祖父曹寅的〈巫峽石歌〉。

〈巫峽石歌〉是首古風，共三百八十五言，收入《楝亭詩鈔》卷八，應是曹寅晚年在揚州所作。爲方便論述，下引該詩：

巫峽石，黝且斕。周老囊中攜一片，狀如猛士剖餘肝。坐客傳看怕殑手，扣之不言沃以酒。

將毋流星精、神蜧食？雷斧鑿空摧霹靂？媧皇采煉古所遺，廉角磨礱用不得？或疑白帝前、黃帝後，灘堆倒決玉壘傾；風煦日暴幾千載，旋渦聚沫之所成。胡乃不生口竅納靈氣，崚嶒骨相搖光晶？

嗟哉石，頑而礦。礪刃不發硎，繫舂不舉踵。砑光何堪日一番，抱山泣亦徒湩湩。（中略）

嗟哉石，宜勒箴。愛君金剪刀，鐫作一寸深。石上驪珠只三顆，勿平崄巇平人心。

如將此詩與「楔子」的文字比較，我們可以清楚地看到青埂峰頑石與巫峽石的淵源關係。現分條縷述之：

(1)曹寅對巫峽石的來歷提出五個新鮮的設想，其中之一即「媧皇采煉古所遺，廉角磨礱用不得」，這與「楔子」對青埂峰頑石來歷的介紹大致相同。它們都是媧皇補天所遺，巫峽石因棱角磨損無法使用，青埂峰頑石是「無材不堪入選」。所謂「無材」，大約是不符合「高經十二丈，方經二十四丈」的補天標準吧？那與巫峽石的「廉角磨礱」也差不多。

(2)曹寅對巫峽石提出質詢：「胡乃不生口竅納靈氣，崚嶒骨相搖光晶？」他不滿於巫峽石的緘默不語，願它生出五官，呼吸天地萬物之靈氣，轉而具有人的骨格與風采。在曹雪芹的筆下，那塊青埂峰頑石「自經鍛煉之後，靈性已通」，比巫峽石已高一著。他因「無材補天」而「自怨自嘆，日夜悲號慚愧」，他有眼能「見」，有耳能「聽」，有求於人時會「口吐人言」，「苦求再四」，目的達到後會「感謝不盡」，「喜不能禁」：真是七情六欲，無所不備。這種自然物的人格化，與曹寅所希望於巫峽石的完全一致。而一旦巫峽石人格化了，它便不再是頑石一塊，而變得「崚嶒骨相搖光晶」——骨格嶙峋，光彩橫溢。巫峽石的這一人性形象，令我們聯想到曹雪芹對那神秘的「僧」道，即茫茫大士和渺渺真人的外形描寫：「骨格不凡，豐神迥異」。在此八字下面，蒙戚三本及夢覺本都有雙批：「這是真像，非幻像也。」據傳靖本上有眉批：「作者自己形容。」而「骨格不凡，豐神迥異」正是「崚嶒骨相搖光晶」的同義語。我們從敦敏兄弟的詩中得知，曹雪芹愛石，畫石，酒酣以石擊節作歌；脂批亦曾多次稱雪芹爲「石頭」「石兄」，因此曹寅對巫峽石的人性描繪必然會對他產生微妙的影響。曹雪芹將其祖父的詩句略加點染，以寥寥八字勾勒了自己的形象，並把它賦予自己所創造的神話人物寫入小說，猶如女媧按照自己的形態面貌造人一般，這是完全可能的。

(3)在將巫峽石人格化以後，曹寅用嘲諷的口吻嘆惜巫峽石的瓠落無用：「嗟哉石，頑而礦。礪刃不發硎，繫舂不舉踵。砑光何堪日一番，抱山泣亦徒湩湩。」對巫峽石無所譬之，直截了當地稱之爲「頑而礦」。什麼叫「頑」？辭書上注得明白：鈍也（《玉篇》）、愚也（《廣韻》）、痴也（《韻會》）。什麼是「礦」？鄭玄注《周禮．礦人》云：「金玉未成器曰礦。」段玉裁注《說文》進一步說明：「未成器謂未成金玉。」所以「頑而礦」即指巫峽石痴頑愚鈍而成不了金玉。曹寅嘆惜巫峽石毫無實用，磨刀不鋒利，舂米也不行，和氏「悲寶玉而題之以石」，「抱璞泣於荊山之下」，還有楚文王識貨；而誰要抱巫峽石而泣，眼淚流盡也白搭，因爲巫峽石並非寶玉，只是一塊不成器的，即成不了金玉的頑石。很明顯，這裡的「頑而礦」已經不是指巫峽石的自然性質，而是指人的氣質、才能和價值。《紅樓夢》裡也有一塊「頑而礦」的石頭，即青埂峰頑石。他自嘆「無材」，「無材」即《莊子·山水》所謂的「不材」：不成材，不成器，也就是「礦」；他自恨「粗蠢」，自稱「蠢物」，也就是「頑」。茫茫大士嘲笑他：「若說你性靈，卻又如此質蠢，並更無奇貴之處，如此也只好踮腳而已。」說的是頑石「未成金玉」時的真像。可是經茫茫大士「大施幻術」，「頑而礦」的石頭居然變成了扇墜般大小可佩可拿的通靈寶玉，這便是頑石的幻像。可是這頑石幻像通靈寶玉的主人，封建宗法家庭的正統繼承人，「名不虛傳，真個似寶如玉」的賈寶玉，卻實實在在只是個假寶玉。寶玉般的外形，難改其「頑而礦」的本性，他「潦倒不通世務，愚頑怕讀文章」，「天下無能第一，古今不肖無雙」，「可憐辜負好韶光，於國於家無望」。但賈寶玉寧爲「頑石」，不作「寶玉」，堅持不走封建家庭爲他安排的功名正途，堅持不向封建勢力低首屈膝，終於告別人間，「復還本質」——恢復了他頑石的真像，回到青埂峰下。上述「頑石——通靈寶玉（假寶玉）——頑石」的演化過程，應是從曹寅對巫峽石的感慨發展而來的。經曹雪芹改造之後，「頑石」已不再具有貶義，而成爲叛逆者的代稱。

(4)曹寅是理學家，故不忘在詩中以巫峽石的不成器進行說教，教訓子孫不可作此「頑而礦」的不肖人物。他在此詩的結尾提出：「嗟哉石，宜勒箴。愛君金剪刀，鐫作一寸深。石上驪珠只三顆，勿平嶮巇平人心。」曹寅要在巫峽石上鐫刻箴言，警戒後代。然而他的箴言並不能將其孫子「規引入正」，正如寧榮二公托警幻仙子爲説客並不能使賈寶玉「萬萬解釋，改悟前情，留意於孔孟之間，委身於經濟之道」。曹雪芹本人正是以那塊痴頑愚鈍而不成器的、不堪補天之用的頑石自居，走上了封建社會叛臣逆子的道路。小説中，頑石的化身通靈寶玉真的鐫上了字，「復還本質」之後，石上「字跡分明，編述歷歷」，頑石所記的故事成了記錄貴族家庭的衰亡和封建時代女性悲劇的現實主義巨著《紅樓夢》。

由此可知，曹雪芹是從曹寅〈巫峽石歌〉得到啟發，才設計出青埂峰頑石幻形入世的神話故事作爲《紅樓夢》的開頭。

(三)神瑛和絳珠

《紅樓夢》男女主角賈寶玉和林黛玉的前身是神瑛侍者和絳珠仙子。絳珠原是靈河岸三生石畔的一棵仙草，因神瑛侍者日以甘露灌溉，才得久延歲月，修成女體。於是，在他們投向人間之後，她就以一生的眼淚來償還他的甘露。

瑛是「似玉美石」（《玉篇》），瑛而冠以神，該即已通靈性，具有知覺、意識、思想及感情的假玉真石。青埂峰頑石「自經鍛煉之後，靈性已通」，又經茫茫大士施以幻術，變成了通靈寶玉，故神瑛是假，頑石是真，神瑛與頑石本是一而二、二而一，神瑛侍者就是那人格化了的青埂峰頑石。程高本讓警幻仙姑封青埂峰頑石爲神瑛侍者，把曹雪芹「假作真時真亦假」的寓意全部坐實，可謂大殺風景。

准此，絳珠草的命名亦應與其形態性狀有關。按《說文》注：「絳，大赤也。」絳珠草應是生有大紅珠狀果實的仙草。甲戌第一回旁批：「細思絳珠二字豈非血淚乎？」可以爲證。程高本第一百十五回寫絳珠草是「一棵青草，葉頭上略有紅色」，「略有紅色」談不上「絳」，更何況「珠」字沒有著落。可見其描繪不合雪芹原意。趙之謙《章安雜說》認爲絳珠草即野田所有的珍珠蓮，別名珊瑚草，「類天竹而細，紅艷嬌娜，葉一莖七片」③，已注意到絳珠草應有大紅珠狀小果。但他將天界仙草還俗成人間野草，犯了可笑的錯誤。

筆者認爲，絳珠草就是古代方士與詩人想像中的靈芝草，亦即古代神話中所記載的靈芝仙草（不是我們今日所見的菌狀靈芝）。《紅樓夢》中常把絳珠草稱爲「木」，如「木石姻緣」，「木石前盟」，「草胎木質」等，林黛玉也自說「我們不過是草木之人」，可知絳珠既可稱木，又可稱草。而靈芝草恰別名神木，又名靈草④。《文選》卷二張衡〈西京賦〉描繪了它的形態：「神木靈草，朱實離離。」薛綜注：「靈草，芝英，朱赤色。」靈芝草結滿了紅色小果，一串串垂掛於密葉之間，不就是「絳珠」的生動寫照嗎？又據葛洪《抱朴子·仙藥》介紹，靈芝草共有三百六十種，形狀或如龍虎車馬，或像蟠桃飛鳥，其中有名「紫珠芝」者，「莖黃葉赤，實如李而紫色」，紫亦紅色之一種，「絳珠」之名或由此而來。「紫」字改「絳」，音韻更爲響亮，色彩更加鮮明，形態更爲妍麗，因此也就更使讀者覺得她之可憐可愛。

據《文選》卷十六江淹〈別賦〉李善注引宋玉〈高唐賦〉，靈芝草本是炎帝季女瑤姬的精魂所化（今存〈高唐賦〉無此段文字）：

我帝之季女，名曰瑤姬。未行而亡，封於巫山之台。精魂爲草，實曰靈芝。

李善又引《山海經·中次七經》：

姑瑤之山，帝女死焉，名曰女尸，化爲䔄草，其葉胥成，其花黃，其實如兔絲，服者媚於人。

郭璞注：《䔄與瑤同》，可見炎帝未嫁而逝的少女瑤姬被封爲巫山女神，其精魂卻化爲䔄草——靈芝仙草。

很有趣！在傳統的神話裡，炎帝季女瑤姬變成了巫山女神和靈芝仙草，在《紅樓夢》的神話裡，卻是絳珠草變爲絳珠仙子，又下凡成了林黛玉。甲戌本第一回眉批點明了作者設計頑石絳珠神話的緣由：

以頑石草木爲偶，實歷盡風月波瀾，嘗遍情緣滋味，至無可如何始結此木石因果以泄胸中悒鬱。

可知作者構思時是根據現實生活的素材虛構出賈寶玉和林黛玉，又進一步幻化成神瑛和絳珠，而神瑛絳珠卻是來源於痴頑愚鈍不成器的巫峽石及精魂化爲靈芝草的巫山女神瑤姬。可見曹雪芹在構思神瑛絳珠故事時確實借鑒了古代神話。

雪芹將頑石絳珠結爲情偶淵源有自。我們上面論證了青埂峰頑石係從巫峽石發展而來，絳珠實即靈芝，原是巫山女神的精魂。而屈原《九歌．山鬼》正有詠唱頑石與靈芝的詩句：

采三秀兮於山間，石磊磊兮葛蔓蔓。

朱熹《楚辭集注》云：「三秀，芝草也。」靈芝草一年開花三次，故又名「三秀」。研究者認爲：「『於山』即巫山，山鬼即巫山女神⑤。清初顧成天《九歌解》已提出：「楚襄王遊雲夢，夢一婦人，名曰瑤姬，通篇辭意似指此事。」原來山鬼就是炎帝季女瑤姬！怪不得瑤姬精魂所化的靈芝草就生長在巫山頑石旁了。可頑石又何來甘露呢？試想：山間頑石崚嶒不平，最易成爲清露凝聚之處，石畔靈芝因而多得甘露之惠，滋生繁茂。是否從這一點出發，曹雪芹構思了絳珠仙子以眼淚還露的凄婉的神話？從神瑛絳珠的神話源流聯繫曹雪芹「遠師楚人」的文學主張，以上設想的可能性是存在的。

而且，在這位屈原筆下的巫山女神身上，我們時時能夠發見絳珠仙子的影子。她「既含睇兮又宜笑」，含睇即含情斜視，可以略帶幽怨也可略帶喜悦，白居易〈長恨歌〉：「含情凝睇謝君王」及元稹〈鶯鶯傳〉「凝睇怨絕」均可爲證；而雪芹在林黛玉出場時對她的外形描寫，恰恰是突出她「兩彎似蹙非蹙罥煙眉，一雙似喜非喜含露目」，其間的聯繫十分明顯。她棲身於竹林深處——「余處幽篁兮終不見天」，林黛玉也正住在「有千百竿翠竹遮映」，「鳳尾森森，龍吟細細」的瀟湘館。她「采三秀兮於山間，石磊磊兮葛蔓蔓」，在亂石葛藤之中固執地尋覓著自己失去的精魂，想以此作爲愛情的信物贈送給自己的戀人，表露出一種纏綿生死終古不化的深情；而「君思我兮不得閒」，「君思我兮然疑作」，「思公子兮徒離憂」又細微地流露了她的心理：這一切都令人聯想到林黛玉在封建禮教的磐石下曲折生長的愛情及其幻滅。但巫山女神儘管在失戀的絕望之中，支配她生命的力量仍然是愛情，正如絳珠對神瑛的愛情堅貞純潔始終不渝。屈原詩中的巫山女神冰清玉潔善良美麗，她渴望得到真誠的愛情，也十分懇摯地將自己的全部感情乃至精魂奉獻給所愛的人：美的形象，美的靈魂，美的情操，這正是曹雪芹筆下以眼淚還債的絳珠仙子。而托名宋玉的《高唐賦》把巫山女神寫成趨炎附勢向楚懷王自薦枕席的流蕩女子，明顯有損於她的形像完美，曹雪芹當然不會把這一點賦予他深愛的「質本潔來還潔去」的絳珠仙子的。但是否他對宋玉筆下的巫山女神就毫無借鑒之處呢？也並不。林黛玉那「閑靜時如嬌花照水，行動處似弱柳扶風」的飄靈超逸的風度，顯然又取法於宋玉的〈神女賦〉。由此可見，曹雪芹在利用古代神話時不但有所選擇，而且按自己的創作意圖改造了舊神話，創作出新穎的神話故事，塑造了新的典型人物。

此外，小說楔子寫絳珠草生於靈河岸三生石畔亦非泛筆。三生石典出唐袁郊《甘澤謠》中的〈圓觀〉故事，見《太平廣記》卷三百八十七。明末張岱《西湖夢尋》有〈三生石〉一篇，引蘇軾《圓澤傳》，情節大致相似，但改「圓觀」之名爲「圓澤」。清初古吳墨浪子《西湖佳話》據此改編成《三生石跡》一文，內容更爲具體，描寫更加細膩。文繁不引。

然中有三點值得注意：

⑴圓觀轉世投生之處，正在巫峽地區，可與巫峽石及青埂峰頑石發生聯想。圓觀與李源兩世情好，堪稱情僧而無愧，《紅樓夢》別名《情僧錄》，與此或有關係。

⑵圓觀轉世前約李源十二年後相見，蘇軾《圓澤傳》改爲「十三年」，爲張岱及古吳墨浪子所襲用。《紅樓夢》二十五回寫癩頭和尚持誦通靈寶玉，嘆道：「青埂峰下一別，轉眼已過十三載矣。」書中對賈寶玉十三歲一年寫得特別詳盡，共占三十六回篇幅，爲全書的三分之一（按全書一百零八回計算），其原因可能是多方面的，茲不詳論。但作者把寶黛「訴肺腑」安排在這一年或有深意：神瑛絳珠在分別十三年後終於在對方心靈中發現了自己，重又契合了他們的靈魂。

⑶十三年後中秋月夜，李源與圓觀在杭州天竺寺外三生石畔重逢，圓觀已轉世爲牧童，歌〈竹枝詞〉兩首：

三生石上舊精魂，賞月吟風不要論。
慚愧情人遠相訪，此身雖異性長存。

身前身後事茫茫，欲話因緣恐斷腸。
吳越溪山尋已遍，卻迴煙棹上瞿塘。

歌罷遂去，不知所之。據古吳墨浪子《三生石跡》，李源即「記其事於天竺之後那一片石(三生石)上」。

圓觀與李源的故事記在三生石上，神瑛絳珠的故事寫在青埂峰頑石上。青埂峰頑石自稱「此係身前身後事，倩誰記去作奇傳」，或即來源於圓觀的〈竹枝詞〉，故青埂峰頑石與三生石具有同一性。

這樣，生於「西方靈河岸上三生石畔」的絳珠草，其實也就是生於青埂峰頑石之旁了。他們確實是情結三生：前生是頑石和絳珠草，在天國(太虛幻境)是神瑛侍者和絳珠仙子，在人間是賈寶玉和林黛玉。據靖本脂批，末回有「證前緣」之文，應即寫神瑛絳珠在青埂峰下重證木石前盟。在淚債清償之後，他們必不會後悔自己的人間之行，而定然將更加深切地體認到生死不渝的真情之可貴吧。

在中國古典小說裡，神仙下凡本是常見的表現方式。可是神瑛絳珠的神話在眾多的神仙下凡故事中顯得那麼幽婉清麗，超塵拔俗。我們在青埂峰頑石、三生石、通靈寶玉、神瑛侍者、賈寶玉、甄寶玉之間產生豐富的聯想，作者生花妙筆真真假假變幻無窮，讀者卻始終理解它們概念內涵的一致性。至於絳珠草、絳珠仙子，靈芝草、巫山女神與林黛玉之間的聯繫，似雲中神龍，隱約而又清晰，把神話、傳說和屈大夫奇幻瑰麗的詩篇貫串在一起，猶如一縷彩線穿上了圓潤晶瑩的大小珍珠，怎不令人有千回百轉，纏綿不盡之感？這樣的神話，應該稱爲詩。那些粗製濫造的俗套，豈能望《紅樓夢》神話之項背呢？

㈣警幻仙姑——中國的愛神

《紅樓夢》中虛無縹緲的太虛幻境裡有一位端莊秀美的女神警幻仙姑。小說第五回有一篇賦，專以描給她的容儀神態，贊嘆她「瑤池不二，紫府無雙」，譽之爲天國最美的女神。這篇賦與曹植〈洛神賦〉在用字煉句上有很多類似之處，看來曹雪芹在寫作時曾有所借鑒。

警幻仙姑所司何職？據其自稱：

吾居離恨天之上，灌愁海之中，乃放春山遣香洞太虛幻境警幻仙姑是也。司人間之風情月債，掌塵世之女怨男痴。

這麼說來，警幻仙姑竟是曹雪芹創造的中國愛神了。

在公元前九世紀，希臘神話裡就有了愛神——阿佛洛狄忒（Aphrodite），即羅馬神話中的維納斯（Venus）。她專管人類的愛情、婚姻、生育以至一切動植物的生長繁殖。這位美與愛的女神常成爲西方文藝的創作對象，莎士比亞就曾以她的戀愛故事爲素材寫了著名的長詩《維納斯和阿童尼》（《Venus and Adonis》）。中國有沒有愛神？郭沫若《屈原賦今譯》認爲，《楚辭．九歌》中的少司命是「司戀愛的處女神」。茅盾《中國神話研究初探》也說：

〈少司命〉全篇是很好的戀歌，從「滿堂兮美人，忽獨與余兮目成……悲莫悲兮生別離，樂莫樂兮新相知」等纏綿悱惻的句子而觀，少司命似是司戀愛之神。愛神也可以算作運命之神。譬如巴比倫神話中的愛神就兼有運命神的性質。……少司命似是女性，〈九歌〉是中部民族的神話，應該有一個戀愛女神。

兩位先輩的意見都很新穎，但未得學術界普遍承認。然而從歷史的觀點看，當時封建社會尚處幼兒時期，封建禮法更遠遠未臻完善，在保留原始風俗較多的楚國還存在這麼個戀愛女神也在情理之中（當然，這位戀愛女神的產生要遠在屈原作《九歌》之前）。

中國有否愛神雖無定論，婚姻之神卻早就有了。她就是補天的女媧，亦即《禮記．月令》中所稱的「高禖」，見《繹史》卷三引漢應劭《風俗通》：

女媧禱神祠，祈而爲女媒，因置昏（婚）姻。

到唐代，人們又創造了一個新的婚姻之神，即大名鼎鼎的月下老人，見唐李復言《續玄怪錄．定婚店》。月下老人有一本記載普天下男女婚姻的「幽冥之書」，手攜布囊，內裝「赤繩子」，「以繫夫妻之足。及其生，則潛用相繫。雖仇敵之家，貴賤懸隔，天涯從宦，吳楚異鄉，此繩一繫，終不可綰」。這位婚姻之神只管婚配，從不顧及男女雙方的感情和意願。他以老頭子的形象出現，似顯示了封建家長在婚姻上的權威身分。

月下老人的形象不美，尤其是需要婚姻之神在舞台上露面時，白鬚飄拂的月下老人到底不太漂亮。所以後代的劇作家又臨時設計了一些婚姻之神。如湯顯祖《牡丹亭．驚夢》拉了花神（男性）來介紹杜麗娘與柳夢梅相會。這位穿紅袍的花神自稱「專掌惜玉憐香」，或者也可以稱爲愛神吧。洪昇《長生殿》把月老的職務轉給了牛郎織女，大約是受了陳鴻《長恨歌傳》的啟示。

總之，我國未曾有過普遍爲人民承認的愛神。只有婚姻之神，雖然屢改面目，卻是古已有之。其原因在於：封建禮教認爲戀愛是不正當的，不需要的；而婚姻卻是「人之大倫」，不可没有。這種傳統觀念決定了：戀愛之神可以無，婚姻之神必須有。

於是，蔑視封建禮法的曹雪芹反其道而行之，創造了愛神警幻仙姑，一個與傳統的婚姻之神完全不同的神。

首先，她所掌管的「情」——愛情並不以婚姻爲前提，更不以大團圓式的婚姻爲結束。她是愛神，並不履行婚姻之神的職責。她的配殿上藏有「普天下所有的女子過去未來的簿册」，記載著諸女兒的人生悲劇，其內容與月下老人的「婚姻之牘」根本不同。因此，賈寶玉和林黛玉、尤三姐和柳湘蓮、司棋和潘又安等青年男女之間雖有真摯的愛情而不能結合；而小說中的夫婦們都毫無愛情可言。曹雪芹看得很清楚，在封建社會裡，愛情與婚姻分離的現象是普遍的。恩格斯說得透徹：

那古代所僅有的一點夫婦之愛，並不是主觀的愛好，而是客觀的義務；不是結婚的基礎，而是結婚的附加物。⑥

曹雪芹通過青年叛逆者的愛情悲劇，首先在中國思想史上提出了：婚姻應該以當事者的互愛爲前提，愛情應該以共同的思想爲基礎。然而這僅是曹雪芹的理想，在當時是不可能實現的幻想。

其次，在封建社會裡，社會屬於男性，女性只有家庭。故她們的命運無不與愛情婚姻有關。既然禮法不允許青年男女產生愛情，則愛情的結局必然是悲劇。因此愛神警幻仙姑只能是象徵女性不幸的神。在太虛幻境裡，普天下的女子統統進了「薄命司」、「朝啼司」、「秋悲司」……，眞是「千紅一哭，萬艷同悲」。曹雪芹在談到「情」的時候，常常用「幻」字來陪伴，「幻情」一詞屢見於小說正文及脂批。第五回秦可卿判詞首句即謂：「情天情海幻情身」，又蒙戚三本第十三回回後總評指出：「情即是幻，幻即是情」，也就是說，愛情必然破滅成爲幻影。這與佛家「色即是空，空即是色」的命題不同，「色空」說根本否定情，而曹雪芹的「幻情」說首先肯定了「情」，「情」之所以成「幻」，是由於不合理的社會現實扼殺了「情」。故「警幻」實即「警情」（參見《研紅小札》第五節）。曹雪芹以「幻情」示「警」，用以喚醒爲封建主義的傳統思想和禮法所麻醉、毒害，而不能充分認識自己不幸地位的女性。在黑暗勢力的包圍之中，曹雪芹勇敢地創造了愛神警幻仙姑，以博大的胸懷向在封建主義的鐵蹄下輾轉求生的少女寄予了眞切的同情，爲她們二千年來幾乎是無聲的悲劇喊出了反抗的先聲。

神是人按照自己的願望創造的。曹雪芹反對封建主義的傳統思想和禮法，所以他筆下的愛神警幻仙子也沖破了傳統的束縛。她敢於說：「吾所愛汝者，乃天下古今第一淫人也」，她敢於提出「意淫」之說，這都是不見於中外神話的石破天驚之言，「足以把一切封建主義的正人君子嚇得掩耳疾走」⑦。周汝昌先生指出，意淫「即和封建世務、八股文章相對立的那種『偏僻乖張』的思想行爲」⑧，所以警幻仙姑的理論實具有個性解放的意義。在封建社會開始崩潰的前夜，思想敏銳的曹雪芹用民主主義的色彩描繪了愛神警幻仙姑，寄托了遙遠的理想，反抗了冥頑的時代，向黑暗王國投射了一線光明。

注：

①見魯迅《中國小說史略》及《漢文學史綱要》。
②引自恩格斯一八八八年四月給哈克奈斯的信。
③引自一粟編《紅樓夢卷》上册。
④見《文選》卷一班固〈西都賦〉李善注：「神木靈草，謂不死藥也。」不死藥即靈芝草。
⑤詳見聞一多《怎樣讀九歌》、郭沫若《屈原賦今譯》注及馬茂元先生〈論九歌〉。支持此說的學者很不少，陳子展先生、金開誠先生等都認爲山鬼即巫山神女。
⑥引自恩格斯《家庭、私有制和國家的起源》。
⑦引自《曹雪芹所謂的「空」和「情」》，見《獻芹集》。
⑧同註⑦。

二、《紅樓夢》第一回析論

從現存《紅樓夢》版本情況來看，甲戌本第一回與其他各本有顯著差異。陳毓羆先生指出：第一回應據甲戌本從「列位看官，你道此書從何而來？說起根由雖近荒唐，細按則深有趣味。待在下將此來歷注明，方使閱者了然不惑」開頭；各本第一回開始「此開卷第一回也」以下約三百七十餘字應是第一回回前總批（甲戌本錄爲《凡例》第五條）①。筆者同意這種意見，因此本文所討論的「《紅樓夢》第一回」即以甲戌本第一回爲依據。

綜觀《紅樓夢》第一回，實際由兩個部分構成：

其一，楔子，介紹青埂峰頑石，引出頑石所記的故事。

其二，序曲，簡介甄士隱和賈雨村、甄英蓮和賈嬌杏的故事，透露全書情節發展的輪廓，概括小說的主線、主題和主要人物的結局，並引出小說的主體故事。

這兩個部分前後承接，有其內在聯繫。對整部小說而言，它們也是不可分割的有機組成部分，以後的主要情節和人物結局都在這裡埋下了伏線。因而我們認爲，《紅樓夢》第一回在全書結構上實居有特殊的地位，不但係整部小說之引線，而且係全書之總綱，頗有細加析論之必要。

㈠

作者在第一回開始先講了個青埂峰頑石「無材補天，幻形入世」，「歷盡悲歡離合，炎涼世態」，又復還本質，將自己的塵世經歷編寫成書，鐫刻石上，由空空道人抄錄問世傳奇的神話故事。這段文字直到「出則既明，且看石上是何故事」結束，甲戌眉批稱之爲「楔子」。

就小說的「楔子」而論，其淵源似可追溯到宋元話本的「得勝頭回」（「入話」）。「得勝頭回」是話本前的一個相對獨立部分，有時是詩詞，如《碾玉觀音》；一般是與話本正文主題類似或相反的小故事。如果刪去，並不影響話本故事本身的完整。楔子原是我國古典戲曲中的術語。「物有罅隙，入物以補其缺曰楔」，元雜劇的楔子起序幕或過場作用。位置有時在兩折之間，並不一定在劇首；即使在劇首，也並不概括全劇的情節。如王實甫《西廂記》與關漢卿《竇娥冤》，其劇首楔子只起介紹人物與背景之作用，按照現代戲劇理論，完全可以刪去，由劇中人物的行動和對話來補明。明代傳奇的第一齣常稱「標目」，實際上就是楔子，用以介紹劇本的創作緣起和情節梗概，如湯顯祖的《牡丹亭》。明末清初的傳奇改「標目」爲「傳概」、「談概」或「先聲」，如李玉的《一捧雪》、洪昇的《長生殿》和孔尚任的《桃花扇》。這時的「傳概」（或「談概」等）比「標目」又有發展，除介紹劇本創作緣起與情節梗概外，有的還有點明主題之作用，如《長生殿‧談概》中一支《滿江紅》曲就點明了劇本的愛情主題。這種「標目」或「傳概」相當於莎士比亞戲劇的「開場詩」（prologue），如《羅密歐與朱麗葉》（《Romeo and Juliet》）第一幕前就有「開場詩」介紹情節點明主題。小說之引端稱「楔子」自金聖嘆始。金聖嘆删改《水滸傳》，將原本的引首和第一回合併，改稱「楔子」，並解釋說：「楔子者，以物出物之謂也。」楔子內洪太尉誤走之妖魔，就是小說後文梁山泊一百零八員頭領，這屬於「以物出物」，然正文即從高俅另起頭緒，與楔子全不連屬。《儒林外史》第一回「說楔子敷陳大義，借名流概括全文」，以元末畫家王冕的故事提示全書主題思想，並引起後文儒林文人的故事。王冕所見「墜向東南方」的「百十個流星」，即小說中的儒林諸人，其引出正文的手法與《水滸傳》相似。

回顧我國古典戲曲與小說楔子（或相當於楔子）部分的發展變化，可以看出，《紅樓夢》楔子與它們大不相同。除了在「以物出物」一點上有類似之處外，《紅樓夢》楔子的其他作用則是它們所不具備的。

首先，作者以青埂峰頑石補天不成幻形入世的神話將小說套入了神話的框架，頑石及其幻形通靈寶玉成爲小說的敍述者。現代紅學研究者大都認爲這是曹雪芹爲了避免文字獄所採用的「煙雲模糊」法。這當然是正確的。但除此而外，還應有美學方面的原因。曹雪芹有意利用神話給小說罩上一層恍惚迷離的面紗，給人以朦朧的美感，吸引讀者去探索雲霧後面的秘密。作者只給我們介紹了這塊頑石，至於這塊頑石的所見所聞，那要它自己來敍述了。小說的全部人物和故事都是透過這塊頑石以第三人稱來敍述的，這就使小說與作者、讀者與小說、作者與讀者之間保持了一定的距離，而適當的距離正是美感得以產生的條件之一。

其次，作者介紹青埂峰頑石實即爲小說主人公賈寶玉的「痴頑」性格作鋪墊。頑石「無材補天」，「無材」即「不材」：不成材、不成器，亦即不是補天的材料。頑石有其兩面性，一方面「自經鍛煉之後，靈性已通」，另一方面「如此質蠢，並更無奇貴之處」，只好與人「踮腳而已」，這正隱喩賈寶玉秉正邪兩賦之性，「聰俊靈秀」而又「乖僻邪謬」，以致「天下無能第一，古今不肖無雙」。賈寶玉鄙棄功名利祿，拒絕走仕途經濟之路，即拒絕補封建社會之天，與頑石之自認「無材不堪入選」態度相同②。

再次，作者通過頑石之言闡述了自己的文藝思想。曹雪芹反對俗套，借石頭之口貶斥「皆蹈一轍」之「野史」、「淫穢污臭」之「風月筆墨」，以及「千部共出一套」之「才子佳人之書」，提出「令世人換新眼目」，實際上提出了文學必須創新的主張。而石頭所言「至若離合悲歡、興衰際遇則又追踪躡跡，不敢稍加穿鑿，徒爲供人之目而失其真傳者」，則強調求真，這實際上是曹雪芹提出的現實主義創作原則。

其四，作者借空空道人對石頭所記之事的印象運用「畫家煙雲模糊」法掩蓋小說的創作動機：

只見上面雖有些指奸責佞、貶惡誅邪之語，亦非傷時罵世之旨。及至君仁臣良、父慈子孝，凡倫常所關之處皆是稱功頌德，眷眷無窮，實非別書之可比。雖其中大旨談情，亦不過實錄其事，又非假擬妄稱，一味淫邀艷約、私訂偷盟之可比。因毫不干涉時世，方從頭至尾抄錄回來問世傳奇。

爲了避免文字獄以有利於小說的流傳，作者只能用這種事先聲明的方式給小說塗上一層保護色。

最後，作者又介紹了小說的創作過程。除了點出小說的五個題名外，著重指出：

曹雪芹於悼紅軒中披閱十載，增刪五次，纂成目錄，分出章回。並題一絕云：滿紙荒唐言，一把辛酸淚。都云作者痴，誰解其中味？

可見作者在創作時係先寫成長篇故事，再按流行體裁剪接成章回小說，這就從側面證明了《紅樓夢》舊稿已然完成。曹雪芹題詩慨嘆小說浸透了作者的辛酸血淚，並傾吐了深恐小說不能爲讀者所理解的憂慮，這反映出創作過程之艱辛以及小說主題的深刻而不易爲時人所了解。因此，雪芹有在開宗明義第一回內提綱挈領地提示全書的主線、主題的必要，這任務將由小說的序曲」來完成。

(二)

作者既已以楔子交代小說創作緣起，以下從「當日地陷東南」開始即爲石頭所記的故事。爲了讓讀者對小說的主線、主題、故事情節發展的大致輪廓與人物結局有一個總的概念，作者在正文開始先簡略介紹了甄士隱從富貴到衰敗、賈雨村從落魄到發跡的過程。此段文字在性質上已不同於傳統的楔子，但是由於它具有相對的獨立性，且又具引出後文主體故事之作用，因而可以認爲它實際上是作者對傳統小說楔子的發展。西方古典歌劇（意大利式）、話劇有所謂「序曲」（overture）以之概括全劇的主題及情節內容，並作爲開場音樂在幕前演奏（如貝多芬《愛格蒙特序曲》），這段文字在性質和作用上與此類「序曲」相當，爲了論述的方便，我們即稱之爲「序曲」。

序曲與楔子的連接是隱約而巧妙的。序曲上承楔子，從它們的承接亦可見出作者的意匠經營。

楔子介紹青埂峰頑石係女媧補天所遺，茫茫大士「大施佛法」將它變成「一塊鮮明晶瑩的美玉」，然後「袖了這石同那道人飄然而去，竟不知投奔何方何舍」。而序曲第一句即「當日地陷東南」，明指共工撞折不周山而言，正用《列子・湯問》典，與楔子開始女媧煉石補天先後呼應③。接著，作者簡介甄士隱一家，轉寫甄士隱之夢。夢中甄士隱「忽見那廂來了一僧一道，且行且談」，甲戌本此句旁批：「是方從青埂峰袖石而來也。接得無痕。」所批極確。而甄士隱夢中見到的「鐫著通靈寶玉四字」的「鮮明美玉」，就是那塊青埂峰頑石的幻相。楔子中攜帶頑石入世的茫茫大士和渺渺真人在序曲中三次出現：第一次出現於甄士隱夢中；第二次出現在甄士隱門首，預言了甄英蓮的不幸未來；第三次出現在大如州，唱《好了歌》，接引甄士隱出家。這樣，通過諸方面的文字闕合和呼應，序曲與楔子隱然相連，融爲一體。

《紅樓夢》第一回回目「甄士隱夢幻識通靈，賈雨村風塵懷閨秀」就是對序曲內容的概述。我們在上節已經指出，曹雪芹創作《紅樓夢》係先寫成長篇故事再按流行體裁剪接成章回小說；而爲了引起讀者的懸念，剪接時常常不按情節的起訖分回（如第二十七回「滴翠亭楊妃戲彩蝶，埋香塚飛燕泣殘紅」，按內容應包括第二十八回開始約一千二百六十餘字在內）。因此如從情節的完整著眼，第二回開始約四百七十餘字至「偶因一著錯，便爲人上人」亦應屬此序曲範疇。按照情節內容劃分，序曲實際由四個部分組成：⑴甄士隱夢幻識通靈；⑵賈雨村風塵懷閨秀；⑶甄士隱敗落終出家；⑷賈雨村發跡娶嬌杏。

一、三部分寫甄士隱（包括甄英蓮）之榮枯，二、四部分記賈雨村（包括賈嬌杏）之暴發。甄、賈四人的人生浮沉既有聯繫，又爲對比，正是小說所要反映的封建末世社會現實的縮影。按照曹雪芹的設計，序曲中的四個主要人物：甄士隱、賈雨村、甄英蓮、賈嬌杏在一定程度上不是作爲典型的藝術形象，而是作爲托言寓意的人格化身而存在。故從藝術形式看，序曲實帶有黑格爾所謂「自覺的象徵表現」之性質。然序曲內容仍具自身的獨立價值，因爲其中「形象與意義的分裂還不顯著，比喻的主體性也還不很突出，因此，借以說明普遍意義的個別具體現象的描繪還占主要地位」④。

（三）

甲戌本〈凡例〉第五條指出：

> 作者自云：因曾經歷過一番夢幻之後，故將真事隱去而撰此《石頭記》一書也。故曰「甄士隱夢幻識通靈」。

這由曹雪芹自說、脂硯齋所記錄的談話清楚地說明了序曲第一部分的象徵意義。

這部分的主要情節是甄士隱之夢，而其首要內容是脂硯稱爲「二玉合傳」的神瑛侍者與絳珠仙子的神話故事。作者在正文一開始即交代這幽美淒婉的木石前盟，正是爲了點出在真事已然隱去的《紅樓夢》中，賈寶玉和林黛玉的愛情悲劇乃是小說情節發展的主線。

神瑛與絳珠的神話同青埂峰頑石的神話有著密切的然而又是若隱若現的聯繫。青埂峰頑石與神瑛侍者是二而一，一而二，明敏的讀者完全可以發揮自己的聯想體認出神瑛即頑石的人格化，並不需要小說點明神瑛係頑石之化身（如程高本）。甲戌本此處眉批：

> 以頑石草木爲偶，實歷盡風月波瀾，嘗遍情緣滋味，至無可如何始結此木石因果以泄胸中悒鬱。

可知作者是在現實世界中經受了愛情生活中的重大變故，才虛構出這段「木石前盟」的神話，爲小說將要作爲主線正面描寫的寶黛愛情悲劇作了彼岸世界的解釋。筆者《紅樓夢神話論源》一文中曾論證：青埂峰頑石係從曹寅〈巫峽石歌〉中的巫峽石發展而來。曹雪芹在構思神瑛絳珠的神話時，有借鑒《山海經》、《九歌・山鬼》、〈高唐賦〉等作品中有關神話的可能，巫峽石、青埂峰頑石與三生石有同一性，而絳珠草實即古代神話傳說中的靈芝仙草。靈芝仙草乃炎帝季女瑤姬精魂所化，生長於巫山頑石之旁。頑石崚嶒不平，最易成爲清露凝聚之處，石畔靈芝因而多得甘露之惠，滋生繁茂⑤。曹雪芹很可能從這兒出發，虛構了絳珠仙子以眼淚還債的神話。這美麗而淒傷的「木石因果」注定了此岸世界中寶黛愛情的必然成爲悲劇。它爲第三回寶黛相見時的心靈驚悸及第五回的〈終身誤〉、〈枉凝眉〉曲作了先期說明。這個神話將貫串寶黛愛情悲劇的始終，一直關合到黛玉的淚盡而逝與寶玉的「懸崖撒手」。寶黛的愛情悲劇是小說情節發展的主線，在開卷第一回中以神話先作預示確有必要。

這一部分的另一內容是對甄士隱之女英蓮一生遭際的預示，那是癩僧所說的「有命無運，累及爹娘」八字及四句言詞：

慣養嬌生笑你痴，菱花空對雪澌澌。
好防佳節元宵後，便是煙消火滅時。

英蓮在元宵之夜被拐走了。七、八年後她被賣給呆霸王薛蟠，改名香菱，淪爲婢妾。按照曹雪芹的原意，她將被夏金桂折磨而死。甄英蓮的悲劇不是孤立的，甲戌第一回眉批指出：

看他所寫開卷之第一個女子便用此二語以訂終身，則知托言寓意之旨。誰謂獨寄興於一情字耶？

可知作者的「托言寓意之旨」即在於：以甄英蓮一生不幸遭際的預示概括封建時代女性的悲劇。甄英蓮諧音「真應憐」，作者深切地同情封建時代女性的不幸，認爲她們的不幸都與她們的愛情和婚姻有關，因而他創造了一個象徵封建時代女性不幸的愛神警幻仙姑⑥，在她的太虛幻境裡建立了女性理想的樂園。而這些「風流孽鬼」（全書少女的總稱）一旦離開了太虛幻境來到人間，就不得不受男性的統治與支配，等待她們的就只有悲劇的結局。作者不能解決理想與現實的深刻矛盾，只能以他的筆寫出他對女性真誠的哀憐與同情。甄英蓮是作者筆下金陵十二釵（廣義）的代表，也是封建時代女性的代表。「真應憐」：這就是作者對那一時代薄命少女的基本態度。英蓮的被拐以至夭亡，實有象徵封建時代女性悲劇命運的意義，而這正是小說所要表現的主題之一。

(四)

序曲的第二部分可以「賈雨村風塵懷閨秀」概括。這時賈雨村尚是「窮儒」，得甄士隱幫助才能進京求取功名。賈雨村日後的發跡直至位極人臣，「時逢三五便團圓，滿地晴光護玉欄。天上一輪才捧出，人間萬姓仰天看」一絕已有預示。作者塑造這個封建統治階級陰險、殘忍、貪婪的典型形象，自有其暴露黑暗現實的意義，序曲僅給他勾畫了極其粗略的輪廓，這形象本身將在後文多次渲染逐步豐滿。然而，第一回中的賈雨村其托言寓意之作用實遠過於形象本身。賈雨村之喻「假語村言」猶如甄士隱之喻「真事隱去」，此點早經第一回回前總評指出。而甲戌本〈凡例〉第五條又曰：

今風塵碌碌一事無成，忽念及當日所有之女子，一一細推了去，覺其行止見識皆出於我之上，何堂堂之鬚眉，誠不若彼一干裙釵。……雖我之罪固不能免，然閨閣中本自歷歷有人，萬不可因我不肖，則一併使其泯滅也。……何爲不用假語村言敷演出一段故事來，以悅人之耳目哉。故曰「風塵懷閨秀」，乃是第一回題綱正義也。開卷即云「風塵懷閨秀」則知作者本意原爲記述當日閨友閨情……

由此可見，作者本意原在以「假語村言」即小說的形式寫出封建時代女性的悲劇。因此，作者在風塵之中懷念的閨秀就是他那時代的不幸女性，亦即作爲藝術形象在書中出現的金陵十二釵（廣義，包括正、副、又副共三十六名女子）。而書中的女主角、領袖群釵的黛玉與寶釵，是必須以某種方式在卷首先行介紹的。作者既已在前面以神瑛絳珠的神話介紹了林黛玉的前身，借「二玉合傳」預示了寶黛的愛情悲劇；按照「兩峰對峙，雙水分流」的原則，下面當然要點出另一位女主角薛寶釵了。這裡作者又施展了他慣用的「畫家煙雲模糊」法，以曲筆預示寶玉與寶釵的婚姻悲劇。正如俞平伯先生所說：

作者的生花之筆隨物寓形，「既因方而爲珪，亦遇圓而成璧」，如黛玉直，《紅樓夢》寫法也因之而多直；寶釵曲，《紅樓夢》寫法也因而多曲。⑦

這「曲筆」便是貧困落魄而野心勃勃的賈雨村所吟的一聯：

玉在匵（櫝）中求善價，釵於奩內待時飛。

這賈雨村言（假語村言）是什麼意思呢？如果不是脂批點明，只讀到雪芹八十回原作的我們，恐怕也只能與甄士隱一樣認爲賈雨村抱負不凡了。幸而甲戌本在「釵於奩內待時飛」句旁有脂批：「表過黛玉則緊接上寶釵」，此對聯下又有批語：「前用二玉合傳，今用二寶合傳，自是書中正眼。」我們這才知道：聯語上句「玉」指寶玉，下句「釵」指寶釵，「二玉合傳」即神瑛絳珠的木石前盟，「二寶合傳」即寶玉寶釵的金玉良緣，作者以此聯語預示寶玉與寶釵的婚姻悲劇。至於二寶婚姻悲劇的具體發展過程，我們將另撰專文探索，此處不擬枝蔓。根據小說的種種內證，可知金玉良緣的結局是：寶玉棄寶釵出家爲僧，寶釵在壓力之下被迫改嫁雨村。對此吳世昌先生〈紅樓夢原稿後半部若干情節的推測〉⑧及拙作〈吟紅新箋〉、〈吟紅後箋〉都有論證，可以參看。

因此，序曲前兩部分的主旨是：其一，交代「二玉合傳」與「二寶合傳」，提示小說的情節主線即寶黛釵愛情婚姻悲劇；其次，以對甄英蓮一生的預示概寫封建時代女性的悲劇命運，點明小說的這一重要主題。

(五)

序曲第三部分的情節是甄士隱敗落終至出家，瘋道人所念的〈好了歌〉與甄士隱所作的〈好了歌注〉是其主要內容。甄士隱的出家，紅學研究者均認爲是小說主人公賈寶玉最後出家之預演。因爲這出現在第一回的情節必有爲小說主角傳影的作用。當然甄士隱遠非一個典型的藝術形象，作者塑造這個人物，結構上的需要實在大大超出形象塑造的需要。作者的目的不僅在於以甄士隱之出家暗示「真事隱去」——小說所據以創作的生活素材已經在藝術虛構之後形象地再現，而且在於通過〈好了歌〉與甄士隱所作的注文透露小說情節發展的脈絡，概括全書主要人物的結局以及作品的主題。作者對小說的總體構思從卷首開始就籠罩全書，融貫全書的故事情節，一直貫注到小說的結尾，令人不能不欽佩作者構思的精工與功力之深厚。有人說第五回是全書總綱，其實在作者的創作計劃裡，第五回中的金陵十二釵圖册和《紅樓夢曲》所提示的人物結局在第一回〈好了歌〉及其注內早已有了概括的說明，而且〈好了歌〉及其注是在更大的範圍、更深的意義上呈現了封建社會末世的畫圖。曹雪芹以樸素的辯證法解剖了封建社會中人與人之間的關係，分析了形形色色的社會現象，給我們展現了一幅由種種聯繫和相互作用交織起來的畫面——封建末世統治階級內部的劇烈爭奪以及隨之而出現的貴族之家的興衰變幻圖。一切都在運動、變化、產生、發展和消失，在逐步走向自已的反面。爲了證實這種意見，需要將〈好了歌〉及其注與有關脂批對讀。請看下表：

《好了歌》、《好了歌注》及有關脂批對照表

好了歌	好了歌注	旁批	眉批
	陋室空堂，當年笏滿床；	寧榮未有之先。	先說場面。忽新忽敗，忽麗忽朽，已見得反覆不了。
	衰草枯楊，曾爲歌舞場；	寧榮既敗之後。	
	蛛絲兒結滿雕樑，	瀟湘館紫（絳）芸軒等處。	
	綠紗今又糊在蓬窗上。	雨村等一干新榮暴發之家。	
世人都曉神仙好，只有姣妻忘不了。君生日日說恩情，君死又隨人去了。	說什麼脂正濃粉正香，如何兩鬢又成霜？	寶釵湘雲一干人。	一段。妻妾迎新送死，倏恩倏愛，倏痛倏悲，纏綿不了。
	昨日黃土隴頭送白骨，	貸（黛）玉晴雯一干人。⑨	
	今宵紅燈帳底卧鴛鴦。		
世人都曉神仙好，只有金銀忘不了，終朝只恨	金滿箱，銀滿箱，展眼乞丐人皆謗。	熙鳳一干人。⑩甄玉賈玉一干人。	一段。石火光陰悲喜不了；風露草霜，富貴嗜

聚無多，及到多時眼閉了。	正嘆他人命不長，那知自己歸來喪？		欲，貪婪不了。
世人都曉神仙好，只有兒孫忘不了。痴心父母古來多，孝順兒孫誰見了。	訓有方，保不定日後作強梁。	言父母死後之日。柳湘蓮一干人。	一段，兒女死後無憑，生前空爲籌畫計算，痴心不了。
	擇膏粱，誰承望流落在煙花巷！		
世人都曉神仙好，只有功名忘不了。古今將相在何方，荒冢一堆草沒了。	因嫌紗帽小，致使鎖枷扛。	賈赦雨村一干人。	一段。功名升黜無時，強奪苦爭，喜懼不了。
	昨憐破襖寒，今嫌紫蟒長。	賈蘭賈菌一干人。	
	亂烘烘你方唱罷我登場，反認他鄉是故鄉。	總收。太虛幻境、青埂峰一并結住。	總收。古今億兆痴人共歷幻場，此幻事擾擾紛紛，無日可了。
	甚荒唐！到頭來都是爲他人作嫁衣裳。	語雖舊句，用於此妥極是極。苟能如此，便能了得。	

第一段概寫全書「場面」。榮寧二府興起了，又衰敗了。「雨村等一干新榮暴發之家」在既敗之後的寧榮二府的基礎上又重建了他們的樂園。於是綠紗又糊上了瀟湘館和絳芸軒的蓬窗，新貴賈雨村成了榮府的主人。可是他又怎能逃脫「忽新忽敗，忽麗忽朽」，「反覆不了」的規律呢！此段所寫貴族之家的典型代表賈家的興衰史正是小說所要反映的重要主題。

第二段概寫封建時代女性的悲劇。反抗時代，追求自由與愛情的黛玉晴雯等人受封建勢力的迫害而夭折了；順應時代，爲環境所容納的寶釵、湘雲等人也逃不脫社會變動與自然規律的支配，只能迎新送死，改嫁他人，落得兩鬢成霜，苦痛餘生。一切美的人物都將消失，化爲黃土隴中的白骨，或者變成擾擾世上的「魚眼睛」。這些薄命少女是封建末世社會變動中最直接的、最無辜的、因而也是最可同情的犧牲者。封建時代的女性，無一不是悲劇中人：這正是小說所要著力表現的另一主題。

第三段概寫金錢貪求者的悲劇。金錢拜物教的狂熱信徒王熙鳳貪婪地追求財富，轉眼滿箱金銀化爲泡影，「及到多時眼閉了」。爲財富所牢籠的錦衣玉食公子甄賈寶玉最後陷入貧困，淪爲乞丐，體驗了人生的另一面：「寒冬噎酸齏，雪夜圍破氈」⑪，終於「懸崖撒手」，出家爲僧，以涅槃割斷對人生的繫戀。

第四段概寫貴族家庭後繼無人的悲劇。世代簪纓，詩禮傳家，號稱「教子有方」的貴族名門，隨著大家庭的崩潰，兒孫流散甚至落到男盜女娼的可悲境地。

第五段概寫權勢追逐者的悲劇。一等將軍榮國公賈赦，兵部尚書軍機大臣賈雨村身居顯要，仍然欲壑難填，妄想攫取更大的權力，終於鎖枷鋃鐺，充軍發配，「荒塚一堆草沒了」。只有賈蘭賈菌在困苦中發憤讀書，功成名就，「威赫赫爵祿高登」，可是恐怕也難免古今功名追求者悲劇的重演。以上三段乃是第一段主旨的延伸，它們以概括而形象的語言，集中展示了小說的重要主題：貴族之家必然會走向衰亡。

第六段總收。總寫封建末世統治階級內部的劇烈爭奪：「亂烘烘你方唱罷我登場」，指出對功名、金錢、愛情、子孫的執著或追求全都是徒勞與枉費心力。

從整體看來，〈好了歌〉及其注對封建末世社會生活的各個方面作了現實主義的速寫，強調了客觀事物的發展和變化，指出世界上的萬事萬物無不走向自己的對立面，這恰恰是樸素辯證法的觀點，而並非一般所認爲的乃是色空觀念的形象圖解。雖然作者哲學思想的外殼是唯心主義的，其表述是帶有虛無色彩的，但其合理的樸素辯證法的的內核卻是不能否定的。

如果剝去〈好了歌〉及其注先驗的外殼，透過籠罩它們的空幻面紗，它們合理的辯證內核就呈現在我們面前，閃耀出曹雪芹哲學思辨的光華。在結構上，〈好了歌〉及其注的作用亦很顯著。它們不僅透露了小說故事發展的的脈絡和輪廓，預示了小說主要人物的結局，並且點明了全書的主題；貴族家庭的必然衰亡及封建時代女性的必然毀滅。這兩個主題交織在一起，在錯綜複雜的矛盾衝突中發展深化，匯成一部封建末世的人生大悲劇：在貴族之家的典型代表賈府逐步沒落的背景中，一場「千紅一哭，萬艷同悲」的美的毀滅的悲劇正以各種不同的形式幾乎是無聲地出現於人生的舞台。

筆者認爲，〈好了歌〉及其注形象地表達了作者的哲學思想，概括了小說的主題，因而它們實際上是全書的主題歌。

㈥

如前所述，〈好了歌注〉第一段概寫全書「場面」，暗示賈府的敗落與雨村的暴發將是小說情節結構的兩大部分。事實上，我們從前八十回看到，這兩大部分始終是一明一暗、一詳一略、一實一虛地在不斷展現，正與〈注〉文的預示一致。而在序曲的第四部分，當「猩袍烏帽」的賈雨村榮任知府，喝道進衙之際，甲戌眉批點明：「所謂『亂烘烘你方唱罷我登場』是也。」這句引自《好了歌注》末段的點睛之語從側面證實了這個預示：賈府衰敗之後，登場表演的乃是賈雨村一干新貴。因此序曲第四部分所寫賈雨村發跡娶嬌杏的小小喜劇正是日後賈雨村官場得意直至位極人臣，逼娶寶釵的預演⑫。作者寫此小小喜劇，目的還是在預示小說的情節發展及作品的主題。這裡，不但賈雨村的發跡是封建末世統治階級內部的劇烈爭奪和貴族之家興衰交替的具體表現；嬌杏的「命運兩濟」，其「托言寓意之旨」也仍是概寫封建時代女性的悲劇。

在今本五十三回賈雨村已升任大司馬（兵部尚書），入軍機，貴至從一品，嬌杏當然也成了一品夫人，得到了那一時代的婦女所能取得的幾乎是最顯赫的地位。然而她仍然是一個悲劇人物。這不僅因爲賈雨村係「奸雄」、「下流之人」，嬌杏「亦不過偶然僥倖耳，非真實得塵中英傑也」（甲戌第一、二回旁批）；而且因爲嬌杏成爲貴夫人，不過取得了賈雨村附屬品的資格，做穩了其奴婢的總頭領而已——那也只是封建時代女性悲劇的另一表現形式罷了。小說中元春、探春、寶釵等人的悲劇就是屬於這種看似「僥倖」，實則不幸的類型。

作者在序曲中敍寫了英蓮和嬌杏的遭遇，並以她們「托言寓意」，從廣義來看當然是概括封建時代女性的悲劇命運，但就其狹義來說，英蓮、嬌杏又何嘗不是黛玉、寶釵的投影？如從小說表現封建時代女性悲劇的主題觀察，似確應認爲黛玉與英蓮的悲劇屬同一形式，是「真應憐」；而寶釵與嬌杏的悲劇又屬另一形式，是「假僥倖」。在賈府被抄破敗之後，淪爲奴婢的寶釵因偶然的機會「但脱青衣便上升」（黃仲則〈綺懷〉），實現了她「好風頻借力，送我上青雲」的宿願，與其他飄零淪落的群芳相比，她是「僥倖」的吧。雖然寶釵未必會充分意識自己的悲劇地位，可在曹雪芹的眼裡，她與黛玉、英蓮等人一樣，都是封建祭壇上的無辜犧牲，都是應該寄予深切同情的不幸的悲劇人物。曹雪芹將書中女子統統歸入「薄命司」，以「千紅一哭」，「萬艷同悲」概括了普天下女子的悲劇，甚至將貴妃元春、王妃探春、貴夫人寶釵等躋身青雲之上的女性亦包括在悲劇人物之內，這正是曹雪芹思想深刻的地方。

要之，序曲暗示了全書主線、主題，透露了全書情節發展的脈絡及主要人物的結局，實有總攝全書之作用。如果小說後半部分未曾散佚，它對全書的概括與預示作用將會更加明顯。有的研究者認爲「甄士隱的故事僅僅是一個插曲，在全書結構上的意義還不甚顯著」⑬，這種看法忽略了它在全書結構中的重要作用，似乎失之粗疏。

(七)

綜上所述，我們看到《紅樓夢》第一回實際由楔子和序曲兩個部分組成。楔子介紹了小說的創作緣起，青埂峰頑石及其幻相通靈寶玉成爲小說的敘述者貫串全書，攜帶頑石下世歷劫的一僧一道也時時在小說中以各種幻象出現。這種獨特的處理方式使楔子與正文的聯繫更爲密切，成爲整部小說不可缺少的有機組成：這與傳統「楔子」獨立於正文前，與正文聯繫鬆散，即使删去亦無礙於故事完整的情況不同。從這裡，我們可以見到曹雪芹對小說結構藝術繼承與發展的痕跡。由於我國傳統的美學觀念強調對稱美，對小說、戲劇等敘事文學的創作和欣賞都以有頭有尾、結構完整爲美，因此在小說末回必有尾聲部分與此楔子相呼應。這一推論可以從富察明義〈題紅樓夢〉組詩第十九首「石歸山下無靈氣，總〔縱〕使能言亦枉然」得到證實。

小說序曲簡略介紹了甄士隱和賈雨村的人生浮沉，雖具相對的獨立性而實已成爲正文的開端。它概括了全書的主線、主題和主要人物的結局，具有總攝全書的作用。在它的結尾，又極其自然地由序曲中的人物賈雨村引出小說的主體故事，賈雨村和甄英蓮（後改名香菱）且成爲直貫全書的人物，這樣，序曲就與主體故事聯成一片，形成渾金樸玉般的完美整體。

這兩個部分——楔子和序曲——結合起來，就構成了全書的引線，亦即我們所見到的《紅樓夢》第一回。它實際由兩個相對獨立的部分組成，因此小說出現了已經開頭重又開頭的現象。由於第一回介紹了小說的緣起和情節梗概，預示了小說的主線和主題，我們可以認爲它是全書總的提綱。有研究者認爲：

> 《紅樓夢》前五回在全書結構上的意義是比較特殊的。它不僅是一部書的總的提綱，約略介紹了整個悲劇的發展輪廓和主要人物的生活遭遇，而且也是全書的一個引線，以後的許許多多情節、事件都在這裡埋下了根蒂。⑭

這種意見當然有其正確的方面，然如對第一回細加縷析，似應承認這一結構任務其實已由第一回完成。從第二回到第五回，已經不再是小說的引線或總綱，而是小說主體故事的開始。第二回上承第一回，由第一回中的人物賈雨村引出對小說男女主角賈寶玉和林黛玉童年情況的初步介紹，並以冷子興演說榮國府正面介紹典型環境，以賈雨村的正邪兩賦說提出對小說主要人物性格形成的哲學解釋。主角賈寶玉和林黛玉在第三回內正式出場，作者在黛玉眼中繼續介紹賈府這一典型環境；小說另一條情節線索的主角王熙鳳也開始露面，今後將圍繞她展開一系列的情節和故事，以充分展示典型環境，並以她爲中心刻畫一部分典型形象。第四回賈雨村亂判葫蘆案，則是對更大範圍的典型環境，即社會背景（黑格爾所謂的「一般世界情況」）的介紹，「護官符」就是反映這社會背景的有力一筆。隨著此案的結束，另一女主角薛寶釵也來到了賈府。至此，小說的兩條平行線索：寶黛釵愛情婚姻悲劇及王熙鳳理家悲劇的主角都已出場。而第五回太虛幻境的金陵十二釵圖册和〈紅樓夢曲〉，實際是對第一回〈好了歌〉及其注的進一步具體說明，而且主要是就〈好了歌〉及其注所反映的主題之一——封建時代女性的悲劇對金陵十二釵的歸宿所作的說明。這四回文字已經進入典型環境與典型人物的描寫，似不應再看作小說的引線或總綱。亞里斯多德《詩學》指出悲劇有頭、身、尾三個組成部分，然亞氏所說悲劇的「頭」是情節（行動）的重要構成，與引線的涵義並不相同。對《紅樓夢》小說而言，悲劇的「頭」或應劃分至二十二回。悲劇的深入展開，即它的「身」，那是從二十三回直到賈府抄沒的一段。從二十三回起，小說的三位男女主角寶黛釵進入了他們的少年時代，在象徵著人生舞台的大觀園內開始了他們愛情與婚姻的悲劇。賈寶玉的人生悲劇和眾女兒的悲劇也由此逐步向深廣發展。而小說所反映的典型環境——貴族之家賈府，表面雖處於「烈火烹油、鮮花著錦」之時，實際卻已踏上了「盛筵必散」的起點。在這一大段悲劇的「身」中，小說的情節圍繞兩條平行線索充分展開，逐步推進，到黛玉淚盡而逝，寶玉棄寶釵而爲僧及賈府抄沒，悲劇即到達了它的高潮。以後賈府子孫的流散和群芳的飄零，就是悲劇的「尾」。至於全書的引線與總綱，就筆者的管見所及，那應該是《紅樓夢》第一回。

注：

①詳見〈《紅樓夢》是怎樣開頭的〉，《紅樓夢論叢》，一八五頁。

②詳見本書〈《紅樓夢》神話論源〉。

③同注②。

④引注自黑格爾《美學》第二卷序論。

⑤同注②。

⑥同注②。

⑦引自〈《紅樓夢》中關於十二釵的描寫〉，《文學評論》一九六三年第四期。

⑧見《紅樓夢探源外編》三七五—三八七頁。

⑨這兩條旁批按紅學界意見下移一句。

⑩同注⑨。

⑪見已卯、庚辰、蒙戚三本第十九回雙批。

⑫有人認爲後卅回沒有可能容納寶釵與雨村的故事。其實這只是個如何處理的問題。如用快節奏約略交代，那是只要數千字就能解決的。

⑬引自劉夢溪〈論《紅樓夢》前五回在全書結構上的意義〉，見《紅樓夢新論》。

⑭同注⑬。

三、研紅小札

㈠空、色、情

《紅樓夢》第一回「楔子」介紹創作緣起云，此書初稿係空空道人從青埂峰頑石上抄錄回來問世傳奇，並謂空空道人自抄錄此書而「因空見色，由色性情，傳情入色，自色悟空，遂易名爲情僧，改《石頭記》爲《情僧錄》」。曹雪芹在《紅樓夢》卷首就提出空、色、情並概括敍及了三者之間的關係，大可注意。

談起空、色，讀者就會將它聯繫到佛教的「色空」。佛教所謂的「色」乃梵文Rupa的意譯，其概念內涵相當於近代哲學所稱的「物質」、「物質現象」。而佛教的「空」爲梵文Sunya意譯，其意謂世界一切物質現象（「色」）皆是因緣所生，刹那生滅，沒有質的規定性和獨立實體，虛假而不真實。當然，佛教的各個學派對「空」有不同解説，如魏晉時期的佛學即因對「空」的解釋差異而形成「六家七宗」，此處亦不必枝蔓。總之，佛教的「色空」論乃主觀唯心主義哲學，《般若波羅密多心經》所謂的「色不異空，空不異色，色即是空，空即是色」可以視爲「色空」論的最簡潔之表述，蓋其認爲無需對物質現象進行分析，現象本身即空，一切皆空。如果曹雪芹單單提出空、色兩者，則極易與佛教的色空哲學相混同。

曹雪芹自然無意以《紅樓夢》來闡述佛教哲學，所以他在空、色兩者之間加入了「情」。他模仿「色不異空，空不異色，色即是空，空即是色」的句式而將其改造爲「因空見色，由色生情，傳情入色，自色悟空」，其涵意遠比前者豐富。「因空見色」：由空、色的對立與同一而肯定了「色」的客觀存在；「由色生情，傳情入色」：客觀的物質世界作用於認識了空、色兩者對立同一的人們，使之「生情」（情欲，情感，情愛，等等），而此種種「情」又必反作用於物質世界；「自色悟空」：從「情」與「色」的對立同一而進一步覺悟「空」之所以爲「空」，並達到「空空」之境。「空空道人」其名即取義於此。爲了清楚地解釋「空空」，先引錄錢鍾書先生《管錐篇》第二冊第十三節內一段文字：

> 《維摩詰所說經．文殊師利問疾品》第五：「又問：『以何爲空？』答曰：『空空』。」……並無而無之，並空而空之，忘虛息止，遣其遣而非其非，皆否之否、反之反，所以破理之爲障，免見之成蔽。西方神秘家言所謂「拋撒得下」（Gelassenheit），詩詠如白居易〈重酬錢員外〉：「本立空名緣破妄，若能無妄亦無空。」而杜荀鶴《題著禪師》：「說空空說得，空得到空麼？」十字纂言提要，可當一偈。第

一「空」名詞；第二「空」副詞，謾也、浪也；第三『空』動詞，破也、除也；第四「空」，又名詞。若曰：「任汝空談『空』，汝能空「空」否？」語雖拈弄，意在提撕也。

錢先生雖然不是在專論「空空道人」之名，對「空空」之解說卻甚爲切合曹雪芹之原意。「空空」之第一「空」字爲動詞，破除之意，第二「空」字爲名詞，乃前一「空」字之賓語。破除佛家之「空」，即所謂「空空」。既已「空空」，則必已認識「色」與「情」的無所不在，於是，「空空道人」變成了「情僧」。這裡，曹雪芹所謂的「空、色、情」三者之關係可以圖示：

空 ⇄ 色 ⇄ 情　　① ⟶　② ⇠

很明顯，曹雪芹乃以「空、色」、「色、情」爲兩對對立同一的矛盾，而以「色」作爲「空」與「情」的中介，最終「空」與「色」都必然回歸到「情」。

因此，青埂峰頑石（其幻形爲通靈寶玉，其人格化身爲神瑛侍者）必須投入人世爲賈寶玉並「歷盡離合悲歡，淡涼世態」，嚐遍各種情緣滋味，方能回到大荒山無稽崖青埂峰，回復爲一塊頑石。對青埂峰頑石而言，這就是它「因空見色，由色生情，傳情入色，自色悟空」的心靈歷程。然而「青埂」者，「情根」也（甲戌本第一回首頁脂評），頑石並沒有停留在「悟空」的層次，而是回歸「情根」，以其一生經歷證實了「空」、「色」必歸結於「情」。因此，從「情根」出發而又回到「情根」的頑石以其親身經歷編述的《石頭記》當然是「大旨談情」，空空道人也因檢讀抄錄《石頭記》而受到「情」的洗禮，以「情」戰勝了「空」，真正做到了名副其實的「空空」，且改名爲「情僧」了。

由此可知，曹雪芹寫作《紅樓夢》決不是爲了宣揚佛家的色空觀。在曹雪芹的哲學邏輯結構中，「情」才是核心，才是其起點與終點。

(二)真與假

在對空、色、情三者關係作概括敘述之後，曹雪芹又提出了「真假」與「有無」。那是借第一回甄士隱夢中所見太虛幻境玉石牌坊上的對聯「假作真時真亦假，無爲有處有還無」來顯示的。第五回賈寶玉神遊太虛境時此聯又再次出現，猶如現代電影中前後兩個彼此呼應的特寫鏡頭，發人深思。自然，曹雪芹無意將《紅樓夢》作爲哲學的奴婢，以情節與人物爲哲學概念作圖解說明，但「真假」與「有無」的貫串全書則爲人所共睹。必須注意的是：上下聯「作」、「爲」互文，皆連繫動詞，又稱判斷詞，應釋成「作爲」、「做爲」、「即是」諸義。「處」則是空間名詞對上聯時間名詞「時」，亦互文。時空的結合即構成宇宙，故此聯明言宇宙間之至理：「真假」、「有無」乃對立而同一的兩對矛盾。

先說真假。

中國古典哲學的兩大派別儒、道兩家，影響了中國二千多年來的幾乎全部知識份子，漢魏以後傳入的佛教哲學到後來亦不得不向儒、道靠攏回歸。儒學的偏重於倫理學與道家的偏重於本體論使得「善惡」與「有無」成爲古典哲學討論的主題，相對而言，就很少有人探討屬於認識論範疇的「真假」問題。就是在美學理論中，儒學固然偏向於美善統一，莊子美學（可爲道家美學代表）所提出的美真合一也是指人的本體存在與自然存在的同一性（如著名的莊子夢爲蝴蝶寓言）而非完全認識論意義上的「真」。而曹雪芹《紅樓夢》第一回開首就提出「真假」不能不說是曹雪芹之慧眼獨具。例如：

⑴以甄士隱、賈雨村象徵「真事隱去」、「假語村言」；顯示「真」去「假」來，以「假」寫「真」；

⑵以頑石經茫茫大士大施幻術變爲晶瑩美玉顯示化「真」爲「假」，「假」源自「真」；

⑶借石頭之言提出「親睹親聞」，「追踪躡跡不敢稍有穿鑿，徒爲供人之目而失其真傳」的創作主張，貶斥「自相矛盾」、「假擬妄稱」的野史及才子佳人小說，以示「真假」之對立；

⑷以太虛幻境牌坊上聯「假作真時真亦假」從正面點明「真假」的對立同一；

⑸以甄士隱和賈雨村，甄英蓮和賈嬌杏兩組人物的人生浮沉爲「真假」對立同一的象

徵。

由此可見，曹雪芹不僅在卷首就提出了「真」與「假」的對立、轉化、同一，從哲學意義上顯示了「真假」的普遍性，而且以此顯示了自己的創作思想：他採用「真事隱去」、「假語村言」的藝術手法創作《紅樓夢》以「爲閨閣昭傳」（見庚辰本），即爲他那時代「真應憐」與「假僥倖」的悲劇女性作傳以明昭天下後世。其素材來源於作者本人的生活經驗，乃「假」必賴乎「真」，猶如賈雨村憑藉甄士隱之力而得飛黃騰達；而甄士隱的離塵出家由賈兩村出場表演，又影射著《紅樓夢》的從「真」到「假」，化生活爲藝術。

正因爲以甄賈影「真假」，故江南甄家與京城賈家實爲一家，寫甄即所以寫賈，寫賈亦所以寫甄，甄賈寶玉實爲一人。從曹雪芹家世研究成果可知，《紅樓夢》中賈氏家族衰亡史的素材主要來源係曹氏家族的家史。當生活真實中的曹家在曹雪芹筆下轉化爲藝術真實中的賈家時，自然會有作者的想像與虛構參與其間。對讀者而言，知「假」源於「真」，寫「假」即所以寫「真」雖爲必要，卻不可認「假」爲「真」將藝術等同於生活，把賈家等同於曹家。否則那就真如作者所警告的：「假作真時真亦假」，把太虛幻境當作現實世界了。

又因爲青埂峰補天不成的頑石是「真」，而其幻相通靈寶玉爲「假」，故神瑛（即已通靈的假玉真石）侍者乃通靈寶玉的人格化身，由其投胎入世的賈寶玉當然是假寶玉了。現實生活中並未存在過賈寶玉其人。所以脂硯齋評曰：「按此書中寫一寶玉，其寶玉之爲人，是我輩於書中見而知有此人，實未目曾親睹者。……不獨於世上親見這樣的人不曾，即閱今古所有之小說傳奇中亦未見這樣的文字。」（庚辰、己卯本第十九回雙批，又見蒙、戚三本，有微異。）然而曹雪芹在塑造這個人物形象時，卻又確實利用了現實生活中的原型素材，「假」本來源於「真」，非「真」無以成「假」。但「假」非即「真」，「真」亦非「假」，如果認爲《紅樓夢》裡的賈寶玉就是現實中的曹雪芹，或曹頫，或脂硯，或其他什麼人，那也就犯了「假作真時真亦假」的界限了。

由此綜觀《紅樓夢》，種種「真假」對立同一的現象均極清晰：

(1)第十二回賈瑞所照風月寶鑒（據甲戌本〈凡例〉第一條及第一回頁九眉批，此係《紅樓夢》舊稿《風月寶鑒》之點睛），其反面爲骷髏，正面爲意中美人，反真而正假，乃一鏡之兩面。代儒燒鏡，鏡中哭道：「誰叫你們瞧正面了，你們自己以假爲真，何苦來燒我！」《風月寶鑒》既爲小說舊稿之名，則正寓「假作真時真亦假」之意。

(2)人物性格的真假對比：如黛玉的純真與寶釵的虛僞，晴雯的率直與襲人的圓通，妙玉的未能忘情與寶玉的懸崖撒手，等等。

(3)人物的初衷與其命運的「真假」反差：如寶黛的木石前盟與鏡花水月；寶釵的金玉良姻與「琴邊衾裡總無緣」；襲人的「素日想著後來爭榮誇耀」與嫁爲優伶蔣玉菡之妻；李紈的教子成龍鳳冠霞帔與喪夫喪子孤獨終身；賈元春的幽谷遷鶯貴爲皇妃與閉鎖深宮英年早逝；賈探春的嫁爲王妃與漂泊異國；賈惜春的皈依佛門尋覓長生與青燈獨臥緇衣乞食，等等。她們似乎都真的順遂了自己的願望，可是願望實現時它卻改變了面目。這不正是「假作真時真亦假」的深刻表現麼！

㈢有與無

再談「有無」。

曹雪芹的「有無」觀屬於本體論範疇，它可以表述爲「有即是無」。這命題不同於佛學的「一切皆空（無）」（一切事物都是虛幻不實，所以是空，空即無），因爲後者只是就具體事物的存在與否所作論斷，而前者已涉及一般和特殊的關係問題：因爲「無」乃抽象的「有」，正因抽象，「有」就成爲了「無」。《老子》四十章所云「天下萬物生於有，有生於無」則是從宇宙發生論角度討論「有無」，周敦頤《太極圖説》的「無極而太極」直接繼承了這個觀點，也不同於曹雪芹的本體論「有無」觀。當然，曹雪芹是文學家而非哲學家，這種哲學觀點並非他個人創見，在中國古典哲學中很可以找到其淵源。

雖然《老子》已經提出了「有無異名同謂」的命題，但是曹雪芹的「有無」觀未必即來自《老子》。這命題見於漢帛書本《老子》一章，其文字與通行的王弼本有異，馮友蘭先生《中國哲學史新編》作如下點句：「道，可道非常道。名，可名非常名。無名，天地之始；有名，萬物之母。故常無，欲以觀其妙；常有，欲以觀其徼。兩者同出，異名同謂；玄之又玄，眾妙之門。」馮友蘭先生指出：「兩者」即「有」、「無」，故「有」、「無」爲「異名同謂」，「有」即「無」。此乃老子的本體論。只是我們不能證明曹雪芹也精研過漢帛書本，因爲據《楝亭書目》卷一，曹寅所收藏的是王弼本。王弼本一章末句爲「此兩者同出而異名，同謂之玄；玄之又玄，眾妙之門」，就不能作如上解釋。而且老子沒有將本體論與宇宙發生論相區別，《老子》四十章又云「天下萬物生於有，有生於無」，那就不可能「有」即「無」，「有無」「異名同謂」了。因此，《老子》尚不能作爲曹雪芹「有無」觀的最早淵源。根據曹雪芹生平及《紅樓夢》所反映的實際情況，其「有無」觀的源頭似應追溯至魏晉玄學以及北宋唯物主義理學家張載的「有無混一」論。

魏晉玄學討論「有無」分三個主要派別：貴無、崇有和無無。它們所討論的已是一般與特殊的關係問題。「有」即存在，中國古典哲學中又稱爲「天地」、「萬物」或「天地萬物」，是爲特殊；「無」即抽象之「有」，即爲一般。玄學的「貴無」論派認爲「無」就是「道」，其代表人物爲王弼與何晏，他們著重「有」的內涵，所以「貴無」。「崇有」論的代表人物是阮籍和裴頠，他們著重「有」的外延，所以「崇有」：「崇有」就是以天地萬物爲主，亦即以存在爲主，故不需「無」。郭象更明確主張「無無」，繼承發展了「崇有」論而反對「貴無」論。玄學家對一般與特殊的論辯顯示出很高的抽象思維能力，然而他們都沒有能明確指出：「無」即「有」。

北宋理學家張載提出「太虛」和「太和」兩個範疇，分別用以稱謂宇宙的物質結構（「有」）與精神面貌（「無」），主張「有無混一」：「太和所謂道」，「道」就是規律，矛盾的統一；「太虛即氣」，「氣」就是存在。其代表作《正蒙·太和篇》云：

太虛無形，氣之本體，其聚其散，變化之客形爾。氣之聚散於太虛，猶冰凝釋於水。知太虛即氣，則無無；知虛空即氣，則有無、隱顯、神化、性命通一無二。顧聚散、出入、形不形，能推本所從來，則深於《易》者也。若謂虛能生氣，則虛無窮、氣有限，體用殊絶，入老氏「有生於無」自然之論，不識所謂「有無混一」之常。若謂萬象爲太虛中所見之物，則物與虛不相資，形自形，性自性，天人不相待而有，陷於浮屠以山河大地爲見病之説。此道不明，正由懵者略知體虛空爲性，不知本天道爲用，反以人見之小因緣天地。明有不盡，則誣世界乾坤爲幻化；幽明不能舉其要，遂躐等妄意而然。不悟一陰一陽，範圍天地，通乎晝夜，三極大中之矩，遂使儒、佛、老莊渾然一途。語天道性命者，不罔於恍惚夢幻，則是以「有生於無」爲窮高極微之論，入德之途：不知擇術而求，多見其蔽于詖而陷於淫矣。

張載站在儒學的立場上反對道家哲學的「有生於無」以及佛教哲學的「一切皆幻（空、無）」，提出「有無混一」之説，從本體論上闡述了「有」即是「無」。這是張載對中國古典哲學的很大貢獻。

綜上所論，可知曹雪芹「無爲有處有還無」的本體論「有無」觀並非來自佛道哲學，而是源於張載的「有無混一」説，其前身則是魏晉玄學。

（四）太虛幻境

「假作真時真亦假，無爲有處有還無」以對聯形式提出了「真假」、「有無」兩對對立同一的矛盾，而「真假」與「有無」又是一對矛盾的兩個方面：「有」是存在，是真；「無」是抽象的存在，是假。它們分別從認識論和本體論的角度表現了曹雪芹對宇宙的哲學思考。以如此簡練的語言表達出如此深刻的辯證思想，大約只有取漢語詩文中的對偶形式才是可能的罷。

然而不能忘記，這副對聯是鐫刻在橫額爲「太虛幻境」的玉石牌坊上的，應該把它們看作一個整體。因此，在曹雪芹的構思中，太虛幻境本身即是「真假」與「有無」的對立同一。換言之，太虛幻境乃是某一現實存在（「真」，「有」）的本體（「假」，「無」）。而這一存在，就是小說中的大觀園。

綜觀《紅樓夢》，曹雪芹確是將太虛幻境作爲大觀園的本體來處理的。這從下列脂評可以得到證實：

(1)第五回賈寶玉夢遊太虛幻境，見「仙花馥鬱，異草芬芳，真好個所在」，甲戌本與蒙古王府本、戚序本均有脂評：「已爲省親別墅畫下圖式矣。」

(2)第十六回敍及將建造別院迎接元春歸省，「已經傳人畫圖樣去了」，庚辰本有旁批：「大觀園係玉兒與十二釵之太虛玄境，豈不〔可〕草索。」

⑶第十七回大觀園試才題對額，寶玉見到正殿及玉石牌坊「心中忽有所動，尋思起來，倒像那裡曾見過的一般，卻一時想不起那年月日的事了」。己卯、庚辰及蒙、戚三本均有句下雙批：「仍歸於葫蘆一夢之太虛玄境。」

按：「太虛」典出《莊子．知北遊》：「是以不過乎崑崙，不遊乎太虛。」晉代孫綽〈遊天台賦〉亦有「太虛遼廓而無閡，運自然之妙有」之句，李善注：「太虛，謂天也。」「幻境」則是佛家語，指種種心造虛空之境。因而「太虛幻境」即天外自在之境，曹雪芹以之命名大觀園之本體，頗爲切合。

這樣，我們就懂得了曹雪芹構思大觀園與太虛幻境之必要。大觀園是《紅樓夢》主要人物活動的現實環境，在這「花錦繁華之地，富貴溫柔之鄉」，有青春和美在閃光，也有人間的種種缺陷、憂患和不平。寶黛釵和眾女兒的悲劇就在這人生舞台的一角逐步形成並發展，最後大觀園及眾女兒將伴隨著周圍污濁黑暗的社會環境——賈府的沒落而離散、凋零並毀滅。而太虛幻境是虛無縹緲之中的精神世界，它是大觀園在天國的本體，大觀園眾女兒最終仍會回歸太虛幻境。曹雪芹深切同情人間女兒的不幸，因而爲她們在天國心造了一個「清淨女兒之境」：在這裡，不存在封建家長，也不存在摧殘壓迫她們的鬚眉濁物；在這裡，眾女兒紅顏永駐，青春長存，美之光輝永不衰落。然也就在這裡，賈寶玉品嚐了「群芳髓（碎）」、「千紅一窟（哭）」和「萬艷同杯（悲）」：這正象徵著作爲小說主人公的「情種」賈寶玉將一一目睹眾女兒的悲劇，親嚐她們的苦痛，承受她們苦痛總和的重負，並爲之付出他全部的愛與同情。

因而，《紅樓夢》中的太虛幻境與大觀園同等重要。不理解曹雪芹爲什麼要寫太虛幻境，也就不能理解他爲什麼要寫大觀園，要不能深入理解《紅樓夢》。

（五）警幻與幻情

正如賈寶玉乃大觀園之中心人物一樣，警幻仙子是太虛幻境的主持。第五回警幻仙子正式出場，作者有一篇賦專以描摹她的容貌儀態，其上甲戌本有眉批（蒙、戚三本已錄爲雙行批注）：

> 按此書《凡例》，本無讚賦閑文。前有寶玉二詞，今復見此一賦，何也。蓋此二人乃通部大綱，不得不用此套。

脂評稱賈寶玉和警幻仙子爲「通部大綱」，應指二人在《紅樓夢》結構中的地位和作用而言。賈寶玉爲小說主角，絕大多數情節圍繞賈寶玉而展開，很多重要人物與賈寶玉有「情」的聯繫，有位清代評家將《紅樓夢》稱爲「怡紅公子傳」，就是注意到賈寶玉貫串全書，爲「通部大綱」的緣故。可是警幻仙子僅在第五回出現一次，第一、十二回由一僧一道敍及數語（據脂評，原稿末回有「警幻情榜」，則其時她將再次出場），何以亦爲「通部大綱」？

這就必須注意曹雪芹創造警幻仙子的緣由。

原來，在曹雪芹的構思中，警幻仙子是情愛女神。然而在中國，卻從來只有婚姻之神而沒有情愛之神。從遠古神話的高禖到唐代傳奇中的月下老人，都是主管婚姻而不問愛情。這正是封建主義傳統思想的體現：戀愛是不正當的，不需要的，而婚姻卻是人之大倫，傳宗接代的手段，不可缺少。因而情愛之神可以無，婚姻之神必須有。曹雪芹創造警幻仙子這樣一個中國神話中從未出現過的情愛女神，乃是對封建主義傳統觀念的反叛。對此，本書首篇《〈紅樓夢〉神話論源》已有詳論。

但曹雪芹偏偏給這位情愛女神取名爲「警幻」，其義安在？甲戌本第五回頁六眉批云：

菩薩天尊皆因僧道而有，以點俗人。獨不許幻造太虛幻境以警情者乎？

作者構思太虛幻境的目的既是「以警情者」，則「警幻」實即「警情」。這情愛女神以情警幻，以幻警情：情與幻正是對立同一的一對矛盾。第五回金陵十二釵正册判詞之十一曾以「情天情海幻情身」稱秦可卿，意謂秦可卿乃情天情海之中「幻情」的化身。據曹雪芹的設計，可卿乃警幻仙子之妹，應即這位情愛女神之副，將她作爲「幻情」的化身，亦即以警幻仙子爲「幻情」之象徵（在希臘神話中，愛神亦有兩位：女神阿芙洛蒂特Aphrodite及其子小愛神厄洛斯Eros，可謂巧合，或亦中外智者對愛情兩重性認識一致之體現）。

曹雪芹就這樣提出了他的「幻情」說。它與佛家的「色空」說有根本不同：「色空」說根本否定「情」，把「情」看作虛幻不實的東西；而「幻情」說首先肯定了「情」的存在，

「情」之所以向「幻」轉化，是由於不合理的社會存在和不可抗拒的自然規則使然。全部《紅樓夢》都體現了這種「幻情」思想。因此，作者以賈寶玉和警幻仙子爲「通部大綱」，正是以「情」爲全書之貫，顯現了「情」在人間和天國的無窮力量。

（六）好與了

〈好了歌〉及甄士隱所作〈好了歌注〉是《紅樓夢》的主題歌。「好」與「了」，乃是曹雪芹提出的又一對矛盾。

跛足道人（即渺渺真人）以《好了歌》嘲笑世人對功名、金錢、妻妾、兒孫四者無饜的追逐需求及痴心想望，以「世人萬般，好便是了，了便是好；若不了，便不好；若要好，須是了」喚醒了甄士隱的迷夢，顯示「好」與「了」的對立同一。而甄士隱〈好了歌注〉則著重描述從「好」至「了」、從「了」至「好」的發展變化：「好」與「了」在彼此向對立面轉化，不斷在兩者之間流轉，而終於不能達到完美的「好」，完全的「了」。〈好了歌〉及〈注〉相輔相成，不但展示出「了便是好，好便是了」，而且展示出「了」未必便是「好」，「好」未必便是「了」，在社會生活中客觀存在的實際上是「不好」與「不了」。

「好」原指美善而令人滿意，此處形容詞作名詞，指人們的理想境界。「了」有終了、了悟二義，此處乃動詞作名詞，在不同的場合曹雪芹有不同的用法，或取其一義，或兼用二義而有所側重。作「終了」解時，「了」讀上聲；作「了悟」解時讀去聲。《紅樓夢》中有兩處情節可以爲例：

(1)第四十三回賈寶玉去水仙庵祭奠金釧，回目明標「不了情暫撮土爲香」。所謂「不了情」當然係指賈寶玉對金釧之情，「不了」即「了」的反面，未能了悟且無所終止之意。寶玉因金釧爲之投井而「情」「不了」，第三十四回「不肖種種大承笞撻」以後賈玉曾謂「我便爲這些人死了，也是情願的」，大約可作此「不了情」的注解。白居易〈長恨歌〉詠唐明皇「天長地久有時盡，此恨綿綿無絕期」，亦可引作補注。而曹雪芹將太虛幻境正殿的匾額題爲「孽海情天」，又擬對聯爲「厚地高天，堪嘆古今情不盡；痴男怨女，可憐風月債難償」，實乃在普遍意義上肯定「不了情」。

「情」既以「不了」爲其特徵，則有情者永遠也不可能達到「好」的境界，等待著有情者的只能是「不好」與「不了」。曹雪芹是否意在展示「情」是人類一切悲劇的根源呢？《紅樓夢曲．好事終》有「宿孽總因情」之句，即使是曹雪芹未能擺脱佛教的宿命論罷，但是他指出了在宿命的背後有「情」之原動力在。「了」與「好」都不是「情」所能達到的境界，「不了」與「不好」才是「情」的特徵。由是觀之，《紅樓夢》中人物均「不了」且「不好」，其結局不可能不是悲劇：金陵十二釵三十六名女子全部進了「薄命司」就是曹雪芹這種思想的表現。

(2)第七十四回「矢孤介杜絕寧國府」，惜春向尤氏稱「不作狠心人，難得自了漢」，「我不了悟，我也捨不得入畫了」。此處之「了」即「了悟」，佛教所謂的「明心見性」：既經認識自己內心的佛性，其結果自然是皈依佛門。《紅樓夢》中有很多人物最後做了佛教信徒：惜春、芳藕蕊三官均出家爲尼；妙玉出場時已是帶髮修行的尼姑；柳湘蓮隨跛道人而去，卻又「將萬根煩惱絲一揮而盡」，大概是去做和尚吧？賈寶玉則脂評已指明他將棄寶釵而爲僧（庚辰、蒙戚三本第二十一回雙批）。曹雪芹有沒有認爲他們已「了」而「好」呢？沒有。以惜春爲例：她自以爲已經「了悟」，《紅樓夢曲．虛花悟》即以其口吻吟唱皈依佛教的心理過程，亦即其「了悟」的過程。她自以爲在佛門可以躲開「生關死劫」，尋覓到「清淡天和」，實際上卻是：「可憐繡户侯門女，獨臥青燈古佛旁。」庚辰、蒙戚三本第二十二回海燈謎下脂硯齋雙批亦謂：「此惜春爲尼之讖也。公府千金至緇衣乞食，寧不悲夫！」可見曹雪芹認爲她出家爲尼是「可憐」、可悲而非可羡，她自以爲「了」而得到的「好」只是「緇衣乞食」的俗尼生涯而已。芳藕蕊三官之「斬情歸水月」，作者也早已揭明智通、圓心二尼係「拐子」、「巴不得又拐兩個女孩子去作活使喚」，連王夫人也覺得她們「傷心可憐」，她們哪裡有「了」，「好」可言？遁入佛門的結果就是如此：既不了，也不好，名雖「了」而實未「了」，何來「好了」？

因而，如從「好」、「了」的角度觀察《紅樓夢》人物結局並推測未完成部分的構思，似可推定：任何人物都不可能達到其理想境界，而且常常會走向其理想的反面。例如：

尤三姐傾心愛慕柳湘蓮，五年等待，方結紅絲，鴛鴦劍定婚，自笑終身有靠。豈知卻因曾經失足而不爲柳湘蓮諒解，只得自刎以明心跡。尤二姐嫁爲賈璉二房，「一心只想入府同住方好」，終至被王熙鳳逼迫吞金而死。「好」轉而爲「了」：真是「若要好，須是了」。不過，這「了」是「終了」之義，因求覓理想境界而致結束了自己的生命。

青雯痴心，「只說大家終在一處」，卻擔了「狐狸精」的虛名，被逐出大觀園而夭逝。臨死前她與寶玉交換了貼身小襖，想「將來獨自在棺材內躺著，也就還像在怡紅院的一樣了」。誰料她到底未能滿足願望，她的遺體以十兩賞銀爲代價焚化成灰。她雖已「了」，而仍未「好」。

秦可卿屈從賈珍的獸行，最後自縊於天香樓，這又是「了」而未「好」。

薛寶釵成就了「金玉良姻」，賈寶玉卻棄而爲僧；她自許「清潔」（〈白海棠詩〉），最後卻「運敗金無彩」（第八回〈嘲通靈寶玉詩〉），「釵於奩內待時飛」（時飛，賈雨村字），被迫改嫁賈雨村；她祈求「好風頻借力，送我上青雲」，最後卻又從青雲中跌落，直至「金簪雪裡埋」。這又是一種「了」而未「好」。

她們最後都是既沒有「好」，也沒有真正的「了」。她們如此，書中其他人物亦是如此。這就是曹雪芹的「好了」觀。

（七）氣：陰陽與正邪

氣、陰陽是中國古典哲學的基本概念。各家對此概念的定義雖不盡相同，但程頤、程顥張載和朱熹等理學（或稱「道學」）大師都承認「氣是形而下者」，「陰陽，氣也。」（《二程遺書》卷三）在程朱理學那裡，「氣」被看作是與「理」對立的東西，是可以爲人們所感知的客觀存在。

曹雪芹在《紅樓夢》中也借史湘雲和賈雨村之口談到「陰陽」和「氣」的哲學問題。第三十一回「因麒麟伏白首雙星」（楊繼振藏本回目爲「拾麒麟侍兒論陰陽」）內史湘雲說：「天地間都賦陰陽二氣所生，或正或邪，或奇或怪，千變萬化都是陰陽順逆」；「陰陽兩個字還只是一字，陽盡了就成陰，陰盡了就成陽」；「陰陽可有什麼樣兒，不過是個氣，器物賦了成形」。因而，氣分陰陽實即對存在或物質的一分爲二，陰陽乃對立同一的兩面，相反而復相成。第二回「冷子興演說榮國府」內賈雨村所說「正邪二氣」實即陰陽二氣，只是賈雨村更明確地談到作爲萬物之靈的人賦正邪二氣而生以致氣質秉賦相異的問題，故「正邪二氣」說較之「陰陽二氣」更具道德倫理色彩。爲便論述，先引其說：

> 清明靈秀，天地之正氣，仁者之所秉也；殘忍乖僻，天地之邪氣，惡者之所秉也。今當運隆祚永之朝，太平無爲之世，清明靈秀之氣所秉者，上至朝廷，下及草野，比比

皆是。所餘之秀氣漫無所歸，遂爲甘露、爲和風，洽然溉及四海。彼殘忍乖僻之邪氣不能蕩溢於光天化日之中，遂凝結充塞於深溝大壑之內。偶因風蕩，或被雲摧，略有動搖感發之意，一絲半縷誤而洩出者，偶值靈秀之氣適過，正不容邪，邪復妒正，兩不相下，亦如風水雷電，地中既遇，既不能消，又不能讓，必至搏擊掀發而後始盡。故其氣亦必賦人，發洩一盡始散。使男女偶秉此氣而生者，在上則不能成仁人君子，下亦不能爲大凶大惡。置之於萬萬人中，其聰俊靈秀之氣，則在萬萬人之上；其乖僻邪謬不近人情之態，又在萬萬人之下。

由此可見，在曹雪芹的哲學邏輯結構中沒有「理」的地位。他認爲：

這就與理學大師的哲學觀念產生了根本差異。如朱熹的哲學邏輯結構是：

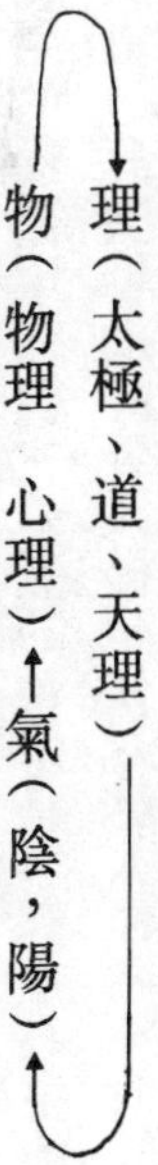

朱熹曾再三聲言：「太極只是個極好至善的道理」、「總天地萬物之理，便是太極」、「理乘氣而行，如人跨馬相似」（《朱子語類》卷九十四）；「理則只是個淨浩空闊的世界，無

形無跡，他卻不會造作。氣則能醞釀凝聚生物也。但有此氣，則理便在其中。」（同書卷一）可見他認爲「太極」或「理」才是萬物的本源最高本體，「氣」只是中介，只能在「理」的範圍的內循環往復。朱熹的哲學是客觀唯心主義的哲學，曹雪芹曾在《紅樓夢》中借賈寶玉焚書、薛寶琴批評寶釵提議作〈詠太極圖〉詩等情節（見第三十六、五十二回）顯示了對程朱理學的反對排斥態度。

因此，曹雪芹的「陰陽二氣」（或「正邪二氣」）說是唯物主義的。如從中國古典哲學中尋找其淵源，北宋唯物主義理學家張載的氣一元論最爲可能（賈雨村曾將張載列入「大仁者」名單之中）。張載主張「氣」即「理」，其學可稱爲氣學。他在《正蒙．太和篇》中提出：「太和所謂道，中涵浮沉，升降、動靜、相感之性，是生絪縕、相蕩、勝負、屈伸之始。……散殊而可象爲氣，清通而不可象爲神。不如野馬絪縕，不足謂之太和。」他認爲「太和」即「道」，亦即「氣」。在《參兩篇》中，他又將《周易．說卦》「參天兩地而倚數」之「參」解作「三」，謂「一物兩體，氣也。一，故神（自注：兩在故不測）；兩，故化（自注：推行於一）：此天之所以參也。」「若陰陽之氣，則循環迭至，聚散相蕩，升降相求，絪縕相揉。蓋相兼相制，欲一之而不能。此其所以屈伸無方，運行不息，莫或使之，不曰性命之理，謂之何哉？」很明顯，張載認爲氣是一，其中有兩，即陰陽；陰陽兩者相感相蕩，陰陽的變化即氣的變化，故張載所謂的「道」即「陰陽之氣」，亦即「性命之理」。張載的這氣一元論是唯物主義的。但張載的氣學以後沒有得到大的發展，影響較小，直到明代中期的王廷相和羅欽順推崇張載，方才復興了氣學。其後繼承發展氣學的是晚明呂坤和清初王夫之。呂坤謂：「天地萬物只是一氣聚散，更無別箇。形者，氣所附以爲凝結；氣者，形所托以爲運動。無氣則形不存，無形則氣不住。」（《呻吟語》卷四外篇〈天地〉）又謂：「宇宙內主張萬物底只是一塊氣，氣即是理；理者，氣之自然者也。」（同書卷一內篇〈談道〉）所論較張載更爲明晰。王夫之是前期理學的總結者，他說：「理只是以象二儀之妙，氣方是二儀之實。天人之蘊一氣而已，從乎氣之善而謂之理，氣外更無虛托孤立之理也。」（《讀四書大全說》卷十）又說：「理即是氣之理，氣當得如此便是理。理不先而氣不後。」（〈思問錄〉內篇）爲了闡發張載的學說，王夫之還作了《張子正蒙注》。但王夫之的絕大部分著作到清末方始刻印，曹雪芹讀到的可能性不大。張載、呂坤的著作流傳頗廣，曹雪芹讀過並從中吸取養分以至繼承其學說都是極有可能的。特別是呂坤《去僞齋文集》卷一〈說天〉、《說地》所言，幾乎與《紅樓夢》第二回的賈雨村「正邪兩賦」說類似。試引數行：

氣運之天，後天也，有三。一曰中正之氣：一陰一陽，純粹以精，極精極厚，中和之所氤氳，秀靈之所鍾毓。人得之而爲聖爲賢，草木得之而爲椿桂芝蘭，鳥獸得之而爲麟鳳龜龍、騶虞鸑鷟。二曰偏重之氣：孤陰孤陽，極濁極薄，各恣其有餘，各擅其所能，爲邪爲毒。人得之而爲愚爲惡，草木得之而爲荆棘樗櫟、鈎吻斷腸，鳥獸得之而爲梟鴆豺虎、虺蝮蜒蝣。三曰駁雜之氣：多陰多陽，少陰少陽，不陰不陽，或陰陽雜揉而不分，爲昏爲亂，爲細爲浮，人得之而爲蚩爲庸，草木得之而爲虛散纖茸，鳥獸得之而爲羊豕燕雀、蠛蠓蜉蝣之屬。

純粹不雜之謂理，美惡不同之謂氣。……著於清淑之氣則爲上智；著於愚濁之氣則爲下愚；著於駁雜之氣，則有美有惡；著於紛紜之氣，則爲庸衆。

綜觀《紅樓夢》的哲學思想，曹雪芹受張載、呂坤學說的影響頗爲顯明。曹雪芹祖父曹寅及叔祖曹宣都是「講性命之學」的理學信徒，查《楝亭書目》卷一〈經部．理學〉有張載《張橫渠全書》十五卷及呂坤《呻吟語》四卷，然未有王夫之著作。因此，曹雪芹少年時代通過楝亭藏書接受張載、呂坤的學說，中年時期形成自己的哲學思想並借《紅樓夢》中的人物之口傳述，當是符合實際情況的。

（八）關於「太極圖」

第五十二回冬閨集艷談及作詩，寶釵提出：「下次我邀一社，四個詩題，四個詞題，每人四首詩，四闋詞。頭一個詩題〈詠太極圖〉，限一先的韻，五言律，要把一先的韻都用盡了，一個不許剩。」寶琴反對她的姐姐：「這一說可知是姐姐不是真心起社了，這分明難人。若論起來，也強扭的出來，不過顛來倒去弄些《易經》上的話生填，究竟有何趣味。」寶釵爲何要衆姐妹作《詠太極圖》詩，說來原因頗不簡單，還得從什麼是「太極」說起。

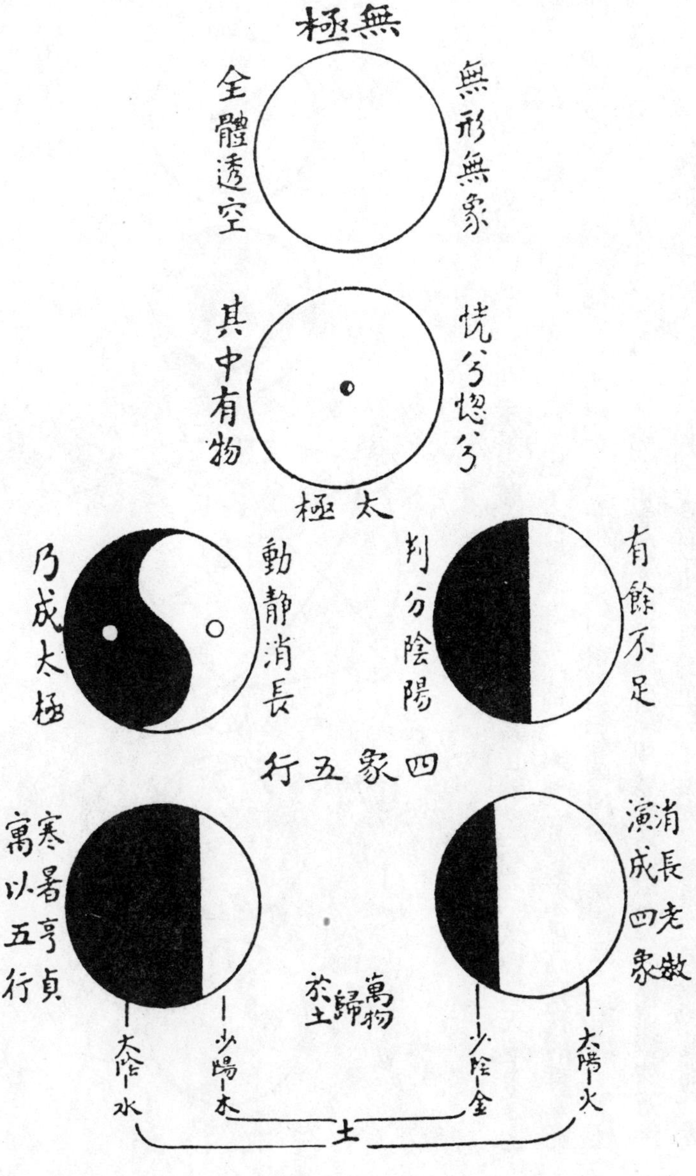
無極
無形無象
全體透空
恍兮惚兮
其中有物
太極
判分陰陽
有餘不足
動靜消長
乃成太極
四象五行
消長老嫩
演成四象
寒暑亨貞
寓以五行
萬物歸於土
太陰水
少陽木
少陰金
太陽火
土

「太極」此詞最初見於《易經．繫辭上》：「《易》有太極，是生兩儀。」鄭玄

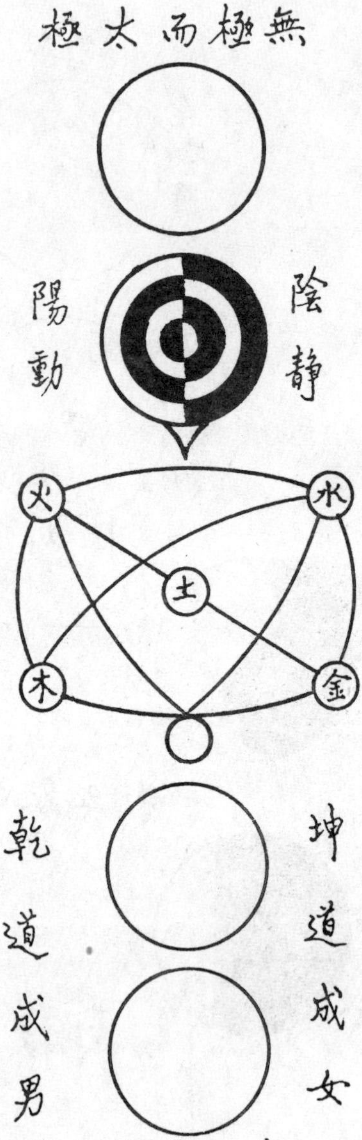

注《易》，謂「太極」乃「淳和未分之氣」；孔穎達《周易正義》云：「太極謂天地未分之前，元氣混而爲一，即是太初、太一也。」據此意見，則「太極」乃表示最高存在的哲學範疇，宇宙萬物的本源。北宋理學家周敦頤根據宋初道教祖師陳摶的「無極圖」繪成「太極圖」，將以上兩圖加以比較，可以明顯看出它們之間的聯繫。周敦頤所繪太極圖以遠較陳摶無極圖爲簡單明瞭的圖式表示宇宙萬物的生成且更富理論色彩，但太極圖來源於無極圖卻是毋庸置疑的。朱震《漢上易傳》即謂：「陳摶以太〔無〕極圖授種放，放授穆修，修授周子（按：指周敦頤）。」朱彝尊《經義考》亦云：「無極圖乃方士修煉之術，……在道家未嘗詡爲千聖不傳之秘。周子取而轉易之爲圖，……更名之曰『太極圖』，仍不沒無極之旨。」因而，太極圖來自道家，乃是道家與儒家思想的混合。但太極圖所表示的哲學理論更爲簡明清晰，更宜於由此而進一步發揮儒家的政治理論與道德倫理學說，故很快爲最大多數的儒家知識分子所接受，並進而爲最高統治者所利用。爲了擴大理論影響，周敦頤又著《太極圖說》加以闡發。文甚簡練，云：

無極而太極。太極動而生陽，動極而靜，靜而生陰，靜極復動。一動一靜，互爲其根；分陰分陽，兩儀立焉。陽變陰合而生水火木金土，五氣順布，四時行焉。五行一陰陽也，陰陽一太極也，太極本無極也。

五行之生也，各一其性。無極之真，二五之精，妙合而凝。乾道成男，坤道成女，二氣交感，化生萬物，萬物生生而變化無窮焉。

唯人也得其秀而最靈。形既生矣，神發知矣，五性感動而善惡分、萬事出矣。聖人定之以中正仁義（自注：聖人之道，仁義中正而已矣）而主靜（自注：無慾故靜），立人極焉。

故聖人「與天地合其德，日月合其明，四時合其序，鬼神合其吉凶」。君子修之吉，小人悖之凶。故曰：「立天之道，曰陰與陽；立地之道，曰柔與剛；立人之道，曰仁與義。」又曰：「原始反終，故知死生之說。」大哉《易》也，斯其至矣！

周敦頤在文中闡發「太極」的內涵，謂「無極而太極」、「五行一陰陽也，陰陽一太極也，太極本無極也」，亦即是說「太極」本爲「無極」，世界來源於無，從無生有，有生於無，從太極而陰陽，而五行，而男女，而至萬物化生。這種哲學思想與《老子》四十章「天下萬物生於有，有生於無」的命題是一致的。這樣，周敦頤把萬物的來源和化生歸結爲一個超時空而存在的本體，構成了一個客觀唯心主義的哲學體系。後來經程頤、程顥和朱熹的發展，終於成爲程朱理學的理論基礎。明代編刻《性理大全》，第一卷即收入周敦頤的《太極圖說》；清乾隆帝親纂《性理精義》，也將此文列入卷首：它在明清兩代的知識分子中發生了廣泛而深遠的影響，成爲官方哲學即理學的代表作。

這樣，薛寶釵推崇太極圖並要求眾姐妹作詩爲之闡釋，甚至要求：「把一先的韻都用盡了，一個不許剩。」（按：這是與她以往的主張截然相反的，第三十七回夜擬菊花題時她對史湘雲說：「我生平最不喜限韻的，分明有好詩，何苦爲韻所縛。」查《佩文韻府》，一先的韻字有二百三十二個，如寫成五言律首句一般不入韻，那麼即使各人用韻均不重覆，亦至少將寫成五十八首。真有這麼多的詩思？恐怕也只能如寶琴所說：「不過顛來倒去弄些《易經》上的話生塡」而已！）其原因也就很清楚了：她要以程朱理學爲大觀園眾姐妹的指導思想，教育她們自覺地做程朱理學的忠實信徒。這與她平時教導黛玉、湘雲讀正經書及有益身心的書是一脈相承的。然而，寶玉是「除四書外，竟將別的書（按，應即程朱理學及科舉程文等書）焚了」，其他姐妹也愛好文學藝術對此不感興趣，因此她的提議不但爲「年輕心熱」的薛寶琴所批評，而且遭到了眾姐妹的冷落，竟無一人接口表示支持。

短短幾句關於〈詠太極圖〉詩題的對話，就繪出了寶釵對理學的膜拜、寶琴對理學的大不敬以及眾姐妹對理學的冷淡：曹雪芹之文才大矣哉！

（九）金陵十二釵共三十六人

金陵十二釵共有多少人？或曰六十人，或曰三十六人。

前一說由俞平伯先生《紅樓夢研究》首先提出，徐恭時先生〈芹紅新語〉亦持此說，並擬出六十人的名單，文見《紅樓夢學刊》一九八〇年第一輯。此說的根據乃庚辰本第十七、十八合回的一條眉批（影印本第三百七十七頁）：

> 樹〔數〕處引十二釵總未的確，皆係漫擬也。至末回警幻情榜方知正、副、再副及三、四副芳諱。壬午季春，畸笏。

原脂評無標點，此標點是俞先生加的。這樣，「正、副、再副及三、四副」就可以解釋爲金陵十二釵的正册、副册、再副册、三副册和四副册，每册十二人，共得六十人。

此說雖有脂評爲根據，但在《紅樓夢》正文中尚找不到相應的內證。後說則在第五回寶玉神遊太虛境中可找到兩處旁證，據小說描述：

⑴警幻仙子稱金陵十二釵圖册爲「彼家上、中、下三等女子之終生册籍」，「三等」共

應爲三册。

(2)薄命司內藏金陵十二釵圖册的大櫥有三個，一櫥一册，稱正册、副册和又副册，其中正册有十二人，符合「金陵十二釵」之名。副册、又副册當亦各十二人。這樣，可推論全部金陵十二釵共有三十六人。除此而外，第一回女媧煉石補天一段有更加明確的證據：

原來女媧氏煉石補天之時，於大荒山無稽崖煉成高經十二丈、方經二十四丈頑石三萬六千五百零一塊。媧皇氏只用了三萬六千五百塊，只單單的剩了一塊未用，便棄在此山青埂峰下。

甲戌本在「十二丈」旁有脂評「總應十二釵」，在「二十四丈」旁又有脂評「照應副十二釵」。這兩條脂評還見於蒙、戚三本及夢覺主人序本，均已錄爲句下雙批。

由此可證：正十二釵有十二人，副十二釵有二十四人（包括副册及又副册），總計應是三十六人：這與第五回的正文描寫吻合。

那麼，上引庚辰本第十七、十八回的眉批該如何解釋呢？蔡義江先生《論〈紅樓夢〉佚稿》提出了另一種標點法，標爲「正副、再副及三、四副芳諱」，解作金陵十二釵副册的第一、二、三、四名。這樣，金陵十二釵共有五册六十人的問題就不再存在。蔡先生所說雖亦有理，然畸笏此評明明針對全部十二釵而言。何能專談副册的前四名呢？還是應該解釋爲「正、副、再副及三、四副」五本册子。然畸笏之評語與正文不符，這也是不可忽視的事實。筆者的看法是：我們今日所見的《石頭記》抄本均是曹雪芹在乾隆十九年甲戌開始的第五次增刪稿的過錄本，而脂硯、畸笏等人涉及後半部情節內容的評語所根據的只能是在乾隆十九年甲戌之前完成的第四次增刪稿。在此舊稿末回《情榜》中，很可能確有「正、副、再副及三、四副」共六十名女子的「芳諱」。因爲庚辰本第四十九回回前總評謂：「此回乃大觀園集十二正釵之文。」透露出在第四次增刪稿中，十二正釵的人選與今本第五回正册判詞有四人之差（參見本書〈增刪剪接：從長篇故事到章回小說〉），故可據以推斷第四次增刪稿與今本在金陵十二釵的人選及人數方面都並不相同。畸笏據舊稿內容加批，自然就與今本正文的實際描寫不相符合了。但本文討論的是今本中的金陵十二釵，自不能混爲一談。

（十）英蓮與英菊

甄士隱之女甄英蓮即後來淪爲薛蟠婢妾的香菱，她的名字在三個早期脂本中就已出現差異：甲戌本作「英蓮」，己卯、庚辰本爲「英菊」。他本皆同甲戌本。「蓮」與「菊」無論字形還是字音相距均甚遠，故抄者誤寫的可能很小。這情況顯示：在甲戌原本和己卯原本（庚辰秋點改爲庚辰原本）上，她的名字即已分別抄爲「英蓮」和「英菊」。而它們均應在曹雪芹原稿上存在過，也就是說，它們都是曹雪芹所擬。

筆者在對《紅樓夢》版本及成書過程作整體研究後曾提出一個新的假說：甲戌原本係脂

硯齋從乾隆十九年甲戌開始抄閱再評的自留編輯本，而己卯原本係畸笏叟在乾隆二十四年己卯冬抄成，他們所據以過錄的當係作者原稿即已經第五次增删的稿本。故從版本源流及成書過程分析，作者爲甄士隱之女原擬名「英菊」，乾隆十九年甲戌開始的第五次增删方改爲「英蓮」。脂硯和畸笏分別抄錄甲戌原本和己卯原本時，脂硯據改後新名抄成「英蓮」，畸笏則據其原名抄爲「英菊」；今存甲戌本和己卯、庚辰本再分別據以錄爲「英蓮」或「英菊」。今存其他脂本都是己卯庚辰原本的子孫，卻都抄成「英蓮」，那是因爲它們所據底本的祖本已用甲戌原本（或其過錄本）點改過的緣故（參見本書〈《紅樓夢》版本源流總論〉）。

以上推論尚可從《紅樓夢》正文及有關脂評得到佐證：

(1)「英蓮」之名有象徵封建時代女性悲劇的意義。甲戌本第一回頁八眉批解釋「甄」字云：「真。後之甄寶玉亦借此音，後不注。」同回頁九「英蓮」之名旁批：「設云『應憐』也。」第四回頁六拐子賣英蓮一段又有旁批：「可憐真可憐。一篇薄命賦，特出英蓮。」脂評證實「甄英蓮」諧音「真應憐」，象徵作者對全書悲劇女性的深切同情。而這與卷首作者自敍的創作動機（見甲戌本〈凡例〉第五條、其他脂本第一回回前總評）以及《紅樓夢》的主題正相一致。如爲「英菊」，則或諧音「應覺」，可能反映了作者的出世思想。這種思想在今存第五次增删稿過錄本內仍有所流露，然已不占主要地位。因此「英菊」爲舊稿文字的可能性更大。

⑵第五回金陵十二釵副册首名即香菱，其判詞及圖均雙關「英蓮」。其圖「畫著一株桂花，下面有一池沼，其中水涸泥乾，蓮枯藕敗」：桂花象徵夏金桂，蓮藕象徵香菱，且隱其本名「英蓮」。其判詞首句「根並荷花一莖香」，甲戌本句下有脂評：「卻是詠菱妙句。」荷花即蓮花，「英蓮」即蓮之英，亦即荷花：此乃香菱本名爲「英蓮」的又一旁證。所以，在第五次增删稿中，作者應已爲之定名「英蓮」，這樣方與副册首頁的判詞和圖相合。如是以「英菊」爲最後定名，則與其判詞和圖均不能相符：故「英菊」必係舊稿文字。

從甄英菊到甄英蓮的修改，反映了在《紅樓夢》創作過程中曹雪芹思想演變的軌跡：在早期稿本中可能較爲濃厚的老莊與禪宗思想逐漸減弱；到乾隆十九年甲戌開始的第五次增删稿，對不幸女性的愛與同情則顯然占據了最爲重要的位置。

(十一) 賈嬌杏：金陵十二釵副册第二人

金陵十二釵副册的十二名女子，我們只知道其冠首者爲香菱即甄英蓮，這從第五回副册首頁題畫和判詞可以推知，又有甲戌本脂評可爲佐證。至於副册的其他人選，小説正文並未寫明，僅脂評謂平兒「想亦在副册內者也」（甲戌本第六回句下雙批），「後寶琴、岫煙、李紋、李綺皆陪客也，《紅樓夢》中所謂副十二釵是也」。（己卯、庚辰及蒙戚三本第十八回雙批）。據傳，靖本批語抄件第一百三十五條錄第六十七回眉批：「似糊塗卻不糊塗，若非有風〔夙〕緣根基之人，豈能有此？□□□姣姣册之副者也。」應指尤三姐。由此看來，副册所收應是賈府的親友閨秀或侍妾，估計除琴、煙、紋、綺、尤氏姊妹和平兒以外，還可能有傅秋芳以及林小紅、齡官（二人可能嫁爲賈芸、賈薔的妻妾）等人。當然，她們在副册中的序次無法得知。

但通過對曹雪芹總體構思的研究，我們可以推知副册第二名的人選，她就是第一回中與甄英蓮先後出場的賈嬌杏。據甲戌本第一、二回脂評，甄英蓮諧音「真應憐」，賈嬌杏諧音「假僥倖」。作者在開卷第一回即介紹這兩個人物，實有以她們「托言寓意」，象徵兩種不同類型悲劇女性之作用。此點本書〈《紅樓夢》第一回析論〉已有論述。因而作者將甄英蓮和賈嬌杏列爲副册之第一、二名不但是可能的，而且是必要的。

這樣，金陵十二釵的正、副、又副三册的前兩名就形成了彼此對照且密切相關的組合。從橫向看：

正　册：林黛玉，薛寶釵

副　册：甄英蓮，賈嬌杏

又副册：晴　雯，襲人

三組人物的性格和結局均成對比，構成三對矛盾。從縱向看，則又構成兩個人物系列：

一、林黛玉，甄英蓮，晴雯

二、薛寶釵，賈嬌杏，襲人

甄賈二人分屬林晴、薛襲兩系，則作者以林晴爲「真」，以薛襲爲「假」並以之爲「真應憐」和「假僥倖」兩類不同悲劇人物之典型也就十分清晰了。

必須說明的是，作者在金陵十二釵正册判詞及〈紅樓夢曲〉中始終將釵黛兩人並列，不明顯露出她們孰先孰後，在具體描寫中也極盡「兩山對峙，兩水分流」之妙；然賈嬌杏之爲副册第二人可定，則在曹雪芹構思中林黛玉爲金陵十二釵正册之冠也就可以確定無疑。這也正符合《紅樓夢》正文對釵黛二人的實際描繪。爲了隱藏自己的創作意圖並使文章更有蘊籍之致，曹雪芹真是花費了很多心血。

（十二）偶因一著錯

在第二回始，作者交代了賈嬌杏「命運兩濟」，扶册爲賈雨村之正室夫人，並以「正是：偶因一著錯，便爲人上人」結束了她的小傳。在此上方及右側，甲戌本共有三條脂評：

(1)從來只見集古、集唐等句，未見集俗語者，此又更奇之至。

(2)妙極。蓋女兒原不應私顧外人之謂。

(3)更妙。可知守禮俟命者終爲餓莩。其調侃寓意不小。

所謂「集俗語」，當指其來自俗諺「一著錯，滿盤輸」，「吃得苦中苦，方爲人上人」而言。「一著」原指走一步棋，引申爲一次行動。按照封建禮教的要求，女子本不應該私看男子，嬌杏回顧雨村，雖云「偶然」，實際亦係爲其「腰圓背厚，面闊口方，更兼劍眉星眼，直鼻權腮」所吸引，因甄士隱贊其「必非久困之人」而動心。脂評謂「其調侃寓意不小」，乃是指明作者集此俗諺之目的：嘲笑並諷刺封建禮法的虛僞，如賈嬌杏者，實非「守禮俟命」之徒；此類人物，情場、官場歷歷皆是也。

如前所述，賈嬌杏諧音「假僥倖」，與「真應憐」相對，乃是曹雪芹對世俗觀念視爲幸運的那部分悲劇女性所作之概括評論。與甄英蓮之爲林黛玉的投影相彷，賈嬌杏乃第二女主角薛寶釵的小影。薛寶釵後來因改嫁賈雨村而成爲貴夫人（參見吳世昌先生《紅樓夢探源外編》），這當然是另一形式的「偶因一著錯，便爲人上人」了。最信奉封建禮法並恪守「婦德」的淑女薛寶釵因改嫁而最多地失卻了她的「婦德」，然又因失卻「婦德」而最終實現了她「好風頻借力，送我上青雲」的心願：曹雪芹對封建禮法虛僞性的諷刺可謂深婉之至。然作者所嘲諷的是禮教而非個人，尤其不會嘲諷蘅蕪君薛寶釵。對她，作者也是始終只有諒解與同情：在作爲封建禮法犧牲者這一基本點上，她與林黛玉和晴雯等人並無質的不同。

順便說一說，此聯各本有不小的差異：

(1)偶因一著錯（己卯、列、甲戌）
(2)偶然一著錯（庚辰）
(3)偶因一著借（舒）
(4)偶因一著巧（楊）

(5)偶因一回顧　　（夢覺、程甲乙本）

應以己卯、列、甲戌等三本爲是。庚辰本亦通，但「然」未見版本依據。舒序本明顯抄了別字。楊藏本應爲抄手臆改，他可能認爲嬌杏沒有「錯」，倒是下了一著「巧」棋：用字如老吏斷獄，卻大失風雅之旨，不是《紅樓夢》的風格了。夢覺主人序本將「一著錯」改爲「一回顧」，那就不是「集俗語」，且句意過實，缺少回味，顯係此本抄整者（或即夢覺主人）妄改。程甲、乙本又繼承了夢覺本的改動。甲戌本原抄「一著錯」，被點改爲「一回顧」，檢查改字筆跡，乃甲戌本早期讀者孫小峰（別號「情主人」）所書，當是他根據程本點改。

（十三）寧榮二公的祖先與後人

賈氏家族的先世只能追溯至寧榮二公，再往上去便十分茫然。甚至在賈氏宗祠中供奉的祖先亦自寧榮二公而始：這就顯示出這個號稱「詩禮傳家」的名門大族其實不過是暴發户。賈氏先人寧榮二公賈演和賈源乃是在新皇朝建立的過程中以軍功封爵起家的，因爲焦大曾謂賈演「九死一生掙下這家業」，賈政亦自稱「武蔭之屬」，連賈珍和賈赦從祖先那裡承襲的官爵，也是「三品神威將軍」與「一等將軍」之類的武官。因此賈演和賈源兄弟出身必然是貧賤之家，其父祖很可能是窮苦農民，上不得貴族公爵的家譜，只能在宗祠中取消了他們受子孫祭奠，歆享香烟的權利。

不但寧榮二公的祖先茫無頭緒，其後人的情形也不很清楚。《護官符》云：「賈不假，白玉爲堂金作馬。」各脂本句下有小字注明賈氏家族的始祖官爵與房分（甲戌本誤錄爲硃筆旁批）：「寧國、榮國二公之後，共二十房分。除寧榮親派八房在都外，現原籍住者十二房。」有意思的是，這小注前後兩句自相矛盾。前句說寧榮二公的後裔共二十房，後句又說寧榮的嫡親後裔只有八房。這矛盾透露：原籍的十二房並非寧榮二公的後人而是遠族或連宗的同姓。像寧榮二公這類暴發户，爲了擴大自己的勢力，延攬或接納一些趨炎附勢願意加入賈氏家族的同姓僚屬，乃是可能的甚或是必然的。《紅樓夢》中也寫到過相似的情況，如王成之祖與鳳姐之祖「聯宗」認作侄兒（第六回），賈雨村則乾脆拿了「宗侄」的帖子去拜賈政，連「聯宗」也省掉了（第二回）。此乃封建社會的常見習俗，不必深論。

賈氏家族的房分應是按「代」字輩即寧榮二公的子系劃分的。據冷子興介紹：「寧公居長，生了四個兒子；寧公死後，長子賈代化襲了官」，榮公死後則「長子賈代善襲了官」，雖未講明榮公有幾子，但「長子」一詞已透露出榮公尚有次子等存在。如果寧榮二公後人確有《護官符》小注所說的「二十房分」，那麼榮公就有十六個成年並留下後代的兒子了。而這顯然與小說所寫情況不合。榮公當亦有四個兒子，在京的八個房分乃是寧榮二公的直系親派，在金陵原籍的十二房則不過是貪圖這兩位顯赫公爵權勢而依附門下的同姓或遠族而已。因而，作者對賈府在金陵的老家始終未予正面描寫，反而設計了一個「欽差金陵省體仁院總裁甄家」與都中賈家對比相映，以寓「假作真時真亦假」之意。寧榮二公在金陵的十二房後人實乃子虛烏有也。

（十四）從榮國公的孫子到重孫

賈寶玉是榮國公賈源的孫子還是重孫？小說正文交代前後不一。從第二回冷子興演說榮國府所敘賈氏家族的世系看，榮國公賈源生代善，代善生賈政，賈政生寶玉：賈寶玉明明是榮國公的重孫。但是小說正文中其他三處提及寶玉，都把他說成是榮國公賈源的孫子：

(1)第五回警幻仙子轉述寧榮二公的囑託云：「吾家自國朝定鼎以來，功名奕世，富貴傳流，雖歷百年，奈運終數盡，不可挽回者。故遺之子孫雖多，竟無可以繼業。其中惟嫡孫寶玉一人，稟性乖張，性情怪譎，雖聰明靈慧，略可望成，無奈吾家運數合終，恐無人規引入正。」

(2)第十六回末，秦鐘求眾鬼放他暫時回陽，與一個好朋友說句話，眾鬼問誰，秦鐘道：「不瞞列位，就是榮國公的孫子，小名寶玉。」

(3)第二十九回清虛觀打醮，張道士（係當日榮國公的替身）對賈母說：「我看見哥兒的這個形容身段，言談舉動，怎麼就同當日國公爺一個稿子！」說著兩眼流下淚來。賈母聽說，也由不得滿面淚痕，說道：「正是呢，我養這些兒子孫子，也沒一個像他爺爺的，就只這玉兒像他爺爺。」

這三處描寫都很具體，都說賈寶玉是榮國公的孫子，末例更顯示榮國公乃是賈母的亡夫，這就與第二回的交代產生了明顯矛盾。這一矛盾透露出《紅樓夢》成書過程中的特徵：此書從初稿到第五次增删稿，其規模逐步擴展，內容亦逐漸豐富。作者舊稿原將賈母設計爲榮國公賈源之妻即榮國公夫人，而將賈寶玉安排爲榮國公之孫。乾隆十九年甲戌開始第五次增删時，作者擴大了舊稿的規模，在賈氏家族世系中增加了賈代化、賈代善這一代，於是賈寶玉就變成了榮國公重孫，賈母亦嬗變爲榮國公的兒媳了。

（十五）賈寶玉的外貌

賈寶玉第三回正式出場，作者以「面若中秋之月，色若春曉之花」兩句描寫其面貌特徵。甲戌本此處有眉批兩條：

(1)此非套滿月，蓋人生有面扁而青白色者，則皆可謂之秋月也。用滿月者不知此意。

(2)「少年色嫩不堅勞〔牢〕」以及「非夭即貧」之語，余猶在心，今閱至此放聲一哭。

它們又見於蒙戚三本，已錄爲句下雙批，「堅勞」作「堅牢」，比甲戌本文字更爲準確。這兩條批語顯示：賈寶玉的外貌描繪是以批者少年時代的面貌爲模特兒的。這位批者讀《紅樓夢》時常常憶及往事並失聲痛哭，綜觀其批語特徵，他很可能即畸笏，亦即作者之叔父曹類。對此國內外已有不少紅學家著文考證，此不贅言。

此評提及「少年色嫩不堅牢」，「非夭即貧」之語，應是批者少年時聽看相人所說。查《金瓶梅詞話》第九十六回，自稱「善會麻衣神相」的葉頭陀爲陳經濟看相，謂：

> 色怕嫩兮又怕嬌，聲嬌氣嫩不相饒。老年色嫩招辛苦，少年色嫩不堅牢。……麻衣祖師說得兩句好：「山根斷兮早虛花，祖業飄零定破家。」早年父祖丟下家產，不拘多少，到你手裡都了當了。……頭先過步，初主好而晚景貧窮；腳不點地，賣盡田園而走他鄉，一生不守祖業。

脂評曾多次提及《金瓶梅》，說明批者對它很熟悉。例如：

(1)此段與《金瓶梅》內西門慶、應伯爵在李桂姐家飲酒一回對看，未知孰家生動活潑？

（甲戌本第二十八回薛蟠請客一段眉批）

(2)極奇之文，極趣之文。《金瓶梅》中有云：「把忘八的臉打綠了」，已奇之至；此云「剩王八」，豈不更奇。

（已卯、庚辰本第六十六回柳湘蓮語下雙批）

(3)寫個個皆到，全無安逸之筆，深得金（奪「瓶」）壺奧

（庚辰本第十三回薛蟠送檣木一段眉批）

此外，甲戌本第七回脂評又引用了《金瓶梅詞話》第二十五回「柳藏鸚鵡語方知」之句。故「少年色嫩不堅牢」亦應取自《金瓶梅詞話》。此乃明清時相士之所常道，且葉頭陀之言又

頗合曹頫之生平經歷（參見本書〈曹頫考〉），以至畸笏（曹頫）讀到以自己少時面貌爲模特兒的描寫「面如中秋之月，色若春曉之花」要浮想聯翩並放聲大哭自傷身世了。

（十六）林黛玉的眉目

第三回寶黛初見，寶玉眼中的林妹妹風神絕世，與眾各別，給其印象最深刻的就是她那含愁帶露的眉目。今存十一種脂本及程甲本，除鄭藏本缺此回外，其他十一個版本對林黛玉眉目的描繪差異甚大，竟有八種文本：

(1)兩灣似蹙非蹙籠烟眉

一雙似□非□□□□　（甲戌本）

（按：□係原抄之硃筆方框，清末孫小峰據程甲本填補，不錄。「籠」字有塗改痕，然係原抄手筆跡。）

(2)兩灣似蹙非蹙罥烟眉

一雙似笑非笑含露目　（己卯本）

（按：加點的五字係旁添，有小鉤示添入之處。五字筆跡與該頁原抄相同。應係抄手奪落而後自己添補者。）

(3)兩灣半蹙鵝眉

一對多情杏眼　（庚辰本）

(4)兩彎似蹙非蹙罩烟眉

一雙俊目　（蒙戚三本）

(5)兩彎似蹙非蹙罥烟眉

一雙似泣非泣含露目　（列藏本）

(6)兩彎似蹙非蹙冒烟眉

一雙似百態生愁之俊眼　（楊藏本）

（按：此係原抄。後有人將「冒」字圈去，旁改「籠」字。下句亦圈改同程甲本。「冒」字應係「罥」字之誤抄。）

(7)兩彎似慼非慼籠煙眉

一雙似喜非喜含情目　（夢覺本，程甲本）

(8)眉彎似蹙而非蹙

目彩欲動而仍留　（舒序本）

據《紅樓夢》成書過程及版本源流可知：甲戌本的底本即甲戌原本從乾隆十九年開始由脂硯齋抄錄再評，故今存甲戌本林黛玉的眉目反映了當時作者的構思創作情況：她的眉已經基本畫好，目則尚未找到確切而精彩、堪與上句相媲美的文詞。直到己卯原本抄整時（乾隆二十四年冬以前），曹雪芹方始將她的眉目畫全。因此「籠烟眉」之改「罥烟眉」當是乾隆二十四年前不久的事。今存夢覺本和程甲、乙本皆爲「籠烟眉」，顯示夢覺本所據底本亦同甲戌本之「籠烟眉」。蒙戚三本共同祖本的整理者所據底本亦應係「罥烟眉」，但他也見到過爲「籠烟眉」的本子（或其所據底本即「籠」、「罥」兩存）；因爲只有這樣，這位不太高明的文人才可能從「籠」字聯想，將他不能欣賞的「罥烟眉」改成「罩烟眉」。庚辰本和舒序本的抄手則大改特改，不僅改動了文詞，而且改換了句式（舒序本的異文有可能係舒元煒、舒元炳兄弟臆改）與作者原稿相差更遠了。楊藏本前七回本係己卯原本系統，「罥」字抄成「冒」，雖令人冒火但顯係「罥」字之誤抄，可以不論。總之，林妹妹的眉可以定爲「兩彎似蹙非蹙罥烟眉」，從己卯本。

黛玉之目在甲戌本上尚是未定草，今存己卯本抄錄於乾隆二十五年庚辰春夏間，其上已有定稿：「兩彎似蹙非蹙罥烟眉，一雙似笑非笑含露目」畫出了林黛玉那獨一無二的容貌和悲劇性格，文字形式上的工穩優美更令人擊節嘆賞。除己卯本外，夢覺本的「一雙似喜非喜含情目」與列藏本的「似泣非泣含露目」也可能是曹雪芹本人的擬稿，「似喜非喜」極佳，但「含情目」未及「含露目」之新穎工整；「似泣非泣」則過於渲染了黛玉的悲愁，形象較少魅力，且「泣」、「蹙」皆入聲字，聲韻不甚鏗鏘。總之，無論從版本源流抑或從文字校勘，均以己卯本爲勝。今後校本似可考慮從己卯本；或取己卯、夢覺二本之長定爲「似喜非喜含露目」。至於蒙戚三本、庚辰本、舒序本及楊藏本原抄的林妹妹之目，形式上既難與「兩彎似蹙非蹙罥烟眉」對仗，形象又流於平凡甚或庸俗，均不可能是作者原稿。筆者懷疑它們的底本此句仍係甲戌本那樣的未定草，所以抄整者不得不自己動手另擬，以至出現了種種異文。如果它們的底本上已有與己卯、夢覺、列藏三本相同或相仿的文句，它們的抄手諒亦不會這樣自告奮勇，揎拳擄袖來越俎代庖的罷。

（十七）「罥烟眉」詮釋

林黛玉那「兩彎似蹙非蹙罥烟眉」，究竟是怎樣的眉？每次見到有關她的繪畫、塑像或者戲劇，筆者總要注意她的眉，而結果總是失望。似乎藝術家們在塑造她形象時都忽略了曹雪芹的警句，未曾注意表現她眉目之間的神韻，於是也就失去了林黛玉。

自古以來，中國人就特別重視女子雙眉之美。二千多年前的《詩經·衛風·碩人》在贊頌莊姜的美貌時，就不忘提及她的「螓首蛾眉」。翻開《事文類聚》、《佩文韻府》和《淵鑒類涵》等類書，則「愁眉」、「啼眉」、「綠眉」、「提揚眉」、「桂葉眉」等描寫女子眉毛的詞語多至百餘，甚至連詞牌也有稱爲〈眉嫵〉、〈眉峰碧〉者。然女子之美不單在眉，正如李商隱所說：「傾國宜通體，誰來獨賞眉？」林黛玉的「似蹙非蹙罥烟眉」也只有與「似笑非笑含露目」以及她整個人格合爲一體時，才會顯現出她那超凡脫俗的美。

前節已談及，從版本源流分析，曹雪芹構思黛玉之眉有一過程，先擬爲「籠烟眉」，後方改「籠」爲「罥」。周汝昌先生引曹雪芹好友敦敏《懋齋詩鈔·曉雨即事》「遙看絲絲罥烟柳」以證「罥烟眉」爲曹雪芹定稿，很具說服力（見《石頭記鑑真》）。「籠烟」在古代詩文中本以形容山巒、柳枝或翠竹的朦朧美，如《古三墳》「山氣籠烟，川氣浮光」、韋莊詩「無情最是台城柳，依舊烟籠十里堤」與元稹詩「花籠微月竹籠烟」皆其例證。曹雪芹用以形容黛玉之眉，可以想見她的雙眉如遠山羞黛、柳絲細長，再加以「似蹙非蹙」，則林妹妹雙眉半顰，略帶幽怨之神情可見。這已是頗爲巧妙的構思，然還有所不足：「籠烟」乃詩詞古文中常見舊詞，且常用以描摹較大範圍內的景物，以之形容細長的眉毛似不夠貼切。「罥烟眉」則新而韻，妙而文，前此未見有人運用，應係曹雪芹自創新詞，故敦敏從而用此「新典」。罥，音juàn，霰韻，意爲掛，纏繞。「罥烟眉」謂林妹妹雙眉似縆繞著一縷輕烟，其形象之靈秀遠勝「籠」字，而其聲韻之曼妙更爲出色。蓋「罥」爲十七霰，「烟」屬一先，二字實乃聲調不同的疊韻字，在《詞韻》中同屬第七部，且以平聲接去聲，故其聲韻細長。若「籠烟」則無此聲韻之美。「罥烟眉」而「似蹙非蹙」，更顯古典少女多情多愁之性格特徵。

當然，曹雪芹這一警句的構思實與前人詩詞文賦有淵源關係。較明顯者有：

(1)《莊子．天運》有「西施病心而矉」之語，「矉」即顰，意爲蹙眉，可因而聯想構思發展爲「似蹙非蹙」。寶玉爲林妹妹取字「顰顰」亦於此取義。

(2)《西京雜記》寫卓文君之「遠山眉」：「文君姣好，眉色如望遠山，臉際常若芙蓉，爲人放誕風流，故悅長卿之才而越禮。」遠山爲深藍綠色，烟雨迷濛時遠山之色更如畫眉之黛，且其時遠山僅露峰尖，亦更似略顰之眉。

⑶《海錄碎事》載：「唐明皇令畫工畫十眉圖：一曰鴛鴦眉；二曰小山眉；三曰五嶽眉；四曰三峰眉；五曰垂珠眉；六曰月稜眉，又名卻月眉，七曰分稍眉；八曰涵烟眉；九曰拂雲眉，又名橫烟眉；十曰倒暈眉。」其中「涵烟眉」與「籠烟眉」、「罥烟眉」相近，有由此聯想的可能。

⑷以青黛畫眉始自漢明帝宮人，當時稱爲「青黛眉」，見《事文類聚》。

⑸《隋遺錄》記，隋煬帝幸江都，有殿腳女吳絳仙善畫長蛾眉，帝賜以波斯國之螺子黛，畫眉號爲「蛾綠」。此後詩詞中遂常有黛眉、黛綠、黛顰等詞語出現。

⑹晏幾道《小山詞．少年遊》有「南樓翠柳、烟中愁黛、絲雨惱嬌顰」之句，以雨中烟柳比情人之顰眉，其意象與「籠烟眉」，「罥烟眉」均有相似之處。

⑺作者祖父曹寅《楝旁詞鈔別集》有《眉峰碧》一詞，似對曹雪芹的構思有所啟發；

感得郎先愛，誰假些兒黛。憑你秋來那樣山，不敢向、奩前賽。　掃盡從前派，秀色真難改。喜淺愁深便得知，天教壓在秋波外。

此詞所詠乃少女「喜淺愁深」的黛山眉，與「似蹙非蹙籠烟眉」的聯繫更爲顯明。

綜上所論，我們可對「兩彎似蹙非蹙罥烟眉」作如下定性詮釋：黛玉之眉細長而彎，其形色如輕烟薄繞之遠山和柳絲，眉峰若蹙，淡淡含愁。未知此解可得曹雪芹之文心否？

（十八）談「絳芸軒」

賈寶玉幼時隨賈母，稍長分房後亦住賈母院內，且自題其居室名爲「絳芸軒」，見第八回。賈寶玉搬入大觀園怡紅院以後，絳芸軒之名仍不時出現，如第二十三回〈秋夜即事〉詩有「絳芸軒裡絕喧嘩」之句，第三十六回回目爲「綉鴛鴦夢兆絳芸軒」第五十九回回目曰「絳芸軒內召將飛符」：這說明賈寶玉仍將「絳芸軒」作爲他在怡紅院居室的名字。按照古今文人的習慣，儘管多次搬家，室名仍往往相沿不改：如吳敬梓的「文木山房」，全祖望的「鮚埼亭」，黃景仁的「兩當軒」；至若今人鄭逸梅先生的「紙帳銅瓶室」，更是延續八十餘年未曾改動。戴不凡先生因怡紅院中有絳芸軒而謂作者失誤，乃是忽略文人舊習而致（按：戴文見《紅樓夢學刊》一九七九年創刊號，題爲〈曹雪芹「拆遷改建」大觀園〉。）

查今存十一種脂本及脂評，「絳芸軒」之名有四個異稱：

(1)紫芸軒。兩見於甲戌本第一回脂評：一爲茫茫大士語「富貴温柔鄉」旁批：「伏紫芸軒。」二爲〈好了歌注〉「蛛絲兒結滿雕樑」旁批：「瀟湘館、紫芸軒等處。」

(2)紫芝軒。見於蒙戚三本及夢覺本第一回，在「富貴温柔鄉」下有雙批：「伏紫芝軒。」

(3)絳芝軒。據傳，見於靖本批語抄件第二十五條：「絳芝軒諸事由此而生。」

(4)絳雲軒。見於列藏本和舒序本第八回回目及第二十三回〈秋夜即事〉詩。分析這些異稱，「芝」、「雲」皆與「芸」形近，「雲」、「芸」又同音，且明末清初柳如是有「絳雲樓」，或有抄誤之可能。但「紫」與「絳」音、形差距很大，且又在多種版本上出現，這就不能單用抄誤來解釋了。

本書〈《紅樓夢》神話論源〉考出：絳珠草實乃中國古代神話中炎帝季女瑤姬精魂所化的靈芝仙草。靈珠仙草共有三百六十種，其中有名「紫珠芝」者，「葉黃莖赤，實如李而紫色」，常略稱爲「紫芝」。「紫」乃紅色之一種，由「紫」改「絳」，色彩更爲艷麗，音韻更爲響亮。曹雪芹最喜絳色（大紅色），故以「絳珠」命名自己理想中的仙草。「絳珠」之名既由「紫珠芝」聯想而來，則在早期脂本中出現的「紫芸軒」、「紫芝軒」、「絳芝軒」等三個異名就有可能是作者構思創作中曾經一度用過的舊稱。筆者推測：有可能在《風月寶鑒》或明義所見《紅樓夢》舊稿中，賈寶玉之居室原名「紫芝軒」或「絳芝軒」（按：吳方言中芝、珠同音），以表現賈寶玉兒時對絳珠仙草的朦朧記憶，這與第三回寶黛第一次見面就觸發了心靈驚悸出於同一構思。後來作者恐此意過於顯露，又將它改爲「紫芸軒」，第五次增刪稿《石頭記》中才改寫成「絳芸軒」。絳芝軒、紫芝軒、紫芸軒三名均僅見於脂評而不見於正文，證實在作者最後定稿中它們已經改去。脂硯齋和畸笏叟則因熟知作者創作過程，見過舊稿，故有可能仍沿用舊稱，以致數名並出。至於列、舒二本回目及正文中出現的「絳雲軒」，則應係「絳芸軒」之誤抄。因爲一則列、舒二本較晚方始形成，二則「絳雲軒」與柳如是的「絳雲樓」重出，曹雪芹必不至出此複筆。

細思之，「絳芸軒」這室名確是很適宜的。它既切合賈寶玉愛紅的心理，又暗示了他愛紅的心理根源：與其前身神瑛侍者對絳珠仙草的灌溉之情及其木石前盟密切相關。查蒙府本第八回，在正文「絳芸軒」三字旁正有「照應絳珠」四字脂評。此評雖短，恰可爲此短文之有力佐證。

（十九）「我也爲的是心——你的心」

第二十回寶黛吵架，賈寶玉有幾句關於「心」的妙論，似通而非通，不通而又通。己卯、庚辰本及蒙戚三本且有句下雙批，謂：「此二語不獨觀者不解，料作者也未必解。不但作者未必解，想石頭也不解。」大約正是由於它們令人難解的緣故罷，今存各脂本及程甲本出現了大量異文：

(1)我也爲的是心你的心。難道你就知你的心，不知我的心不成？（己卯、庚辰、蒙府）

按：庚辰本有後人筆跡點去「心你的」三字，旁添「我的」二字，成爲：我也爲的是我的心。

(2)我也爲的是你的心。難道你就知你的心，不知我的心不成？（戚序二本）

(3)我也是爲的是我的心。你的心難道你就知道，我的心難道你就不知道不成？（楊

本原抄）

(4)我也爲的是我的心、你的心。難道你就知你的心，不知我的心不成？（舒本）

(5)我也是爲的我的心、你的心。你就知道你的心，不知我的心不成？（列本）

(6)我也爲的是我的心、你的心。難道你就知道你的心，絕不知道我的心不成？（程甲本）

(7)我也爲的是我的心。你難道就知道你的心，不知道我的心不成？（程乙本，楊本改文）

共有七個不同文本。如將第二句話的異同暫忽略不計，則第一句可歸併爲四類：

A．我也爲的是心你的心（己卯、庚辰、蒙府本）

B．我也爲的是你的心（戚序二本）

C．我也爲的是我的心（楊、夢覺、程乙本）

D．我也爲的是我的心，你的心（舒、程甲；列本作「是爲的」，併入此類）

據脂評，寶玉此言是觀者，作者和石頭都不理解或不能充分理解的，所以它應有一定的模糊性。有正書局老板狄楚青在有正大字本（其影印底本即戚序本，其前四十回今藏上海圖書館）上加眉批謂：

寶玉道「我也爲的是你的心」，今本（按：指程乙本）改爲「我的心」，初看甚是，細思之未免淺率。夫黛云我爲我心矣，玉於是云我心即你心，我心知你心，我所以如此者皆爲的是你的心，是深一層說法。

狄楚青以解人自居，分析頗精，可謂讀書得間。於此已可見楊本，夢覺本及程乙本之誤矣。但是他因當時條件所限，未能及見其他脂本，而只根據戚序本和程乙本立論，以致忽略了極爲重要的版本源流問題：蒙戚三本曾有過一個共同的祖本，這祖本所依據的乃是己卯庚辰原本系統的抄本。所以，今蒙府本尚同己卯庚辰本作「我也爲的是心你的心」，而據蒙府本的姊妹本再整理的戚序本已改爲「我也爲的是你的心」，實乃刪奪第一個「心」字所致。作者的原文應同今存己卯、庚辰、蒙府本，且應作如下標點：

我也爲的是心——你的心。難道你就知你的心，不知我的心不成？

戚序本漏掉了第一個「心」字，這句話就失去了一個停頓。在當時情景中，這個停頓是必要的：賈寶玉不會說「我也爲的是我的心」，因爲這樣說太針鋒相對，似乎在宣稱自己理解黛玉而責備黛玉不理解自己；他也不會立即直說「我也爲的是你的心」，因爲這樣說太唐突，敏感的黛玉受不了這樣直露的表白；因此還是先含糊其詞，說「我也爲的是心」，然後稍作停頓，看她並無不快的表示，再補充解釋：「你的心」，這樣緊接下句「難道你就知你的心，不知我的心不成」就較少反詰色彩，而較多爲黛玉設想的意味了。短短兩句話，順利地解決了黛玉的疑慮，使她「低頭一語不發」，繼則轉過話題，關心起寶玉穿衣冷暖的問題來了。甲戌本第五回頁十七旁批曾謂：「按寶玉一生心性，只不過是體貼二字，故曰意淫。」這一細節就是顯例：一句話，一個停頓，都表現出他對黛玉的至愛之情。

綜上所論，可見己卯、庚辰、蒙府本的這兩句乃曹雪芹之原文。其前句戚序本漏奪或刪奪，楊本和夢覺本擅改，而舒、列、程甲本則是妄添，程乙本乃承夢覺一系版本之誤。其後句則戚、舒、夢覺本亦準確，列本奪「難道」，楊本和程甲本都有添改，其誤更甚了。

（二十）「睡裡夢裡也忘不了你」

寶黛彼此相愛，情深意重，但從未當面説出。只有第三十二回「訴肺腑」，寶玉向黛玉表示過：「睡裡夢裡也忘不了你。」然而她並沒有聽見，聽到此言的乃是襲人。又第三十六回「夢兆絳芸軒」，寶玉在夢中喊罵：「和尚道士的話如何信得？什麼是金玉姻緣，我偏説是木石姻緣！」這潛意識的夢囈真實地暴露了他的內心世界：拒絕封建淑女薛寶釵，深愛思想個性叛逆了封建正統的女兒林黛玉。然聽見他夢話的亦不是林黛玉，而是正在綉鴛鴦的薛寶釵。

所以賈寶玉確實睡裏夢裏也不忘林黛玉，而她雖能憑直覺感受到，卻不一定很明確。因爲尚需「印證」，故她與他吵架，爲此還了不少淚債。除這些作者明白描敘的文字而外，曹雪芹虛點暗寫賈寶玉睡裡夢裡也忘不了黛玉之處還有不少，第二十三回的〈四時即事〉組詩即是一例。爲論述方便，先引全詩：

春夜即事

霞綃雲幄任舖陳，隔巷蟆更聽未真。
枕上輕寒窗外雨，眼前春色夢中人。
盈盈燭淚爲誰泣，點點花愁爲我嗔。
自是小鬟嬌懶慣，擁衾不耐笑言頻。

夏夜即事

倦綉佳人幽夢長，金籠鸚鵡喚茶湯。
窗明麝月開宮鏡，室靄檀雲品御香。
琥珀杯傾荷露滑，玻璃檻納柳風涼。
水亭處處齊紈動，簾捲朱樓罷晚妝。

秋夜即事

絳芸軒裡絕喧嘩，桂魄流光浸茜紗。

苔鎖石紋容睡鶴，井飄桐露濕棲鴉。
抱衾婢至舒金鳳，倚檻人歸落翠花。
靜夜不眠因酒渴，沉煙重撥索烹茶。

冬夜即事

梅魂竹夢已三更，錦罽鸘衾睡未成。
松影一庭惟見鶴，梨花滿地不聞鶯。
女兒翠袖詩懷冷，公子金貂酒力輕。
卻喜侍兒知試茗，掃將新雪及時烹。

組詩概寫了賈寶玉一年從春到冬的大觀園生活，充滿著「富貴閑人」的氣息，也蘊含著怡紅公子對所愛者的思念。從此組詩描繪的形象特徵分析，怡紅公子睡夢難忘的所愛者正是林妹妹。

〈春夜即事〉的背景爲春夜將盡黎明即至之時的怡紅院，詩人爲六更鼓所驚醒，回憶著夢中美好情景。「盈盈」一聯承上具體描繪「夢中人」，以流淚之燭與含愁之花喻多愁善感的林妹妹，用簡練的筆觸畫出了她的個性特徵。在賈寶玉的夢境中，他們是否還在重復著生氣、吵架、流淚等少年男女戀愛中常有的小小衝突？精煉含蓄本爲詩詞之魂，此詩雖遠遠談下上思想深刻技巧圓熟，難得它寫出了少年寶玉對所愛者的一片真情，倒也不無可取。

〈夏夜即事〉首聯即謂：「倦綉佳人幽夢長，金籠鸚鵡索茶湯。」詩中倦於刺綉且有鸚鵡爲伴之人爲誰？如果記得第二十六回林黛玉「每日家情思睡昏昏」和第三十五回瀟湘館內鸚哥唸〈葬花詞〉的描寫，又記得第三十二回花襲人說林黛玉不作針線，「舊年好一年的工夫，做了個香袋兒，今年半年，還沒見拿針線呢」：那詩中人不言而喻是嬌弱的林妹妹了。

〈秋夜即事〉和〈冬夜即事〉所詠秋冬之夜極安寧靜謐，其中「倚檻人歸落翠花」和「女兒翠袖詩懷冷」所描繪的秋夜倚檻望月不眠、冬夜吟詩忘卻寒冷的幽雅女郎，顯然是從杜甫〈佳人〉：「摘花不插髮，採柏動盈掬。天寒翠袖薄，日暮倚修竹」聯想構思。在怡紅公子的想像之中：她倚檻凝望秋月，又悄然歸去，盈把的綠葉和花朵從她手中落下，散發出陣陣清香；冬夜，面對滿園白雪，她忘卻了周圍的寒氣迫人，還在苦吟著詩詞。在大觀園裡，除了林黛玉之外，還有誰能當得起杜甫「絕代有佳人，幽居在空谷」的贊譽呢？

巧得很，列藏本第六十四回標題詩詠林黛玉，從語彙到形象都有極其明顯的模仿杜甫〈佳人〉的痕跡。詩云：

深閨有奇女，絕世空珠翠。情痴苦淚多，未惜顏憔悴。哀哉千秋魂，薄命無二致。

嗟彼桑間人，好醜非其類。

據考，早期脂本的回前標題詩乃曹雪芹本人所作。既然作者本人也將林黛玉比爲杜甫筆下的幽谷佳人，則作者爲賈寶玉擬寫的〈四時即事〉詩（秋、冬）從杜甫〈佳人〉取意用典就是完全可能的了。

賈寶玉不愧爲多情公子，他確實是從秋到冬又從春到夏思念著他所愛的林妹妹。而曹雪芹爲其擬作的詩歌能如此緊扣人物性格和具體情境，也真令人嘆爲觀止了。

（二十一）花塚與埋香塚

黛玉葬花，有一個「花塚」，又稱「埋香塚」，見第二十三回正文及第二十七回回目。

按：「花塚」一詞見於明末清初杜濬《變雅堂文集》卷八〈花塚銘〉：

余性愛瓶花，不減連林。……凡前後聚瓶花枯枝計百有十三枝爲一束，擇草堂東偏地穿穴而埋之。銘曰：汝菊、汝梅、汝水仙、木樨、蓮房墜粉、海棠垂絲，有榮必落，無盛不衰，骨瘞於此，其魂氣無不之，其或化爲至文與真詩乎！

又見於同卷之〈茶丘銘〉：

吾之於茶也，性命之交也。……因慨生平，賦命奇薄，與物無緣，惟茶爲恩。我負之不祥，豈可使墮落污穢中。且余既有花塚矣，耳目之玩孰如性命之交乎？於是舉凡所用之敗葉，必檢點收拾置之淨處。每至歲終，聚而封之，謂之茶丘。

杜濬（一六一一—一六八七），字于皇，號茶村，與其弟杜岕均係明代遺老，與曹寅之舅顧景星爲同鄉好友，與曹璽、曹寅父子均有密切交往。閻若璩曾稱杜濬爲曹寅之「父執」（見

《潛丘札記》卷六〈贈曹子清侍郎〉四首之二自注），杜濬曾為曹寅、曹宣兄弟紀念其亡父曹璽的《楝亭圖》題五律四首，屈復〈曹荔軒織造〉詩亦提及曹寅「相尋幾度杜茶村」（按：本事尚未考知。明亡後杜濬隱居金陵雞鳴寺下，屢因文字得罪當道，曹璽、曹寅父子或有所救助。）：是二杜與曹氏有通家之誼。杜濬詩宗李太白，才氣奔放，尤工五言律，據鄧之誠《清詩紀事初編》卷二，其詩文生前已有刻本流傳，後更多次翻刻。查《楝亭書目》卷三，雖未見杜濬《變雅堂文集》著錄，然曹雪芹博覽群書，應有涉獵之可能。且曹寅《楝亭詩鈔》卷四〈題柳村墨杏花〉：「勾吳春色自𧀮苴，多少清霜點鬢華。省識女郎全疋袖，百年孤塚葬桃花。」末兩句之意象亦極可能予曹雪芹之構思黛玉葬花及「花塚」以影響。（按，𧀮苴，音lǎ jū，不熟粗糙之意，出《朱子語類》。）

至於花塚之又名「埋香塚」，應取意於唐李賀《李長吉歌詩》卷四〈官街鼓〉「柏陵飛燕埋香骨」。第二十七回回目下句正作「埋香塚飛燕泣殘紅」，以往總覺此比擬突兀，今見其出處，方知曹雪芹聯想構思之由來。敦誠〈挽曹雪芹〉有「牛鬼遺文悲李賀」之句，又評曹雪芹「詩追李昌谷」：可知曹雪芹朋輩擬之為李賀鬼才，則曹雪芹必熟讀李長吉歌詩無疑。「埋香塚飛燕泣殘紅」回目源自李賀詩句確很可能。

附注：《遼海叢書》收《楝亭書目》三卷，疑非全本。因其中清人著作甚少，甚至連曹寅捐資千金助刻的其舅氏顧景星《白茅堂詩文全集》及施閏章《學餘全集》亦未見著錄，而二書皆已在曹寅生前出版。故不能排除曹家藏有杜濬詩文集的可能。

（二十二）賈元春與大觀園的出現

金陵十二釵正册人物之一的賈元春，除了其人生悲劇本身具有典型意義而外，在全書結構上亦有不可或缺的獨特作用。從《紅樓夢》中客觀存在的某些矛盾現象，我們可以推知在作者的早期稿本中尚無賈元春這個人物，她是曹雪芹爲建造大觀園而創造的藝術形象，她很可能是到第四次增删稿即明義所見《紅樓夢》中方始出現的。

首先，根據今本第二十八回賈寶玉的一段自述，我們可以肯定在早期稿本中他並沒有這麼一位闊氣的姊姊。在黛玉吟〈葬花詞〉以後，寶玉向她表白心跡：「我又没個親兄弟親姊妹，雖然有兩個，你難道不知道是和我隔母的？我也和你似的獨出。」探春和賈環是趙姨娘所生，與他是隔母的，這不錯。但第二、十八、二十三回等處多次交代元春和寶玉是同父同母的親姊弟，且謂元春「憐愛寶玉與諸弟不同」，寶玉「三四歲時已得元春手引口傳，教授了幾本書、幾千字在腹內，名分雖係姊弟，情狀有如母子」。寶玉偏偏把這位姊姊忘了，是何道理？對此只有一個解釋：葬花故事在早期稿本中已經寫成，而當時賈元春這個人物尚未出現。

其次，根據小說正文及脂評，我們還可以推知早期稿本中並没有大觀園：

(1)第三十回寫賈寶玉「從賈母這裡出來，往西過了穿堂，便是鳳姐的院落」，「西」字各脂本及程甲、乙本均無異文。而此句所示的賈府院宇方位，與今本第三、十二等回所述正好相反：今本他處皆寫賈母院在榮府之西，而此句反映出賈母院在榮府之東。這矛盾顯示：在早期稿本中，榮府花園與寧府的會芳園一樣都是在府西。這樣，它們就不可能合併改建爲大觀園。

(2)今本第三回交代賈赦住在榮府東部花園，甲戌本此回有與正文相反的旁批，云：「試思榮府園今在西，後之大觀園偏寫在東，何不畏難之若此？」確證了早期稿本中榮府花園確係在府西。

(3)第七十五回尤氏稱賈赦之妻邢夫人爲「北院裡大太太」，反映出早期稿本中賈赦夫妻原住在北院，而不是今本所寫的榮府東花園。

綜觀以上各點，可知早期稿本中賈母住在東院，賈政夫婦住正院居中，賈赦夫婦住北院（他們在早期稿本中的身份也可能正面寫明爲庶長子，今本含糊其詞，乃曹雪芹「狡猾之筆」。參見下節），而榮府花園在西部。這早期稿本中的榮府院宇方位可能是以江寧織造署的院宇結構爲素材的，當時曹雪芹還沒有創造出「天上人間諸景備」的大觀園。對此，戴不凡先生〈曹雪芹「拆遷改建」大觀園〉已有論述，文載《紅樓夢學刊》創刊號，可以參看。

賈元春和大觀園在早期稿本中既均尚未出現，那我們可以設想兩者可能是同時構思創作的。這有兩條脂評可爲佐證：

(1)大觀園用省親事出題，是大關鍵事，方見大手筆行文之立意。畸笏。（甲戌、庚辰本第十六回）

(2)大觀園原係十二釵棲止之所，然工程浩大，故借元春之命而起，再用元春之命以安諸艷，不見一絲扭捻。己卯冬夜。（庚辰本第二十三回）

這兩條評語出於畸笏和脂硯二人，可知借元春省親之名以創建大觀園乃曹雪芹構思這一藝術形象的目的之一，因而賈元春與大觀園同時誕生是極爲可能的。

那麼，賈元春與大觀園是何時出現於《紅樓夢》中的呢？筆者認爲，他們至遲在第四次增刪稿即明義所見《紅樓夢》中已經出現了，因爲明義《題紅樓夢》組詩小序已提到了大觀園。他們的出現亦不會更早，因爲明義所見《紅樓夢》乃脂硯齋初評本，前引甲戌本第三回旁批謂「今榮府園在西，後之大觀園在東」云云只可能是脂硯齋的初評，亦即原在明義所見稿本上的評語。從《紅樓夢》成書過程考察，明義所見舊稿完成於乾隆十九年甲戌之前，如假定曹雪芹寫定明義所見稿本需要兩、三年時間，則賈元春和大觀園出現於作者筆下當在乾隆十六年（一七五一）。

回顧清史，乾隆十六年正月十三日至三月乃清高宗弘曆首次南巡時間。曹雪芹其時尚在內務府任職，或有可能隨乾隆帝巡遊江南。據《清實錄》卷三百八十四，此次南巡的隨行人員數量龐大，單爲準備隨從的兵丁和拜唐阿（滿語音譯，意譯爲「執事人」）之乘騎，一次就從山東省驛站調撥驛馬達四千零五十五匹之多。憑曹雪芹的廣泛社會聯繫及內務府成員的身分，要謀得一執事人的差使是不難的。如果曹雪芹曾隨清高宗此次南巡，則賈元春和大觀園的構思有可能是乾隆帝首次南巡得到的啟示和靈感。甲戌本第十六回脂評曾云：「借省親寫南巡，出脫心中多少憶惜（昔）感今。」庚辰本第十七、十八回旁批元春省親儀仗一段又云：「難得他（疑奪「寫」字）的出，是經過之人也。」兩批顯示作者有過類似經歷。則曹雪芹將乾隆帝首次南巡的素材揉合曹家在康熙朝「四次接駕」的盛況以構思創作元春省親之情節場面並創建大觀園擴大舊稿內容也是有可能的。此點因文獻不足，尚難斷定，聊記於此，以待他日文獻之佐證。

（二十三）賈赦是庶長子

賈赦在《紅樓夢》裡的身分很特殊：他是賈代善長子承襲了榮國公世職（按：清代除八個「世襲罔替」的鐵帽子王以外，其他世爵都要降等承襲。所以第十三回寫寧國公賈演的兒子賈代化是「世襲一等神威將軍」，而賈珍代賈敬所襲的世職就是「三品爵威烈將軍」了。清代降等世襲的詳細情形可參見《清朝通典》卷三十二）為「一等將軍」，卻又偏安於榮府花園，與榮府正宅隔斷。據書中多次敍及，賈赦的經濟亦完全獨立。而其弟賈政雖是次子，卻占據了榮國府的正宅「榮禧堂」。為解釋這種奇特現象，周汝昌先生《紅樓夢新證．人物考》提出：賈赦、賈政都是賈代善之弟的嫡親兒子，賈政過繼為代善之子，因而賈政住榮禧堂正宅，賈赦住榮府花園且經濟完全獨立。周先生所言乃從曹頫過繼給曹寅為子聯想比附，《紅樓夢》正文並未談到過繼，而且這也還不能解釋賈赦承襲世職的問題。實際上，曹雪芹雖可能運用曹頫的素材寫賈政，以至在某些具體情節的描寫上顯示出賈政為過繼之子的跡象，如周先生所舉第三十三回寶玉被笞後賈母與賈政的一段對話；但《紅樓夢》中的賈母與賈赦、賈政還是母子關係，解釋小說中的人物關係還是得根據小說本身，周先生所言只能用來探考小說中人物的原型及素材。

第二回冷子興演說榮國府，對榮府人物關係是這樣介紹的：

自榮公死後，長子賈代善襲了官，娶的也是金陵世勛史侯家的小姐為妻，生了兩個兒子：長子賈赦，次子賈政。如今代善早已去世，太夫人尚在，長子賈赦襲著官。次子賈政，自幼酷喜讀書，祖父最疼，原欲以科甲出身的；不料代善臨終時遺本一上，皇上因恤先臣，即時令長子襲官外，問還有幾子，立刻引見，遂額外賜了這政老爹一個主事之銜，令其入部習學，如今現已升了員外郎了。

這段話有三點值得注意：

(1)它只說賈代善生了兩個兒子，卻沒有說賈赦賈政都是史太君所生。按照當時社會的現實狀況，代善必有侍妾（第五十六回探春曾提及「老太太屋裡的幾位老姨奶奶」），如侍妾生子，亦應以史太君為嫡母。

(2)榮國公生前最疼賈政，欲命其從科甲出身，獲取所謂「正途功名」。賈政既要以科甲出身，就不能再承襲世爵。因此襲職者只能是賈赦，無論其生母是否史太君。這既是榮國公生前安排，則家人亦無從反對。

(3)賈赦襲世職是皇帝特旨，賈政點主事係皇上恩典額外賞給：皆非他人所能改變。且《紅樓夢》中多次明寫賈母與賈赦母子感情冷漠，賈母厭惡賈赦，賈赦則公開當面譏諷賈母「偏心」（第七十五回）。賈赦甚至不參加元宵家宴，「賈母知他在此彼此不便，也就隨他去了」（第五十三回）。綜觀以上描述，似可推知：賈赦乃代善之妾所生庶長子，雖因榮公賈源的願望和皇帝特旨而得承襲世爵，榮府的財產他無權問津，財產還得按照宗法制度規定由嫡子承繼絕大部分。這就是賈政之所以能占據榮禧堂的原因。

由此可知，榮府在賈赦、賈政一代出現了政治權力與家庭財產繼承權分離的情況。而且，正因爲賈赦襲世爵乃特殊情形，所以到下一輩這世爵仍應由嫡子賈政的後代繼承。賈寶玉之所以受到全家特殊的寵愛與關注，就是因爲他乃賈政唯一的嫡子（嫡長子賈珠已逝），有資格承襲榮國公世職及榮府家產的緣故。榮府內部種種矛盾之根源亦正在這裡。

第七十五回榮府賞中秋，有一情節大可注意：賈環平時是不得長輩喜愛的庸瑣之人，而賈赦卻特別當著賈母和賈政之面誇獎賈環的中秋詩，說「我愛他這詩，竟不失咱們侯門的氣概」，「以後就這麼做去，方是咱們的口氣，將來這世襲的前程定跑不了你襲呢。」賈赦少時必受嫡母史太君輕視，偶因機緣湊巧而得承襲世職，故對與他少時同樣處境的賈環特別關心拉攏，甚至許以將來讓其承襲榮府世職。如果賈赦不是庶子而是嫡長子，那此世職自然該賈璉襲，賈璉即使早逝，還有賈琮；再說賈政也有嫡長孫賈蘭和嫡子寶玉，何能輪到賈政的庶子賈環？可見賈赦此言乃是代表庶系向嫡系的示威，故賈政聽見連忙勸說：「不過他胡謅如此，那裡就輪到後事了。」分明是以嫡系的身分否決了賈赦的許願，不讓庶系干預世職的承襲問題。

總觀《紅樓夢》，賈赦必爲庶長子，方能與書中所寫種種情形相合。不正面交代賈赦是庶長子，乃是曹雪芹的「烟雲模糊」法。吳組緗先生把《紅樓夢》比作冰山，寫出來的是一小部分露在水面上，大部分沒有明寫出來沉在水底下，讀者需要把書中描寫到的聯繫起來進行思索並加以具體考察，否則就無法看到那些大量潛在內容。吳先生的譬喻很巧妙，實在發人深思，對後人研究《紅樓夢》是很有益的啟示。當然，研究者的態度需要盡量客觀，方法必須科學。

(二十四）虎兕與虎兔

第五回賈元春判詞末句各版本有差異：

(1)虎兕相逢大夢歸（己卯、楊本）

(2)虎兔相逢大夢歸（甲戌、庚辰、蒙戚三本、舒、夢覺、程甲乙本）

楊本前七回來自己卯本一系，今存庚辰本的底本曾據甲戌原本（或其過錄本）點改，故己卯、楊本作「虎兕」，而甲戌、庚辰作「虎兔」與版本源流有直接關連。究竟何者爲曹雪芹之原文？論者意見不一：或謂「兕」非常用字，由「兔」而誤抄「兕」的可能極小，作者原文應爲「虎兕」；或謂「虎兔」乃據《推背圖》中虎撲白兔（美女化身）之民間傳說構思，應係作者原文。由此論者又對元春之結局產生兩種不同的解釋。主前說者認爲：兕乃獨角兕獸，「虎兕相逢大夢歸」謂元春將死於兩派敵對政治勢力之惡鬥；主後說者認爲：元春將如白兔爲虎所噬，亦即被皇帝賜死，且其死亡時間正在除夕，寅卯兩年交替輪接之時。

筆者認爲，這兩種說法都頗見心思，且均有相當根據。實際上，前後兩解都說對了一部分，將它們合起來就是元春之死的較完整梗概：元春在朝廷兩派敵對政治勢力的惡鬥中被皇帝作爲替罪羊賜死，她死於寅年除夕之夜，卯年元旦將臨之時。理由可以歸納表述如下：

(1)金陵十二釵正册中元春的圖爲一張弓上掛著一隻香櫞，「弓」諧音宮，「櫞」諧音元、緣，隱喻元春入宮爲妃。但「弓」又係武器，可以象徵鬥爭或戰爭，「香櫞」爲果品可以象徵青年女子，故香櫞掛在弓上正象徵元春的命運爲兩派政治力量的爭鬥所左右，即與判詞「虎兕相逢大夢歸」同義。

(2)小說正文兩次將元春與楊貴妃相比：一在第十八回她回家省親點戲《乞巧》，己卯、庚辰、蒙戚三本及夢覺本其下均有脂評：「《長生殿》中，伏元妃之死。」證實作者意圖在以此預示元春之死與楊貴妃類似。二在第三十回寶釵借扇雙敲一節，寶釵將寶玉比楊國忠，隱以楊貴妃比其姊元春。如所周知，楊貴妃在安祿山謀反後爲唐玄宗賜帛勒死於馬嵬坡，實際上是政治鬥爭中的替罪羊，元春之死當與此相類似。

(3)曹雪芹在前八十回已寫到朝廷中的兩股政治力量：一以東南西北四郡王爲首，寧榮二府亦係此派；二以忠順親王爲首，賈府與之素無來往（賈政因寶玉與忠順親王駕前承應的琪官交遊而謂「禍及於我」，透露出賈府與之素不相能且明顯對立）。賈元春作爲前一派政治勢力在宮內的代表，當兩派鬥爭尖銳且後一派占上風能左右政局時，有可能被當作替罪羊成爲皇家祭壇的犧牲。

(4)第五回金陵十二釵正册一段甲戌本有眉批云：「世之好事者爭傳《推背圖》之説，想前人斷不肯煽惑愚迷。即有此説，亦非常人供談之物。此回悉借其法，爲兒女子數運之機。」脂評證實作者確係以《推背圖》爲金陵十二釵圖册的模型。俗諺云「伴君如伴虎」，《推背圖》之虎撲美女化身的白兔確可象徵皇帝殺害貴妃元春。故「虎兔相逢大夢歸」也極可能是作者原文。

(5)第二十二回春燈謎一節，元春之謎爲爆竹，除象徵其青年夭亡之外，還可能暗示她死於新年將臨的爆竹聲中。清乾隆時人潘榮陛《帝京歲時紀勝·元旦》記：「除夕之次，夜子初交，……爆竹聲如擊浪轟雷，遍乎朝野，徹夜無停。」而元春之判詞又謂「虎兔相逢大夢歸」，則元春死於寅卯兩年交替之時自亦可能爲作者之設計。

(6)《紅樓夢曲·恨無常》透露了元春含恨而死的慘狀，預示元春之死將導致賈府的破敗。曲名《恨無常》，「無常」原爲佛教用語，梵文Anitya的意譯，指世間一切事物都處於起始、變化、壞滅的過程中遷流不停，絕無常住性；又舊時迷信稱勾攝生魂的地府使者爲無常。故《恨無常》曲名雙關，既可指君恩易變、榮辱無定，又可指元春失寵而不得善終。因而元春被皇帝賜死亦極可能。

結合《紅樓夢》版本源流分析，似可推測：作者在乾隆十九年甲戌（一七五四）開始的第五次增刪稿中定稿爲「虎兔」，意在據《推背圖》以虎喻皇帝，以兔喻在皇帝淫威下葬送了青春、歡樂直至生命的元春，揭示封建皇權是造成元春悲劇的直接兇手，將矛頭指向了最高統治者。這十分大膽的構思已足以成爲弘旿所說的「礙語」（見永忠《延芬室稿》第十五冊〈因墨香得觀《紅樓夢》小說弔雪芹三絕句姓曹〉眉批。）到乾隆二十四年己卯冬前畸笏叟抄整己卯原本時，可能出於謹慎的考慮而選用了作者舊稿中的文字「虎兕」，將矛頭移向兩派權臣以避免直指皇帝（第二回「成則王侯敗則賊」己卯本、楊本均作「公侯」，當亦出於同樣的考慮）。乾隆二十五年庚辰秋曹雪芹點改己卯原本爲庚辰原本，或又將「虎兕」改回「虎兔」。故今存庚辰本爲「虎兔」，很可能即出自庚辰原本。如或不然，則可能是己卯庚辰原本後又經用甲戌原本點改的緣故。

從「虎兕」和「虎兔」的修改，似可窺見作者的創作思想：對皇權的輕蔑與揭露，乃是《紅樓夢》的要旨之一。

（二十五）省親、南巡與隋煬帝

《紅樓夢》第十八回寫貴妃元春目中的大觀園夜景：

只見清流一帶，勢如遊龍，兩邊石欄上，皆係水晶玻璃各色風燈，點的如銀花雪浪；上面柳杏諸樹雖無花葉，然皆用通草、綢綾、紙絹依勢作成，粘於枝上的，每一株懸燈數盞；更兼池中荷荇鳧鷺之屬，亦皆係螺蚌羽毛之類作就的。諸燈上下爭輝，真係玻璃世界，珠寶乾坤。船上亦係各種精緻盆景諸燈，珠簾綉幙，桂楫蘭橈，自不必説。

省親時乃元宵佳節，盛設燈彩爲民俗之一，且此處所寫燈景還不及晚明張岱《陶庵夢憶》中所記的「龍山放燈」、「魯藩烟火」、「紹興燈景」那麼奢華，故尚屬可原。不可思議的是爲了製造春光明媚的假象，不惜用通草、綢綾、紙絹等製成假的花葉粘於樹枝，又用螺蚌、羽毛做成假的荷荇、鳧鷺等動植物置於溪流：這樣大規模地製作人工花鳥，其奢侈靡費，古今中外唯有隋煬帝一個先例。據《資治通鑑》卷一百八十《隋紀．煬帝大業元年》：

五月，築西苑，周二百里。其內爲海，周十餘里，爲蓬萊、方丈、瀛洲諸山（像海中三神山），高出水百餘尺，台觀殿閣，羅絡山上，向背如神。北有龍鱗渠，縈紆注海內，緣渠作十六院，門皆臨渠，每院以四品夫人主之（內命婦之品視百官），堂殿樓館，窮極華麗。宮樹秋冬彫落，則剪綵爲華葉，綴於枝條，色渝則易以新者，常如陽春。沼內亦剪綵爲荷芰菱芡，乘輿遊幸則去冰而布之。十六院競以殽羞精麗相高，求市恩寵。上好以月夜從宮女數千騎遊西苑，作《清夜遊》曲，於馬上奏之。

但上引文字不見於《隋書．煬帝本紀》，不知司馬光所記確係史實否。然其中有關人工花葉的描寫與《紅樓夢》中的描繪如此一致，顯示曹雪芹在此處大膽地運用了隋煬帝的素材。

甲戌本第十六回四首總評云：「借省親寫南巡，出脫胸中多少憶惜〔昔〕感今。」曹雪芹在元春省親情節中運用有關隋煬帝的素材，顯然是在指斥康熙、乾隆二帝南巡之失。在曹雪芹筆下，南巡之奢靡已經步隋煬帝之後塵。然而，康熙、乾隆二帝南巡究竟有無以綾羅製花葉蓮芡，以螺蚌羽毛作野鴨鷺鷥的惡政呢？查清史，未見正式的詳情記載。除康熙帝第一次南巡在冬十月，其他歷次南巡均在春天，似乎没有必要以人工花鳥來點綴春色，而康熙帝第一次南巡尚檢樸，亦無此奢侈可能。惟《南巡盛典》載乾隆十六年首次南巡時，鹽商在揚州平山堂行宮植梅萬株，耗銀數萬兩，專供乾隆帝觀賞，其事似乎相近。然植梅萬株耗銀雖多，尚不同於用人工花鳥裝點春光，因前者得天然之美且可長存，後者則瞬息繁華而轉眼雲煙。大約是連當時一般文人也都反對這種隋煬帝式的享樂吧，在《聖祖五幸江南恭錄》和《南巡盛典》中竟都找不到有以綾羅花葉裝飾風景的記載，只泰州張符驤《自長吟》卷十〈竹西詞〉之二有「五色雲霞空外懸，可憐錦綉欲瞞天」之句，或有所隱指而已。

但脂評既點明「以省親寫南巡」，曹雪芹豈有以虛構想像代替「史筆」的道理？我相信《紅樓夢》作者不會毫無根據地把他那時的「當今」比作荒淫的隋煬帝。果然，我在史書夾縫中找到南巡時確有「假作真時真亦假」以人力製作假景觀的證據，見《清史稿》卷三百五十七〈吳熊光傳〉，吳在嘉慶初期任直隸總督：

及東巡返，迎駕夷齊廟，與董誥、戴衢亨同對。上曰：「道路風景甚佳！」熊光越次言曰：「皇上北行，欲稽祖宗創業艱難之跡，爲萬世子孫法，風景何足言耶？」上有頊又曰：「汝蘇州人，朕少扈蹕過之，其風景誠無匹。」熊光曰：「皇上所見，乃剪綵爲花。蘇州惟虎丘稱名勝，實一墳堆之大者，城中河道逼仄，糞船擁擠，何足言風景！」上又曰：「如汝言，皇考何爲六度至彼？」熊光叩頭曰：「皇上至孝。臣從前侍太上皇帝，蒙諭：朕臨御六十年，並無失德，惟六次南巡，勞民傷財，作無益害有益。將來皇帝如南巡，而汝不阻止，必無以對朕。仁聖之所悔，言猶在耳。」同列皆震悚，壯其敢言。

吳熊光「剪綵爲花」一語，證實了乾隆帝南巡時以綢絹爲花葉取悅皇帝的情況。由是觀之，曹雪芹在《紅樓夢》中所記必有事實依據：南巡時柳杏諸樹雖已有花葉不必造假，未曾開花和花期已過的樹林尚需裝飾；且春二、三月間湖中荷荇菱芡之屬尚無踪影，必須以假作真。則南巡時單此一項花費就令人咋舌，「把銀子都花的淌海水似的」，「『罪過可惜』四個字竟顧不得了」！

因此，曹雪芹《紅樓夢》以文學形式批評「太祖舜巡」和元妃省親，實際乃影射康熙、乾隆二帝南巡之「奢華靡費」。曹雪芹以「史筆」勇敢地記述了其他書籍所不敢或未能記載的歷史真實，且大膽地以之比擬隋煬帝，顯示了他藝術家的敏鋭眼光和偉大人格。

（二十六）迎春的身世

賈府二小姐迎春，温柔善良而又懦弱無能。她雖生在公侯之家，身世卻很可憐：賈赦、邢夫人和賈璉、王熙鳳名分上是她的父母兄嫂，實際上對她毫不關心。她性格的懦弱實在與其身世大有關係。今存各脂本和程甲、乙本對她身世的交代前後均不統一，透露出作者對她的出身有過兩種不同的構思。

第七十三回邢夫人教訓迎春：「總是你那好哥哥好嫂子，一對兒赫赫揚揚，璉二爺鳳奶奶，兩口子遮天蓋日，百事週到，竟通共這一個妹子全不在意。但凡是我身上吊下來的，又有一話說，只好憑他們罷了。況且你又不是我養的，你雖然不是同他一娘所生，到底是同出一父，也該彼此瞻顧些，也免別人笑話。我想天下的事也難較定，你是大老爺跟前人養的，這裡探丫頭也是二老爺跟前人養的，出身一樣。如今你娘死了，從前看來你兩個的娘，只有你娘比如今趙姨娘強十倍的，你該比探丫頭強才是，怎麼反不及他一半！誰知竟不然，這可不是異事。倒是我一生無兒無女的一生乾淨，也不能惹人笑話議論爲高。」這一大篇囉里囉嗦的話對迎春的出身倒講得很清楚：迎春是賈赦的庶出女兒，賈璉的異母妹，其生母乃姨娘，在迎春童年時已經去世。但第二回「冷子興演說榮國府」對迎春的出身又有多種說法：

(1) 二小姐乃赦老爹前妻所出（甲戌本）

(2) 二小姐乃赦老爺之女，政老爺養爲已女（己卯本、楊本）

(3) 二小姐乃政老爹前妻所出（庚辰本）

(4) 二小姐乃赦老爺前妻所出（蒙府本、舒本）

(5)二小姐乃赦老爺之妾所出　（戚序二本）

(6)二小姐乃赦老爺姨娘所出　（夢覺、程甲、乙本）

(7)二小姐乃赦老爺之妻所生　（列藏本）

其中，庚辰本之「政」顯係「赦」字之誤，其所據底本文字應同今存甲戌本。故早期版本中實乃甲戌本與庚辰本一致，己卯本與楊本相同。至於其他各本，蒙、舒二本基本同甲、庚（「老爹」爲南京話，「老爺」爲官話，與迎春出身無關，暫不論），列藏本疑奪「前」字，亦可歸入一類；戚序本和夢覺本應係整理者爲與上引邢夫人語取得統一而作改動，意思一致而文字不同。程本則承夢覺本一系而來。因此，甲戌、庚辰、蒙、舒、列等本顯示出作者早期的一種構思：迎春乃賈赦前妻所生，與賈璉同母，邢夫人是賈赦的續絃夫人。但後來作者的構思又發生變化，故有了第七十三回邢夫人的那段訓話：迎春的生母降爲姨娘，與賈璉不再是同母兄妹。作此改動當然是爲了反映迎春身世的孤零可憐。己卯本和楊本不再提及她的生母是賈赦前妻，顯然已是後來所改；但此二本比他本多出一句「政老爺養爲己女」亦應係作者原文，大約是己卯原本抄整時畸笏叟據作者原稿本補入。因爲第八十回迎春曾向自己的命運提出抗議：「我不信我的命就這麼不好！從小兒没了娘，幸而過嬸子這邊過了幾年心淨日子，如今偏又是這麼個結果！」這説明她確實是在生母去世後爲王夫人所養育的。這種前後一致的呼應而又出現於早期脂本的文字必出作者本人之手。

綜上所述，可知作者對迎春身世有過兩種不同的設計構思：賈赦前妻之女與已故姨娘之女。今後如出校本，第二回交代迎春身世的文字似以據己卯本和楊本爲佳：既有可靠的早期版本爲依據，又可與後文呼應且避免自相矛盾。

（二十七）中山狼與孫紹祖

中山狼的典型特徵是忘恩負義、恩將仇報。自從明代馬中錫《中山狼傳》和康海、王九思的同名雜劇流傳，這個文學典型已盡人皆知。賈府的抄沒敗落自有其內在和外部的深刻原因，但爲中山狼所襲擊卻是引起一切矛盾總爆發的導火線。對此作者在第十八回元春省親點戲一段文字中已有預示。

元春點了四齣戲：〈豪宴〉、〈乞巧〉、〈仙緣〉、〈離魂〉，己卯、庚辰、蒙戚三本及夢覺本在《豪宴》下有批：「《一捧雪》中，伏賈家之敗。」在此段之後還有雙批：「所點戲劇伏四事，乃通部書之大過節、大關鍵。」可見《一捧雪．豪宴》有隱寓賈府敗落之作用。

《一捧雪》乃明末清初蘇州戲劇家李玉所撰傳奇，全劇三十齣，〈豪宴〉爲第五齣：莫懷古帶湯勤拜會嚴世蕃，嚴留兩人宴賞新編的《中山狼》雜劇，劇完後嚴留下湯勤爲清客幫閑，莫懷古告辭而去。其中的《中山狼》雜劇乃是所謂的「戲中戲」，是李玉自編的單折雜劇，由小旦扮東郭先生唱六支《北仙呂．點絳唇》。它的主題，此劇定場詩已點明：「世路險巇恩作怨，人間反覆德成仇。好把中山狼著眼，醒時休！」看來，曹雪芹之所以要安排元春點演〈豪宴〉，是因爲要以其預示賈府之敗與中山狼有直接關連。

《一捧雪》傳奇裡的中山狼當然是影射湯勤即湯裱褙：他在貧困潦倒之際爲莫懷古收留，最後卻以怨報德，向嚴世蕃告密莫懷古家藏祖傳玉杯一捧雪，以致莫懷古家破人亡、寵姬雪艷亦被其所奪。據第五回賈迎春的判詞、圖畫、《紅樓夢曲．喜冤家》及第七十九回回目」賈迎春誤嫁中山狼」可知，「中山狼」應指迎春的丈夫孫紹祖。〈喜冤家〉曲斥責他：「中山狼，無情獸，全不念當日根由。一味的驕奢淫蕩貪還構。」活畫出孫紹祖驕奢蠻橫貪婪構陷的臉譜。

孫紹祖雖是中山狼，卻需假手於嚴世蕃式的權貴才能達到反噬的目的。而《紅樓夢》裡嚴世蕃式的角色應非賈雨村莫屬。賈雨村陰險毒辣而又野心勃勃，爲了功名利祿，他可以不顧一切倫理道德：亂判葫蘆案，將恩人之女英蓮拱手送與殺人犯薛蟠；誣陷石呆子，爲賈赦搶奪石呆子古扇而不惜置之於死地。從短短幾年內，他從黜革廢員起復補應天府知府，升京兆尹，又「補授大司馬，協理軍機，參贊朝政」。「大司馬」即兵部尚書，清代以尚書銜入軍機者其官職爲從一品，見《大清會典》卷二，已遠遠超過賈赦（一等將軍）、賈珍（三品將軍）和賈政（五品員外郎）等人。此時他已不再需要賈府的支持提攜，一旦時機適合，這種心狠手辣的僞君子必會落井下石。這在正文和脂評中已有多處預示：

(1)第一、二回脂評多次稱賈雨村爲「奸雄」，見甲戌、夢覺、蒙戚三本。

(2)第三回賈政以宗侄帖拜見賈政，甲戌本有兩條旁批：「此帖妙極，可知雨村的品行矣。」「君子可欺其方也。況雨村正在王莽謙恭下士之時，雖政老亦爲所惑。」前批又見蒙戚三本，後批又見靖本批語抄件。批者以王莽比雨村，可見作者後文將脫下雨村僞裝謙恭之假面，露出其奸雄之真相。

(3)第十七回賈政帶眾清客和寶玉遊園，「有人來回雨村處遣人回話」，句下有雙批：「此處漸漸寫雨村親切，正爲後文地步，伏脈千里。」此批見於己卯、庚辰和蒙戚三本，它指出雨村與賈政的「親切」與後文有直接聯繫，應與賈府之抄沒有關。

(4)第七十二回賈璉說賈雨村「將來有事，只怕未必不連累咱們，寧可疏遠著他好」，可見將來賈府要受其「連累」。

(5)蒙戚三本第四回脂評及靖本批語抄件第八十三條兩次指出賈氏等大族之敗亡原因最重要者即爲「子孫不肖，招接匪類」。從前八十回看，賈府招接的「匪類」只有孫紹祖與賈雨村。據第七十九回正文，孫紹祖「現襲指揮之職」、「在兵部候缺題升」，正是「大司馬」即兵部尚書賈雨村的直系下屬。兩人相互利用、彼此勾結並狼狽爲奸極有可能。當然，由於小說後半部的散失，這兩個中山狼將怎樣構陷賈府已難以詳知，但賈府敗亡的導火線由他們點燃應無疑義。

順便說一說，〈喜冤家〉曲「一味的驕奢淫蕩貪還構」乃庚辰本文字，甲戌、己卯、楊本、蒙府、夢覺等五本「構」皆作「搆」，二字通。古籍中構怨、構造（誣陷、捏造）、構陷、構結、構釁等詞，均合中山狼恩將仇報的兇惡本質，故「構」（或「搆」）應係作者原文。戚序本整理者改爲「貪頑穀」，音同，而中山狼化爲嬉戲之家犬，大誤。舒序本改作「貪婚媾」，程甲、乙本爲「貪歡媾」，其意思不但與「淫蕩」重複，而且將盡人皆知的中山狼典型特徵都除去了，必係抄整者妄改。

又，已故的戴不凡先生在其〈紅樓夢詮釋〉一文中也談及：孫紹祖應是反噬賈府的中山狼，而不只是虐殺迎春的兇手。文載《東海》一九七九年第七期，可以參看。

（二十八）「覓那清淡天和」考

《紅樓夢曲·虛花悟》各本文字頗有異同，其中最可能產生歧義的第四句爲：

(1)覓那清淡天和　（甲戌、庚辰、舒本）

(2)不見那清淡天和　（己卯、楊本）

(3)覺那清淡天和　（蒙戚三本）

(4)那清淡天和　（夢覺、程甲本）

夢覺本經過多次刪整且抄成已晚，此句前奪一動詞，以致意義不完整；程甲本承夢覺本之誤，皆可不論。蒙戚三本的共同祖本亦在乾隆中期經過整理，因其來自庚辰原本系統，故誤抄或妄改「覓」爲「覺」的可能性極大，亦暫可不議。需要加以討論的是：曹雪芹之原文究竟是「覓那清淡天和」抑或「不見那清淡天和」？巧在甲戌、庚辰和舒本的「覓」字皆抄成異體字「覔」，顯示在作者原稿及己卯庚辰原本、甲戌原本上都寫成「覔」或「不見」（豎行），故殊難判定是抄手將「覔」一分爲二抄成「不見」呢，還是將「不見」合二而一抄成了「覔」。

爲了解決這個問題，可從版本源流及文義兩方面考察。

先看版本源流。因爲今存甲戌本來自甲戌原本一系，而其他今存脂本皆來自己卯庚辰原本一系，故凡甲戌本與庚辰本相同的文字極可能是曹雪芹的原文。雖然目前我們還難以肯定，今存庚辰本同甲戌本而異己卯本的文字，全部是曹雪芹本人在庚辰秋所點改，抑或其中有部分是在他逝世以後畸笏叟據脂硯齋的甲戌原本所校改，但今存庚辰本的底本或祖本亦即庚辰原本曾據甲戌原本校改是沒有問題的。因此，從版本源流判斷，應以「覓」字爲可靠。

再看文義。「清淡天和」指自然界清淨淡泊之元氣，「覓那清淡天和」意謂惜春在「將那三春看破，桃紅柳綠待如何？把這韶華打滅」之後，試圖到佛教中去尋找心靈的安寧。她能否在佛門找到自己的歸宿呢？曲文並沒有寫，只是以「說什麼」、「到頭來」、「則看那」、「更兼着」、「這的是」、「似這般」、「聞說道」等三襯字引出以對偶句爲主體的曲文，發揮富貴虛幻、人生短暫、佛門長生的思想，完整地傳達了她出家爲尼之前的心理活動。至於她是否在佛門內得到自己所尋覓的理想，不在這支〈虛花悟〉曲所詠範圍之內。如果曲文爲「不見那清淡天和」，則惜春在皈依佛門之前已知佛教之空虛，這不僅不符合生活真實，而且使以下一連串表現她對佛教熱切期望的歌詞與之斷裂，全曲自相矛盾而難以貫串融匯成整體。〈紅樓夢曲〉是一組藝術成就很高的抒情詩，不至於會出現這樣明顯的缺陷。因而，此句可校定為「覓那清淡天和」。除此而外，本曲還有一句較多異文：

(1)說什麼天上夭桃盛，雲中杏蕊多（甲戌、庚辰、蒙戚三本、夢覺）

(2)說什麼天上夭桃盛，雪中香蕊多（己卯、楊本）

(3)說什麼天上夭桃盛，雲中香蕊多（舒本）

據版本源流，亦應從甲戌、庚辰等本，此句實用唐代高蟾〈下第後上永崇高侍郎〉：「天上碧桃和露種，日邊紅杏倚雲栽」一典，意在點明功名富貴之不足恃。「雪中香蕊多」云云就無從索解了，當是己卯本抄手誤書。楊本前七回為己卯本系統，故亦承其誤。香、杏音形皆近，雪、雲形近，都很有可能抄誤。

（二十九）智能與惜春的結局

智能是水月庵（別名饅頭庵）的小尼姑，秦鐘的情人。第十六回末秦鐘臨死時還記掛著破老父逐出的智能尚無下落，不肯就死。甲戌、己卯、庚辰及蒙、戚三本此處皆有雙批：「忽從死人心中補出活人原由，更奇更奇。」此後直至第八十回就再也沒有提起過她，於是智能的結局如何就成了一個永遠的謎。

其實，曹雪芹在第七回智能第一次出場時對此小人物的結局已有所安排。此回寫周瑞家的送宮花與惜春，「只見惜春正同水月庵的小姑子智能兒兩個一處頑笑」，甲戌本及蒙戚三本此句下有雙批：「總是得空便入，百忙中又帶出王夫人喜施捨事，一筆能令千百筆用。又伏後文。」接著又寫惜春笑說：「我這裡正和智能兒說，我明兒也剃了頭同他作姑子去呢，可巧又送了花兒來。若剃了頭，把這花可帶在那裡！」甲戌本在此段話上有眉批：「閑三〔閑〕筆，卻將後半部線索提動。」據此可推知所謂「後文」、「後半部線索」必定是與惜春、智能兩人有關的。

賈府敗落之後，惜春流落爲尼，這有第五回惜春册上的圖畫、判詞、〈虛花悟〉曲文爲證，又有第二十二回惜春海燈謎及謎下脂批爲旁證。此條脂批見於庚辰本和蒙、戚三本：「此惜春爲尼之讖也。公府千金至緇衣乞食，寧不悲夫。」但她怎樣進入尼庵以及與誰一起在尼庵禮經拜佛，卻值得一思。程甲、乙本後四十回寫她在櫳翠庵帶髮修行，有紫鵑爲伴，這自然非曹雪芹原意。據上引第七回脂評，她在家破人散以後很可能是在水月庵出家，將她引入佛門並晨鐘暮鼓共度寂寞時光的應是智能。

按，水月庵別名饅頭庵，與鐵檻寺相近，作者以此一寺一庵象徵「縱有千年鐵門檻，終須一個土饅頭」，見於甲戌本第十五回脂評。鐵檻寺是賈府家廟，水月庵亦是賈府香火，兩者實爲一體，俞平伯先生《讀〈紅樓夢〉隨筆》已言及。鐵檻寺所居係男僧，而水月庵所居爲尼姑。水月庵主持原爲老尼淨虛，即第十五回內與鳳姐合謀拆散張金哥和守備之子婚姻以致逼死兩條人命的案犯。第七十七回芳、藕、蕊三官出家時，水月庵的主持已是智通。第十五回寫到過一個「智善」，看來智通、智善、智能三人都是淨虛之徒，乃師兄弟。芳官跟了智通出家，淨虛老尼此時已圓寂了罷。水月庵原爲賈府香火，賈府敗落後，水月庵失去了施主和經濟來源，也將成爲一座破廟。惜春最後與智能、芳官一起在水月庵出家爲尼，做了變相的乞食者，這就是她們深可悲憫的歸宿。至於那「西方寶樹喚婆娑，上結著長生果」的西方極樂世界，只能存在於她們永恆的幻想之中。

（三十）蓼風軒、藕香榭與暖香塢

四小姐惜春在大觀園內的住處很難定於一統，因爲小說正文有過三種不同的交代，似乎她在園內搬了三次家：

其一，第二十三回眾女兒搬進大觀園，「惜春住了蓼風軒」（據庚辰、楊、戚、舒、夢覺本。鄭、列兩本作「蓼鳳軒」，蒙府本作「煖香島」，應係抄誤或擅改）。但蓼風軒在何處？書中始終未曾提及。它有可能在蘿港花漵附近，因爲賈寶玉題額時爲此處原擬「蓼汀花漵」，想必水濱紅蓼密集，近處建築名曰「蓼風軒」的可能性較大。

其二，第三十七回偶結海棠社，寶釵有言：「四丫頭住在藕香榭」，並因此爲她題別號「藕榭」，有一次又叫她「藕丫頭」（第四十二回）。

四小姐從蓼風軒搬到藕香榭去了麼？然而書中幾次寫到藕香榭，又似乎都不可能是她的閨房。第三十八回螃蟹宴就舖設在藕香榭，據此回介紹：「原來這藕香榭蓋在池中，四面有窗，左右有曲廊可通，亦是跨水接岸，後面又有曲折竹橋暗接。」也只適合夏天作臥室，秋冬之時就嫌太涼。第四十一回又寫賈府小戲班的女孩子們在藕香榭奏樂。看來，此時（約當陰曆八月下旬）藕香榭已不是惜春的香閨了。

其三，第五十回又寫惜春住在暖香塢。正文有一段描寫，很可說明其位置和建築特點：

過了藕香榭，穿入一條夾道，東西兩邊皆有過街門，門樓上裡外皆嵌著石頭匾，如今進的是西門，向外的匾上鑿著「穿雲」二字，向裡的鑿著「度月」兩字。來至當中，進了向南的正門，賈母下了轎，惜春已接了出來。從裡邊遊廊過去，便是惜春臥房，門斗上有「暖香塢」三個字。早有幾個人打起猩紅氈簾，已覺温香拂臉。

可見暖香塢在藕香榭之西，一條東西向的夾道之南。由於它的北面有夾道擋住北風，門後又有遊廊（說明房前有寬闊的庭院），故陽光充足且保暖性特別好，用作冬季住房十分合宜。暖香塢建築的構思很可能即借鑒自清代康雍時藝術家高鳳翰的《人境園腹稿記》中設計的「香雪步」和「雪窟陽春」，此點鄧雲鄉先生《紅樓夢風俗譚》已經言及。

此後直至第七十四回抄檢大觀園，惜春仍住在暖香塢，文中且交代李紈與惜春是「緊鄰」。故可推知暖香塢實際位置介於藕香榭與稻香村之間。

小說中寫了惜春的三個住處，要說是曹雪芹搞錯了四小姐的閨房地點，這是說不過去的：他連這也搞不清，還寫什麼《紅樓夢》呢。綜觀全書，似乎可以這樣解釋：惜春起初住在蓼風軒，暑天遷居於藕香榭（第三十七回偶結海棠社時天仍暑熱，見賈芸〈送白海棠帖〉），秋冬之時則居住在暖香塢。隨氣候季節而搬遷，也合乎這位女畫家的藝術趣味。

（三十一）釋「昏慘慘黃泉路近」

第五回〈晚韶華〉曲詠李紈悲劇，曲文之入骨凄涼令人不忍卒讀。然由於對其中「昏慘慘黃泉路近」一句的解釋不同，李紈悲劇的性質也隨之而發生了根本差異。

比較流行的解釋是：「昏慘慘黃泉路近」者是李紈。李紈是夠不幸的：青春喪偶，中年又遭家難，好容易熬到賈蘭科舉成名，「威赫赫爵祿高登，光燦燦胸懸金印」，總算得到了鳳冠霞帔和一卷誥封。如果她不久即死去，那麼李紈就沒有什麼「晚韶華」（遲到的春光）可言。在臨死之前，她可以爲自己一生的道德完善感到滿意，更爲自己教子有方而自豪，爲兒子的榮華富貴而欣悦。撒手西去之時，她該是含著笑容的，西方諸佛一定會用金台來迎接她的，她有這樣的信念。真的，李紈以自己的一生證明了封建禮教的勝利，她的精神支柱始終不潰：多麼崇高的婦女啊！這樣，李紈的「悲劇」不過是丈夫早死，沒有享到兒子可以給予的老福而已。就《紅樓夢》全書的思想水平來看，我們不能設想曹雪芹會這樣構思作爲金陵十二正釵之一的李紈之悲劇。

要準確理解作者構思，還是應該反覆誦讀並逐句細繹〈晚韶華〉曲：

鏡裡恩情，　　總起。前句詠其夫賈珠早夭，夫婦恩愛如鏡花水月；
更那堪夢裡功名。　　後句嘆其子賈蘭功名如夢。
那美韶華去之何迅！　　傷己青春已逝，夫婦恩情
再休提繡帳鴛衾。　　已不可再。
只這戴珠冠披鳳襖，　　願以自己的富貴榮華抵算兒子
也抵不了無常的性命。　　壽命，而無常不許。
雖說是人生莫受老來貧，　　雖自己老年富貴，但賈府未積
也須要陰騭積兒孫。　　陰騭，兒孫難得壽福。
氣昂昂頭帶簪纓，
光燦燦胸懸金印，　　賈蘭驟貴，威權顯赫。
威赫赫爵祿高登，
昏慘慘黃泉路近。　　賈蘭突然死亡。

問古來將相可還存，　總結。嘆息賈蘭虛名
也只是虛名兒與後人欽敬。　之無用。

由以上解析可知：此曲明顯分成前後兩部分：前段從李紈方面詠唱，後段就賈蘭角度描繪。其中「昏慘慘黃泉路近」一句與上下曲文連貫，明指賈蘭而言，斷斷插不進李紈之死。況且前面「夢裡功名」、「抵不了無常性命」、「也須要陰騭積兒孫」等句，亦早已詠及賈蘭將功名如夢，故「昏慘慘黃泉路近」一句之主語應是賈蘭。

這才是曹雪芹所構思的李紈之悲劇：她將自己一生的希望寄托於兒子賈蘭的榮耀顯達之上，那遙遠的理想世界之光輝吸引著她帶領兒子艱難地前進。最後，她希望她兒子得到的一切都得到了；但就在她實現理想的同時，她失去了她最可寶貴的現實——兒子賈蘭。於是，她理想的殿堂全部倒塌，成爲一片空無所有的虛幻。她將在老年富貴即所謂「晚韶華」中，爲虛假的榮光所籠罩，孤身一人反復咀嚼咂摸她那無窮無盡的悔恨。只有這種長期的靈魂折磨，才會使她從功名富貴的夢幻中覺醒，認識到以往數十年教育兒子賈蘭致力於仕途經濟的全然錯誤。

（三十二）「箕裘頹墮皆從敬」正義

《紅樓夢曲·好事終》有句曲文各本有較大差異：

(1)箕裘頹墮皆從敬（甲戌、庚辰、蒙戚三本、舒、夢覺）

(2)箕裘頹墮皆榮王（己卯本）

(3)箕裘頹墮皆瑩玉（楊本）

如前所論，楊本前七回來自己卯本系統，「瑩」字又顯係「榮」字之誤，故楊本「皆瑩玉」之所據底本實爲「皆榮玉」。今己卯本的「榮王」與「榮玉」只差一點，何者爲是，需見文獻佐證。據靖本收藏者謂，靖本正作「榮玉」，則或可推定今己卯本的底本即己卯原本亦作「榮玉」。這樣，實際上版本差異就是「皆從敬」與「皆榮玉」之不同。

「從敬」與「榮玉」音形相差均很大，故抄錯的可能極小，均應是作者原文。兩者立意亦不同：前者認爲賈府之子孫不肖、不能繼承祖業從賈敬就開始了，亦即認爲賈府的敗落應由賈敬負責；而後者卻把賈府破敗的責任歸於榮府的玉字輩，實際上是歸罪於賈寶玉。

賈敬之罪，不僅在於他迷信道教，也不僅在於他因欲求仙得道而棄家不顧，身爲族長、家長而不理家事，放任珍蓉父子胡作非爲。賈珍與賈蓉的罪惡眾所周知，毋庸多言，賈敬的罪惡則比較隱蔽。俞平伯先生《讀〈紅樓夢〉隨筆》曾謂：賈敬死後由尤氏主持喪禮，第六十三回回目明標「死金丹獨艷理親喪」，實暗示賈敬與兒媳尤氏關係曖昧，故賈珍與尤氏亂倫，乃是「上樑不正下樑歪」。因而，作者才在秦可卿的曲文中以「箕裘頹墮皆從敬，造釁開端實在寧」將賈府事敗歸罪於寧府和賈敬。俞先生此說順理成章。

作者將賈府敗落歸因於賈寶玉也並非不可能。在卷首「作者自云」一段中已有「自欲將已往……背父兄教育之恩，負師友規談之德，以至今日一技無成、半生潦倒之罪編述一集，以告天下人」等深自懺悔之語。第三回王夫人稱賈寶玉爲「孽根禍胎」，甲戌本脂硯旁批：「四字是血淚盈面不得已無可奈何而下。四字是作者痛哭。」（下句脂批又見蒙戚三本。）則賈府破敗的導因或亦可能與賈寶玉有關。張錦池先生〈論《姽嫿詞》在《紅樓夢》悲劇結構中的地位〉（百花出版社《紅樓十二論》）即提出：賈寶玉《詭嫿詞》內「天子驚慌恨失守，此時文武皆垂首。何事文武立朝綱，不及閨中林四娘」諸句揭露並嘲笑了「天子」與「文武」的昏庸無能，可能因此而召來文字之禍，導致賈氏家族的敗亡。這也是一種可能的設計。

這兩種設計構思既均有可能，甲戌本和己卯本又均爲可靠的早期脂本，則「皆從敬」與「皆榮玉」就都應出於作者曹雪芹的手筆。據《紅樓夢》的成書過程及版本源流推測可知：在乾隆十九年甲戌作者開始第五次增删時，原稿的「皆榮玉」修改定稿爲「皆從敬」，脂硯齋之自留編輯本甲戌原本即據改定稿抄錄；乾隆二十四年己卯冬前畸笏抄錄己卯原本時，據較早的原稿文字抄爲「皆榮玉」，次年庚辰秋作者重定爲「皆從敬」。

這兩種不同的構思設計反映出作者在《紅樓夢》創作過程中的思想軌跡。原稿的「箕裘頹墮皆榮玉」雖亦有理，且可表現作者「獨於自身，深所懺悔」之情，然實不及「皆從敬」

貶斥揭露封建宗法家族罪惡之尖銳深刻。且〈好事終〉曲原係詠嘆秦可卿之悲劇，「皆從敬」亦更能揭示造成她人生悲劇的直接原因。蓋在寧府這樣的腐朽宗法家族中，越是美貌多情的女子越是容易招來家長的侮辱蹂躪，她們爲了保持並鞏固自身在家族中的地位而不得不承受家長的欺凌；特別是像尤氏和秦氏這樣的小家碧玉，得以攀上國公府這高枝，「飛上枝頭變鳳凰」亦全靠了自身的美貌。「箕裘頹墮皆從敬」：這就從正面指出賈氏家族敗亡的一切責任應由封建家長負責，其中包括了他們與兒媳亂倫的責任。曹雪芹的這種思想與封建主義的「女色禍水」論是根本對立的，因而是十分大膽的。它反映出作者對封建宗法家族衰亡根源的深刻思考，也反映出作者對悲劇女性秦可卿的深切同情。曹雪芹在庚辰秋重定時改回「皆從敬」，乃是明智之舉。

（三十三）秦可卿死於八月二十五日

俞平伯先生《紅樓夢研究》考出：在曹雪芹原稿中，秦可卿因與賈珍私通被尤氏和丫環瑞珠、寶珠撞破而羞憤自縊於天香樓。後來作者接受畸笏叟的勸告，將此情節的正面描寫文字刪去，改爲秦可卿病死，但在第五回金陵十二釵正册秦可卿的圖畫和判詞中仍保留著她自縊身死的痕跡。此項考證成果已爲廣大讀者所熟悉。

然而秦可卿死於何時仍是個疑問。根據今存各脂本及程甲、乙本，作者對她的死期有過三種不同的安排：

(1)第十二回末交代林如海病重，賈璉送黛玉去揚州，其時乃是「冬底」；第十三回開始寫賈璉去後不久，鳳姐與平兒「燈下擁爐倦繡，早命濃薰繡被，二人睡下」，是夜秦可卿托夢於鳳姐，即她身死之時。它們所反映的時令乃是冬末春初，應是同時撰寫的文字。

(2)第十四回寫秦可卿「五七正五日上」（死後第五個「七」的第五天，即死後第三十三天），跟隨賈璉到蘇州去的昭兒已回京，回鳳姐說：「林姑老爺是九月初三日巳時沒的，二爺帶了林姑娘同送姑老爺靈到蘇州，大約趕年底就回來。……叫把大毛衣服帶幾件去。」第十六回賈璉將林如海葬入祖塋，又將黛玉帶回都中，「本該出月到家，因聞得元春喜信，遂兼程而進」，回京提前至十一月底。綜觀此兩處描寫，秦可卿「五七」時約在九月底，則她的死期應在八月下旬。這兩處所寫時間概念統一，亦應是同一次的改定稿，但與前者文字所反映的時間「冬末春初」則顯然不符。

(3)第六十四回賈敬喪期中寶玉回怡紅院，看見襲人在打灰色縧結子，她說：「我見你帶的扇套還是那年東府裡蓉大奶奶的事情上作的。那個青東西除族中或親友家夏天有喪事方帶得著，一年遇著帶一兩遭，平常又不犯做。如今那府裡有事，這是要過去天天帶的，所以我趕著另作一個。等打完了結子，給你換下那舊的來。」據此則秦可卿又死於夏天。

對秦可卿死期的這三種不同安排反映了小說創作過程中作者構思的變化，在《紅樓夢》

長達十九年的創作過程中，出現這些時間前後不統一的描敍是毫不足怪的。然如就上述三種不同構思而論，秦可卿死於八月下旬當是作者原定稿，即曹雪芹聽從畸笏叟勸告删改秦可卿之死情節前的定稿。而她死於冬末春初的文字是删改時所添寫的。根據《紅樓夢》的其他內證，我們還可以進一步推論：作者當時將她自縊於天香樓的日期定在八月二十五日。作此推論乃是基於如下理由：

(1)第一、三種寫法與前後情節無牽一髮而動全身的緊密聯繫，是添改文字的可能性較大。而第二種寫法涉及第十三、十四、十六等回的大量具體情節，應係作者原定稿。甲戌本和庚辰本第十三回脂評證實：曹雪芹在乾隆十九年甲戌開始的第五次增删中删去了「秦可卿淫喪天香樓」的情節，以至第十三回少卻四、五頁。因而這些反映秦可卿死於八月下旬的情節均應是甲戌年以前寫定的文字。

(2)第四十二回鳳姐聽劉姥姥之言爲巧姐兒查《玉匣記》，庚辰、蒙戚三本、列、楊、夢覺本及程甲本均作：「八月二十五日病者，在東南方得遇花神。用五色紙錢四十張，向東南方送之，大吉。」唯獨程乙本在「病者」之後多出一句「有縊死家親女鬼作祟」。按，大觀園在寧榮二府花園的基礎上改建而成，其東南方即原寧府之會芳園，亦即秦可卿自縊處天香樓所在地，所謂「縊死家親女鬼」除了她還能是誰？故此句斷非程偉元和高鶚所能想像添入者，必係曹雪芹舊稿原文。據程乙本〈引言〉，程、高二人排印程乙本時曾「復聚集各原本詳加校閱，改訂無訛」，此句當係他們據某今佚鈔本文字補入。這條異文顯示：曹雪芹原將秦可卿自縊於天香樓的時間安排在八月二十五日。

至於今存各脂本均無「有縊死家親女鬼作祟」一句，其原因可能是這樣的：畸笏叟既命雪芹删去天香樓一節將秦可卿死因隱去，又在抄整己卯原本時删削了第四十二回的這句話。今存各脂本除甲戌本外均是己卯庚辰原本的子孫，而甲戌本又殘損，僅存前二十八回之中的十六回，所以此句在今存脂本中已不見踪跡，程甲本的底本是夢覺本（或其姊妹本），故亦無此句。今後如能發現甲戌原本系統的抄本，或許還可能在第四十二回找到這條異文的罷。

（三十四）「豐年好大雪」與薛家兄妹的取名

第四回「護官符」云：「豐年好大雪，珍珠如土金如鐵。」「雪」諧音薛，江淮方言和吳方言此二字讀入聲，乃同音字，故可諧代。「雪」又雙關「金簪雪裡埋」、「山中高士晶瑩雪」，是相當巧妙的構思。但即使是曹雪芹這樣的天才作家，他的構想也不可能全無根據。求諸曹雪芹之前的文學藝術作品，李玉的《一捧雪》傳奇似是曹雪芹聯想取意之所在。《一捧雪》中女主角雪艷是莫懷古之妾，但第一齣〈談概〉中稱她為「千貞萬烈的薛艷娘」，第十九齣「醜醋」中湯勤的醜老婆又喚她作「莫家姓薛的婆娘」：可見「雪艷」即薛艷，李玉以吳方言雪、薛同音而為取此名。曹雪芹既很熟悉《一捧雪》傳奇，則他以「豐年好大雪」之「雪」代指金陵富豪薛家極有可能是從李玉那裡得到的啟示。

薛寶釵之取名，據第六十二回所云，乃出自南宋鄭會〈題壁間詩〉「敲斷玉釵紅燭冷」和唐李商隱〈殘花〉「寶釵無日不生塵」，皆象徵分離、孤獨，都與她未來的遭遇相關，對此吳世昌先生《紅樓夢探源外編》已有詳論，且引用了很多古典詩詞中的例子，此不贅言。唯薛寶釵「艷冠群芳」的花名簽題詞，或許亦是從「一捧雪」傳奇女主角薛艷而生的聯想。

薛蟠之取名，也很有可能取自《一捧雪》傳奇。據第二齣〈囑訓〉和第六齣〈婪賄〉，莫懷古的傳家之寶玉杯一捧雪原係和氏璧，「盤著九龍，喚蟠龍和玉杯，俗呼為一捧雪」。薛蟠字文龍（據甲戌本第四回，又據蒙戚三本及列本第七十九回回目），與此或亦有關。如果不考慮這一可能，則薛蟠字文龍或從晉代張勃《吳錄》中著名的兩句：「鍾山龍蟠，石城虎踞」取意，這也很適宜於顯示呆霸王的驕橫氣焰。但「蟠」又係小蟲名，《爾雅．釋蟲》：「蟠，鼠負。」《注》：「甕器底蟲。」《疏》：「《本草》云：多在鼠坎中，鼠背負之。」故作者或有以薛蟠之名隱喻其豪奢驕橫與渺小猥瑣混合氣質之構想。

同樣，薛蟠之堂弟薛蝌，「蝌」亦係蟲名，《爾雅》謂：「蝦蟆子也。」亦即蛙類動物的幼體蝌蚪。前八十回寫薛蝌全用褒筆，似乎亦是個翩翩佳公子，但曹雪芹對小說人物的命名均有所考慮，並非隨意率爾下筆，名之為「蝌」似有貶意。在作者構思的後半部中，薛蝌或許將扮演不光彩的角色亦說不定。

（三十五）梨香院與薛家居處

薛家進京後留住在賈府，寄居於梨香院，見於第四回。據此回介紹：「原來這梨香院即當日榮公暮年養靜之所，小小巧巧約有十餘間房屋，前廳後舍俱全，另有一門通街，薛蟠家人就走此門出入。西南有一角門通一夾道，出夾道便是王夫人正房的東邊了。」同回並借賈政之言點明梨香院在榮府的位置：各脂本（夢覺本除外）均作「東北角上」，唯夢覺本與程甲本爲「東南角上」。按版本的可靠程度，似乎總該以甲戌、己卯、庚辰等本「東北角上」爲是，然而這又與第六十九回的交代相矛盾。

據第六十九回，尤二姐死後賈璉向王夫人借梨香院停靈，「賈璉嫌後門出靈不像，便對著梨香院的正牆上通街現開了一個大門」，似乎梨香院又該在榮府的東南角上，否則怎能現開大門通街呢？且下文寫賈璉在梨香院哭尤二姐，揚言要給她報仇，賈蓉忙上來勸，「又向南指大觀園的界牆」；又寫鳳姐「往大觀園中來，繞過群山至北界牆根下往外聽，隱隱綽綽聽了一言半語」云云，則梨香院應在大觀園之北，與大觀園僅有一牆之隔，它在榮府的東南角似乎不成問題。

這樣，關於梨香院的方位，作者就有過兩種不同的構思。由於這兩處描述均甚具體，何者爲是殊難判定。

與梨香院方位有關的是薛家居處。薛家先住梨香院，賈府將寧榮二府花園合併爲大觀園時，梨香院闢爲小戲班教練所，薛家另遷於「東北上一所幽靜房舍居住」，見第十八回。薛家新居應在大觀園之東北，所以第五十八回賈母去薛姨媽家祝壽，回來時可以順路去看視病中的寶黛。然而據第七十八回寶釵之言：「自我在園裡，東南上小角門子就常開著，原是爲我走的」，似乎薛家新居又在大觀園之東南了。這兩處所寫何者爲是，亦難遽斷。然薛家新居仍在東南、東北上纏夾不清，與梨香院的方位東南、東北游移不定一般，卻令人悟到這兩者之間必有某種聯繫。

如果將梨香院與薛家居處的種種迷霧聯繫起來考慮，就不得不認爲：在《紅樓夢》長達十九年的創作過程中，作者的構思曾發生變化。在早期的稿本中，賈赦住「北院」，薛家所住榮公晚年養靜之所的梨香院在榮府東南角上。在乾隆十六年後開始的第四次增刪中，曹雪芹將榮府花園由西遷東，增寫了元春省親及大觀園等有關情節，賈赦從「北院」遷至榮府東花園的南端臨街之處，亦即舊稿中梨香院的原址。這樣，梨香院的位置爲賈赦院所據，曹雪芹就不得不把梨香院遷往「東北角上」（疑即原賈赦「北院」位置）。賈府小戲班進駐梨香院迫使薛家不得不搬往他處，而榮府東南部此時已爲賈赦占領，於是薛家只好遷入「東北一所幽靜的房舍居住」。舉凡梨香院和薛家居處的東南、東北地域之爭，其根源即在於此。本篇第二十二、二十三節曾談及大觀園和賈赦居處等問題，可以參看。

（三十六）「蘼蕪滿手泣斜暉」箋

第十七回「大觀園試才題對額」，有清客爲後來的蘅蕪苑題聯「麝蘭芳靄斜陽院，杜若香飄明月洲。」眾人有異議，謂「妙則妙矣，斜陽二字不妥」，此清客又引古詩「蘼蕪滿手泣斜暉」爲出典。各脂本皆同，庚辰本上「手」字圈去旁改「院」字，因非本頁抄手筆跡，可斷爲後人據程乙本所改（程甲本亦作「手」）。「斜暉」程甲、乙本均作「斜陽」，大概是程偉元或高鶚爲了照應前聯「斜陽院」而改動。

經查，引詩出自唐代女道士魚玄機《閨怨》，見《全唐詩》第十一函第十册。詩云：

蘼蕪盈手泣斜暉，聞道鄰家夫婿歸。
別日南鴻才北去，今朝北雁又南飛。
春來秋去相思在，秋去春來信息稀。
扃閉朱門人不到，砧聲何處透羅幃。

曹雪芹引其首句，「盈」作「滿」，未必是記憶之誤。因第二十三、二十八回兩次引用陸游《村居喜書》「花氣襲人知晝暖」句，「晝」皆作「驟」。這類差異，很難肯定是曹雪芹有意改動抑或別有版本依據。

蘅蕪苑後來成爲薛寶釵的閨房，李紈且因而給她取別號「蘅蕪君」：這顯示作者構想中蘅蕪苑的背景及自然環境都與薛寶釵有所關合。不少學者認爲蘅蕪苑之名出自晉代王嘉《拾遺記》卷五〈前漢（上）〉所載漢武帝李夫人故事：

（漢武）帝息於延涼室，臥夢李夫人授帝蘅蕪之香。帝驚起，而香氣猶著衣枕，歷月不歇。

則「蘅蕪君」之稱或有將她比作帝王后妃之意。耐人尋味的是，她署名「蘅蕪君」的《憶菊》詩竟與上引女道士魚玄機的《閨怨》七律十分相類。試引而比較：

悵望西風抱悶思，蓼紅葦白斷腸時。
空籬舊圃秋無跡，瘦月清霜夢有知。
念念心隨歸雁遠，寥寥坐聽晚砧痴。
誰憐我爲黃花病，慰語重陽會有期。

曹雪芹以此詩預示薛寶釵的未來：在賈寶玉棄寶釵之妻、麝月之婢而爲僧之後（據庚辰本及蒙戚三本第二十一回雙批），她將年復一年徒勞地思念永遠棄她而去的丈夫並爲之終身痛苦。當然，號爲帝妃的蘅蕪君薛寶釵之〈憶菊〉在藝術風格上比風流女道士魚玄機之〈閨怨〉典雅委婉得多了，但它們所反映的女主人公熱切盼望丈夫歸來的心態是何等一致！曹雪芹既將薛寶釵比爲雍容華貴的后妃，又將她比作風流放誕的女道士，是否有象徵薛寶釵兩重人格的隱含意義呢？聯繫作者對薛寶釵多重性格的描寫以及她最後「運敗金無彩」的安排，這的確是一個可以探討的問題。

魚玄機，晚唐長安人，字幼微，一字蕙蘭。先嫁爲李億妾，因不容於大婦，出家咸宜觀爲女道士。她爲人風流疏宕，與名士李郢、温庭筠等酬唱，有詩一卷。後因妒嫉而笞殺女童綠翹，爲京兆尹温章所殺。詳見《唐詩紀事》卷七十八、《唐才子傳》卷八。唐代皇甫枚《三水小牘》內收有〈綠翹〉一文，記述較詳，但難免有虛構之小說家言，未可盡信，見《大平廣記》卷一百三十。

（三十七）藥王與趙姨娘

第二十五回趙姨娘問馬道婆：「前日我送了五百錢去在藥王跟前上供，你可收了沒有？」趙姨娘爲什麼要花錢請馬道婆供奉藥王？回答這問題先要弄清「藥王」是誰。「藥王」有國產和進口兩種。國產的「藥王」又有多說。明末劉侗、于奕正《帝京景物略》卷三有〈藥王廟〉一節，內謂：

天壇之北藥王廟，武清侯李誠銘立也。廟祀伏羲、神農、黃帝，而秦漢以來名醫侍。……藥者、勿藥者，藥效、罔效者，月朔望，焚楮香，祈報弭焉。

據此，「藥王」乃伏羲、神農、黃帝的合稱。清初高士奇《扈從西巡日錄》所記不同：

鄭州城在北有藥王莊，爲扁鵲故里。藥王廟專祀扁鵲。明萬曆間，慈聖太后出內帑，增建神農、軒轅、三皇之殿，以古今名醫配食。

據此則「藥王」原係扁鵲，明代萬曆年間才由慈聖太后出內帑增建，連「藥王」的美號也歸了神農、軒轅、三皇等人。

北京天壇以北的藥王廟到清初已經不存，見納蘭成德《通志堂集》卷十五〈淥水亭雜識一〉：

藥王廟，天啟中魏忠賢所建。落成時帝加獎諭，賜賚甚厚。當年必有豐碑，今無片石，蓋爲人所踣矣。

據此則遲至康熙二十四年藥王廟已不存片石。但無論「藥王」是扁鵲還是伏羲等人，都不是趙姨娘所供奉的藥王，因爲馬道婆是佛教徒，廟裡供奉大光明普照菩薩（觀音的六種化身之一），故她廟裡的「藥王」也該是佛教菩薩才對口。

據查，佛教菩薩中確有名藥王菩薩者，梵文爲Bhaisajyaraja，乃施良藥治除眾生身心病苦的菩薩。據《觀藥王、藥上二菩薩經》，藥王名星宿光：

（星宿光）聞大乘，心生歡喜，持訶黎勒果及諸雜藥，供養日藏比丘及諸眾，因發大菩提心。時星宿光之弟曰電光明，亦隨兄持諸良藥，供養日藏及諸眾，發大誓願，此時大眾贊嘆，號兄爲「藥王」，弟爲「藥上」，是今藥王、藥上二菩薩也。佛告彌勒，是藥王菩薩久修梵行，諸願已滿，於未來世成佛，號淨眼如來；藥上菩薩，亦次藥王成佛，號淨藏如來。

《法華經·藥王菩薩本事品》亦記其爲供養法華燒身燃臂的事跡，文繁不引。

所以，趙姨娘所供奉的必係此從印度進口的星宿光藥王菩薩即淨眼如來，而其供奉目的顯係在祈求藥王解救她身心兩方面的痛苦。這位貴族之家的姨娘，出身是「家生子」，即奴婢之女，屬於世代爲奴的階層。她向家主賈政奉獻了自己的青春和美貌，爲他生育了一子一女，名義上雖已是「半個主子」，實際上卻仍改不了奴才的身分。她在王夫人身邊躬執賤役，常受訓斥唾罵，甚至被當家的二奶奶王熙鳳斥責，被親生的女兒探春所鄙視。因爲按照封建禮法，她只是太太的奴才，代替太太爲老爺作性的服役並生養兒女的工具，賈環和探春雖是她所生育，按禮法卻是王夫人的兒女。她認爲自己名正言順地是賈環和探春的母親，想不到她自己的女兒卻稱之爲「陰微鄙賤的見識」，並宣稱「他只管這麼想，我只管認得老爺、太太兩個人，別人我一概不管。」劃清界線，不認生身之母爲母。趙姨娘在這貴族之家受盡了蔑視與欺凌，她內心是十分痛苦的，省下私房錢給藥王上供，祈求星宿光和電光明兄弟睜眼看清她的處境並設法解救，這或許是她唯一的希望了。

但是，在馬道婆的挑撥下，她兇殘地噬人了，妄圖以魘魔法殺害賈寶玉和王熙鳳，奪取賈政所謂的「冠帶家私」。如果說她供奉藥王菩薩是可憐的善舉，那祭起魘魔法就完全是可恨的惡行了。趙姨娘之終於難爲作者和讀者所原諒亦即在此。

然而，根據前八十回的伏筆，趙姨娘的結局似頗爲得意，說明她祈禱藥王菩薩大有靈驗。這些「伏筆」可分三點來說：

(1)她的兩個丫頭，一名吉祥，一名小鵲（分別見第五十七、七十二回），其名皆寓喜事。

(2)她的親生女兒探春將貴爲「王妃」（第六十三回）。雖探春對趙姨娘甚爲涼薄寡情，但母女天性未必全然泯滅。第五十六回趙姨娘因兄弟趙國基喪葬費事責備探春，探春曾稱：「我但凡是個男人，可以出得去，我必早走了，立一番事業，那時自有我一番道理。」什麼「道理」？她沒有說。然從當時具體情景分析，其意當是：將來如能成就大業，方可真正照應趙家；目前迫於禮法，只能遵從家規。探春原是一個有政治家風度的女兒，屈而求伸的可能是存在的。

(3)賈環將來有可能承襲榮府世職，見第七十五回「賞中秋新詞得佳讖」。此回寫及賈赦贊賞賈環的中秋詩，說「不失咱們侯門的氣概」，「以後就這麼做去，將來這世襲的前程跑不了你襲呢」：此詩應即所謂「佳讖」，它將會應驗。

如果趙姨娘的女兒成了王妃，兒子襲了世職，而王夫人又去世的話，她豈不成了榮府的下一代老太太了麼？賈環所襲的世職當與賈珍相仿，是「三品××將軍」（賈珍爲「三品威烈將軍」，見第十三回），這樣，她就成了三品太夫人，王妃的生身之母，真是好不威風。屆時榮府的「冠帶家私」都歸了賈環，趙姨娘可算徹底遂了心願。只可惜「好一似食盡鳥投林，落了片白茫茫大地真乾淨」，賈氏家族的最終衰敗畢竟是不可避免的，趙姨娘的得意也未必會綿延久長，藥王菩薩也不可能永保其富貴不衰，這倒是可以肯定的。

（三十八）琉璃世界白雪紅梅

《紅樓夢》善寫自然景色，且常常是「惜墨如金」（脂評語），幾句白描便凸現了景物特徵，如第四十九回寫大觀園冬景「琉璃世界白雪紅梅」：

（寶玉）出了院門，四顧一望，並無二色，遠遠的是青松翠竹，自己卻如裝在玻璃盒內一般。於是走至山坡之下，順著山腳剛轉過去，已聞得一陣寒香撲鼻。回頭一看，卻是妙玉門前櫳翠庵內有十數株紅梅，如胭脂一般映著雪色，分外顯得精神，好不有趣。

真是詩一般的境界，令人心醉。然櫳翠庵紅梅的花期頗爲特別。據第五十回，薛姨媽表示要請賈母賞雪，賈母笑道：「這才是十月裡頭場雪，往後下雪的日子多呢，再破費不遲。」大觀園內的紅梅竟是在十月裡開放的！是作者偶而疏忽以致筆誤嗎？不是。因爲在第五回也有過相同的介紹：因寧府會芳園內梅花盛開，尤氏治酒請賈母等賞花；寶玉午倦，在秦可卿房內夢遊太虛幻境，其時正當「秋盡冬初」（第六回），恰是十月。會芳園後來改建成大觀園，櫳翠庵地處大觀園東部，正在原會芳園故址，所以櫳翠庵之紅梅即是原會芳園的梅花。這兩段文字相隔四十五回而細節吻合若此，可見作者文心之細。

然而，大觀園的紅梅怎麼可能在十月裡開放呢？固然唐人詩云：「十月先開嶺上梅」，但《紅樓夢》的背景在北京和江南地區，且大庾嶺地處亞熱帶，亦絕不可能出現「白雪紅梅」之景色。北京天寒，梅花不能在户外過冬，因而並無梅林，姑置不論；江南地區的紅梅則從古及今都是在初春開放，一般花期約在農曆正月底到二月初，相當於公曆三月上中旬光景。其時天氣已經轉暖，如偶逢春雪飛揚，即可呈「琉璃世界白雪紅梅」之景觀。惟春雪易溶，一旦雪止，一兩日間便融化無踪。南宋范成大在故鄉蘇州石湖建置園林名曰范村，又性愛梅，故遍植梅花，並著《范村梅譜》，內云：「紅梅猶是梅，而繁密則如杏，與江梅同開，紅白相間，園林初春絕景也。」所記與今相同。清初情況亦然。作者祖父曹寅〈楝亭詩鈔〉卷三有〈朱園看梅憶子猷次同人韻〉詩，云「中春涉梅園，出谷復入谷。芳條不可折，秀色奪人目。」時已「中春」即二月。同書卷四〈蒼翠庵看梅〉：「野寺彌春旭，清霜濕半橋。」卷六又有〈二月四日雨後北門探梅限韻〉及〈西城看梅吳氏園〉詩，內有「老我曾見香雪海，五年今見廣陵春」之句，可證康熙後期南京、揚州等地紅梅花期正在春天。所以曹雪芹筆下的大觀園何以紅梅在十月就含芳吐葩，真令人百思難解，難道他那時代氣候特別温暖，以至「冬行春令」了麼？然據竺可楨《中國近五千年來氣候變遷的初步研究》，我國歷史上「寒冷時期出現在公元前一千年（殷末周初）、公元四百年（六朝）、公元一千二百年（南宋）和公元一千七百年（明末清初）等時代，漢唐兩代則是比較温暖的時代。」所以曹雪芹生活的時代氣温並不比今日高，紅梅花期不會較今提早，更不可能在十月。

其實，曹雪芹觀察細緻且博覽群書，豈有不知紅梅盛放應在春天之理。在第五十回的三首〈詠紅梅花〉和〈訪妙玉乞紅梅〉詩中，他早已寫明其時已是春天：

(1)桃未芳菲杏未紅，沖寒先已笑東風。

(2)江南江北春燦爛，寄言蜂蝶漫疑猜。

(3)疏是枝條艷是花，春裝兒女競奢華。
(4)酒未開樽句未裁，尋春問臘到蓬萊。

第五十四回還寫到榮府元宵夜宴，賈母等擊鼓傳紅梅行「春喜上眉梢」之令。這些情況顯示：曹雪芹所構思的大觀園眾女兒割腥啖膻、即景聯詩等有關情節在舊稿中可能原在賈府慶元宵之後，亦即在相當於今本第五十五回以後的位置。作者增刪舊稿時將它們挪移到今本第四十九、五十回，內容上也有所擴展。這樣剪裁情節雖然造成了物候學上的失誤，然從《紅樓夢》「假作真時真亦假」的角度觀察，自爲小說創作所容許。

（三十九）鳧靨裘與雀金裘

第五十回寶琴立雪久已成爲藝術家喜愛的題材。然不知何故，在現代畫家筆下，寶琴所披的鳧靨裘是大紅色的。電視劇《紅樓夢》裡，「立雪」一場眾姊妹的披風五色繽紛，粉白黛綠耀人眼目，偏偏寶琴與寶玉兩人披了大紅斗篷。突出主角原是應該的，只是寶琴的鳧靨裘和寶玉的雀金裘其顏色都不合原著之描寫，未免令人生憾。

首先，曹雪芹構想中的鳧靨裘絕不是大紅色的。第四十九回敘述得很清楚：賈母喜歡新來的客人寶琴，給她一領斗篷，「金翠輝煌」；香菱不認識，猜測是「孔雀毛織的」，侯門小姐史湘雲見過世面，認出是「野鴨子頭上的毛作的」。由此可見，寶琴鳧靨裘的基本色調是翠綠而閃金光，決不可能是大紅色。

鳧靨裘的名字很漂亮。「裘」是皮衣，寶琴的這件斗篷應是以毛皮作襯裡的。「鳧」即野鴨，指其面料係用野鴨頭頸部的翠毛織成；「靨」係人頰上之笑渦，乃人所特有而為野鴨所決無，則「靨」或指此裘面金光閃爍不定令人聯想起美人雙頰之笑渦歟？

然則笑靨是金黃色的嗎？不錯。古代女子妝飾，除施粉、塗唇、描眉、點朱而外，又有在額上塗黃（所謂「額黃」，又以綢絹等物先製成片狀物敷貼額中稱「花黃」）、頰邊添靨之舉。今敦煌壁畫中尚可見唐代供養仕女頰上妝靨，其色彩黃、紅、綠、黑皆有，大抵隨一時風尚而變，據文獻記載，則以黃色者為正宗。晚唐段成式《酉陽雜俎》云：「近代妝尚靨，如射月，曰黃星靨。」他所說的「近代」，自然是指唐代中期以後了，則女子臉頰畫靨還是中唐以後才流行的，其時所點笑靨正為黃色。李賀〈同沈駙馬賦得御溝水〉有「入苑白泱泱，宮人正靨黃」之句，可為旁證。宋代高承《事物紀原·妝靨》謂：「遠世婦人妝喜作粉靨，如月形，如錢樣，又或以朱若燕脂點者，唐人亦尚之。」看其行文，似乎宋代女子已不再流行畫靨了。明代楊慎《詞品》卷二謂：「唐韋固妻，少時為盜刃所刺，以翠掩之，女妝遂有靨飾。」楊慎此言實出自唐人揚恭政《續玄怪錄》中著名的〈定婚店〉即月下老人故事；但〈定婚店〉中韋固妻所貼翠飾在眉心，並非笑靨，故楊慎之言未可置信。綜觀以上材料，寶琴的鳧靨裘其名分明是從野鴨頭上的翠綠羽毛和唐人的黃星靨取意，則此裘為綠色而閃點點金光無疑。惟其襯裡為何種毛皮，書中未曾交代。

寶玉的雀金裘亦是皮斗篷，但與鳧靨裘的面料與襯裡均不相同。據第五十二回描寫：

　　賈母道：「下雪呢麼？」寶玉道：「天陰著，還沒下呢。」賈母便命鴛鴦來：「把昨兒那一件烏雲豹的氅衣給他罷。」鴛鴦答應了，走去果取了一件來。寶玉看時，金翠輝煌，碧彩閃灼，又不似寶琴所披之鳧靨裘。只聽賈母笑道：「這叫作雀金呢，這是哦囉斯國拿孔雀毛拈了線織的。前兒把那一件野鴨子的給了你小妹妹，這件給你罷。」

這件大氅以烏雲豹爲裡子，以孔雀毛織呢爲面料。所謂「烏雲豹」，乃是沙狐頸下一塊毛皮的別名，顏色青灰，毛最長最輕，又名「青狐膆」，乃狐皮中最珍貴的品種（參見鄧雲鄉先生《紅樓識小錄》）。面料因係孔雀毛拈線所織，故其色彩爲金黃、碧藍、翠綠混色，其色調隨視角的不同而變化，與鳧靨裘之翠綠主調而閃點點金光不同。

總之，鳧靨裘與雀金裘都是十分珍貴的呢絨面皮大衣。這種貴重服裝古已有之，如《西京雜記》載司馬相如所穿之鷫鷞裘，據吳世昌《紅樓夢探源外編》考釋，即以「鳧翁」即野鴨頸毛製成，所以寶琴的鳧靨裘應與司馬相如的鷫鷞裘是同一類服裝，只是曹雪芹給它想出了一個特殊的美名罷了。又晉代太醫司馬程椐所獻「雉頭裘」，乃以野雞頭部毛羽織成，其主色調應爲金紅而略帶黃褐，見於《晉書．武帝紀》。此後各代常有以鳥類羽毛織製衣裘的記載，如南齊文惠太子「織孔雀毛爲裘，光彩輝煌」（《南齊書．文惠太子傳》），寶玉的雀金裘與之相類；唐中宗女安樂公主有百鳥羽毛裙，正看旁看各爲一色，日中影中又各爲一色，百鳥之狀並見裙中（《舊唐書．五行志》）；武則天男寵張昌宗有「集翠裘」，價值千金（《太平廣記》卷四〇五引《集異記》）。直至清代嘉慶間，西林覺羅·西清還見到過以「雉頭氄毛」製成的馬褂，乃黑龍江地區普通婦女縫製（見《黑龍江外紀》卷六）。要之，曹雪芹在《紅樓夢》中寫了鳧靨裘與雀金裘兩件貴重毛呢皮衣，確有現實生活依據。在曹家的鼎盛時期，家中有這類珍異服裝也是有可能的。

（四十）椿靈、椿齡與齡官

賈府小戲班中有個色藝雙絕的小旦齡官，她的名字很可一說。

現存各脂本及程甲、乙本的正文中，她數次出現名字均爲「齡官」；然而在第三十四回回目內，她的名字卻有三種不同的寫法：

(1)椿靈。見庚辰、楊、舒、列等本；

(2)椿齡。見夢覺本和程甲、乙本；

(3)齡官。見於蒙、戚三本。

從版本源流分析，蒙戚三本的共同祖本係來自庚辰原本的某傳抄本，此祖本曾經過整理，故回目中的「齡官」應係整理者爲求統一而據小說正文改動。夢覺本和程甲、乙本一系的「椿齡」，應係夢覺主人所改，其所據底本應亦同庚辰等本爲「椿靈」，因其與正文「齡官」不合，折衷將「靈」改爲同音之「齡」。所以第三十回回目中的「椿齡」和「齡官」都是小說流傳過程中整理者所改，並非作者筆墨，曹雪芹原擬回目應爲「椿靈劃薔痴及局外」，庚辰、楊、舒、列等四本是準確的。

但這就出現了一個問題：爲什麼正文所寫的是「齡官」，而回目中卻是「椿靈」呢？有一個解釋可以比較圓滿地回答這問題：「椿靈」是她的原名，「齡官」是她的藝名。正文與回目互爲補充，這是有相同的例證可舉的：賈瑞字天祥，正文中並無交代，但第十二回回目卻明標「賈天祥正照風月鑒」；賈珍之妻尤氏很美，正文中亦未寫及，但第六十三回回目「死金丹獨艷理親喪」將尤氏與「群芳」對舉稱之爲「獨艷」。齡官原名椿靈，當亦如是。紅樓夢研究所校注本據蒙戚三本校定爲「齡官劃薔痴及局外」，雖有版本依據，然似以從庚辰等本爲佳。

（四十一）關於齡官

古代藝人一入戲班便取藝名，清初戲曲演員藝名爲「×官」者很常見，《揚州畫舫錄》、《燕蘭小譜》等書均有記載（參見徐扶明先生《紅樓夢與戲曲比較研究》）。賈府小戲班的十二個女孩子都是從蘇州採買來的貧家女兒，一到賈府便改了藝名，其本來名姓湮沒不彰了。除了齡官原名椿靈，芳官姓花，葵官姓韋而外，其他作者均未寫明，讀者也就不得而知了。

齡官在賈府戲班十二名小演員中正式出場最早，關於她的情節描寫也最多且最重要。第十八回省親演戲，元春點了四齣：〈豪宴〉、〈乞巧〉、〈仙緣〉與〈離魂〉，其中除〈豪宴〉戲中戲《中山狼》唱北曲係雜劇外，其他均係傳奇唱昆曲（分別選自《一捧雪》、《長生殿》、《邯鄲夢》和《牡丹亭》）。齡官是小旦，又稱貼旦或六旦。在這四齣戲中，小旦應工的有〈豪宴〉中的東郭先生，〈離魂〉中的春香、〈乞巧〉中的織女和念奴。〈乞巧〉中的織女和念奴不一定都由齡官扮演，因爲賈府小戲班還有一個小旦菂官，菂官死後又補有蕊官（見第五十八回）。這兩個角色中織女較容易引起注意，故可假定她演的是織女。這樣，齡官在元春所點劇目中曾三次上場表演，其中春香和織女雖是次要角色，但織女獨唱《越調引子．浪陶沙》及《越調過曲．山桃紅》兩曲，春香也獨唱《金瓏璁》、《集賢賓》、《紅衲襖》曲三支，亦很能一展歌喉。東郭先生更是以小旦反串男主角，又獨唱六支《北仙呂．點絳唇》套曲，與第二十一回寶釵生日所點《山門》同一曲調，用她品評此套曲的話來說，「鏗鏘頓挫，韻律不用説是好的了」：故令元春稱讚不已的當是齡官在〈豪宴〉中的表演。

接著，齡官正式出場：

> 剛演完了，一太監執一盤糕點之屬進來，問「誰是齡官？」賈薔便知是賜齡官之物，喜的忙接了，命齡官叩頭。太監又道：「貴妃有諭，說『齡官極好，再作兩齣戲，不拘那兩齣就是了』。」賈薔忙答應了，因命齡官作〈遊園〉、〈驚夢〉兩齣。齡官自

爲此二齣原非本角之戲，執意不作，定要作〈相約〉、〈相罵〉二齣。賈薔扭他不過，只得依他作了。賈妃甚喜，命「不可難爲了這女孩子，好生教習。」額外賞了兩匹宮緞、兩個荷包並金銀錁子、食物之類。

〈相約〉、〈相罵〉係傳奇《釵釧記》內的兩齣，齡官所演當係女主角史碧桃之使婢芸香，在這兩齣中芸香爲主角，唱做俱重，以貼旦應工。看來齡官的演技是不錯：既能唱北曲，又能唱昆曲，既能演雍容典雅的織女，又擅演潑辣俏皮的丫環，甚至還能反串小生。元春賞識她不是沒有道理的。這次賈府小戲班第一次演出，作者突出描寫了齡官一人，字裡行間又伏下了有關齡官的後文。脂批云：「何喜之有？伏下後面許多文字，只用一『喜』字。」「如何反扭他不過，其中便隱許多文字。」（己卯、庚辰及蒙戚三本雙批）所云當指齡官與賈薔的一段後文，作者曾借賈寶玉眼中所見細加描寫，那就是第三十回「椿齡畫薔痴及局外」與第三十六回「識分定情悟梨香院」。在佚失的後半部中，或許還有關於齡官與賈薔的「後文」吧。曹雪芹在齡官第一次出場時就用數十字籠罩住她的「後文」乃至結局，其筆力之雄厚實無與倫比。

然而，自「情悟」一回以後，小說中雖亦數次寫到小戲班的演出，如第四十一回奏樂、第五十四回元宵演〈尋夢〉、〈下書〉，齡官卻再沒有出現過。甚至第五十八回老太妃去世賈府遣散小戲班女伶時也沒有直接提到齡官。按此回正文，願回家者只有四、五人，其他均願留下，於是分給各房使喚。留下者八人：文官、芳官、藕官、蕊官、艾官、葵官、荳官、茄官。第三十回、五十八回還提到過另外四個優伶的名字：齡官、玉官、寶官、葯官，其中葯官早夭，算來願回家者止有三人：齡、寶、玉三官。書中寫明：王夫人「令其乾娘領回家去，單等他親父母來領」。齡官是被其親父母領回蘇州了呢，還是嫁給賈薔了呢？不得而知。

賈薔是個品質惡劣的青年，由於「上有賈珍溺愛，下有賈蓉匡助」，終日「鬥雞走狗，賞花玩柳」（第九回）。但賈薔生得比賈蓉還風流俊俏，且又內性聰明，遠離家鄉父母的齡官與幼失父母的賈薔相愛是有可能的，賈薔因爲愛齡官而自我檢束也是有可能的。從「情悟」一回看，賈薔對齡官似亦不乏真情。但齡官青年咳血，必患肺癆，按當時醫療條件，長期存活實不可能。且優伶社會地位低賤，賈薔係國公府玄孫，如娶齡官爲妻，必遭家長干涉反對（賈府老戲班的女伶後都由主子指配嫁與奴僕），故齡官最多只能做賈薔之妾。一旦嫁爲賈薔之侍妾，賈薔的本性恐亦將暴露無遺，不免像薛蟠對香菱：「過了沒半月，也看的馬棚風一般了。」她的結局也只能是悲劇。

蒙戚三本在第十八回回後有一首七律云：

一物珍藏見至情，豪華每向鬧中爭。
黛林寶薛傳佳句，《豪宴》、《仙緣》留趣名。
爲剪荷包綰兩意，屈從優女結三生。
可憐轉眼皆虛話，雲自飄飄月自明。

其中「屈從優女」即指齡官執意要演〈相約〉、〈相罵〉，「賈薔扭他不過，只得依他作了」之事。至於「結三生」云云，似此詩作者認爲賈薔將與齡官結爲連理。然據版本研究成果，蒙戚三本的回前回末詩並非脂硯齋或畸笏叟等曹雪芹親友所題，而是蒙戚三本共同祖本之整理者所寫。這位整理者（其別號可能是「立松軒」）未必見到過小說後半部的稿子，因而尚難據此詩推斷齡官的結局。

（四十二）襲人的「爭榮誇耀」之夢

襲人是文學評論家深惡而痛絕之的人物，稱她爲「賈府主子的忠實奴才」還算客氣，加以「暗中襲擊人」的「惡狗」、「特務」之類惡名者亦有。從小說中所描寫的襲人形象看，這些評論似乎也不能算錯，只是都有些片面，未能反映她的全貌。

在作者構思中，襲人的性格有美醜兩個方面。警幻册子中襲人的畫面爲「一簇鮮花、一床破席」，就象徵著其性格有如鮮花般俊俏芳香，又如破席般污穢卑陋。如果只是強調了後者，就失去了曹雪芹的作意。

據小說描寫，襲人性格確有其美好的一面。她出身貧家，爲了讓父母兄長能生存下去，她心甘情願地賣身爲婢，以至脂批稱讚她「孝女義女」：雖係封建觀念，不乏自我犧牲精神。她進賈府後伏侍老太太數年，被久經世故的賈母評爲「心地純良，克盡職任」，脂批也連聲稱她爲「賢襲人」。但隨著時間的推移，她性格的另一側面逐漸發展顯露，甚至向主子告發其他女奴的言行與寶黛愛情，並提出將寶玉搬出大觀園的「隔絕」方案，終至走上了「暗中襲擊人」的卑鄙之路。襲人何以會從美變化爲醜？作者除了以具體的情節寫出其令人信服的發展過程，還在第三十一回以點睛之語挖掘出她的深層心理：原來這位「溫柔和順」、「似桂如蘭」的女子，內心深處有著不可遏制的向上爬的慾望。這段文字對理解作者構思創作襲人形象至關重要，必須引錄：

> 襲人見了自己吐的鮮血在地，也就冷了半截，想著往日常聽人說：「少年吐血，年月不保，縱然命長，終是廢人了。」想起此言，不覺將素日想著後來爭榮誇耀之心盡皆灰了，眼中不覺滴下淚來。

襲人「素日想著後來爭榮誇耀」，這就是她之所以會從美好走向醜惡的根本原因。爲了達到將來「爭榮誇耀」之目的，她必須取得王夫人的信任，必須壓倒她的競爭對手，必須爭取最大多數人的輿論支持，以實現她的第一個目標：成爲賈寶玉的侍妾。這個目標她基本上達到了，只是尚未正式得到侍妾的名分而已。她的第二個目標是勸導賈寶玉讀書做官，以爲這樣可以「夫榮妻貴」。但她忘了，她不是妻而最多只是妾，丈夫的誥封是沒有她的份的，除非她像嬌杏一樣扶册爲正室，而這又是極爲渺茫的事。她的第三個目標大約就是趙姨娘的「理想」了：爲賈寶玉生兒育女，熬到兒女長成，兒子飛黃騰達，女兒嫁爲貴婦，自己做個名正言順的老太太。但她不知道，按照清代制度：「凡嫡母在，生母不得並封。」（《清史稿・

志八十九・職官一》）她也不知道滿洲世家的家法之嚴：尹繼善做到兩江總督，他那生身老母（尹繼善之父尹泰的侍妾）徐氏還得青衣服役；尹繼善的女兒做了乾隆帝皇八子永璇的王妃，她的生身之母（尹繼善之妾）張氏仍是妾侍；後來由於極其偶然的原因，她們的遭遇爲雍正帝和乾隆帝獲知，徐氏和張氏才例外地被封爲一品夫人（見《清稗類鈔・婚姻類》）。所以，不識字的襲人大約並不知道，她想通過做賈寶玉侍妾的方式取得「爭榮誇耀」的地位是多麼艱難，其成功的可能又是何等渺茫。如果她知道的話，或許也就不會肯以出賣自己的良心爲代價去爭取那不值得爭取的侍妾名分了吧。然而，趙姨娘就是一個擺在她面前的榜樣，一個前車之鑒。相當聰明的襲人竟會視而不見，實在是很令人奇怪的事。

庚辰本第二十二回脂評曾謂：「襲人爲好勝所誤。」的確，襲人如果不是那麼「好勝」，那麼渴望「日後爭榮誇耀」，又何至於從「心地純良」的無價寶珠般的珍貴女兒變成卑劣的告密者呢！晴雯和黛玉之死，芳官的出家，四兒的被逐，她是有一定責任的。賈寶玉《芙蓉女兒誄》「雖誄晴雯而實誄黛玉」（庚辰本第七十九回脂評），其中有「箝詖奴之口，討豈從寬？剖悍婦之心，忿猶未釋」諸句，「詖奴」、「悍婦」中就有襲人在，雖然賈寶玉作誄文時還只是懷疑襲人而未能肯定。隨著情節的發展與賈寶玉的更趨成熟，他必定會發現：他最親近的襲人，就是告密者之一。這時，也就到了他遣走襲人，讓她去嫁琪官蔣玉菡的時候了。

在封建時代，優伶是最下賤的行業；特別是在清代，由於法律禁止官吏嫖妓，男性優伶實際上均已淪爲貴族官僚的玩物男妓，其身份與妓女一樣低賤。當時法律規定：優伶及其子女三代內不得與良人通婚，不得參加科舉考試。嫁爲優伶之妻，襲人的「爭榮誇耀」之夢就永遠破滅，再無實現之時。出賣了自己的靈魂以追求虛榮的襲人，最終還是兩手空空，一無所得。

(四十三)「倒像殺了賊王，擒了反叛來的」

這是第五十八回晴雯批評芳官太狂的俗諺。據清代乾嘉間禮親王昭槤《嘯亭雜錄》卷三「流俗之言」條下記：

《避暑錄話》載：宋時流俗，言甚喜而不可致者云「如獲燕王頭」，蓋當時以取燕爲急務也。雍正中嘗與準夷搆兵，里巷鄙自矜伐者必曰：「汝擒得策王至耶，何自誇張若此！」蓋謂策旺阿拉布坦也。余少時聞老嫗婦猶言及之，可見準夷鴟張一時。非純皇帝之神武，安能剪滅其國，夷爲郡縣？其威德勝於宋代，不啻霄壤之別矣。

策旺阿拉布坦乃丹濟拉之子，噶爾丹之侄，噶爾丹於康熙三十六年自殺後，即由其擔任回部準噶爾的首領，死於雍正五年（見《清史稿》卷五二〇）：是昭槤所記俗語當產生於康熙後期至雍正初元之際。晴雯之言當是從此里巷俗語進一步通俗化演變而成：「賊王」可能即「策旺」的音轉；「擒了反叛來的」，是將芳官比作投誠立功的小土番。這與第六十三回賈寶玉將芳官改妝成土番並改名爲「耶律雄奴」是前後呼應的。戚序二本和楊藏本無此俗諺，列、楊、夢覺及程甲、乙本無芳官改妝一節（蒙府本第六十二回缺失，現存此回係據程甲本抄補），應係抄錄整理者所删，顯示這些版本的形成年代已經較晚。

昭槤生於乾隆四十一年（一七七六），卒於道光九年（一八二九），他少年時代還聽見老婦説過這句俗語，可知它一直到乾隆末期還相當流行。大約隨著乾隆帝「十全武功」的完成，此俗諺也就逐步消亡了。

（四十四）〈五美吟〉與馬鑾〈詠美人三十六絕句〉

第六十四回「幽淑女悲題〈五美吟〉」，林黛玉自説：「我曾見古史中有才色的女子，終身遭際令人可欣、可羨、可悲、可嘆者甚多，今日飯後無事，因欲擇出數人胡亂湊幾首詩以寄感慨。」她選擇虞姬、西施、紅拂、昭君和綠珠等五人寫了五首七絕，賈寶玉命名爲〈五美吟〉。這五首詩，雖薛寶釵説：「命意新奇，別開生面」，其實並不甚佳。其中以〈紅拂〉一首較有新意，贊美紅拂爲敢於衝破牢籠的女英豪；只是紅拂乃唐人傳奇〈虬髯客傳〉中的人物，於史無徵：這也無礙題旨，可以不論。

清代康熙時人卓爾堪選明末遺老詩作編成《遺民詩》二十卷，第十二卷收有馬鑾〈詠美人三十六絕句〉，似與〈五美吟〉有所關聯。馬鑾所詠三十六美人依次爲：西子、息夫人、如姬、虞姬、李夫人、卓文君、趙飛燕、明妃、綠珠、張麗華、侯夫人、梅妃、楊太真、班婕妤、馮小憐、紅拂、樂昌公主、任夫人、關盼盼、陳雲寶、潘妃、莫愁、李勢妹、桃葉、木蘭、投梭女、漂母、文姬、阿嬌、琵琶婦、聶隱娘、銅雀伎、蘇蕙、曹娥、濡口女郎、七歲女子。今錄與〈五美吟〉同題者五首以作比較：

西子

君王有恨膽空嚐，妾面如花不敢藏。
漫道溪邊輕一出，此身原自繫興亡。

虞姬

泉台猶著楚宮羅，垓下同歌不再歌。
若問野雞當日事，可憐當日愧顏多。

明妃

安邊無策始和戎，簫鼓含情出禁中。
天子若憐沙塞苦，願先延壽罪三公。

綠珠

清歌才罷動悲聲，忍負君恩別有情。
十斛明珠樓底碎，可憐不似落花輕。

紅拂

身經兩傑不尋常，尚覺楊公勝李郎。
一見便能知國士，笑人索駿只驪黃。

據卓爾堪《遺民詩》卷十二注：

馬鑾，字伯和，貴州人。壯歲值南都新建，執政者紛張，進言不聽，常懷憂鬱，遂絕意仕進。及國破家亡，君子亦深諒之。晚年垂簾白下，有〈詠美人三十六絕句〉，寓意有在。

據《金陵詩徵》卷四十一〈顧在觀詩傳〉，馬鑾實乃南明弘光朝大學士馬士英之次子，故卓爾堪所云「執政者」即馬士英。馬士英雖被稱爲「大奸」，倒是爲南明殉節的忠臣，沒有投降清朝；馬鑾又曾屢次爲國事向其父進諫：故卓爾堪謂「及國破家亡，君子亦深諒之」云云。馬鑾的詩集未見，《遺民詩》所收〈詠美人三十六絕句〉大概是其代表作。此組詩借美人托言寓意，歌頌忠貞，處處流露明代遺老惋惜明亡誓死不貳的感情心態，內中頗有佳篇，上引五首七絕可見一斑。林黛玉〈五美吟〉中虞姬、明妃、綠珠三首與馬鑾之絕句立意頗爲接近，故曹雪芹構思擬作時或有受馬鑾影響的可能。

作此推論是否太魯莽了些？一點也不，因爲馬鑾與曹雪芹家有不尋常的關係。卓爾堪說馬鑾「晚年垂簾白下」，他在江寧所教的學生不是別人，就是曹雪芹的祖父曹寅和叔祖曹宣。這從《楝亭詩別集》卷一〈哭馬伯和先生二首〉可以推知。詩云：

五十飄零霜鬢侵，舊時顏色杳難尋。魂歸故國青山晚，夢繞楓林白雪深。幾見文章甘沒齒，誰知蒙難苦傷心。而今更有遺詩在，讀向天南淚滿襟。

憶昔提攜童稚年，追歡多在小池邊。義熙老盡江門柳，姑熟新添梧隴煙。天地以私貧一老，烽煙何日返山川。忍聞風雨秦淮上，六尺孤兒守舊氈。

從兩詩首聯可知，馬鑾爲曹寅蒙師時年已五十歲左右，「小池」即江寧織造府西花園的池塘，曹寅與曹宣兄弟讀書之楝亭即在此池邊。從「烽烟」句可知馬鑾死於吳三桂叛亂期間，由《楝亭詩別集》卷一詩作順序推算，其時應爲康熙十八年底，十九年初，曹寅正在京鑾儀衛任職。《楝亭詩別集》卷二又有〈見雁懷馬伯和〉，約作於康熙十七年或十八年深秋（十七年春曹寅曾爲次年的博學鴻詞科考試南下）：

苦憶白眉叟，頻來送我歸。空江停去棹，老淚落吾衣。半醉憐攜鍤，長歌羡採薇。忍看霜後雁，日日向南飛。

從上引曹寅三詩可知：曹寅與馬鑾感情深厚，且藏有馬鑾之遺詩。故馬鑾雖未見有詩集傳世，因曹家有其詩稿（按：《楝亭書目》未見著錄。然《書目》所載不全，應以曹寅詩句爲據），曹雪芹確有可能讀過他的〈詠美人三十六絕句〉，則〈五美吟〉的構思曾受馬鑾此組詩影響也是有可能的。

已故的吳美淥先生有〈曹寅塾師馬伯和考〉，載《貴州文史叢刊》一九八二年第一輯，可以參看。

（四十五）司棋沒有繡春囊

第七十四回繡春囊事件引起兩次抄檢大觀園，以致司棋、入畫被逐，芳官、藕官、蕊官「斬情歸水月」，晴雯「抱屈夭風流」。因小小一物而推出軒然大波，牽動賈氏家族將因自殺自滅而導致抄家敗落之線索，並在此情節波瀾中進一步刻劃各人物的典型性格，曹雪芹之藝術手法可謂高超。

然而，這繡春囊到底是何人之物，曹雪芹並未明寫。一般讀者均認爲它是潘又安送給司棋的定情之物，他們在大觀園內私會被鴛鴦撞見，慌忙之中將繡春囊失落於山石之上。其實這印象乃是程高本所引起，曹雪芹本人從來也沒有過這種構思。

細讀現存脂本中有第七十四回的庚辰、楊、列及蒙戚三本，可知繡春囊其實與潘又安和司棋毫無關係。在這六個脂本上，潘又安給司棋的信與程高本有所不同（引文據庚辰本）：

> 上月你來家後，父母已覺察你我之意，但姑娘未出閣，尚不能完你我之心願。若園內可以相見，你可托張媽給一信息。若得在園內一見，倒比來家得說話，千萬千萬。再所賜香袋二個今已查收外，特寄香珠一串，略表我心，千萬收好。表弟潘又安拜具。

此信證實：司棋與潘又安真心相愛，除了私贈表記而外，並無什麼越軌行爲。司棋贈潘又安親自繡製的香袋一對，潘又安回贈香珠一串，乃聖人之詩所謂「投之以木瓜，報之以瓊瑤」，亦無可非議。香袋乃是裝香餅的小荷包，古代少女以親手精工刺繡製作的香袋贈送愛人隨身佩帶，以示相愛不離；時至今日，還有各種名爲〈繡荷包〉的情歌流傳。司棋贈給潘又安的香袋當然是她自己設計、繡花、縫製、打結的，所繡圖案無非是花草蟲鳥，斷無繡上粗俗下流的春意之理。而且鳳姐也說那個繡春囊「是外頭雇工仿著內工繡的，帶子穗子一概是市賣貨」，那當然不是司棋繡製而是唯利是圖的小商販出售之物了。司棋以一深宅大院內的未婚丫環，豈有去購買此種物品贈送情人的可能？由此可見，在曹雪芹的構思中，繡春囊根本不是司棋的東西。

但是，在乾隆四十九年夢覺主人序本裡，上引潘又安的書信作了改動，改動最大的是有關兩人互贈信物的一段，成爲：「再所賜香珠二串，今已查收外，特寄香袋一個，略表我心。」與其他六個脂本比較，兩人的信物正相顛倒。程甲、乙本皆同夢覺本。楊藏本原抄同庚辰、列、蒙戚三本，後被人用程乙本塗改，改文同夢覺本和程甲、乙本，其塗改的痕跡在影印本上仍宛然可見。

夢覺主人不知何許人，吳世昌先生《紅樓夢探原》（英文版）認爲係高鶚的化名，若然，則改動潘又安書信原文者爲高鶚。這樣改動，從表面看不過是把司棋和潘又安的愛情信物顛倒了一下，未爲大事，但是它的實際影響卻是相當壞的。香袋本是司棋送潘又安的，現在變成潘又安送司棋的；男子有無送女子香袋的風俗姑且不論，潘又安不會刺繡做女紅，則他送的香袋必然是從集市上購買的了，把繡春囊充作潘又安送司棋的禮物也就能蒙騙讀者了。今日一般讀者認爲是司棋丟失繡春囊，其緣由固在於此。

有評論家說，潘又安和司棋都沒有文化，只能以這種粗俗的方式表達愛情云。這並不符合小說的實際描寫。潘又安和司棋都識字能寫信；司棋且是賈府二小姐的貼身侍女，小姐入塾讀書時她是伴讀丫環：兩人都有相當文化。且賈府的高等丫環在富貴風流的文化氛圍中受到薰陶，「連平常寒薄人家的小姐也不能那麼尊重呢」（第十九回襲人母兄之語），周瑞家的且稱之爲「副小姐」，當亦不至粗俗到只會借春意傳情的地步。夢覺主人的妄改實在沒有道理。

因此，繡春囊係何人之物實係一謎。筆者以爲曹雪芹在第七十四回留下這個懸念是有原因的：在其構思的後半部，作者很可能還將借這枚小小的繡春囊推出新的情節高潮。這也就是脂評所謂的「伏筆」。

順便提一提，程甲、乙本後四十回寫司棋和潘又安雙雙自殺殉情，寫得雖不算壞，然其基本思想乃是宣揚義夫貞婦，且未必合於曹雪芹的原意。筆者作此推測的根據是第七十二回司棋對鴛鴦的一席話（引文據庚辰本）：

我的姐姐，咱們從小兒耳鬢廝磨，你不曾拿我當外人待，我也不敢怠慢了你。如今我雖一著走錯，你若果然不告訴一個人，你就是我的親娘一樣。從此後我活一日是你給我一日，我的病好之後，把你立個長生牌位，我天天焚香禮拜，保佑你一生福壽雙全。我若死了時，變驢變狗報答你。再俗話說：「千里搭長棚，沒有不散的筵席。」再過三二年，咱們都是要離這裡的。俗話又說：「浮萍尚有相逢日，人豈全無見面時。」倘或日後咱們遇見了，那時我又怎麼報你的德行。

曹雪芹在《紅樓夢》中常以人物的詩詞及言語預示其未來，故據司棋此言可推測：在賈府抄沒以後，司棋和鴛鴦或者還有異地重逢的可能，她們的最終結局或許是彼此相關的。

（四十六）林四娘：「烈婦殉夫」與「武死戰」

的混合範型

林四娘在《紅樓夢》之前很久就已進入文學作品，成爲一個著名的文學人物則是在《紅樓夢》流傳以後。清代初年王士禎《池北偶談》、蒲松齡《聊齋誌異》、陳維崧《婦人集》等都寫到過她，文中均記其爲明代青州衡王府宮嬪，具體記述則各不相同。《紅樓夢》第七十八回寫到的姽嫿將軍林四娘，據賈政所言，乃「前朝」（即明朝）青州恒王之姬妾。恒、衡同音可以通假，故曹雪芹所寫之林四娘形象與前人記載有一定淵源，應是曹雪芹根據以上各書記載重新構思創作的。而從文學角度看，前人筆記、小說中的林四娘與曹雪芹筆下的姽嫿將軍乃是完全不同的文學形象。據王士禎《池北偶談》記：

> 閩陳寶鑰，字綠崖，觀察青州。一日燕坐齋中，忽有小鬟，年可十四五，姿首甚美，褰簾入曰：「林四娘見。」逡巡間，四娘已至前萬福。蠻髻朱衣，繡半臂，鳳嘴鞾，腰佩雙劍，自言：「故衡王宮嬪也。生長金陵，衡王以千金聘妾入後宮，寵絕倫輩，不幸早死，殯於宮中。不數年，國破，遂北去，妾魂魄猶戀故墟。今宮殿荒蕪，聊欲假君亭館延客，願無疑焉。」自是日必一至。久之，設具宴陳，嘉肴旨酒，不異人世，亦不知從何至也。酒酣，敘述宮中舊事，悲不自勝，引節而歌，聲甚哀怨，舉坐沾衣罷酒。一日，告陳言當往終南山，自後遂絕。有詩一卷，其一云：
>
> 靜鎖深宮憶往年，樓台簫鼓遍峰煙。
> 紅顏力辱難爲厲，黑海心悲只學禪。

細讀蓮花千百偈，閑看貝葉兩三篇。
梨園高唱興亡事，君試聽之亦惘然。

蒲松齡的《林四娘》乃承此文舖衍，但增加了林四娘與陳寶鑰人鬼戀愛的內容。又林雲銘《林四娘記》亦記其與晉江人陳寶鑰在青州遇合事，唯林四娘非衡王宮嬪，而是一自盡的貞女。據其自述：「故明崇禎年間，父爲江寧府庫官，逋帑下獄，我與表兄某悉力營救，同卧起半載，實無私情，父出獄而疑不釋，我因投繯以明無他，烈魂不散耳。」與《紅樓夢》中的姽嫿將軍似無直接聯繫。據陳維崧記：林四娘「貌本上流，妝同吳俗，秀髫鬟髮，峨如遠煙，覆以霧縠，綴以珠璧，身縈半臂，足躡翠靴，錦絛雙環，環懸利劍，冷然如聶隱娘，紅線一流。」竟是一名女俠。看來，曹雪芹的姽嫿將軍即可能從這位女俠客聯想，結合孫武訓練女兵的歷史記載（見《史記．孫子吳起列傳》）想像虛構的。

如果草草看去，似乎《紅樓夢》中的林四娘是個爲盡忠義而自願犧牲的忠節之士，似乎曹雪芹是肯定並贊揚這個人物的。然而，作者的思想傾向往往從主要人物那裡表現出來，我們應該注意賈寶玉素昔的言論以及他所作的長歌《姽嫿詞》。

賈寶玉並不贊成封建主義的「忠節」，作爲封建地主階級的叛臣逆子，他最反對「文死諫，武死戰」、「大丈夫死名死節」，其言論見於第三十六回（引文據庚辰本）：

人誰不死，只要死的好。那些個鬚眉濁物，只知道「文死諫，武死戰」，這二死是大丈夫死名死節，竟何如不死的好！必定有昏君他方諫，他只顧邀名，猛拚一死，將來棄君於何地！必定有刀兵他方戰，猛拚一死，將來棄國於何地！所以這皆非正死。

那武將不過仗血氣之勇，疏謀少略，他自己無能，送了性命，這難道也是不得已！那文官更不可比武官了，他念兩句詩汙在心裡，若朝廷少有瑕疵，他就胡談亂勸，只顧他邀忠烈之名，濁氣一湧，即時拚死，這難道也是不得已！還要知道，那朝廷是受命於天，他不聖不仁，那天地斷不把這萬幾重任與他了。可知那些死的都是沽名，並不知大義。

將此言論與其《姽嫿詞》比較，可以見到：它們的實際思想是一脈相承且前後呼應的。《姽嫿詞》前半敍林四娘閨中習武及恒王戰死，後半方是詠及林四娘「忠義」「死節」並表示作者態度的全詩重心。作者賈寶玉對林四娘之「忠義」實頗有微詞：

紛紛將士只保身，青州眼見皆灰塵。
不期忠義明閨閣，憤起恆王得意人。
恆王得意數誰行，姽嫿將軍林四娘。
號令秦姬驅趙女，艷李穠桃臨戰場。
繡鞍有淚春愁重，鐵甲無聲夜氣涼。
勝負自然難預定，誓盟生死報前王。

林四娘明知「勝負自然難預定」而又必「誓盟生死報前王」，其精神世界與那些「猛拚一死」、「仗血氣之勇，疏謀少略，他自己無能，送了性命」的武將何等相似！因為報答恆王而以死相殉，其精神世界的愚昧與烈婦的自殺殉夫實質並無二致。她本人自願赴死以博「忠義」虛名已經愚昧可嘆，而又「號令秦姬驅趙女，艷李穠桃臨戰場」，帶領一批青年女子自蹈死地，猶如綿羊之爲一山羊帶領自動走入屠肆任人宰割，這就更由愚昧而發展爲殘忍。聯繫上引第三十六回賈寶玉對「文死諫，武死戰」的批評，可知在他眼中，林四娘等之死亦「皆非正死」、「竟何如不死的好」。林四娘實際上不過是賈政等正人君子所讚美的封建道德倫理的人格化身，烈婦殉夫與「武死戰」的混合範型而已。

當然，林四娘是個美貌多才的女子，在尊重同情女性的賈寶玉心目中，她與那些標榜「文死諫，武死戰」以沽名釣譽的鬚眉濁物還是有區別的。對那些自詡「大丈夫死名死節」的文武大員，他對之公開鄙視與抨擊；而對爲「忠義」、「死節」所愚的林四娘，他給予了由衷的同情：「我爲四娘長太息，歌成餘意尚徬徨。」這兩句餘音不盡的詩句，證明了作者對林四娘的真實態度乃是嘆息、同情而決非讚美、頌揚。這正是賈寶玉與賈政之流的區別，也正是曹雪芹與其同時代文人的區別。

（四十七）香菱愛不愛薛蟠

詩的女兒香菱愛她那粗俗可笑的丈夫獃霸王薛蟠，這是可能的嗎？是的，雖然《紅樓夢》中正面寫及此點的文字極少。有三處細節描寫很能說明問題：

其一，第四十七回薛蟠因調情而給冷郎君柳湘蓮痛打一頓，賈蓉將他送往家中，其時薛姨媽母女到賴大家去吃喜酒，家裡只有香菱一人。書中有句爲人忽視而實堪注意的描寫：「賈母等回來各自歸家時，薛姨媽與寶釵見香菱哭得眼睛腫了。」我們記得，曹雪芹也正是以同樣的語言寫林黛玉的，那是寶玉受笞之後，她去看他：

（寶玉）忽又覺有人推他，恍恍忽忽聽得有人悲戚之聲。寶玉從夢中驚醒，睜眼一看，不是別人，卻是林黛玉。寶玉猶恐是夢，忙又將身子欠起來，向臉上細細一認，只見兩個眼睛腫的桃兒一般，滿面淚光，不是黛玉，卻是那個？（第三十四回）

寶玉受責，黛玉哭得眼睛腫如桃兒；薛蟠挨打，香菱哭得眼睛腫了：她們都是爲了愛。只是愛的出發點不同：黛玉愛寶玉是基於共同的思想基礎與自幼培養的親切感情；而香菱之愛薛蟠乃是出於封建時代妻妾對其丈夫亦即其主人的義務與責任。因而香菱對薛蟠的愛不是近代意義上的愛情。

其二，第四十九回香菱所作第三首〈詠月〉詩，眾姐妹評爲「新巧有意趣」，其中就有她懷念薛蟠的情感在：

精華欲掩料應難，影自娟娟魄自寒。
一片砧敲千里白，半輪雞唱五更殘。
綠蓑江上秋聞笛，紅袖樓頭夜倚欄。
博得嫦娥應借問：緣何不使永團圓？

古代婦女於秋夜敲砧搗衣以縫製綿衣寄與遠人，久已成爲詩詞中表現思婦之情的熟典。「一片砧敲」四句正是從思婦與離人的彼此思念著筆：月下搗衣，紅袖倚欄，均是出於對遠方丈夫的懷念；江上聞笛，半輪雞唱，虛寫想像中終夜不寐思念故鄉的離人。這就從側面反映了她的痴心：她希望在南方的薛蟠也能像她思念他一般地想念她。「紅袖樓頭夜倚欄」可以看作香菱的自我寫照，嫦娥「緣何不使永團圓」的疑問亦即是香菱本人的疑問。此詩透露出香菱對薛蟠的愛還相當深沉。

其三，第六十二回鬥草，香菱以夫妻蕙壓倒對手贏得勝利，引來了荳官的嘲笑：「你漢子去了大半年，你想夫妻了？便扯上蕙也有夫妻，好不害羞！」香菱一聽就紅了臉。這場十分輕俏的小喜劇反映出香菱思念薛蟠的潛意識。

這三處細節描寫均刻劃出香菱的性格：寶釵說她「獃頭獃腦」，黛玉稱她「痴丫頭」，作者在回目中名之曰「獃香菱」，獃、痴，其實乃是純真和一往情深的代詞。無論是對學詩、對薛蟠還是對他人，香菱都表現出這一性格特徵。即使是對夏金桂，她也是那樣的純情而毫無戒備之心：她滿心歡喜地盼望夏金桂早日過門，可以「又多一個作詩的人了」。及至金桂每每折挫她，她還「不知何意，百般竭力挽回不暇」，以至中了金桂的圈套，撞破了薛蟠與寶蟾的幽會，得罪了貪夫薛蟠。香菱對薛蟠也是一片痴心，既然他成爲她的丈夫，她就給予了她全部的愛。然而她的愛情從未得到過回報，薛蟠一旦將香菱要到手，「過了沒半月，也看的馬棚風一般了」。但香菱還是愛著薛蟠，不爲別的理由，只因爲他是她名分上的夫主。直至夏金桂和薛蟠聯合起來對她摧殘迫害之時，她方才清醒地認識到她的一片痴情已付諸流水，她的存在在薛蟠眼中已毫無價值，於是，她那驕傲而又純潔的心靈受到不能愈合的創傷，促使她「對月傷悲，挑燈自嘆」，「釀成乾血之症」，過早地走向了死亡。

這就是香菱的悲劇：一個社會的悲劇。也是一個性格悲劇，如果香菱並不對夏金桂抱有那麼不切實際的美好想像，如果香菱並不愛薛蟠，或者雖愛而不愛到獃、痴的程度，或許香菱也未必會感到如此深切的苦痛，更未必會如此迅速地病入膏肓以至夭逝的吧？封建時代受正妻虐待的侍妾多得很，傷心而死如香菱者又有多少呢？

香菱原名甄英蓮，曹雪芹以之象徵他那時代「真應憐」的女性悲劇。「真應憐」的女性悲劇雖各有特徵，香菱的悲劇卻實際上代表了最大多數古代婦女的悲劇：她們以冰雪之清、金玉之貴、星月之慧而遭人生誘拐，終其一生，以其全部的愛奉獻給在品格才華等各方面遠遠遜色於她們的夫主，而她們的愛卻被忽視、浪費、蔑視乃至棄如敝屣。曹雪芹爲「薄命司」題聯「春恨秋悲皆自惹，花容月貌爲誰妍」：美和愛導致了痛苦和不幸，這是怎樣的黑暗與荒誕啊！曹雪芹爲她們敬獻了最多的愛與同情，爲她們不平，爲她們吶喊，而決非把悲劇的原因歸之於她們自身：香菱的人生悲劇就是證明。

（四十八）「療妒」解

第八十回，賈寶玉有感於香菱之受妒婦夏金桂凌逼致病，問王道士：「可有貼女人妒病方子沒有？」王道士就胡謅了一個「療妒湯」。這是一段極爲風趣的小品，也是作者對一夫多妻制惡果的調侃。

在古代中國，「妒」的含義是特定的：妻子不滿乃至反對丈夫納妾，是名爲「妒」。中國古代宗法社會確認：納妾是男子的權利，是保證宗法家族繁衍擴大的手段；因而，妻子反對丈夫納妾，乃是對丈夫權利的侵犯，對其夫家族的犯罪。《禮記》將婦人妒嫉列入「七出」之條，就是基於這條理由。

其實，這種特定意義的「妒」後面隱藏著依附於男性的統治階級婦女唯恐自己的權益和地位受到損害而對年輕貌美女奴所產生的戒懼心理。這心理本身有它產生的客觀現實原因，也有合理的一面；但可悲亦復可恨的是：古代貴婦的這種心理及其宣洩不是針對遠比自己強大高貴的男子，而是指向地位身分遠比自己低賤且無援無告的女奴；在某些婦女那裡，這種心理會發展到極爲可怕可憎的程度，甚至不惜以殘害女奴之生命爲其最終目的。曹雪芹在《紅樓夢》中塑造的王熙鳳與夏金桂就是這類婦女的代表人物。王熙鳳以極其毒辣陰柔的手段害死了尤二姐，因爲尤二姐有可能生下爲賈璉傳宗接代的兒子以至威脅損害她在賈氏家族中的地位；夏金桂殘害香菱，則僅僅由於香菱的才貌勝過她自己，有奪走丈夫寵愛的可能。爲了她們自己的這一點「利益」，尤二姐和香菱就得付出生命爲代價。妒婦之可憎正在這裡。

因爲「妒」在客觀上損害了男子的權利，所以統治者也在尋找解決方法。他們除了運用法律將「妒」列爲「七出」以威嚇婦女恪守本分自加檢束而外，還以《女誡》、《列女傳》、《賢媛集》等對女子進行道德倫理教育。然而這一套軟硬兼施往往失靈，於是他們便產生了藥物療妒的奇想。如《淮南萬畢術》記：「門冬、赤黍、薏苡以爲丸，令婦人不妒。」明末張岱《陶庵夢憶》寫到過「化妒丹」，吳炳作《療妒羹》傳奇，連曹雪芹的祖父曹寅也有詩詠及療妒酒。曹寅此詩題爲《雨中李使君餉浙東薏苡酒，戲成二絕》，「李使君」即其妻李氏之從兄蘇州織造李煦。詩見《楝亭詩鈔》卷七：

> 一具春槽十斛珠，粟留枝上喚提壺。永嘉別調應誰賞？自笑高陽獨鄙夫。
>
> 黜部譸張亂典型，擬教甘石換茶星。此行悉受神農法，細向中山注《酒經》。

詩末並有自注：「《本草》云：服薏苡三斗已妒。」身爲三品貴官的曹寅嚐到薏苡酒就立即聯想起它的療妒奇效，並發願要爲《酒經》作詳細注釋，以推廣薏苡酒治療天下之妒婦，真是可笑得很。但我們也因而得知：在曹氏及其戚友家中很可能有幾個妒婦在。有關她們的「妒」必有一些經過修飾、誇張的故事在曹家傳說，數十年後曹雪芹創作《紅樓夢》，就將它們作爲塑造王熙鳳、夏金桂等形象的素材。

必須指出，雖然曹寅和曹雪芹都有「療妒」之願，但是其出發點截然不同。曹寅等欲療之「妒」乃是不容丈夫納妾，目的在於維護封建婚姻制度，申張男子的納妾權利。而曹雪芹借賈寶玉之口提出「療妒」，乃是出於對身爲下賤的婢妾之同情。實際上是要求妻對妾的人格尊重，呼喚人對人的善良與真誠，而决不是借此規勸妻子對丈夫納妾的支持，如同張岱、吳炳及其祖父曹寅等人那樣。曹雪芹的這種態度，我們從《紅樓夢》中有關鴛鴦、平兒、香菱等情節中都可以看出。

從「療妒」思想內涵之不同，我們已可見到曹雪芹思想之爲時人所不可及。然更加值得注意的是，在《紅樓夢》的總體構思中，即使是王熙鳳和夏金桂這種因妒殺人的婦女，也是「千紅一窟（哭）」、「萬艷同杯（悲）」的「薄命司」中一員，是可以寄予悲憫及同情的悲劇人物。這是因爲，相對於丈夫來說，她們乃是弱者；納妾是男子的權利，爲法律及傳統所保證；她們不敢公然向法律和傳統挑戰，反而不得不在表面上假裝「賢良」，作出積極爲丈夫及家族利益考慮選娶妾侍的姿態；在私下則發洩對多妻制的怨憤，揮舞利劍刺向比自己更弱的弱者。曹雪芹在《紅樓夢》中對王熙鳳和夏金桂的這種心理及表現作了入木三分的描寫。這樣，曹雪芹就顯示了一個新的觀點：這類因妒殺人的婦女之所以會變得如此愚昧兇殘，乃是一夫多妻的封建婚姻制度所促成，因而她們的罪行應由這種制度及其制訂者與執行者即男性統治者負最根本的責任。這正是曹雪芹思想的大膽與深刻之處。

當然，曹雪芹雖然看到了封建婚姻制度的弊病且有改進這種制度的要求，但並沒有從根本上反對一夫多妻制；就是他爲主角賈寶玉設想的以愛情和共同的思想爲基礎的婚姻也還是以黛玉爲妻，以晴雯爲妾。毋庸諱言，這也正是曹雪芹思想的不足之處。

（四十九）「情不情」與「情情」：寶黛〈情榜〉考語

曹雪芹已經完成的第四次增删稿即明義所見《紅樓夢》，其末回以〈情榜〉結束，〈情榜〉上有賈寶玉與全部金陵十二釵的評語。這些評語實即作者對人物性格特徵的概括，在一定程度上顯示出作者構思這些人物的創作意圖，乃是研究《紅樓夢》創作思想的寶貴資料。可惜由於小說後半部舊稿的散失與第五次增删稿的未能最後完成，〈情榜〉人物考語已不可詳知。

然大可欣幸的是，男女主角賈寶玉和林黛玉的《情榜》考語卻由於脂評的轉引而可以確知。這從下列脂評均可見及：

⑴余閱此書亦愛其文字耳，實亦不能評出二人終是何等人物。後觀〈情榜〉評曰：「寶玉情不情，黛玉情情。」此二評自在評痴之上，亦屬囫圇不解，妙甚。（己卯、庚辰、蒙戚三本第十九回雙批）。

⑵按警幻《情講〔榜〕》，寶玉係「情不情」，凡世間之無知無識，彼俱有一痴情去體貼。（甲戌本第八回眉批）

⑶撕扇子是以不知情之物，供嬌嗔不知情時之人一笑：所謂「情不情」。金玉姻緣已定，又寫一金麒麟，是間色法也。何顰兒爲其所感。故顰兒謂「情情」。

(己卯、庚辰、蒙戚三本第三十一回回前總評)

(4)天生一段痴情，所謂「情不情」也。(蒙府本第十九回旁批)

(5)情情。情情本來面目也。

情情衷腸。(甲戌、庚辰本第二十八回旁批)

由以上所引五處共八條脂評，我們知道在作者所擬〈情榜〉，賈寶玉的考語爲「情不情」，林黛玉的考語爲「情情」。所謂「情不情」，按脂評解釋，「不情」指「不知情之物」、「不知情時之人」，第一個「情」字則是意動詞；以不情爲情，向不情用情，這就是「情不情」。脂評解爲「凡世間之無知無識，彼俱有一痴情去體貼」，是很確切的。綜觀全書，賈寶玉的「情不情」時有表現。略舉數例：

(1)寶玉見一個人沒有，因想「這裡素日有個小書房，內曾掛著一軸美人，極畫的得神。今日這般熱鬧，想那裡自然無人，那美人也自然是寂寞的，須得我去望慰他一回。」(第十九回)

(2)寶玉……從沁芳橋一帶堤上走來，只見柳垂金線，桃吐丹霞，山石之後一株大杏樹花已全落，葉稠陰翠，上面已結了豆子大小的許多小杏。寶玉因想道：「能病了幾天，竟把杏花辜負了！不覺倒『綠葉成蔭子滿枝』了！」因此仰望杏子不舍。又想起邢岫烟已擇了夫婿一事，雖說是男女大事不可不行，但未免又少了一個好女兒。不過兩年，便也要『綠葉成蔭子滿枝』了。再過幾日，這杏樹子落樹空；再幾年，岫烟未免烏髮如銀、紅顏似槁了。因此不免傷心，只管對杏流淚嘆息。正悲嘆時，忽有一個雀兒飛來，落於枝上亂啼。寶玉又發了獃性，心下想道：「這雀兒必定是杏花正開時他曾來過，今見無花空有子葉，故也亂啼。這聲韻必是啼哭之聲，可恨公冶長不在眼前，不能問他。但不知明年再發時，這個雀兒可還記得飛到這裡來與杏花一會了？」」（第五十八回）

(3)……寶玉蹲在地下，將方才的夫妻蕙與並蒂菱用樹枝兒摳了一個坑，先抓些落花來鋪墊了，將這菱蕙安放好，又將些落花來掩了，方撮土掩埋平伏。（第六十二回）

以上三例都是很典型的「情不情」：畫中美人、杏樹和雀兒、並蒂菱蕙等「無情之物」都成了賈寶玉用情的對象。其他諸如晴雯撕扇、玉釧送羹、齡官畫薔、情悟梨香院等回，亦是很精彩的對賈寶玉「情不情」性格的展示。

因此，林黛玉的考語「情情」意即對有情者用情。黛玉「孤高自許，目無下塵」，唯一片至情對待深愛她的寶玉，甚至甘願爲之淚盡；薛寶釵「蘭言解疑癖」，薛姨媽「愛語慰痴顰」，她毫不懷疑在她們母女表面的關切之下還隱藏著什麼，立即赤誠地報之以「情」。這就是「情情」。《紅樓夢》所寫黛玉之愛，都是掌握在這一尺度的，如第二十回寶黛吵架，黛玉氣哭了，然而當寶玉剖白「親不間疏，先不僭後」，表示不會爲了寶釵而疏遠她，她就「低頭一語不發」，並責備寶玉不穿青肷披風，顯示了她深情的關心。再如第四十五回「風雨夕悶製風雨詞」，她怕寶玉滑倒，給他點了玻璃繡球燈，並以「跌了燈值錢，跌了人值錢」的反詰和「剖腹藏珠」的責備流露出她無微不至的關懷。正因爲黛玉的性格特徵爲「情情」，所以「絳珠之淚至死不乾，萬苦不怨」，她對寶玉之愛亦即絳珠對神瑛之愛無論在人間還是在天國終將長存不滅。程本後四十回寫黛玉之死亦頗有精彩動人之處，但寫她臨死怨恨寶玉卻未免背離了作者的構思，與曹雪芹的創作思想距離太遠了。

當然，曹雪芹所謂的「情」內涵豐富，對此尚需作專門討論。周汝昌先生寫過《曹雪芹所謂的『空』與『情』》（《獻芹集》），李希凡先生有〈說「情」〉（《文史哲》一九八六年第五期），均可參看。

（五十）「無情」：寶釵〈情榜〉考語

寶黛在〈情榜〉上的評語有脂批爲證，可以肯定爲「情不情」和「情情」；另一女主角薛寶釵的〈情榜〉考語也可以基本確定爲「無情」。這有多處正文和脂評爲推理根據。

首先，第六十三回怡紅夜宴，作者以花名簽預示群芳命運，薛寶釵抽得牡丹花，其上鐫有「艷冠群芳」及「任是無情也動人」。小說正文描寫賈寶玉對這句詩表現出異乎尋常的興趣，在席上顛來倒去的念誦「任是無情也動人」。按此句出自晚唐詩人羅隱的七律〈牡丹花〉：

> 似共東風別有因，絳羅高卷不勝春。若教解語應傾國，任是無情也動人。芍藥與君

為近侍，芙蓉何處避芳塵？可憐韓令功成後，辜負穠華過此身。

此詩詠牡丹之美解語傾國，遠勝芍藥芙蓉，而又責其「無情」且氣勢凌人，以至不得韓弘贊賞，命人斫去牡丹（見《唐國史補》）。牡丹為中書令韓弘斫去，象徵寶釵終將為寶玉所棄；「辜負穠華過此身」的牡丹，亦正象徵著「終身誤」之寶釵。而首句「似共東風別有因」與寶釵〈柳絮詞〉中「白玉堂前春解舞，東風卷得均勻」、「好風頻借力，送我上青雲」亦有聯繫，似可能影射她後來與賈雨村的一段因緣。因此，作為點睛之句的「任是無情也動人」實際上是薛寶釵性格的判詞，則作為其性格本質特徵概括的〈情榜〉考語，應即此句中的「無情」二字。

其次，從第十八回元春省親寶釵為寶玉改詩一段的正文及脂評，也可以推知寶釵的考語實為「無情」。寶玉詠芭蕉句原為「綠玉春猶捲」，寶釵因元春不喜「紅香綠玉」，就敦促他將「綠玉」改成「綠臘」，且嘲笑寶玉因緊張而遺忘出典。此下己卯、庚辰及蒙戚三本均有雙批：

有得寶卿奚落，但就謂寶卿無情，只是較阿顰施之特正耳。

可見脂硯認為：寶釵雖代寶玉改詩，然其目的是奉承元春而非為寶玉考慮，故她奚落寶玉顯示了她的「無情」。下文又寫黛玉為寶玉代作〈杏帘在望〉詩，為的是「省他些精神不到之處」，其出發點就與寶釵不同，乃是向有情者用情即「情情」了。己卯、庚辰和蒙戚三本亦有雙批：

寫黛卿之情思，待寶玉卻又如此，是與前文特犯不犯之處。

所謂「特犯不犯」，乃是脂硯所總結的曹雪芹刻劃人物的藝術手法之一：將兩個或兩個以上人物在同一情境下的不同思想行動作映襯或對比，以顯示人物的個性特徵。此處「特犯不犯」很明顯是以黛玉的「情情」與寶釵的「無情」作對比。據考，釵黛的生活原型本係一人，作者乃以一分爲二的方法創造出這兩個人物形象（參見拙著《紅樓夢論源》），她們一則淚盡夭亡一則改嫁他人的結局設計也顯示出「情情」和「無情」的對比，因而作者以「無情」和「情情」爲其性格本質特徵構思釵黛形象是極可能的。

再從薛寶釵素昔爲人處世之道觀察，她的許多言語行動確表現出「無情」的特徵。如第三十回寶玉比她爲楊妃，她即刻勃然大怒，借扇雙敲譏嘲寶黛，毫不留情。金釧爲維護自己的人格尊嚴投井自盡，她冷酷地說「縱然有這樣大氣，也不過是糊塗人，也不爲可惜」。尤三姐自刎，柳湘蓮出家，眾人無不嘆息，連獃霸王薛蟠還大哭一場，她卻「並不在意」。史湘雲視她如親姐姐，特意搬去蘅蕪院與她同住；她卻不即不離與湘雲保持適當間距；甚至決定搬出大觀園也不事先告知湘雲，反而當著李紈、探春等人公開宣布搬走，並讓李紈出面邀湘雲同住，一副公事公辦的模樣；以至連素昔「英豪闊大量」的湘雲也覺察了她的「無情」，不再依依惜別，而是默默地「回房打點衣衫」，就此與寶姐姐分手。正如脂評所言：「寶釵之行止端肅恭毅不可輕犯」，「寶卿待人接物不疏不親，不遠不近，可厭之人亦未見冷淡之態形諸聲色，可喜之人亦未見醴蜜之情形諸聲色。」（庚辰、蒙戚三本第二十一回）可見寶釵決不會讓自己作感情的奴隸，更不會為感情而犧牲自己，一切均有明白恰當的計算，一切均以自己的利益為依歸。這種現實而理智的性格，即是曹雪芹所謂的「無情」。《紅樓夢》的讀者均認為襲人是寶釵的影子，也就是說，她們的性格本質相類似。襲人那種「伏侍賈母時，心中眼中只有一個賈母；如今服侍寶玉，心中眼中又只有一個寶玉」的性格特徵，可以歸結為「得新忘舊」四字，這正是「無情」的表現之一，且賈寶玉也曾批評過襲人「無情無義」（第十九回）。又第一回中的賈嬌杏是寶釵的象徵（參見本篇第十一節），甲戌本有脂評謂：「是無兒女之情，故有夫人之分。」襲人和嬌杏的性格都以「無情」為特徵，亦可為曹雪芹構思中薛寶釵〈情榜〉考語為「無情」的佐證。

附注：

釵黛的生活原型實係一人，有庚辰本第四十二回回首總評為證：「釵玉名雖二個，人卻一身，此幻筆也。今書至三十八回時已過三分之一有餘，故寫是回，使二人合而為一。請看黛玉逝後寶釵之文字，便知余言不謬矣。」脂硯了解曹雪芹構思創作過程，此批應有根據。且畸笏叟也有類似的批語，見庚辰本第二十二回眉批：「將薛林作甄玉、賈玉看書，則不失執筆人本旨矣。丁亥夏畸笏叟。」甄賈寶玉實乃一人兩面，故知畸笏叟也認為釵黛的原型係同一人。載不凡先生有類似意見，參見伏琛〈戴不凡論紅函札輯錄〉（《北方論叢》一九八一年第一期）。

四、富察明義〈題紅樓夢〉組詩箋證

明義，字我齋，姓富察氏，傅恒之侄，滿洲鑲黃旗人。約生於乾隆八年，卒於嘉慶八年以後（約一七四三—一八〇三以後）。明義《綠煙瑣窗集》有〈題紅樓夢〉組詩二十首，乃現存有關《紅樓夢》的最早文獻之一。從組詩小序看，明義顯然與曹雪芹熟識，故對此組詩的研究一向受到重視。按說「詩無達詁」，讀者從欣賞角度原可「仁者見仁，智者見智」，只要「言之成理，持之有故」，均無不可。然我們研究明義題紅組詩的目的不在欣賞，而在據其推求組詩原意，以便透過它們探討《紅樓夢》舊稿的面貌，並進而研究《紅樓夢》的創作過程。爲達此目的，筆者擬分〈吟紅新箋〉、〈吟紅再箋〉、〈吟紅後箋〉和〈吟紅續箋〉四題對富察明義〈題紅樓夢〉組詩作全面箋證。

吟紅新箋

㈠釋「可奈金殘玉正愁」

明義〈題紅樓夢〉第十一首爲：「可奈金殘玉正愁，淚痕無盡笑何由。忽然妙想傳奇語，博得多情一轉眸。」對這首詩現有兩種不同的解釋。

一種說法認爲它與第十二首合詠第三十五回「白玉釧親嘗蓮葉羹」一段故事①②。假若將這兩首詩獨立起來分析，這種看法不無道理；但如果把它們看作組詩的一部分並結合小說內容全面考察，就會產生不少疑問：

(1)玉釧並非小說主要人物，明義爲何要爲她連寫兩首題詠詩？晴雯和襲人比她重要得多，只人各一首。況且是爲同一故事連寫兩首，這更是連釵黛也沒有得到的殊遇了。

(2)金釧投井而死，寶玉「五內摧傷」，「恨不得此時也身亡命殞，跟了金釧兒去」；玉釧因事由寶玉而起，「滿臉怒色，正眼也不看寶玉」：他們的態度都不是，也不應該是無可奈何。明義怎麼能說「可奈金殘玉正愁」？而且，玉釧的滿腔悲憤，豈是用一個「愁」字所能概括得了的？

(3)這段故事並未寫到過玉釧哭，在那場合下玉釧也不可能哭，明義怎麼會說「淚痕無盡笑何由」？

(4)後兩句詩在小說中無著落。寶玉與玉釧的對話談不上「妙想奇語」。更可注意的是，明義用「多情」來稱呼此詩的題詠對象。這是指玉釧嗎？無論是小說正文還是脂批都沒有這樣評價過她。我們記得，明義在組詩第三首曾用過這稱呼：「瀟湘別院晚沉沉，聞道多情復病心。」此處「多情」指黛玉無疑。同一作者在同一組詩內用同一修辭手法和同一詞語借代不同的兩個人，這是否可能？明義雖非名家，語言恐也不至於如此貧乏吧。

推究這一說法的根據，大約是因首句金玉對舉，「金殘」既理解爲金釧枉死，則「玉正愁」之「玉」自然是指玉釧了。其餘三句按此思路因循解釋，終於越走越遠，出現了種種矛盾。

因此又有人提出了第二種意見，認爲此首詠第四十三回「不了情暫撮土爲香」一節③。「玉」指寶玉，「妙想傳奇語」的是焙茗。此說也以「金殘」指金釧之死，解釋雖新穎，而仍有幾點難以講通：

(1)這麼一來，這首詩的主角是焙茗了。焙茗乃男童，非大觀園中人，不在明義題詩範圍內。

(2)小說中僅寫到寶玉「含淚施了半禮」，即使是修改前的舊稿，也不會寫寶玉在水仙庵大哭一場的，而明義卻說「淚痕無盡」，豈非濫下字眼。綜觀全書，「淚痕無盡」四字只適用於那位眼淚還債的絳珠仙子，其他人都談不上。

(3)還有個「多情」兩指問題。

(4)「轉眸」即轉過眼，明明有回過頭來的意思，但第四十三回無此細節描繪。

由於上述兩種說法都礙難成立，我們必須給此詩以新的解釋。

我認爲首句中的「玉」指黛玉，全詩實寫「埋香塚飛燕泣殘紅」一段情事，內容在今本第二十七回末、第二十八回始。今本第二十六回末寫到黛玉被拒於怡紅院外，院內傳出釵玉笑語之聲，她因誤會而傷心哭泣，這段情節反映在組詩第十首內：

入戶愁驚座上人，悄來階下慢逡巡。
分明窗紙兩璫影，笑語紛絮聽不真。

但明義所詠情節與今本有差異：黛玉已經進了怡紅院門，在階下悄悄徘徊，還看見窗紙上寶釵耳環的影子。第十一首就接寫誤會餘波。且看小說中的描寫（引文均據庚辰本，下同）：

（寶玉）低頭看見許多鳳仙石榴等各色落花錦重重落了一地，……便把那花兜了起來，登山渡水，過柳穿花，一直奔了那日同林黛玉葬桃花的去處。猶未轉過山坡，只聽山坡那邊有嗚咽之聲，一行數落著，哭的好不傷感。（第二十七回）

話說林黛玉只因昨夜晴雯不開門一事錯疑在寶玉身上，至次日又可巧遇見餞花之期，正是一腔無明正未發泄，又勾起傷春愁思，因把些殘花落瓣去掩埋，由不得感花傷己，哭了幾聲，便隨口念了幾句。（第二十八回）

此即「可奈金殘玉正愁」一句的來歷。「金殘」不是指金釧投井而死，而是指暮春百花凋零。原來黛玉這次葬花已是四月二十六日芒種節，「芒種一過便是夏日了」，她所掩埋的殘花落瓣主要是鳳仙和石榴。古代詩人常用「紅」借代花，也有用「金」的，那一般是指黃色的菊花。鳳仙花和石榴花的正種都是火紅色，給人的視覺印象確帶點金黃，所以鳳仙又名金鳳，石榴又名金罂④。馮延巳《南鄉子》有「金鳳花殘滿地紅」之句，明義喜用「金」字（組詩中「金」字出現七次，《綠煙瑣窗集》「金」字亦很常見），以「金殘」借指「許多鳳仙石榴等各色落花錦重重落了一地」，這是符合修辭格的。「金殘」一語在此頗關緊要，故絮說如上。

首句出處既明，其餘也就一目了然：黛玉因誤會而一再流淚，故稱「淚痕無盡」；黛玉總不理寶玉，寶玉為與她搭話，嘆息「既有今日，何必當初！」引得黛玉回頭接口，即所謂「忽然妙想傳奇語，博得多情一轉眸」。經寶玉剖白，黛玉破顏為笑，誤會渙然冰釋。在這段文字旁，脂硯兩次用「情情」評價黛玉（見甲戌、庚辰本），因此明義稱她「多情」。

要之，第十、第十一兩首寫寶黛矛盾的產生和解決，內容從今本第二十六回貫注到第二十八回，珠聯璧合，一氣呵成。如將它們割裂開來，把第十一首理解為玉釧送羹或寶玉祭釧，則黛玉葬花這一充滿詩意的場景在明義《題紅樓夢》組詩中就告闕如。這不能用舊稿未寫來解釋，因第十八首起句「傷心一首〈葬花詞〉」證實明義所見書稿有這個情節。明義居然會對此情節視而不見不加題詠，實在令人難以想像。

㈡解「盡力一頭還兩把」

組詩第四首不成問題，是寫寶釵撲蝶：

追隨小蝶過墻來，忽見叢花無數開。

盡力一頭還雨（兩？）把，扇紈遺卻在蒼苔。

但是此詩反映的細節與今本第二十七回「滴翠亭楊妃戲彩蝶」有很多不同。詩句的意思大體還明白，就是第三句不好懂。「雨」極可能是「兩」的誤抄，有人解作「寶釵努力折了兩大把花」⑤，也勉強可以說通。但我們記得，寶釵「從來不愛花兒粉兒」（第七回）；且素昔「安分隨時」（第八回），從無越軌舉動；住進大觀園後，連婆子按規矩每日送的折花也不肯收受（第五十九回），她怎麼會忽然一反常態，亂折起花來呢。更何況用力折兩大把花也用不上「一頭」兩字。看來我們還得對它另作解釋。

這裡我們要把話岔開去，先談談寶釵的髮式。小說第八回寫寶玉到梨香院去拜訪寶釵，看見她頭上挽著漆黑油光的鬟兒。這「鬟兒」是什麼呢？乃是少女梳在頭兩邊的圓髻，左右各一，亦即白居易《新樂府·井底引銀瓶》詩中所謂的「雙鬟」。女子結婚時，才合梳成一個髻，也就是晴雯所說的「上頭」（第二十回），蒲松齡《聊齋誌異》卷一〈畫壁〉所稱的「上鬟」。白居易筆下的那位悲劇女主人公「感君松柏化爲心，暗合雙鬟逐君去」，悄悄把少女的髮式梳成了少婦的式樣，跟著愛人跑掉了。故髮式有區別女子婚否的作用，而「雙鬟」——俗稱「鬟兒」——乃是少女的專用髮式。要知「鬟兒」怎樣挽法？先得把頭髮從頂心一分爲二，梳成兩把，在髮根用絲繩紮緊，然後編辮（不編亦可），在耳後挽成兩個小圓髻，再用釵子夾住。總之，古代少女的頭髮是分梳成兩把的，雖然具體的梳法因時代的不同而稍有變異。而在清朝，滿族女子的髮式正是叫做「兩把頭」（容齡《清宮瑣記》）。

弄清了這一點，再讀明義的詩就豁然貫通了。寶釵追撲蝴蝶過了院墻，看見無數鮮花正當盛開。蝴蝶在花叢中飛來飛去，引得寶釵趕東趕西，因用力太過，頭上「鬢兒」散開了，回復成兩把（還，音huán，回復原狀）。寶釵只得放下扇子重新把頭髮挽好，正當此時她聽見了房內小紅與墜兒的對話，於是玩個「金蟬脫殼」之計嫁禍黛玉，騙過她們後寶釵匆匆離開，慌忙間把扇子忘卻在青苔上了。明義所見的寶釵撲蝶一段故事，該是這樣吧。

我們從今本第二十七回見到的這段故事，已經與明義所見書稿大不相同了。這說明曹雪芹後來又作了刪改。曹雪芹爲什麼要把它改成今本的樣子呢？我以爲有兩方面的原因。

其一，是爲了情節發展的需要。寶釵「金蟬脫殼」，小紅誤以爲林黛玉掌握了她的秘密，於是先發制人，搞了些不利於黛玉的花樣，這在作者構思中的後半部當有照應。按明義所見書稿的寫法，寶釵要掩飾自己偷聽的行爲並不容易，因爲挽兩個髻需要好長一段時間；何況她的扇子遺落在青苔之上，正是她偷聽的證據。小紅是個「頭等刁鑽古怪的東西」（第二十七回），不會輕易上她當。這樣，八十回以後的情節發展就將顯得不合理。其二，是爲了更好地凸現寶釵的性格。如寫寶釵在梳頭時偶然聽到小紅與墜兒的談話，不足以見寶釵的深心。今本寫她是有意偷聽的：

> 寶釵也無心撲了，剛欲回來，只聽滴翠亭裡邊嘁嘁喳喳有人說話。……寶釵在亭外聽見說話，便煞住腳，往裡細聽。

（第二十七回）

眾人前必須莊重，無人處不妨竊聽，可見寶釵的工於心計。再說寶釵如因撲蝶而弄得披頭散髮，形象既不美，也不符合她「穩重和平」的性格。嬌憨活潑的湘雲睡覺時「一把青絲拖於枕畔」（第二十一回），很惹人憐愛；端莊凝重的寶釵也拖下兩把青絲就不像話了。

從寶釵撲蝶故事的修改，我們可以看到曹雪芹是多麼善於塑造人物。雖然他說不出「除細節的真實外，還要真實地再現典型環境中的典型人物」等理論，他寫作的小說《紅樓夢》卻是符合這條現實主義原則的。

㈢說「笑時偏少默時多」

組詩第十五首沒有具體的故事爲背景，只是以白描手法勾勒題詠對象的儀容性格：

威儀棣棣若山河，還把風流奪綺羅。
不似小家拘束態，笑時偏少默時多。

目前大家一致認爲詩中人是鳳姐。可是，反復吟味之後我們卻對此結論產生了懷疑。詩中人究竟是默時少而笑時多呢，還是笑時少而默時多呢？如是後者，她就肯定不是鳳姐；如是前者，問題就更加複雜：

⑴這樣，末句「笑時偏少默時多」就成爲第三句內「小家拘束態」的同位語，它們一起

作動詞「似」的賓語。先不說動詞「似」帶這麼長的賓語顯得多麼頭輕腳重，尾大不掉；這樣兩句串成一句，朗讀起來也覺意短聲促，索然寡味，缺乏詩美。再說詩的語言要求精煉，七絕因爲字數少，就更要求精煉。很難設想，明義竟會用約二分之一的篇幅來大談不相干的「小家拘束態」。

(2)再從絕句的章法來考慮。絕句講究起承轉合，特別是第三、四句，是全詩的精華所在，決不可平鋪直敍，一瀉無餘。元楊載《詩法家數》云：「絕句之法要婉曲回環，刪繁就簡，句絕而意不絕。……多以第三句爲主，而第四句發之，有實接，有虛接，承接之間，開與合相關，反與正相依，順與逆相應，一呼一吸，宮商自諧。」如果依從原有解釋，則第四句就成了對第三句一部分的補充說明，那還有什麼承接關係可言。

(3)「偏」字成了贅疣。「偏」是副詞，修飾形容詞「少」，出於意料或異乎尋常的意思。小家女子拘束之態人所共知，笑時少默時多正在意料之中，又何「偏」之有？

因此，我們認爲這樣理解是不妥當的。如果摒去一切先入之見，這兩句的意思本很清楚：詩中人異乎尋常，不苟言笑，端莊沉默，這是大家閨秀的懿範淑姿，與小家碧玉的拘束之態完全不同。這樣，第三句轉，第四句合，反正相依，章法井然，「偏」字既安得穩，詩的內涵也豐富多了。袁枚《隨園詩話》卷二曾引此詩及組詩第十四首：「病容愈覺勝桃花，午汗潮回熱轉加。猶恐意中人看出，慰言今日稍差些」，並認爲它們都是詠「紅樓中某校書」的。袁枚沒有讀過《紅樓夢》，竟將小說中的人物誤認爲妓女，然而他對這兩句詩的理解是與我們一致的。因爲在第十四首中出現的是一位溫柔病弱的女子，必非笑時多而默時少的活潑開朗的女性，袁枚以詩人解詩，當能得其中三昧。

回頭再看第一、二句。劉熙載《藝概．詩概》云：「絕句意法……總須首尾相銜，開合盡變。」首句正是描繪詩中人的大家風度，與末句前後呼應。「威儀棣棣若山河」句連用兩個典故，都出自《詩經》：

威儀棣棣，不可選也。（《邶風．柏舟》）

委委佗佗，如山如河。（《鄘風．君子偕老》）

什麼是「威儀」？有人說是「舉止莊嚴不可冒犯」，這當然是對的，但並不全面。《左傳．襄公三十一年》北宮文子曾引此句並作了如下解釋：

君子在位可畏，施捨可愛，進退有度，周旋可則，容止可觀，作事可法，德行可象，聲氣可樂，動作有文，言語有章，以臨其下，謂之有威儀也。

因而「威儀」實包括道德修養、言行舉止、儀容風範等各方面。「棣棣」，毛傳云「富而閑習也」，陳奐《詩毛氏傳疏》卷三說即「雍容嫻雅」的意思，最爲確切。《禮記．孔子閑居》引此句作「威儀逮逮」，鄭注云「安和之貌」，兩者意義相近。「若山河」活用「如山如河」，七絕平起式首句第五字需用仄聲，故明義用入聲「若」代平聲「如」。孔穎達《毛詩正義》：「其德平易，如山之無不容，如河之無不潤。」朱熹《詩集傳》：「如山，安重也；如河，弘廣也。」明義用「若山河」比喻詩中人安詳穩重，德量弘深。全句描繪出了一個舉止端莊、儀態雍容、德量深廣、穩重和平的封建主義的理想淑女。這位淑女不可能是鳳姐，因爲鳳姐無論如何也談不上有德，所以我們只能將她除外。

「還把風流奪綺羅」，承上繼續描繪詩中人：她不需要著意打扮修飾，而自然美艷風流。（直譯：她的風流美艷使得綺衫羅裙黯然失色。）

這位十全十美的大家閨秀是誰呢？請看小說中的描寫：

（寶釵）生得肌骨瑩潤，舉止嫻雅。（第四回）

可嘆停機德，……（第五回）。

（寶釵）頭上挽著漆黑油光的鬢兒，蜜合色綿襖，玫瑰紫二色金銀鼠比肩褂，蔥黃綾綿裙，一色半新不舊，看來不覺奢華。罕言寡語，人謂藏愚；安分隨時，自云守拙。

賈母自見寶釵來了，喜她穩重和平，……（第二十二回）

寶釵原不妄言輕動，便此時亦是坦然自若。（第二十二回）

（寶玉）看看寶釵形容，只見臉若銀盆，眼同水杏，脣不點而紅，眉不畫而翠，比林黛玉另具一種嫵媚風流。（第二十八回）

提起這些話來，真正寶姑娘教人敬重。……真正有涵養，心地寬大。（第三十二回）

夠了。詩中人原來是寶釵！

㈣「慚愧當年石季倫」——談薛寶釵的歸宿

組詩第十五首讚揚了薛寶釵雍容嫻雅、端莊矜持、沉默寡言的大家風範。然而非常奇怪，明義竟在詩中用了《鄘風．君子偕老》「如山如河」的典故！

我國古代詩歌的用典是一種借古事表現現實的手法。任何一個典故都有其具體情節和典型意義，因此用典可以引發讀者的聯想，豐富和擴大詩歌藝術形象的思想內涵。當然，作者所要表達的思想和典故之間會有一段距離，但典故的主要精神與作者的原意應該是一致的。《鄘風．君子偕老》的女主人公是衛宣姜，〈詩序〉云：「〈君子偕老〉，刺衛夫人也。夫人淫亂，失事君子之道，故陳人君之德、服飾之盛，宜與君子偕老也。」宣姜是衛宣公的妻子，宣公死後，她與庶長子公子頑私通，衛人譏其淫亂，作〈墻有茨〉、〈君子偕老〉等詩。熟讀經書的明義不可能不知道這典故的特異性。對此，周春早有「美人詞料甚多，何以引用不類」的評論⑥。明義爲何要用此典來刻畫寶釵呢？難道明義認爲她外表從容大雅溫順賢淑，而實際與衛宣姜一樣麼？

吳世昌先生〈《紅樓夢》原稿後半部若干情節的推測〉一文指出，寶釵後來改嫁雨村，所列根據頗爲有力，特別對「釵於奩內待時飛」（時飛，雨村字）一句的分析更爲精當。讀了吳先生的文章再看明義題詩，才恍然於明義用典的確切。寶釵先嫁寶玉，這在組詩第十七首已有反映⑦。賈雨村是賈寶玉的宗兄，寶釵以寶玉之婦而改嫁雨村，在封建目光的明義看來，她非僅「失節」而已，其性質乃是亂倫，與宣姜通公子頑相同。

〈好了歌〉、〈好了歌注〉及有關脂批對照表（部分）

〈好了歌〉	〈好了歌注〉	旁批	眉批
	陋室空堂，當年笏滿床。	寧榮未有之先。	先說場面，忽新忽敗，忽麗忽朽，已見得反覆不了。
	衰草枯楊，曾為歌舞場。	寧榮既敗之後。	
	蛛絲兒結滿雕樑，	瀟湘館紫（絳？）芸軒等處。	
	綠紗今天糊在蓬窗上。	雨村等一干新榮暴發之家。	
世人都曉神仙好，只有姣妻忘不了。君生日日說恩情，君死又隨人去了。	說什麼脂正濃粉正香，如何雨鬢又成霜？	寶釵、湘雲一干人。	一段。妻妾迎新送死，倏恩倏愛、倏痛倏悲，纏綿不了。
	昨日黃土隴頭送白骨，	貸（黛）玉、晴雯一干人⑧。	
	今宵紅燈帳底臥鴛鴦。		

寶釵的這個歸宿，除了吳先生已提出的證據之外，還可以從今本第一回〈好了歌〉、〈好了歌注〉及甲戌本有關脂批中找到線索。〈好了歌注〉可分六段，第一段總起，第六段收結，中間四段內容正與〈好了歌〉的四段相對應。現將〈好了歌〉第三段、〈好了歌注〉第一、二段及甲戌本有關脂批列表（如上）。

將脂批及〈注〉文對讀，可以清楚地看出：〈好了歌注〉前四句貫串著一條明顯的時間線索，而寧榮敗落與雨村暴發正是小說整體結構的前後兩大組成部分。用脂硯的批語來說，是「忽新忽敗，忽麗忽朽，反復不了」的「場面」。而「雨村等一干新榮暴發之家」正是在既敗之後的寧榮兩府的基礎上建立起來的。今本五十三回寫到賈雨村「補授大司馬（兵部尚書），協理軍機，參贊朝政」，已是貴至從一品的高官，遠遠超過賈府諸人的官職了。賈雨村是個「奸雄」（甲戌第一回脂批），此時他不需要再奉承討好賈赦賈政，有機會當然對賈府落井下石。看來，賈府被抄衰敗之後，榮府的家產人口就由皇帝賞給了賈雨村⑨。於是綠紗又糊上了瀟湘館和絳芸軒的蓬窗，新貴賈雨村成了榮府（包括大觀園）的主人。這樣，故事就在原來的地點——寧榮兩府繼續向前發展，因「誤竊」（甲戌第八回脂批）而失落在賈府某處的通靈寶玉仍然可以觀察在這人生舞台一角發生的事件，並以小說敘述者的身份加以記錄。

　　這時寶釵怎麼樣了？對讀〈好了歌〉、〈好了歌注〉及有關脂批，她的行動非常清楚：「妻妾迎新送死」，「姣妻」「又隨人去了」！我們知道，〈好了歌〉及其〈注〉有總攝全書人物結局的作用。而程高本書中女子（除襲人）一旦丈夫死去，都是立志守節，均未改嫁，這是續作者封建思想的反映，顯然違反了曹雪芹總的藝術構思。曹雪芹並不以貞節與否作爲評價女性的標準，更無意以貞節女子的列傳爲倫常生色。而且，寶釵改嫁與她的性格並無不可調和之處。寶釵是現實主義者，「非拘拘然一迂女夫子」⑩，頗能隨機應變。在賈府敗落，寶玉「懸崖撒手」⑪之後，雨村逼嫁之時，她決計不會自殺做烈婦的，必然是「隨時俯仰」（己卯、庚辰本五十六回脂批），與世推移。在封建禮教與現實功利發生衝突的時候，寶釵拋棄了她一貫信奉的「天理」而選取了「人欲」，可知曹雪芹對禮教與人性的矛盾、對禮教虛偽性的揭露是何等深刻。這時雨村可能已升任了軍機大臣之職，「天上一輪才捧出，人間萬姓仰頭看」，寶釵做了雨村夫人，也可算遂了「好風頻借力，送我上青雲」的心願。但素受封建禮教薰陶的她，內心當然充滿了矛盾和痛苦，雖然現實功利的考慮勝過了道德規範的約束，終難免「焦首朝朝還暮暮，煎心日日復年年」（第二十二回寶釵詩謎）的自我譴責。如果寶釵只是成為事實上的孀婦而未曾改嫁「失節」，以寶釵的學識、教養和性格，有封建道德作她的精神支柱，很可以做李紈第二，當不至於會感到如此深沉尖銳而又無法解脫的痛苦。因為這時她有了一種類似於宗教的精神鴉片，即為禮法而獻身的崇高感——「在中國，君臨的是『禮』，而不是神。」⑫——正是這種幻影般的崇高感麻醉並欺騙了無數封建時代的婦女，使她們甘心為節為烈，向虛偽的封建禮教獻上自己的一切。而假若寶釵嫁後早卒，則此詩所透露的她將不得不在富貴優裕的生活之中長期忍受內心深處煎熬苦痛的預示就全部落空，無從談起。因此，寶釵的詩謎實際上排斥了她守寡或早卒的可能。何況金鎖上「芳齡永繼」的「吉讖」也預言了她的長壽。所以寶釵不會早死，她將痛苦地活著，直至「兩鬢成霜」。這些證據都明見於小說正文，其重要性和可靠性都是後人的筆記和推測所無法比擬的。但由於政治風雲變幻，賈雨村「因嫌紗帽小，致使枷鎖扛」（甲戌第一回在此兩句旁批：雨村賈赦一干人），寶釵最終落了個「金簪雪裡埋」的下場。己卯、庚辰本第五十六回回目稱她「時寶釵」，戚本為「識寶釵」，程高本改成「賢寶釵」，「識」「

賢」都是讚美之詞，均不及「時」字春秋筆法一字褒貶的銳利深刻。因此，曹雪芹爲寶釵安排的這個歸宿（雖然尚未有最後的確證）是完全符合薛寶釵這一典型人物性格發展的邏輯的。

回頭再看明義題詩，這才懂得了他爲什麼說「莫問金姻與玉緣」，「慚愧當年石季倫」。金玉姻緣的結果是不可問的，因爲「中冓之言，不可道也：所可道也，言之醜也。」（《鄘風·墻有茨》）薛寶釵不能爲夫而死（如綠珠），反禎顏改事他人，故云寶玉愧對當年石崇。當然，這僅是明義的思想，而並非曹雪芹的思想。曹雪芹對寶釵等人的思想行爲並不簡單否定，對她們的缺點很能諒解，對她們的不幸一樣寄予深切的同情。曹雪芹按照現實生活的邏輯設計了薛寶釵改嫁賈雨村的情節，這於寶釵的形象並無歪曲損害，而只是更加深刻地揭示出封建勢力對女性的壓迫：寶釵或者做烈婦殉夫，或者屈服於權勢，第三種選擇是沒有的。一言以蔽之，那一時代的婦女必須作封建祭壇上的犧牲，決不會有更好的命運。「千紅一哭」，「萬艷同悲」，薛寶釵又何嘗不是其中之一呢！

㈤論明義所見《紅樓夢》舊稿的構成

組詩除第一首總冒，末兩首收結略加評論外，其他各首都可以繪成一幅有人物有場景的圖畫（其中第十五首場景不明）。對組詩中出場人物進行一下統計是很有意思的：

按下表進行統計，寶黛兩人出場十八次，共占出場總人次的三分之二。其次是寶釵，出場三次，占出場總人次的八分之一。寶黛釵三人的愛情婚姻悲劇在組詩中得到完整的反映。此外，有五個與寶黛關係密切的丫環：晴雯、襲人、小紅、玉釧、紫鵑亦各出場一次。其他所有人物，包括金陵十二釵正冊內除釵黛外的十釵，無論其在小說中的地位如何，都沒有作爲主角出現，最多只在第二、第十三首的女兒群中一掠而過。以上統計說明，明義題詩並不是隨手拈來，而是事先經過周密考慮的。實際上，明義始終圍繞著寶黛釵愛情婚姻悲劇選取題詠的情節，絕不枝蔓（有關晴雯等丫環的故事亦是這悲劇的組成部分）。而且，組詩小序點出「其所謂大觀園者，即今隨園故址」，表明組詩題詠範圍係在大觀園內，所以組詩第一首落筆就詠大觀園。這兩個大前提的確定，有助於我們推想明義所見《紅樓夢》舊稿的概況。

首先，組詩第十九首「石歸山下無靈氣，總（縱）使能言亦枉然」兩句證實頑石已經回到青埂峰下，正與今本首回青埂峰頑石不甘寂寞投向人間相呼應，可知舊稿首尾完整，全書已經完成。而組詩小序又云：「惜其書未傳，世鮮知者。」僅惋惜《紅樓夢》未曾流傳，卻未對書未完成表示嘆惜（可與甲戌第一回「甲午（申）八日（月）淚筆」那條長批相比較。脂硯因「書未成」而大動感情，而明義恰恰相反，態度冷靜，一字不提），亦可爲舊稿已經

明義<題紅樓夢>組詩人物表

序號	出場人物	幕後人物	今本回目	場　景
2	女兒群		二十五回有類似情節。	怡紅院，姊妹聚會。
3	寶玉、紫鵑	黛玉	三十回、五十七回有相彷情節	瀟湘館，寶玉向紫鵑探問黛玉景況。
4	寶釵	小紅、墜兒	二十七回	寶釵撲蝶。
5	黛玉、寶玉	紫鵑	三十回	瀟湘館，寶黛對泣。
6	寶玉、晴雯	襲人	三十一回	寶玉錯認晴雯爲襲人。
7	寶玉		二十三回	寶玉寫四時即事詩，夢遊太虛境。
8	寶玉、小紅		二十回有相彷情節	寶玉爲小紅梳頭⑬
9	襲人、寶玉		二十八回	襲人發現汗巾子被換。
10	黛玉	寶釵、寶玉	二十六回末	黛玉徘徊怡紅院階下。
11	黛玉、寶玉		二十七回末二十八回始	黛玉葬花。
12	玉釧、寶玉		三十五回	玉釧嘗羹。
13	寶玉、女兒群		六十三回	怡紅夜宴。
14	黛玉、寶玉		四十五回、五十二回有類似情節	黛玉病重，寶玉探病。
15	寶釵			人物特寫，場景白化。
16	寶玉	晴雯	七十八回	寶玉祭雯。
17	寶玉、寶釵		（脂本八十回後）	釵玉成婚。
18	黛玉、寶玉		（脂本八十回後）	黛玉病死。

寫完作一旁證。組詩前十六首所詠故事均爲今本所有或與今本相仿，但具體情節與今本有較多不同，這說明曹雪芹後來又作了增刪改動。其中改動較大的，有寶釵撲蝶，怡紅夜宴等故事。

其次，我們聯繫今本前八十回的結構特點可以推知：明義所見書稿並不止於組詩所寫的寶黛釵愛情婚姻悲劇的內容，舊稿相當於今本前八十回的部分其基本結構與內容應與今本相似。

關於《紅樓夢》的藝術結構，目前有各種意見。但如果我們從小說這一文學體裁的特點——以敍述故事，塑造人物爲主出發考慮，以人物概括貫串全書的結構線索較爲妥善。因而我們同意全書有兩條平行結構線索——寶黛釵愛情婚姻悲劇和王熙鳳理家悲劇的提法⑭。當然，平行線索結構並不排斥寶黛釵愛情婚姻悲劇爲主線，如列夫·托爾斯泰的《安娜·卡列尼娜》就是安娜和渥倫茨基、吉提和列文兩條結構線索平行的，但顯然以前者爲主線。所謂「平行」，不是指它們在小說中的地位相等，而是指它們同時或交替發展。值得注意的是：有關王熙鳳理家線索所展開的人物和故事在組詩中全未提及。能否因此反證明義所見舊稿還沒有這些人物和故事呢？當然不能。因爲這種平行線索結構在我國古典小說中並無先例，它是曹雪芹在結構布局方面的偉大創造，在小說的構思、創作過程中，它必定是作者首先考慮的因素。而且，如若沒有王熙鳳理家線索的有關內容，則賈府走向衰亡的過程就不能形象地表現，寶黛釵悲劇的典型環境無法深入展開，這就大大削弱了寶黛釵悲劇的社會意義，也破壞了《紅樓夢》完整的藝術美。這將是不可思議的。因而與王熙鳳理家線索有關的人物和故事在明義所見書稿中應該已經存在。故事的詳略，情節的安排，人物的多寡及細節的描繪可能與今本有差異，但小說的基本結構和內容不會有很大的變化。

組詩不寫與王熙鳳理家悲劇有關的內容，只能說明明義個人對《紅樓夢》的看法。王熙鳳理家悲劇因與賈府盛衰相終始，與政治的關係比較密切，對此，御馬夫身份的明義確是需要迴避的。魯迅先生說，對《紅樓夢》的命意，「經學家看見《易》，道學家看見淫，才子看見纏綿，革命家看見排滿，流言家看見宮闈秘事」（〈絳洞花主小引〉），明義的欣賞《紅樓夢》，大約終於不過是以「才子」的眼光看見「纏綿」而已。只要看第十二首詠玉釧嘗羹的「碗邊誤落唇紅印，便覺新添異樣香」兩句就可以知道：他竟把寶玉對金釧之死的滿心負疚以及因而對玉釧的加倍憐惜寫成了公子哥兒對丫環的調情！因此，雖然明義所見書稿已經具備脂本八十回後的賈府破敗、黛死釵去的情節（組詩後四首有反映），他卻在組詩小序中這樣寫下他對小說的印象：「曹子雪芹出所撰《紅樓夢》一書，備記風月繁華之盛。」明義的友人袁枚《隨園詩話》卷二也這樣介紹他的讀後感：「明我齋讀而羨之」，可知明義是把《紅樓夢》當作記錄風月繁華的艷書來讀的。明義抱著這種態度讀《紅樓夢》，當然不可能全面深入地理解這部巨著的偉大價值。組詩只寫寶黛釵愛情婚姻悲劇而不提有關王熙鳳理家悲劇的內容，正是由這種態度所決定的。當然，明義〈題紅樓夢〉組詩對研究《紅樓夢》成書過程是很可寶貴的資料，但是對明義的根本立場觀點，我們不必作過高的估計。

至於組詩沒有觸及今本二十三回前的情節，那是因爲明義事先給自己劃定了題詩的範圍——寫大觀園內的人物和故事。今本二十三回前的情節不屬明義題詩範圍之內，所以組詩就沒有提及⑮。因而我們不能孤立地看問題，因爲明義不寫今本所有的某些重要故事（如元春省親）就判斷明義所見《紅樓夢》中沒有這些故事；更不能因此而推論這些故事非雪芹所寫，部分地取消曹雪芹的著作權。

最後，我們還驚奇地注意到，組詩中竟然沒有一首是與史湘雲有關的。難道明義所見舊稿中沒有史湘雲這個人物麼？不至於。史湘雲是作者著力刻畫的形象，她的典型意義與釵黛同樣重要，不可能是後來添加的人物。

從組詩的不提湘雲而完整地反映了寶黛釵愛情婚姻悲劇，我們可以推論：在明義所見《紅樓夢》中，湘雲未能取得和釵黛相等的女主人公地位。湘雲的故事與寶黛釵的悲劇並無直接關聯，她的結局也不能作爲收束全書的最後高潮。而且組詩最後兩首寫道：「莫問金姻與玉緣，聚如春夢散如煙。」「青蛾紅粉歸何處，慚愧當年石季倫。」可知舊稿最後群芳飄零，金玉姻緣亦成泡影。近年來有紅學家提出金玉姻緣亦有真假，金鎖配寶玉是假，金麒麟配寶玉爲真，湘雲最後與寶玉結褵⑯。這種推測如能成立，即關係到曹雪芹對小說的總體構思，其意義非同一般。但對照明義題詩，我們似可推斷：至少在明義所見的《紅樓夢》舊稿中，湘雲最後與寶玉成婚的可能是不存在的。至於嗣後作者有否另行設計安排湘雲的結局，讓湘雲與寶玉成婚，則我們尚未找到確切有力的證據。

我認爲，按照〈好了歌〉、〈好了歌注〉及甲戌本有關脂批的啟示（參看第四節），湘雲與寶釵均屬於夫死改嫁這種情況，然一則下降，一則上升，一枯一榮，正爲對比。湘云「廝配得才貌仙郎」，但仍然遭遇不幸，「終久是雲散高唐，水涸湘江」。一個貧窮的青年寡婦，將如何在茫茫人海中生存下去？封建時代的女性，無論她有多大才能，必須依賴男性而存在。在現實生活中，湘雲恐怕亦只能如其〈詠白海棠〉詩所云：「也宜墻角也宜盆」，流落天涯，改嫁他人，隨遇而安而已。

這樣，我們根據明義〈題紅樓夢〉組詩並結合今存《石頭記》抄本與有關脂批所能推知的舊稿構成情況可以簡單表述如下：

明義所見《紅樓夢》舊稿首尾完整，全書已經完成。在相當於脂本八十回以前的部分，其基本結構和內容與今本相似，但細節有較多不同。其後，釵玉成婚，黛玉病死；不久賈府破敗，寶玉落魄，先是出家爲僧，終於「懸崖撒手」，回到太虛幻境銷號。大觀園群芳四散，寶釵湘雲改嫁，韶華易逝，兩鬢成霜，在痛苦中終其天年。最後「風流冤孽」全部返回幻境，警幻仙姑揭示〈情榜〉，神瑛絳珠重證前緣。通靈寶玉也恢復頑石的真相回到青埂峰下⑰，將自己的塵世經歷編寫成書，鐫刻石上，以待問世傳奇。

㈠義「拔取金釵當酒籌」

組詩第十三首詠今本第六十三回「壽怡紅群芳開夜宴」：

拔取金釵當酒籌，大家今夜極綢繆。笑倚公子懷中睡，明日相看笑不休。

後三句在小說中都能找到根據，只有首句與今本故事完全不符。今本第六十三回群芳夜宴占花名行酒令，用「一個竹雕的簽筒，裡面裝著象牙花名簽子」，簽上畫有各色花朵、刻有題詞和詩句，以預示抽簽者的結局。明義對此重要情節一字不提，反說「拔取金釵當酒籌」，透露出舊稿中乃以金釵行酒令，與今本大不相同。因而吳世昌先生推論說：在明義所見舊稿中，「沒有擲骰抽簽，簽文暗示後文伏線等種種細節」，「這些正是雪芹後增部分，而拔金釵故事則屬於後刪的部分」。⑱

爲了證實這個結論，我們對今本第六十三回細加考察，發現了這段情節的內在矛盾，可爲雪芹對舊稿中怡紅夜宴故事曾作較大增刪的證據。

寶玉生日夜宴，據六十三回交代，原是怡紅院的八個大小丫環湊錢單替寶玉過生日。席間寶玉提議行酒令占花名，因人少沒趣，才決定去邀請客人(引文據庚辰本，下同)：

小燕笑道：「依我說，咱們竟悄悄的把寶姑娘、林姑娘請了來頑一回子，到二更天再睡不遲。」襲人道：「又開門喝户的鬧。倘或遇見巡夜的問呢。」寶玉道：「怕什麼。咱們三姑娘也吃酒，再請他一聲才好。還有琴姑娘。」……果然寶釵說夜深了，黛玉說身上不好，他二人（按指襲人和晴雯）再三央求說：「好歹給我們一點體面，略坐坐再來。」探春聽了，也歡喜，因恐不請李紈，尚或被他知道了倒不好，便命翠墨同了小燕也再三的請了李紈和寶琴二人會齊，先後都到了怡紅院中。襲人又死活拉了香菱來。

可見她們一共請了六位客人：寶釵、黛玉、探春、李紈、寶琴和香菱。但如再細讀上下文，卻可以發現不少矛盾：

(1)湘雲的被遺忘。晴雯襲人請來了寶釵，拉來了香菱，卻忘了請當時同住在蘅蕪院的史湘雲；

(2)寶琴的消聲匿跡。她們請來了琴姑娘，可是下文行花名簽酒令一段卻並無一字涉及這位美麗超過寶釵，聰慧不讓黛玉的薛寶琴。寶琴「年輕心熱」，性格相當活潑，她又與寶玉同一生日，在此場合下決不會一言不發、毫無反應。這是不應有的疏忽。

(3)湘雲的不請自來。在芳官唱完〈賞花時〉，寶玉手拿牡丹花簽，口內顛來倒去念「任是無情也動人」之時，並未與會的史湘雲突然露面，奪過牡丹花簽，擲與寶釵！其後，湘雲抽了海棠花簽，與黛玉開玩笑，叫她坐了自行船家去，又與香菱一起灌探春酒，十分活躍。然而湘雲擲過骰子後，卻又箝口禁言，連黛玉、探春和李紈三人嘲笑打趣都不發一言，似乎真的「香夢沉酣」了！

這些細節矛盾說明了什麼問題？心細如髮的曹雪芹怎麼會在短短的一段文字中出了這麼

多不應有的紕漏？必須指出，上面指出的矛盾非僅孤證，己卯、蒙戚三本和列藏本亦然，直至《乾隆抄本百二十回紅樓夢稿》和夢覺主人序本才把上引小燕之言改爲「咱們竟悄悄的把寶姑娘、雲姑娘、林姑娘請了來」，算是勉強補了漏洞（程甲乙本均同夢覺本），但其他地方未有改動，後兩點矛盾還是存在著。

結合明義題詩分析，我們不能不得出這個結論：舊稿中怡紅夜宴故事比較簡略，只有怡紅院丫環給寶玉過生日的情節，今本所寫邀請釵黛等客人參加夜宴，行酒令占花名以預示群芳結局的情節均係後來添加，雪芹在增添新的故事內容時因考慮不周而致多處失誤。這結論從本回脂批分布情況亦可得到佐證。夜宴一節文字僅有兩條雙批（見己卯、庚辰本），批在「且忙著卸妝寬衣」和「當時芳官滿口嚷熱」句下，均在決定去邀請客人之前，抽花名簽一段文字竟無一字脂批，六十三回回前回後總評也絲毫未及群芳占花名之情節；而按照脂批慣例，這類預示眾女兒結局、涉及後文伏線的文字本是脂硯和畸笏最喜加批的地方。由此可知，這段占花名的情節應爲後來所增，故脂硯等尚未及加批。再說，各脂本第六十三回字數多達九千餘字，乃前八十回中字數最多的一回，占花名一段有二千餘字，如減去這節內容，字數就比較適中。此回篇幅過長，也是它曾增添情節內容的跡象。

從「拔取金釵當酒籌」詩反映的情況看，明義所見舊稿中怡紅夜宴的氣氛應較今本所寫爲熱烈狂放。今本寫怡紅院丫環毫無顧忌，「將正妝卸去，頭上只隨便挽著鬢兒，身上皆是長裙短襖」，這種妝束過於疏放，在小姐奶奶們面前出現是很不合適的，這也正是舊稿中夜宴没有外客參與的旁證。然而她們卸下的金釵卻正好可以用來行令作爲酒籌，與明義題詩的氛圍正好吻合。今本寫釵黛等人退席散去後，怡紅院衆女兒喝酒猜拳、嬴唱小曲兒，連平時「沉重知大體」的襲人亦高唱一曲，年幼的芳官竟至醉倒在寶玉的身旁，真是放浪嬉戲，大失常態了。這些文字均應爲舊稿所原有。我們推測，舊稿的構思可能借鑒了《史記·滑稽列傳》中淳于髡之言：

> 日暮酒闌，合尊促坐，男女同席，履舃交錯，杯盤狼藉。堂上燭滅，主人留髡而送客，羅襦襟解，微聞薌澤，當此之時，髡心最歡，能飲一石。故曰酒極則亂，樂極則悲，萬事盡然，言不可極，極之則衰。

當然具體的描寫不可能完全一樣，但那種歡樂的場景、浪漫的氣氛是很相近的。怡紅夜宴一節是前八十回歡樂的頂峰，但歡樂本身具有兩重性，它到達了頂峰亦即走上了悲哀的起點。其後，大觀園即逐步衰落，小說的色彩越來越清冷，情調也越來越低沉，往日的歡欣已不可復得。雪芹將怡紅夜宴作爲樂極生悲轉變關鍵的構思與淳于髡的諷喻正相一致，似非偶然。

雪芹在修改明義所見舊稿的怡紅夜宴故事時，删去了「拔取金釵當酒籌」的細節，對宴會氣氛的渲染也略有改動。從今本看來，大致是將狂放的情緒改得溫馴一些，熱烈的氛圍改得蘊藉一些。他將怡紅夜宴的參加者從丫環擴大到釵黛湘探等主要人物並添寫了占花名的情節，不但將歡樂推向高潮，與後文的悲慘作強烈對比，而且在歡樂中埋藏了悲慘，爲「千紅一哭，萬艷同悲」的美的毀滅再作預示，爲即將來臨的悲劇情節的突轉、發現與苦難準備了適當的鋪墊。日後黛玉的淚盡夭亡、香菱的被殘害至死、探春的悲泣遠嫁、寶釵的「無情」等都一一在此留下了伏筆。於是夜宴故事就從舊稿中的熱鬧插曲變爲全書不可缺少的重要情節。這證明雪芹通過多次增删修改，才使全書結構漸趨嚴密，成爲氣脈融貫、骨肉停勻的有機整體，雖然尚有細節失誤，那畢竟是小小斑痣，無損美人風韻之佳妙。脂硯評《紅樓夢》謂「字字看來皆是血，十年辛苦不尋常」，真是知味之言。

(二)評「錯認猧兒喚玉狸」

晚歸薄醉帽顏〔檐〕欹，錯認猧兒喚玉狸。忽向內房聞語笑，強來燈下一回嬉。

這是組詩第六首。論者或以爲這首詩「所詠情節全不見於今本，亦無類似故事可以比附」⑲，或認爲詠第三十一回寶玉錯認晴雯爲襲人⑳，或以爲詠第八回寶玉從薛姨媽處回絳芸軒後的一段情節㉑。最後一說的不甚妥善似較明顯：寶玉那次喝得酩酊大醉，脂批曾四、五次指出「真真大醉了」，甲戌本回目且標明「賈寶玉大醉絳芸軒」，可知決非「薄醉」；而且明義題詩後三句在第八回亦毫無痕跡，故此解似可排除。

其實此詩在今本第三十一回還是可以找到著落的，只是舊稿情節與今本差異較大，需細加尋繹。此回寫端陽節午後，寶玉心中煩躁不寧，因晴雯跌折扇骨而借端發火，兩人開始吵嘴，後來又加上襲人，好容易黛玉進來暫時止息。隨後寶玉被薛蟠請去吃酒，傍晚席散：

> 晚間回來，已帶了幾分酒，踉蹌來至自己院內，只見院中早把乘涼枕榻設下，榻上有個人睡著。寶玉只當是襲人，一面在榻沿上坐下，一面推他問道：「疼的好些了？」只見那人翻身起來說：「何苦來，又招我。」寶玉一看，原來不是襲人，卻是晴雯。

首二句詩即詠此。「帶幾分酒」可稱「薄醉」，腳步踉蹌想必帽檐歪斜。「欹」即「敧」的異體字，不正貌，古人認為男子帽兒微側漂亮而有風度，典出《北史．獨孤信傳》，常見於古人詩文，清代名詞人納蘭性德還將自己的詞集名為《側帽集》。小說中雖未明寫寶玉帽側，明義完全可能生此聯想。故「晚歸薄醉帽顏（檐）欹」可說是「無一字無來歷」。「錯認猧兒喚玉狸」也者，寶玉錯認晴雯為襲人之謂也。「猧兒」、「玉狸」均係借代，雖然怡紅院眾丫環曾笑稱襲人為「西洋花點子哈吧兒」（第三十七回），李嬤嬤也曾罵寶玉的丫頭們為「那起狐狸」（第二十回），但舊稿中不必真有襲人綽號「猧兒」，晴雯小名「玉狸」的文字，詩人寫詩因修辭關係常需運用借代修辭格，不足為奇。今本以下即寫晴雯撕扇，可是明義此詩卻全然未提撕扇之事。是明義將撕扇作為暗場處理了？還是舊稿中尚無撕扇的情節呢？這兩種可能當然都有，但揆之情理，似後一可能更大。因為從《綠烟瑣窗集》反映的情況看，明義此人以風流自命，狎妓玩伶無所不至，在這類風流才子眼裡，美人的嬌嗔薄怒是最可愛的，對寶玉「千金難買一笑」的紈袴理論他定會引為同調並大加欣賞。只要看詠玉釧嘗羹的第十二首就可以知道，他竟完全不顧小說上下文對寶玉心理的分析，胡亂編派，寫出「碗邊誤落唇紅印，便覺新添異樣香」這樣的句子來，將寶玉寫成「時時獵色一賊」（庚辰本第四十五回雙批），充分暴露了他本人的精神世界。因而一般說來，舊稿如有撕扇故事，明義不會將它作爲暗場處理。而且一首絕句的重心總是在第三、四句，如舊稿已有晴雯撕扇，那正是此回情節之中心，題詩也必當提及。明義不寫撕扇而寫寶玉「忽向內房聞語笑，強來燈下一回嬉」，亦可想見舊稿內容重心並不在晴雯撕扇。看來明義所見舊稿較今本爲簡略，似尚無晴雯撕扇故事，舊稿中寶玉錯認之後，即與晴雯談心賠話，達成諒解，重歸和好。

但舊稿中很可能有關於襲人等人的細緻描繪，那就是明義題詩第三、四句所詠的內容，此內容爲今本所無，當已刪去。詩句似寫寶玉聽見襲人與麝月等在房內笑語，就強喚她們出房到院內乘涼，端陽夜月色朦朧不明，院內點燈亦情理中事。舊稿中襲人和麝月等對寶玉與晴雯的和解似均極不滿，所以故意躲在房內大聲說笑，以示夫子瑟歌之意。但這樣寫法對襲人性格暴露似嫌過火，且將麝月混同於襲人，也不很合適。今本所寫撕扇尾聲極微妙：

> 寶玉在旁笑著說：「響的好！再撕響些！」正說著，只見麝月走過來，笑道：「少作些孽罷！」寶玉趕上來，一把將他手裡的扇子也奪了，遞與晴雯。晴雯接了，也撕成幾半子，二人都大笑。麝月道：「這是怎麼說？拿我的東西開心兒？」寶玉笑道：「打開扇子匣子，你揀去。什麼好東西。」麝月道：「既這麼說，就把匣子搬了出來，讓他盡力的撕，豈不好？」寶玉笑道：「你就搬去。」麝月道：「我可不造這孽。他也沒折

了手，叫他自己搬去。」晴雯笑著，倚在床上，說道：「我也乏了，明兒再撕罷。」寶玉笑道：「古人云『千金難買一笑』，幾把扇子能值幾何。」一面說著，一面叫襲人。襲人才換了衣服走出來。

今本未寫襲人與麝月等在房內談笑，卻寫了襲人「親自陶冶教育」的麝月對晴雯和寶玉的不滿；寫她的不滿也很有分寸，似乎她只是不贊成他們的暴殄天物。至於襲人對此事的態度則自始至終未有一字正面寫及。然從襲人的一言不發，遲遲不肯出房，到寶玉喚她，還要延宕一刻，換好衣裳方才出來，可知襲人在房內是如何發揮克己功夫，好容易才按下怒氣而不露聲色，也可見襲人對晴雯的嫉妒之深了。「此時無聲勝有聲」，襲人的沉默比舊稿中她的「語笑」更能透露出她的內心活動，這種「不寫之寫」，最爲雪芹擅長。

這樣我們看到，晴雯這段故事經過增刪改寫，內容更加充實，情節更有起伏波瀾，人物形象也更爲豐滿。寶玉的紈袴習氣、晴雯的天真任性，寶玉與晴雯的純潔友誼，襲人對晴雯的嫉恨，麝月對晴雯的不滿以及與襲人的親厚全都渲染了出來。戚蓼生所謂「一聲也而二歌，一手也而二牘」就是對此類絕妙文字而發的吧？

(三)析「題詩贏得靜工夫」

對組詩第七首有兩種意見，或認爲詠今本第五回寶玉夢遊太虛境㉒，或認爲詠今本第二十三回寶玉題四時即事詩㉓。詩云：

紅樓春夢好模糊，不記金釵正幅〔副〕圖。往事風流真一瞬，題詩羸〔贏〕得靜工夫。

其實這兩種意見都有其部分的正確性，明義是將這兩個情節聯繫在一起寫的。前兩句寫寶玉事後追憶夢遊太虛幻境，夢中翻看金陵十二釵圖册、聽演〈紅樓夢曲〉等情事，然已印象模糊。第三句「往事風流真一瞬」爲全詩樞紐，連收帶轉，收結夢遊轉入下句寶玉的大觀園生活。末句指寶玉入園後題四時即事詩，心滿意足，贏得了內心的平靜。

明義因詠寶玉初進大觀園的生活而寫及他夢遊太虛幻境，正顯示出這樣一個事實：在明義所見舊稿中，這兩個情節是緊密相接的。今本二十三回中所寫寶玉「靜中生煩惱」之情景，正是對寶玉已進入青春期的形象描寫。青春期少年產生夢遊之事，實有心理及生理依據。

我在〈吟紅新箋〉中已經證明，明義組詩的題詠範圍係大觀園中的人物和故事。證以此詩的具體描述，可知今本第五回賈寶玉神遊太虛境在明義所見舊稿中發生較晚，乃是他十三歲進入大觀園後之事。這也連帶證明了，舊稿中秦可卿之死亦較晚，戴不凡先生〈秦可卿晚死考〉㉔所提看法有一定道理，雖然秦可卿之死的確切時間未必如戴先生所言，但這確實是一個可以探討的問題。

那麼，曹雪芹增删舊稿時爲什麼要將寶玉神遊提前至今本第五回呢？答案是：此乃全書總體構思的需要。今本前五回可以看作全書的提要：第一回介紹小說的緣起和情節梗概，以象徵手法預示了小說的主線和主題，第二至第四回介紹了小說的典型環境及主要人物，第五回則通過寶玉夢遊較爲具體地預示了整個悲劇的發展輪廓和主要人物的生活遭遇。它們乃是一個相對完整的部分㉕。這種顯示出全書總體構思的部分，只有在全書已告初步結束後方可剪輯修撰而成。寶玉神遊太虛境能符合小說總體結構的要求，故雪芹將其以後文中剪出，放在今本第五回的位置。雖然這樣剪輯產生了一些細節上的矛盾，但對全書來說，畢竟只是無傷大雅的小疵。

㈣辨「留得小紅獨坐在」

組詩第八首爲：

> 簾櫳悄悄控金鈎，不識多人何處遊。留得小紅獨坐在，笑教開鏡與梳頭。

此首所詠內容與今本第二十回寶玉爲麝月梳頭事幾乎完全一致，詠此情節似無疑問。然其中「小紅」一詞卻引起了爭議：或云舊稿中寶玉給梳頭的是小紅即林紅玉㉖，或云「小紅」乃侍婢之泛稱，詩中借代麝月㉗。

借代確係詩人常用的修辭格，七絕平起式第三句按格律應爲「仄仄平平平仄仄」，以「麝月」二字入詩不合律，所以後一說孤立起來看原也可以成立。但是，結合全書內容分析卻有了問題。借代的運用以不致引起誤解爲原則，如明義確是以「小紅」代「麝月」，那明義所見舊稿就不會有林紅玉即小紅這個人物。但明義所用代詞「小紅」居然與雪芹後來補入的人物同名，這未免過於巧合。據脂批，小紅此人在雪芹原稿後半部「有寶玉大得力處」，獄神廟回內她還大有作用（見甲戌第二十七回回末總評及庚辰同回眉批）；據吳世昌先生考證，她可能與茜雪一起從獄中救出寶玉和鳳姐，她還可能是影響寶黛愛情悲劇的關鍵小人物㉘。這樣一個關係到作者對小說總體構思的人物應爲舊稿所原有。且明義組詩第四首「追隨小蝶過墻來」詠寶釵撲蝶故事，小紅是此撲蝶故事的重要配角，可證明義所見舊稿已有小紅這個人物。小紅在舊稿中既已肯定存在，明義就不可能借用范成大贈姜白石歌女之名「小紅」來指代麝月，因爲這樣就犯了一名兩指、混淆概念的邏輯錯誤。再說青衣小名見於詩詞者多得不可勝數，此處只要第二字爲平聲皆合格律，如玉簫、小蠻、紅線、圓圓、雲英、朝雲……都可以用，明義又何至於文思枯窘不能另找一侍兒小名而非要以「小紅」代麝月？看來此詩「小紅」還應是指林之孝之女林紅玉。

明義所見舊稿有寶玉爲小紅梳頭的故事，可知舊稿中小紅與寶玉的關係比較密切。庚辰本第二十回梳頭故事旁有夾批「雖謔語亦少露怡紅細事」，透露出舊稿中梳頭故事發生在怡紅院內。今本寶玉第二十三回方住進大觀園怡紅院，第一次見到小紅在第二十四回：

寶玉一面吃茶，一面仔細打量：那丫頭穿著幾件半新不舊的衣裳，倒是一頭黑鬒鬒的好頭髮，挽著個䯼，容長臉面，細巧身材，卻十分俏麗乾淨。

特別突出小紅「一頭黑鬒鬒的好頭髮」，爲全書人物外形描寫所僅見，或係舊稿梳頭故事之導因。今本第二十七回小紅因鳳姐賞識而調出大觀園，不可能再有寶玉爲她梳頭之事。在修改舊稿過程中，雪芹將梳頭故事提前到今本位置，且將小紅改爲麝月。所以作此改動原因有二：

(1)與小說後半部麝月爲「群芳之殿」相呼應。本文第一節內我們已論證，今本第六十三回怡紅夜宴掂花名簽的情節爲舊稿所無，故梳頭故事與麝月掂得荼蘼花均爲作者照應後文麝月結局計劃的一部分。今本第二十回作者特別點明麝月與襲人相似的性格：

寶玉笑問道：「你怎不同他們頑去？」……麝月道：「都頑去了，這屋子交給誰呢。那一個又病了。滿屋裡上頭是燈，地下是火。那些老媽媽們，老天拔地伏侍一天，也該叫他們歇歇；小丫頭子們也伏侍了一天，這會子還不叫他們頑頑去。所以讓他們都去罷，我在這裡看著。」寶玉聽了這話，公然又是一個襲人。

庚辰本夾批：「全是襲人口氣，所以後來代任。」又寶玉爲麝月梳頭，晴雯譏刺說「交杯盞還沒吃，就上頭了」，實後麝月代襲人爲寶玉侍妾之預演。這些都涉及到作者對小說的總體構思。

(2)今本第二十回寫襲人病卧在床，麝月素與襲人親厚，故獨自留下來照顧她。小紅與襲人無甚特殊關係，一人單獨留下照看襲人不很合理。梳頭故事既已提前至此回，獨坐燈下陪伴襲人的就不可能是小紅。爲了此回情節的合理，也以改成麝月爲更適宜。

(五)疏「入户愁驚座上人」

組詩第十首很能反映出舊稿與今本的差異：

入户愁驚座上人，悄来階下慢逡巡。分明窗紙兩璫影，笑語紛絮聽不真。

關於此詩所詠情節，目前有兩種意見。一種意見認爲它「寫元夕寶玉回房，於外間聞鴛鴦、襲人談心，不忍入內打攪事」，在今本第五十四回㉙；另一意見認爲它「詠林黛玉到怡紅院而未能進去之事，今本在第二十六回」㉚。如將今本第二十六回或五十四回情節與此詩對看，可以見出都有不小的距離。明義究竟是詠的哪一情節呢？

先看第五十四回。此回寫寶玉回到怡紅院，「雖是燈光燦爛，卻無人聲」，寶玉進了鏡壁，聽見襲人和鴛鴦歪在地炕上談心，「忙轉身悄向麝月等說道：『誰知他也來了。我這一進去，他又賭氣走了，不如咱們回去罷，讓他兩個清清靜靜的說一回。……』說著，仍悄悄的出來。」所寫寶玉心理與「入户愁驚座上人」完全相同。但寶玉出來後未曾「悄來階下慢逡巡」，也沒有回顧窗紙，所以後三句全無踪跡可尋。不僅如此，後三句與第五十四回的描寫還有明顯矛盾：鴛鴦與襲人「歪在地炕上」，並非坐在窗前，窗子高於地炕，寶玉怎麼看得見她們耳環的影子？這還可以說是因爲舊稿中她們坐在窗前，今本才改爲躺在炕上。然而另一個矛盾就無法解釋了：那天正值元宵，榮府大設宴席，鴛鴦和襲人因爲父母守孝服喪，没有出去服侍，躲在怡紅院裡談心。她們在談自己父母的喪事，鴛鴦在感嘆奴隸的不得自由，襲人在對好心的主子感激涕零，在這種場合下她們怎麼會「笑語紛絮」——大聲談笑不止？詩中所寫這個細節決不可能出現於這個特定場景，故此詩所詠不可能係今本第五十四回鴛襲談心一事。

今本第二十六回的情節與題詩也有很多不合：黛玉兩次扣門，晴雯還怒閉門不納，黛玉給終未進怡紅院院門，故明義此詩前三句没有著落。只有第四句「笑語紛絮聽不真」與今本描寫幾乎完全一致：

（黛玉）只聽裡面一陣笑語之聲，細聽一聽，竟是寶玉和寶釵二人，……

但只要舊稿中無晴雯還怒不肯開門的細節，黛玉進了怡紅院，詩中所寫的情景就是完全可能出現的。從詩中反映的情況看來，黛玉已經進了怡紅院大門，聽見寶玉與寶釵二人在房內談笑，還看見窗紙上有寶釵的頭影，兩個耳環的影子也很清晰。她不願驚動他們，於是在階下悄悄徘徊。此說視前一說更爲明快省淨，因而就更有可能近於事實。

可是曹雪芹終於將舊稿中此段文字重新作了改寫，添加了晴雯兩次拒絕開門的情節，删去了黛玉在階下徘徊，看見寶釵頭影等細節描繪，對黛玉的心理活動也作了新的開掘，如今本第二十六回末所示。雪芹爲什麼要對舊稿中此節文字大加删改呢？據我看有兩個原因：

其一，原先的構思設計對黛玉的個性描繪不夠準確。黛玉天真爽直，在第三十二回「訴肺腑」之前，她對寶玉與寶釵的接觸一直保持著警惕，一般情況下她都是接踵而至，以觀動靜，深恐寶玉「見了姐姐忘了妹妹」。她如進了怡紅院大門，聽見寶釵在房內說笑，定然不會迴避（像寶釵所做的那樣），而會立刻進去，不可能因怕打擾他們而在階下暗自徘徊。以黛玉的品格，也不會像寶釵一樣有意在窗外竊聽而不進房中。這當是雪芹所以要讓晴雯遷怒，閉門不納黛玉的理由之一。

其二，爲下回黛玉葬花作〈葬花吟〉一段文字作引。今本寫黛玉兩次叩門，晴雯使性不開，還說是「二爺吩咐不許放人進來」，勾起了黛玉寄人籬下的身世之感，於是「也不顧蒼苔露冷、花徑風寒，獨立墻角邊花陰之下，悲悲切切嗚咽起來」。這正是第二天黛玉埋香塚泣殘紅，感花傷己作〈葬花吟〉的直接起因。〈葬花吟〉是作者塑造林黛玉典型性格的最重要詩篇，詩中黛玉以落花寄寓身世，流露了對炎涼世態的憤慨，顯示了自己決不同流合污、寧死勿辱的高潔品格，故此詩引線處理的得當與否實關係到它的思想深度。按明義所見舊稿，黛玉葬花吟詩的直接起因不是出於身世之感，而是出於妒嫉，這樣她的性格就停留在今本第八回「探寶釵黛玉半含酸」的狀態沒有發展，〈葬花吟〉就將失去它大部分的思想光彩，也不會有今本這樣至深的感人力量。這當是曹雪芹增刪今本第二十六回情節的最重要的原因。至於增加晴雯遷怒細節以豐滿晴雯形象，那倒是次要的附帶的原因。

(六)論明義所見舊稿的增刪

以上我們根據明義〈題紅樓夢〉組詩就其所見舊稿與今本進行了對照分析，並試圖探討曹雪芹對該情節的內容增刪修改的原因。綜觀曹雪芹對舊稿的增刪修改（僅就明義組詩涉及的情節而言），其原因大致可以分成三類：

其一，再次預示眾女兒的悲劇命運，以突出全書的重要主題：封建時代女性必然毀滅的悲劇。怡紅夜宴情節中拈花名籤一段的增加以及梳頭情節中主角的更換就是出於這種考慮。群芳占花名的情節乃是繼第一回〈好了歌〉及注，第五回金陵十二釵圖册和〈紅樓夢曲〉、第二十二回春燈謎之後第四次較大範圍的對眾女兒悲劇的預示，且預示的角度與方式有所不同：花名籤酒令各引用一句唐宋詩成句，以隱前歇後的方式，用省略了的詩句預示掣籤人的未來。這猶如畫家的三染法，爲眾女兒的悲劇勾畫出立體的輪廓。花名籤中對寶釵「無情」、探春貴爲「王妃」、麝月「送春」的預示乃全書首次正文點明，更有其不可或缺的作用。舊稿中小紅梳頭故事改爲麝月篦頭，乃是後文麝月代襲人爲寶玉侍妾之預演：這也是預示方式之一種。

以上兩情節的增刪修改證明：在明義所見《紅樓夢》中，有關麝月結局的預示尚未出現，可見曹雪芹對麝月結局的構思與處理是小說創作過程中很晚才決定的。由於明義所見舊稿是作者的第四次增刪稿㉛，所以有關麝月結局的故事是在曹雪芹對稿本作第五次增刪時才寫定的，它們的定稿已在乾隆十九年甲戌以後。㉜

其二，爲塑造人物形象的需要。可分三種情況：

(1)删去對人物性格把握不夠準確的文字片斷。刻劃人物性格超過了適當的限度，或描寫人物不足以顯示人物性格特徵，或人物性格無發展變化都屬於對人物性格把握不夠準確。從明義組詩看，這些情況在舊稿中都曾存在。如舊稿內寶釵撲蝶故事寫寶釵在梳理雙鬟時偶然聽到小紅與墜兒的談話，這就不足以顯示她的深於心計。再如舊稿寫寶玉與晴雯和解後，襲人和麝月故意在房內大聲說笑以示不滿，對襲人的妒嫉之心暴露似嫌過火。所以今本均已删去。

(2)增加情節以豐滿人物性格。如今本增加了晴雯撕扇的情節，就突出了晴雯爽直天真的性格特徵，對寶玉不惜物力的紈袴習氣和尊重女奴個性的平等觀念也是一次集中表現。今本第二十七回所增寶釵在滴翠亭有意偷聽小紅與墜兒談話的情節生動地表現出薛寶釵性格的複雜性，也從側面反映了小紅性格單純幼稚的一面：寶釵有意竊聽奴婢私語，近乎刺探，大失閨秀之體統；而被她偷聽了秘密的小紅卻在背後讚美她的品格，認爲可以信任她不會洩露秘密，倒受她暗示懷疑忌恨無辜的黛玉；可是在寶釵眼中，小紅卻是個「頭等刁鑽古怪的東西」。此段文字對寶釵城府之深、性格之複雜的描繪真已入木三分。又今本增寫晴雯兩次將黛玉拒於怡紅院門外的情節則既寫出晴雯性格浮躁的一面，又顯示了黛玉性格的發展。作者在第五次增删時設計增寫了這些情節，都是爲了刻劃人物性格的各個側面以豐富人物性格。

(3)改動故事發生的環境與有關細節，以符合生活真實並更有利於表現人物性格特徵。如寶釵撲蝶故事，舊稿中她所撲的是「小蝶」，今本改成「一雙玉色大蝴蝶」，就更合情理：以寶釵的身份去追撲小蝶似不可能，她畢竟不是頑童；又舊稿中小紅與墜兒說私房話的地方是一所有牆壁隔開的院落，今本改成四面環水的滴翠亭：以小紅之精細及怕人聽去秘密的心理，當然以選擇四面環水的滴翠亭說話更爲安全；而且這樣更換環境，也使寶釵撲蝶之場景更爲開闊明麗，有利於襯托並展示寶釵之青春魅力。

其三，爲全書總體結構的需要而重新剪裁組接舊稿。從明義題紅組詩所反映的情況看，其所見舊稿故事情節之先後與今本多有不同。其中最顯著的：如寶釵撲蝶故事發生較早；黛玉葬花情節相對較晚，置於襲人被偷繫蔣玉菡的茜香紅汗巾之後；賈寶玉夢遊太虛境原在搬入大觀園之後發生。可見曹雪芹在第五次增刪時對全書進行了新的結構安排，原第四次增刪稿的敍述程序被打亂，情節前後挪移、剪接、集中，服從於全書整體結構的需要，以展現作者新的藝術構思。今本《紅樓夢》之所以具有如斯偉大永恆的藝術魅力，與曹雪芹的反覆精心修改剪裁組接舊稿並按總體構思需要完善全書藝術結構是分不開的。對此，本書〈增刪剪接：從長篇故事到章回小說〉已作了初步探索。

曹雪芹在創作《紅樓夢》的過程中，經歷了「披閱十載，增刪五次」的艱苦勞動，其實際創作時間長達十九春秋。這位創作態度極爲嚴肅的藝術大師對小說多次增刪、修改、剪接、集中的過程，亦即使小說內容不斷豐富，結構趨向完善、人物形象更爲豐滿，主題思想更爲深刻的過程。雖然我們已不可能將《紅樓夢》成書過程中的歷次增刪修改都搜索抉剔並羅列出來，以爲今人創作之楷模，然從對明義所見舊稿面貌之探討，似亦能窺知全豹之一斑。這也就是我們研究明義〈題紅樓夢〉組詩意義之所在。

吟紅後箋

明義〈題紅樓夢〉組詩最後四首係詠脂本八十回以後之情節，透過它們，似有窺見《紅樓夢》舊稿後半部大致內容的可能。爲此，我們將對組詩後四首試行詮釋，以探討明義所見舊稿後半部的概貌。

(一)金玉良緣

明義題紅組詩第十六首以晴雯之死爲背景，已詠及今本第七十八回「痴公子杜撰芙蓉誄」情事，第十七首開始即進入八十回以後之情節：

錦衣公子茁蘭芽，紅粉佳人未破瓜。
少小不妨同室榻，夢魂多個帳兒紗。

一般紅學研究者均以爲此詩詠今本第三回黛玉初進賈府住碧紗櫥之事，但周汝昌先生在《紅樓夢新證》（一九七六年版）〈議高續書〉一章裡對它作了出人意表的新解，指出此詩所詠係八十回以後之寶釵，所詠內容涉及到寶玉、寶釵的成婚以及婚後之夫婦關係：釵玉名雖成婚而實未合巹，雖同室同榻而夢魂未通——他們實際上還是姨姊弟。到目前爲止，周先生的新解似乎尚無人撰文贊同，然而筆者卻是支持周先生意見的。這是因爲：

其一，明義在組詩小序內曾指出：「其所謂大觀園者，即今隨園故址。」表明組詩題詠範圍係在大觀園內，所以組詩第一首落筆就詠大觀園：

佳園結構類天成，快綠怡紅別樣名。
長檻曲欄隨處有，春風秋月總關情。

據今本，大觀園建成在十七回，寶玉等在二十三回方始進大觀園居住。而黛玉初進賈府卻是第三回中的內容，此時小說情節尚未展開，與大觀園生活並無聯繫，故不屬明義題詩範圍之內。

其次，從組詩總體結構考察，組詩顯然係圍繞寶黛釵愛情婚姻悲劇選取題詠情節，其前十六首詩的先後排列順序大致與今本回目次第相符。因此，明義似不可能將詠第三回情節的題詩排至第十七首。一般説來，詩人寫作組詩即使非一時一地所寫，在編集時也會對組詩結構進行總體安排，不會漫不經心，隨手湊合。明義《綠烟鎖窗集》中有〈古意〉組詩共二十首，就是寫成後再行編次的，每首詩下都注有組詩編號，可以復按。有些研究者説是鈔手疏忽，鈔集時遺漏此首未鈔，鈔至十六首時忽然發現，於是將它補鈔在十七首的位置。然細檢明義《綠烟瑣窗集》影印本，此組詩係工楷精鈔，並無脫落圈改跡象，所以此假說實無根據。再說此詩如係詠第三回之情節，則按時間順序它非排在第一首的位置不可；第一首就漏鈔，似無此理。便何況此詩在內容上也實在難以總領組詩，並無排在第一首位置的可能。

其三，此詩所寫內容與第三回情節不合。詩中明詠「錦衣公子」與「紅粉佳人」同室同榻，而「夢魂」爲「帳兒紗」所隔，難以相通。詩裡「帳兒紗」當然不是指真的紗帳，而是象徵著「錦衣公子」與「紅粉佳人」感情上的隔閡。而寶黛二人幼時「日則同行同坐，夜則同息同止」，「言和意順，略無參商」，情況與此完全不同。而且，楊乃濟先生《紅邊雜俎》曾據清代《裝修作則例》、清內務府樣式房繪《同治重修圓明園圖樣》及古建築專家劉致平《中國建築類型及結構》等書記載證明：《紅樓夢》中的「碧紗櫥」並非紗帳，不同於李清照〈醉花陰〉詞中的「玉枕紗櫥」，而是室內裝修「隔斷」的一種，即今人所說的「格門」或「格扇」。此點證據確鑿，已無可置疑㉝。再說第三回明文介紹王嬤嬤與鸚哥陪侍黛玉住碧紗櫥內，李嬤嬤和襲人陪伴寶玉在外面大床上，寶黛二人並未同室同榻。「碧紗櫥」既與「帳兒紗」毫不相干，寶黛又未同室同榻，則此詩三、四句「少小不妨同室榻，夢魂多個帳兒紗」就與第三回黛玉初進賈府住碧紗櫥事沒有任何關係。

其四，此詩所詠之「紅粉佳人」不可能指第三回內之黛玉，因爲當時她還是個小女孩，不施脂粉，何能稱之爲「紅粉佳人」？而且，我們注意到明義在組詩第二十首又再次運用「紅粉」一詞：

饌金炊玉未幾春，王孫瘦損骨嶙峋。
青蛾紅粉歸何處？慚愧當年石季倫。

此詩係組詩最後一首，應具收結組詩之作用，那就必然歸結到小說的主角寶黛釵三人。吳世昌先生〈論明義所見《紅樓夢》初稿〉一文指出：

「青蛾紅粉」可以泛指美人，但在這裡「青蛾」指黛玉。因古人以「蛾眉」代女子，而「黛」和「顰」都是「眉」的代詞。「紅粉」指一般女子，這裡當指寶釵。虛設一問「歸何處？」可見黛釵均已不與寶玉在一起了。

筆者同意吳先生的意見。當然，此處「青蛾紅粉」如從廣義看應泛指大觀園眾女兒；但就其狹義而論，應該是特指小說女主角黛玉與寶釵。此詩中「紅粉」既特指寶釵，則十七首內所詠之「紅粉佳人」應非寶釵莫屬。明義當不至於在同一組詩內以同一詞語借代不同的兩個人。

確定了此詩應是詠八十回以後之寶釵，我們就可以據而推論：

(1)詩中稱寶玉爲「錦衣公子茁蘭芽」——像「才透出嫩箭的蘭花」那麼美好，可知寶玉與寶釵結婚時仍是貴族少爺，錦衣紈袴，其時賈府仍然維持著它表面的榮華富貴，尚未破敗。有研究者認爲：寶玉是從獄神廟放出回到抄家後的賈府，「對景悼顰兒」，然後「順理成章」地與寶釵結了婚[34]。看來要證明這假說還存在著難以逾越的障礙，因爲明義此詩顯示：二寶成婚是賈府被抄破落之前的事。

(2)詩中寫到二寶名雖成婚而實未合巹，可見寶玉是在萬不得已的情勢之下才違背了自己的意願與寶釵結褵，以致不得不採取這種異乎尋常的反抗手段。看來促成這「金玉良緣」的不單是「父母之命」，還有代表著最高封建統治者意志的皇貴妃元春的「懿旨」——對此，小說前八十回已有多處暗示。周汝昌先生在《議高續書》中也已有詳細分析，此處從略。

(3)明義此詩所揭示的寶釵在達成「金玉良緣」後的不幸處境，正可以解釋雪芹在前八十回中對寶釵的一些特筆描寫：從來不愛花兒粉兒，家常愛著舊衣裳，從頭至腳沒有富麗閑妝，房內雪洞一般全無擺設，……。以前，雪芹的這些描述都被理解爲寶釵日後寡居的預示，然從明義題詩分析，雪芹的構思比一般人所能想像的還要深刻：「金玉良緣」的追求者寶釵在形式上達到了婚姻的目的，實際上卻是一無所得。寶釵內心深處的痛苦是可想而知的，對此雪芹在二十二回的寶釵詩謎中已有預言：

> 朝罷誰攜兩袖煙，琴邊衾裡總無緣。曉籌不用雞人報，五夜無煩侍女添。焦首朝朝還暮暮，煎心日日復年年。光陰荏苒須當惜，風雨陰晴任變遷。

「琴邊衾裡總無緣」——也就是說，寶釵既沒有得到丈夫的愛情，實際上也沒有成就婚姻，她所得到的只是「寶二奶奶」的空名。像寶釵這樣安詳從容、雍容嫻雅的少女竟落入了使她如此痛苦的境遇之中，不禁令人爲這位「群芳之冠」深深嘆息：封建主義的忠實信徒又何嘗能得到她所憧憬的幸福呢！千紅一哭、萬艷同悲，形式上的勝利者薛寶釵其實仍然是一個悲劇人物，並不例外。按照雪芹的設計，寶釵的悲劇還將繼續發展，直至「焦首朝朝還暮暮，煎心日日復年年」：她的心靈將永遠得不到寧靜，將永遠在自我譴責中痛苦終生。

順便說一說，有人提出，此詩係詠晴雯與寶玉關係潔白無瑕㉟。此說實從周先生意見受到啟發，僅易詩中人寶釵爲晴雯。但我們上面已經證明，組詩內「紅粉」一詞應借代寶釵。再說組詩第十六首已詠及晴雯之死，十七首再倒敘晴雯生前情事亦乖組詩體例。而且明義身爲滿洲貴族，對主奴分別最爲敏感，因爲滿族的最高主子雍正帝曾曉諭臣下㊱：

夫主僕之分所以辨上下而定尊卑，天經地義，不容寬假。……歷來滿洲風俗，尊卑上下秩然整肅，最嚴主僕之分。

因是之故，明義組詩內凡詠及女奴者，均稱之爲「侍女」、「侍兒」、「玉狸」、「猧兒」等。而此詩中明義卻以「紅粉佳人」與「錦衣公子」對舉，可見這位「佳人」乃是與「公子」身份相仿的貴族女郎。由此三點看來，「紅粉佳人」爲晴雯說似可排除。

㈡黛玉之死

組詩第十八首詠黛玉之死：

傷心一首〈葬花詞〉，似讖成真自不知。
安得返魂香一縷，起卿沉痼續紅絲？

前二句意思很清楚：〈葬花詞〉最後「似讖成真」，黛玉終於「一朝春盡紅顏老，花落人亡兩不知」了。

但三、四句是小說男主角賈寶玉的話（如是，即它們應加上引號），還是此詩作者明義在發感慨呢？如果就詩論詩，前一說原也可以講通；然而這樣一解釋，雪芹筆下的賈寶玉就變成以並娶釵黛、二美兼得爲理想的「風流才子」了，那一部《紅樓夢》豈不成了雪芹最反對的「才子佳人之書」？而按照題詠詩的慣例，詩人常可發表自己對小說情節的觀感，所以如作此理解的話，詩意就十分明白：明義對書中黛玉病逝一段深有感觸：怎麼能得到一縷神話中的「返魂香」（《十洲記》）讓顰卿起死回生，與寶玉「有情人終成眷屬」呢？

我們這樣理解，不但合乎題詠詩的慣例，而且符合乾嘉時代一般文人（包括明義在內）的思想狀態。當時社會上流行著「千人一面，千部一套」的才子佳人小說，內容無非是公子落難中狀元，奉旨與兩名乃至三、四名佳人完婚的庸俗喜劇，充分反映出那一時代一般文人的「理想」。所以當時的一般《紅樓夢》讀者其實並不能理解《紅樓夢》的深刻主題，他們對《紅樓夢》推崇備至，「愛玩股掌」，大約終於沒有超出「才子看見纏綿」的水平。只要看嘉道時代那十幾種《紅樓夢》續書，哪一個作者不是想把黛玉從墳墓裡拉出來配給寶玉？哪一個不是想讓寶玉並娶釵黛，廣納姬妾？從《綠烟瑣窗集》反映的情況看，明義這位御馬夫原也是個狎妓納妾，玩弄男旦的「風流才子」，集中充斥著〈麗情詞〉、〈小花燭詞〉、〈憶雲郎〉、〈雲郎詩〉、〈慶郎詩引〉等艷冶媟黷之作，其思想未必會超出其同時代人。所以明義有這種並娶釵黛的思想並不奇怪。與他同時的沈赤然〈曹雪芹《紅樓夢》題詞四首

〉之四就曾說什麼：

月老紅絲只筆間，試磨奚墨爲刊刪。良緣合讓林先薛，國色難分燕與環。萬里雲霄春得意，一庭蘭玉晝長閑。逍遙寶笈瑯函側，同躡青鸞過海山。

其流露的思想與明義頗爲一致。因此我們認爲明義的「起卿沉痼續紅絲」也不過是要讓釵黛共事一夫，效法娥皇女英，兩頭爲大而已，其思想實在庸俗陳腐不堪。有研究者據明義此詩認爲黛玉生前與寶玉紅絲已繫，並反問說：「如果在賈府上輩作主下給寶玉已另外定了親，試問起黛玉的『沉痼』又有何用？難道『續紅絲』，是爲了讓她去做寶二姨娘不成？」㊲殊不知明義自有他的解決辦法在。現代人慣於從現代婚姻制度出發考慮問題，忽略了當時社會一夫多妻制的現實狀況及其在文人思想和作品中的反映，就難免出現一些不切實際的責難。其實明義的這種思想在當時是很普通的。

明義此詩很重要，因爲它所反映的舊稿情況與研究者對舊稿的推測有較大差距。這可以分三點來說。

其一，它確切無誤地證明了舊稿中黛玉死於「沉痼」，這就排除了舊稿中黛玉自殺殉情的可能。周先生《議高續書》推測黛玉在得到寶玉奉旨與寶釵結褵的消息後於中秋之夜自沉於寒塘，張碩人先生認爲警幻册子中「玉帶林中掛」——「兩株枯木圍著一根玉帶」係象徵黛玉日後上吊自盡㊳：但明義此詩正好可以成爲黛玉自盡說的有力反證。

其二，組詩十七、十八首的內容及排列順序說明：明義所見舊稿中，二寶成婚在黛玉病逝之前。而據今本第五回〈枉凝眉〉曲文，黛玉之死似確乎在二寶成婚之後，而且至少要相隔半年光景：

一個是閬苑仙葩，一個是美玉無瑕。若說沒奇緣，今生偏又遇著他；若說有奇緣，如何心事終虛話？一個枉自嗟呀，一個空勞牽掛；一個是水中月，一個是鏡中花。想眼中能有多少淚珠兒，怎禁得秋流到冬盡春流到夏？

據我理解，從敘事角度看，這首曲子顯然是作者以敘述者的身份對寶黛愛情悲劇的詠嘆，而並非小說主角寶玉或黛玉的自敘，因爲黛玉既不會自稱「閬苑仙葩」，寶玉也不會自詡「美玉無瑕」。整首曲文用排比句式將木石姻緣之終歸破滅從寶黛雙方作對稱描寫也證明了這一點。從「若說有奇緣，如何心事終虛話」可見寶黛二人已知婚事之成爲泡影；從「一個枉自嗟呀，一個空勞牽掛；一個是水中月，一個是鏡中花」可見寶黛二人兩地相思，形隔蓬山已延續相當長的時間；而末句又證實黛玉因此而淚盡。大約二寶結褵在秋天，黛玉因之抑鬱，病情加重，次年春夏之交終於隨落花而去，〈葬花詞〉中「一朝春盡紅顏老，花落人亡兩不知」之句竟成讖語。據此〈枉凝眉〉曲可以推知：黛玉生前對寶玉之被迫與寶釵成婚是完全諒解的，對寶玉並無怨恨，只有關懷與同情。程高本第九十八回寫黛玉臨死怨恨寶玉，這並不符合雪芹的構思，戚本第三回回末總批云：「絳珠之淚至死不乾，萬苦不怨，所謂求仁而得仁又何怨，悲夫！」也證實了這一點。如何處理釵嫁黛死的情節，不僅關係到作者的藝術手腕，而且關係到作者的思想境界。從明義題紅組詩十七、十八首所反映的舊稿情況看來，雪芹的思想境界之高真是常人所遠不可及的呀！

其三，明義在詩中願寶黛有情人終成眷屬，這說明舊稿中黛玉病逝時賈府仍係貴族官僚之家，尚未抄没破落：因爲寶玉並娶釵黛只有在他尚是「錦衣公子」的情況下才是可能的。這推論也可從脂批得到旁證。庚辰、甲戌、戚本二十六回在描寫瀟湘館環境的「鳳尾森森，龍吟細細」八字下有雙批：「與後文『落葉蕭蕭，寒烟漠漠』一對，可傷可嘆。」又庚辰七十九回寶玉在紫菱洲懷念迎春，在「軒窗寂寞，屏帳翛然」八字下有雙批：「先爲對景悼顰兒作引。」以上兩條批語可以證實：至少在寶玉悼念黛玉之時，大觀園（包括瀟湘館）還屬賈府所有，其時賈府尚未抄没。賈家被抄是小說的最後高潮，應是在釵嫁黛死以後的事。

以上三點推論似可爲探討舊稿八十回之後情節發展之基礎。

㈢悲劇尾聲

明義組詩迴避了賈府抄没的高潮，末兩首所詠已是全書悲劇的尾聲。按照〈好了歌注〉及《紅樓夢曲．飛鳥各投林》的預示，賈府抄没後子孫流散，群芳飄零，「落了片白茫茫大地真乾淨」，下場十分凄慘。明義身爲皇室貴戚，宮廷侍衛，當然不宜對此類情節多加渲染；但爲了結束組詩，末兩首還是在詠及寶黛釵愛情婚姻悲劇的同時，流露了作者對小說主角的同情。然令人注意的是：明義將他的同情集中在他其實並不很贊賞的寶釵身上，組詩第十九首就是專詠二寶的婚姻悲劇：

莫問金姻與玉緣，聚如春夢散如煙。

石歸山下無靈氣，總【縱】使能言亦枉然！

明義感嘆金玉良緣終於化爲一場春夢，像烟霧般消逝得無影無踪了。組詩第十七首寫到二寶雖已成婚而夢魂未通，這對一個封建時代的女子來說已經是夠不幸的了，可是終至連這虛僞的婚姻關係也無法維持下去。這如夢如烟的金玉姻緣是怎樣結束的呢？「不要問吧，……」明義實在不忍將這過程形諸筆墨，因爲這悲劇給人心靈的負擔太重了。只有那塊無材補天幻形入世的青埂峰頑石，在《石頭記》中記入了這段痛史，然而又有何用？——「縱使能言亦枉然」！

這首詩語意的沉痛在組詩中十分突出。林黛玉是小說的第一女主角，然在詠黛玉之死的第十八首詩中，明義雖表示嘆惋，態度情緒還是相當冷靜；難道明義覺得黛玉之死還不及寶釵悲劇的足以「引起人的憐憫與恐懼」麼？明義大動感情的原因何在？按照小說的種種內證，我們知道賈府抄没後寶釵淪爲奴婢，後被迫改嫁雨村㊴。正因爲寶釵的悲劇與賈府的敗落有著直接聯繫，寶釵在事實上成爲了賈府抄没後果的直接承受者，最後落得「運敗金無彩」、「金簪雪裡埋」的下場，明義才如此痛心，以致不願提起了——「莫問金姻與玉緣」，正是因爲不可問，不願問啊！由此看來，金玉姻緣的徹底離散與破滅必然是隨著賈府的抄家破敗而發生的。

按照吳世昌先生及周汝昌先生等的考證，賈府抄沒後，寶玉、鳳姐等被逮捕關入獄神廟，後得小紅、茜雪等幫助才逃出魔掌㊵。按當時社會的現實情況，這類政治犯爲了逃避追捕，只能遁入空門，隱姓埋名，孤燈蒲團，了此殘生。故組詩最後一首所寫之寶玉形象已與往昔完全不同：

饌金炊玉未幾春，王孫瘦損骨嶙峋。
青娥紅粉歸何處？慚愧當年石季倫。

寶玉已結束了他那飫甘饜肥的紈袴生活，不再是豪華的王孫公子，不再是「面如中秋之月，色如春曉之花」的翩翩少年，已變成瘦骨嶙峋、緇衣乞食之佛門弟子。首兩句的描繪令人聯想起杜甫〈哀王孫〉詩中時乖運蹇、地位突然下降的「王孫」：

腰下寶玦青珊瑚，可憐王孫泣路隅。問之不肯道姓名，但道困苦乞爲奴。已經百日竄荆棘，身上無有完肌膚。

從獄神廟逃離的「王孫」賈寶玉，恐怕也是落到這種地步後方始出家的吧！據己卯、庚辰、戚本十九回雙批，寶玉後來陷入窮困，「寒冬噎酸虀，雪夜圍破氈」，與明義此詩首二句對看，可以肯定明義所詠就是家破人亡，貧困落魄以後的賈寶玉。更可注意的是，明義此詩結句以石崇比寶玉，似暗示寶玉之入獄爲政治原因，且可能有牽涉到書中女主角寶釵的情節，因爲「青蛾紅粉歸何處」句中的「紅粉」，按照我們上面的考釋，正是借指寶釵的代詞。從明義詩中可見，寶玉困窘之時，群芳已經離散，寶釵也早另有他屬。寶玉比之石崇，只能慚愧：因爲石崇尚有綠珠爲其墜樓而死，而寶玉卻連一個綠珠也無；他甚至連對自己的愛人、姊妹、妻子也都不能盡保護之責，只能任她們夭亡黃泉，或者在茫茫人海四散飄零。這樣，這位因不甘寂寞而投入人世的青埂峰頑石的人格化身，也只有涅槃一條路可走了：回到大荒山無稽崖去，回復成一塊無知無識的頑石，以求得那永恒的心靈寧靜。青埂峰頑石應該對自己的塵世經歷感到滿意，因爲他「歷盡離合悲歡，世態炎涼」，嘗遍了各種情緣的滋味，在無盡的變化之中體驗了真正的人生。

從明義題紅組詩結構考察，最後兩首實具有總攬全局、結束組詩之作用。而從《紅樓夢》結構分析，爲了與第一回「楔子」頑石入世相呼應，「石歸山下」應是全書的尾聲㊶；但明義組詩卻將「石歸山下」寫入組詩第十九首，第二十首概寫了寶玉與群芳的結局。這是出於何種考慮呢？我認爲主要有兩個理由：

其一，組詩第一首開筆就詠大觀園，不存在與「楔子」相呼應的問題，故其結構自可稍異於小說。且詩的處理可以較爲自由，當內容與形式相衝突時，可以進行適當的調整，使形式適合於內容。

其二，這樣處理將小說主角寶黛釵的愛情婚姻悲劇、眾女兒的悲劇與賈府的衰亡、寶玉的淪落在最後一首詩中融合一體，組成動人心魄的立體場景，再現了小說「飛鳥各投林」的悲劇尾聲，這樣結束組詩自遠較以「石歸山下」結束爲概括有力。

㈣論明義所見舊稿後半部的概貌

周汝昌先生考出：《紅樓夢》原稿應是一百零八回㊷。如據此統計明義題詩，前八十回有題詠詩十六首，後二十八回有題詠詩四首，數量比例相差不多。如再考慮到明義以上駟院侍衛兼參領的皇室貴戚身份對後半部有關政治內容（即弘旿所謂「礙語」）必須迴避這個因素，那我們可以說明義對後二十八回的題詠並不顯著減少。有的研究者因明義組詩涉及後半部的數量較少而懷疑明義所見舊稿亦只有八十回，這似乎缺乏充足的根據。因爲：

(1)組詩小序並未對書非全璧有所感嘆；

(2)組詩內容已經完整地反映了小說的情節主線：寶黛釵愛情婚姻悲劇及賈府的衰敗；

(3)組詩後四首已經具體地反映出小說後二十八回的主要情節：二寶成婚、黛玉病逝、賈府敗落、寶玉落魄、金玉成空、群芳飄零、石歸山下。如果說明義對小說後半部一無所知，根本未曾寓目，那他怎麼會對小說後半部的情節如此熟悉，又怎麼會將他未曾及見的內容形諸吟詠，且揮筆一寫就是四首呢？明義的目光已經注射到舊稿後半部當是事實。

綜觀明義組詩後四首，它們有一顯著的特點：除第十八首詠黛玉之死而外，其他三首都涉及寶釵，以寶釵爲詠嘆的主要對象。組詩的這種情況顯示：在明義所見舊稿的後半部，寶釵是活動最爲頻繁的女主角，且明義對舊稿後半部的觀感是與寶釵的遭際密切相關的。在組詩前十六首中，專詠黛玉者計達六首，詩中黛玉的形象嬌弱可愛，楚楚動人，顯得很美；而以寶釵爲主角者僅第四、十五兩首，詩中寶釵的形象或活潑而流於輕率（第四首），或恭肅而不免虛僞（第十五首），顯見明義對她頗有微詞。如與明義對黛玉的態度相較，可以明顯看出他右黛左釵的立場。那爲什麼在後四首中明義突然一反故態，對「寶二奶奶」特別關心起來了呢？這難道不是因爲通過「金玉良緣」寶釵的命運已牢牢地與賈府維繫在一起，賈府的破敗與寶玉的出家都直接決定了她的悲劇嗎？明義這位清皇室的貴戚既然不敢以文字干涉朝廷，就不可能正面描繪詠嘆賈府的敗落，而只能以對寶釵的悲憫寄托對貴族之家賈府衰敗的感慨了。從庚辰、甲戌諸本有關脂批，我們知道賈府抄沒後寶玉曾被逮入獄。按照清代抄沒慣例，罪人妻女入辛者庫，寶釵以寶玉之妻，當即淪爲「辛者庫賤婦」，被賜於功臣爲奴婢。而據第一回《好了歌注》第一段及有關脂批，我們知道賈府抄沒之後，家產人口都由皇帝賞給了賈雨村。亞里斯多德《詩學》將悲劇的情節分爲「突轉」、「發現」及「苦難」三個成分，並認爲「發現如與突轉同時出現，爲最好的發現」。如果我們將賈府的抄沒看作是悲劇情節的「突轉」的話，那麼寶釵性格的「發現」必將在這急劇變化的環境中被深刻地揭示。其實這「發現」早已在她的柳絮詞〈臨江仙〉中以象徵手法預示過了：

白玉堂前春解舞，東風捲得均匀。蜂團蝶陣亂紛紛。幾曾隨逝水？豈必委芳塵？萬縷千絲終不改，任他隨聚隨分。韶華休笑本無根。好風頻借力，送我上青雲。

在賈府抄沒這場突如其來的風暴之中，眾女兒如柳絮般隨風而去，或「委芳塵」，或「隨逝水」，漂泊流離，再也沒有主宰自己命運的可能了。然而在群芳的一片哀吟之中，我們竟驚奇地聽到了如此歡樂、如此自信的歌聲，令人對寶姑娘的與眾不同不由刮目相看。的確，只有像寶釵這樣的強者，才能不爲環境所擺佈，反而利用環境，隨機應變，在不利條件下求得生存與發展。根據小說的種種內證，我們知道寶釵最後改嫁雨村成爲貴夫人。這位「行爲豁達，隨分從時」的「時寶釵」（庚辰、己卯五十六回回目）之必然會在賈府敗落且自身已淪爲奴婢的境地中以改嫁雨村的手段求得上升，這只是她性格中本質地隱藏著的現實功利主義的發展與加強，因爲這正是薛寶釵這一典型人物區別於其他人物的本質特徵。有的研究者認爲曹雪芹不會這樣處理寶釵的結局，因爲這樣寫太殺風景了。然而我們卻認爲這正顯示出曹雪芹思想的深刻。曹雪芹是偉大的，他的思想遠遠地超越了他的同時代人，他早就清醒地看到，在男尊女卑的封建社會裡，女性只能成爲封建祭壇上的犧牲，決不會有更好的命運，無論是以「真應憐」還是以「假僥倖」的形式，她們都是「千紅一哭、萬艷同悲」美的毀滅的悲劇之中的悲劇人物。曹雪芹從來也沒有想要粉飾這個嚴酷的事實，他以生動的藝術形象向我們提出了這樣嚴肅的命題：寶釵的改嫁雨村上升爲貴族夫人與英蓮的淪爲呆霸王薛蟠之婢妾其形式雖有「假僥倖」與「真應憐」之分，其實質並沒有什麼不同。恩格斯在《家庭、私有制和國家的起源》中深刻地指出：

> 母權制的顛覆，乃是女性的具有全世界歷史意義的失敗。男子掌握了家中的管理權，而婦女失掉了榮譽地位，降爲賤役，變成男子淫欲的奴婢，變成生孩子的簡單工具了。

曹雪芹當然無法在理論上作出這樣的概括，但他筆下所描繪的女性，實際上就處於這樣卑微的地位，中間自然也包括了第二女主角薛寶釵。在具有總攝全書作用的第一回中，雪芹早就以〈好了歌〉及其注點明了小說的兩重主題：貴族之家的必然衰敗與封建時代女性的必然毀滅㊸。而隨著貴族家庭的沒落，貴族婦女的地位發生變化，其改嫁實際上是不可避免的，除非她們殉節成爲烈婦，因爲從根本上說她們只能依附男性而存在。因此，如果我們並不認爲雪芹是堅持理學家朱熹「餓死事極小，失節事極大」的冬烘學究，那我們對小說第一回〈好了歌〉中「君生日日說恩情，君死又隨人去了」的概括及「玉在匱中求善價，釵於奩內待時飛」（時飛，雨村字）一聯的預示是大可不必有意視而不見的。且甲戌第八回「好知運敗金無彩，堪嘆時乖玉不光」句旁有側批：「又夾上寶釵，不是虛圖對的工。」據傳靖本在此批前還有「伏下文」三字。由此可見，賈府運敗之後，寶釵要落得當時人們所認爲的「無彩」的可憐地步。「統治階級的思想就是統治思想」——寶釵如果像程高本所寫爲夫守節撫子成立，終於高魁貴子，鳳冠霞帔，成爲誥命夫人，這會是「無彩」嗎？不，這乃是封建時代女性的最高道德，無尚榮光！只有「失節」改嫁，這才是當時社會統治階級所認爲的最大的不光彩，其性質之嚴重實非同一般。正因爲如此，封建衛道者明義才在組詩第十五首中將寶釵比作「委委陀陀，如山如河」的衛宣姜，並在組詩最後兩首中對寶釵的結局反覆詠嘆，感慨不已——這一切完全是由寶釵在小說後半部的地位所決定的。

從總體看來，組詩所反映的舊稿後半部內容雖不很具體，但大致輪廓卻已顯現。透過明義組詩探視後半部的情節，似寶釵先嫁寶玉，黛玉因之抑鬱夭亡。不久賈府因政治原因被抄沒，寶玉落魄，群芳飄零，寶釵被迫改嫁，金玉姻緣徹底離散。「慚愧當年石季倫」至組詩結束方才詠及，可見舊稿以賈府被抄爲最後高潮，黛玉病逝及二寶成婚均在賈府抄沒之前，金玉結褵更在黛玉病逝之前。以上推論雖然十分簡單，與研究者的基本構想卻大相逕庭。然既有明義〈題紅樓夢〉組詩爲證，則上述推論自非無據。

關於明義所見《紅樓夢》舊稿後半部的概貌，我們就只能寫到這裡。過多過細的討論或許會有穿鑿附會之嫌，而這正是我們主觀上願意竭力避免的，雖然能否做到，還很難說。

吟紅續箋

(一)明義〈題紅樓夢〉的寫作年代

明義〈題紅樓夢〉組詩的寫作年代，因無直接材料，迄今尚難完全確定。明義《綠煙瑣窗集》雖係其生前親自選編，但並非編年，而是按體類編，難以作爲判斷根據。紅學界對此意見也很不一致。周汝昌先生認爲它「往早說，可能是乾隆三十五年或稍前的作品；往至晚說，也絕不會是四十六年以後的作品」㊹。吳恩裕先生認爲組詩應寫於乾隆二十三、四年

㊺，而馮其庸先生則認爲它的寫作年代還應提前㊻。

明義在乾隆年間曾長期任上駟院侍衛，官參領。據天津市文物管理處藏《明義書札冊》，在〈致晉昌書〉中明義有「余之堂姐夫墨香」之語。「墨香」即額爾赫宜，乃敦敏、敦誠之幼叔，《玉牒》記載他生於乾隆八年。按一般習俗，明義年齡不會大於墨香，如假定明義亦生於乾隆八年（一七四三），當無大誤。吳恩裕及馮其庸先生曾推定明義生年爲乾隆五年，相去亦不甚遠。據此則曹雪芹去世時，明義已二十歲。

明義與曹雪芹應是熟識的友人。作此推論的根據有二：

首先，我們根據現有資料，可以肯定明義是曹雪芹周圍的圈子中人。敦誠《四松堂集》卷三《寄大兄》謂：

每思及故人，如立翁、復齋、雪芹、寅圃、貽謀、汝猷、益庵、紫樹，不數年間，皆蕩爲寒煙冷霧。曩日歡笑，那可復得？

按「益庵」即明義胞兄明仁，據此可見：雪芹與明仁都是敦敏、敦誠的好友，自然是彼此相識且同堂歡笑的友朋。明仁是怡親王弘曉的親姐丈，弘曉與明仁及明瑞（明義稱之爲「二家兄」）有唱和之什，見弘曉《明善堂集》，可見弘曉與明仁兄弟往來密切，而怡親王府與曹家又素有瓜葛。敦敏《懋齋詩鈔》有〈芹圃曹君霑別來已一載餘矣，偶過明君琳養石軒，隔院聞高談聲，疑是曹君，急就相訪，驚喜意外，因呼酒話舊事，感成長句〉七律，題中提及的「明琳」很可能即是明瑞的親兄弟，亦即明義的堂兄弟。明義的堂姐夫墨香既是曹雪芹好友敦敏、敦誠的叔父，又是永忠（允禵之子）的堂兄弟；永忠《延芬室集》稿本第十五册有〈因墨香得觀《紅樓夢》小說吊雪芹三絕句姓曹〉詩，墨香所借予的《紅樓夢》鈔本，或即來自明義。時代稍後的裕瑞在其《棗窗閒筆》中提及曹雪芹時曾記：「聞前輩姻戚有與之交好者」。裕瑞的「前輩姻戚」，應即其舅氏明仁、明義、明瑞等人㊼。這些千絲萬縷的社會關係在今天看來，表面雖僅是個人之間的聯繫，在當時社會的實際生活中卻必定是彼此交叉聯結，構成綿密立體的社交網絡。明義與曹雪芹在同一時代活動於北京城滿洲八旗同一層次的社會交際網中，他們彼此相識當是極有可能的。

其次，據明義〈題紅樓夢〉組詩小序自述，他與曹雪芹不僅認識，而且相當熟悉：

> 曹子雪芹出所撰《紅樓夢》一部，備記風月繁華之盛。蓋其先人爲江寧織府，其所謂大觀園者，即今隨園故址。惜其書未傳，世鮮知者，余見其鈔本焉。

稱「曹子雪芹」，顯係平輩而年幼友人的口氣。首句的意思十分清楚：曹雪芹拿出一部他寫的小說《紅樓夢》。「出」不會是「寫出」，因爲沒有這種表達法，且與「所撰」又重復了；「出」也不會是「傳出」，因爲後文明明說「其書未傳」。明義能在「其書未傳，世鮮知者」的情況下從作者本人處看到鈔本，可見兩人交誼頗深。明義組詩及小序均未如永忠詩流露「可恨同時不相識」的遺憾，亦可作明義與雪芹相識的反證。

由於明義組詩小序自述其所見《紅樓夢》係雪芹親自拿出借予，可知組詩應作於雪芹生前，亦即組詩的寫作下限不會遲於乾隆二十七年；它的寫作上限不應早於乾隆二十四年，因爲當年明義才十六歲左右，再提前就不大合理了。

綜上所論，明義〈題紅樓夢〉組詩的寫作年代可以推定在乾隆二十四年到二十七年之間（一七五九—一七六二）。

(二)論明義所見《紅樓夢》的版本

解決了明義題紅組詩的寫作年代以後，接著就可以探討明義所見《紅樓夢》的版本情況。

根據對今存十一個脂本和兩個程本的綜合研究，可以肯定今存脂本乃是曹雪芹從乾隆十九年甲戌開始的第五次增删稿的過錄本，其中甲戌本、己卯本和庚辰本的底本（或祖本）分別是甲戌原本和己卯庚辰原本，乃是可靠的早期脂本。爲探討明義所見《紅樓夢》的版本，就需要將其題紅組詩所反映的情況與今甲戌、己卯和庚辰等早期脂本相比較，特別需要注意明義所見舊稿與早期脂本有較大差異之處。

綜觀明義組詩，他所見《紅樓夢》有如下特徵：

(1)全書結構完整，包含有今存各本前八十回所没有的後半部內容。

(2)舊稿情節與今本相近，而細節多有差異，舊稿人物亦都在今本中出現，然人物性格多有不同。較顯著者，如組詩第四、十、十三等首所詠寶釵撲蝶、黛玉徘徊怡紅院階下、怡紅夜宴等情節就與今本第二十七、二十六、六十三回有很大距離，人物形象也與今本有不小的差距（詳見〈吟紅新箋〉、〈吟紅再箋〉）。

⑶據分析比較，凡明義所見與今本有差異者，今本均遠優於明義所見舊稿。這就顯示出：明義所見《紅樓夢》應是早于第五次增刪稿的本子。據此推論，它至遲在乾隆十八年癸酉（一七五三）已經完成。

而據甲戌本第一回正文，曹雪芹確實有過這一稿本：

> （空空道人）方從頭至尾抄錄回來問世傳奇。因空見色，由色生情，傳情入色，自色悟空，遂易名爲情僧，改《石頭記》爲《情僧錄》，至吳玉峰題曰《紅樓夢》，東魯孔梅溪則題曰《風月寶鑑》。後因曹雪芹於悼紅軒中披閱十載，增刪五次，纂成目錄，分出章回，則題曰《金陵十二釵》，並題一絕云：「滿紙荒唐言，一把辛酸淚。都云作者痴，誰解其中味？」至脂硯齋甲戌抄閱再評，仍用《石頭記》。

文中加點的兩句爲甲戌本所獨有，故此段文字應是乾隆十九年甲戌（一七五四）作者開始第五次增刪，脂硯隨而抄閱再評時所寫。因而：

⑴「披閱十載」只能解釋爲從初稿至第五次增刪開始的時間，而不包括第五次增刪所需的時間㊽。因爲第五次增刪當時剛剛開始，作者及脂硯都無從肯定這次增刪需要多少時間。所以作者在乾隆十九年甲戌之前只完成了第四次增刪稿（如連初稿計算，則已是第五稿）。因甲戌年前曹雪芹已「披閱十載」（實即「創作十載」），故曹雪芹開始寫作《紅樓夢》在

乾隆九年，亦即在曹氏家族徹底敗落以後（參見本書〈曹氏家族敗落原因新論〉）。

(2)按「披閱十載，增刪五次，纂成目錄，分出章回」的敍述順序，知作者係先寫成長篇故事，至第四次增刪方始纂目分回，剪接成章回小說。第五次增刪從乾隆十九年甲戌（一七五四）開始，脂硯齋已隨而抄閱再評，則第四次增刪稿在乾隆十八年底十九年初已經寫定，脂硯齋已有初評。

(3)小說初稿和前四次增刪稿先後共有五個題名：《石頭記》、《情僧錄》、《紅樓夢》、《風月寶鑑》、《金陵十二釵》，實際上是每增刪一次就增加一個題名，它們所題的是同一部小說在不同創作階段的稿本，乃作者增刪稿本的雪鴻之跡。而且，現存之甲戌本在上引第一回文字上有眉批：「雪芹舊有《風月寶鑑》之書，乃其弟棠村序也。今棠村已逝，余睹新懷舊，故仍因之」。此批又見夢覺本。綜上所論可以推知：曹雪芹的前三次增刪乃在初稿上進行，所成者即第三次增刪稿《風月寶鑑》，書前已有其弟曹棠村之序文，此時小說尚係長篇故事，並未分回。而此《風月寶鑑》至遲在乾隆十九年甲戌已經不再存在，故明義所見者必係晚於第三次增刪稿的本子。

這樣，我們就能推定：明義所見《紅樓夢》的版本早於第五次增刪稿《石頭記》而晚於第三次增刪稿《風月寶鑑》，它必係作者的第四次增刪稿，且已經「纂成目錄，分出章回」，在乾隆十八年底十九年初已經完成。

由此可見，今存脂本均應是乾隆十九年甲戌開始的第五次增刪的過錄本。其中，甲戌本全名爲《脂硯齋重評石頭記》（己卯、庚辰本同），而此本前附〈凡例〉第一條即標明「紅樓夢旨義」，與其書名不合，久已成爲爭議之源。現知明義所見《紅樓夢》實係第四次增刪稿，則此爭議可以迎刃而解。筆者認爲：甲戌卷首〈凡例〉係脂硯齋在第四次增刪稿《紅樓夢》完成後爲其所撰，故第一條落筆即稱「紅樓夢旨義」。據〈凡例〉末七律：「浮生著甚苦奔忙，盛席華筵終散場。悲喜千般同幻渺，古今一夢盡荒唐。謾言紅袖啼痕重，更有情癡抱恨長。字字看來皆是血，十年辛苦不尋常。」其末句証實：脂硯齋作此七律時曹雪芹已有十年的寫作經歷。如前所論，在「甲戌脂硯齋抄閱再評」前，曹雪芹已創作十載，兩相合看，此詩必作於脂硯齋甲戌再評開始之前，亦即乾隆十八年底十九年初。〈凡例〉末七律寫作時間之確定，有力地證明了今甲戌本〈凡例〉實係爲乾隆十八年底十九年初所完成的、已經四次增刪的第五稿，即明義所見《紅樓夢》而撰寫、故脂硯齋將此〈凡例〉保存在乾隆十九年甲戌開始抄閱再評的自留編輯本即甲戌原本之卷首，因而爲今存甲戌本所過錄。唯〈凡例〉第五條稱小說爲《石頭記》，又首句即謂「此書開卷第一回也」，顯示它乃「甲戌脂硯齋抄閱再評，仍用《石頭記》」時所作之第一回回前總評，今存甲戌本過錄時竄入〈凡例〉（詳見拙著《紅樓夢論源》）。

綜上所述，我們可以得出結論：明義所見《紅樓夢》乃曹雪芹在乾隆十八年底十九年初完成的第四次增刪稿，書前附有與今甲戌本卷首大致相同的〈凡例〉（無第五條）。

注：

①詳見吳世昌〈論明義所見《紅樓夢》的初稿〉，《紅樓夢學刊》一九八〇年第一輯。

②詳見周汝昌《紅樓夢新証》下册〈附錄編・慚愧當年石李倫〉。

③蔡義江《紅樓夢詩詞曲賦評注》附錄。

④《群芳譜》：「鳳仙開花頭、翅、羽、足俱翹然如鳳，故又有金鳳之名。」《筆衡》：「五代吳越王錢鏐改榴爲金罌」。轉引自《本草綱目》。

⑤同注①。

⑥見周春〈讀《紅樓夢》隨筆〉。

⑦參見本書〈吟紅再箋〉、〈吟紅後箋〉。

⑧這兩條旁批按紅學界意見下移一句。

⑨這在清代有現實依據。如所周知，曹頫的家產就由雍正帝賞給了隋赫德，李煦家奴婢賞給年羹堯，年羹堯的家產人口又賞給了蔡珽。詳本書〈曹氏家族年譜簡編〉。

⑪「懸崖撒手」是「死」的同義語，特指佛門弟子之死，典出《景德傳燈錄》卷二十。脂批所云當指賈寶玉從出家爲僧至涅槃的全部過程，參見胡文彬《紅邊脞語》。

⑫〈陀思妥夫斯基的事〉，魯迅《且介亭雜文二集》。

⑬同注⑦。

⑭參見杜景華〈王熙鳳和《紅樓夢》的藝術結構〉，載《文史哲》一九八二年第一期。

⑮事實上，組詩也不是完全沒有寫到今本二十三回前的內容。第七首所寫及的寶玉夢遊太虛境和第八首所寫的小紅梳頭就在今本第五、二十回（小紅改爲麝月）。這證明：寶玉夢遊及小紅梳頭舊稿中均發生在遷居大觀園以後。參見本書〈吟紅再箋〉。

⑯見周汝昌〈金玉之謎〉，載《獻芹集》。

⑰吳世昌認爲組詩第十九、二十首按時間順序應對調，筆者同意這意見。

⑱同注①。

⑲同注①。

⑳同注②。

㉑分別見周林生〈明義《題紅樓夢》試析〉和楊光漢〈明義的《題紅樓夢》絕句〉，載《紅樓夢研究集刊》第八輯。

㉒同注①。

㉓同注②。

㉔《文藝研究》一九七九年第一期。

㉕參見劉夢溪《紅樓夢新論》一書〈論《紅樓夢》前五回在全書結構上的意義〉。

㉖同注①。

㉗同注②。

㉘詳見吳世昌〈紅樓夢原稿後半部若干情節的推測〉及〈《風月寶鑑》的棠村序文鈎沉與研究

〉，二文均收入《紅樓夢探源外編》。
㉙同注②。
㉚同注①。
㉛詳〈吟紅續箋〉。
㉜同注㉛。
㉝分別見《紅樓夢學刊》一九七九年及一九八三年第二輯〈海外紅訊〉。
㉞詳蔡義江〈論曹雪芹筆下的黛玉之死〉，《紅樓夢學刊》一九八一年第一輯。
㉟同注㉑。
㊱見《雍正上諭內閣》四年十一月二十五日。
㊲同注㉞。
㊳同注㉝。
㊴同注㉘。
㊵同注㉘。
㊶詳本書〈《紅樓夢》第一回析論〉。
㊷詳《獻芹集》一書之〈紅樓夢原本是多少回？〉。
㊸同注㊶。
㊹同注②。

㊺詳《有關曹雪芹十種》。
㊻詳《夢邊集》。
㊼同注㊺。
㊽參見周紹良〈讀甲戌本《脂硯齋重評石頭記》散記〉，載《紅樓夢研究集刊》第三輯。

【附】富察明義《綠煙瑣窗集》《題紅樓夢》

曹子雪芹出所撰《紅樓夢》一部，備記風月繁華之盛。蓋其先人爲江寧織府。其所謂大觀園者，即今隨園故址。惜其書未傳，余見其鈔本焉。

佳園結構類天成，快綠怡紅別樣名。
長檻曲欄隨處有，春風秋月總關情。

怡紅院裏鬥嬌娥，娣娣姨姨笑語和。
天氣不寒還不暖，曈曨日影入簾多。

瀟湘別院晚沉沉，聞道多情復病心。

悄向花陰尋侍女，問他曾否淚沾襟。
追隨小蝶過牆來，忽見叢花無數開。
盡力一頭還雨〔兩〕把，扇紈遺卻在蒼苔。
侍兒枉自費疑猜，淚未全收笑又開。
三尺玉羅爲手帕，無端擲去又拋來。
晚歸薄醉帽顏〔檐〕攲，錯認猧兒喚玉狸。
忽向內房聞語笑，強來燈下一回嬉。
紅樓春夢好模糊，不記金釵正幅〔副〕圖。
往事風流真一瞬，題詩贏〔贏〕得靜工夫。
簾櫳悄悄控金鈎，不識多人何處遊。
留得小紅獨坐在，笑教開鏡與梳頭。

紅羅繡纈束纖腰，一夜春眠魂夢嬌。
曉起自驚還自笑，被他偷換綠雲綃。

入戶愁驚座上人，悄來階下慢逡巡。
分明窗紙兩璫影，笑語紛絮聽不真。

可奈金殘玉正愁，淚痕無盡笑何由。
忽然妙想傳奇語，博得多情一轉眸。

小葉荷羹玉手將，詒他無味要他嚐。
碗邊誤落唇紅印，便覺新添異樣香。

拔取金釵當酒籌，大家今夜極綢繆。
醉倚公子懷中睡，明日相看笑不休。

病容愈覺勝桃花，午汗潮回熱轉加。
猶恐意中人看出，慰言今日較差些。

威儀棣棣若山河，還把風流奪綺羅。
不似小家拘束態，笑時偏少默時多。

生小金閨性自嬌，可堪磨折幾多宵。
芙蓉吹斷秋風狠，新誄空成何處招？

錦衣公子茁蘭芽，紅粉佳人未破瓜。
少小不妨同室榻，夢魂多個帳兒紗。

傷心一首葬花詞，似讖成真自不知。
安得返魂香一縷，起卿沉痼續紅絲？

莫問金姻與玉緣，聚如春夢散如煙。
石歸山下無靈氣，總〔縱〕使能言亦枉然！

饌金炊玉未幾春，王孫瘦損骨嶙峋。

青蛾紅粉歸何處，慚愧當年石季倫。

五、增刪剪接：從長篇故事到章回小說

——《紅樓夢》成書過程探索

《紅樓夢》成書過程是個複雜的問題，雖然近二百年來研究者作了多方努力，迄今仍難取得一致意見。由於這一課題研究資料的來源除了《紅樓夢》本身、脂批及富察明義〈題紅樓夢〉組詩以外簡直難以他求，這就限制了我們的研究範圍，迫使我們不得不在此範圍內尋找解決問題的方法。這一複雜課題當然不是個人的一篇文章所能解決，本文只能就其一點試行討論。筆者認爲：《紅樓夢》成書過程中有一明顯特點，即曹雪芹在撰寫《紅樓夢》早期稿本時，非按擬就之回目創作，而是先寫成長篇故事，到創作過程後期，方始根據新的總體構思將此長篇故事按流行體裁剪接成章回小說。各方面的材料顯示：《紅樓夢》舊稿結構不很嚴謹，情節相當拖沓散漫，雪芹曾先後對它進行過五次增刪與兩次剪接，後者與第四、五次增刪同步。由於雪芹的精心結構，反覆修改，《紅樓夢》遂大放異彩，獲得了舊稿所未能充分具有的思想藝術價值。除了小說第一回作者之自敘可爲正面證據而外，《紅樓夢》增刪剪接成書的痕跡在書中尚可找到大量內證，在富察明義〈題紅樓夢〉組詩及脂批中也可得到不少旁證。

一 作者自敘：「披閱十載，增刪五次；纂成目錄，分出章回」

作者在小說第一回借青埂峰頑石幻形入世的神話介紹了小說初稿的概況：

（空空道人）忽從這大荒山無稽崖青埂峰下經過，忽見一大石上字跡分明，編述歷歷。空空道人乃從頭一看，原來就是無材補天、幻形入世，蒙茫茫大士、渺渺真人攜入紅塵，歷盡離合悲歡炎涼世態的一段故事。後面又有一首偈云：「無材可去補蒼天，枉入紅塵若許年。此係身前身後事，倩誰記去作奇傳？」詩後便是此石墜落之鄉，投胎之處，親自經歷的一段陳迹故事。

這段引文實乃作者對小說初稿的自我觀照。由上文可知，小說初稿已包括了青埂峰頑石的神話、「無材可去補蒼天」一絕及頑石入世後親身經歷的長篇故事。

接著，作者又在小說正文中交代了小說創作過程中的詳細情況：

（空空道人）因毫不干涉時世，方從頭至尾抄錄回來問世傳奇。因空見色，由色生情，傳情入色，自色悟空；遂易名爲情僧，改《石頭記》爲《情僧錄》。至吳玉峰題曰《紅樓夢》。東魯孔梅溪則題曰《風月寶鑑》。後因曹雪芹於悼紅軒中披閱十載，增刪五次；纂成目錄，分出章回：則題曰〈金陵十二釵〉，並題一絕云：

滿紙荒唐言，一把辛酸淚。
都云作者痴，誰解其中味。
至脂硯齋甲戌抄閱再評，仍用《石頭記》。

文中加點詞句爲甲戌本所獨有，應是甲戌年（乾隆十九年）脂硯齋抄閱再評時所追敍。因而其中所謂的「增删五次」應包括甲戌年開始的一次在內①。因爲作者假托小說初稿係空空道人從青埂峰頑石上抄來，故此處自敍只能以「披閱十載」代替「創作十載」，否則整個楔子將失去其立足基點。但上引正文雖點出了創作過程中稿本的五個題名，目前我們能夠肯定確實存在過的舊稿卻只有兩本。一是《風月寶鑒》，見甲戌第一回頁八眉批：

雪芹舊有《風月寶鑒》之書，乃其弟棠村序也。今棠村已逝，余睹新懷舊，故仍因之。

二是《紅樓夢》，即明義、墨香、永忠等人所見鈔本之底本，有明義〈題紅樓夢〉組詩和永忠《因墨香得觀紅樓夢小說弔雪芹三絕句姓曹》爲證。

筆者在〈吟紅續箋〉②中已經指出：雪芹的前三次增删乃在初稿之上進行，所成者即《風月寶鑒》，書前已有曹棠村之序文，此時小說尚係長篇故事，並未分回。第四次增删稿即明義等所見《紅樓夢》舊稿，它已「纂成目錄，分出章回」，書前已有與甲戌本相同的〈凡例〉，乃在乾隆十八年底十九年初完成的脂硯齋抄閱初評本。而今存甲戌、己卯、庚辰、戚本等均是雪芹第五次增删稿的過錄本。因甲戌年開始的第五次增删未曾完成，故今存甲戌、己卯、庚辰等脂本均非全璧。

因此，在《紅樓夢》成書過程的後期，作者曾兩次對《風月寶鑒》舊稿進行增删、改寫與剪接：首次剪接將原來的長篇故事編輯爲章回小說，在剪接的同時作者對稿本進行了第四次增删，所成者即前有《石頭記》、《情僧錄》、《紅樓夢》、《風月寶鑒》、《金陵十二釵》第五個題名的脂硯齋初評本。這初次纂目分回當然不可能很嚴謹妥貼，小說正文亦仍有粗糙不妥之處，於是作者又對它作了一次增删與剪接。這第二次剪接與甲戌年開始的第五次增删同步，所成者即今存《脂硯齋重評石頭記》之底本。

二　前八十回的分回情況及回目差異顯示：作者非按擬就之回目創作，而是先寫成長篇故事，最後方剪接成回並擬定回目

除了第一回正文中作者的自敍而外，我們還可以從書中找到很多內證，證明作者的原稿本非按擬就之回目創作的章回小說。

首先，今本尚有不少回的回目與該回正文存在很大差距。這種回目與正文的差距顯示：回目係在正文聯綴剪裁成回後方始撰寫。試以第二十八回、四十七回等爲例。

第二十八回回目爲：「蔣玉菡情贈茜香羅，薛寶釵羞籠紅麝串」。然此回回首約有一千

二百餘字所寫與回目完全無關，而與上回「埋香塚飛燕泣殘紅」相接，從情節內容看完全應屬上回。這種回與回之間的分割說明：作者為了遷就章回小說的特徵，在回末引起讀者的懸念而有意將這一完整情節剪斷。

就第二十八回內容看，除這一千二百餘字的葬花餘波外，又有關於黛玉配藥裁衣、鳳姐調走小紅等情節約二千二百餘字，也是與此回回目全無關涉的穿插過渡文字。這些零碎故事顯然是在編輯此回時組合進去的。因爲是臨時組合進去，所以還出現了一些不很妥貼的地方。如寶玉在王夫人面前談給黛玉配藥，寶釵不給他圓謊，就眼瞟寶釵譏問黛玉；後來又不陪黛玉去賈母處吃飯，還對寶釵說「理他呢，過一回子就好了」，都與當時寶黛的具體情境有所不合：他剛剛與黛玉和解，哪能又立即在語言行動上去刺激她呢？

合而觀之，第二十八回中有關葬花情節及其後的寶黛文字約有三千五百字左右，占了全回篇幅的九分之四，其份量不可謂不重，但它們在回目中全無反映。如是作者按擬就的回目撰寫，自不可能出現這種內容與回目脫節的情況。

第四十七回與此類似。該回約六千字，但與回目「呆霸王調情遭苦打，冷郎君懼禍走他鄉」有關的故事僅占一半略多，有近三千字的內容是上回「尷尬人難免尷尬事，鴛鴦女誓絕鴛鴦偶」的餘波。這證明作者原稿所寫長約一萬字的鴛鴦抗婚故事因無法在一回內容納，分出第四十六回後，剩餘約近三千字只能與薛蟠和柳湘蓮的故事剪輯成回。

第二，今本尚留存不少回目歧出、分回未定甚至缺回目的情況。如第五回、第七回、第

八回等回之回目各本差異甚大。試以第五回爲例：

甲戌本	開生面夢演紅樓夢　立新場情傳幻境情
己卯本、庚辰本、楊藏本	遊幻境指迷十二釵　飲仙醪曲演紅樓夢
蒙戚三本、舒序本	靈石迷性難解仙機　警幻多情祕垂淫訓
夢覺本、程甲本	賈寶玉神遊太虛境　警幻仙曲演紅樓夢
列藏本	第五回缺

庚辰本第二十七回有署名「畸笏」之眉批：「開生面，立新場，是書不止『紅樓夢』一回，惟是回更生更新。」（甲戌本眉批略同，不引）明從甲戌本第五回回目立論，可見甲戌第五回回目擬就較早，庚辰等本此回回目擬寫較晚。這現象證實：回目本非原有，故在「纂成目錄，分出章回」時有多種擬目，傳鈔本各鈔其一，遂造成今本回目的差異。

分回未定及缺回目者，試以下表爲例：

第十七、十八回分回及回目異同表

<table>
<tr><th>版本 ＼ 分回 ＼ 概況</th><th></th><th colspan="2">回　　目</th><th>分回處</th></tr>
<tr><td>己卯本
庚辰本</td><td>未</td><td colspan="2">大觀園試才題對額，
榮國府歸省慶元宵</td><td></td></tr>
<tr><td rowspan="2">列藏本</td><td rowspan="2">已</td><td>第十七回</td><td>同己卯、庚辰本</td><td rowspan="6">第十七回止
於遊園題
額結束處。</td></tr>
<tr><td>第十八回</td><td>缺</td></tr>
<tr><td rowspan="2">蒙府本
戚序本</td><td rowspan="2">已</td><td>第十七回</td><td>大觀園試才題對額
怡紅院迷路探深幽</td></tr>
<tr><td>第十八回</td><td>慶元宵賈元春歸省
助情人林黛玉傳詩</td></tr>
<tr><td rowspan="2">楊藏本</td><td rowspan="2">已</td><td>第十七回</td><td>會芳園試才題對額
賈寶玉機敏動諸賓</td></tr>
<tr><td>第十八回</td><td>林黛玉誤剪香囊袋
賈元春歸省慶元宵</td></tr>
<tr><td rowspan="2">舒序本</td><td rowspan="2">已</td><td>第十七回</td><td>大觀園試才題對額
榮國府奉旨賜歸寧</td><td rowspan="2">第十七回止於
元春上輿入園
石頭大發感慨
處。</td></tr>
<tr><td>第十八回</td><td>隔珠簾父女勉忠勤
搦湘管姊弟裁題詠</td></tr>
<tr><td rowspan="2">夢覺本
程甲本
程乙本</td><td rowspan="2">已</td><td>第十七回</td><td>同己卯、庚辰本</td><td rowspan="2">第十七回在
王夫人派人去
接妙玉處結束。</td></tr>
<tr><td>第十八回</td><td>皇恩重元妃省父母
天倫樂寶玉呈才藻</td></tr>
</table>

第七十九、八十回分回及回目異同表

版本	分回 概況	回目		附注
庚辰本	已	第七十九回	薛文龍悔娶河東獅 賈迎春誤嫁中山狼	於「連我們姨老爺時常還誇呢」下加「欲明後事，且見下回」爲止。
		第八十回	缺	回首第三行留空待補回目。
列藏本	未	第七十九回	同庚辰本	在「連我們姨老爺時常還誇呢」句下左側有一小鉤，顯示應於此處分回。
蒙府本 戚序本 楊藏本	已	第七十九回	同庚辰本	亦於此句下加「且聽下回分解」結束。
		第八十回	懦弱迎春腸回九曲 嬌怯香菱病入膏肓	楊本回目奪「弱」、「怯」二字。
夢覺本 程甲本 程乙本	已	第七十九回	薛文龍悔娶河東吼 賈迎春誤嫁中山狼	程甲、乙本總目作「薛文起」。分回處同以上各本。
		第八十回	美香菱屈受貪夫棒 醜道士胡謅妒婦方	程甲、乙本作「王道士」。
舒序本	已	第八十回	夏金桂計用奪寵餌 王道士戲述療妒羹	第四十一回後正文已佚，總目中殘留此回回目。

這些缺回目及未分回等情況都可作爲雪芹先寫成長篇故事，後期方始分回並纂回目的旁證。

第三，從前八十回看，每回的字數相差懸殊：多者近萬字，如第六十二回；最少者僅三千五百字左右，如第十二回。顯係作者原稿中有關故事長短不一，分回時只能以保留情節原貌爲要，無法使各回篇幅長短大致相等。

第四，各本回前標題詩和回末結束形式（「正是」加兩句詩）僅少數回次保存，或此有彼無。傳鈔中可能出現差錯或甚至漏抄，但決無漏抄大部，只餘少量之理。可見作者原稿中回前、回末形式即不完整，有的回已裝上此形式，有的回尚未裝上。這說明作者係先寫成長篇故事，分回後方裝此回前回後形式。

第五，在前後兩回的承接之間，有時出現情節斷裂的情況。如第三十五回回末，寶玉叫秋紋給黛玉送果子，「秋紋答應了，剛欲去時，只聽黛玉在院內說話，寶玉忙叫快請。要知端的，且聽下回分解。」而第三十六回開始卻另敘賈母吩咐賈政小廝頭不許叫寶玉會人待客；寶釵見機導勸；爲寶玉斥罵及寶玉焚書等事：與上回全不接續。此回正文「繡鴦鴦夢兆絳雲軒、識分定情悟梨香院」也未有與上回末相連接之文字。故第三十五、三十六回之間有一個明顯的情節斷裂。它應該是作者「纂成目錄，分出章回」時因剪裁連接不夠仔細而造成。

這種情節斷裂的情況在舒元煒序本第九回與第十回之間亦曾出現。在此本第九回末有「賈瑞遂立意要去調撥薛蟠與金榮報仇」等語，而第十回卻寫金榮在家咕唧，其姑媽璜大奶奶進寧府評理，轉入秦可卿病重等事，與諸本相同。但薛蟠爲金榮報復寶玉的故事在舊稿中必是存在過的，因爲各本第三十四回都有這樣幾句話，可證舒本第九回結尾決非過錄者杜撰：

（寶釵）想道：「……難道我就不知道我的哥哥素日恣心縱欲，毫無防範的那種心性。當日爲一個秦鐘還鬧的天翻地覆，自然如今比先又更厲害了。」

舒本第九回結尾反映出作者删改剪接舊稿成回時有過前後回聯綴考慮不同的情況。⑤

綜觀以上五方面對分回及回目概況的分析考察，不難得出初步結論：作者係先寫成長篇故事再行剪接成章回小說。回目的擬寫則更晚，乃分回以後再行草擬，故今存各脂本系統的鈔本出現不少分回未定和回目不一致的現象。

三　小說正文顯示多處集中剪接情節的痕跡

《紅樓夢》問世二百年來，不少讀者和研究者都發現：小說中人物年齡、故事情節發生的時令及背景等都存在前後矛盾的現象。這些矛盾是不能用作者偶而疏忽來解釋的，因爲它們不僅數量眾多，而且常常同一矛盾反覆出現。在對全書進行總體考察之後，我們發現：這些矛盾其實是因作者多次集中剪接情節而產生的。試舉最明顯的一例：

(1)賈政於省親次年八月二十日出差（三十七回），至抄檢之年賈母八十大壽前回來（七十一回），如按正文，不足兩年。而第七十回襲人勸寶玉讀書寫字時說：「這三、四年的工夫，難道只有這幾張字不成？」襲人此言透露：今本第三十七回至七十一回不足兩年的故事在某次舊稿中延續了三、四年時間。

(2)第三十九回劉姥姥見賈母時自稱「七十五歲」，賈母說：「比我大好幾歲呢！」則其時賈母當不過七十一、二歲。而第七十一回賈母已八十壽慶。可見在今本不足兩年的故事在某次舊稿中竟是至少延續了八年。

以上兩點證明：今本第二十三回至第七十九回的情節內容在舊稿中實際遠遠不止兩年。今本情節如此緊湊，結構如此嚴密，實乃作者多次剪接集中情節的結果。

下面我們將具體地討論作者增刪剪接舊稿的概況。

(一)剪接痕跡之一：前五回係剪接連屬而成

前五回在《紅樓夢》全書結構上的意義，自清代王雪香《紅樓夢評贊》及夢痴學人《痴人說夢》以始，已有不少人注意並加以論述。《紅樓夢》藝術結構之恢宏、精巧與奇特，素爲讀者贊嘆，研究者或比之爲「結網」，或喻之爲「波紋互回」，或譬而爲「建章宮千門萬户」，更有人比而爲書中之大觀園。假若這些設譬可略出全書結構之特點，則前五回無疑是全網之綱繩，波紋之中心，宮殿園林的導遊圖。試觀察分析前五回在全書的地位：第一回是全書的引線和總綱，它介紹了小說的緣起，以象徵手法預示了全書主題，主要人物的結局及情節發展的輪廓。第二回借冷子興演說榮國府介紹典型環境，並以賈雨村陰陽兩賦說提出對主要人物性格形成的哲學解釋。第三回中，男女主角賈寶玉、林黛玉和王熙鳳正式出場，作者在黛玉眼中介紹了主要人物活動的環境——榮府及一部分次要人物。第四回以賈雨村亂判葫蘆案介紹了社會時代背景即廣義的典型環境，並引出另一女主角薛寶釵。第五回則在前四回的基礎上以寶玉夢遊太虛幻境爲線索，以金陵十二釵圖册和〈紅樓夢曲〉預示了整個悲劇的發展軌跡和主要人物的悲劇命運。作者在第一回中已經透露對全書的總體構思，第二至第四回已進入典型環境和典型人物的初步描寫，且進一步具體勾畫全書情節發展的輪廓，完成了全書的布局，這就極其清晰地顯示出：前五回是作者精心修撰結構，用以向讀者預示其創作總體規劃的部份⑥。這部份地位之重要及用筆之謹嚴，即使是第一流的天才作家如曹雪芹也很難在動筆伊始即臻此爐火純青之境界；只有經過多次增删修改，剪裁組合，才能使前五回成爲今本這樣嚴密而又相對獨立的有機整體。就前五回在全書結構中的地位推斷固應如此，從現有資料綜合分析，亦有助於此說的成立。試詳述所見：

其一：在第四次增删稿中，青埂峰頑石補天神話尚獨立於第一回前，題爲〈楔子〉

今《紅樓夢》讀者可能會注意到，第一回先以青埂峰頑石故事引出全書，後又以甄士隱故事另起頭緒。這種已經開頭重又開頭的現象是怎樣產生的？周紹良先生認爲，這是雪芹捏合《風月寶鑒》和《石頭記》舊稿爲今本《石頭記》所致⑦。但我們在本文第一節已經指出：雪芹只有兩個名爲《風月寶鑒》和《紅樓夢》的舊稿，小說初稿《石頭記》早已增刪成爲《風月寶鑒》。再則，今本第一回的兩部份內容——頑石的無才補天投向人世和甄賈四人的人生浮沉並非作者隨便捏合而成，它們在全書結構上都有其重要意義：前者是小說的緣起，後者是全書的象徵和縮影⑧。甄士隱故事中插敍的神瑛絳珠神話與青埂峰頑石有內在聯繫：神瑛是青埂峰頑石的人格化身⑨，神瑛絳珠下凡成爲小說主角賈寶玉和林黛玉；而頑石則幻化爲通靈寶玉，成爲小說的敍述者。這是曹雪芹的獨特結構法，完全可以從文藝學和考據學的角度加以說明，並不能因此而證實今本《紅樓夢》係兩書所合成。然而，周先生的意見也有其合理的一面，因爲種種跡象顯示：青埂峰頑石神話在原分回時（即第四次增刪稿）並不在第一回內，而是獨立於第一回前，且被標以〈楔子〉字樣。這推論至少可以舉出四點理由：

(1)甲戌本第一回頁九在雪芹自題一絕「滿紙荒唐言」詩下有雙批：「此是第一首標題詩。」按：所謂「標題詩」乃是指回前題詩，前常冠有「題曰」或「詩云」字樣，介於回目之後、正文之前。各脂本在開卷數回尚保留有少量標題詩。這條脂批顯示：原第一回正文應從此詩後開始。

(2)第一回回目「甄士隱夢幻識通靈，賈雨村風塵懷閨秀」不包括青埂峰頑石故事，與上述第一點理由合看，可見原第一回的內容和形式與今本有差距。

(3)但初稿既已名《石頭記》，則頑石故事在初稿中必已存在。脂批曾兩次提及〈楔子〉專名：

①若云雪芹披閱增刪，然後開卷至此這一篇《楔子》又係誰撰？……（甲戌第一回眉批）

②首回《楔子》內云：古今小說，千部共成一套云云，……（庚辰第五十四回回前總批）

脂批公然提出今本正文並未出現之〈楔子〉，證明在舊稿中應有〈楔子〉之專稱存在。

(4)甲戌本第一回頁七眉批：「開卷一篇立意真打破歷來小說窠臼，閱其筆則是《莊子》、《離騷》之亞。」明指〈楔子〉而言。而如〈楔子〉原非獨立於第一回前，脂批兩次稱其爲「開卷一篇」似有未妥。

曹雪芹在第五次增刪稿中之所以將〈楔子〉專稱取消並將其併入第一回，似是爲了避免落入金聖嘆刪評《水滸傳》的舊套。金聖嘆刪去《水滸傳》七十一回以後文字，又將原本「引首」與第一回合併改稱〈楔子〉獨立於書前，此種版本在清初已經廣泛流傳，於雪芹早期稿本之構思可能有一定影響。因此雪芹首次將舊稿分回時，可能仍明標〈楔子〉專名，且將其獨立於第一回前。在甲戌年開始的第五次增刪稿，作者方添寫了一段關於小說創作過程的自敘，並將〈楔子〉專名削去，併入今本第一回內。

其二：第三回黛玉進京寄居賈府係從後文移前，舊稿在此處有湘雲童年隨賈母生活文字，後被刪去

史湘雲在今本出場很晚，遲至第二十回方始露面。其出場方式亦很平淡：「且說寶玉正和寶釵頑笑，忽見人說：『史大姑娘來了。』寶玉聽了，抬身就走。」這就引出了另一主要人物史湘雲。但作爲僅次於鳳、黛、釵的女主角之一，湘雲的出場畢竟太晚了，因此作者常常以人物對話補寫她的童年往事。這固然是雪芹用筆巧妙之所在，然細按脂批，舊稿中有關她童年的故事曾正面描寫。庚辰本及蒙戚三本第二十一回「湘雲仍往黛玉房中安歇」句下有雙批：

前文黛玉未來時，湘雲、寶玉則隨賈母。今湘雲已去，黛玉既來，年歲漸成，寶玉各自有房，黛玉亦各有房，故湘雲自應同黛玉一處也。

句下雙批一般所批時間較早，甚至有可能是脂硯齋之初評，故此雙批所云之「前文」在舊稿中必定是有過的。但湘雲在書中地位次於鳳、黛、釵諸人，如在女主角出場前先以不少篇幅介紹湘雲的童年時代，勢必輕重失當，造成全書結構鬆散，開卷氣勢不足。自應按今本之處理方法，將湘雲的童年生活刪去，在後文中借人物對話補明爲宜。

爲了儘早讓女主角林黛玉進入舞台中心，作者刪去了湘雲童年生活的有關描寫（以及與此有聯繫的湘雲幼喪父母的身世介紹、寶玉的童年故事），並將黛玉之入都相應提前至今本

第三回。這樣，全書男女主角寶、黛、鳳就幾乎同時同地出場亮相，先聲奪人，光彩耀目，給讀者以深刻印象。寶黛童年友愛，長而相戀也就有了真實可信的生活基礎。

黛玉入京之情節確係從後文提前，從今本第三回她出場時的有關描寫亦可見端緒：

⑴據周汝昌先生《紅樓紀曆》⑩，黛玉入京時年七歲，這是按今本前後敍寫推算的。但據己卯本第三回頁四十七及楊繼振藏《乾隆抄本百廿回紅樓夢稿》第三回頁三十九，黛玉進京時年已十三歲（加點的字句爲此兩本所特有）：

（熙鳳）又忙攜代〔黛〕玉之手，問：「妹妹幾歲了？」代〔黛〕玉答道：「十三歲了。」又問道：「可也上過學？現吃什麼藥？」代〔黛〕玉一一回答。又說道：「在這裡不要想家，想什麼吃的，什麼玩的，只管告訴我。丫頭老婆們不好了，也只管告訴我。」

文字顯係己卯、楊藏本爲勝，他本删去加點的字句，就變成鳳姐一人滔滔不絕地提問囑咐，而黛玉默不作聲，這既不合當時具體情景，也不合鳳姐和黛玉之性格。可見己卯及楊藏本的文字應係雪芹原稿舊有，並非他人妄添。

⑵作者對黛玉初進賈府時的具體描繪也說明其時她已是少女。她「步步留心，時時在意，不肯輕易多說一句話，多行一步路，惟恐被人恥笑了他去」，這種心理自非七歲孩童所能有。她拜見賈母和邢、王二夫人時禮數周到，應對自如，已頗解人事。她的形貌風度：「兩彎似蹙非蹙罥烟眉，一雙似喜非喜含露目。態生兩靨之愁，嬌襲一身之病。淚光點

點，嬌喘微微。閑靜時如姣花照水，行動處似弱柳扶風。心較比干多一竅，病如西子勝三分。」亦迥非兒童，顯然已是芳齡少女了。

作者對寶玉、迎春、探春等的描繪亦是如此。在黛玉眼中，寶玉是「一位年輕的公子」，「面如敷粉、唇若施脂；轉盼多情，語言常笑。天然一段風騷，全在眉梢；平生萬種情思，悉堆眼角」：恰是多情少男的寫照。迎春「肌膚微豐、合中身材，腮凝新荔，鼻膩鵝脂，溫柔沉默，觀之可親」，探春「削肩細腰，長挑身材，鴨蛋臉面，俊眼修眉，顧盼神飛，文彩精華，見之忘俗」：都是秀美嫵媚的少女形象。唯獨惜春「身量未足，形容尚小」：還是個十歲左右的女童模樣。然從作者對惜春的描寫也正可反證寶、黛、迎、探均身量已足，非復孩童了。

但作者既將黛玉入京提前至第三回，就不得不相應地改小她入京的年齡。今己卯本及楊藏本中她自稱「十三歲了」，正是傳抄中僥幸保留下來的已刪文字，可爲作者曾將此節故事提前之明證。但作者刪除了她自述之年齡，具體的人物外形、言語、行動和心理描寫卻無法全部改易，於是在今本中留下了上述移動舊稿的痕跡。

其三：第四回寶釵入京待選亦係第五次增刪時從後文剪出移前

今本第三、四回黛玉寶釵先後入都寄居賈府，前後時間相差不過數月。按周汝昌先生《紅樓記曆》，黛玉入都在第七年冬，寶釵進京在第八年春夏之間，其時寶釵九歲。然據書中人物多次側面敘及，寶釵入京時已十四歲，比黛玉晚得多：

(1)第二十回寶玉勸慰黛玉：「你先來，咱們兩個一桌吃，一床睡，長的這麼大了。他（指寶釵）是才來的，豈有個爲他疏你的？」可見寶釵當時（省親之年正月）才來賈府不久。

(2)第二十二回寫幾天之後賈母捐資二十兩爲「才來的」寶釵過生日：

誰想賈母自見寶釵來了，喜他穩重和平，正值他才過第一個生辰，便自己蠲資二十兩，喚了鳳姐來，交與他置酒戲。

明白交代出寶釵進京寄居賈府不過數月。

(3)第二十二回鳳姐與賈璉商量爲寶釵做生日事，亦透露出黛玉進府已經多年，而寶釵係新來的客人：

賈璉聽了，低頭想了半日道：「你今兒糊塗了。現有比例，那林妹妹就是例。往年怎麼給林妹妹過的，如今也照依給薛妹妹過就是了。」鳳姐聽了，冷笑道：「我難道連這個也不知道？我原也這麼想定了。但昨兒聽見老太太說，問起大家的年紀生日來，聽見薛大妹妹今年十五歲。雖不是整生日，也算得將笄之年。……」

綜觀上引文字，賈母、寶玉和璉鳳夫婦決不會同時將寶釵來府的年份搞錯，寶釵明顯是在她十四歲那年進京的，那正是元春封妃次年，即省親之前一年。作者將寶釵入京待選妃嬪及才人贊善之職安排在這一時間，既含蓄地指示了薛家「見賢思齊」而送女待選的心理動機，也合乎當時社會的現實狀況。

寶釵入京待選妃嬪或女官其素材應來源於清代的秀女制度。據吳振棫《養吉齋叢錄》卷二十五：「挑選八旗秀女，……其年自十四至十六爲合例。」故寶釵十四歲入京待選與生活真實相符。

據此可證：在作者舊稿中，寶釵入京時間較晚，今本寶釵九歲入京顯係剪接舊稿所致。這在脂批中亦可找到旁證。第二十回寶黛吵架，寶釵前來相勸，庚辰、己卯、戚本均有句下雙批：

此時寶釵尚未知他二人心性，故來勸，後文察其心性，故擲之不聞矣。

按《紅樓紀曆》，當時寶釵入府已有五、六年之久，以寶釵之細緻，似不可能對寶黛心事如此木然，此批未免失當。這條不符合今本情節內容的脂批，應是脂硯齋抄閱初評本（即第四次增刪稿）之批語。第四次增刪稿中寶釵於省親前一年進京，此時寶釵才來賈府數月，脂批甚合寶、黛、釵其時情景。故今本第四回寶釵入京前後有關情節應係在第五次增刪時方始剪接至此位置。

其四：第五回寶玉夢遊太虛幻境原係其進大觀園後之故事，在明義所見之第四次增刪稿中，它尚與今本第二十三回寶玉題四時即事詩一段內容相連接，第五次增刪時方始裁出剪接於此。剪接時，作者對金陵十二釵正册的十二名女子進行了調整。

富察明義〈題紅樓夢〉組詩是研究《紅樓夢》成書過程極可寶貴的資料，對此組詩我們已試撰〈吟紅新箋〉、〈吟紅再箋〉、〈吟紅後箋〉及〈吟紅續箋〉四文加以探討⑪。因爲明義組詩第一首落筆就詠大觀園，組詩小序又點明：「其所謂大觀園者，即今隨園故址。」故明義組詩的題詠範圍限於大觀園中的人物故事，絕不枝蔓。其中第七首極可注意：

> 紅樓春夢好模糊，不記金釵正幅〔副〕圖。
> 往事風流真一瞬，題詩贏〔羸〕得靜工夫。

此詩內容明顯係捏合寶玉夢遊太虛幻境和題大觀園四時即事詩而成。這反映出在明義所見舊稿即第四次增刪稿內，這兩個情節先後鄰接。今本第二十三回在寶玉入園題四時即事詩後即有如下描述：

> 誰想靜中忽生煩惱，忽一日不自在起來，這也不好，那也不好，出來進去只是悶悶的。那寶玉心中不自在，便懶在園內，只在外頭鬼混，卻又痴痴的。

這種莫名的煩惱正是寶玉已入青春期的標誌，作者以寥寥數句將此描摹得十分精細確切，幾乎可以與現代生理學及心理學的描述比美。而今第五回寶玉夢遊太虛境與警幻仙子之妹兼美成姻，兼美的形象又是兼釵、黛之美，此實乃青春期少年性意識覺醒之表現。在時令上，這兩段文字亦相符合：寶玉入青春期已是省親次年初春，而第五回寶玉夢遊之日正值「東邊寧府中花園內梅花盛開」，顯係春初時節。這兩方面的證據說明：夢遊與題四時詩在舊稿中先後相接。

雪芹在對全書作第五次增刪時，出於小說總體構思之需要，將寶玉夢遊情節從後文移至今本第五回，以至造成了寶玉八、九歲即入青春期與秦氏勾引八、九歲孩童的細節疏忽。雖然舊稿將寶玉夢遊安排在寶玉十三歲搬入大觀園後更有生理及心理依據，但從全書結構看，因爲夢遊故事有以金陵十二釵圖册和《紅樓夢曲》預示小説主題及主要人物悲劇結局的作用，自以提前至今第五回小説情節全面展開之前更爲適宜。

雪芹在將夢遊故事移入今第五回的同時，對金陵十二釵正册及《紅樓夢曲》的內容也進行過某些調整。具體地説，就是將原十二正釵中的薛寶琴、邢岫煙、李紋和李綺四人調出，而代之以賈元春、妙玉、賈巧姐和秦可卿。這有脂批及第五回的十二正釵圖册和《紅樓夢曲》爲證。

眾所周知，今第五回金陵十二釵册判詞及《紅樓夢曲》揭示的十二正釵依次爲：林黛玉、薛寶釵、賈元春、賈探春、史湘雲、妙玉、賈迎春、賈惜春、王熙鳳、賈巧姐、李紈、秦可卿。然庚辰本第四十九回回前總批云：「此回係大觀園集十二正釵之文。」細讀第四十九回文字，所謂「十二正釵」者只能是釵、黛、湘、迎、探、惜、鳳、紈、琴、煙、紋、綺十二人，與第五回圖册及曲文所透露的人選有四人之差，可見這回前批是第四次增删稿上的批語。這説明：作者係在第五次增删時方始決定將元春、妙玉、巧姐及秦可卿列入十二正釵，並將寶琴、岫煙、李紋和李綺四人從十二正釵中調出。

作者爲什麼要在第五次增删時更動小説主要人物金陵十二正釵的三分之一？這是因爲：寶琴等四人係賈府遠親，與賈氏家族的衰亡並無直接關聯，而元春、巧姐、可卿等三人係賈氏家族成員，她們的人生遭際和悲劇結局均與賈氏家族之衰亡有著密切的、直接的關係；而妙玉作爲依附於賈府的女尼，其命運也早在她進入櫳翠庵之時就與賈氏家族牢牢維繫在一起。所以，元春等四人乃是賈氏家族末世由衰至敗親受身歷的見證人，作者將她們列入十二正釵以替代琴、岫、紋、綺等遠客，正是爲了加強並突出全書表現貴族家庭的典型代表賈氏家族衰亡史的主題：這也正是作者多次增刪，剪接結構小說舊稿的目的之所在。

因爲作者在第五次增刪時改動了金陵十二正釵的名單，所以我們可以推知，第五回中元春、巧姐、妙玉、可卿的判詞和曲文是很晚才增寫的。從全書觀察，涉及或預示全書結局的韻文中至少有一部分是定稿較晚的。如第六十三回怡紅夜宴中拈花名簽預示群芳結局的情節就是第五次增刪時方添寫的（詳見〈吟紅再箋〉）。第二十二回庚辰本及列藏本至惜春謎爲止，庚辰本回後有另紙暫記寶釵製更香謎一則：此回未成，也可能是因作者改變了某些人物結局的構思，決定對其詩謎加以改作而未及完工所致。

(二)剪接痕跡之二：秦可卿與秦鐘故事係從以後文字中輯出，集中剪接於今第六回至十六回內。此片段中有關寶黛釵的故事亦應從後文移前

秦可卿諧音「情可輕」，或「情可親」，她原在十二金陵正釵之外，第五次增刪稿中方始增補入正釵之列：這說明在《紅樓夢》成書過程中，她的地位是逐步加強的。其弟秦鐘係

賈寶玉的密友，其名諧音「情種」又明見於脂批：這兩個人物之象徵作用實不能等閑忽視。但舊稿中有關他們的故事可能比較分散，不似今本集中於第六回至十六回一大片以內。細論之，這一大片十一回文字亦係在第五次增删時方始剪輯而成：

其一：第六回「初試」與「劉嫗進府」、第七回「送宮花」與「初會秦鐘」均係第五次增删時輯合成回

(1)小說中，王熙鳳是相對於寶、黛、釵愛情婚姻悲劇的另一條線索——王熙鳳理家悲劇線索的中心人物，作者以此線索展現了一系列女性的悲劇以及賈府走向衰亡的歷史過程。第六回劉姥姥一進榮國府，作者借此小人物切入賈府內部，通過這小人物的所見所聞所思，立刻將情節引入了全書情節發展的中心人物王熙鳳，這是一種很高明的手法。因前五回係作者在第五次增删時根據全書結構需要剪接修改而成，故當「夢遊」提前至今第五回時，作爲夢遊故事尾聲的「初試」就只能剪接入今第六回前半回，置於劉姥姥故事之前。甲戌本在「初試」結束處有雙批：「一句接住上回紅樓夢大篇文字，另起本回正文。」證明這是作者有意識的安排，其成回顯係在第五次增删之時。

(2)今第七回送宮花故事與寶玉初會秦鐘係較晚才輯成一回：首先，從此回回目看，各本回目情況差距甚大：

「甲戌　舒序本」　送宮花周瑞嘆英蓮　談肄業秦鐘結寶玉

己卯、庚辰	送宮花賈璉戲熙鳳
夢覺主人序本、程甲本	宴寧府寶玉會秦鐘（夢覺、程甲本「宴寧府」作「寧國府」）
蒙戚三本、列藏本	尤氏女獨請王熙鳳　賈寶玉初會秦鯨卿
楊藏本	缺回目

楊藏本的缺回目及各本回目的不一致，顯示該回回目較晚方始擬就，應係此回較晚方始輯成的緣故。

其次，「送宮花」一段中，賈寶玉派丫環去寶釵處問候，「說我才從學裡回來，也著了些涼，改日再親來」。可見送宮花故事原應在寶玉入學以後，即是在今本第九回以後。而「初會」一段，寶玉又自說「我因業師上年回家去了，也現荒廢著呢」，還告知秦鐘賈母不送他入家學的緣故。兩次所說自相矛盾。可見「初會」一段與「送宮花」故事時空背景不一致，在舊稿中它們應分處兩回。「送宮花」故事涉及薛姨媽和寶釵，第四次增刪稿中她們入京還較晚，「送宮花」亦應較晚。第五次增刪時作者將薛家進京提前至第四回，故「送宮花」情節亦可相應提前，與寶秦初會故事輯成一回，並剪接於第七回的位置。

其二：二秦故事剪接、挪移、集中於元春省親之前，係作者第五次增刪時總體規劃的一部分，舊稿中有關二秦之故事原在寶玉遷入大觀園以後。

作者將有關二秦的故事集中於元春省親之前，乃是服從全書整體構思、突出賈氏家族之衰亡和封建時代女性悲劇主題的需要。因爲這樣剪裁舊稿，就可以使秦可卿、秦鐘姊弟提前死去，作者便於放筆專寫寶玉進入大觀園後的生活，精心刻劃性格各異的眾女兒形象，並盡量細緻地描繪寶黛之間的純潔愛情並突出寶黛的叛逆性格。由於二秦故事係第五次增刪時方剪裁集中成一片，故今本尚能找到不少剪接增刪痕跡：

(1)今本秦可卿於第五回首次出場，而今第五回「夢遊」故事原係發生於寶玉入園之初，第五次增刪稿方始提前：故全部二秦故事實皆應發生於寶玉入園之後的數年內。寶玉與秦鐘的同性戀已爲很多讀者和研究者所注意，今第九回賈氏家塾同性戀的流行亦久爲人疵病。據周先生《紅樓紀曆》，這些事都發生於寶玉九、十歲之時。然九、十歲之男孩，似不可能有此情況發生。所以舊稿中有關秦鐘的故事實亦應在「夢遊」之後，亦即係寶玉入園後二、三年內事。時寶玉和秦鐘均已進入青春期，年齡亦至少已十四、五歲。寶秦二人在青春期彼此戀慕，是符合這一年齡階段的男性少年心態的，如羅曼·羅蘭《約翰·克里斯多夫》中的同名主人公，在少年時就有過與奧多的熱烈友誼，雙方迷戀沉醉之程度幾乎與戀愛相仿。

(2)同理，今第九回賈氏家塾一段故事亦應從後文提前。該回提前的同時，作者刪除了與家塾鬧事有關的薛蟠報復寶玉的情節（詳本文第二節）。

(3)由於第十二回賈瑞正照風月鑒故事的插入，致使秦氏之死延遲了一年，此點俞平伯、戴不凡等先生早已指出。⑫⑬今第十二回乃全書篇幅最短的一回，僅三千五百餘字，顯示可能有刪節。

⑷第十三回秦可卿之死曾經刪改，此點俞平伯先生早據庚辰、甲戌等本此回正文和脂批、第五回秦可卿判詞及曲文等辨明。⑭據靖本批語第六十八條，此回刪去者有「遺簪」、「更衣」諸文。甲戌眉批又謂：「此回只十頁，因刪去天香樓一節，少卻四、五頁也。」可知此回刪去的內容占原稿的三分之一。當係在第五次增刪時方始刪去，故畸笏叟將此批寫於書眉。

⑸第四十二回鳳姐之女巧姐發熱，劉姥姥建議查閱祟書《玉匣記》，程乙本獨出異文：「八月二十五日病者，東南方得之，有縊死家親女鬼作祟，又遇花神。用五色紙錢四十張，向東南方四十步送之大吉。」「有縊死家親女鬼作祟」一句斷非程、高等人所能想像添入者，必係雪芹舊稿原文。據程乙本《紅樓夢引言》，程、高等排印程乙本時曾「復聚集各原本詳加校閱，改訂無訛」，此句當係據某鈔本文字補入。這異文暗示：在舊稿中，秦可卿自縊乃在八月二十五日。今本可卿之死時日未正面交代，如按第十二回末林如海「冬底」病重寫信接黛玉回揚州推算，鳳姐夢見可卿之時似在初春，與「八月二十五日」之期不合。但此日期卻與第十六回昭兒之言「林姑老爺是九月初三巳時沒的」相符，與賈璉吩咐昭兒「將大毛衣服帶幾件去」也合拍。周先生《紅樓紀曆》因此回有「夜裡風大」推云「當是秋深」，與此日期基本一致。可見舊稿中有過八月二十五日夜秦可卿自縊於天香樓的正面描

寫，後被删去（詳見〈研紅小札〉第三十三節）。

⑹戴不凡先生曾指出今十三回可卿死後寶玉向賈珍推薦鳳姐時已口氣老練，考慮周到，行動老成；送殯時北靜王請寶玉去其府邸「與海上諸名士談會談會」：皆透露出其時寶玉已決非十一歲的男孩。⑮這也證實秦可卿之死確係從後文剪出移前。

其三：第八回寶黛釵故事應從後文剪接入此處，成稿時間較晚。

第八回回目在各本中很不一致：

甲戌本	薛寶釵小恙梨香院　賈寶玉大醉絳芸軒
己卯本、庚辰本、楊藏本	比通靈金鶯微露意　探寶釵黛玉半含酸

蒙戚三本　擱酒與李奶母討厭
　　　　　擲茶杯賈公子生嗔

舒序本
列藏本　薛寶釵小宴梨香院
　　　　賈寶玉逞醉絳雲軒

夢覺本
程甲本　賈寶玉奇緣識金鎖
　　　　薛寶釵巧合認通靈

顯示該回纂成較晚。因爲薛寶釵入京待選原在省親之前一年，第五次增刪時方才提前至今第四回（詳上節），所以第八回亦應是隨著寶釵入京時間的提前而從後文剪出移置於此的。此回中寶黛釵的形象都已是風華少年，可爲此回提前之證據。

第八回開始的細節描寫也可作旁證。此回開始時，吳新登等七人向寶玉討賞斗方兒：

衆人都笑説：「前兒在一處看見二爺寫的斗方兒，字法越發好了，多早晚兒賞我們幾張貼貼。」寶玉笑道：「在那裡看見了？」衆人道：「好幾處都有，都稱讚的了不得，還和我們尋呢。」寶玉笑道：「不值什麼，你們説與我的小么兒們就是了。」

這一段明顯是與第二十三回下列文字呼應的：

> 因這幾首詩，當時有一等勢利人，見是榮國府十二、三歲的公子作的，抄錄出來各處稱頌；再有一等輕浮子弟，愛上那風騷妖豔之句，也寫在扇頭壁上，不時吟哦賞贊。因此竟有人來尋詩覓字，倩畫求題的。寶玉亦發得了意，鎮日家作這些外務。

其時寶玉已十二、三歲，能寫一尺見方的單幅詩箋，眾僕假意吹捧，少年寶玉不更世事，居然信以爲真，被奉承得飄飄然自我膨脹起來，作者寫得極爲傳神。如是眾僕這樣爲八、九歲的小主人捧場那就未免失去生活真實，人物性格不符具體情景，人物關係也被扭曲了。

順便說一說，吳世昌先生〈《風月寶鑒》的棠村序文鉤沉與研究〉（見《紅樓夢探源外編》）認爲今六、七、八共三回原係在一回之內，後經充實改寫方擴充爲三回。吳先生的根據是甲戌第六回回後總批：「借劉嫗入阿鳳正文，送宮花寫金玉初聚爲引。」吳先生認爲此批不合第六回內容，係棠村爲《風月寶鑒》所作之序。然細檢甲戌本，此批尚有下句：「作者真筆似遊龍，變幻難測，非細究至再三再四不記數，那能領會也。嘆嘆。」按，批中所謂「阿鳳正文」即指「送宮花賈璉戲熙鳳」而言，「金玉初聚」指「比通靈」一節內容。故此批應是批者對第六回「劉姥姥一進榮國府」引出後二回情節故事即就其在結構上的作用所加批語，放在第六回總批位置非常合適。如它們原在同一回內，則讀者對此三段情節之關係一目了然，何必「細究至再三再四不記數」方「能領會」哉？全面分析這條脂批，可知它是在第五次增刪時於第六、七、八回剪接整理完畢後所加。

㈢剪接痕跡之三：省親前一年僅保留第十七回「大觀園試才題對額」，其他故事均已剪出移置他處

今第十七、十八回在己卯、庚辰本上尚未分開（第十九回雖已分出，仍缺回目），兩本且有回前批：「此回宜分二回方妥。」顯示出在第四次增删稿中，這兩回必尚未形成今已卯、庚辰本的合回形式。因爲如第四次增删稿已成此合回，則第五次增删時自不難即斟酌分開；所以此合回之形成必在第五次增删時。

此合回實敍了兩件大事：寶玉遊園題額及元妃省親；前者意在介紹大觀園，爲後者作引。故從內容看，它們合成一回是妥貼的。惟此合回所記事實分屬兩年，且篇幅長達一萬六千餘字，從章回小說的形式要求衡量，確宜分成兩回。蒙戚三本、列藏本、楊藏本、夢覺本等此兩回均已分開，然分回處各不相同，且回目各有差異（詳上節），顯示出分回時間已經較晚，應係流傳過程中由傳抄整理者分回並擬寫回目。

第十六回末敍秦鐘之死，此合回開始即以數語歸結，轉入寶玉題額故事。題額結束，又敍黛玉剪香袋，然後略交代省親準備事項，即以大篇文字描繪元妃省親場面。所以實際上省親前一年的內容除題額、剪囊及有關省親準備的交代外已全部或删或剪，剪下的故事爲今稿所用者，均已移置他處。現在我們尚可確知爲從此年內容剪出的情節有寶釵進京待選及與此

有關的薛蟠搶奪香菱、打死馮淵，賈雨村亂判葫蘆案等故事。今第八回「比通靈」，甲戌第六回回後總批稱爲「金玉初聚」，應係寶釵初來賈府時事；第七回「送宮花」與薛家母女有關：均應是省親前一年冬天故事。它們都是隨著寶釵入京時間的提前而剪出置於有關各回的。這樣剪接不但使全書總體結構更爲宏偉，對第十七、十八回之局部連接亦有所裨益：它使大觀園之落成和元春省親緊緊相連，以富貴綺麗的場面反映了貴族家庭的豪富奢侈，作爲全書的高潮之一，與後文賈府的没落形成了鮮明對比。至於黛玉剪香袋故事，因原係寶玉題額情節之餘韻，應爲舊稿所原有。當然，今第十七、十八合回形成時，作者對舊稿內容可能有所增添擴展，惜具體詳情已難一一指明。

㈣剪接痕跡之四：省親之年至少是兩年以上故事剪輯集中而成

首先我們想明確一下「省親之年」的概念內涵。周先生《紅樓紀曆》將第十八回至五十三回祭宗祠共三十五回半內容均劃歸省親之年，其間有一個小小的疏忽。細按小説原文，省親之年僅自省親至寶玉作即事詩爲止，即今第十八至二十三回前半共五回半書。作者在處理該年情節時用了詳略二法：第十八至二十二回詳寫省親之年正月賈府大小事件與各色人物活動，第二十三回開始敍寶玉等搬入大觀園，並以四首即事詩略寫該年春、夏、秋、冬四季寶玉的大觀園生活感受。本回正文即寶黛共讀西廂已是次年三月中浣。如果忽略了作者以寶玉題詩略寫省親之年情節內容的創作意圖，就易將兩年誤爲一年。此點只需細檢原文，即不難得出正確結論。

綜觀此五回半文字，可以發現：它們至少是由兩年以上內容剪輯而成。只需舉出一條理由就可證明：該片文字寫了兩個元宵節。第十八回寫了一個元宵之夜，賈元春奉旨省親，賈府諸人全體出動參與接駕大典。而遲至第二十二回「製燈謎賈政悲讖語」，卻居然又出現了一個元宵節：白天元春從宮中送出燈謎一則，賈母於當晚在內室設春燈謎會。書中明文可證（引文據戚本，蒙、舒偶有微異：庚、列二本此回缺末頁；夢覺本回末曾經改竄；楊藏本此回係據程乙本抄補）：

賈政心內沉思道：「娘娘所作爆竹，此乃一響而散之物。迎春所作算盤，是打動亂如麻。探春所作風箏，乃飄飄浮蕩之物。惜春所作海燈，一發清淨孤獨。今乃上元佳節，如何皆作此不祥之物爲戲耶？」

元宵張燈設謎乃古老風俗，各地皆然。故上引文字不會搞錯時令，賈母設謎那天確是「上元佳節」。然賈府諸人均無分身法，自不可能一邊在大觀園恭迎貴妃省親，一邊在賈母內室飲宴猜謎：故此片所寫兩個元宵節顯係兩年之事。這一內證有力地證明了，今本省親之年的五回半文字至少包含有兩年以上的內容。因此，有關春燈謎的情節必然是從後文某處剪出接入第二十二回的。第十八回作者交代：「此時賈蘭極幼，未達諸事，只不過隨母依叔行禮，故無別傳。」但「春燈謎」一段中賈蘭已能猜謎中的，又能自行製謎；且已頗有個性，賈政不喚便不肯參與宴會：兩相對看，知「春燈謎」一節當從數年以後情節中輯出。

上面我們證實了省親之年的五回半文字實乃兩年以上故事的合成，即此已可見雪芹剪接舊稿之遺跡。但如聯繫其他材料細析此五回半文字，尚可發見其他剪接的跡象和證據：

其一，今第二十一回「俏平兒軟語救賈璉」中巧姐出痘及多姑娘一節係從他處闌入，以致造成時序倒流：賈璉和鳳姐在正月底二月初商量準備於正月二十一日爲新來的寶釵做生日。此點清代以來已有不少紅學家指出過，戴不凡先生也有論證⑯，此處不贅。

其二，第二十回是遲至第五次增刪時方始剪輯成回的，其中賈環擲骰與麝月梳頭故事均係從他處移併，併回前可能經過增刪改動：

⑴賈環擲骰故事應係從他處移入，此事絕不可能與元妃省親同一年發生。第十八回元春省親，賈府諸人均出場，惟獨不見賈環踪影。己卯、庚辰、列藏本、蒙戚三本及楊藏本皆有交代：「賈環從年內染病未痊，自有閑處調養，故亦無傳。」（舒序本「從年內」作「從幼」，誤。）可見此乃作者原定構思方案：賈環染病不輕，未預省親大典。擲骰故事在第二十回，與省親之夜最多相隔三天，而賈環卻到處遊逛，全無病態。且此回又有「彼時正月內，學房中放年學，閨閣中忌針，卻都在閑時，賈環也過來玩」等語，說明賈環並非大病初癒。且舊時「放年學」、「忌針」均到正月十五元宵節爲止，賈環擲骰故事中又有寶釵、鶯兒出現，故可推知在舊稿中它本係省親次年正月初情節而剪接入此回。

(2)麝月梳頭故事在明義所見舊稿中乃是小紅梳頭，原情節發生於寶玉搬入大觀園怡紅院後。第五次增刪時，雪芹按照新的構思重新安排了麝月結局，將她處理成「群芳之殿」，跟隨寶玉夫婦的唯一丫環。因之麝月在書中的地位也得到加強，舊稿中的林紅玉梳頭故事被更換爲麝月梳頭，並提前至第二十回，舊稿中有關紅玉的故事亦被大量刪改。此點拙作〈吟紅再箋〉已有詳論。

今第二十回篇幅較短，僅四千二百餘字，其中擲骰與梳頭故事約占一半，前後又剪接上襲人生病、湘雲出場等不相連續的情節，皆顯示它是較晚方才移併改寫成一回的。因爲明義所見第四次增刪稿中梳頭故事的主角尚是小紅，故可推定第二十回係在第五次增刪時才纂輯改寫成回。

因爲省親之年作者僅詳寫了省親及正月間賈府的一些活動，其他均以四首即事詩略寫，下即轉入省親次年春三月故事，故該年（包括省親次年初春）可能有某些故事因各種原因被刪去或移置他處。上面已經提及，寶玉夢遊、初試及寶秦初會等情節都可能係從省親次年初春故事中剪出提前。刪去者則可能有寶釵參加秀女挑選而被黜的情節，因第二十一回正文點明該年寶釵十五歲，正值清制規定秀女預選年齡（詳上文）。但因此情節與小說主題關係甚小（雪芹從不將女子貴爲后妃或誥命夫人之類看作她們的幸福之源；相反，元探二春都被他列入「千紅一哭，萬艷同悲」的悲劇人物之內），刪去無損全書整體之美，爲免情節過於枝蔓，作者刪而不存或甚至避而不寫都是可能的。

㈤剪接痕跡之五：省親次年情節至少是三年以上內容的剪輯集中

省親次年的故事從第二十三回下半回開始寫至第五十三回上半回，共占了三十回篇幅，乃全書描寫最爲細膩詳盡的一年。作者在安排結構這一部份情節時高度發揮了他的剪接技巧，幾乎達到了天衣無縫出神入化的境界。然如反覆細讀正文，輔以脂批，還是可以看出一些剪接痕跡。試細述之：

其一，寶黛等人年齡的矛盾顯示省親次年至少由三年以上情節剪裁合成。很多紅學研究者都對該年的人物年齡提出質疑，認爲係雪芹行文之疏忽。但如作全面考察，就可發現雪芹搞錯人物年齡與托爾斯泰誤書安娜年齡性質不一：他乃多次重復同一說法，非如托翁偶爾疏忽筆誤。這就只能用雪芹因將數年情節集中剪接於一年之內以致產生人物年齡前後不一致來解釋了。

試以寶黛年齡爲例。第二十三回寶玉題詩，書中正面交代他其時是「十二、三歲的公子」；第二十五回癩頭和尚持誦通靈玉，也嘆息道：「青埂峰一別，展眼已過十三載矣！」確證寶玉於省親之年乃十二歲、次年爲十三歲。而省親次年秋天，黛玉卻對寶玉說：「我長了今年十五歲，竟沒一個人像你前日的話教導我。」（第四十五回），第三回敘寶玉大黛玉一歲，而此處黛玉卻反而比寶玉大了兩歲，大家都認爲是作者弄錯了。於是出現了種種人物年齡計算法，甚至動用了電子計算機。但無論如何計算，總難使全書人物年齡全部統一，捉襟見肘的窘況時時產生，矛盾還是到處存在。

其實，這兩處對寶黛年齡的交代是不錯的，因爲書中正文交代不止一次，且有脂批可以旁證。如省親次年寶玉十三歲就有兩條脂批及第二十四回正文爲憑：

⑴第二十三回寶玉準備入園，「忽見丫環來說，老爺叫寶玉。」庚辰本有旁批：「多大力量寫此句，余亦驚駭，況寶玉乎。回思十二、三時亦曾有是病來，想時不再至，不禁淚下。」

⑵第二十四回寶玉見到賈芸，說：「你倒比先越發出挑了，倒像我的兒子了。」庚辰本有旁批：「何嘗是十二、三歲小孩語。」

⑶同回正文，賈芸自稱「我長了今年十八歲」，賈璉又說賈芸比寶玉大「四、五歲」，可見寶玉當時年齡確係十三歲。

綜上所述，寶玉在省親次年係十三歲至少有五條證據，且出自作者及脂硯二人，似無搞錯或誤書之理。黛玉該年十五歲也有旁證。庚辰本第四十五回在黛玉自敍年齡玉自敍年齡句下有批：「黛玉才十五歲，記清。」第四十九回正文又寫眾人「敍起年庚，除李紈年紀最長，他十二個人，皆不過十五、六、七歲。」可見黛玉年齡亦不誤。上述數處寶黛年齡既皆準確，則造成寶黛年齡矛盾的原因只可能有一個：即省親次年情節原是三年以上內容的緊縮，作者在剪接集中情節時對人物年齡未加統一。

正因爲該年情節至少由三年以上的內容剪輯而成，所以在同一年的人物描寫中，出現了邢夫人摩挲撫弄寶玉（第二十四回），寶玉一頭滾進王夫人懷中（第二十五回）和扭股糖似的粘在鴛鴦身上（第二十四回）等顯示其年齡尚幼的描繪；又出現了他和薛蟠、馮紫英等人挾妓飲酒、與忠順王府優伶琪官交遊（第二十八回）、遥愛二十三歲（楊藏本作「二十一、二歲」，可能係作者原文）的老處女傅秋芳（第三十五回）等情節：顯示其時寶玉至少已十六歲以上，已達明清時成丁年齡。這一切書中的內在矛盾，可以證明作者在「纂成目錄，分出章回」之時及之後，對原來的長篇故事進行過剪裁組接。

其二，第二十八回馮紫英宴客應係從數年後情節中剪接至此。

馮紫英是神武將軍馮唐之子，與賈府是世交，今本第十回、第十四回曾出現過，一次爲秦氏薦名醫，另一次爲秦氏送喪。因爲有關秦可卿的故事係從後文剪出輯入前回者，故今本馮紫英這人物年齡似比寶玉大了許多；實際上，從他和寶玉交遊往來分析，他們的年齡相差不會過遠。第二十八回馮紫英在家請薛蟠、寶玉等宴飲，又叫來了男旦蔣玉菡（琪官）和錦香院的妓女雲兒，寶玉設女兒令，唱〈紅豆曲〉，對嫵媚温柔的琪官十分留戀，並交換汗巾以示親近：均顯示其時寶玉早已不是十三歲左右的純情少年了。

這些具體的人物關係描寫已使人懷疑這段情節應是從後文剪接至此；再仔細考察這情節與上下文的聯繫，種種插入的痕跡就看得更爲分明：

⑴黛玉葬花前一日下午，薛蟠因生日請寶玉吃瓜果壽酒，席間馮紫英忽飄然而至，並約定「多則十日，少則八日」將特設一席請二人詳談。然細按小說原文，馮紫英請客係葬花之日午後，即馮紫英次日就踐諾約飲，並未等到八天以後。這顯然是組接中出現的矛盾。

⑵第二十七回正文明白交代葬花之日是四月二十六日芒種，可是馮紫英的席上有桃、有梨、有桂花：全是秋天的花果。這細節描繪顯示馮紫英請客原係某年秋天故事。明義〈題紅樓夢〉組詩之九詠襲人被偷換茜香羅事，置於組詩第十一首詠黛玉葬花之前：

紅羅繡纈束纖腰，一夜春眠魂夢嬌。
曉起自驚還自笑，被他偷換綠雲綃。

說明此節情在第四次增删稿中已經提前剪輯至省親次年的春天，在葬花故事之前。這有甲戌本第二十六回回末總批爲旁證。此批云：「前回倪二、紫英、湘蓮、玉菡四樣俠文皆得傳真寫照之筆。」所批與今本內容不合，證明在第四次增删稿中蔣玉菡在葬花故事前已經出場。但寫蔣玉菡等四人之「俠文」在第五次增删時已經删去，馮紫英請客情節亦稍移後至第二十八回，背景也轉換爲初夏。

⑶四月二十六日下午，寶玉在馮紫英家初識蔣玉菡，伏下第三十三回寶玉受笞，又遙照襲人之結局，文字密密環扣，結構十分嚴密。但細查第二十八至三十三回具體描寫，寶玉被打係五月六日，與兩人相識之日間距首尾只有十日。這數日內寶玉的行動均有詳細記述：

四月二十六日　午後馮紫英請客，與蔣玉菡相識，交換汗巾。

二十七日　在家。「薛寶釵羞籠紅麝串」。

二十八日　進宮謝恩。

二十九日　不明。

五月初一　清虛觀打醮。

初二、初三　與黛玉口角，「多情女情重愈斟情」。

初四　寶釵「借扇雙敲」。金釧被攆。齡官畫薔。誤踢襲人。

初五　午後薛蟠請酒。晴雯撕扇。

初六　寶黛訴肺腑，忠順王府長史官索要琪官，金釧投井，賈環進讒，寶玉被笞。

日程排得滿滿的，賈寶玉實沒有可能發展與琪官的交誼。但忠順王府長史官向賈政告狀時卻說：「我們府裡有一個做小旦的琪官，一向好好在府裡，如今竟三五日不見回去，各處去找，又摸不著他的道路，因此各處訪察。這一城內，十停人倒有八停人都說他近日和啣玉的那位令郎相與甚厚。」這些話或有誇大，但也反映出寶玉與琪官的交遊頻繁公開，且已延續相當長的時間。兩人交往的具體情節當然可以略去不寫或寫而再刪（如甲戌本第二十六回回末總批所謂的「玉菡俠文」），但十天之內顯然是無法容納他們的交遊過程的。

綜觀前後材料，可知這些有關蔣玉菡的情節在早期稿本中原係某年秋天故事（遠在省親次年之後）；在第四次增删時，爲了刻劃寶玉不走封建正途的叛逆性格與封建主義的衝突，以推出寶玉被笞的高潮而剪接入省親次年春天，第五次增删時又可能是出於技術上的原因（如為了與「薛寶釵羞籠紅麝串」纂入一回）而又將它稍稍移後至今本位置。

其三，第三十七回至四十八回乃多處文字剪輯集中而成。第三十七回至第四十八回共十二回文字，所寫乃省親次年之秋，係全書描寫最為周詳細密的一個季節。細檢此一段落，可見它乃多處文字合成：

⑴第三十七回至少由兩處文字集輯成回，舊稿中探春結社係省親次年夏天，而詠白海棠係秋天之事。

探春結社柬謝寶玉「以鮮荔及真卿墨跡見賜」，賈芸送白海棠帖謂「因天氣暑熱，恐園中姑娘們不便，不敢面見」：皆顯示結社的實際時間是在夏五、六月。而眾人作白海棠詩及其間有關細節穿插（如黛玉看秋色、襲人送紅菱雞頭和新粟粉糕、秋紋以聯珠瓶進桂花等）又都明白無誤地反映出秋天的時令特點。作者以賈芸的白海棠為線索組織剪輯成此回，透露了它原係兩處文字的集輯。

⑵第三十七回開始各本均有賈政點學差，於八月二十日起身的交代，惟楊藏本、列藏本無。就其後各回對勘，這數十字的交代應係在此回輯成後方才補添（舒序本略作「賈政出差去」五字，應係據此交代刪略）。

試按書中所敘日期排比：第四十二回明文點出劉姥姥遊大觀園的確切日期是八月二十五日，是日巧姐得病。因此：八月二十四日，茗烟尋破廟（三十九回）；八月二十三日，螃蟹宴賞菊；八月二十二日，史湘雲和〈白海棠詩〉；八月二十一日，探春結社。八月二十日，賈政離家出差。

似乎十分準確。但第三十七回明敍賈政出差與探春結社之間有一不小的時間間隔（引文據庚辰本）：

這年賈政又點了學差，擇於八月二十日起身。是日拜過宗祠及賈母起身（諸事），寶玉諸子弟等送至灑淚亭。卻說賈政出門去後，外面諸事不能多記。單表寶玉每日在園中任意縱性的逛蕩，真把光陰虛度，歲月空添。這日正無聊之際，只見翠墨進來，手裡拿一副花箋送與他。……

各本有了賈政八月二十日出差的明確交代，這段時間間隔就無從存在。楊藏本第三十七回開始原文作（旁有據程乙本的添改文字，不錄。列藏本有微異）：

卻說寶玉每日在園中任意縱橫，光陰虛度。這日更無聊之際，見翠墨進來，手裡拿著一副花箋送與寶玉。

所以回首有關賈政出差的文字必然是在此回輯成後再添寫的，目的在於解釋寶玉何以能長期在園中閑散的原因，文情固不可少，然也因此而造成前後時間安排未能妥貼，留下了賈政出差係後來增添的痕跡。

(3)從第四十二回鳳姐慶壽開始，日期均歷歷寫明。按此日期排比，可知香菱學詩故事係從他處剪接於此，或係第五次增刪時添寫。

從書中可見：

九月二日 鳳姐潑醋。（第四十三回）
九月十四日 賴家請客，薛蟠挨打。（第四十七回）
十月十四日 薛蟠南行，香菱入園。（第四十八回）
十月十五日 琴、煙、紋、綺進府⑰（第四十九回）

那麼，第四十八回香菱學詩故事應該發生在什麼時候？簡直連插針之縫也沒有。在這部份故事中，鳳姐生日及琴煙綺紋故事都是舊稿所原有的，在第四次增刪稿中已經存在，這是因爲：

首先，明義〈題紅樓夢〉組詩之十二詠玉釧送羹，則必有金釧之死，鳳姐生日與寶玉祭釧有聯繫，故這些故事都應爲第四次增刪稿所原有。其次，據庚辰本第四十九回前總批：「此回係大觀園集十二正釵之文。」我們知道第四次增刪稿內的十二正釵與今本有四人之差，所以第四十九回文字亦應爲第四次增刪稿所原有。

既然鳳姐生日及琴烟紋綺故事早已存在，則這一大片文字中時間難以容納情節的失誤只能是因爲薛蟠游藝、香菱學詩等情節的插入而造成。

這從庚辰本第四十八回香菱入園處句下雙批可以得到旁證。由此雙批，我們知道第四十七、四十八回係同時構思寫作的一片故事：

細想香菱之爲人也，根基不讓迎探，容貌不讓鳳秦，端雅不讓紈釵，風流不讓湘黛，賢惠不讓襲平。所惜者青年罹禍，命運乖蹇，足〔是？〕爲側室；且雖曾讀書，不能與林湘輩並馳於海棠之社耳。然此一人豈可不入園哉。故欲令入園，終無可入之隙。籌畫再四，欲令入園，必獃兄遠行後方可。然阿獃兄又如何方可遠行，曰名不可、利不可、正事不可、必得萬人想不到自己忽一發機之事方可。因此思及情之一字及〔乃〕獃素誤者，故借「情誤」二字生出一事，使阿獃游藝之志已堅，則菱卿入園之隙方妥。回思因欲香菱入園是爲阿獃情誤，因欲阿獃情誤，先寫一賴尚華〔榮〕：實委婉嚴密之甚也。脂硯齋評。

則第四十七、四十八回這一片旨在引出香菱正文的故事可能是作者在第五次增刪時補寫綴入。從前後數回文字之結構看，確實是「委婉嚴密之甚」；然因情節過分集中，也產生了時間無法容納情節的疏失。

其四，第四十九、五十回白雪紅梅及即景聯詩故事係從某年春天剪裁至此，在剪接時故事情節可能有所擴展。

第四十九回寫「琉璃世界白雪紅梅」、第五十回又有〈詠紅梅花〉及〈訪妙玉乞紅梅〉詩、寶琴立雪、小螺抱梅等情節，洋溢著詩的氣氛，乃是《紅樓夢》中最美的片段之一。然從考證角度看，這兩回乃係從舊稿中某年初春情節剪裁至此，剪接時故事情也可能有所增添擴展。

庚辰本第四十九回回前總批云：「此回係大觀園集十二正釵之文。」所批與今本不符，故知原爲第四次增刪稿之批，所以這片段內容至遲在第四次增刪稿中已經存在（當然，不一定有今本這樣細膩優美）。但細讀此段文字，可見作者所寫時令與風物極不一致，顯示它們在舊稿中的位置與今本不同。按第五十回，賈母之言「這才是十月裡頭場雪」，當時應是十月下旬，但十月下旬何來紅梅？唐人雖云「十月先開嶺上梅」，但《紅樓夢》的背景並非在大庾嶺，故不足為據。事實上，無論作者心目中的大觀園在江南或北京，都不可能出現十月紅梅盛放的景象。北京無成片梅林，姑置不論，江南地區的紅梅，花期亦在農曆正月底二月初；故今本第四十九、五十回應係某年春天情節剪接至此。因爲第五十四回寫到榮府元宵夜宴時賈母等擊鼓傳紅梅行「春喜上眉梢」之令，故舊稿中這兩回內容應在今五十五回之後（參見本書〈研紅小札〉第三十八節）。作者將大觀園衆女兒割腥啖膻，即景聯詩等故事剪接至今本位置，雖造成了物候學上的失誤，但至少有三方面的好處：

(1)使全書結構更爲勻稱。今本第五十四回與五十五筆法迥異，正是小說前後兩部份的分界（詳下節）。而今本第四十九、五十回這一片段文字無論從內容還是從風格看，都以放在前半部爲妥。

(2)由於作者在第五次增刪稿更換了舊稿十二正釵中的四名，這樣剪接舊稿可使全書有關副十二釵香菱、寶琴、岫烟、李紋和李綺的故事相對集中，不致因琴、烟、紋、綺四人的調入副冊而過多地削弱對她們的形象刻劃。今本第四十八至五十回幾乎成爲〈金陵副十二釵列傳〉：這種以濃墨重彩集中寫活數人的太史公筆法正是雪芹之所擅長。

(3)爲大觀園衆女兒創造「琉璃世界白雪紅梅」詩的境界，愈益襯托顯示她們美好的形象和青春之光輝，這與小說後半部群芳飄零淪落、橫遭踐踏正成爲強烈對比。這種強烈對比將使封建時代女性必然被毀滅的主題更加突出。因而也就使讀者更能理解雪芹對他那時代不幸少女滿懷同情之緣由：她們是這樣善良、這樣美好，卻終於不能逃脫被封建勢力吞噬的悲劇命運。除了具有敏銳深刻的洞察力和寬廣胸懷的曹雪芹而外，在那一時代又有誰會注意、憐惜、同情她們的悲劇，並爲之嘆息與吶喊呢？曹雪芹的創作思想因此剪接而更顯深邃，其民主主義色彩亦更爲鮮明。

其五，省親次年的其他剪接痕跡

省親次年除有上面所討論的大塊剪接現象而外，還有一些比較零碎的小塊剪接痕跡：

(1)第三十回「齡官劃薔」係第五次增刪時剪接入此回。「劃薔」當天乃五月初四日，明見此回正文，但此段文字中卻有「伏中陰晴不定，片雲可以致雨」的敍述。按農曆「伏中」乃指「三伏」，特指「大伏」。《初學記》卷四引〈陰陽書〉：「從夏至後第三庚爲初伏，第四庚爲中伏，立秋後初庚爲後伏，謂之三伏。」農曆端午決無入伏之理（相差一個月），「伏中陰晴不定」兩句可證「劃薔」原係同年盛夏大伏中故事而剪接於此者。楊藏本此回回目爲：「訊寶玉〔釵？〕借扇生風，逐金釧因丹受氣」，顯示在第四次增刪稿中，「逐金釧」爲此回主要情節，齡官劃薔故事似尚未接入此回。第五次增刪稿中作者將它剪接於此，其目的顯然是爲第三十六回「識分定情悟梨香院」作引。

(2)該年中剪去的情節應有：

A·有關柳湘蓮的故事：

今本柳湘蓮在第四十七回方始出場，舊稿中湘蓮出場較早，在今本第二十六回之前。甲戌本第二十六回總批：「前回倪二、紫英、湘蓮、玉菡四樣俠文皆得傳真寫照之筆。」可以爲證。此批與今本內容不符，故應是第四次增刪稿上之批。可見在第五次增刪時，作者方始將湘蓮之「俠文」刪去。

B·黛玉見鶯兒巧結梅花絡的故事：

黛玉見鶯兒結通靈寶玉上的穗子，肯定有所反應，但今本第三十五回末與三十六回始的情節斷裂使這段情節失踪。這顯然是作者剪接中的疏忽所致。此點本文第二節已有詳論。

C·寶玉初會妙玉的故事：

第三十六回交代寶玉養傷百日過了八月才出二門，整個夏天在園中游蕩，而今本具體描寫的只有「情悟梨香院」一節，其他全被略去。但在舊稿中應有一些已寫成而後來剪接他處或刪卻的故事。剪接他處者，如齡官劃薔故事；刪除者，如寶玉初訪妙玉的故事。今第四十一回「櫳翠庵茶品梅花雪」妙玉方始出場：她用雨水、老君眉招待賈母一行，以梅花雪烹茶招待寶、黛、釵。她給釵黛用的茶具是𤫰爮斝和點犀䀉，卻「仍將前番自己常日吃茶的那只綠玉斗來斟與寶玉」，並對黛玉說：「這是五年前我在玄墓蟠香寺住著，收的梅花上的雪，共得了那一鬼臉青的花甕一甕，總捨不得吃，埋在地下，今年夏天才開了。我只吃過一回，這是第二回了。」「前番」即前一回，透露出舊稿中有當年夏天寶玉初訪妙玉，與她合用綠玉斗共飲梅花雪的故事。妙玉是一個心性高潔的女尼，被迫進入空門帶髮修行，但愛的火苗並未死滅，從佛教戒律看來，正是「欲潔何曾潔，云空未必空」。刪卻這一故事，可使今本有關妙玉的描寫更含蓄蘊藉。這是曹雪芹的特殊風格，與西方小說家之不厭其詳地描寫刻劃天主教修女之心理衝突迥異其趣，足爲中西文化心理差別之例證。

D．劉姥姥二進榮府的某些情節：

劉姥姥二進榮國府，今本詳細描寫的故事均發生於「史太君兩宴大觀園」那一天。劉姥姥在食蟹之日午後到賈府，晚上在賈母處陪坐閑談。第二天寶玉派茗烟尋找茗玉小姐廟宇，等了整整一天。這一天劉姥姥在賈府的故事今本全部略去。但在舊稿中應有具體描寫，這從今本第四十二回鴛鴦對劉姥姥所說之話可以見出：「這包子裡是你前兒說的藥，梅花點舌丹也有，紫金錠也有，催生保命丹也有，每一樣是一張方子包著，總包在裡頭了。」今本鴛鴦此言成爲補敍，這決非閑筆，可能遙應小說後半部之情節。今各本均不見劉姥姥向賈母要藥並藥方，顯已剪去。

又第四十回各本皆以「只聽外面亂嚷」一句結束，但第四十一回開始眾人仍在吃酒行令，顯見承接上回末「外面亂嚷」的情節已經失去。這或亦係剪接分回時疏忽所致，與第三十五、三十六回的情況相似。

(3)第三十六回末湘雲回家約二百餘字係在第三十六、三十七回聯綴成片時方始添寫。這是因爲：

今第三十六、三十七回故事內容不相連屬。第三十六回末寫至「識分定情悟梨香院」已告一段落，結束了省親次年夏天的情節。第三十七回從省親次年秋天探春結社另起頭緒。但第三十七回有大段文字寫及湘雲，如在第三十六回末不補寫湘雲回家，次回有關邀請湘雲入社的情節無法展開。這二百餘字是補寫而非原有，可從第三十一回見出。據此回，湘雲在五月初六日重來賈府，來時準備住幾天再回家：

賈母因問：「今兒還是住著，還是家去呢？」周奶娘笑道：「老太太沒有看見衣服都帶了來，可不住兩天？」

但實際上湘雲一直住在賈府，到「識分定」那天，史家才有人來接她，她這次在賈府至少住了三個月。這證明，在第三十一回至三十六回的情節中，曾插入過大量內容，以至延長了湘雲在賈府的時間。

㈥剪接痕跡之六：今本第五十三至五十六回一片係第五次增刪時從他處移入，此片文字本身亦係組合而成

今存己卯本和庚辰本第五十六回末都有雙行小注：「以下緊接『慧紫鵑情辭試忙玉』。」這行文字應是作者自注，己卯原本據作者原稿抄下，今己卯本和庚辰本過錄時，抄手誤以爲是脂評而一起抄錄。它指示出在今五十六回和五十七回之間有過拼接，舊稿中它們

並不連屬。細讀前後正文，果然在此前後發現了今第五十三回至第五十六回乃第五次增刪時插入的證據。這證據是與林黛玉的燕窩粥有關的：

第五十七回慧紫鵑試忙玉，先與其談燕窩：「你都忘了，幾日前你們兄妹兩個正說話，趙姨娘一頭走了進來。我才聽見他不在家，所以我來問你。正是前日你和他才說了一句燕窩就歇住了，總沒提起，我正想著問你。」紫鵑所說之事在今本第五十二回晴雯補裘之前一日，那天寶玉去看望林妹妹：

寶玉又笑道：「正是有句要緊的話，這會子才想起來。」一面說一面挨過身來，悄悄道：「我想寶姐姐送你的燕窩——」一語未了，只見趙姨娘走了進來瞧黛玉，……

如據今本，燕窩之事已至少相隔三個月了，而紫鵑卻一再說是「幾日前」、「前日」，實在大相矛盾。而這矛盾顯然是由於今第五十三回至五十六回一片文字的插入所造成。由此可知，在舊稿中，慧紫鵑試忙玉原緊接在晴雯補裘之後。

這片插入的四回文字亦是以多處文字剪裁組合而成：

其一，「烏進孝送租」一段係從後文剪出接入，或是第五次增刪時添寫。證據就在此段文字內：

賈蓉又笑向賈珍道：「果真那府裡窮了。前兒我聽見鳳姑娘和鴛鴦悄悄商議，要偷出老太太的東西去當銀子呢。」

按，賈蓉所說鳳姐向鴛鴦借當事在今本第七十二回：先是賈璉求鴛鴦「把老太太查不著的金銀傢伙偷著運出一箱子來，暫押千數兩銀子支騰過去」，因鴛鴦未立刻應允，賈璉又讓鳳姐晚上再與她細說，鳳姐乘機借尤二姐周年爲名敲詐了賈璉二百兩銀子。依今本時序，鳳姐借當發生於烏進孝送租兩年以後，賈蓉何能未卜先知？顯然，在舊稿中，烏進孝送租後於借當情節。這是作者按新的構思集中剪裁舊稿的明證。當然還有另一可能：它是作者在輯合第五十三回時添寫的情節，其時第七十四回的借當故事早已寫成，作者在增寫烏進孝送租故事時，記憶中有鳳姐借當的情節，就隨手拈來借賈蓉之口略點榮府經濟入不敷出的窘況，以致造成時間倒置的疏忽。「送租」一段揭示封建社會的地租剝削，對當時社會的經濟形態和貴族地主與莊園農奴的階級對立有極客觀的描寫，是極其寶貴的封建社會經濟史料。如此段情節係作者在成書過程後期添寫，那就更有意義。它證明，雪芹增删剪接舊稿目的之一在於深化小說主題：全面地反映封建宗法家族的典型代表賈氏家族的衰亡史。

其二，元宵夜宴與探春理家情節是作者爲全書結構與風格的變化轉換而剪接連屬的。

今本第五十三回下半及第五十四回共一回半約一萬餘字詳細記述了榮府元宵夜宴的盛況，極盡貴族之家的繁華景象。第五十五回開始轉寫探春理家，內容與風格便迥然相異，蒙戚三本回前總批謂：「此回接上文恰似黃鐘大呂後轉出羽調商聲，別有清涼滋味。」可見作者在連接此兩回時別有深意：以明顯的繁華與清涼的對比顯示全書結構、風格的轉變。

庚辰本第五十五回開始有一段敍述文字，甚可注意：

且說元宵已過，只因當今以孝治天下，目下宮中有一位太妃欠安，故各嬪妃皆爲之減膳謝妝，不獨不能省親，亦且將宴樂俱免。故榮府今歲元宵亦無燈謎之集。

從行文看，在舊稿中它應上承元春省親次年元宵，這個元宵應是「宴樂俱免」且「無燈謎之集」的冷落節日，與第五十四回的大張筵宴、演戲取樂不符。第五十五回首這段敘述，爲第五十八回賈母等離家一月送老太妃靈柩入皇陵先作鋪墊，文情必不可少，但與上回實無聯繫。從版本情況看，這幾行敘述文字僅見於庚辰本，蒙戚三本、列藏本、楊藏本及夢覺本皆無（已卯本此回原缺上半回），而各本第五十八回皆有「誰知上回所表的那位老太妃已薨，凡誥命等皆入朝隨班按爵位守制，……賈母、邢、王、尤、許婆媳祖孫等皆每日入朝隨祭至未正後方回」諸語（各本有微異，此據庚辰本），顯示出庚辰本第五十五回的開首係舊稿原有。可能因其與第五十四回的連接方圓鑿枘，作者（或脂硯等人）又將它删去，以致第五十八回「上回所表的那位老太妃已薨」之語失去頭緒。

其三，第五十六回賈寶玉夢遇甄寶玉應係從省親次年孟春移至此回。

第五十六回回目爲「敏探春興利除宿弊，時寶釵小惠全大體」，寫至寶釵訓話，回目所示內容已經寫完；而此後忽又接入一段甄家女人請安、賈寶玉夢遇甄寶玉的故事，與上下文均不相銜接。因此段故事有甄寶玉「今年十三歲」之説，又有麝月引賈母「人小魂不全」，「小人屋裡不可多有鏡子」等語，故知夢遇故事中賈寶玉亦十三歲，正當他省親次年的年齡。所以它應是從省親次年孟春故事中剪出移置第五十六回的。如是作者臨時添寫，就不會產生賈寶玉年齡過小的矛盾。

㈦剪接痕跡之七：二尤故事集中於第六十三至六十九回即賈敬死後的半年內，它們至少是三年內容的集中緊縮

二尤故事在全書中是相對獨立的部份，作者將其集中於賈敬死後的半年左右時間內，即探春理家之年的六月至年終，文筆縱恣酣暢，不但其中主角鳳姐、二尤等人物形象刻劃生動精細，其中次要人物賈珍、賈璉、賈蓉乃至興兒、秋桐等人的性格也很鮮明突出，實爲全書中最吸引人的部份之一，可稱之爲曹雪芹仿太史公筆法之〈二尤列傳〉。從文學創作角度分析，這樣集中情節是必要的。然如從成書過程考察，可見這部份內容至少是三年以上情節的集中，因爲只有這樣解釋方能說明這片文字中存在的許多時間矛盾。

先看今本從賈敬暴卒至三姐自刎一段（即第六十三回下半回至第六十六回）的正文描述：

⑴據第六十三回，賈敬死於寶玉生辰的次日，正當芍藥花期，故其時爲四月中旬。尤氏得信，「掐指算來，至早也得半月工夫，賈珍方能來到」，故第六十四回交代賈珍擇「初四日卯時請靈柩入城」，應是五月初四。按可卿喪事規矩，七七四十九日出殯，已是六月上旬。賈璉趁珍、蓉、尤氏等在鐵檻寺守靈找二姐鬼混，賈蓉作媒，擇初三日迎娶二姐，至早已是七月初三（第六十四回黛玉祭奠一段可證明係後來剪輯此處，略去不計，詳後）。則婚

後兩個月賈璉赴平安州約當九月初，賈璉路遇薛蟠和柳湘蓮，爲尤三姐作伐，半月工夫才回，已是九月下旬。因此尤三姐之自刎，至早也已是九月底、十月初。這就與薛蟠、柳湘蓮的行動產生了矛盾：

A，第四十八回交代，薛蟠十月十四日南行，預定第二年春天北上，趕在端陽前回京。如按上述賈璉行踪，薛蟠早已回京，雙方無論如何也不可能在九月路遇。第六十七回薛姨媽也對薛蟠說：「人家陪著你走了二、三千里的路程，受了四、五個月的辛苦。」可見薛蟠確是按預定的日程春天回京的。薛蟠和湘蓮的行踪既不誤，則賈璉只可能春天路遇薛蟠和柳湘蓮。因而賈璉的偷娶等日期必然有錯。

B，第六十六回有「誰知八月內湘蓮方進了京」之交代，說明萍踪浪跡的柳湘蓮春天與賈璉等分別後竟在外又流連了好幾個月，實出乎賈璉等人的意料。湘蓮回京後從寶玉處得知尤三姐的身世，頓生悔婚之意，親去索取鴛鴦劍，三姐當場自盡，故三姐之死應係八月。由此可見，此片文字中有關二尤、湘蓮、薛蟠和賈璉等人的情節出現了大量時空背景不一致的矛盾。

(2)關於賈敬死期，也是矛盾百出：

A，第六十四回寫賈敬出殯後停靈於鐵檻寺，「賈珍、尤氏並賈蓉仍在寺中守靈，等過百日後方扶柩回籍。」賈敬死於四月中旬，則賈珍自應於八月（如從出殯算起，應在十月）送靈柩南歸。但第六十九回寫明賈珍扶柩南下安葬係「臘月十二」，則賈敬停靈已有半年：

均與前面交代不符。

B，第七十六回賞中秋，賈母對尤氏說：「可憐你公公已是二年多了。」按書中正面所敘，僅一年零四個月。

以上矛盾的產生，只能用作者剪接集中舊稿來解釋。將這些矛盾情節聯繫起來考慮，賈敬暴亡的時間應在某年秋，這樣賈珍方會在臘月十二回南葬父。賈璉偷娶應係同年冬末，所以是在服中娶親。次年春天，賈璉第一次赴平安州，才能路遇薛蟠和柳湘蓮。這樣，平安節度使囑賈璉「十月前後務要還來一次」而賈璉去時節度使又出巡在外方合乎情理（第六十六回），「誰知湘蓮八月內方進了京」這類事出意外的語氣才合乎故事背景。這樣，尤三姐在二姐嫁後約八、九月便自盡，在這段時間中她經歷了沉淪、抗爭與憧憬的人生歷程，最後終於因對人生的絕望而結束了自己的生命。這是一幕十分深刻的人生悲劇。如據今本正文，尤三姐這人生三部曲僅延續兩、三個月，就未免過於迅速了。當然，由於作者組織情節、刻劃人物的高度技巧，一般讀者均不會注意這些時間矛盾，這裡不過是為研究成書過程而從考證角度加以討論而已。

再看尤二姐被賺入大觀園至她不堪凌辱吞金自盡一段（第六十八回至六十九回）：

據第六十八回，「賈璉十月裡第二次去平安州，回程已是將兩個月的限了」，到家後不久即臘月十二送賈珍扶柩南歸（第六十九回），所以他回京應係臘月初。這兩個月內，鳳姐大顯威風：十月十五日計賺尤二姐，後又賄囑察院、挑唆張華告狀，大鬧寧國府；占盡上風後又假裝賢良，帶尤二姐見賈母，聲稱自己願娶尤二姐作二房，其時當已十一月。鳳姐和賈母都有「一年後方圓房」之說，如賈敬死於上年秋，則至一年後圓房恰二十七個月，合乎侄兒爲伯父服喪三年（實際以九月爲一年）之喪儀。⑱

又據第六十九回，尤二姐是在賈璉回家又娶秋桐後「受了一個月的暗氣」，得病請醫墮胎才吞金而死的，其時至早已是次年正月，而按六十九回正文所寫仍是臘月。這都應係集中情節所致。尤二姐的實際死期在八月中旬，因爲第七十二回賈璉托鳳姐向鴛鴦借當時，鳳姐乘機借「後日是尤二姐的周年」向賈璉敲詐了二百兩銀子，其時約八月初十前後。她從上年十月十五日賺進賈府，十個月後終於被作踐而死。

由此可見，即使是單單爲了容納尤二姐尤三姐的故事，首尾也至少得三年之久。如舊稿中還有其他故事穿插，則二尤故事的延續時間可能更長。因此，二尤故事在作者剪接成回時經過集中是可以肯定的，不然，它們就不可能出現這許多時間矛盾。對此，戴不凡先生〈揭開《紅樓夢》作者之謎〉已提出過類似看法，可以參看。

(八)剪接痕跡之八：「幽淑女悲題〈五美吟〉」及「送土儀顰卿思故里」兩段情節係在二尤故事集中成一大片後方始輯入

在二尤故事段中有兩個情節穿插：第六十四回上半回「幽淑女悲題〈五美吟〉」和第六

十七回上半回「送土儀顰卿思故里」。這兩個情節與二尤故事分明屬於兩條不同的線索，所以它們必定是二尤故事集中成一大片後方始剪接進去的：這樣組接情節使小說的兩條平行線索在故事情節相對集中的情況下仍能按原定構思向前發展，不致因加強了王熙鳳理家線索的情節（二尤故事是圍繞此線索展開的）而忽略了另一條寶黛釵愛情婚姻悲劇線索的存在與展現。然從考證角度看，「幽淑女悲題〈五美吟〉」一節的輯入卻造成了時間安排上的失誤，以致與前後文產生矛盾：

第五十八、五十九回交代，賈母等一行在清明後不久即送老太妃靈柩去皇陵，預計一個月後回家。按清明一般在農曆二月底三月初，故賈母王夫人等無論如何在四月上中旬即寶玉生日之前就該回家了。然據今本第六十四回，她們一直到黛玉作〈五美吟〉的次日方始回來。此回有幾句寶玉對黛玉設祭的猜度：「大約必是七月，因爲瓜果之節，家家都上秋祭的墳，林妹妹有感於心，所以在私室自己祭奠，取《禮記》『春秋薦其時食』之意，也未可定。」這幾句話一下子就把賈母等回府日期推遲到了七月。這顯然與前後文發生了不可調和的矛盾。由此可證：〈五美吟〉一節係從他處剪裁輯入。

因爲〈五美吟〉半回輯入二尤故事片段在文學手法上相當高明，整個情節片斷的描寫也符合人物性格；且蒙戚三本和夢覺本均有「〈五美吟〉與後〈十獨吟〉對照」的雙批，蒙戚三本有論及此段故事的回前後總批，列藏本又有五言標題詩一首：所以第六十四回應係雪芹原作，此剪輯應出於雪芹之手。今存己卯、庚辰本據考證係出一源，此兩本均缺第六十四回和六十七回，那可能是作者臨時抽出改寫所致。第六十四回其他各脂本俱存（舒本、鄭藏本、甲戌本存回較少，只涉及前四十回，不計），文字亦基本一致，作者抽出改寫或與發現〈五美吟〉一節的插入造成小說時序混亂有關。

第六十七回情況比較複雜。此回現存各本文字出入較大，明顯分爲兩個版本系統：戚本、列藏本和夢覺本爲一類，楊藏本和程甲本（蒙府本此回係據程甲本抄補）爲另一類。前者粗糙拖沓，人物形象描繪有失實之處；後者則簡練生動，文字風格與雪芹前八十回其他各回相符：可能戚本系統的是某個讀過原稿之人憑記憶復原，楊藏本系統的乃增刪後定稿。當然，「送土儀」半回與前後回也有矛盾：如它寫薛蟠回京後忙著發貨，過了半個多月方才想起給薛姨媽和寶釵帶的禮物；而第六十六回明明交代「薛蟠不慣風霜，不服水土，一進京時便病倒在家，請醫調治。」這矛盾可能係作者疏忽引起。但因「送土儀」一節與二尤故事無直接聯繫，故亦應是從他處輯入此回。

㈨剪接痕跡之九：抄檢大觀園之年可能是兩年以上內容的剪輯

從第七十回「林黛玉重建桃花社」至第七十九回開始半回共九回半文字又寫了一年，姑稱之爲抄檢大觀園之年。作者對此年情節的安排有一明顯特點：第七十回寫林黛玉吟〈桃花行〉及結社詠柳絮詞反映當年春天大觀園生活，第七十一回開始即寫八月初三賈母八旬大慶，中間有整整半年的時間跳躍。而整個八月的事件，從第七十一回直寫至第七十九回上半回，共占了八回半篇幅。仔細分析這九回半文字，我發現它可能原係兩年以上內容剪輯而成。

其一，第七十回與七十一回之間的大段時間空隙與賈政回京時間的矛盾顯示重建桃花社和賈母八十壽慶原係兩年之事。

第七十回寫林黛玉重建桃花社，未正式開社即因賈政來書六、七月間回京而停頓。後賈政又有賑濟之務，至冬底方回。己卯、庚辰、蒙戚三本、楊藏本和列藏本均同。但第七十一回賈母八十大慶時賈政已在場，似乎他又是在六、七月裡回京的。己卯本不知何人用朱筆在「冬底」旁加了「七月」二字，似已發現其間矛盾。張愛玲〈初詳《紅樓夢》——論全抄本〉認爲：各本所以添寫賈政賑濟冬底方回，「一定是改寫下半回，爲了把那幾首柳絮詞寫進去。」⑲所說雖亦有理，但賈政六、七月裡回京也不妨礙寫柳絮詞，且全書詩詞韻文各體俱全，作者自有總體安排，第七十回寫柳絮詞正合需要，故說作者爲了補寫柳絮詞而推遲賈政歸期理由是不充足的。產生此矛盾比較可能的原因是：賈政仍在冬底回家，次年八月爲賈母做壽。因中間其他情節均已剪裁集中至別處，以至造成第七十回與第七十一回之間的跳躍和賈政回京時間的矛盾。理由有三：

(1)本文第二節已指出：從第三十九回到第七十一回賈母壽辰至少相距八年，但正文只寫有兩年之隔。逐芳官時王夫人說：「前年我們上皇陵去，是誰調唆寶玉要柳家的丫頭五兒了？」從書中看，「逐芳官」與「上皇陵去」亦僅隔一年。這些今本中缺失的時間都應由剪接所產生。故第七十回與七十一回之間因剪裁而跳過一年是很可能的。

(2)上文已論證，尤氏姊妹的故事應是三年以上情節的集中，今本已集中在半年之內，則其原來的位置因情節被剪出必然造成時間空缺，這可能是造成這兩回之間時間跳躍的原因之一。

第七十回與七十一回之間被剪出移置他處的，還可能有今本第二十二回「春燈謎賈政悲讖語」。因抄檢大觀園後不久迎春即出嫁，「春燈謎」半回在舊稿中的位置不可能遲於此年。賈政冬底回家，元宵承歡賈母膝下也合彼時情景和人物關係。

其二，第七十一回至第七十八回構成以抄檢大觀園爲中心的嚴密部份，顯示「姽嫿詞」一段係從他處輯入。

從第七十一回賈母八十大壽至第七十八回芙蓉誄爲止，構成了以抄檢大觀園爲中心的嚴密部分。賈母壽辰命史、薛、林及探春晉見南安太妃，已伏邢夫人「嫌隙人有心生嫌隙」、近連抄檢大觀園，遠繫鳳姐之結局；「鴛鴦女無意遇鴛鴦」又伏下綉春囊事件，關係到抄檢及司棋之被逐。從七十四回、七十七回兩次抄園直至七十八回「痴公子杜撰芙蓉誄」仍是抄檢大觀園餘波。其中七十五回和七十六回寫賞中秋及凹晶館聯詩色彩稍異而亦實關係賈家敗落而不可不寫，整整六回文字圍繞抄檢大觀園之前前後後詳細鋪敘，文字一氣呵成，結構嚴扣密吻，這一大片文字應是同一時期定稿的。

這片文字只有第七十八回「姽嫿詞」一段是例外，與前八十回其他部份故事毫無聯繫，八十回以後因非雪芹原稿當然也沒有照應，以至在全書中成爲一個贅疣。可以相信，雪芹不會因要寫出那篇〈姽嫿詞〉而在書中夾進這段游離章節；在以後事件的發展中，「姽嫿詞」一節必然會起相當大的作用。張錦池先生《論〈姽嫿詞〉在全書結構中的地位》⑳認爲：它可能是賈府抄沒、寶玉入獄的導火線。在文字獄遍及全國的乾隆時代，作者以此影射或有可能。因此，我們可以作此推斷：「老學士閑徵姽嫿詞」一段係在第五次增删時從他處（很可能原在八十回以後）輯入並與「痴公子杜撰芙蓉誄」輯成一回。

四　餘論——研究《紅樓夢》剪接成書過程的意義

上面我們探討了《紅樓夢》成書過程中的剪接問題。筆者認爲，對此課題的探討有三方面的意義：

首先，我們通過對此課題的探索，認識到《紅樓夢》在成書過程中的特點：曹雪芹確係先寫成長篇故事，在創作過程後期方按新的構思將此長篇故事剪接成章回小説，且其間有過多次對故事情節的集中；至於回目的擬寫，則更是在分回確定之後的事。曹雪芹的此種寫作方式既經證實，則裕瑞《棗窗閑筆》中〈程偉元《續紅樓夢》自九十回至一百二十回書後〉謂曾見諸家所藏之八十回後目錄顯非實情。裕瑞此文云：

《紅樓夢》一書，曹雪芹有志於作百二十回，書未告成即逝矣。諸家所藏抄本八十回書及八十回書後之目錄率大同小異者，蓋因雪芹改《風月寶鑑》數次始成此書。抄家各於其所改前後第幾次者分得不同，故今所藏諸稿未能劃一耳。此書由來非世間完物也。……

其〈《後紅樓夢》書後〉又謂：

八十回書後惟有目錄，未有書文，目錄有「大觀園抄家」諸條，與刻本後四十回「四美釣魚」等目錄迥然不同。蓋雪芹於後四十回雖久蓄志全成，甫立綱領，尚未行文，時不待人矣。

而根據我們的討論，小說後半部既未完成正文（指第五次增刪稿），就決無完整的回目；先擬回目再寫書文並非雪芹著書之習慣。程甲本卷首程偉元〈紅樓夢序〉謂：

然原目一百二卷，今所傳只八十卷，殊非全本。……不佞以是書既有百廿卷之目，豈無全璧？

如非托辭，即係誤信他人所撰之回目爲雪芹原目所致。因而對作者創作方式及成書過程之研究，實亦有助於對後四十回著作權的鑒別。

其次，雪芹曾對全書進行兩次剪接之事實可以解釋小說內在的種種矛盾失誤，避免某些誤會和爭執。例如，關於《紅樓夢》的著作權問題，二百年來是一個常常有人提出的問題。的確，人物年齡的不一致和時序倒流的情況在書中是客觀存在，但這都可以用作者曾兩次剪接小說舊稿來說明其原因，並不能因此種情況的存在而邏輯地推得小說非雪芹原作。因而對《紅樓夢》剪接成書特點的研討，實亦有助於《紅樓夢》作者問題的解決。

最後，通過對《紅樓夢》成書過程的考察，我們將能進一步了解作者在多年創作過程中思想的變化軌跡，從本文的探索可知，作者五次增删和兩次剪接的目的都在於盡可能地增強小說的藝術魅力並深化全書主題——賈氏家族的衰亡史和封建時代女性的悲劇命運。《紅樓夢》的成書過程正是它的思想藝術價值不斷提高的過程。對此過程研究的不斷深入，必將進一步幫助我們探索文學創作的一般規律，有助於文學創作和文藝理論的發展。

注：

①詳周紹良先生〈讀甲戌本《脂硯齋重評石頭記》散記〉，載《紅樓夢研究集刊》第三輯。

②詳本書〈富察明義《題紅樓夢》組詩箋證〉。

③見〈揭開《紅樓夢》作者之謎〉，《北方論叢》一九七九年第一期。

④見《石頭記鑒真》。

⑤劉世德先生一九八六年哈爾濱國際紅學會論文〈紅樓夢舒本的價值〉已提出類似意見。

⑥詳本書〈《紅樓夢》第一回析論〉。參見劉夢溪先生〈論《紅樓夢》前五回在全書結構上的意義〉，收入《紅樓夢新論》。

⑦同注①。

⑧同注⑥。
⑨詳見《紅樓夢神話論源》。
⑩見《紅樓夢新證》上册。
⑪同注②。
⑫見〈俞平伯論《紅樓夢》〉，頁五一七—五二五。
⑬同注③。
⑭同注⑫。
⑮詳〈秦可卿晚死考〉，《文藝研究》一九七九年一期。
⑯同注③。
⑰第五十回賈母說：「這才是十月裡頭場雪。」第四十九回寶玉說：「明兒十六，咱們可該起社了。」據此推算，寶琴等人來賈府係十月十五日。
⑱賈敬是賈璉的堂伯，按禮儀只需服喪五個月。如係親伯父之喪，應服喪三年。因寧榮二府關係特殊，故作者特意加重了賈璉的喪服。
⑲見〈台灣紅學論文選〉，選自《紅樓夢魘》。
⑳見《紅樓十二論》。

六、《紅樓夢》版本源流總論

《紅樓夢》版本可以分成脂本和程本兩大系統：今存十一種脂本系統的抄本，除戚寧本過錄時間在清代中葉以後，其他十種抄本的過錄均不會晚於乾嘉時期；程本系統則有乾隆辛亥（一七九一）和壬子（一七九二）的兩種木活字本，今稱程甲本和程乙本。在對這些版本進行各別研究的基礎上，我們可以根據現有的研究成果對《紅樓夢》之版本源流從總體上提出新的假說。

㈠版本分疏①

一　甲戌本

《脂硯齋重評石頭記》十六回殘本，簡稱甲戌本，今存卷首〈凡例〉及第一至八、十三至十六、二十五至二十八回。經研究可對它作如下結論：

(1)據其書口「脂硯齋」的標記及第一回「至脂硯齋甲戌抄閱再評」之內證，其底本（或祖本）即甲戌原本應是乾隆十九年甲戌脂硯齋開始抄閱再評的自留本。故所謂「甲戌本」的涵義與「己卯本」、「庚辰本」不同：後二者指版本的定稿年代，而前者係指甲戌原本開始抄錄的年代。因此，作者在乾隆十九年甲戌已經定稿多少回與甲戌原本共有多少回沒有關係。憑現有的文獻資料，亦難以肯定作者在甲戌年已經定稿的回數。

(2)今甲戌本第一回頁八有署「甲午（申）八日（月）」的脂硯齋眉批②，顯示甲戌原本在脂硯齋手中至少保存到乾隆二十九年甲申（一七六五）。故脂硯齋在乾隆十九年甲戌之後仍可不斷爲自己的自留編輯本補充作者陸續定稿的正文並加上批語，曹雪芹的其他至親好友亦可能於上寫評。在脂硯齋逝世前，甲戌原本至少應有正文八十回，且錄有己卯、壬午、甲申等年的大量脂批。

(3)今甲戌本第一回頁十有署「丁亥春」的朱筆旁批，與墨抄正文同一筆跡，故今甲戌本是乾隆三十二年丁亥春以後的過錄本。除第一回回前總評竄入〈凡例〉爲第五條而外，今甲戌本還大體保持著甲戌原本的抄寫款式與面貌（據考，甲戌原本抄寫款式爲每面十二行，行二十字；今甲戌本爲每面十二行，行十八字）。

(4)今甲戌本卷首〈凡例〉（第五條除外）係甲戌原本卷首所有之文字。一般而言，〈凡例〉的擬寫應在全書完稿之後，而曹雪芹從甲戌年開始的第五次增刪僅完成八十回，脂硯齋並無爲甲戌原本撰寫〈凡例〉的可能。且〈凡例〉第一條即稱「《紅樓夢》旨義」，顯示它係爲《紅樓夢》而非爲《石頭記》擬寫。據第一回正文「曹雪芹於悼紅軒中披閱十載，增刪五次，……至甲戌脂硯齋抄閱再評，仍用《石頭記》」，知曹雪芹在乾隆十九年甲戌之前已經創作十載；而〈凡例〉末脂硯齋所題七律末聯爲「字字看來皆是血，十年辛苦不尋常」，兩相合看，可以確定「浮生著甚苦奔忙」七律的寫作時間乃在乾隆十八年底、十九年初。這也就是〈凡例〉的寫作時間。這證明〈凡例〉原係脂硯齋爲第四次增刪稿即明義所見《紅樓夢》舊稿而撰寫（第五條除外）。脂硯齋在甲戌抄閱再評時，將此〈凡例〉保存在自留編輯本之卷首，因而爲今甲戌本所過錄。

(5)唯〈凡例〉第五條稱小說爲《石頭記》，且以記錄作者談話之形式解釋第一回回目之涵義並兼及作者之創作動機，顯示它係甲戌脂硯齋抄閱再評時所作之第一回回前總評，今甲戌本過錄時竄入〈凡例〉。

二　己卯本與庚辰本

《脂硯齋重評石頭記》己卯冬月定本和庚辰秋月定本，今稱己卯本與庚辰本。它們從總體到細節均十分相似，顯係同出一源。據研究，可得如下結論：

(1)今存己卯本和庚辰本分別出自己卯原本和庚辰原本。乾隆二十四年冬，第五次增刪稿前八十回（除第六十四、六十七回）已經定稿並抄成己卯原本，其上已錄有脂硯齋前四次的評語。次年庚辰春夏間，己卯原本爲怡親王弘曉借以過錄，即今存己卯本。③當年秋，作者又對己卯原本進行少量點改，即成庚辰原本。今存庚辰本是乾隆三十二年丁亥夏以後的過錄本④。

(2)由於己卯本多人分抄一回的特殊抄寫方式，使它還忠實地保留著己卯原本的面貌（可能缺朱筆旁、眉批）。庚辰本與己卯本如此相似，也說明它保持了庚辰原本的基本面貌。

(3)由於庚辰原本和己卯原本實即同一抄本，故在庚辰秋以後，庚辰原本的過錄本就可能同時帶有己卯原本和庚辰原本的文字特徵。今庚辰本文字有時同甲戌本而異己卯本，顯示它所據以過錄的底本（或即庚辰原本）已爲人用甲戌原本加以校改。

三　蒙府本、戚滬本和戚寧本

《石頭記》蒙古王府本、戚滬本和戚寧本面貌十分相似，經研究可知：

(1)蒙、戚三本是脂本系統的一個獨特分支，出自一個共同的祖本。蒙、戚三本的共同祖本已有第六十四回，且已由其整理者撰寫了大量回前後總評（其中大多係韻文）和部分旁批。此共同祖本係來自庚辰原本的某傳抄本，它已爲人用甲戌一系的版本校改，帶有己卯、庚辰、甲戌等本的文字特徵。

(2)蒙古王府本前八十回原抄完成於乾隆五十六年程甲本出版以後，因爲其第六十七回係據程甲本配補，且較之程甲本有六處大段脫漏。在流傳過程中它散失了第五十七至六十二回，今存此六回與後四十回係用程甲本同時配抄⑤。蒙古王府本有今存各脂本均無的六二三條旁批，其中有部分是脂批。

(3)戚滬本的直接底本是蒙府本的姊妹本⑥，它已對蒙、戚三本的共同祖本進行過再次整理，且較蒙府本缺少七七一條旁批，戚滬本的過錄時間約在乾隆五十年左右。它的第六十七回可能是某個讀過曹雪芹原稿者憑記憶復原。

(4)戚寧本很可能即過錄自戚滬本，其過錄時間至早亦已在清代中葉以後，甚至可能更晚。

四　楊藏本、舒序本、列藏本與鄭藏本

楊藏本、舒序本和列藏本均是拼配本，它們彼此互有聯繫。鄭藏本雖僅留存兩回，其文字與列藏本亦有某些關聯：

(1)楊藏本前八十回乃脂本系統抄本拼配。且至少由四個以上的本子抄配而成：其第一至七回的底本爲己卯原本的傳抄本⑦；其第二十五、二十七回與列藏本出於同一祖本；其他部分則至少有兩個以上的脂本爲底本，目前可肯定其中第二十九、五十八、六十六、六十八、六十九等回與蒙、戚三本有密切關係，它們很可能即來自蒙、戚三本的共同祖本（或其傳抄

本）。楊藏本的後四十回係據程乙本過錄，其中有十九回是程乙本的簡抄本（八一—八五，八八—九〇，九六—九八，一〇六—一〇七，一一三，一一六—一二〇），因而楊藏本原抄的過錄時間應在乾隆五十七年以後，約在乾嘉之交。在流傳過程中它佚失了某些部分，今存此本的第二十二、五十三回係道光九年前據程乙本抄補；楊繼振於道光九年收藏後據程甲本抄補了第四十一至五十回，以及一些零星殘損書頁。此本已爲人用程乙本塗改。

(2)舒序本在乾隆五十四年時抄成八十回，乃據兩個底本拼配；而此兩個底本或本身又有拼配，故其成分相當複雜。在現存的四十回中，可以肯定其版本來源者爲：其第七、八回和第十五、十六回與列藏本同出一源；其第二十二回回末完整同蒙、戚三本，第五回回目又獨與蒙、戚三本相同，顯示它有部分來自蒙、戚一支。舒序本的其他部分可能自庚辰原本的某傳抄本過錄，但文字經過後人修改整理，與他本有較大差異。其第九回結尾與諸本不同⑧，極可能係乾隆甲戌前第四次增删稿之文字。

(3)列藏本亦係拼配本，其正文大部分來自己卯庚辰原本一系的抄本，混有己卯原本和庚辰原本的特徵（可肯定者有一—四，一九—二二，三八—四〇，五六—五八，六五—六六，七二—八〇）。其第七、八回和第十五、十六回來自舒序本（或其底本），其第二十五、二十七回與楊藏本同出一源，其第六十七回和七十一回則來自戚序本（或其底本）。列藏本的正文與回目有不規則的交叉現象出現（如其第七回回目同藏戚三本，正文同舒序本；第二十五回回目同舒序本，正文同楊藏本；第三回回目同戚序本，正文與庚辰本相近），顯示其祖本們曾經過多次傳抄與拼配，它已是一個血統非常複雜的版本混血兒。列藏本的抄成時間不能早於乾隆末期。

(4)鄭藏本僅存第二十三、二十四回，其書口與回首《紅樓夢》、《石頭記》兩名並出。正文與他本多有差異，且有大段刪節與修改。如第二十三回刪去黛玉聽〈牡丹亭〉曲一段心理描寫，第二十四回有關小紅的文字被大量刪除並改寫。人名亦多改易，如各本之「檀雲」，楊本為「晴雯」，鄭本與列本作「紅檀」，顯示它與列本或有關係。由此可見，鄭藏本的抄成時間當已較晚，應已在乾嘉之際。

五　夢覺本和程甲、乙本

《紅樓夢》夢覺主人序本八十回，其序文作於乾隆四十九年秋，當即此本抄寫的年代。夢覺本是從脂本到程甲本的過渡本，凡是程甲本前八十回與早期脂本的差異，絕大多數在夢覺本中已經出現⑨。程偉元和高鶚據以整理的程甲本前八十回（第六十七回除外）底本，很可能即是夢覺本或與夢覺本同一分支的版本。

夢覺本的底本帶有大量脂評，其祖本乃庚辰原本系統的傳抄本，曾被人用甲戌原本（或其過錄本）校改過。夢覺本的整理者，又作了大量的刪改，其中包括：大段刪除正文，刪卻脂評，縮寫情節，修改詞句等等。除了縮寫情節外，這些刪改幾乎全部被程甲本所繼承。

程偉元和高鶚在夢覺本（或其同支抄本）的基礎上編輯程甲本，刪除了所有的脂評（除第一回混入正文的回前總評外），改以楊藏本一系的第六十七回代替夢覺本的此回，並進一步對前八十回作了增刪改動。其修改範圍之廣，數量之多，不僅涉及全書的情節內容，而且在一定程度上改易了人物性格和作品的主題思想。程乙本則在程甲本的基礎上再次大作修改，其面貌與早期脂本相比已產生很大差異。

(二)脂本的兩大分系：甲戌原本系和己卯庚辰原本系

綜上所述，可見在曹雪芹生前，作者和脂硯、畸笏手中掌握有兩本清稿：一是脂硯齋的自留編輯本甲戌原本，二是己卯冬月定本即己卯原本，經庚辰秋月重定爲庚辰原本。這兩本清稿除文字差異外，抄寫款式亦不同：甲戌原本每四回裝訂一册，每面字數爲12×20共240字；己卯原辰原本每十回裝訂一册，每面字數爲10×30共300字。今存甲戌本和己卯本、庚辰本分別從這兩本清稿過錄，確證了它們之必然曾經存在。除了這三個早期脂本外，其他八個脂本均在傳抄過程中經過後人不同程度的整理、修改或拼配（有的版本且不止一次），與原作已有較大差距。

綜觀今存的十一種脂本系統抄本，可知它們實際上分成兩系：甲戌原本系和己卯庚辰原本系。前一系僅存一本，即今甲戌本；後一系則包括了己卯本、庚辰本、蒙戚三本、楊藏本、舒序本、列藏本和夢覺本（鄭藏本雖存留部分太少難以確定，但亦不妨歸入此系）。這兩系版本的文字有顯著不同。試以第一回和第五回取樣分析。

第一回：

(1)甲戌本卷首有〈凡例〉，他本均無。

(2)甲戌本第一回無回前總評（已混入〈凡例〉，爲第五條）。他本第一回均有回前總評，除夢覺本外，均已混入正文：其中，庚辰、楊藏、舒序、夢覺等四本有總評兩條，蒙戚三本和列藏本奪漏第二條，其文字皆基本同庚辰本（己卯本缺，但可從楊藏本推知），而與甲戌本〈凡例〉第五條大異。

(3)甲戌本第一回有一僧一道與青埂峰頑石對話一段共四二九字，他本均無（己卯本殘缺，但從所缺頁數並結合楊藏本文字推測，亦無此段文字）。據考證，此段文字應爲作者原稿所有，並非甲戌本妄添。造成這種大段奪漏情況的原因可能是：己卯原本的抄寫者將作者的原稿多翻過一頁，以致脫漏對合的兩面之文字。今庚辰本、楊本、蒙戚三本和舒本皆以相同的十一個字：「來至石下席地而坐長談見」連接上下文；夢覺本和列藏本雖有微異，亦係抄手之誤：夢覺本「談」作「嘆」，江淮方言音同而誤；列藏本倒「而坐」爲「坐而」，又「見」字增爲「只見」，其底本文字亦同庚辰等本之十一字則無問題。

(4)在自敍創作過程的一段中，甲戌本比他本多出「至吳玉峰題曰《紅樓夢》」和「至脂硯齋甲戌抄閱再評仍用《石頭記》」兩句。

這裡，各脂本明顯地表現出異甲戌本而同庚辰本的特徵。特別是同樣奪漏四二九字，以同樣的十一個字相連接，更確切無誤地顯示了它們與庚辰原本（其前身爲己卯原本）的血緣關係。

第五回：

此回末關於寶玉與兼美成婚一段約四〇〇字，而甲戌本與各本的較大差異達十餘處：

(1)將謹勤有用的工夫，置身於經濟之道。（甲戌）
　留意於孔孟之間，委身於經濟之道。（他本；舒作「要身」，形誤；楊作「經紀」，音誤）

(2)推寶玉入帳（甲戌）
　推寶玉入房，將門掩上自去。（他本；舒「自去」作「去了」）

(3)未免有陽台巫峽之會，數日來柔情綣繾（甲戌）
　未免有兒女之事，難以盡述。至次日便柔情繾綣（他本；夢覺作「綣繾」）

(4)那日警幻攜寶玉、可卿閑遊至一個所在（甲戌）
　因二人攜手出去遊玩之時，忽至一個所在（他本；楊奪「之時」，「因二人」作「二人因」：庚作「忽至了」）

(5)忽爾大河阻路，墨水淌洋（甲戌）
　迎面一道黑溪阻路（他本）

(6)寶玉正自徬徨，只聽警幻道：「寶玉再休前進！」（甲戌）

正在猶豫之間，忽見警幻從後追來告道：「快休前進！」（他本；庚「從後」作「後面」）

(7)則深負我從前一番以情悟道、守理衷情之言（甲戌）

則深負我從前諄諄警戒之語矣（他本；楊奪「之語」）

(8)寶玉方欲回言，……竟有一夜叉狀怪物攛出直撲而來。（甲戌）

話猶未了，……竟有許多夜叉海鬼將寶玉拖將下去。（他本；夢覺奪「竟」，蒙戚三本奪後一「將」字）

(9)一面失聲喊叫：「可卿救我！可卿救我！」慌得襲人、媚人等上來扶起拉手說（甲戌）

一面失聲喊叫，「可卿救我！」嚇得襲人輩眾丫環忙上來摟住叫（他本；「嚇」或作「唬」）

(10)秦氏在外聽見，連忙進來，一面說：「丫環們，好生看著貓兒狗兒打架。」又聞寶玉口中連叫「可卿救我」，因納悶道：我的小名這裡沒人知道，他如何在夢裡叫出來？（甲戌）

卻說秦氏正在房外囑咐小丫頭們好生看著貓兒狗兒打架，忽聽寶玉在夢中喊他的小名，因納悶道：我的小名這裡從沒人知道的，他如何知道，在夢裡叫出來？（庚辰；他

本偶有微異）

⑾此回回末詩聯甲戌本尚無，他本作：

夢同誰訴離愁恨，千古情人獨我知（己卯，楊本）

一場幽夢同誰近，千古情人獨我痴（庚辰；舒本「近」作「訴」，「痴」作「知」）

一枕幽夢同誰訴，千古情人獨我痴（戚；蒙「訴」作「訢」）

一覺黄梁猶未熟，百年富貴已成空（夢覺）

由此可見：在乾隆二十四年己卯冬之前，作者曾對第五回「夢遊」一段作過修改，並補擬了回末詩聯。己卯原本抄寫者照此修改補擬文字抄錄，庚辰秋作者又對回末詩聯作了改寫。以後各本，除夢覺本妄行另擬回末詩聯外，其他各本的此段文字及回末聯詩皆顯然來自己卯庚辰原本（列藏本、鄭藏本此回缺如，無實證），再次顯示出它們與己卯庚辰原本的血緣關係。

㈢版本源流總論

爲了解釋甲戌原本和己卯庚辰原本兩大系版本形成的原因，筆者認爲有必要作一假設：甲戌原本既是脂硯齋的自留編輯本，則己卯原本很可能是畸笏叟的清抄本。己卯原本不可能係脂硯齋所抄錄，因爲第一回一僧一道與石頭對話一段四二九字的脱落是脂硯齋所不可能出現的失誤。這樣，我們就可以對《紅樓夢》的版本源流作出如下總説：

乾隆十九年甲戌曹雪芹開始進行第五次增删，脂硯齋亦隨而開始抄閱再評。至己卯冬脂硯齋的這本自留編輯本當已積累至八十回，此即甲戌原本。

乾隆二十四年己卯冬，畸笏叟據作者稿本抄成己卯原本八十回。次年庚辰春夏間，畸笏叟陸續將己卯原本借予怡親王弘曉過錄，即今怡王府抄己卯本。據考，畸笏極可能即是曹頫⑩。如所周知，曹頫乃怡賢親王允祥的門下士，允祥雖已於雍正八年早逝，曹頫與允祥之子怡親王弘曉仍有密切聯繫之可能，故曹頫將自己抄錄的己卯原本借給弘曉過錄很合情理。庚辰秋，己卯原本經作者重定爲庚辰原本。這樣，從嚴格的版本意義上説，此後己卯原本即已不再存在。但實際情況卻是：庚辰原本的正行文字，即己卯原本之文字，點改旁添文字才是庚辰秋之所重定，因而乾隆二十五年庚辰秋以後的過錄本就可能既帶有己卯原本的特徵又帶有庚辰原本的特徵，它們必定會成爲己卯原本和庚辰原本初步混血的本子（混血的比例和程度不一致），因爲抄手不可能嚴格地全按正行文字或全按旁改文字過錄，其間必然有取舍側重。

作者與脂硯先後於乾隆二十七年壬午、二十九年甲申去世，以曹頫的身分，他自可獲得作者之原稿及脂硯齋的甲戌原本。故在此後，他有可能在甲戌原本上批寫他自己的評語（最明顯者，爲第一回頁十署「丁亥春」之旁批，第十三回自稱「老朽」的回後批），也有可能據甲戌原本部分點改他自己的己卯庚辰原本或其過錄本，並且繼續在甲戌原本和己卯庚辰原本上加寫總批、旁批和眉批。因而今存乾隆三十二年丁亥春以後過錄的甲戌本和丁亥夏以後過錄的庚辰本有遠較乾隆二十五年過錄的己卯本爲多的脂評。

這種經用甲戌原本校改過的己卯庚辰原本（或其過錄本）如被人再次傳抄，則此傳抄本就可能同時帶有己卯、庚辰、甲戌原本文字的特徵。這種傳抄本經過乾隆中期某人的整理，就形成了今蒙、戚三本的共同祖本。

以這種方式形成的己卯、庚辰、甲戌原本的不同成份的混血兒們如經過不同的途徑爲後人所刪改、整理或拼配，就形成了今夢覺本、程甲本底本一支的版本以及楊、舒、列等拼配本。當然，上述過程是在三十年左右的時間內陸續完成的。其間每一途徑都可能經過不止一次的傳抄與整理。

據乾隆五十七年程乙本〈引言〉「是書前八十回藏書家抄錄傳閱幾三十年矣」可知，此書之從作者圈子內向外傳抄已在曹雪芹和脂硯身後。則主持這項傳抄工作的應非畸笏莫屬。經由畸笏向外傳抄的版本，當然是他自己的清抄本己卯庚辰原本。今存十一種脂本內甲戌原本系的抄本僅存一個，與此系抄本在當時數量即較少有關。

綜上所論，我們可以列出《紅樓夢》版本源流簡表：

《紅樓夢》版本源流簡表

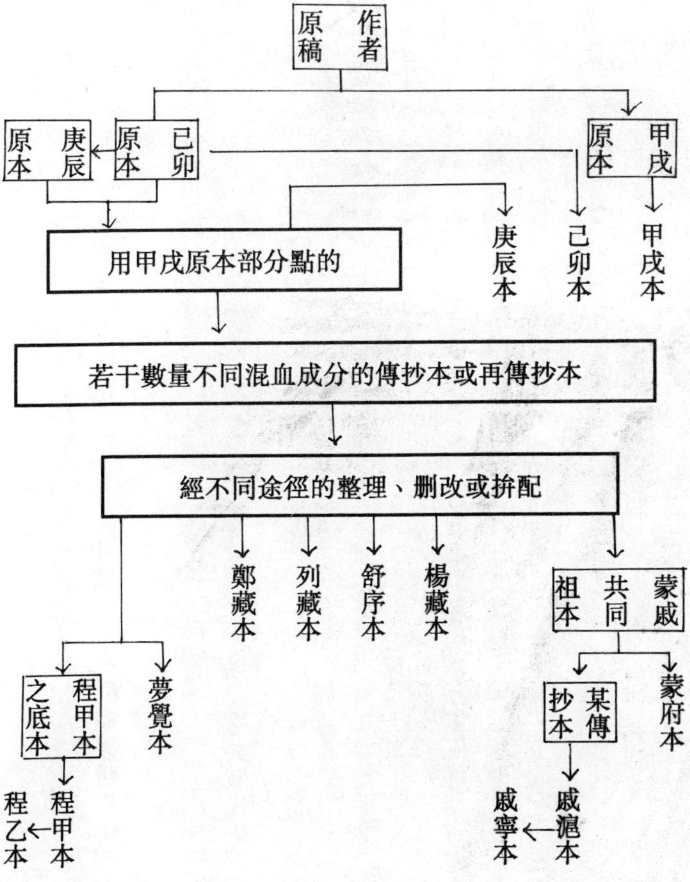
作者原稿
己卯原本
庚辰原本
甲戌原本
用甲戌原本部分點的
庚辰本
己卯本
甲戌本
若干數量不同混血成分的傳抄本或再傳抄本
經不同途徑的整理、刪改或拚配
鄭藏本
列藏本
舒序本
楊藏本
蒙戚共同祖本
程甲本之底本
夢覺本
某傳抄本
蒙府本
程甲本
程乙本
戚滬本
戚寧本

注：

①詳拙作〈紅樓夢論源〉，將編入古代文獻研究叢書，由江蘇古籍出版社出版。

②參見俞平伯先生〈記「夕葵書屋《石頭記》卷一」的批語〉，《紅樓夢研究集刊》第一輯。

③參見馮其庸先生《夢邊集》三一五—三二二頁。

④庚辰本上有與正文同時過錄的四條眉批，均署「丁亥夏，畸笏叟」，見影印本五〇九，五八六，五九九，六〇〇頁，故今庚辰本的過錄應在丁亥夏以後，參見應必誠先生〈論《石頭記》庚辰本〉六三頁。

⑤參見林冠夫先生〈論王府本〉，《紅樓夢學刊》一九八一年第一輯。

⑥參見林冠先生〈論《石頭記》王府本與戚序本〉，《文藝研究》一九七九年第二期。

⑦參見林冠夫先生〈談楊本〉，《紅樓夢研究集刊》第二輯。

⑧參見劉世德先生〈論《紅樓夢》舒本的價值〉（一九八六年哈爾濱國際紅學會論文）。

⑨參見王佩璋女士〈曹雪芹的生卒年及其他〉，《文學研究集刊》第五輯（一九五七年五月）。

⑩參見趙岡先生〈紅樓夢新探〉，皮述民先生〈補論畸笏叟即曹頫說〉，戴不凡先生〈畸笏叟即曹頫辨〉等文。

七、曹寅考

曹寅（一六五八—一七一二），《紅樓夢》作者曹雪芹之祖父。前輩學者鄧之誠、胡適、周汝昌等先生對其生平概況都有考析介紹，然對有關曹家內部的種種：如曹寅與其母孫氏一品太夫人和其弟曹宣的關係問題，尚很少論及。為了深入了解曹雪芹家的內部情況以有助於《紅樓夢》背景和素材之研究，本文擬就此問題試行探討。

(一)曹寅曾為康熙伴讀的佐證

曹寅少年時曾經做過康熙帝的伴讀，這是鄧之誠先生提供的材料。但因出處書名失記，至今未見確切可靠的文字證明。鄧先生治學嚴謹，想必定有所據。近重讀納蘭成德〈曹司空手植楝樹記〉①，覺得其中有一段話似隱喻此事，頗可引為佐證：

余友曹君子清，風流儒雅，彬彬乎兼文學政事之長，叩其淵源，蓋得之庭訓者居多。子清為余言：其先人司空公當日奉命督江寧織造，……衙齋蕭寂，攜子清兄弟以從，……其書室外，司空親栽楝樹一株，今尚在無恙。……余謂子清：「此即司空之甘棠也。惟周之初，召伯與元公、尚父並稱，其後伯禽抗世子法，齊侯伋任虎賁，直宿衛，惟燕嗣不甚著。今我國家重世臣，異日者子清奉簡書乘傳而出，安知不建牙南服，踵武司空。……」

納蘭成德文中所記與曹寅的對話，應發生在康熙二十三年十一月隨駕南巡之時。文章可能寫於次年初，亦即曹璽去世的第二年。因爲當年五月底曹寅才從江寧乘舟回京，而納蘭成德在五月裡就因病逝世，兩人沒有可能見面。納蘭成德將曹璽手植的楝樹比作召伯的甘棠，這是老生常談，意在捧場，可以不論。但下面一段引周初史實爲喻的文字頗可玩味。曹璽雖説貴爲一品尚書，但那是死後的封典，生前的功績，無論如何也比不上周成王的庶伯父召公；論其實際身份，更不過是包衣奴才，怎能與周公、姜尚那樣的開國元勛相並列。再説頌揚曹璽，談談召伯和燕侯就夠了，又何必大談周公和姜尚的兒子。以納蘭成德的文學才能及處世爲人，當不至於如此胡牽亂扯。從上下文仔細考察分析，納蘭成德這段話應是在用伯禽、呂伋和燕侯等「世臣」比擬曹寅的大有作爲。納蘭成德連用三次類比，語婉意深，不露痕跡，十分巧妙。他先用「伯禽抗世子法」比曹寅少年時任康熙帝伴讀，再用「齊侯伋任虎賁，直宿衛」比曹寅青年時期任康熙帝侍衛，三用燕嗣之享國綿長比曹氏之世代延澤。最後，又用「異日子清奉簡書乘傳而出」，「建牙南服，踵武司空」展望曹寅之將來。徐乾學爲納蘭成德撰墓誌銘，稱其「料事屢中」，這就是一個實例。蓋康熙帝對曹寅今後的安排早有成竹在胸，日侍康熙帝左右的納蘭成德瞭如指掌，故得預言後事於五年之前。

納蘭成德爲什麼要用「伯禽抗世子法」借指曹寅爲康熙帝伴讀呢？查《禮記·文王世子》，內謂：

> （周公）抗世子法於伯禽，欲令成王之知父子君臣長幼之道也。成王有過，則撻伯禽，所以示成王世子之道也，文王之爲世子也。

鄭注：「抗，猶舉也。謂舉以世子之法使成王居而學之。以成王之過擊伯禽，則足以感喻焉。」伯禽實際上就是成王的伴讀，成王犯了錯誤，周公就責打自己的兒子伯禽。代替成王受責，這是伯禽的「光榮」，此即所謂「抗世子法」。

康熙帝八歲登基，爲了學習如何管理國家，需要認真讀書。設立伴讀可以提高皇帝的學習興趣，但伴讀的主要任務還是「抗世子法」。康熙帝的伴讀不止一人，納蘭成德就做過康熙帝的伴讀。這「光榮」任務也部分地落到了曹寅身上，可知曹寅是常常代康熙帝挨打受罵的。人們總是難忘自己的童年小友，皇帝也何嘗例外。日後康熙帝對曹寅特別寵信，主要原因在此。

我們讀愛新覺羅·溥儀的回憶錄《我的前半生》，裡面就有相仿的例子：

> 伴讀者還有一種榮譽，是代書房裡的皇帝受責。「成王有過，則撻伯禽」，即有此古例。因此在我念書不好的時候，老師便要教訓伴讀的人。

溥儀的伴讀之一毓崇就經常代他受過，書中有詳細生動的描述，此處不贅。

因而，上引納蘭成德的一段文字可以作爲曹寅確曾做過康熙帝伴讀的佐證。質之高明，以爲然否？

人名＼年代	順治十一年（1654）	順治十五年（1658）	順治十八年（1661）	康熙元年（1662）
孫　氏	二十三歲	二十七歲	三十歲	三十一歲
玄　燁	三月十八日生	五　歲	八歲。正月初九即位。	九　歲
曹　寅		九月初七生	四　歲	五　歲
曹　宣				二月十二日生

(二) 孫氏爲曹寅生母可能性之探討

曹寅之母孫氏是康熙帝保母，生前已封一品夫人。此材料見於多種清人著作，似無可疑。但清人所謂的「母」，不一定是生母。嫡母、繼母都可以稱「母」，如探春之稱王夫人，賈璉之稱邢夫人。生母有時倒不被稱「母」，如探春之不承認趙姨娘。這是封建宗法社會所產生的怪現象。孫氏是不是曹寅的生母？在我們看來，孫氏生曹寅的可能性甚小。請先看孫氏、玄燁、曹寅和曹宣年齡對照表②。

從上表可以看出，孫氏二十三歲被選爲玄燁保母，曹寅如爲孫氏所生，則孫氏至遲在順治十四年底（一六五七）已經離開玄燁。而其時玄燁年僅四歲，實際三歲，正當蹣跚學步，呀呀學語，最需保母提抱照拂，似無此時即將保母放出之理。有人說孫氏是玄燁乳母，可是蕭奭《永憲錄續編》載明曹寅「母爲聖祖保母」。且據尤侗《曹太夫人六十壽序》介紹，孫氏嫻熟文史，非一般僕婦可比，從她的文化程度看也以任保母爲宜。據記載，清朝每個皇子例用乳保等共四十人，其中乳母與保母各八人，她們的身份和職責都不同。福格《聽雨叢談》言及明制乳母「須有夫，年十五以上二十以下」，「乳母本終身不得出，至崇禎乃令乳皇子至七歲放出」。清初規章多承明制，孫氏如做玄燁乳母年齡已超過規定，即使她是乳母，玄燁四歲時也還不能離開。清皇室也未必會仁慈到在乳保任職期間讓她們回家探親。玄燁於順治十八年正月初九即皇帝位，年方八歲，實際不足七歲，孫氏於此時放出較爲合理。而當時曹寅已經四歲，故孫氏不可能是曹寅的生母。

松枝茂夫教授認爲，孫氏是十二、三歲時被挑入宮的秀女，在宮中任女官，後選爲玄燁保母，二十五歲出宮嫁與曹璽③。如松枝教授的見解成立，則孫氏正好可以成爲曹寅生母。但據吳振棫《養吉齋叢錄》卷二十五，清朝秀女遣出的年齡是有規定的：

舊制挑選秀女，……康熙間年三十以上遣出，雍正間年二十五遣出。

孫氏任保母是順治間事，應同「康熙間三十以上遣出」的定例。查孫氏三十歲正當順治十八年，即玄燁繼位之年，與我們上面推測的相同。因此，即使孫氏是以秀女身份入宮，由女官而爲保母，她也不能生曹寅。而且，在這種情況下，孫氏嫁曹璽已三十歲，當時社會普遍早婚，曹璽又至少比孫氏年長十三歲④，孫氏就只可能是曹璽的續弦夫人了。

總之，無論哪一種情況，孫氏是曹寅生母的可能性都極小。既然如此，我們又何必囿於原先的結論，而不擴大一些考察的範圍？在那一夫多妻盛行的時代，曹璽按照慣例總得有幾房姬妾。這些姬妾之中的任何一個都有生曹寅的可能。曹寅如是姬妾之子，按宗法規定，亦應以孫氏爲母。

如果上述推斷不誤，則我們要進而探討另外一個問題：曹寅的生母是誰？

㈢曹寅的生母應是顧氏

鄧之誠和周汝昌先生在五十年代就指出了顧景星與曹寅的舅甥關係，可是感到難以解釋。我們是否可以將兩位先生的研究成果推進一步呢？先讓我們清理一下有關材料。

顧景星的《白茅堂全集》是編年的，有關史實都很清楚。康熙十七年（一六七八）詔開博學鴻詞科，顧景星被迫赴京，途中墜車骨折，實際到京已是次年元宵以後。曹寅時年二十二歲，在京任鑾儀衛治儀正。《楝亭詩鈔》卷一有〈春日過顧赤方先生寓居〉七律一首，而顧景星《白茅堂全集》卷二十亦有〈曹子清饋藥〉一首七律，韻腳全同，顯係和詩。這兩首詩寫於康熙十八年（一六七九）三月，從詩中看，當時顧景星瘧疾復發，卧病寓所，曹寅專程前去探望並贈以治瘧藥物。寅詩末句爲「頻來常帶杖頭錢」，而顧老和詩結句云「別有曹郎分俸錢」：可知曹寅常與顧景星詩酒唱和，還分自己的薪俸爲顧老生活費。四月初一，顧景星抱病爲曹寅撰《荔軒草序》，序中高度贊揚了曹寅的氣質和才能，並云：

> 李白贈高五詩謂其「價重明月，聲動天門」，即以贈吾子清。海內月旦，必以予言爲然。

用李白和高五的舅甥典故（李白詩題爲〈贈從甥高五〉），稱「吾子清」，確是舅舅的口吻。因顧景星再三辭疾，四月三日康熙帝有旨放還。顧老旋即返里，曹寅又設宴餞別並送給路費。三年後顧景星有〈懷曹子清〉排律一首，還念念不忘這一切：

情親何繾綣，餞別倍踟躕。老我形骸穢，多君珠玉如。深慚路車贈，近苦塞鴻疏。

末句證實兩人別後常有魚雁往還，而近來曹寅似受某種阻撓，書信減少。「老我」兩句又明用《世說新語・容止》王濟謂其甥衛玠「珠玉在側，覺我形穢」典，顧景星不是在重申自己舅舅的身份嗎！可是，年輕的曹寅雖然對顧老百般關照，卻似有隱衷，遲遲不敢在詩文中公開承認兩人的舅甥關係。直到康熙三十九年（一七〇〇）顧景星棄世十四年之後，曹寅才寫〈舅氏顧赤方先生擁書圖記〉，公開稱顧景星爲「舅氏」。此文後收入《棟亭文鈔》，內稱：

然自今以往得睹此卷者尚有日，雖壽至耄耋、子孫滿前，亦終拳拳於二十二年之前也。

其辭頗若有憾於二十二年前之忍情，而欲彌補於將來者。果然，兩年之後的康熙四十一年（一七〇二），曹寅「捐千金，代梓《白茅堂全集》」⑤，由顧景星第三子顧昌一手校正，喻成龍與張士伋作序。張序指出：「而今直指使者巡鹺曹公爲先生宅相」，「宅相」典出《晉書・魏舒傳》，即外甥之代稱。乾隆二十年，顧昌之子顧湛露更明言曹寅「前與徵君燕台雅集，舅甥契誼」⑥：當事人既已承認於前，親友又旁證於後，則顧景星是曹寅之舅，已成鐵案無疑。

這裡我們要特別提出上引〈懷曹子清〉詩中「深慚路車贈」一句來討論。這一向不爲人注意的詩句，正是解開顧景星與曹寅舅甥之謎的鑰匙。此句典出《詩經·秦風·渭陽》：

我送舅氏，曰至渭陽；何以贈之，路車乘黃。

我送舅氏，悠悠我思；何以贈之，瓊瑰玉佩。

〈詩序〉以爲此詩是秦康公念母之作。秦康公母穆姬是晉獻公女，太子申生的女弟，故穆姬的同父異母兄公子重耳是康公之舅。重耳得康公父秦穆公幫助回國爲君，即晉文公。時康公爲秦太子，其母已亡，康公「贈送文公於渭之陽，念母之不見也，我見舅氏，如母存焉。」通常引此典時都用「渭陽」而不用「路車」，因此大家都忽略了。因〈詩序〉有「我見舅氏，如母存焉」句，故此典要母亡後才能用。邯鄲淳《笑林》記一士人母在而對舅言「渭陽之思，過於秦康」，被人譏爲不學無術（詳見《太平廣記》二百六十二）。今顧景星自居舅氏反用此典，我們不能設想以顧老之博學而會不知此典背景，因而我們可以確定：曹寅生母至遲在康熙十八年已經亡故。孫氏決非曹寅生母，因爲當時她好好活著，正在江寧做她的一品夫人。

曹寅既非孫氏親生，舅家又爲顧姓，則其生母爲顧氏可知。顧景星生於明天啟元年（一六二一），較曹寅年長三十七歲，從兩人年齡分析，顧氏應是顧景星之妹。可是顧景星從未提起過她！他只是閃爍其詞，多次用典暗示自己是曹寅之舅，卻不肯直截了當地承認這個事實⑦。原因何在？只有一個答案：其妹地位低微，並非正配，僅是曹璽之妾，正式承認這一點對顧景星來說是痛苦的。

然而，蘄州顧家是官僚世家兼理學名門，顧景星是當代學者名流，何至於把妹妹嫁給八旗貴官爲妾？的確，顧家自動嫁女與曹璽是不可能的。但在社會大變動的時期，不可能的事情會通過另一方式成爲可能。顧氏或許是清兵南下時被劫奪而歸曹璽；或許她與《紅樓夢》裡的英蓮一樣，自幼被拐賣淪落爲婢，後由曹璽收房；或如嬌杏，由封肅之流轉贈曹璽。這位顧氏並不是毫無踪跡可尋的。查《白茅堂全集》卷四十六顧景星自撰家傳，顧家從崇禎十六年（一六四三）正月起一直逃亡在外。先是全家幾乎被張獻忠部下所殺，幸而得免，即避居鴻宿洲，又徙西塞山，僕婢三四人叛去，父子大病兩月；後下九江，姊顧椐病卒；再至江寧，姑劉貞節病逝；冬抵江蘇昆山原籍。順治二年（一六四五），清兵南下，昆山堅拒，清兵屠其城，顧家逃至淀山湖；順治三年（一六四六）；淀山湖兵起，又逃回昆山城。四年中顧家顛沛流離，事故迭起，失落幼妹是很可能的。且南下清兵主力即多鐸率領的正白旗軍，曹璽時應亦從軍南下，更有掠得顧氏之可能。蘄州顧家以理學傳世，貞節女婦代不乏人，家傳均詳細記述引以爲榮；此妹不見家傳，可能因她「失節」爲滿人妾，有辱家聲，顧景星諱言而不書入。後歲月流逝，舊痛漸忘，甥曹寅又「如臨風玉樹，談若粲花」，「貝多金碧，象數藝術，無所不窺；弧騎劍槊，彈棋擘阮，悉造精詣」（《荔軒草序》），足增舅氏光彩，故又與之往來，認其爲甥。

經仔細查對，顧景星似確有一個避而不提的妹妹。顧景星〈先妣李孺人行狀〉謂，其嫡母李氏生亡兄二，妹一，皆殤。姊一，嫁蕭䆮。其生母明氏生一妹，嫁朱爵。而顧昌《耳提錄．神契略》內記顧景星自述：「先君年四十尚無子，嫡母多產女，復聘吾母。」兩相對照，其嫡母李氏至少應有三個女兒。家傳僅記其二，何故？如果這位家傳不載的異母妹確系曹寅生母，那顧曹的舅甥關係正如晉文公和秦康公一樣，「路車」之典可謂用得十分貼切。紅學家們每每奇怪，清初明遺民何以與曹寅特別交好？曹寅風流儒雅，固然是他能得明遺民好感的重要因素，卻並不是決定的因素。根本原因在於：曹寅是顧景星妹妹的兒子，在遺老們看來，他是「自己人」。而在康熙帝眼裡，曹寅「稚歲充任犬馬」，是信得過的嬤嬤兄弟。「英明天縱」的「聖祖仁皇帝」自然樂於利用曹寅的這一特殊條件，讓其發揮專長了。

至於曹寅在青年時期不敢直呼顧景星爲舅氏的原因，我們是這樣看的：當時曹璽及孫氏健在，雖然曹寅在政治上已有一定地位，但正式承認父妾之兄爲舅卻是不策略的。冒犯宗法，自甘「下流」，有礙前程，爲「政治家」所不取。而到康熙三十九年八月，曹璽早已去世，孫氏亦已垂暮，曹寅繼任織造達十年之久，「聖眷優渥」，地位隱固，不妨撰寫〈舅氏顧赤方先生擁書圖記〉一篇之中，三呼「舅氏」，以補當年缺憾。

(四)曹寅和曹宣是異母兄弟

曹宣生於康熙元年，與曹寅相差四歲，如孫氏順治十八年出宮，曹宣有可能是她親生的兒子。爲什麼呢？

曹宣的生母不可能是顧氏。因爲，如曹宣與曹寅同一生母，則曹宣也是顧景星之甥，可是顧景星《白茅堂全集》並無片言隻語涉及曹宣。曹宣品貌出眾⑧，如係顧氏親生，顧景星正好將他們兄弟比爲一對玉樹，今反一字不提，舅氏何得厚此而薄彼？曹寅寫《舅氏顧赤方先生擁書圖記》，也未順帶一筆在京任職的曹宣。張士伋和顧湛露也是這樣。這些都可以旁證曹宣非顧氏所生。它們還可以反證顧氏不是曹璽的原配夫人。因如顧氏是正妻，不論曹宣生母是誰，按禮法他都應呼顧景星爲舅，顧景星也應認其爲甥。只有當顧氏是妾而又非曹宣生母時，顧景星與曹宣才不是舅甥，猶如趙姨娘的兄弟趙國基與賈寶玉之間不存在禮法上的、血統上的舅甥關係一樣。

再從曹宣的經歷看。乃兄幼時就在康熙身邊當差，他卻一直長留在曹璽和孫氏身邊。直到曹璽去世，他還只是蔭生⑨。熊賜履〈曹公祟祀名宦序〉云：

公長子某，且將宿衛周廬，持橐簪筆，作天子近臣；次子某，亦以行誼重於鄉國。

此乃曹宣二十三歲時尚未任職之明證。當時在外旗員子弟十八歲以上非奉特旨不得隨任，看來曹宣應是孫氏親生嫡子，故得康熙帝特准，既可免於當差，又可長留江寧。

再看曹寅的忘年交杜岕（他是顧景星的同鄉好友）的旁證。康熙二十九年（一六九〇）四月，曹寅出爲蘇州織造。九月，杜岕專程從金陵來訪，行前有長詩〈將之吳門述懷呈荔軒〉，裡面有很可注意的內容：

迢遞忽五載，重來續交歡。此事誠曠典，私慶如還丹。譬喻兩琪樹，出處各岩巒：
上枝承雨澤，六根快遊槃。

曹寅在五年前就任內務府郎中，出爲織造乃正常差遣，何「曠典」之有，而使杜岕那樣的高興？他打了個比方來回答。杜岕將曹寅和曹宣兄弟倆比爲長在不同山岩上的兩棵琪樹，而以「上枝」比長子曹寅。「琪樹」典出《山海經．海內西經》，即赤色玉樹，劉禹錫早就用「琪樹」贊譽徐使君的兒子⑩，杜岕又決不會自比玉樹，所以「兩琪樹」只可能是指曹氏兄弟。時曹宣當已任康熙帝侍衛，故「出處」不會是動詞。「出處」也不會是指他們兄弟的仕途出身，因爲他們都是內務府包衣，都從侍衛起家。因此，「出處各岩巒」只能是指曹寅和曹宣非一母所生。長子本非嫡出，今得皇帝特命濟美父職，故杜岕稱爲「曠典」。

將上述三方面綜合起來分析，曹寅和曹宣很明顯不是同母所生的兄弟。可是，曹寅自己曾在詩中稱曹宣「同胞生」「同胚胎」⑪，這又應該如何解釋？《漢書．東方朔傳》對「同胞之徒」注：「胞者胎胞之胞，言親兄弟。」中國封建社會的親屬關係拉得很寬，四世、三世同堂的家庭很多，對同曾祖、同祖兄弟而言，同父兄弟便是親兄弟，故所謂「同胞（或同懷）兄弟」並不非要同父同生母不可，這是父系社會只承認父系血統特點的反映。如雍正五年正月上諭⑫：

官卷之制，內官三品以上及翰詹科道吏禮二部司官、外官藩臬以上、武官提鎮以上之子孫、同胞兄弟、同胞兄弟之子，另編官字號，每舉人進士十名派中官卷一名，副榜如之。

可見官方對「同胞兄弟」的解釋就是同父兄弟。再如李果爲李煦撰行狀，說他有「同懷弟五人」，其實這五位弟弟都不與李煦同一生母，他們兄弟六人倒有四個生身母親⑬。朱彝尊也稱曹宣是曹寅的「同懷子」⑭，可見當時人的理解是一樣的。還有一例：曹雪芹的表兄平郡王福彭乾隆十三年病死，子慶明襲封。兩年後，慶明又死，由福秀（亦曹寅女生）之子慶恒過繼襲爵。慶明、慶恒實際上是堂兄弟。而清〈宗室王公世職章京襲次全表〉在「多羅平信郡王慶明」條下載：「伊胞弟慶恒承襲多羅克勤郡王」（見《關於江寧織造曹家檔案史料》附錄）。以上各例可以證實：當時「同胞」一詞的實際內涵較今爲廣。因之，我們上面的推論「曹寅和曹宣是異母兄弟」還是可以成立。

㈤曹寅和曹宣的兄弟關係

曹寅是曹璽的庶長子，卻實際上承襲了父親的職位、且「聖恩有加無已」，數任巡鹽，貴爲三品通政使；曹宣是嫡子，地位卻大大低於乃兄，不過在京管册府，任侍衛，到晚年還只是物林達（司庫）。這樣，曹寅與孫氏、曹宣之間關係不能很融洽，就是很自然的了。

最早暗示這點的是杜岕。康熙二十四年（一六八五）五月，杜岕送曹寅回京任職，贈以長詩〈思賢篇〉，以曹植作比：

翩翩雍丘王，恐懼承明謁。《種葛》見深衷，《驅車》吐肝膈。

杜岕暗示我們，曹寅的「深衷」就是「昔爲同池魚，今爲商與參」，因兄弟不和而苦悶（見曹植〈種葛篇〉）；而他吐露的「肝膈」就是要登泰山以求仙（見曹植〈驅車篇〉）。何以父親一死，年富力強且政治上春風得意的曹寅會有這類怪念頭？

我們從曹寅南下奔父喪期間所作的〈放愁詩〉⑮裡發現了當時曹寅母子、兄弟不和的跡象：

(1)曹寅悲嘆「五臟六腑，瘡痍未補；芒刺滿腹，荼蘖毒苦」，已大大超出了「愁」的範圍。這或者可用父親新喪，孝子哀毁來解釋。

(2)曹寅宣稱將離家出走，躬耕田畝，饘粥自樂，並以從此家庭和睦爲對母弟的良好祝願：

南山有松，脊令於飛。我今褰裳，採藿採薇。白髮坐堂，綠髮立階，良食衎爾，含飴哺孩。手足輯睦，琴瑟靜偕，千春相保，咫尺莫乖。豐獲勤耨，饘粥傴僂。偶有旨酒，爰念好友。二簋相享，薄醉攜手；俯察濠梁，傍嗤芻狗。

如果不是曹寅一家母子、兄弟大鬧矛盾，曹寅又何至於要「掛冠歸隱」呢？

(3)曹寅提出以求仙學道爲卻愁之方：

仙人羡門，披葉跨鹿；菖蒲紫茸，金丹紅熟。飽食生翼，風雷捧足。抱一以終，返魂於屋。千年萬年，愁不敢出。

證以杜岕「《驅車》吐肝膈」之句，大約當時家庭矛盾尖銳，曹寅傷心之餘，曾萌出世之想。其詳情雖不可知，總是與爭奪織造肥缺及家庭財產繼承權有關。

這使我們聯想到：曹璽死後，曹寅本已奉旨「協理江寧織造」⑯，次年五月卻又回京任內務府郎中，其原因頗費猜測；而杜界〈思賢篇〉一開頭就把曹寅比作讓國不居的季札，也令人不得其解。但如將兩者聯繫起來考慮，問題就豁然開朗了。我們推測，事情可能是這樣發展的：曹璽一死，康熙帝有意讓曹寅繼任，故先命其「協理江寧織造」。但這一任命不會受到孫氏和曹宣的歡迎。當年十一月，康熙帝南巡至江寧，「親臨其署，撫慰諸孤」⑰。孫氏當有見駕機會。她可以向皇帝提出請求。曹寅是「講性命之學」的理學家⑱，最重忠孝友于，就奏請康熙帝更改旨意，讓「愛弟」曹宣承繼父職。但曹宣年青缺乏經驗，難以當此重任，未獲康熙帝批准。爲了照顧孫氏保母的感情，康熙帝命資歷較深的馬桑格任江寧織造暫爲過渡。據《歷朝八旗雜檔》，桑格十二月初三升江寧織造，似爲康熙帝根據曹家情況作出的決定⑲。康熙帝心中自有成算（參看本文第一節），先安排曹寅回內務府任職，曹宣「爲朝廷管册府」⑳，使兄弟倆各得其所。若干年後再將曹寅外放織造，就與庶子襲職無關了，孫氏和曹宣也無話可說。曹寅忠孝友一箭三鵰，豈不妙哉。

曹寅在康熙帝支持下作了戰略撤退，曹宣又如何表示呢？《楝亭詩鈔》卷一有〈黃河看月示子猷〉一首，排在〈北行雜詩〉之前，應是次年曹寅攜家北上途中所作。內稱：

視子負奇氣，聽我播清言；清言亦可飽，萬古多繽翻。……與子共此杯，持身慎璵璠。莫嘆無榮名，要當出籬樊。

曹宣似頗有牢騷不平之意，故乃兄以「萬古多繽翻」的哲理相勸。曹宣何以父親一死就對兄長發牢騷，豈不耐人尋味。其實，不但曹宣，連孫氏對曹寅也是心懷不滿的。康熙三十八年（一六九九），馮景撰《萱瑞堂記》，按照題意，應寫壽母之慈，可文章卻偏大談曹寅之孝，言下似有贊揚曹寅克孝，而致家庭和睦者：

今世使臣，例得養親官所。……臣則無憂北山，子則循彼南陔。雖草木之無知，皆欣欣有以自樂，固無物非忘憂之草，蠲忿之花也。矧聞曹公克孝，令母亦慈。記曰：「有深愛者，必有和氣。」北堂之老，顧而樂之，是家之肥也，瑞莫大焉。

嵇康《養生論》有言：「合歡蠲忿，萱草忘憂」，「忘憂之草」可算題內應有之辭，可何必要扯到「蠲忿之花」呢？據崔豹《古今注》，用合歡贈人可以消怨合好。誰有怨忿？孫太夫人；忿從何來？親生之子不得承繼；忿何得蠲？是「曹公克孝」的效果。馮景引《禮記．祭義》中「孝子之有深愛者必有和氣」在此不很恰當，因爲孫太夫人健在；他又用《禮記．禮運》「父子篤，兄弟睦，夫婦和，家之肥也」典，也有點文不對題。如果不是家庭和睦已經成爲曹家的首要問題，馮景又何至於要硬用不合適的典故呢！這些都發人深思。在溫情脈脈的紗幕後面，有否演出過類似曹雪芹所寫的烏眼雞的悲喜劇呢？對此，曹寅是諱莫如深的。十年以後，曹寅寫〈思仲軒詩〉二首紀念曹宣，其二有「骨肉鮮舊歡，飄流涉沉痛」之句，時曹寅年逾五十，弟曹宣早已故世，回首當年，心感歉然，終於吐露了兄弟不和的真相。

曹寅與曹宣確曾兄弟參商，我們從康熙帝諭旨中亦可略見端倪。康熙五十四年（一七一五）正月，曹顒突然病故，在準備爲曹寅立嗣時，康熙帝傳旨諭內務府大臣㉑：

現李煦在此，著內務府大臣等詢問李煦，以曹荃（宣）之子內必須能養曹顒之母如生母者，才好。原伊兄弟亦不和，若遣不和者爲子，反愈惡劣。爾等宜詳細查選，欽此。

可見，康熙帝在曹家的繼嗣問題上，是考慮得極爲周詳的。

曹寅一生寫了不少與曹宣有關的詩，如單看這些詩，兄弟倆關係似乎不差。與曹寅有交往的文人也常對他的「友于」表示讚美。應該怎樣看待這些材料呢？如果只是有用的材料取了來，無用的材料推了去，這不是科學的態度。我們認爲，曹寅自幼受理學薰陶，對所謂的忠孝仁義等封建倫理道德是看得很重的。他不會在詩文中明顯地暴露他們兄弟之間的矛盾，相反，「爲賦新詞強說愁」對矛盾加以掩飾倒是可能的。曹寅周圍的文人其實也不過是高等清客，一般說來也只會隨聲附和而不會去揭人之短。何況曹寅處理這矛盾的辦法也確實符合封建道德，獲得普遍贊揚是很自然的。

綜上所述，封建宗法制度所造成的嫡庶矛盾，是曹寅曹宣兄弟不和的起因。但儘管如此，理學家曹寅還是堅持封建倫理道德，注意爲封建禮法爭光，甚至在一些小節上也不例外。

㈥西堂和思仲軒——「友于兄弟」的象徵

曹璽、曹寅父子先後任江寧織造，織造署內有齋名楝亭、西堂。楝亭是曹璽構築，原為曹寅曹宣兄弟的書室，室外有一株曹璽親植的楝樹。康熙二十九年曹寅出任蘇州織造，百忙之中先在蘇州署內修築「懷楝堂」，又於北堂之下遍植萱草，以示孝於父母㉒。兩年後調任江寧織造，即重修楝亭，並繼續以《楝亭圖》廣泛徵集題詠，後索性自號楝亭並以之名集，這一切使得當時文人對曹寅的孝心稱頌不已。「孝于父者忠于君」，在忠孝之外，曹寅如能友于兄弟，就更為盡善盡美。正是在這種思想指導下，江寧織造署內的西堂和真州使院裡的思仲軒就先後出現了。

西堂，戴不凡先生認為即《紅樓夢》中的榮禧堂㉓，其實不是。施瑮詩注明言「楝亭、西堂皆署中齋名」㉔，楝亭既是書房，准此可推西堂亦是書齋。且《楝亭詩鈔》卷三〈西堂新種牡丹雨夜置酒〉有「小軒清醉漏沉沉」之句，西堂既為小軒，自不可能是榮禧堂，因後者乃榮府內正室，是五開間的大正房，故兩者實風馬牛不相及。曹寅對西堂很有感情，曾自號「西堂掃花行者」，《楝亭集》內有關西堂的詩詞計達二十五首之多。曹寅何以對西堂特別感興趣呢？這與西堂的取名寓意有關。《南史．列傳第九》有謝靈運、謝惠連兄弟的傳記，談到過「西堂」：

（謝方明）子惠連，年十歲能屬文，族兄靈運嘉賞之，云：「每有篇章，對惠連輒得佳語。」嘗於永嘉西堂思詩，竟日不就，忽夢見惠連，即得「池塘生春草」，大以爲工。常云：此語有神功，非吾語也。

原來曹寅南下任織造以後，即與曹宣分開。曹寅爲表示對兄弟的友愛和思念，特將書齋名爲「西堂」，自比謝靈運，將曹宣比作謝惠連，儼然是兄弟怡怡，手足情深。翻開《楝亭集》，爲曹宣而作和附帶提到曹宣的詩觸目皆是，粗略統計共三十六首左右。其中以康熙四十八年（一七〇九）五月的〈思仲軒詩〉二首最爲聞名。

思仲軒在真州（今儀徵）使院內。思仲即杜仲，字面上恰是「思念二弟」的意思。〈思仲軒詩〉見《楝亭詩鈔》卷六，其小序云：

思仲，杜仲也，俗呼爲櫋芽，可食。其木美蔭而益下，在使院西軒之南。托物比興，蓋有望于竹村，悲吾弟筠石焉爾。作〈思仲軒〉詩。

而朱彝尊又言：「公弟居此，植杜仲一本于庭，故以名軒。」㉕南方房舍爲了冬暖夏涼一般南向，房前有庭院。「植杜仲一本于庭」即植杜仲一本於房舍之南。杜仲既生長在「使院西軒之南」，可知思仲軒實乃西軒，是曹寅爲了寫紀念曹宣的詩而臨時給予西軒的別名。

以上推測在曹寅及其他文人作品中也能找到佐證。《楝亭詩別集》卷二有〈賓及二兄招飲並示子猷〉二首，就用謝氏兄弟的典故比喻他們兄弟的友愛：

骨肉應何似，歡呼自不支。……卻笑今宵夢，先輸春草池。

曹寅周圍的文人也明白他的用意，將此典巧妙地與思仲軒聯繫了起來。如朱彝尊的〈題曹通政寅思仲軒詩卷〉㉖：

春塘宜入夢，柔木易生枝。

多年以後，翁方綱《曹楝亭思仲軒詩卷》㉗也說：

池塘春共氣，簾閣雨如絲。

兩人都用謝靈運「池塘生春草」的典故，足證我們上面對西堂命名意義的解釋是正確的。

總之，西堂和思仲軒（西軒）這兩個書齋的命意都和曹宣有關。曹寅在區區書齋的命名上也不忘給人以父慈子孝兄友弟悌的印象，正說明了維護封建禮法的尊嚴在他看來是何等重要的大事。曹寅真不愧是理學的忠實信徒，封建道德的身體力行者啊！雖然陀思妥夫斯基式地開掘其內心世界，恐怕也只是一個虛僞。

㈦餘　論

上面我們根據曹寅及其友好的詩文對曹雪芹家世作了些零星初步的探索，從而對《紅樓夢》的創作背景及素材運用情況有了進一步的了解。

由於康熙帝從政治需要出發，違背傳統的宗法繼承原則，讓庶子身份的曹寅實際上承襲了其父曹璽的職位，曹家內部從此播下了不和的種子。曹寅生前，曹家矛盾已經尖銳，竟至驚動了「九五之尊」的皇上；曹寅身後，曹家逐步衰落，其內部矛盾必然更加激烈而表面化。如果曹雪芹確是曹顒的遺腹子曹天祐，那麼一從他呱呱墮地就立即捲入了矛盾漩渦的中心。因爲在曹寅之妻李氏（包括曹顒之妻馬氏）看來，曹氏家業是曹寅掙得的，理應由其嫡孫繼承；而在曹頫系諸人看來，曹家的「冠帶家私」本來就應該是他們的。矛盾重重的曹氏大家庭就像是一面鏡子，反映出封建社會的形形色色。天才穎悟的曹雪芹生於斯、長於斯、歌哭於斯，通過「雜學旁收」汲取了各種非正統思想，在目睹封建家庭的醜惡和虛僞之後，逐漸認識了這一個攜帶著封建社會全部遺傳信息的細胞。曹雪芹在《紅樓夢》中借探春之口概括了封建宗法家庭破落的原因：

可知這樣大族人家，若從外頭殺來，一時是殺不死的。這真是古人說的「百足之蟲，死而不僵」，必須先從家裡自殺自滅起來，才能一敗塗地呢！（七十四回）

這應該是凝聚著作者家世血淚的史筆，決不會是無的放矢。曹頫在雍正六年初被抄時，罪名是轉移家產，似由曹氏家族內部矛盾所引起（詳本書〈曹頫小考〉）。乾隆八年前，曹家遭受第二次打擊，從此徹底破敗，很可能與家族內部矛盾惡化有關。曹氏大家庭的解體，生活的巨變，促使漂泊中的曹雪芹日漸接受民主主義思想，發展了他的叛逆意識，終於成爲封建地主階級的貳臣。乾隆九年，亦即甲戌之前十年，曹雪芹滿懷對現存制度永久性的疑問，開始了《紅樓夢》的創作。創作素材的來源，主要應是他自己的家庭和生活。就本文涉及的範圍而言，曹雪芹在構思小說的故事和人物時，可資取材的就不少。

《紅樓夢》卷首聲稱：

作者自云因曾經歷過一番夢幻之後，故將真事隱去而撰此《石頭記》一書也。

這由曹雪芹自說、爲脂硯齋所記錄的談話清楚地證明了：曹雪芹創作《紅樓夢》是以其家庭及個人生活經驗爲基礎的。因而我們認爲：適當範圍內的曹學研究有助於對《紅樓夢》的研究，不但可以允許存在，而且應該繼續深入。

注：

①見《楝亭圖》卷一。此文《通志堂集》未收，轉引自周汝昌《紅樓夢新證》。本文資料有不少從周先生此書轉引，謹致謝忱。

②曹宣年齡據《總管內務府爲曹順等捐納監生事咨户部文》，詳本書〈曹宣小考〉。孫氏、曹寅生年詳周汝昌《紅樓夢新證》。

③見〈松枝茂夫談《紅樓夢》〉（《紅樓夢研究集刊》第四輯）。

④據吳新雷〈關於曹雪芹家世的新材料〉（《曹雪芹江南家世考》）對曹璽年齡的估計推算。

⑤見《白茅堂詩文全集》附顧諶露爲其父顧昌所撰《行略》。

⑥同註⑤。

⑦有對照意味的是，顧景星在爲曹寅作〈荔軒草序〉的同時，寫了〈女甥張芸詩序〉一文（《白茅堂詩文全集》卷三十六），文中詳細介紹了自己與張芸母親的關係。何獨於曹寅之母一字未及？顯係有意迴避。

⑧曹寅《楝亭詩鈔》卷六〈思仲軒詩〉之二：「憶汝持節來，錦衣貌殊眾。」

⑨據康熙二十三年未刊《江寧府志》及康熙六十年刊《上元縣志》，轉引自馮其庸〈曹雪芹家世史料的新發現〉（《夢邊集》）。杜岕〈思賢篇〉云：「曹子在金陵，游宦同世籍。」如曹寅未曾協理江寧織造，似不得稱爲「游宦」。

⑩《劉夢得文集》卷二十四〈衢州徐員外使君遺以縞紵兼竹書箱，因贈一篇，用答佳貺〉：「聞說天台有遺愛，人將琪樹比甘棠。」

⑪曹寅《楝亭詩鈔》卷二〈松茨四兄遠過西池〉十首之五：「念我同胞生，旃裘擁戈痳。」及《楝亭詩別集》卷二〈聞二弟從軍卻寄〉：「與子墮地同胚胎。」

⑫引自蕭奭《永憲錄．續編》。

⑬見杜臻爲李煦父李士楨撰墓誌銘（錢儀吉《碑傳集》卷六十六）。

⑭朱彝尊〈題曹通政寅思仲軒詩卷〉：「眷念同懷子，因題思仲詩。」及詩末自注（《曝書亭集》卷二十三）。

⑮見《楝亭詩別集》卷二。其下一首爲〈楝亭留別〉，故知〈放愁詩〉當作於此時。

⑯同注⑨。

⑰見熊賜履〈曹公崇祀名宦序〉（《經義堂集》卷四）。

⑱同注⑨。

⑲轉引自馬國權〈關於馬桑格的一件新史料〉（《紅樓夢學刊》一九七九年第一輯）。原文

爲「二十年十二月初三日從佐領員外郎轉升南京織造員外郎」，「二十年」應係「二十三年」之誤，原件見中國第一歷史檔案館藏《歷朝八旗雜檔》。

⑳見尤侗〈曹太夫人六十壽序〉（《艮齋倦稿》卷四）。

㉑見康熙五十四年正月十二日內務府摺。此摺有先後兩譯本，此處所引爲先譯本。

㉒同注⑳。

㉓見戴不凡〈石兄和曹雪芹〉（《北方論叢》一九七九年第三期）。

㉔施瑮《隨村先生遺集》卷六〈病中雜賦〉之八。

㉕同注⑭。

㉖同注⑭。

㉗翁方綱《復初齋詩集》卷五十一。

八、曹宣考

一九八三年十一月，在南京紀念曹雪芹逝世二百二十周年學術討論會上，中國第一歷史檔案館委託張書才先生公佈了康熙二十九年四月初四日〈總管內務府爲曹順等人捐納監生事咨户部文〉（以下簡稱〈咨文〉），全文已在《歷史檔案》一九八四年第一期和《紅樓夢學刊》一九八四年第一輯同時發表。其中有關曹家的內容引錄如下：

三格佐領下蘇州織造·郎中曹寅之子曹順，情願捐納監生，十三歲；

三格佐領下蘇州織造·郎中曹寅之子曹顏，情願捐納監生，三歲；

三格佐領下南巡圖監畫曹荃，情願捐納監生，二十九歲；

三格佐領下南巡圖監畫曹荃之子曹顒，情願捐納監生，二歲；

三格佐領下南巡圖監畫曹荃之子曹頔，情願捐納監生，五歲；（中略）

將此等人名各繕一綠頭牌並擬將此送部等情具奏。奉旨：知道了。欽此。（下略）

〈咨文〉所提供的新材料與我們以往所知的曹雪芹家世資料頗有牴牾，這就給曹雪芹家世研究提出了新的課題。在對現存的有關曹氏家世文獻（包括已公佈的清代檔案、曹寅《楝亭集》、清人詩文筆記、今人考證專著等）重行研討之後，我注意到：矛盾主要是圍繞曹寅之弟曹宣展開的；如能對曹宣其人有進一步的了解，則很多問題可以得到較爲妥善的、與各種文獻記錄較少矛盾的解釋。基於這種考慮，特撰此文。

㈠曹宣的生卒年

曹宣生年以前因未見明文記載，曾有過兩種推論。周汝昌先生在五十年代據曹寅《楝亭詩別集》卷三〈聞二弟從軍卻寄〉：「與子墮地同胚胎，與子四十猶嬰孩。」推論曹宣與曹寅同胎孿生，即生於順治十五年（一六五八）九月初七日，此說已經證明失誤①。另一說由吳美淥先生提出，他根據《楝亭詩鈔》卷二〈十五夜射堂看月寄子猷二弟〉中「疏柳長窗坐卯君」一句推論曹宣應生於康熙二年癸卯（一六六三）②。而據〈咨文〉：「三格佐領下南巡圖監畫曹荃，情願捐納監生，二十九歲。」逆推其生年，當是康熙元年壬寅（一六六二）。

從各方面材料綜合分析，曹宣的生年應是康熙元年壬寅。因爲：

⑴此說係據檔案明文逆推，有成立的充足理由。

⑵〈咨文〉載：「三格佐領下蘇州織造曹寅之子曹順，情願捐納監生，十三歲。」曹順實係曹宣長子（說詳本文第四節），逆推當生於康熙十七年戊午（一六七八）。若曹宣康熙二年生，則康熙十七年時他才十六歲，實際十五歲，生曹順似不太可能。如曹宣生於康熙元年，則十七歲生子比較合理。

⑶曹宣之母孫氏順治十八年三月出宮嫁與曹璽爲繼室③，次年二月十二日生曹宣也比較

合乎實際情況。

曹宣既生於康熙元年壬寅，那曹寅爲何要在詩中兩次稱他爲「卯君」呢④？「卯君」典出蘇軾〈子由生日以檀香觀音像及新合印香銀篆盤爲壽一首〉：「東坡持是壽卯君。」蘇軾之弟蘇轍，字子由，生於宋仁宗寶元二年己卯（一〇三九），故其兄以「卯君」相稱。蘇軾用「卯君」是創造，曹寅用「卯君」是使典。用典實際是修辭學中的借喻或借代，只要主體與出處有某種類似即可，不必每一細節均與出處相同。曹宣是曹寅之弟，且字子猷，與蘇轍字「子由」同音，按一般用典規則，即使曹宣並不生於卯年，曹寅也可以用蘇軾稱弟「卯君」之典借代之。此類例子甚多。如蒲松齡生於崇禎十三年庚辰（一六四〇），生肖爲龍而非兔，但對其兄亦自稱「卯君」，見其〈二兄辛甫病甚，彌留自言〉詩：「黃桑驛裡如相見，別日無多聚日長。驛中如許閒田地，煩構三楹待卯君。」可見並不能因曹寅稱曹宣爲「卯君」而推定其生年必爲卯年，尚須結合其他文獻資料全面分析。

其次，由於癸卯與壬寅實際只相差一年，曹寅錯記曹宣生於癸卯的可能也是存在的。曹寅在追述自己的經歷時，就曾錯記癸卯爲壬寅：曹璽康熙二年始任江寧織造，故曹寅《楝亭文鈔》內〈重修二郎神廟碑〉（作於康熙四十九年）自稱「予自六齡侍先公宦遊於此」，查曹寅康熙二年正當六歲，自敘甚確；而同卷〈重葺雞鳴寺浮圖碑記〉（作於康熙五十年正月）又說「某自康熙壬寅侍先大夫奉差於此」，兩文寫作時間僅差數月，已誤癸卯爲「壬寅」，可知曹寅本人也有將弟弟生年記錯的可能。

從各方面情況綜合分析，定曹宣生年爲康熙元年較妥。

至於曹宣卒年，周汝昌先生考定爲康熙四十四年冬之前，吳美淥先生則推爲康熙四十三年⑤。筆者認爲，曹宣卒年可縮小到康熙四十三年底與四十四年秋之間，而以卒於四十四年五月的可能最大。理由有二：

(1)康熙四十四年冬，曹寅致汪繹函自稱「期弟寅」⑥，則曹宣逝世至早應在四十三年底。因期服爲期年喪，兄爲弟服喪一年，實際九個月，如曹宣前此已卒，則曹寅致汪繹函時已滿服，不應仍稱「期弟」。

(2)《楝亭詩鈔》卷六有〈思仲軒詩〉二首，情詞懇惻，爲集中最受人注意的作品。此詩作於康熙四十八年五月，可能當時正屬曹宣忌日，曹寅懷念胞弟，悲痛不已，情溢於詞，感人特深。曹寅並將此詩親筆書寫裱成〈思仲軒詩卷〉，當時詩人朱彝尊親自題詩，數十年後朱稻孫（朱彝尊之孫）及翁方綱也爲之題詠⑦。一般說來，此類悼詩多寫於逝者忌日，故此詩可爲曹宣卒於康熙四十四年五月之佐證。

(二)曹宣的生平

曹宣生平見於記載者不多，即有記載亦語焉不詳，只能從各書考稽，略作考訂，以見大概。

曹宣兩歲時，乃父曹璽任命爲江寧織造舉家南遷，故他的青少年時代是在江寧度過的。二十三歲以前，他一直在父母身邊做公子哥兒未曾正式任職，這並不符合清代前期在外旗員子弟十八歲以上非奉特旨不得隨任的功令，也不符合內務府包衣子弟成丁後即須當差的慣例，當是因其母孫氏的關係而得康熙帝特准的結果。

曹宣二十三歲前並未任職，這從熊賜履《經義堂集》卷四〈曹公崇祀名宦序〉可以推知：

> 嗚呼！公之用心，亦良苦矣，以故歿後猶洊荷恩綸，哀榮備至。峴山之頌，洋洋於秦淮鍾阜之間。而公長子某，且將宿衛周廬，持囊簪筆，作天子近臣；次子某，亦以行誼重於鄉國。

序文當作於康熙二十三年底。熊賜履不稱曹宣之官銜政績而專贊其道德品行，可知其時曹宣尚未正式任職。而據康熙二十三年未刊《江寧府志》稿本〈曹璽傳〉⑧：「仲子宣，官蔭生，殖學具異才。」可見在曹璽生前，曹宣已以博學多才爲世所知。

所謂「蔭生」有兩個含義：一是子孫憑借上代餘蔭取得監生資格，二是子孫因先代官爵而取得某一品級的官銜（不一定馬上補實缺）。曹宣「官蔭生」當屬後者。據《大清聖祖仁皇帝實錄》卷三十二：

> 康熙九年庚戌，……吏部議：「康熙六年恩詔，包衣下一品官子弟，許其承蔭；二品至四品，各蔭一子入監讀書。……」從之。

曹璽官至正一品⑨，曹宣承蔭取得官職是合例的。福格《聽雨叢談》卷五「世祿」條謂：

> 國朝典制，策勛有爵，酬庸有蔭，皆延世錫類之恩也。恩蔭之制，滿漢京官，一品至四品文職大員蔭一子入官；在外三品以上文職蔭一子入官。……按恩蔭之例，一品蔭五品，二品蔭六品，三品蔭七品，四品蔭八品，公侯伯視一品，子男視三四品。

據此則曹宣應取得五品虛銜。至於當時曹宣名義上取得何種官職，因未見記載，尚難肯定。總之，曹宣之「官蔭生」決不能解作「蔭監」，因爲蔭監未可稱「官蔭生」，且曹宣如在康熙二十三年前已獲監生資格，康熙二十九年時就不必再行「捐納監生」⑩。

康熙二十四年五月底，曹宣隨母兄扶父柩乘舟回京⑪，路途多所耽擱，實際到京已是九月九日重陽以後，這從曹寅〈北行雜詩〉二十首之十九：「明日黃花外，萸囊意倍親」，之二十：「野風吹側帽，斷岸始登高」諸句可得參證。此後，曹宣即長期在北京內務府任職。據〈咨文〉，康熙二十九年時曹宣的官職是「南巡圖監畫」，而從尤侗〈曹太夫人六十壽序〉⑫，我們知道曹宣是以待衛銜擔任該職務的。此序作於康熙三十年十二月初一，內云：

> 曹母孫太夫人者，司空完璧先生之令妻，而農部子清、侍衛子猷兩君之壽母也。……雖弟子猷，以妙才爲朝廷管册府，予恨相見晚，然長安之人，亦鄭而道之。

曹宣「爲朝廷管册府」，以前不詳所指，今見〈咨文〉，可知即指任「南巡圖監畫」。「册府」即「策府」，爲帝王藏書之所，典出《穆天子傳》卷二：

> 天子北征東還，乃循黑水，癸巳至於群玉之山，阿平無險，四徹中繩，先王之所謂「策府」。

郭璞注：「言往古帝王以爲藏書册之府，所謂藏之名山者也。」因文中言及周穆王出巡，與康熙帝南巡事相仿，尤侗便以「管册府」借喻曹宣之任「南巡圖監畫」——南巡圖畫室的主管。南巡圖係康熙二十八年第二次南巡後組織全國名畫家花三年時間繪成，當時參加南巡圖繪事的有全國各地的名畫家王翬、宋駿業、王晉等人，據《清史稿．藝術三》，南巡圖繪事負責人是王翬：

> 王翬，字石谷，號耕煙，江蘇常熟人。……康熙中詔徵，以布衣供奉內廷，繪南巡圖，集海內能手，逡巡莫敢下筆。翬口講指授，咫尺千里，令衆分繪而總其成。圖成，聖祖稱善，欲授官，固辭，厚賜歸。

曹宣擅長繪畫，管理南巡圖畫室當綽綽有餘。由此可推知，曹宣或有隨康熙帝第二次南巡之可能。但南巡圖畫室是個臨時機構，曹宣應是以侍衛銜管理該室的。據《聽雨叢談》卷一「侍衛」條：

> 國初以八旗將士平定海內，鑲黄、正黄、正白三旗皆天子自將之軍。爰選其子弟，命曰「侍衛」，用備宿衛侍從，視古羽林、虎賁、旅賁之職，一等侍衛六十人（職三品），二等侍衛百五十人（職四品），三等四等共二百七十人（均五品），藍翎侍衛六十人。……又有上駟院司鞍、司轡侍衛二十七人。又有以侍衛之秩別，充尚茶、尚膳、

上虞鷹鷂房、鶻房、十五善射、善騎射、善鵠射，悉如古人侍中給事之任。

曹宣蔭五品，所以他應是三等（或四等）侍衛。從福格所言可知侍衛確常充任他職，故曹宣以侍衛之秩別擔任「南巡圖監畫」是合乎當時實際情況的。

康熙三十五年及三十六年，康熙帝兩次親征噶爾丹部，曹宣曾從軍出征，見曹寅〈聞二弟從軍卻寄〉及〈松茨四兄遠過西池，用少陵「可惜歡娛地，都非少壯時」十字爲韻，感今悲昔成詩十首〉⑬之五：

與子墮地同胚胎，與子四十猶嬰孩。囊垂禿筆不稱意，棄薄文家談武備。伏聞攘狄開邊隅，聞子獨載推鋒車。回憶趨庭傳射法，平安早早寄雙魚。

勾陳逼招搖，幽天風夜至。單于六贏走，羽林呼動地。三驅度瀚海，持冰裹糗精。念我同胞生，旃裘擁戈寐。

康熙三十六年曹寅正四十歲，故「攘狄開邊隅」事當指西征噶爾丹戰役無疑。從「囊垂」二句似可推斷曹宣前此曾在內務府擔任過筆帖式之類的文字工作。而從「獨載推鋒車」、「羽林呼動地」，「旃裘擁戈寐」等詞句，可推知曹宣在出征中乃係康熙帝的侍從軍官。

康熙三十八年春一、二月，曹宣曾奉康熙帝特命南下，經淮安轉真州到江寧。曹宣此來，名義上是爲處理鹽務事宜，實際上則可能是爲康熙帝南巡事與乃兄聯繫，在南方先作安排。作此推論的根據是：

⑴閻若璩《潛丘札記》卷六有〈贈曹子猷〉七律一首，應作於康熙三十八年初⑭：

骨肉誰兼筆墨歡（令兄子清織造有「恭惟骨肉愛，永奉筆墨歡」之句），羡君兄弟信才難。南臨淮海熬波遠，北覲雲霄補袞寬。坐嘯應知勝公幹，暮歸還見服邯鄲。請揮一匹好東絹（善畫），怪石枯枝即飽看。

「南臨」「北覲」二句分詠曹宣、曹寅弟兄，「淮海」即閻若璩所居地淮安府。「熬波」典出張融〈海賦〉：「漉沙構白，熬波出素」及歐陽修〈運鹽〉詩「熬波銷海水」之句，即煎海水以取鹽之意，據此我們可以論定，曹宣此次南下係與兩淮鹽務有關。

⑵曹寅在康熙四十八年五月作〈思仲軒詩〉二首⑮懷念曹宣，其二有「憶汝持節來，錦衣貌殊眾。舉眼歷十稔，拱木已成棟」之句，此詩係古體，格律要求不嚴，曹寅不說「轉眼十三年」而說「舉眼歷十年」，亦可推定曹宣確係於康熙三十八年持節南下。

⑶朱彝尊《曝書亭集》卷二十三有〈題曹通政寅思仲軒詩卷〉五律一首，詩末自注：「公弟居此，植杜仲一本於庭，故以名軒。」據此則可以進一步推知曹宣南下係在該年春正月或二月（最宜於植樹的季節）。思仲軒即西軒，在真州鹽運使院內。以前研究者未曾將上述情況聯繫起來考慮，所以難以解釋曹宣爲什麼要住到真州鹽運使院去，因爲乃兄任兩淮巡鹽御史是康熙四十三年以後的事。現在我們知道曹宣南來與處理兩淮鹽運事務有關，他在真州鹽運使院西軒住過一段時間就不奇怪了。奇怪的是曹寅十年後回憶此事發爲詩句，卻說「憶汝持節來，錦衣貌殊眾」，「持節」當然是借指曹宣此來攜有康熙「聖旨」，但曹宣如是單純爲鹽務事持節南來，則「聖旨」早已在揚州或真州頒發，何勞他帶至江寧，讓並不

管理鹽差的乃兄曹寅「接旨」呢？再聯繫當時背景：該年二月至四月康熙帝第三次南巡，身爲江寧織造的曹寅負有籌備南巡接駕大典的重任，就不能不令人認爲：曹宣南下實際是奉康熙帝密旨與乃兄商量安排南巡準備工作的，所謂「熬波」鹽務不過是掩人耳目而已。時曹宣嫡母孫氏已六十八歲，隨曹寅居住江寧，曹宣此次南下當然要在江寧停留一段時間，稍盡母子兄弟之情。故康熙帝派曹宣南來，實屬公私兩便。

此後，至遲在康熙四十年五月，曹宣已調任內務府物林達（滿語，漢譯「司庫」），這見於該年五月二十三日《內務府題請將湖口等十四關銅觔分別交與張鼎臣王綱明曹寅等經營本》⑯：

據物林達曹荃稱：我兄曹寅擬接辦十四關銅觔，因絕不致貽誤，一定能成，才奏懇主上；設若不能，他亦不敢獨自接辦。倘因主上錢糧甚爲重要，不可交與我兄曹寅一人辦理，則奴才曹荃既蒙主人鴻恩派出差使，情願協助我兄曹寅經營，以效犬馬之勞於主上。……奉旨：著去信問曹寅，欽此。

臣等議得……請將十四關銅觔分爲三份經營，計交給張鼎臣兄弟三人一份，王綱明等四人一份，曹寅既係獨自一人，即與其弟物林達曹荃共爲一份。借支銀十萬兩，請由廣儲司具領，分爲三份借給。……分給郎中曹寅、物林達曹荃以龍江、淮安、臨清、贛關、南新此五關共銅一百零一萬一千一百八十九斤餘。爲此謹題請旨等因繕本。

曹寅曹宣兄弟分得五關銅觔事務，至康熙四十八年五月才辦完，實際五關銅觔由曹宣長子曹順帶領曹家奴僕辦理（詳本書〈曹順考〉），曹寅和曹宣仍分別在江寧和北京任職。八年內，曹氏兄弟共上交內務府節省銀三十二萬五百四十兩。⑰

根據康熙四十年十一月十二日〈內務府總管瑪斯喀等奏曹荃呈稱户部交進豆草請與户部會議具奏摺〉⑱，曹宣其時主管接收豆草，似係上駟院的司庫。康熙五十年四月初十日〈內務府總管赫奕等奏帶領桑額連生等引見摺〉稱其「原任物林達」，可知曹宣以司庫終其身而未曾升遷，故《五慶堂曹氏宗譜》及《八旗氏族通譜》分別載其「原任內務府司庫」、「原任司庫」。據《清史稿．職官五》及《大清會典》卷七十三，司庫係六品之職，如按此規定，曹宣生前僅官六品。但他二十多年前就已蔭五品，當差做了十六年官反而降級為六品，似無此理。曹宣的實際品級應高於六品，因清代恩蔭過濫，官多缺少，有時只好高品低就了。然內務府司庫品級雖較低，卻很有油水可撈，曹宣的家產或能因而大增，與乃兄之徒存虛名終至因虧空帑金而禍延子孫大不相同。總之，曹宣一生沉淪下僚，碌碌無為，實無可稱述也。

綜上所述，我們可以列出曹宣生平事跡一覽表：

曹宣生平簡表

生平 年份	主要經歷	年齡
康熙元年（一六六二）	二月十二日生於北京。	一　歲
康熙二年～ 康熙二十四年五月 （一六六三～一六八五）	隨父曹璽至江寧，住江寧織造署內。因父蔭獲五品虛銜。	二　歲 ～ 二十四歲
康熙二十四年九月 ～ 康熙三十四年 （一六八五～一六九五）	在北京內務府任職。康熙二十八年起以侍衛銜任南巡圖監畫。康熙二十九年四月捐納監生，後可能在內務府擔任筆帖式之類文字工作。	二十四歲 ～ 三十四歲
康熙三十五年 ～ 康熙三十六年 （一六九六～一六九七）	在北京內務府任職，曾隨康熙帝西征噶爾丹。	三十五歲 ～ 三十六歲
康熙三十八年春 （一六九九）	奉康熙帝特命南下經淮安、真州至江寧，辦理兩淮鹽務及南巡事宜。	三十八歲
康熙四十年五月前 （一七〇一年前）	已調任內務府司庫。	四十歲前
康熙四十年五月 ～ 康熙四十四年 （一七〇一～一七〇五）	仍任司庫，與兄曹寅合辦五關銅觔。康熙四十四年五月病逝。	四十歲 ～ 四十四歲

㈢曹頫非曹宣之子

曹頫的情況比較複雜。以前研究者均認爲頫係寅親生之子，從未對此結論有過懷疑或爭議，然〈咨文〉卻記載：「三格佐領下南巡圖監畫曹荃之子曹頫，情願捐納監生，二歲。」令研究者大惑不解。難道曹頫與曹頫一樣，也是宣子而過繼給曹寅的嗎？要解決這個問題，先得對現有材料進行鑒別。

《關於江寧織造曹家檔案史料》一書中記載曹顒係曹寅之子的材料不下數十條，但可以直接證明曹顒確係曹寅親子的只有一條，見於康熙五十一年九月初四日〈曹寅之子連生奏曹寅故後情形摺〉⑲：

> 奴才年當弱冠正犬馬效力之秋，又蒙皇恩憐念先臣止生奴才一人，俾攜任所教養，豈意父子聚首之餘，即有死生永別之慘。

此摺係曹顒親筆用漢語書寫，當然比內務府筆帖式用滿文繕寫的〈咨文〉要可靠。「止生奴才一人」，語意明確，絕無別解。如顒原係宣子而嗣爲寅子者，則此處自當云「止有奴才一子」。曹顒文化程度頗高，康熙曾親口讚譽他「是個文武全才之人」，當不至於連「生」字也不會用。

再看同時代人的旁證。

⑴康熙五十四年正月十二日〈內務府奏請將曹頫給曹寅之妻爲嗣並補江寧織造摺〉⑳引

康熙口諭：

曹顒係朕眼看自幼長成，此子甚可惜。……著內務府總管去問李煦，務必在曹荃之諸子中，找到能奉養曹顒之母如同生母之人才好。

深明曹家底細的康熙帝如此措辭，可見「曹顒之母」即曹寅之妻李氏原係顒之生母。

(2)蕭奭《永憲錄．續編》雍正六年條下記：

頫之祖××與伯寅相繼爲織造將四十年。寅字子清，號荔軒，奉天旗人，有詩才，頗擅風雅；母爲聖祖保母，二女皆爲王妃。及卒，子顒嗣其職；顒又卒，令頫補其缺，以養二世孀婦。

明以頫爲寅之侄，以顒爲寅之子。如顒原亦宣子，則顒頫爲親兄弟，蕭奭當不至如此措辭。

(3)雍正七年李果撰〈前光祿大夫户部右侍郎管理蘇州織造李公行狀〉追敘李煦與曹寅的交誼，謂：

初公與曹公更代視鹽也，曹公病，公問疾，彌留之際，曹公張目以鹽政及校刊佩文韻府書局事屬公，公諾之；又念曹公兩世官織造，奏請其子顒繼任，不二年而顒即世，公復保奏顒從弟頫復任織造事，不以生死易交。

頫爲宣子，而李果目之爲「顒從弟」，可見顒頫非親兄弟，顒仍當爲寅親子。以上三條所記乃當時人的看法，最能說明問題。總之，顒爲寅親子既有曹顒親筆所書奏摺爲證據，又有康熙口諭、蕭奭、李果等人的記載爲佐證，已有充足的理由可以成立。

曹顒既可肯定係寅親子，則〈咨文〉定然是將曹顒與曹順或曹顏調錯了地方。與曹順搞錯的可能很小，因爲兩人年齡差了十一歲；而顒與顏年齡僅差一歲，內務府的筆帖式在繕寫《咨文》時很可能將他們搞錯了位置。這種筆誤是很容易發生的。事實上，內務府滿文檔案也確實常有錯誤。如曹頎是曹宣之子，曹寅稱之爲「三侄」，而康熙五十五年閏三月十七日〈內務府總管馬齊奏請補放茶房總領摺〉記：

奉旨：曹寅之子茶上人曹頎比以上這些人都能幹，著以曹頎補放茶房總領。

把曹頎說成曹寅之子，與其他記載不合，顯然是錯了。

要之，只有承認〈咨文〉中有繕寫錯誤，才能解釋它與其他檔案及有關資料的矛盾。曹顒係寅親子既有證據，又有旁證，則應該認爲〈咨文〉將曹顒的位置寫錯了地方。這樣解釋簡單明瞭，又符合目今所見資料的實際情況；如若認爲〈咨文〉準確無誤，則爲了調和〈咨文〉與其他材料的矛盾，將牽蔓引藤大費筆墨不說，還會遺留下不少難以圓滿解釋的疑點，如上引曹顒奏摺、康熙口諭、蕭奭與李果的記載等等就是。因而，至少在目前〈咨文〉尚爲孤證的情況下，是不能否定顒爲寅親子之說的。

㈣曹宣長子曹順——康熙所說的「不和者」

曹順是曹宣之子，因爲康熙四十八年四月十三日〈內務府奏曹寅辦銅尚欠節銀應速完結並請再交接辦折〉㉒謂：

據曹寅弟弟之子曹順呈稱：我伯父曹寅，自四十年五月起，接辦銅事，至本年五月，八年期限始滿。該一年應交之節省銀三萬九千五百三十兩，我伯父曹寅在限滿之前一定送交完結。

該摺係就八年前曹寅曹宣兄弟承辦銅觔事向康熙帝報告決算情況（本文第二節內已引用康熙四十年五月二十三日內務府有關奏摺，可以參看）故摺內所云「曹寅弟弟」爲曹宣無疑。由此看來，曹順確爲曹宣之子當可肯定。

但〈咨文〉卻將曹順歸曹寅名下，寫作「三格佐領下蘇州織造郎中曹寅之子曹順，情願捐納監生，年十三歲。」會不會曹順原是寅之長子，康熙二十九年後才過繼給曹宣爲子的呢？不會。因爲就是在這種情況下，曹順也不能稱自己的本生父爲伯父；而且曹寅曾說「予仲多遺息」，據〈咨文〉曹宣在康熙二十九年時已至少有兩個兒子，逝世前則至少有四個兒子，根本沒有向子嗣艱難的兄長曹寅過繼兒子的必要。因此就只有一個可能：順原係宣之長子，康熙二十九年四月之前過繼給曹寅爲子。

曹順過繼爲曹寅之子的具體時間似可推定爲康熙二十五年端午節之前。理由是：

(1)曹宣第二子曹頔生於康熙二十五年（詳下節），一般情況下，有了兩個兒子再過繼一個給兄長較爲合理；

(2)《楝亭詞鈔》有〈浣溪沙〉詞五首，詞牌下注：「丙寅重五戲作和令彰。」可知係作於康熙二十五年端午節。其一上片爲：「懶著朝衣愛早涼。笑看兒女競新妝。花花艾艾過端陽。」詞中之「兒女」該即生於康熙十七年、當時才九歲的曹順以及後來嫁爲平郡王納爾蘇妃的長女（其時約一、二歲）。《楝亭詩鈔》卷一又有作於同年的《五月十一夜集西堂限韻》五律五首，其四有「命兒讀豳風，字字如珠圓」之句，這位能讀《詩經·豳風》的「兒」應非曹順莫屬。看來此時曹順應已過繼給曹寅爲子。

然而非常奇怪，康熙二十五年曹寅才二十九歲，雖然喪妻已久並無妻室㉓，但按照那一時代的慣例，總會有幾房姬妾，而且今後他也總得續娶，怎知自己便不會有子，迫不及待地要將弟弟曹宣的長子曹順嗣爲己子呢？這一行動顯然不會出於曹寅本意，他該是在不得已的情況下接受弟弟曹宣之子爲己子的；而有權威命曹寅服從者只有那位一品夫人、皇帝保母孫氏，因爲乃父曹璽早已在二年前去世。

本書〈曹寅考〉曾經論證：曹寅生母是明遺民顧景星的妹妹顧氏，其弟曹宣應爲嫡母孫氏親生。由於康熙帝從政治需要出發，讓庶子身份的曹寅繼承其父曹璽江寧織造的職位，曹家從此播下了不和的種子。因此，以曹順爲曹寅嗣子，讓其日後有可能繼承曹寅的財產乃至取得恩蔭官職就是孫氏唯一可以爲自己嫡系子孫爭取的權益。可惜由於曹寅親子曹顒的出生這種希望歸於泡影，曹順終於被解除了嗣子的身份而回到曹宣家中。這就必然在曹家內部激起新的矛盾——原來唾手可得的諾大一份家私忽然化爲烏有，這在封建宗法社會中會造成多麼嚴重的後果，只要看《儒林外史》中嚴貢生與寡弟媳趙氏爭奪家產的故事就可以知道。當然，「深明」孝友之義的曹寅對此採取了一些補救辦法，以盡力減少矛盾（詳本文第七節）。

康熙五十四年正月，曹顒突然在北京病故，爲了給曹家立嗣，竟至驚動了康熙皇帝親自過問，這在封建時代是十分特殊的。而且康熙帝對此考慮得十分周密，傳旨諭內務府總管㉔：

現李煦在此，著內務府大臣等詢問李煦，以曹荃之子內必能養曹顒之母如生母者才好。原伊兄弟亦不和，若遣不和者爲子，反愈惡劣。爾等宜詳細查選。欽此。

康熙帝諄諄囑咐不可選作嗣子的「不和者」是誰呢？我以爲就是曹順（不排斥也包括曹頫在內的可能）。曹順原係曹寅嗣子，曹寅有親子顒後被退回曹宣家，這樣他與伯父曹寅、堂弟曹顒在思想感情上當然會產生裂痕分岐，內心怨忿更不可避免。事實上，矛盾在曹顒出生後可能就逐漸產生了，因爲曹顒的存在威脅著他的繼承權，故曹順與曹寅曹顒父子的不和實由來已久，且可能早就傳入了康熙帝耳中。因此在康熙五十年，曹寅寫〈辛卯三月二十六日聞珍兒殤，書此忍慟，兼示四侄，寄西軒諸友三首〉時，就將希望寄予三侄曹顏（詳本文第六節）及四侄曹頫，而不再提及曾爲自己嗣子的長侄曹順與次侄曹頔。曹寅在康熙五十一年病逝後，其子曹顒襲職，三年後曹顒又死，此時曹寅直系血統已無男性繼承人（除了顒妻馬氏腹中未卜男女的胎兒）。在這種情況下，最有資格入嗣的當然是原爲曹寅嗣子的曹順。康熙帝深明曹家內情，故立即對此進行干預，明令不准「不和者」入嗣，必須在曹宣諸子中詳細查選。結果由於李煦及曹頫家人吳老漢的推舉，選得「忠厚老實」的曹宣四子曹頫爲嗣。以上事實證明，康熙帝所說的「不和者」就是曹順無疑。

曹順終於没有達到成爲曹寅繼承人的目的。雖然我們目前尚無法查考他此後的行爲，但這位「大老爺」未必會甘心當是可以想見的。雍正六年初，曹頫抄家並枷號示眾，因騷擾驛站案需分賠銀四百餘兩，七年之後才交納一百四十一兩㉕，他的三位手足兄弟，尤其是「大老爺」曹順在其間扮演了什麼角色呢？難道他不能對患難之中的胞弟一伸救援之手？在探討曹氏家世特別是曹家敗落原因時，曹順實在是一個很可注意的人物！因爲我們記得，曹雪芹的合作者脂硯齋曾不勝感嘆地加批：「蓋作者實因鶺鴒之悲，棠棣之威，故撰此閨閣庭幃之傳。」（甲戌本第二回眉批）而庚辰本第二十一回回前總批有一首「詩句警拔，且深知擬書底裡」的七律，起二句爲「自執金矛又執戈，自相戕戮自張羅。」更奇怪的是此回內並無骨肉自相殘殺的情節！脂硯齋何故發此奇想呢？在第七十四、七十五回曹雪芹又兩次借探春之口揭露：「可知這樣大族人家，若從外頭殺來，一時是殺不死的。……必須先從家裡自殺自滅起來，才能一敗塗地！」「咱們倒是一家子親骨肉呢，一個個不像烏眼雞似的，恨不得你吃了我，我吃了你！」這些概括了封建宗法家庭敗落規律的血淚之言，難道與曹氏家庭的內幕竟毫無瓜葛，是曹雪芹在「代古人立言」嗎？當然，由於史料的限制，目前我們還只能提出這種假說，要作出明確無誤的結論尚待新材料的發現。

順便說一說，曹順應是庶出，因曹寅〈辛卯三月二十六日聞珍兒殤書此忍慟〉之二有一版本為「世出難居長，多才在四三」（據胡適《紅樓夢考證》引文），「世出」即「嫡出」，古代一夫多妻，尤其官僚貴族之家男子，正式結婚前都已有了小妾（或所謂「通房丫頭」），《紅樓夢》第六十五回興兒說：「我們家的規矩，凡爺們大了，未娶親之先，都先放兩個人伏侍的。」就是指此而言。又如香菱，薛蟠未結婚前數年就將她收為「屋裡人」。這些小妾當然有可能先生兒子，這樣嫡子就不一定是長子了，此即「世出難居長」之含義。這也從反面證明：曹宣的三子曹顏及四子曹頫是嫡出之子。

(五)曹宣次子曹頔——「驥兒」

〈咨文〉中出現了一個以前我們所不熟悉的人物：曹頔。〈咨文〉謂「三格佐領下南巡圖監畫曹荃之子曹頔，情願捐納監生，五歲。」據此可逆推他生於康熙二十五年丙寅。很湊巧《楝亭詞鈔別集》有〈浣溪沙〉四首，題下小注「丙寅重五戲作和令彰。」知此詞即作於該年端午。而其二結句為「驥兒新戴虎頭盔」，按「虎頭盔」即嬰兒端陽節所戴虎頭帽，做成頭盔式樣，帽心繡有「王」字，綴有虎鬚，嬰兒戴此用以辟邪。這個生於康熙二十五年丙寅的「驥兒」當即曹頔，此點張書才先生已經指出。

《楝亭詩鈔》卷五有〈途次示侄驥〉五律三首，也是寫給曹頔的，其三句為「吾年方半百」，故知詩當作於康熙四十六年，則當時曹頔已二十二歲。詩中所寫正是一個盤馬彎弓風姿不凡的英俊青年：

執射吾家事，兒童慎挽強。熟嫻身手妙，調服角筋良。猛類必先殪，奇材多用張。風塵求志士，抽矢正盈房。（其一）

見獵心猶喜，忘筌理或然。生駒盤宿莽，伏兔起寒田。極勢騁群快，當機決一先。懸知得意處，濡血錦鞍韉。（其二）

從「執射吾家事，兒童慎挽強」兩句可知曹家子弟從兒時起就兼習騎射，因曹家祖先曹錫遠、曹振彥、曹璽、曹爾正等原來均係軍人。據馮其庸先生〈曹雪芹家世新考〉，曹錫遠明末在沈陽任中衛指揮軍職；曹振彥曾任佟養性屬下教官；曹璽亦曾任「侍衛」，「隨王師征山右建績」；曹爾正曾任「佐領」；曹寅年輕時也任「侍衛」，兼「正白旗包衣第五參領第三旗鼓佐領」；曹宣也任「侍衛」，康熙三十五、六年並從軍西征噶爾丹；曹宜則任「正白旗護軍參領兼佐領」，故曹家正是所謂「武蔭之屬」。曹頫精於騎射是合乎曹家實際情況的。

曹頫兒時當然也曾入塾讀書。《楝亭詞鈔》有〈蝶戀花〉詞六首，其五有「六月西軒無暑氣，晚塾兒歸，列坐談經義」之句，詞題下注：「納涼西軒，追和迦陵。」按「迦陵」爲清初名詞人陳維崧（其年）之別號，陳卒於康熙二十一年。「西軒」有二，一在江寧織造署，一在真州鹽運使院（即「思仲軒」）。此處「西軒」當是江寧織造署內「萱瑞堂之西軒」㉖。故此詞應作於康熙三十二年以後，因前一年九月曹寅才開始兼任江寧織造。詞中既云「

列坐談經義」，可知「談經義」者不止一兒，且此數兒年齡均應在八歲以上。曹頔在康熙三十二年已經八歲，曹順則已十六歲，「列坐談經義」之諸兒中，應該有他和曹順吧。如此詞作於康熙三十八年前後，則曹顏、曹顒都有資格忝列座次了。曹寅是個水平不低的理學家，而理學的核心是倫理學；在他指點下研習經書的兒侄們，雖未必深通理學精義，對所謂「孝悌之義」總該略有所知。但不知怎的，理學並未顯示出它「正風俗，明人性」的威力，這些兒侄們後來鬧得不可開交，連康熙皇帝都知道曹家「原伊兄弟亦不和」，以致曹顒死後累他老人家親自出面主持立嗣。據上引〈途次示侄驥〉詩，曹寅在康熙四十六年時還很欣賞曹頔，到康熙五十年卻改口說「予仲多遺息，成材在四三」，不再提到「驥兒」二侄了。看來當年已二十六歲的曹頔並無建樹，也沒有擔任什麼較爲重要的職務。康熙所說的「不和者」，主要當然是指曹順，但會不會還有曹頔一份兒呢？史料無徵，只得暫時闕疑了。

㈥曹宣三子曹顏——茶上人桑額

曹宣有一個年齡比曹顒稍大的兒子，小名桑額，見於康熙五十年四月初十日〈內務府總管赫奕等奏帶領桑額連生等引見摺〉㉗：

原任物林達曹荃之子桑額、郎中曹寅之子連生，曾奉旨：著具奏引見。欽此。……奉旨：曹荃之子桑額，錄取在寧壽宮茶房。欽此。

「連生」即曹顒，生於康熙二十八年，此時已經二十三歲。桑額名列連生之前，連生不取而桑額被錄用，可見其年齡當略長於曹顒。從桑額的年齡測算，他應該就是曹顏，因爲據〈咨文〉所載，曹顏正比曹顒年長一歲。

可以說明「桑額」係曹顏的另一個根據，是他的名字。上引內務府奏摺係滿文檔，故「桑額」之名有兩個可能：一係滿名漢譯；二係漢名譯滿，再回譯成漢名，這時「桑額」之名可能並不一定就這麼寫，只是發音相同或相近而已。如屬第一種情況，則「桑額」恰恰可以證明是曹顏，因「桑額」的滿文意義是漢語「三哥兒」㉘，按照本文第三節的考釋，曹顏在曹宣諸子中正排行第三。（這也從側面證實，〈咨文〉確是將曹顒和曹顏誤調了位置，因如〈咨文〉不誤，曹宣的三子就是曹顒了，而曹顒必非曹桑額是有檔案明文可證的。）如係後一種情況，則「桑額」的漢名可能應寫作「顙額」。顙，音Sǎng，與桑Sāng相近，《說文》：「顙，額也。」而「顏」原意即是「額」，《說文》：「顏，眉目之間也。」《小爾雅．廣服》：「顏，額也。」揚雄《方言》謂：「䫜、額、顏，顙也。湘江之間謂之䫜，中夏謂之額，汝潁淮泗之間謂之顏，東齊謂之顙。」因此，顏、顙、額其實是同一意思，不過因方言不同而發音有差異而已。可能曹顏額頭頗寬，髮際生得較高，所以家裡給他取了個「顙額」的小名，又與滿名「桑額」（三格，桑格，僧格）同音，一名而兩義，這是比較巧妙的取名。

這樣，曹寅《楝亭詩鈔別集》卷四〈辛卯三月二十六日聞珍兒殤書此忍慟，兼示四侄寄西軒諸友三首〉之二中提及的「四三」二侄可肯定即曹頫與曹顏。全詩云：

予仲多遺息，成材在四三。承家望猶子，努力作奇男。經義談何易，程朱理必探。殷勤慰衰朽，素髮滿朝簪。

曹寅在詩中勉勵他們精研經書及程朱理學，並希望他們「成材」、「承家」。「承家」，應是承曹氏家業，當時曹顏正與曹顒一起在北京等候引見當差，只有曹頫留在曹寅身邊，詩又是寫給曹頫的（「兼示四侄」），曹寅當然不能說「承家望親子」，人情世故，雖伯父對侄兒亦不能免。曹顏後來遭遇如何，史無明文。雍正五年閏三月十七日〈內務府奏審擬桑額等設計逮捕曹頫家人吳老漢一案請旨摺〉㉙，中提到一位被「枷號二月，鞭責一百，發往打牲烏拉」之「桑額」，馮其庸先生〈曹雪芹家世新考〉已經證明與曹桑額並非一人，所以曹顏即曹桑額日後的結局如何，目前尚難肯定。

根據以上各節的討論，我們可以定下曹宣四個兒子的姓名及長幼次序：曹順、曹頔、曹顏、曹頫。

㈦曹寅曹宣兄弟關係的再探討

拙作〈曹寅小考〉曾專節討論曹寅曹宣的兄弟關係，得出過他們兄弟不和的初步結論。因此點對曹雪芹家世及《紅樓夢》創作背景所關非細，繼續探討似仍有必要。

曹寅少年時任康熙帝伴讀，在熊賜履等名師指點下淹博群書，學問日進；後又長期任侍衛兼佐領，在官場歷練得八面玲瓏，精明強幹；又因其生母顧氏乃蘄州明遺民顧景星之妹，與明遺民有著千絲萬縷的聯繫：因此無論從文化水準，政治才能或社會聯繫衡量，曹寅都是最宜於繼任江寧織造的人選。正是基於這種考慮，康熙帝才在曹璽死後命曹寅「協理江寧織造」，這說明康熙帝本有立即讓曹寅繼美父職之意。但後來實際擔任江寧織造的卻是資歷較深的馬桑格。其間委曲，紅學家或以爲：曹寅必須先在內務府任郎中方可外放織造，此乃內務府慣例必須維持。然我們認爲這僅是表面現象，不符合這內務府慣例而任織造者有的是。如李煦康熙三十二年任蘇州織造前乃暢春園總管，不聞已爲內務府郎中；又如曹顒、曹頫，都是先繼任織造，然後才給予主事銜。對皇帝來說，所謂的「內務府慣例」不過是一句空話，實在不值一顧。從曹寅及其友好的詩文來看，事情的發展似乎是這樣的：曹寅協理江寧織造後，與嫡母孫氏及弟曹宣產生了激烈的衝突，衝突的結果竟使曹寅產生了退隱出世之念，在此期間，曹寅並有過奏請康熙帝讓曹宣繼任父職之舉。爲了照顧孫氏保母的感情，調和曹家的矛盾，康熙帝命曹寅進京任內務府慎刑司郎中、曹宣任侍衛，讓兄弟倆各得其所，而以馬桑格任江寧織造暫爲過渡，並決定在日後適當的時間將曹寅外放織造。以上意見在拙作〈曹寅考〉已有初步論證，現再試加論說以爲前文之補充。

納蘭成德是曹寅好友，曾與曹寅同爲康熙帝之伴讀、侍衛，對曹家情況十分熟悉。康熙二十三年冬，納蘭隨駕南巡，十一月一日至三日，康熙帝駐蹕江寧將軍府㉚，親至織造署「撫慰諸孤」，並「特遣內大臣以尚尊奠公（按，指曹璽）」㉛，納蘭成德當亦隨至署內，有過與曹寅深談的機會，了解到當時曹家的內情。所以納蘭在該年底或次年春所作的〈曹司空手植楝樹記〉內不無深意地寫道：

子清為余言：其先人司空公當日奉命督江寧織造，清操惠政，久著東南。於時尚方資黼黻之華，閭閻鮮杼軸之嘆，衙齋蕭寂，攜子清兄弟以從。方佩觿佩韘之年，溫經課業，靡間寒暑。其書室外，司空親栽楝樹一株，今尚在無恙；當夫春葩未揚，秋實不落，冠劍庭立，儼如式憑。嗟乎！曾幾何時，而昔日之樹，已非拱把之樹；昔日之人，已非童稚之人矣！語畢，子清愀然念其先人。

曹寅向納蘭回憶童年時代與弟曹宣在父親督促下讀書友愛之往事，父親在書室外親栽楝樹一株，常冠劍撫樹立於庭中，神態莊重儼如孔子式憑而立，則兄弟倆之趨庭就教自不待言。如果下面曹寅感慨：「嗟乎！曾幾何時，昔日之樹，已非拱把之樹；而先君司空公，已赴玉樓修文之詔矣！」那就上下文一意貫串無瑕可擊了。可曹寅卻偏嘆息：「昔日之人，已非童稚之人矣！」如單看字面，與上下文懷念父親的感情似不相銜接。這種「樹猶如此，人何以堪」式的感慨與逝去的曹璽應該有某種聯繫，否則它就成了多餘的蛇足。從上下文仔細考察，曹寅似在向好友感嘆：「弟兄都長大了，各自為己了，童年時的兄弟怡怡隨著父親的去世也消失了。如果能回到往昔兄弟趨庭受教的年代，各以赤子之心相待，那該多好啊！」筆者認為，只有這樣解釋，才能充分地顯示出上文「冠劍庭立，儼如式憑」與下文「語畢，子清愀然念其人」之間的邏輯聯繫。

如將納蘭此文與曹寅在南下奔喪期間所作的〈放愁詩〉㉜對讀，我們可以看出，曹寅母子兄弟之間確實發生過某種激烈的矛盾衝突：

哀玆渺身，包羅百憂。膏煎木寇，日月水流。我告昊天，姑爲放愁。天淨如鏡，明含萬蠢。仰呼不應，口枯舌窘，摩撫劬勞，泣涕星郎。五臟六腑，瘡痍未補。芒刺滿腹，荼蘗毒苦。反照四顧，覓愁何所。南山有松，脊令于飛。我今褰裳，採藿採薇。白髮坐堂，綠髮立階。良食衎爾，含飴哺孩。手足輯睦，琴瑟靜偕。千春相保，咫尺莫乖。豐獲勤耨，饘粥傴僂。偶有旨酒，爰念好友，二簋相享，薄醉攜手。俯察濠梁，傍嗤芻狗。騎馬食肉，轉背枯骨。仙人羨門，披葉跨鹿。菖蒲紫茸，金丹紅熟。飽食生翼，風雷捧足。抱一以終，返魂於屋。千年萬年，愁不敢出。

從第二段「摩撫劬勞，泣涕星郎」句，可見此詩確作於曹璽逝後不久。第四、五段明以孫氏曹宣爲一方：「南山有松，脊令于飛」，而以自己爲另一方：「我今褰裳，採藿採薇」，「豐獲勤耨，饘粥傴僂」；並希望能以自己的隱退換得母親的歡樂，兄弟的和睦，家庭的幸福：「白髮坐堂」，「含飴哺孩」，「手足輯睦」，「千春相保，咫尺莫乖」。這一切從側面證明了：曹寅愁之所自不僅是由於父親的去世，而且是由於與孫氏曹宣的不和。

這從曹寅的好友、流寓江寧的明遺民杜岕之《思賢篇》可以得到旁證。

康熙二十四年五月底，曹寅攜母弟北歸，杜岕送至江邊，贈以長詩〈思賢篇〉，將曹寅比作季札和曹植：

> 昔有吳公子，歷聘遊上國；請觀六代樂，風雅擅通識；彼乃聞道人，所友非佻達。又有魏陳思，肅詔苦行役；翩翩雍丘王，恐懼承明謁；《種葛》見深衷，《驅車》吐肝膈。古來此二賢，流傳著史冊。

季札是春秋時有名的讓國不居的賢公子，杜界將曹寅比季札，是否因爲曹寅有過類似季札的讓國義舉呢？如果立即得出這個結論尚嫌證據不足，那我們可以再研究一下杜岕何以要將曹寅比曹植。這就需要先讀讀曹植的《種葛篇》，看看曹寅的「深衷」到底是什麼：

> 種葛南山下，葛藟自成陰。與君初婚時，結髮恩義深。歡愛在枕席，宿昔同衣衾。竊慕棠棣篇，好樂和瑟琴。行年將晚暮，佳人懷異心。恩紀曠不接，我情遂抑沉。出門當何顧，徘徊步北林。下有交頸獸，仰見雙棲禽。攀枝長嘆息，淚下沾羅衿。良馬知我悲，延項代我吟。昔爲同池魚，今爲商與參。往古皆歡遇，我獨困於今。棄置委天命，悠悠安可任。

此詩明以夫婦比兄弟，流露出昔日棠棣友愛、今日兄弟參商的「深衷」，與上面我們所分析的納蘭成德〈曹司空手植楝樹記〉中曹寅的感嘆如出一轍。而曹植〈驅車篇〉所吐意欲登泰山而求仙之「肝膈」，更明顯與〈放愁歌〉末段求仙學道的出世思想一致。杜岕與納蘭素昧平生，總不至於兩人一唱一和無事生非吧。

但杜岕之所以將曹寅比曹植，並不是因爲曹植與曹丕兄弟不和，「不能克讓遠防，終至

「二賢」了。杜岕將曹植與季札並列爲「二賢」，正是由於曹植也是個讓國於兄的賢者的緣故。這一點說來令人難以置信，但古來善寫翻案文章的文人卻不乏此種論調。如隋王通《中說‧事君篇》：

陳思王可謂達理者也，以天下讓，時人莫之知也。

又〈魏相篇〉：

謂陳思王善讓也。能污其跡，可謂遠刑名矣。人謂不密，吾不信也。

明李夢陽爲《曹子建集》作序也說：

以植之賢，稍自矜飭，奪儲特反掌耳。而乃縱酒鏟晦，以明己無上兄之心，善乎文中子曰：「陳思王達理者也，以天下讓。」而猶衷曲莫白，窘迫歿身，至今萁豆之吟，吁嗟之歌，令人慘不忍讀。丕之於兄弟誠薄矣。㉝

文末並比曹植爲秦扶蘇與吳季札。曹植自己在〈豫章行〉之二中也說：「子臧讓千乘，季札慕其賢」，確隱然有以季札自比之意。季札和曹植就是讓位於兄弟的賢者，曹寅有過與他們相類似的義舉：這就是杜岕所以要在〈思賢篇〉中稱季札曹植爲「二賢」並以之比曹寅的根本原因。

綜上所述，我們可以推斷：曹璽死後，康熙帝命曹寅「協理江寧織造」，原有即以曹寅嗣職之意。但這一決定引起了曹家母子兄弟的不和。曹寅從儒家的道德立場出發，效法季札「讓國不居」與曹植「以天下讓」的義舉，辭去協理江寧織造之職，並奏請康熙帝批准「愛弟」繼任。而且，至遲在康熙二十三年十一月初納蘭成德隨康熙帝至江寧織造署見到曹寅之時，康熙帝已決定讓曹寅進京任內務府郎中且內定在今後若干年內將曹寅外放江寧織造，因爲納蘭成德在〈曹司空手植楝樹記〉內曾記：

> 余謂子清：「……今我國家重世臣，異日者子清奉簡書乘傳而出，安知不建牙南服，踵武司空？……」

時納蘭已是御前一等侍衛，與康熙帝朝夕相處，所說當有根據；雖納蘭生性謹慎，未曾明言，已向曹寅透露消息。據《歷朝八旗雜檔》，馬桑格康熙二十三年十二月初三升江寧織造，從時間推斷，正是康熙帝南巡回京前後根據曹家情況而作出的決定。

上面我們從納蘭成德、曹寅、杜岕等人的詩文追敘了康熙二十三年五月曹璽逝世到次年五月曹寅攜家北歸的一年內曹家內部所發生的種種情況，揭示了曹寅、曹宣兄弟不和的真相及其起因，並指出了理學家曹寅自動隱退讓位於弟的義舉，這一場鬧劇由於康熙帝對曹寅的支持而以「爲他人作嫁衣裳」的形式結束：曹氏母子兄弟舉家北遷，馬桑格「蚌鶴相爭漁翁得利」出任江寧織造。

事情到此還沒有完。曹家內部還有個財產繼承權問題。按照我國封建宗法家庭的繼承原則，財產的絕大部份應由嫡長子承繼，因此曹璽的財產大部份應屬曹宣所有。當然，由於曹寅有較高的政治地位，他實際上有兩個辦法可以選擇：一是盡可能多地侵占父親遺產；二是放棄父親遺產，讓弟弟曹宣在經濟上得到補償。從有關史料看來，曹寅似採取了第二個辦法。

例如，曹振彥、曹璽一系的「受田」就由曹寅給予了曹宣。清兵入關後，在直隸省圈得大量土地分配給八旗士官，曹家在寶坻縣西分得一批莊田，見於曹寅《楝亭文鈔》中之〈東皋草堂記〉：

予家受田亦在寶坻之西，與東皋雞犬之聲相聞。僕僕道途，溝塍多不治。兄歸，幸召佃奴撻而教之，且以勖弟筠石。至東皋墻垣籬落庖湢之處、耕藝之事，筠石愛弄柔翰，尚能記之。予以未及見，故不書。

文中所謂「吾家受田」即指順治初分得的正白旗圈地，所稱之「兄」乃曹寅的表兄甘國基（鴻舒），時似已爲曹家寶坻莊田之總管（詳拙著《紅樓夢論源》），文中似暗示：此項田畝已屬曹宣所有，並爲曹宣所管理，曹寅本人則從未去過寶坻田庄。所以康熙五十四年曹頫繼任織造後向康熙帝報告財產數目時，已無「寶坻受田」一項：

所有遺存產業，惟京中住房二所，外城鮮魚口空房一所；通州典地六百畝；張家灣當鋪一所，本銀七千兩；江南含山縣田二百餘畝，蕪湖縣田一百餘畝，揚州舊房一所。這田產數目，奴才哥哥曹顒在主子面前奏過的。㉞

可證寶坻莊田確實早由曹宣承繼，此項財產爲唯一有案可稽者，其他我們所不知道的由曹宣繼承的財產更不知凡幾。而康熙帝前此曾云：「曹寅在彼處（按，指江寧、揚州一帶）居住年久，並已建置房產，現在亦難遷移。」但據曹頫報告不過田三百餘畝，舊房一所而已，曹寅在北方的財產亦甚少，如說其中還有當日曹璽之遺產，就更難令人置信了。因而很可能曹寅在辭讓織造之後，又將父親的所遺產業給了曹宣。康熙二十八年，杜岕為曹寅〈舟中吟〉作序（即《楝亭詩鈔序》），贊美曹寅「好學深思，絕利一源」，「有君子之心」，其隱含意義正是讚譽曹寅從不汲汲於利，置金錢地位於度外。杜岕與曹寅都是理學家，理學家們特別提倡倫理道德的修養，認為通過道德行為的積累可以達到「同天人，合內外」，因而他們主張鑒別道德行為的標準應該是「公私之分，義利之辨」；聯繫杜岕「絕利一源」、「有君子之心」等讚語，曹寅必有「讓國不居」式的義舉當可肯定。曹寅辭讓織造於先，放棄父親遺產於後，這才真正當得起杜岕的稱讚。從各方面看來，曹寅將其父所遺產業讓與曹宣是很可能的。後來曹寅之妻兄李煦（亦係庶長子）也將其父李士楨的遺產讓與地位較低的諸弟㉟，很可能是從曹寅那裡受到的啟示。

而且，從後來曹家矛盾一度趨向緩和來看，曹寅也應該作出過某種讓步或犧牲。康熙二十九年四月，曹寅受命出任蘇州織造，行前為弟曹宣及諸子侄「捐納監生」，此點已詳見〈咨文〉。曹寅南下就任後，迎養嫡母孫氏於蘇州、江寧兩地，烝烝色養，直至康熙四十五年孫氏去世。故康熙三十八年馮景〈御書萱瑞堂記〉讚美「曹公克孝，令母亦慈」，並謂「北堂之老，顧而樂之，是家之肥也」，能使嫡母孫氏相對滿意，曹寅是下了些功夫的，其中包括撫養曹宣之諸子長大成人㊱，過繼曹宣之長子曹順為己子等，本文以前各節所引曹寅「笑看兒女競新妝」，「驥兒新戴虎頭盔」，「六月西軒無暑氣，晚塾兒歸，列坐談經義」諸句均反映出曹寅對諸侄的「寵愛」，也反映出封建大家庭中處理兄弟母子關係之不易。

綜上所述，可知曹寅在處理與孫氏、曹宣的關係時確作出了相當的努力，其行爲也確符合封建道德的要求。在這種情況下，曹宣之長子曹順等還要與從弟曹顒不和，如果不是他（他們）認爲自己有充足理由的話，怎麼敢公開得罪身居要職的伯父曹寅呢！而曹順等的充足理由，無非自以爲其父曹宣乃祖父嫡子，曹氏一應「冠帶家私」本來就應該屬於他們自己，如是而已。

才學傑出且聰明過人的曹寅豈有不了解這一切的呢！但「大智若愚，大言若訥」，以曹寅的身份，自然是裝聾作啞，只推糊塗的好。曹寅晚年自號「盹翁」及「柳山聱叟」，或許就是這個原因吧。康熙四十八年五月，曹寅在真州鹽運使院寫〈思仲軒詩〉二首紀念曹宣，深自懺悔當年自己有違於「古道」，以致弟曹宣陸沉下僚，未爲世用：

昔人營棟宇，特惜輪囷奇。樗散昧古處，欄楯違心期。（其一）

前二句比曹宣爲棟宇寄材，後二句嘆息曹宣的投閒置散，痛悔自己的爲德不卒。「古處」典出《詩經．邶風．日月》：「日居月諸，照臨下土。乃如之人兮，逝不古處。」《詩序》云：「〈日月〉，衛莊姜傷己也。遭州吁之難，傷己不見答於先君，以至困窮之詩也。」朱熹《詩集傳》謂：「莊姜不見答於莊公，故呼日月而訴之。言日月之照臨下土久矣，今乃有如是之人而不以古道相處，是其心志回惑亦何能有定哉。」曹寅決不會在詩中公開責備已經逝世的曹宣，所以此二句當是反躬自責。其意若曰：「筠石，你是高大美奐的棟樑之材，你的未爲世用，完全是因爲我未曾遵從古道，沒有真正地仿效季札曹植之義舉的結果。但我本心並非如此，我也是爲皇命國法所束縛，不得已啊！」的確，曹寅是有愧於季札曹植「古來此二賢」的，因爲他繼任父職達二十二年之久，並沒有真的讓位於「愛弟」曹宣。時曹寅年已五十二歲，弟曹宣四年前已經去世，曹寅以儒家先賢的道德標準衡量自己，總覺得對不起弟弟：

骨肉抝舊歡，飄流涉沉痛。憶汝持節來，錦衣貌殊衆。舉眼歷十稔，拱木已成棟。
餘生蕭浮雲，一逝豈能控。因風寄哀弦，中夜有餘恫。（其二）

詩句確實是夠沉痛的，然往日兄弟不和的真相也已暴露無遺了。

曹雪芹的祖、父兩輩兄弟不和，這對童年時代的未來作家的影響必然是巨大而深遠的。如所周知，曹雪芹以其家庭及個人生活經驗爲基礎創作了不朽的現實主義小說《紅樓夢》，因而探查曹氏大家庭的實際情況也就理所當然地成爲曹學研究的重要任務之一。而要比較滿意地完成這個任務，還有待於全體的努力。

注：

①詳見：馮其庸先生《曹雪芹家世新考》附錄〈曹雪芹家世史料的新發現〉。朱南銑先生也有相同看法，見《紅樓夢新證》上冊第二章。

②詳見《紅樓夢研究集刊》第五輯〈曹宣生卒考〉。

③詳見本書〈曹寅小考〉。

④同注②。

⑤同注②。

⑥周汝昌先生《紅樓夢新證》上冊康熙四十四年及四十八條下。本文所引史料有不少從周先生此書轉引（但引用時盡可能查對過原文），謹致謝意。

⑦同注⑥。

⑧轉引自馮其庸先生〈曹雪芹家世史料的新發現〉。

⑨同注⑧。

⑩關於「宦蔭生」的解釋，尚可舉李煦例說明之。《寧波府志》卷十一載：「李煦，正白旗蔭生」。而李果《在亭叢稿》卷十一爲李煦所撰行狀謂：「聖祖皇帝元年，恭遇覃恩，公以蔭應授內閣中書，在都候選，歲甲寅，授中書舍人。」可知李煦七歲即爲「蔭生」，二十歲時補缺，又《紅樓夢》第十四回賈珍對北靜王自稱「蔭生」，亦應作此解無疑。

⑪杜岕《些山集輯》卷二〈思賢篇〉題下注：「送荔軒還京師，時乙丑五月，登舟日也。」其時約五月底，曹宣隨行，見《楝亭詩鈔》卷一〈北行雜詩〉之一：「六月水初寬」、「未及渡江看」，之十六：「相看有鶺鴒」，之二十：「掩淚看孤弟」諸句。

⑫見尤侗《艮齋倦稿》卷四。

⑬引自《楝亭詩鈔》卷二。

⑭《潛丘札記》卷六所載詩文並非嚴格編年，故〈贈曹子猷〉詩只能間接推定其寫作年代。以前周汝昌先生認爲曹宣南下在康熙三十五年，根據是同卷五十頁有作於該年的〈贈曹子清侍郎四律〉。愚意似根據不足。因〈贈曹子猷〉詩在第三十二頁，二者間隔十八頁，詩有近百首之多，實難確定二詩係同年所作。且〈贈曹子猷〉詩之後二頁有〈題壁〉詩，中有「行年六十又加四」之句，閻生於崇禎九年，故知當作於康熙三十八年冬，則〈贈曹子猷〉詩自以作於康熙三十八初爲近是。閻詩首句小注曾引曹寅作於康熙三十六年的〈松茨四兄遠過西池〉句（因該詩之五有「三驅度瀚海」之句，康熙二十九年、三十五年、三十六年三次西征噶爾丹，故知當作第三次出征時），曹宣南下住真州使院又在康熙三十八年春，這些都可作爲閻詩作於該年的旁證。

⑮見《楝亭詩鈔》卷六。

⑯引自《關於江寧織造曹家檔案史料》。

⑰曹寅曹宣辦銅實際並無贏餘，反有巨額虧空。康熙五十八年六月十一日，曹頫上奏要求承辦十年銅觔，康熙帝硃批：「此事斷不可行。當日曹寅若不虧出，兩淮差如何交回？後日必至噬臍不及之悔。」透露出當日曹家辦銅所交節省銀實係從鹽課銀中挪用。曹頫此摺見〈江寧織造曹家史料補遺〉No.112《紅樓夢學刊》一九八〇年第二輯。

⑱同注⑯。

⑲同注⑯。

⑳同注⑯。

㉑曹寅康熙四十八年二月初八日奏摺云：「臣有一子，今年即令上京當差，送女同往，則臣男女之事畢矣。」可知其時尚僅有一子。故珍兒當生於康熙四十八年二月以後，於康熙五十年三月二十六日夭殤。

㉒同注⑯。

㉓按曹寅之妻李氏爲續弦，其前妻早亡。康熙二十五年時曹寅尚未續娶李氏，該年所作的〈五月十一夜集西堂限韻〉之五：「欲奏成連音，床琴久無弦」可以爲證。李氏嫁曹寅約在康熙二十六、七年間，因曹顒生於康熙二十八年。

㉔同注⑯。

㉕詳見張書才先生〈新發現的曹頫獲罪檔案史料淺析〉，《上海師院學報》一九八二年第四期。

㉖見《楝亭文鈔》中〈東皋草堂記〉篇末題記。

㉗同注⑯。

㉘此點蒙張書才先生告知，謹此致謝。

㉚見《清史稿．聖祖本紀》。

㉛引自熊賜履《經義堂集》卷四〈曹司空崇祀名宦序〉。

㉜引自《楝亭詩鈔別集》卷二。

㉝轉引自清丁宴《曹集銓評》前附明李夢陽所作〈舊序〉。

㉞同注⑯。

㉞因曹頫所報房產數字與隋赫德報告不符，有研究者懷疑他隱瞞了家產。但此摺內曹頫明言「這田產數目奴才哥哥曹顒曾在主子面前奏過的」，則所言必與曹顒相符可知，而曹顒似無必要對康熙帝隱瞞財產數目。且隋赫德所報數字係包括曹頫家人之財產在內，曹頫家人吳老漢等財產決不會少，因此曹頫此摺報告應係實情。

㉟見李果爲李煦所撰行狀。

㊱曹宣諸子由曹寅在江南撫養長大，見康熙五十四年正月十二日內務府摺及同年七月十六日曹頫奏摺。

九、曹順考

曹順（一六七八—？），滿名赫達色，乃曹宣長子，曹頫的兄長，康熙二十九年（一六九○）之前曾過繼爲曹寅之子，對此張書才先生〈新發現的曹雪芹家世檔案史料初探〉①及〈有關曹家子侄的幾個問題〉二文②已有論證。

然而，關於曹順的情況我們目前還所知甚少。有許多問題由於缺乏直接史料記載而難得確當的解釋。例如：曹寅爲什麼在二十多歲時就要將曹宣之長子曹順過繼爲己子？曹順後來爲什麼又被遣回本支？曹顒死後康熙帝爲曹寅立嗣，爲什麼不首先考慮曾爲曹寅嗣子的曹順？曹順在雍正年間經歷如何？這些問題就是本文試圖討論的。然由於史料的限制，有的問題尚難徹底解決，只可提出一些假設或推測。任中敏先生《唐戲弄．總説》曾謂：「此書所據者，僅零星資料而已。專憑此種資料本身，每難成説，必賴有推測與理解以聯綴之，彌縫之，繫點爲線，而面，而體。譬如僅得古陶碎片若干，試爲拚合膠附，以求原器之具體輪廓，其間都不免蹈空逞臆之處，較之原器即隨在可以造成錯誤也。認一、二碎片已是原器之表現，無事另求，固屬大誤；若主觀安排率爾從事，又何用多此欺人之舉！」先生所言道盡考訂史事之甘苦。本文亦如僅得一、二碎片而求古陶器之輪廓，蹈空逞臆之錯誤固亦難免，聊補史料之疏略而已，於研究《紅樓夢》之創作背景或略有裨益也。

㈠曹順過繼爲寅子的時間及原因

康熙二十九年四月初四日〈總管內務府爲曹順等人捐納監生事咨戶部文〉（以下簡稱〈咨文〉）載曹順爲「三格佐領下蘇州織造曹寅之子」，而曹寅《楝亭詩鈔》卷一〈五月十一夜集西堂限韻〉之五已有「命兒讀《豳風》，字字如珠圓」之句，可見至遲在曹寅寫作此詩的康熙二十五年五月之前，曹順已過繼爲曹寅之子。

曹順過繼爲寅子不應早於康熙二十三年夏六月曹璽去世之時。因爲從曹寅南下奔父喪期間所作〈放愁詩〉之第四節，我們看到當時曹順尚是曹宣之子，爲其祖母孫氏一品太夫人所鍾愛：

> 南山有松，脊令于飛；我今褰裳，採藿採薇。白髮坐堂，綠髮立階；良食衎爾，含飴哺孩。手足輯睦，琴瑟靜偕；千春相保，咫尺莫乖。

此節用「南山有松，脊令于飛」起興，以「南山之松」喻母孫氏，以「脊令」喻弟曹宣。五、六句中「白髮」與「綠髮」亦分別借代孫氏與曹宣二人。曹寅聲稱將離家出走，效伯夷叔齊隱居首陽山採薇而食，並祝願從此母弟一家和樂安康。「含飴哺孩」用東漢明德馬皇后「含飴弄孫」典，見《後漢書．明德馬皇后傳》，故此孩必曹順無疑，因爲當時曹家的其他男孩尚未出生。據《咨文》所載曹順年齡推算，當年曹順七歲，他出生於康熙十七年。

因此，曹順之過繼爲寅子應在康熙二十三年秋至二十五年春之間。據〈咨文〉，曹宣第二子曹頔生於康熙二十五年，而曹寅作於該年端午的〈浣溪沙〉詞又有「驥兒新戴虎頭盔」之句③，故曹順過繼爲寅子以二十五年春曹頔出生之後的可能最大，其時曹寅年僅二十九歲。這就促使我們思考這樣一個問題：年富力強的曹寅爲什麼突然要爲自己立嗣？我們知道，曹寅的結髮妻在康熙二十年之前已經亡故④，且至二十五年五月爲止尚未續娶，上引曹寅〈五月十一夜集西堂限韻〉之五「欲奏成連音，床琴久無弦」⑤之句可以爲證。而曹寅在爲父服喪期間（子爲父服喪三年，實際二十七個月）按禮法也不能娶妻，因此曹寅繼娶李煦從妹李氏至早應是二十五年冬以後的事。年紀未滿三十且並無妻室的曹寅爲什麼忽然欲立侄兒爲嗣？此舉頗爲奇特。而據本書前文考證⑥：康熙二十三年夏曹璽死後，曹寅與其繼嫡母孫氏、異母弟曹宣之間發生過激烈衝突。曹順在曹家母子、兄弟不和的情況下被過繼爲伯父曹寅之子，與曹家內部矛盾必有關聯。他的過繼很可能是曹寅向孫氏、曹宣母子妥協讓步的表示。曹寅以曹宣之子曹順爲嗣，實際上就是向孫氏及曹宣保證：今後自己的財產及恩蔭全歸曹宣之子所有。爲了爭取孫氏和曹宣的諒解，以求家庭的和睦相處，理學家曹寅的確作出了很大犧牲。杜岕在康熙二十八年爲曹寅詩集〈舟中吟〉作序（後收爲《楝亭詩鈔序》），贊譽曹寅「好學深思、絕利一源」，「有君子之心」，實亦知人之言。

㈡曹順歸回本支的時間及原因

一般說來，按照宗法制度，如因乏嗣而選立嗣子，即使嗣父後來也生了兒子，將嗣子遣返歸宗也是不甚妥當的，便何況是曹家這種矛盾錯綜複雜的官僚大家庭呢？南朝梁武帝末年的諸王內亂就是個極好的歷史教訓⑦。所以曹順之歸回曹宣本支在曹寅必然是迫不得已且十分謹慎處置之事。曹宣及孫氏在世時，曹寅以「孝友」自勉，當亦不會將曹順退歸本支。曹宣死於康熙四十四年五月，而曹寅四十五年八月初四日折有「臣母冬期營葬」之語⑧，可見前此孫氏已故。曹寅長女四十五年十一月嫁爲平郡王納爾蘇妃，按制孫女應爲祖母持期年喪（實際九個月），則孫氏應死於康熙四十五年初。因此，曹順之歸宗自當在四十五年冬孫氏殯葬以後。這有一定史料根據：

⑴康熙四十年五月，曹寅曹宣兄弟奉旨採辦龍江、淮安、臨清、贛關、南新五關銅觔，曾呈文內務府，聲稱：「我們兄弟二人俱有欽交差使，無暇辦銅，今著我們的孩子赫達色帶領家人王文等採辦。」⑩呈文所稱「我們的孩子赫達色」即曹順。其時曹順二十四歲，乃曹寅之嗣子，曹宣之親子，可見當時曹順尚未回歸本支。

⑵根據四十八年四月十三日《內務府奏曹寅辦銅尚欠節銀應速完結並請再交接辦摺》，內兩次提及「曹寅弟弟之子曹順」；又兩次轉引曹順呈文，其中「我伯父曹寅」之稱出現四次⑪。由此可知，曹順在四十八年四月前必已歸宗。

據上引兩條史料，可以推知曹順之回歸本支必定在這八年採辦銅觔期內，亦即在康熙四十年五月至四十八年四之間。聯繫當時曹家的具體情況，曹順之回歸本支自應於孫氏、曹宣故後爲近是。明確地說，應在康熙四十六、七年。

至於曹順於此時被遣返本支的原因，筆者以爲大致有兩點：

其一，曹順在曹寅家中爲嗣子時與曹寅親子曹顒不和，爲免矛盾激化，曹寅將其遣回本支。我認爲曹順就是康熙帝所說的那個「不和者」，對此下節將詳細討論。

其二，時曹順已將而立之年，曹顒亦已年近弱冠，很快就將產生由誰承蔭及家庭財產再分配問題。曹寅原任內務府郎中兼江寧織造，已是正四品；康熙三十八年十月前，其全銜已爲「管理江寧織造內務府三品郎中加五級」⑫；四十四年又獲正三品的通政使司通政使銜。據福格《聽雨叢談》卷五「世祿」條記：

> 國朝典制，策勛有爵，酬庸有蔭，皆延世錫類之恩也。恩蔭之制，滿漢京官一品至四品文職大員，蔭一子入官；在外三品以上文職，蔭一子入官。……按恩蔭之例：一品蔭五品，二品蔭六品，三品蔭七品，四品蔭八品。

曹寅乃三品文職大員，按例亦可蔭一子。而據《關於江寧織造曹家檔案史料》所載文獻，曹寅親子曹顒並未承蔭，係曹寅死後康熙帝特旨命繼任江寧織造並給予主事之職（六品）。但此恩蔭之例不會輕易放棄，曹寅又別無他子，看來曹寅將此蔭子特權給了嗣子曹順。曹順得了七品虛銜，可在內務府擔任一定官職，日後升遷皆始於此。將恩蔭給予嗣子然後遣其返回本文，在曹順可免少許怨憤，在曹寅也可見諒於家族親長並告慰於母弟之亡靈了。

㈢康熙帝所說的「不和者」

康熙五十三年冬，曹顒進京述職，於本年底或次年初病死於北京。次年正月十二日〈內務府奏請將曹頫給曹寅之妻爲嗣並外放江寧織造摺〉⑬中記有康熙帝口諭：

曹顒係朕眼看自幼長成，此子甚可惜。朕所使用之包衣子嗣中，尚無一人如他者。看起來生長的也魁梧，拿起筆來也能寫作，是個文武全才之人。他在織造上很謹慎。朕對他曾寄予很大的希望。他的祖父，先前也很勤勞。現在倘若遷移，他的家產將致破毀。李煦現在此地，著內務府總管去問李煦，務必在曹荃之諸子中，找到能奉養曹顒之母如同生母之人才好。他們兄弟原也不和，倘若使不和者去做其子，反而不好。汝等對此，應詳細考查選擇。

筆者以爲，根據種種跡象，康熙帝所說的那個「不和者」就是曹順。理由如次：

⑴曹宣共四子：曹順、曹頔、曹顏（桑額）和曹頫（詳〈曹宣考〉」）。《楝亭詩鈔》卷五有〈途次示侄驥〉五律三首，作於康熙四十六年秋冬之間，「驥」即曹頔，曹寅詩中對其頗加贊賞；《楝亭詩別集》卷四〈辛卯三月二十六日聞珍兒殤書此忍慟，兼示四侄寄西軒諸友（三首）〉之二也謂「予仲多遺息，成材在四三。承家望龍子，努力作奇男。」對四、

三兩侄極口贊譽，寄以「成材」「承家」之希望。可見曹寅對頔、顏、頫均印象頗佳。可是對曾爲自己嗣子的曹順，曹寅在此前後卻偏不著一語。可知其時曹順已不得曹寅之歡心。則康熙帝所說的那個「不和者」，除了曹順還有誰呢？

(2)曹寅、曹顒父子不過是包衣奴才，死後立嗣竟至於要「聖祖仁皇帝」親自關心過問，諄諄囑咐不可將「不和者」選作嗣子，何也？原來按世俗慣例，如果長房無子，應由二房長子承嗣。曹順既是二房長子，又曾爲長房嗣子達二十餘年之久，曹顒死後，曹寅一系僅餘兩世孀婦李氏和馬氏，在這種情況下，最有資格選爲曹寅後嗣者當然是曹順了。此時不但李氏之兄李煦及曹家其他親屬無能爲力，連寅妻李氏也沒有理由拒絕曹順了。而康熙帝要爲曹寅立嗣的主要目的是保全曹寅一家，故在爲之立嗣之先，已有將此嗣子補放江寧織造的打算。康熙帝深明曹家內情，對三十一年前曹璽死後自己從政治需要出發命曹寅協理江寧織造而致曹寅母子兄弟不和也早有所知；曹家已經兩代兄弟不和，如再以「不和者」爲曹寅後嗣擔任江寧織造，非惟不能孝養寅妻李氏、撫育曹顒遺孤並保全曹寅一家，還將使曹寅一家兩世孀婦陷於極其尷尬的困境。爲免曹氏家庭矛盾進一步惡化，康熙帝親自出面干預，明令不准「不和者」入嗣，命李煦及曹寅家人吳老漢推舉適當人選，結果選中了「忠厚老實」的曹頫。吳老漢謂「我主人所養曹荃諸子都好」，爲曹寅所扶養的曹荃諸子，我們可以確定者有曹順、曹頫二人。以吳老漢的身份，自然不宜直接對曹順有所貶斥；但於兩人中推選曹頫，亦可見曹順之不得曹寅一家主奴之心了。

至於曹頫何以會與曹寅、曹顒父子不和，這有深遠的歷史原因和社會原因。曹寅、曹宣兄弟不和，已見諸曹寅及其友好的詩文；曹順與曹顒不和，不過是其父系兄弟不和的繼續與發展。曹順從曹宣長子出爲曹寅之嗣，原有承繼曹寅財產並承蔭曹寅官爵的希望，而曹顒的存在威脅到他希望的實現。這就足以使曹順對曹顒從心懷疑忌到公開不滿並發展到兄弟不和了。在孫氏、曹宣故後，曹順又被遣回本支，這就更可能使曹順對伯父、堂弟不滿而發展到怨恨。曹顒一死，本來唾手可得的一份家私和江寧織造的官職忽然又飛入曹頫之手，曹順當然不敢對康熙帝有絲毫怨言，但從此與曹頫不和，當亦是可以想見的罷。

(四)曹順在雍正年間的發跡

曹順在康熙二十九年捐得監生資格，後又可能取得七品蔭封，且有八年辦銅的實際經驗，在內務府擔任一定職務當是可以勝任的。惟因曹順不爲康熙帝所喜，估計他在康熙年間未必有很大的升遷機會。

但是到雍正年間，曹順卻一帆風順頗受雍正帝所賞識重用，累任內務府司官、驍騎參領、佐領諸職，已晉升爲官階三品的高級軍官。這有明確的史料爲依據。

雍正七年十月初五日〈署內務府總管允祿等奏請補放內府三旗參領等缺摺〉⑭內記（著重號爲筆者所加）：

內府三旗參領默爾其、馬寶住、萬柱已升任，沈玉因罪革職，李秉治身故，司官兼驍騎參領白喜、劉格、鄂善、七十、赫雅圖、赫達色、八十、穆克德木布、舒通阿等，解除參領。……

奉旨：以海存，馬進泰、關保、費揚阿、烏什哈、常住、邁住、關住、觀音布、二格、七十、赫達色、薩哈連、常壽等，補放驍騎參領。以四十八補放主事或員外郎，著由汝等斟酌錄用。欽此。

本日王、大人諭：按照本堂掣簽，以赫達色爲鑲黃頭甲喇，馬進泰爲三甲喇，關住爲二甲喇，關保爲五甲喇，常壽爲四甲喇；二格爲正黃頭甲喇，觀音布爲三甲喇，薩哈連爲二甲喇，七十爲五甲喇，海存爲四甲喇；烏什哈爲正白頭甲喇，邁住爲三甲喇，費揚阿爲二甲喇，常住爲四甲喇。以四十八暫在本堂行走。此諭。（注：「甲喇」係滿語音譯，即參領。）

由此可知：

(1)曹順（赫達色）至遲在雍正七年十月以前已任「司官兼驍騎參領」。「司官」應指內務府七司（廣儲、會計、掌儀、都虞、慎刑、營造、慶豐）的官員，從郎中、員外郎到主事等均可統稱「司官」。查《清史稿．志九十二．職官四》：「三旗包衣驍騎參領，內務府郎中兼充。」故曹順應官內務府郎中之職。惟其任何司郎中，目前尚無可稽查，只能暫時闕疑；

(2)曹順先被解除參領，再補放驍騎參領，抽簽補鑲黃旗包衣第一參領。這次被解除參領的九人中，只有曹順和七十又重新被任命，不可謂非雍正帝之特別照顧；

(3)據《八旗通志》卷四十五〈職官志四〉「內務府」條下記，內務府三旗共有驍騎參領共十五員。這次雍正帝將除正白旗第五參領以外的所有現任參領共九員統統解職，然後重新任命了十四員驍騎參領。雍正帝這次何故大規模撤換內務府三旗參領，未見明確史料記載；而僅正白旗包衣第五參領（曹家即屬此參領下人）未被撤換，又不知何故。此舉與曹家有否關係尚難確定，錄此備考。

(4)曹順任鑲黃旗參領係抽簽而得，這使我們聯想到曹頎任鑲黃旗佐領之事。何以正白旗包衣人曹頎會任鑲黃旗包衣佐領，以前大家難以說清其中緣由。現在看來，或曹頎亦是先奉雍正帝諭補放佐領，然後抽簽分得鑲黃旗包衣第四參領第二旗鼓佐領。

後來，曹順又從鑲黃旗包衣第一參領調任爲正白旗包衣第五參領；雍正十一年七月二十四日，又奉旨兼任正白旗包衣第五參領第二旗鼓佐領。這也是有史料可據的。查同日〈內務府總管允祿爲旗鼓佐領曹頎等身故請補放缺額摺〉⑮內云：

> 旗鼓佐領曹頎、徐俊平、尚志舜、李延禧、桑額、烏雅圖身故，佛倫革職，鄭禪保升任，爲補放此等缺額，將兼在正中殿行走之掌儀司郎中丁松、都虞司員外郎雅爾岱、營造司員外郎世佳保，廣儲司員外郎永保、尚林，護軍參領伊福，奉宸苑員外郎桑額，驍騎參領黑達色，……等名各繕一綠頭牌，……帶領引見。

奉旨：以丁松、雅爾岱、世佳保、永保、尚林、伊福、桑額、黑達色補放旗鼓佐領。欽此。

王、大人諭交：以丁松補佛倫之佐領，……黑達色補鄭禪寶之佐領，（下略）。

此摺內之「黑達色」即「赫達色」之另一音譯，因查《八旗通志》卷七《旗分志七》「正白旗包衣佐領管領」條下記：

第五參領第二旗鼓佐領亦係國初編立。……馬維翰故，以郎中協理內務府總管兼監察御史鄭禪保管理。鄭禪寶升山東布政使，以參領赫達色管理。（下略）

兩相對照，可見上摺內之「黑達色」即「赫達色」無疑。看來這位原任鑲黃旗包衣第一參領的曹順前此已調任正白旗包衣第五參領，故能於此時接替鄭禪保兼任該參領的第二旗鼓佐領。按：曹家是正白旗包衣第五參領第一旗鼓佐領下人，曹順任本旗本管參領兼佐領，這是符合內府三旗的任職慣例的。據《八旗通志》卷四十五〈職官志四〉，內務府三旗設「驍騎參領各五人（三品職銜，食五品俸）」，則至遲在雍正七年，曹順已升任三品大員。終雍正朝，曹順始終擔任驍騎參領的高級軍職，後又兼任最受清朝統治者重視的佐領之職，則曹順在雍正年間受到提拔重用當可論定。

那麼，上引史料中的「赫達色」是否一定是曹順呢？會不會是同名的另一個人？從各方面考察，他是曹順的可能很大，因爲：

其一，「赫達色」滿文意爲「聰明靈巧」，此名並不常見。非如「桑額」「二格」之類的名字重名者多。筆者試查了《八旗通志》卷一至卷七全部鑲黃、正黃、正白旗滿洲及包衣共三百三十三個佐領（管領）先後任職者之名單（任職時間從清開國初年直至乾隆六十年爲止），全部人數共約四千人，其中名「赫達色」者唯此一人。名字音同或音近者亦僅四例，而這四例均可排除是曹順的可能，他們是：

(1)鑲黃旗包衣第一參領第二管領的第五任「黑達塞」（卷三）；

(2)正黃旗包衣第三參領第一管領的第五任「包衣大黑達色」（卷五）；

此兩人係管領，而曹順是佐領下人，清初佐領下人與管領下人分別極嚴，甚至不准互通婚姻，故他們必非曹順。

(3)正黃旗滿洲第五參領第十佐領的第六任「黑達色」（卷五）；

該佐領係滿洲世管佐領，任職者均係同宗族人，此「黑達色」之祖爲紀留、父爲陸濟堪，身份及世系都與曹家無涉。

(4)正黃旗包衣第五參領第三旗鼓佐領的第十四任「黑達色」（卷五）；

該佐領共十六任，「黑達色」已是第十四任，所以他應是乾隆後期時人，非曹順甚明。

其二，此「赫達色」不但名字與曹順相同，年齡與身份也與曹順相合。此「赫達色」與曹順一樣，都是內務府三旗包衣；他先任鑲黃旗包衣第一參領，此係抽簽而得，不能說明他係鑲黃旗人；後調任正白旗包衣第五參領，因而後來可以以參領兼任本參領下的第二旗鼓佐領，這說明此「赫達色」應是正白旗包衣人。曹順也是正白旗第五參領下包衣人（分屬第一

曹順生平簡表

生平 年代	行略
康熙十七年 （1678）	生於江寧。父曹宣，生母係宣侍妾⑱。
康熙二十五年春 （1686）	過繼爲曹寅之子。隨嗣父曹寅生活於北京，開始讀經。
康熙二十九年四月 （1690）	捐納監生。隨嗣父曹寅南下，先後生活於蘇州、江寧織造府。
康熙四十年五月至四十八年四月 （1701～1708）	在內務府當差，辦理五關銅觔。
康熙四十六、七年 （1707～1708）	回歸曹宣本支。
康熙四十八年至雍正七年十月前 （1709～1729）	在內務府任職。依次遞升，至雍正七年十月前已任內務府郎中兼驍騎參領。
雍正七年十月五日 （1729）	仍任內府務郎中，開始兼鑲黃旗包衣第一參領。
雍正十一年七月前 （1733）	調任正白旗包衣第五參領。
雍正十一年七月二十四日 （1733）	任正白旗包衣第五參領兼第二旗鼓佐領。

旗鼓佐領）。雍正七年前「赫達色」已任「司官兼驍騎參領」，該年曹順是五十六歲。一般說來，清代官場論資排輩之風甚烈，從下級官吏升至三品參領當差二、三十年者占絕大多數⑯，曹宜就是當差三十七年左右方始升任正白旗護軍參領的⑰。曹順康熙四十年開始當差

辦銅，至雍正七年已當差共二十八年，按其資歷在此前後任內務府司官兼參領十分正常。

綜上所述，筆者認爲此「赫達色」極可能即曹順。但《八旗滿洲氏族通譜》未收曹順，這有兩個可能：一是漏載，二是曹順在乾隆初年因罪革職或受到某種處分，所以《通譜》刪而未載。《通譜》此類大型官書錯漏在所難免，雖說曹順官至三品例應收入，偶爾漏收的可能也並非沒有。再則宦途風波莫測，曹順後來「因嫌紗帽小，致使枷鎖扛」的可能也是有的，那《通譜》不收就是很合理的了。

按照上述推考，我們可以列出曹順生平簡表。

注：

①載《紅樓夢學刊》一九八四年第二輯。

②見《江海學刊》一九八四年第六輯。

③見《楝亭詞鈔別集》〈浣溪沙．丙寅重五戲作和令彰〉之二。「丙寅」爲康熙二十五年，「令彰」爲曹寅友程麟德。

④《楝亭詩別集》卷一有〈弔亡〉詩，其首聯爲「枯桐鑿琴鳳凰老，鴛鴦塚上生秋草」。此詩約作於康熙二十年。故知曹寅有一結髮妻，於康熙二十年前亡故。

⑤「床琴久無弦」用陶潛無弦琴典故，但此句實亦隱喻自己久已喪妻，因爲此組詩之一曹寅曾自比僧侶：「埽來延靜侶，露頂如枯僧。」應有所隱指。

⑥詳本書〈曹寅考〉、〈曹宣考〉。
⑦詳《梁書》、《南史》，參見本書〈曹氏家族敗落原因新論〉。
⑧見《關於江寧織造曹家檔案史料》。
⑨同注⑧。
⑩同注②。
⑪同注⑧。
⑫南京明孝陵今存石碑刻張玉書撰〈駕幸江寧紀恩碑記〉碑陰曹寅署銜，立碑年月爲「康熙三十八年拾月」。
⑬同注⑧。
⑭同注⑧。
⑮同注⑧。
⑯同注⑧。
⑰同注⑧。
⑱同注⑥。

十 曹頫考

曹頫（一六八七—一七三三），曹雪芹的堂伯父，生前得康熙帝和雍正帝賞識，自康熙五十五年起即任茶房總領的親信職務，雍正十一年逝世前尚任鑲黃旗包衣第四參領第二旗鼓佐領①。

因目前學術界對曹頫其人尚不很清楚，意見亦頗多分歧，故筆者擬在總結前人成果的基礎上對曹頫略作考證。

㈠曹頫應是曹宜之子

曹頫究竟是誰的兒子，目前有兩種意見。一種意見認爲曹頫是曹宜之子，根據是《五慶堂曹氏宗譜》的兩處記載：

⑴宜，爾正子，原任護軍參領兼佐領，誥授武功將軍，生子頫。

⑵頫，宜子，原任二等侍衛兼佐領，誥授武義都尉。

另一種意見認爲曹頫是曹荃（宣）三子，小名桑額。此說尚未見直接文獻記載。

曹頫爲曹宜之子，除有《五慶堂曹氏宗譜》的明文記載而外，一九八三年發現的康熙二十九年四月初四日〈總管內務府爲曹順等人捐納監生事咨户部文〉(以下簡稱〈咨文〉),更可從反面證明曹頫非曹荃之子。因爲〈咨文〉內記錄了曹荃及寅、荃諸子捐納監生的名單,其中包括了當時年僅三歲的曹顏和兩歲的曹顒,卻未見曹顒曾稱爲「奴才堂兄」②的曹頫之名。這正反兩方面的證據,已足可支持曹頫乃曹宜之子之說。

反對者從兩方面提出對《五慶堂譜》記載的解釋:⑴頫應爲「宣子」,因筆劃相近而誤成「宜子」;⑵頫原爲宣子,後來過繼給曹宜。

然第一種解釋雖貌似有理,實際是不可能的。因爲曹荃原名「宣」,此宗譜的修撰者根本無從知道。此譜記其名爲「曹荃」,可以復按。曹荃原名「宣」,是周汝昌先生在五十年代考證出來的,一九七五年馮其庸先生發現了康熙二十三年的未刊《江寧府志》稿本,在卷十七〈曹璽傳〉中記有「仲子宣」,才得到了文獻的証實。事實上,自康熙二十四年九月曹宣進京任侍衛以後,他的名子就因避康熙帝名「玄燁」之音諱而改爲「荃」,以後各種滿漢文檔均是如此③。很難設想,《五慶堂譜》的修撰者竟會糊塗得誤「荃」爲「宜」。

至於曹頫原爲曹荃之子而過繼給曹宜說,仔細推敲似亦無此可能。因據康熙二十九年四月初四日內務府〈咨文〉,曹頫當時已不屬寅、荃諸子之列,則前此曹頫已過繼爲曹宜之子。然據雍正七年十月初五日〈署內務府總管允祿等奏請補放內府三旗參領等缺摺〉④,內記:「尚志舜佐領下護軍校曹宜,當差共三十三年,原任佐領曹爾正之子,漢人。」假定曹宜二十五歲當差,則當時不過五十八歲。逆推至康熙二十八年,曹宜才十八歲。難道十八歲的曹宜就惟恐「若敖氏之鬼餒而」，迫不及待地要立下嗣子了麼？這是說不過去的。

曹頎是曹宜之子，我們還可從另一方面得到佐証。康熙五十四年初曹顒病故後，康熙帝親自主持爲曹寅立嗣，下諭「務必在曹荃諸子中找到能奉養曹顒之母如同生母之人才好」⑤。而曹頎年輕時就在宮內任職，康熙帝對他十分熟悉且相當賞識（詳本文第三節），如曹頎是曹荃之子，康熙帝完全可以讓其去做曹寅嗣子。曹頎如是曹荃三子，那他決非康熙帝所說的「不和者」，因爲曹寅生前對曹荃的三、四子均甚欣賞，曾有「予仲多遺息，成材在四三」之句。且曹頎年長於曹頫十餘歲，康熙五十四年時已二十八歲左右，如令他過繼爲曹寅之子並繼任江寧織造，將遠比當時「黃口無知」、年齡可能僅十八歲的曹頫爲合適。而康熙帝卻始終未有將曹頎立爲寅子的想法，可見曹頎缺乏爲曹寅嗣子的先決條件——他是曹寅堂弟曹宜之子，而非其親弟曹荃之子，故不在康熙帝考慮範圍之內。

綜上所論，可見曹頎是曹荃之子的可能不大。故筆者認爲：既然至今沒有任何文獻可以証實曹頎係曹荃之子，也沒有任何反面証據可以否定《五慶堂曹氏宗譜》的明文記載，那還是將曹頎看作曹宜之子較爲合理。

(二)「兩個曹頎」說辨析

周汝昌先生《紅樓夢新証·人物考》謂：「茶房總領與二等侍衛兼佐領者似非一人」。

他認爲曹頎係曹宣之子，任二等侍衛兼佐領；任茶房總領者爲曹荃之子，小名桑額，名字可能爲「頫」，因與「頎」音近而誤爲一人。徐恭時先生也認爲曹頎一人不可能同時兼任茶房總領和鑲黃旗佐領，故他推斷：名曹頎者乃曹宣之子，茶房總領；另一個名字音同者乃曹宣之子，其名可能爲「頫」或「頲」，二等侍衛兼總領⑥。周、徐兩先生意見雖略有不同，其實是一致的，他們都認爲曹家有兩個堂兄弟名字字音相近，現存的檔案史料把他們混爲一人了。爲便討論，姑稱之爲「兩個曹頎」說。

筆者認爲，解決「兩個曹頎說」的關鍵，在於對清皇室內務府的制度有一準確的認識。首先，我們知道，滿洲上三旗的青年可以選爲侍衛，在皇宮內以侍衛銜充當內務府所屬的各項職務。這在清人筆記中有不少記載，見於昭槤《嘯亭雜錄》、吳振棫《養吉齋叢錄》、福格《聽雨叢談》等書。如《聽雨叢談》卷一「侍衛」條下記：

國初以八旗將士平定海內，鑲黃、正黃、正白三旗皆天子自將之軍。爰選其子弟命曰侍衛，用備宿衛隨從，視古羽林、虎賁、旅賁之職。一等侍衛六十人（職三品），二等百五十人（職四品），三等四等共二百七十人（均五品）藍翎侍衛六十人。宗室一等侍衛九人，二等十八人，三等六十三人。每十人各設什長一人協理事務，班領共十二人（又設有班領、署班領名目，均于侍衛內擇賢兼之），均統領于領侍衛內大臣（每旗二人，共六人）。又設御前大臣（或三、四人，或五、六人，均無定員），以王公勳戚大臣爲之，位極尊崇，如漢魏前後將軍之秩，職綦重焉。侍衛品級既有等倫，而職司尤有區別。若御前侍衛，多以王公冑子、勳戚世臣充之，御殿則在帝左右，從扈則給事起居，滿洲將相，多由此出。若乾清門侍衛，則侍從立于檐霤，扈蹕則孤矢前驅，均出入承明，以至親近。若大門侍衛，則宿衛禁闥，執戟明光。……又有上駟院司鞍、司轡侍衛二十七人。又有以侍衛之秩別，充尚茶、尚膳、上虞鷹鷂房、鶻房、十五膳射、善騎射、善鵠射，悉如古人侍中給事之任。

《養吉齋叢錄》卷二十四也介紹說：

膳房進膳辦膳之事，頭、二、三等侍衛（此侍衛皆內務府人，非大門、乾清門侍衛也）及拜唐阿掌之，而內務府大臣二人總其職。

此上三旗子弟以侍衛衛入值宮廷的制度之必須首先弄清，實因其關係到很多歷史人物的生平。如納蘭成德和曹寅青年時期都是侍衛，見于徐乾學爲納蘭成德所撰《墓誌銘》和顧景星《荔軒草序》。但曹寅《楝亭詩鈔》卷二〈題楝亭夜話圖〉云：「憶昔宿衛明光宮，楞伽山人貌姣好。馬曹狗監共嘲難，而今觸痛傷枯槁。」可知其時一爲「馬曹」，一爲「狗監」。而納蘭成德《通志堂集》卷五〈西苑雜詠和蓀友韻〉組詩之十一有「馬曹此日承恩數，也逐清班許釣魚」，曹寅《楝亭詩鈔》卷八〈正月二十九日隨駕入侍鹿苑，二月初十陛辭南歸恭紀四首〉之四也有「束髮舊曾充狗監」句，証實納蘭乃上駟院之「馬曹」，而曹寅係鷹狗處之「狗監」，然而他們的正式秩別卻都是「侍衛」。曹頎的情況也應該如此，他應是以侍衛之身份入宮爲茶上人的，所以後來會被提升爲茶房總領。

那麼，以二等侍衛銜任茶房總領的曹頎，是否可能同時兼任鑲黃旗佐領呢？答案是肯定的。因爲「二等侍衛」是秩別，「茶房總領」是宮內職務，而「鑲黃旗旗鼓佐領」是上三旗軍職，曹頎同時兼此三種身分是符合清代制度的。如曹寅在康熙十八年前已以侍衛銜任鑾儀衛治儀正，又兼任正白旗包衣第五參領第一旗鼓佐領，見于張伯行《正誼堂文集》卷二十三〈祭曹荔軒織造文〉和《八旗通志》卷七《旗分志》。又如富察明義，其《綠煙瑣窗集》七律〈和慶兩峰遷職見示原韻〉「求富余慚久執鞭」句下自注：「上駟院侍衛，專職鞭之任。」而袁枚《隨園詩話》卷七記：「我齋（按，明義字）官參領，司馬政。」可見明義亦同時兼任宮廷與八旗軍職。如翻開《關於江寧織造曹家檔案史料》，則此種兼職情況更觸目可見⑦。

因此，曹頎一人完全可能同時兼任二等侍衛、茶房總領及鑲黃旗旗鼓佐領。在未見新的文獻資料之前，似不能假設有「曹頫」或「曹頖」此人之存在。

㈢曹頎生平

關於曹頎的生平，根據現有資料可以勾劃一簡單的輪廓。

首先，因據〈咨文〉曹頔、曹顏生於康熙二十五、二十七年，故被曹寅稱爲「三侄」的曹頎按同曾祖大排行三其生年應介于曹頔和曹顏之間，亦即生於康熙二十六年。

其次，根據《楝亭詩鈔》卷五〈喜三侄頎能畫長幹，爲題四絕句〉及前後詩順序推知，此組詩作於康熙四十六年春⑧，其時曹頎已入宮爲茶上人。爲便分析，先引全詩：

喜三侄頎能畫長幹爲題四絕句

墨瀋鱗皴蟄早雷，後生蜂蝶盡知猜。一家准敕誰修得，壓卷詩從笨伯來。（補之畫梅，蜂蝶皆集，高宗謂之准敕惡梅。）

八尺能伸自在身，好花長是要精神。古來奇雅無多子，僞記龍城作美人。（羅浮事見柳子厚《龍城雜記》，乃王性之僞作也。）

妙香一樹畫難描，淚灑荒園百草梢。此日天涯深慶喜，也如歷劫見冰消。（子猶畫梅，家藏無一幅。）

清暘出谷影槎枒，不比前村一兩家。耐取春工正濃意，何妨桃李共開花。

組詩最可注意者爲第一首。詩末自注中提到的「補之」即南宋名畫家楊補之（一〇九七—一一六九）。楊補之字無咎，洪州人，號逃禪老人，見南宋鄧椿《畫繼》卷四。楊補之爲畫梅高手，祖承花光（仲仁）而有所發展，變水墨點瓣爲白指圈線，樓鑰《攻媿集》卷二有詩評曰：「補之貌梅花，疏瘦仍清妍。折枝映月影，真態得之天。」曹寅以補之畫梅比曹頎，可見曹頎所畫梅花長幹已頗具功力。「壓卷詩從笨伯來」，「笨伯」當然是曹寅自稱，因爲他正是曹頎伯父。「一家准敕」云云，正是用楊補之畫梅典，見虞集〈梅野詩序〉（《皇元風雅》後集卷四）：

近代楊補之作梅自負清瘦，有持入德壽宮者，內中頗不便於逸興，謂曰：「村梅」。補之因自題：「奉敕村梅」。

又明代李日華《六硯齋二筆》記：

楊補之所居蕭洲，有梅樹，大如數間屋，蒼皮斑蘚，繁花如簇。補之日臨畫之，間以進之道君。道君曰：「村梅耳」。因自署「奉敕村梅」。南渡後，宮人以其梅張壁間，時有蜂蝶集其上，始驚怪，求補之，而補之已物故矣。

曹寅活用此典，可知曹荃及曹頎之畫梅竟至得到了康熙帝的稱賞，「一家准敕誰修得」句充分流露了曹寅揚揚自得受寵若驚的心態。曹荃曾在宮內以侍衛銜任「南巡圖監畫」，其畫梅得康熙帝贊譽是極可能的；然而曹頎在康熙四十六年春才二十歲左右，在畫壇又素無名聲，何以其畫梅也居然能入康熙帝「龍目」呢？看來只有一個可能：曹頎此前已入宮當差，日邊紅杏，天上碧桃，有機會親近「天顏」，因之其畫梅能得到康熙帝的品評賞識。故我們可以據曹寅此詩推斷，曹頎在康熙四十六年前已入宮任職，他與康熙五十年四月初十日方始引見並錄取在寧壽宮茶房的曹荃三子曹桑額（顏）顯非一人⑨。

康熙五十一年七月曹寅病逝於揚州，康熙帝特派曹頎南下傳宣聖旨，見該年九月初四日〈曹寅之子連生奏曹寅故後情形摺〉⑩：

九月初三日，奴才堂兄曹頎來南，奉梁總管傳宣聖旨，特命李煦代管鹽差一年，著奴才看著將該欠錢糧補完。倘有甚麼不公，復命奴才摺奏，欽此欽遵。

康熙帝令二十六歲的曹頫南下宣旨以示「皇恩浩蕩」，顯示對曹頫頗爲信任。四年之後的康熙五十五年閏三月十七日，內務府總管馬齊提出八名候選人供康熙帝「欽點」遞補原茶房總領福壽之缺，其中資歷最高者已達三十二年，最淺者亦已當差十三年，而康熙帝卻下諭：「曹寅之子【侄】茶上人曹頫，比以上這些人都能幹，著以曹頫補放茶房總領。」⑪其時曹頫年僅三十歲，當差不足十年，這種破格提拔除了照顧曹寅子侄的因素而外，當是曹頫本人才能出眾之故。

康熙五十八年六月二十五日，曹頫因做茶不合，「將主子、阿哥所吃之茶，未與皇上所吃之茶同樣製做」，與其他兩個茶房總領法通與佛倫一起被「降三級，罰俸一年」⑫。

雍正元年，曹頫被授予二等侍衛⑬。雍正三年有旨「著賞給茶房總領曹頫五六間房」，結果曹頫得到了「李英貴入官之房一所，計九間，灰偏廈子二間」的賞賜⑭。雍正五年十二月十八日及次年十二月二十七日，作爲年終賞賜，曹頫各得到雍正帝御筆「福」字一張。這證明曹頫在雍正六年底仍然擔任茶房總領之職，仍得雍正帝之信任⑮。

現存史料記曹頫任佐領者不少，除《八旗滿洲氏族通譜》及《五慶堂譜》以外，還有《八旗通志》卷七〈旗分志〉及〈歷朝八旗雜檔〉等。張書才先生已考證出曹頫曾任鑲黃旗包衣第四參領第二旗鼓佐領之第四任佐領⑯。因《八旗通志續集》卷一〇九及卷一〇八分別有雍正四年武舉人譚五格、雍正五年武進士譚五格隸「包衣曹頫佐領」之記載，且注明爲「鑲黃旗」，可知曹頫任鑲黃旗佐領至遲應在雍正四年之前。

曹頫生平簡表

生平 年月	行略
康熙二十六年 （1687）	生於北京。
康熙四十六年春 （1707）	前此以侍衛銜入宮任職，可能已爲茶上人。畫梅得康熙帝贊賞。
康熙五十一年 九月初三日 （1712）	奉康熙帝命南下江寧，向曹顒傳宣聖旨：特命李煦代管鹽差一年，補完虧欠。
康熙五十五年 閏三月十七日 （1716）	以茶上人補放茶房總領。
康熙五十八年 六月二十五日 （1719）	因做茶不合，降三級，罰俸一年。
雍正元年 （1723）	授二等侍衛。
雍正三年 五月十九日 （1725）	雍正帝賞給房屋一所，共十一間。
雍正四年 （1726）	此前已兼任鑲黃旗包衣第四參領第二旗鼓佐領。
雍正五年底(1728) 雍正六年底(1729)	雍正帝賞給御筆「福」字各一張。
雍正十一年七月 （1733）	前此已經去世。享年四十七歲。

據雍正十一年七月二十四日〈內務府總管允祿爲旗鼓佐領曹頎等身故請補放缺額摺420〉⑰，曹頎此前已經去世。因此摺提及之已故佐領除曹頎外尚有四人，又有革職、升任者各一人，當是在缺額已有相當數目後方始具奏請旨補放。所以曹頎或數月前已經身故。

這樣，我們可以按曹頎一生經歷列出簡表，以備一覽。

注：

①詳見張書才〈曹頎任鑲黃旗旗鼓佐領〉，載《紅樓夢學刊》一九七九年第二輯。

②見《關於江寧織造曹家檔案史料》九二、一七五、一一一、九二、一二六、一三七、一五四、一六九、一七四、一七六等摺。

③詳見本書〈曹宣考〉。

④同注②。

⑤同注②。

⑥詳見〈寅宣子系治絲棼〉，載《歷史檔案》一九八五年第二期；〈楝花滿地西堂閉〉，載《紅樓夢研究集刊》第十三、十四輯。

⑦如康熙五十一年十月十五日內務府摺提及的馬爾嘎，是「廣儲司郎中兼驍騎參領」，李延禧是「慎刑司郎中兼佐領」，李英貴是「會計司管錢糧員外郎兼佐領」，全是內務府官員兼八旗職務的。又雍正十一年七月二十四日內務府摺有「侍衛委署護軍參領那勤、福爾敦」之名，以侍

衛而兼八旗軍職。此外尚多，不一一注出。

⑧此組詩前四首〈哭東山修撰〉作于康熙四十五年五月翰林院編修汪繹去世時，而組詩另三首〈夢中詠白秋海棠，醒成足之〉、〈題朱赤霞畫對牛彈琴圖〉和〈椿下二首〉從詩意判斷皆作于同年秋。故按順序此組詩應作於四十六年春。

⑨有研究者據曹寅題詩之三推論曹頎應爲曹荃（子猷）之子，因爲曹寅將曹頎的畫梅與曹荃連繫了起來。但曹荃可能教過曹頎繪畫，曹頎青出於藍而勝於藍，曹寅因見三侄曹頎之畫梅而聯想去世不久的弟弟曹荃亦擅長畫梅，惋惜家無收藏亦很合理。並不能因此推定曹頎必係曹荃之子。

⑩同注②。

⑪同注②。

⑫同注②。

⑬見《八旗通志》卷四十五〈職官志四〉，「內務府」條下載：「雍正元年定飯房、茶房總領俱授爲二等侍衛。」

⑭同注②。

⑮同注②。

⑰同注②。

十一、曹頫考

曹頫，字昂友，號竹居，曹宣第四子。在康熙帝的直接主持下，曹頫於康熙五十四年正月過繼給伯父曹寅爲嗣，並補放江寧織造，給予主事之職。紅學界據愛新覺羅·敦誠之《四松堂集》卷一〈寄懷曹雪芹霑〉詩自注：「雪芹曾隨其先祖寅織造之任。」推斷曹雪芹應是曹寅之孫，亦即曹顒或曹頫之子。因曹顒早在康熙五十四年初病死，故無論雪芹之生父爲顒爲頫，實際對雪芹負教養之責的只能是曹頫。因此我們認爲，考察曹頫其人的生平經歷實能幫助我們更好地了解曹雪芹家世及《紅樓夢》的創作背景，對進而研究曹雪芹的成長與叛逆也有一定意義。本文即試圖考察曹頫生平事跡，爲曹雪芹家世研究做一點補苴開拓工作。

㈠曹頫生年

曹頫究竟生於何年，這是一個至今尚未解決而又值得討論的問題，因爲它關係到曹雪芹是否可能係曹頫親子以及由此而產生的其他問題。在沒有直接史料記載的情況下，我們只能從一些間接材料推定。

首先我們可以確定一下曹頫生年的大致範圍。據康熙二十九年四月初四日〈總管內務府爲曹順等人捐納監生事咨户部文〉①，其中所列捐納監生的寅、荃諸子中包括了年僅二歲的曹顒和三歲的曹顏，卻無曹頫之名，可知其時曹頫尚未出生。明清時代男子十六歲以上方算成丁，曹頫在康熙五十四年已繼任江寧織造，雖不過五品銜，然責任重大，「所關非細」，康熙帝總不至於爲了要照顧曹家就糊塗得讓尚未成年的曹頫膺此重任。據此則當年曹頫至少已十六歲。且《永憲錄續編》謂：「國制：旗員子弟年十八歲者當差三年，量能授秩。」福格《聽雨叢談》卷十二「哈哈珠子」條下亦記：

今滿漢大員子弟，皆須十八歲始准入仕，無童稚拜官之例。惟皇子及諸王侍從小臣有曰「哈哈珠子」者，清語爲幼男之稱，名雖幼男，亦非年居十八歲弗用，僅存其義而已。

這兩條材料雖年代略晚，但與康熙末期的情況當亦相符。據此則曹頫任職時至少已十八歲。由此逆推曹頫生年，應介於康熙三十年至三十七年之間。

那麼，有沒有更加明確的記載可以縮小曹頫生年的範圍呢？有一條材料可以引爲佐證，見於《耆獻類徵》卷一百六十四宋和〈陳鵬年傳〉：

乙酉（按：係康熙四十四年），上南巡。總督（按：時兩江總督係阿山）集有司議供張，欲於丁糧耗加三分。有司皆慴服，唯唯；獨鵬年不服，否否。總督怏怏。議雖寢，則欲抉去鵬年矣。無何，車駕由龍潭幸江寧，行宮草創，欲抉去之者因以是激上怒。時故庶人（按：指廢太子允礽）從幸，更怒，欲殺鵬年。車駕至江寧，駐蹕織造府。一日，織造幼子嬉而過於庭，上以其無知也，曰：「兒知江寧有好官乎？」曰：「知有陳鵬年。」

文中「織造幼子」以前大家認為即曹顒，但據〈咨文〉所載康熙二十九年曹顒年二歲推算，四十四年時他已十七歲，自不可能再如文中所寫的那樣「嬉而過於庭」了，康熙帝也決不會誤認一翩翩少年為「無知」之「兒」。這位「織造幼子」也不可能是康熙五十年辛卯三月二十六日夭殤的曹寅次子珍兒，因為曹寅在四十八年二月初八日〈奏為臣婿移居並報米價摺〉②內述其次女出嫁事，並云：「臣有一子，今年即令上京當差，送女同往，則臣因男女之事畢矣。」可知其時曹寅僅有曹顒一子。珍兒當為曹寅侍妾所生，夭殤時僅為一幼學兒，四十四年康熙帝南巡時他尚未出生。因此，文中「織造幼子」只可能是曹頫。從文中描述的情況看來，曹頫當時年齡大致不會超過十歲。這樣，他的生年可以推定在康熙三十五年至三十七年之間（公元一六九六—一六九八）。

因此，單憑曹頫的年齡似尚不能否定曹雪芹生於康熙五十四年的可能，即使他確實是曹頫的兒子。

(二)青少年時代的曹頫

據上引宋和〈陳鵬年傳〉，曹頫至遲在康熙四十四年春已爲曹寅所撫養，生活於江寧織造署，其時年齡不超過十歲。曹頫在康熙五十四年七月十六日〈江寧織造曹頫覆奏家務家產摺〉內云：「奴才自幼蒙故父曹寅帶在江南撫養長大。」所奏當係事實。因此曹頫少年時代大部分時間應生活於今南京、揚州一帶。

我們知道，曹頫生父曹宣自康熙二十四年九月進京之後，以侍衛銜在內務府任職，先任南巡圖監畫，後調任內務府司庫，康熙四十四年夏五月病故③。曹頫由曹寅撫養的時間，往早說，可能在康熙三十六年曹宣隨軍北征噶爾旦或三十八年初曹宣奉旨南下之時④。當時曹宣母孫氏一品太夫人還健在，隨曹寅生活於江寧織造署，撫養嫡孫自屬可能。此後直至康熙五十年三月，我們還有確切的材料證明曹頫仍在曹寅身邊：《楝亭詩別集》卷四有〈辛卯三月二十六日聞珍兒殤，書此思慟，兼示四侄，寄西軒諸友（三首）〉，「四侄」即曹頫。時曹寅在揚州鹽漕察院，曹頫隨侍（曹顒早於兩年前進京），此組詩之二即專爲曹頫而寫：

> 予仲多遺息，成材在四三。承家望猶子，努力作奇男。經義談何易，程朱理必探。殷勤慰衰朽，素髮滿朝簪。

此詩首聯別一版本爲「世出難居長，多才在四三」，「世出」即嫡出，所以曹頫應是曹宣嫡子。從此詩可知：

(1)曹頫是曹宣諸子中之佼佼者，年雖少而已多才多藝，將來且有「成材」、「承家」之希望。此處「承家」：小而言之，是希望三侄、四侄「承」其父曹宣之「家」，完成其父的未竟之志；大而言之，乃希望他們能「承」整個曹氏家族，繼承先人的基業並發揚光大。總之，「承家」不會是專指「承」曹寅自己之「家」，因爲其時曹寅自有親子曹顒在。如果曹寅竟有讓四侄來繼承自己家業的想法，那不僅不合宗法制度，而且將在已經矛盾重重的曹氏大家庭中造成更大的矛盾，這斷非老於世故的曹寅之所爲者。

(2)「經義談何易，程朱理必探」二句顯示：曹頫在曹寅的多年教育薰陶下對儒家經典及程朱理學頗爲鑽研，已有心得，而這顯然是在爲參加科舉考試作準備。曹寅年青時就與弟曹宣在江寧「講性命之學」⑤，是個水平不低的理學家。曹氏雖是滿洲世僕、包衣下賤，但曹寅舅家蘄州顧氏卻是官僚世家兼理學名門：曹寅之舅顧景星及外祖顧天錫是明末頗有聲譽的理學名家；天錫之祖顧問、顧闕兄弟更是「海內比之爲二程」的理學耆宿，官至正三品的通政使、御史；顧氏一族皆重科舉，從科舉謀求仕途出身。明亡後，顧天錫及顧景星以明遺民自命，隱居不仕，但其兒輩已不妨爲大清之順民，出應科舉考試。與曹寅往來甚密的顧景星第三子顧昌，就是康熙癸酉舉人⑥。曹寅本人也可能是康熙壬子順天鄉試舉人（見周汝昌先生《紅樓夢新證》）。清代最高統治者提倡理學，以科舉制度籠絡知識分子，這些文化政策都會對曹寅及其一家產生極大影響。將此聯與「成材」、「承家」諸句合看，或曹寅希望曹頫將來能從科舉出身，博取正途功名，光宗耀祖。因爲當時滿清皇朝已進入升平時代，非如從龍入關之時，包衣亦可不次晉升；曹宣僅官內務府司庫，並無恩蔭之例；曹頫又係幼子，在內務府求取美差亦非易事：以此種種，不如以己之長，另謀出路。「談何易」、「理必探」兩句語意懇摯，期望切殷；「努力作奇男」句更是對少年曹頫的激勵。它們都從側面反映出少年曹頫的精神面貌：這是一位自幼按照封建主義的規範教育出來的人物，鑽研理學，熟習經書，乃克肖曹氏家族先人的佳子弟。曹寅在他身上寄託極大的希望並非偶然。

總之，由此詩看來，曹頫在少年時代對經學及理學都已有了長足的進步，有著廣闊美好的發展前景。然由於曹顒意外的早逝，他被康熙帝指定爲曹寅嗣子，繼任江寧織造，給予主事之職，從此失去了從科舉正途求取功名的可能。後來曹雪芹將此家世素材寫入《紅樓夢》，在第二回中借冷子興之口介紹賈政：

> 自幼酷喜讀書，祖父最疼，原欲以科甲出身的，不料代善臨終時遺本一上，皇上因恤先臣，即時令長子襲官外，問還有幾子，立刻引見，遂額外賜了這政老爹一個主事之職，令其入部習學，如今現已升了員外郎了。

甲戌本在「主事」句旁批：「嫡真實事，非妄擁（擬）也。」即作者曾利用過有關曹頫素材的明證。

(3)此詩流露了曹寅對四侄曹頫的愛護和讚賞，從「殷勤慰衰朽」句也可見曹頫對曹寅感情甚深。日後李煦及曹寅家人吳老漢都舉薦曹頫爲曹寅嗣子，實不爲無因。

(4)從此詩反映的情況看來，曹頫其時已頗通人事，年齡當至少已十四、五歲，與我們在上節所推算的曹頫生年相符。故此詩亦可爲曹頫生於康熙三十五年至三十七年之間的旁證。

康熙五十一年七月二十三日，曹寅因瘧疾在揚州去世，七月十八日〈蘇州織造李煦奏曹寅病重代請賜藥摺〉引曹寅之語：「我兒子年小，今若打發他求主子去，目下我身邊又無看視之人。」可知當時曹寅身邊僅有曹顒一人，曹頫似已離開南方。而五十年冬曹寅進京陛見，行前早定將曹顒及新生之孫兒攜歸江寧教養⑦，故曹頫可能在五十年冬隨曹寅回到北京老家。蓋此時曹頫年已十五歲左右，如要從科舉出身求取正途功名，當回旗在户籍所在地準備參加順天府鄉試了。

康熙五十四年正月，曹顒病故於北京。康熙帝親自主持爲曹寅立嗣，曹頫因「忠厚老實」、孝順寅妻李氏入選，補放江寧織造，給予主事之職。時曹頫正在北京，據同年三月十七日〈曹頫奏謝繼任江寧織造摺〉，曹頫於二月初九日奏辭南下，於二月二十八日抵江寧省署，三月六日上任接印視事。在康熙末數年中，曹頫在江寧織造任上頗辦了一些好事，受到江寧地區人士的稱譽。其中最爲突出的，是試種並推廣雙季稻。這一切在其奏摺中均有反映⑧。

據康熙六十年刊《上元縣志．曹壐傳》記載，曹頫「好古嗜學，紹聞衣德，識者以爲曹氏世有其人云。」「紹聞衣德」典出《尚書．康誥》：「今民將在祗遹乃文考，紹聞衣德言。」意謂曹頫能繼承及奉行先人的德化和教言。雖官修縣志難免有溢美之詞，或曹頫後確如曹寅所期望的那樣，鑽研儒家經典，深明程朱理學，在江寧織造任上博得了良好的聲譽。當然，這是僅就曹頫的個人道德品質所作評價，並不能反映其居官行事之全貌。在明清時代，由於理學日益成爲官方哲學，對官吏的道德評價常常代替了對其行政管理水平的考察。

據兩淮鹽政噶爾泰報告，曹頫將織造事務交與管家丁漢臣辦理；曹頫在織造任上又累年虧空（均詳第四節）：或其道德修養尚好而管理能力並不出色，如《紅樓夢》中之賈政然。

(三)曹頫升任內務府員外郎的年代

曹頫曾任內務府員外郎，這見於《八旗滿洲氏族通譜》和《五慶堂曹氏宗譜》，然何時升任此職未見明確記載。查康熙六十年十月二十三日《內務府奏請嚴催李煦、曹頫送交售參銀兩摺》，內有「員外郎曹頫」之稱，故曹頫至遲在此年已升任內務府員外郎。

曹頫升任員外郎的實際時間還要早得多。我們發現，現存曹頫的奏摺在康熙五十六、七年之間其自報職銜發生了明顯變化。《關於江寧織造曹家檔案史料》收有曹頫自康熙五十四年二月初七日至五十五年六月十三日的奏摺七件，《江寧織造曹家檔案史料補遺（下）》⑨亦收有曹頫自康熙五十四年二月至五十六年九月的奏摺共二十八件。在這三十五件奏摺中，曹頫均自稱「江寧織造·主事·奴才曹頫。」而後者所收曹頫自康熙五十七年五月十三日至五十九年二月初二日的七件奏摺卻自稱「江寧織造·奴才曹頫」，或逕稱「奴才曹頫」，不再自報「主事」職銜。前者所收曹頫雍正朝的五件奏摺也沒有自報「員外郎」銜。從上述檔案反映的情況看來，似乎曹頫在康熙五十六年九月至五十七年五月之間已升任內務府員外郎。

這推論有理由可以成立，因爲在此期間，曹頫確有升官晉爵的契機。《內閣起居注册》記有康熙五十六年十月十九日的上諭：

上曰：錢糧全完官員有無議敘之例？曹寅、李煦將歷年積欠俱已清還，著交部查全完錢糧官員議敘之例具奏。

「議敘」的結果，是李煦授户部右侍郎銜，見同年十二月十七日李煦〈加户部右侍郎銜謝恩摺〉⑩：

竊奴才接到京抄，知蒙萬歲垂念虧欠補完特勅議敘，授奴才户部右侍郎之銜。聞命自天，感恩無地矣。

按照當時的郵遞條件，京抄到蘇州至少二十天左右，則李煦加銜當在五十六年十一月。但康熙帝口諭中應加「議敘」的還有曹寅。在其時江寧織造已是曹頫，曹寅五年前已經病逝，還有再加「議敘」，升官晉爵的可能麼？看來這「浩蕩聖恩」就落到了曹頫頭上，造成了他升官的機會。因而，曹頫極可能於李煦加户部右侍郎銜同時，即康熙五十六年十一月升任內務府員外郎。此推論與目前所見史料並無相悖，且可解釋史料中的一些特殊現象，如曹頫自奏職銜的前後變化及康熙帝口諭中曹寅的議敘問題，應該説是可以成立的。

至於曹頫何以在升任員外郎後就不再自報官銜，其原因可能是：曹頫得康熙帝特殊照顧繼任江寧織造，給予主事之職，兩年中並無建樹而又升任員外郎；時曹頫年齡不足二十二歲，不以員外郎自署乃是一種謙抑的表示，或可因而取得皇帝好感，鞏固既得的政治地位。

㈣曹頫抄家原因

雍正五年十二月二十四日，上諭著江南總督范時繹查封曹頫家產，這就是一般所謂的「曹頫獲罪抄家」。其中緣由，學術界頗有爭議。持政治牽連說者將曹頫之抄家放到雍正前期整個政治歷史背景中考察，強調事物之間的聯繫和相互影響，其方法是正確的，然結論多係推測，尚需直接史料加以證實。持經濟原因說者否定政治原因的存在，因爲曹頫在經濟上虧空大量帑銀及騷擾驛站均明見於歷史檔案而政治罪案查無實據。筆者竊以爲此說審慎有餘而通變不足，因爲政治方面的原因可能只是一種潛在因素，不一定明文載於檔案，但它對事物的發展方向可能起相當大的、甚至是決定的作用，實不應忽視它存在的可能。一九八六年，魏鑒勛先生在大連圖書館發現雍正六年六月十一日總管內務府關於曹頫等騷擾驛站案的題本，從中可見曹頫騷擾驛站僅得革職處分，與其抄家並無必然聯繫，至少並非因果關係。因是之故，我們認爲曹頫抄家原因仍有繼續探討考證之必要。當然爲了取得儘量接近歷史真實面貌的結論，考證工作應該在現有全部史料的基礎上進行。

在對目前所能見到的有關史料詳加推敲研討之後，我們認爲，曹頫之所以被抄家，實際原因有二：

其一，雍正帝懷疑曹頫結黨附托、造言誹謗，因而厭惡曹頫；曹頫的虧空與失職更加深了雍正帝的惡感，終以其騷擾驛站爲由交內務府及吏部嚴審；

其二，在曹頫離職受審之時，曹家內部有人向雍正帝告發曹頫轉移家財，引起雍正帝震怒，以至下令抄家。

這兩條原因：前者爲遠因，後者爲近因，及抄家之真正導火線。容分條縷析之。

其一　抄家遠因

雍正帝對曹頫的懷疑厭惡之心，實由來已久。最能說明問題的是雍正二年曹頫請安摺上的長批：

朕安。你是奉旨交與怡親王傳奏你的事的，諸事聽王子教導而行。你若自己不爲非，諸事王子照看得你來；你若作不法，憑誰不能與你作福。不要亂跑門路，瞎費心思力量買禍受。除怡王之外，竟可不用再求一人托累自己。爲什麼不揀省事有益的做？做費事有害的事？因你們向來混帳風俗貫（慣）了，恐人指稱朕意撞你，若不懂不解，錯會朕意，故特諭你。若有人恐嚇詐你，不妨你就求問怡親王。況王子甚疼憐你，所以朕將你交與王子。主意要拿定，少亂一點，壞朕聲名，朕就要重重處分，王子也救你不下了。特諭。

此諭雖長，中心要點只有兩點：一是除怡親王外，不准與他人攀援結黨；二是不准「壞朕聲名」。它實際上是雍正帝對曹頫的嚴重警告，與當時朝野政局密切相關。

雍正帝即位之初，官場貪風橫行，官僚朋比黨援，言官溺職。故雍正帝務以粉碎朋黨，整頓吏治爲當務之急。他一再頒佈上諭，指摘朋黨之害，並親撰《朋黨論》，特別駁斥歐陽修的「君子以同道爲朋」說，肯定「君子無朋，惟小人則有之」，台北故宮博物院藏有此長諭的潤飾修訂本，其中「不要亂跑門路」句改爲「不可亂投門路，枉費心思力量而購覓災禍」。「因你們向來混帳風俗貫了」修改爲「朕因爾等習慣最下，風俗專以結交附托爲良策」⑪。語意較原批更加明確。由此修改後的硃批，可見雍正帝確認爲曹頫有「結交附托」之嫌疑。當時總理朝政的四大臣乃廉親王允禩、怡親王允祥、舅舅隆科多與大學士馬齊：其中允禩乃反對派的首領；隆科多與年羹堯二人初受褒獎重用，不久即遭疑忌，雍正二年冬已有密旨命諸大臣與之疏遠⑫；馬齊原係允禩同黨，時已年老昏庸，唯利是貪；唯有怡親王允祥自幼由雍正帝親身陶冶教育，最爲忠心。故雍正帝將曹頫交與怡親王，命其「諸事聽王子教導而行」，正是不准曹頫與他人攀援結黨之舉。看來雍正帝似乎懷疑曹頫有攀附交結允禩、隆科多和馬齊等人的可能。曹頫實際上有否攀附雖不可詳知，然一旦引起皇帝懷疑，總是凶多吉少。且雍正十三年十二月十六日〈內務府奏查各處呈報賠款案均符恩詔請予寬免摺〉所附分賠單內，記有曹寅家人（後爲曹頫家人）供出曾「餽送」「原任散秩大臣佛保銀一千七百五十六兩」、「原任大學士兼二等伯馬齊欠銀七千六百二十六兩六錢」、「原任尚書凱音布收受餽送銀五千六百兩」：可見曹家確有到處送銀拉攏結交顯貴之事實。而據康熙五十四年正月十二日內務府摺，奉旨挑選曹頫為曹寅嗣子的三個內務府總管之一，即日後的大學士馬齊，則曹頫與馬齊似亦關係切近。曹頫在雍正二年四月初四日的賀摺中又忘乎所以，盛讚大將軍年羹堯凱旋，甚至有「凱奏膚功，獻俘闕下，從古武功未有如此之神速丕盛者也」等吹捧過火之語，雖當時朱批「文擬甚有趣」，日後難免疑心。雍正帝為人精明而又多疑，懷疑曹頫「結交附托」實事出有因。

再看第二點。曹頫乃區區包衣小奴才，何能對皇帝的「聲名」構成威脅？即令曹頫貪污瀆職，乃至結黨謀叛，與雍正帝的「聲名」有何相干？除非曹頫對皇帝妄加評議或散布流言，那才會敗壞影響皇帝的聲譽。清史研究者均認為：康熙後期，諸皇子為謀帝位同室操戈彼此傾陷；雍正帝即位以後，允禩、允禟、允䄉、允禵等輩悻悻不平，怨恨誹謗，使新君難以安枕高臥。雍正七年頒發之《大義覺迷錄》中，也有上諭透露「允禩等之逆黨奸徒造作蜚語布散傳播」之事實。如將上引朱批放到這一特定的歷史環境中分析，可知雍正帝懷疑曹頫有誹謗攻擊之可能。曹頫實際上有否誹謗，史書無可稽查；雍正帝究竟懷疑曹頫可能造謗何種言語，今亦無從擬定。當然。單憑懷疑並不能定曹頫之罪，然雍正帝對曹頫的厭惡之心恐也從此難以消滅了。

此論另一點值得注意的是：它從側面透露了怡親王允祥在雍正元年曾救護曹頫之事實。

雍正元年十二月初一日，兩淮巡監御史謝賜履〈奏明解過織造銀兩摺〉⑬奏稱曾兩次解過江寧織造銀共八萬五千一百二十兩，部議令曹頫解還户部，而曹頫竟無回覆。在此前後，曹頫具文咨部，請求將此虧空帑銀分三年帶完，經户部題請允准。故在次年正月初七日的〈奏謝准允將織造補庫分三年帶完摺〉中，曹頫有了這樣可憐的哀鳴：

奴才實係再生之人，惟有感泣待罪，只知清補錢糧爲重，其餘家口妻孥，雖至饑寒迫切，奴才一切置之度外，在所不顧。凡有可以省得一分，即補一分虧欠，務期於三年之內清補全完，以無負萬歲開恩矜全之至意。

將此摺「奴才實係再生之人」等句與上引朱批「王子甚疼憐你」、「王子也救你不下了」諸語對看，似乎在元年秋冬，雍正帝曾欲就曹頫虧空案對其進行某種處置，爲同情曹頫的怡親王所救。怡親王自元年三月起奉旨管理户部，江寧織造錢糧按規定由户部銷算（見《總管內務府現行則例》廣儲司冊卷二），上述虧空帑銀又係户部庫銀，故在因虧空而處理曹頫時怡親王允祥有一定的發言權。户部題請之得雍正帝批准，應係怡親王之力。雍正八年五月怡親王允祥故後，雍正帝接連頒發上諭表示哀悼，曾謂：

王自總理户部以來，謙領度支，均平貢賦；月要歲會，令肅風清；無弊不除，無惠不舉。……如户部庫帑累年虧空至二百五十萬之多，王則經理多方，代爲彌補；使各官脱然無累，子孫並免追賠：此王之功德及於衆姓者也。又如朕因怡親王之奏而蠲免多年之逋欠，寬宥各官之處分：此王之功德及於天下者也。⑭

由此可見，怡親王救援曹頫確有根據，並非想像；曹頫虧空之帑銀，在怡親王生前應已補完。這樣，曹頫在雍正前期未曾因虧空而致抄家就得到了適當的解釋。

在雍正帝即位之初，曹頫已因虧空而經受了一次嚴重的風浪；雖因怡親王救護而過了難關，但曹頫既已引起皇帝的猜疑與厭惡，即使「戰戰兢兢，如履薄冰」，也難逃劫運。四年三月，曹頫因「織緞輕薄」罰俸一年，並令織賠。同年冬十一月，曹頫進京送賠補綢緞，上諭「著將曹頫所交綢緞內輕薄者，完全加細挑出交伊織賠」，此諭一下，恐其所交之賠補綢緞又將重行退回織賠矣。五年正月，兩淮鹽政噶爾泰向雍正帝密摺報告：「訪得曹頫年少無才，遇事畏縮，織造事務交與管家丁漢臣料理。臣在京見過數次，人亦平常。」噶爾泰密摺中有「訪得」二字，可見他前此曾奉雍正帝之命對曹頫進行察訪。利用密摺制度以監視官場本乃雍正帝之乾綱獨運，命兩淮鹽政就近監察曹頫亦是情理中事。更可注意者是雍正帝在噶爾泰密摺上的旁批：「原不成器」，「豈止平常而已！」⑮曹頫在少年時代就被伯父曹寅稱爲「多才」，寄以「成材」、「承家」之希望；隔了十五年卻被雍正帝認爲遠遠達不到平常人的標準：雍正帝對曹頫的厭惡之情已經十分明顯。五個月以後，曹頫又因織造御用石青緞匹落色罰俸一年。曹頫在兩年之內屢受嚴譴、罰俸，其前跋後疐、動輒得咎之情狀可想而知。

當時江南三織造按慣例輪流督運，進京述職。曹頫既在四年進京，次年應由蘇州織造高斌督運。五年五月二十二日，內務府奏請雍正帝指定官員暫代高斌織造事務，奉上諭：「高斌著不必回京，仍著曹頫將其應進緞匹送來。」這位蘇州織造高斌乃內務府鑲黃旗包衣，時任內務府郎中，後擢升江南河道總督，官至文淵閣大學士，是雍正帝的心腹親信。雍正帝何故捨其心腹而改令其素昔厭惡之曹頫督運，或雍正帝欲待曹頫「及陷於罪，然後從而刑之」，因爲曹頫後來果然在督運中出了岔子，被山東巡撫、雍正寵臣塞楞額所參奏。這種「誅心之論」大約永遠不會發現正式檔案記載，但仍不失爲一種可能的推論。

根據大連圖書館藏《雍正六年六月二十一日總管內務府題本》，塞楞額參劾曹頫等騷擾驛站的奏疏於十一月二十四日發出，十二月四日雍正帝即朱批：

> 朕屢降諭旨，不許欽差官員人役騷擾驛遞。今三處織造差人進京，俱於勘合之外多加夫馬，苛索繁費，苦累驛站，甚屬可惡！……織造差員現在京師，著內務府、吏部將塞楞額所參各項嚴審定擬具奏。

而據塞楞額的奏疏及曹頫等人的供詞，織造督運於勘合外多加夫馬原由織造官員與沿途州縣協商而定，相沿已久，非曹頫違例多索。即如塞楞額奏疏亦謂：

> 在州縣各官則以爲御用緞匹唯恐少有遲誤，勉照舊例應付，莫敢理論；在管運各官則以爲相沿已久，罔念地方苦累，仍照舊例收受，視爲固然。伏祈我皇上勅下織造各官，嗣後不得於勘合之外多索夫馬，亦不得於廩給、口糧之外多索程儀、騾價。倘勘合內所開夫馬不敷應用，寧可於勘合內議加，不得於勘合外多用，庶管驛州縣不致有無益之花消，而驛馬、驛夫亦不致有分外之苦累矣。⑯

可見塞楞額本人也認爲曹頫等人多索夫馬銀兩有一定的合理性，應於勘合內適當議加夫馬數額。因此，對曹頫等騷擾驛站案的處理原可從寬或者從嚴，由「聖上」之喜怒如何而定。然因雍正帝素來厭惡曹頫，便選擇了從嚴一途，毫不留情地予以打擊。

於是，曹頫就只能吞咽這次欽定差使的苦果了。先是交內務府及吏部嚴審，十二月十五日，內閣又奉上諭：「江寧織造曹頫審案未結，著綏赫德以內務府郎中職銜管理江寧織造事務。」亦即正式令曹頫離職；其後九天即十二月二十四日，江南總督范時繹奉上諭查封曹頫家產。

這樣，在雍正帝上台五年以後，屢經風浪的曹頫終於落得離職受審、抄沒家產的下場。究其緣由，與雍正帝懷疑曹頫結黨附托，造言誹謗，以至厭惡曹頫之居官行事、品德才具，有著密不可分的關係。

其二　抄家近因

爲探討曹頫抄家之近因，必須詳讀雍正帝於五年十二月二十四日下達的抄家上諭：

奉旨：江寧織造曹頫，行爲不端，織造款項虧空甚多。朕屢次施恩寬限，令其賠補。伊倘感激朕成全之恩，理應盡心效力；然伊不但不感恩圖報，反而將家中財物暗移他處，企圖隱蔽，有違朕恩，甚屬可惡！著行文江南總督范時繹，將曹頫家中財物固封看守，並將重要家人立即嚴拿；家人之財產，亦著固封看守，俟新任織造官員綏赫德到彼之後辦理。伊聞知織造官員易人時，說不定要暗派家人到江南送信，轉移家財。倘有差遣之人到彼處，著范時繹嚴拿，審問該人前去的緣故，不得怠忽！欽此。

雍正帝性格每好嘵嘵多言，自恃利口健筆，於諭旨中詳述其施政理由；此次雖爲查封一包衣奴才之家產，其好多言之作風如舊。如細讀加點文句，不難看出當時雍正帝「龍顏大怒」，必欲查封曹頫家產的直接起因。蓋此直接起因並非騷擾驛站，因爲上諭對此事隻字未提，況且單憑此罪亦不足以抄人家產，曹頫實際所得處分亦不過革職賠銀而已。抄家之直接起因甚至也不是虧空帑金，因爲這早已是多年舊案，雍正帝本已「屢次寬限，令其賠補」，若無新犯，也難舊案重提，抄人家資；況且後來實際抄家所得又全部賞給了隋赫德，並未抵補虧空。故如不爲傳統說法所囿而重讀雍正帝之上諭，可知曹頫被抄沒家產之直接起因實乃上諭中反覆細述的「轉移家財」、「將家中財物暗移他處」，因而使雍正帝認爲曹頫「有違朕恩，甚屬可惡」，這才下諭封其家產，予以嚴懲。

雍正帝身爲人君，當不至在處理一包衣奴才時信口造謠；上諭斥責曹頫「轉移家財」，必得之於他人密報。像雍正帝這類自信英明有爲之君，平生最恨者乃爲臣下所愚；今既得密報知曹頫轉移家產，則以往曹頫「凡有可以省得一分，即補一分虧欠」諸語全屬欺君謊言，而自己反爲其蒙騙，一再施恩寬限，命其賠補：言念及此，焉得不惱羞成怒。雍正帝曾自述此種心理：

> 朕待內外大小臣工，推心置腹，事事至誠。而爲臣者，尚忍以僞妄欺詐待朕，實可寒心！⑰

此言見於雍正五年底之上諭，恰與其下令查封曹頫家產同時，乃了解雍正帝心理之最直接材料。上諭所言之「內外大小臣工」，應即包括曹頫在內。綜觀雍正帝之上諭，凡欲整治臣下之罪，必歷數其種種負恩，並自詡爲君之種種寬大，而以臣下之得罪爲咎由自取。如雍正三年底以九十二款大罪處分年羹堯時，上諭內就有「今寬爾殊死之罪，令爾自裁，又赦爾父兄子孫伯叔等多人之死罪，此皆朕委曲矜全、莫大之恩。爾非草木，雖死亦當感涕也」⑱等語：皆此種心理之表現。於是，曹頫在離職受審之後的第九天，又臨到了抄家的打擊。

從史料分析，雍正帝接到曹頫「轉移家財」之密報，當在十二月十五日上諭著綏赫德管理江寧織造之後、抄家上諭發出的十二月二十四日之前的九天以內，而以二十四日當天或前一天的可能爲最大，因爲雍正帝一旦被激怒必立即採取措施，遲疑不決非其辦事之風格。密報者爲誰，上諭並未提及，亦未見其他史料記載，然從各方面情況分析，密報者很可能係曹氏家族成員，這是因爲：

⑴在曹頫已離職受審之後再密告其「轉移家財」，此乃落井下石之行爲，如非久有嫌隙者，當不至於此；

⑵上諭指責曹頫「將家中財物暗移他處」，此等隱秘之事外人一般何從得知，唯自家人了解最爲詳細。而上諭嚴令將曹頫「重要家人立即嚴拿」、「家人之財產亦著封固看守」，懲處及於曹家奴僕，故知此密告者非曹家下人；

⑶上諭又有：「伊聞知織造官員易人時，説不定要暗派家人到江南送信，轉移家財」諸

語。「織造易人」在十二月十五日，此密告者在數日之內已將曹頫意向探明並報告雍正帝，必係雍正帝身旁近臣且與曹頫關係極爲切近之人，亦即係曹氏家族成員且在內務府任職者。

根據我們對曹氏家族成員概況的考察，這位在內務府任職之雍正近臣、與曹頫久有嫌隙之曹家親丁，有可能就是曹頫的親長兄、被康熙稱爲「不和者」而取消了入嗣曹寅資格[19]、因而對曹頫怨憤妒羨欲得之而後快的曹順。當然，在未見明確史料記載之前，以上這段演繹歸納推理也只能作爲一種假説，難成定論。但曹順此後不久即升任內務府司官兼驍騎參領[20]，或與密告出賣親弟曹頫不無關係。當時曹家在內務府當差者尚有曹顏、曹頎、曹宜等人，在曹頫抄家案中他們有否落井下石，目前尚難完全排除其可能性。

曹氏家族內部矛盾由來已久，關係複雜，爭鬥激烈，在曹頫遭受抄家風暴的打擊時，他的「一家子親骨肉」自然會各有表演，對此我們似應予以充分的注意。

(五)抄家之後的曹頫

曹頫此後的情況如何，這是大家十分關心的問題，因爲這直接牽涉到曹雪芹青少年時代思想的發展、成熟與世界觀的形成，故極有加以詳論之必要。惜檔案零落不全，我們只能就現有史料略加考析，爲抄家之後的曹頫勾畫一個簡單的輪廓。

曹頫抄家之後，其在京城及江南的家產人口全部由雍正帝賞給其後任隋赫德。據蕭奭《永憲錄續編》，曹頫抄沒時家產已少得可憐：「封其家資，止銀數兩，錢數千，質票值千金而已。上聞之惻然。」但蕭奭所記或得之傳聞，並不確實，因爲據〈江寧織造隋赫德奏細查曹頫房地產及家人情形摺〉，僅在江南地區，曹頫及其家人就有「住房十三處，共計四百八十三間。地八處，共十九頃零六十七畝。家人大小男女共一百十四口」，「外有所欠曹頫銀連本利共計三萬二千餘兩。」如按雍正元年四月初九日總管內務府所奏李煦抄家清單㉑中房地人口折銀數估計曹頫家產，總數應在四萬五千兩以上。如再加上曹頫在北京地區的家產人口，總數當更可觀。雍正帝素性節儉，此項銀兩何以不充公帑抵補曹頫虧空而全部賞給隋赫德，其中緣故實不易明。但雍正帝的這一舉動至少證明：曹頫的抄家並不單純是因爲虧空，虧空最多只是被抄家的一個次要因素。據雍正七年七月二十九日《刑部移會》引總管內務府同年五月初七日咨文：

查曹頫因騷擾驛站獲罪，現今枷號。曹頫之京城家產人口及江省家產人口，俱奉旨賞給隋赫德。後因隋赫德見曹寅之妻孀婦無力不能度日，將賞伊之家產人口內於京城崇文門外蒜市口地方房十七間半、家僕三對，給與曹寅之妻孀婦度命。㉒

據此則曹頫抄家後又因騷擾驛站而致枷號。其枷號原因，張書才先生〈新發現的曹頫獲罪檔案史料考析〉一文㉓已有詳論，認爲係曹頫未能如期清納騷擾驛站應賠銀以至按例枷號催追。此說雖尚無直接證據而分析甚近情理，可成一說。唯曹頫究竟何時開始枷號尚難肯定，因爲據魏鑒勛先生新發現的騷擾驛站案題本，曹頫僅得革職處分，並未枷號，革職並枷號、流放者乃筆帖式德文和庫使麻色：

查定例，馳驛官員索詐財物者革職等語。……應將員外郎曹頫革職，筆帖式德文、庫使麻色革退。筆帖式、庫使均枷號兩個月，鞭責一百，發譴烏喇，充當打牲壯丁。……其曹頫等沿途索取銀兩雖有賬目，不便據以爲實，應將現在賬目銀兩照數嚴追，令交廣儲司外，行文直隸、山東、江南、浙江巡撫，如此項銀兩於伊等所記賬目有多取之處，將實收數目查明，到日仍著落伊等賠還可也。㉔

故曹頫枷號之時間及原因尚難完全肯定。曹頫枷號有可能是此後才加重的處罰，因爲此題本所開曹頫自記多收銀數與後來的實際催追數不符。據題本所載：「曹頫收過銀三百六十七兩二錢，德文收過銀五百十八兩三錢二分，麻色收過銀五百零四兩二錢。」㉕而雍正十三年十月二十一日〈內務府奏將應予寬免欠項人員繕單請旨摺〉所附漢文清單記：

雍正六年六月內，江寧織造．員外郎曹頫等騷擾驛站案內，原任員外郎曹頫名下分賠銀四百四十三兩二錢，交過銀一百四十一兩，尚未交銀三百二兩二錢。原任筆帖式德文分賠銀五百十八兩三錢二分，交過銀八十七兩，尚未交銀四百三十一兩三錢二分。

將此兩件檔案對看，麻色之賠銀實數未見，德文之應賠銀與題本所載相符，可知其於自記帳目外並未多取；唯有曹頫，實際應賠數超過其自記帳目七十六兩。是否因爲曹頫自記帳目與調查結果不符，被雍正帝認爲有意欺瞞，因而加重處罰，予以枷號？從史料看，這種可能也是存在的。

此外，我們還應該注意曹頫枷號的另一可能原因，即曹頫爲雍正帝政敵允禟（塞思黑）藏貯鍍金獅子一事。新任江寧織造隋赫德於雍正六年七月初三日將此事報告雍正帝，因奏折上沒有硃批，現尚難肯定雍正帝對此作何處理。然曹頫一案才結，一案又起，雍正帝素昔厭惡曹頫，借此將曹頫枷號的可能亦難排除。

總之，無論是何種原因，曹頫在雍正七年五月前後必在枷號之中當可肯定。此後曹頫的情況我們就不很清楚了。如果曹頫是因賠銀未清而枷號追賠，則按照雍正五年的規定㉖：

> 嗣後內務府佐領人等，有應追拖欠官私銀兩，應枷號者枷號催追，應帶鎖者帶鎖催追，俟交完日再行治罪釋放，著爲定例。

則曹頫那頂六十斤重的木枷，竟要戴到乾隆帝登基發佈恩詔寬免欠項時爲止，因爲他這項賠銀到寬免之時還欠三百二兩二錢。但根據其後的一些情況分析，曹頫似乎不至於倒霉到這種程度。因爲在雍正七年十一月初八日，雍正帝發佈了寬釋功臣之子孫犯法問罪及虧空拖欠者的上諭㉗：

> 從來開國之初，必有從龍之佐：或闢疆拓土，茂建功勛；或陷陣衝鋒，捐軀殉節。至於承平之時，伐叛討逆，其抒誠宣力之臣，壯猷忠節，並足以垂光竹帛，流譽無窮。凡爲人主者，據情據理，必無有不存篤念忠勛之心，於本身厚加贈恤。豈不均望其子孫人人成立，克紹前征以承受優待功臣之澤乎？若忠節之後廢墜家聲，乃朝廷所不忍聞

也。……上年降旨，令各旗將功臣之子孫犯法問罪及虧空拖欠者一一查出具奏，今年各該旗陸續查奏前來。朕詳加披覽，斟酌情罪，或其中勛節之後嫡派止此一二人者，如施世驊（中略）共六十二員名下應追未完之銀共五十四萬六百五十九兩，米一千七百二十一石，此項錢糧俱係國家公帑，非朕所得私自用恩者。著內庫銀兩照數撥補，代為伊等完項。其或充發、或問監候及妻子家屬入辛者庫等罪者，概行寬釋。……凡此寬宥之人等倘有窮乏不能自給者，准其於該都統處具呈，俟該都統奏聞，朕當另加恩恤以存養之。其餘八旗所查功臣之子孫可寬者，亦無及候朕再詳加細閱發出。特諭。

據此則枷號之曹頫正可援功臣子孫之例而望寬釋。如是，則曹頫可能在雍正七年底就恢復了自由。

以上推論可從雍正十一年十月初七日〈莊親王允祿奏審訊綏赫德鑽營老平郡王摺〉中找到旁證。據此摺記載，江寧織造隋赫德免職後將「官賞的揚州地方所有房地」（原曹頫家產）變賣五千餘兩銀子帶回北京，老平郡王納爾素派小兒子福靖向隋赫德借銀五千兩，後分兩次實借三千八百兩。隋赫德之子富璋的供詞透露出其中隱情：

從前曹家人往老平郡王家行走，後來沈四帶六阿哥並趙姓太監到我家看古董，二次老平郡王又使六阿哥同趙姓太監到我家，向我父親借銀使用。

富璋突然供出一句「曹家人往老平郡王家行走」，極可注意。「從前」、「後來」云云初看似語無倫次，實則富璋在申述這三件事的前後因果關係：老平郡王派六阿哥福靖等上門看古董、借銀子與「以前曹家人往老平郡王家行走」有關。按納爾素之妃即曹寅長女，曹頫之姊，故富璋並未點名的「曹家人」必曹頫及其家屬無疑。同摺內富璋曾供稱「看古董」爲雍正十年十一月之事，則「從前」的時間概念乃雍正八、九年。富璋似在暗示：老平郡王納爾素有代曹家向隋赫德索回家產之意。如果當時曹頫尚是在押罪犯，其家屬斷不敢挑唆納爾素代索家產，納爾素在雍正四年已「革退王爵，不許出門」，也斷不敢在曹頫枷號期內向隋赫德勒索銀五千兩（恰符曹頫原揚州地方房地折價之數）。據以上兩件檔案史料分析，曹頫在雍正七年底或已寬釋，故行動自由，出入平郡王府，並敢於覬覦抄沒之家產矣。㉘

至於曹頫虧空之事，自抄家上諭後即不見提起。據上引雍正七年的《刑部移會》，曹頫之枷號與虧空並無關係。乾隆帝登基後宣佈寬免侵貪挪移款項，內務府所報寬免名單中也沒有曹頫虧空一款。因織造錢糧按規定由户部銷算，故曹頫虧空案應由分管户部的怡親王另行處理。雍正八年五月怡親王去世，據本文第四節所引雍正帝悼念怡親王之上諭，怡親王爲虧空各官多方經理，補苴户部庫帑達二百五十餘萬兩之多，使各官等以免罪脱累，子孫並免追賠：則曹頫之虧空至遲在怡親王去世前已經補完。虧空一旦補畢，曹頫之罪名便大大減輕，在雍正帝大發慈悲、寬釋功臣子孫的政治氣氛中，曹頫之免罪獲釋自是情理中事。再聯繫雍正後期一般政策措施的漸趨寬大，曹家近親傅鼐、平郡王福彭等之日漸顯貴重用等情況觀察分析，曹頫一系在這種政治氣候下逐漸復蘇也是有可能的。但無論如何，曹頫一家已不可能再恢復到當年曹寅在世的盛況，即使它獲得復蘇，也只不過是「百足之蟲，死而不僵」，在最終死滅之前的迴光返照，而決不可能是鳳凰從烈火中再生。

據雍正十三年九月初三日乾隆帝恩詔：「八旗及總管內務府三旗包衣佐領人等內，凡應追取之侵貪挪移款項，倘本人確實家產已盡，著查明寬免。」援此則曹頫必可寬免。同年十月二十一日內務府摺所附寬免名單中，亦正有寬免曹頫騷擾驛站案內尚欠銀三百二兩二錢的記錄。《八旗滿州氏族通譜》內記：「曹頫，原任員外郎。」按此書雍正十三年十二月初一日始有乾隆帝諭旨下令編修，乾隆五年十二月八日又有旨將歷年久遠之尼堪（漢人）等作爲附錄收入此書㉙：據此則至遲在乾隆初，曹頫已蛻去了罪犯的身份；唯用「原任」字樣，證明曹頫在乾隆五年前後並無職銜。周汝昌先生《紅樓夢新證》認爲曹頫在乾隆元年起復爲內務府員外郎，固然在當時政治背景中曹頫有起復原官的可能，然因別無史料可證，仍難肯定。

國內外有部分紅學家認爲曹頫即《石頭記》脂批作者之一的畸笏叟，所列根據頗爲有力㉚。如此說成立，則曹頫至少在乾隆三十二年丁亥（一七六七）還活著，因爲庚辰本上署名爲「畸笏叟」的批語以丁亥爲最晚㉛。因此，按照本文第一節對曹頫生年的測算，他有可能活到七十歲以上。從畸笏批語流露的情況看來，曹頫晚年淪爲「廢人」㉜，以批閱《石頭記》自遣，身後遺有子孫㉝。如從畸笏叟與《石頭記》作者曹雪芹的關係推斷，則曹頫似不可能是雪芹的生父。此點因推之過遠，本文不擬枝蔓。

這樣，按照我們目前所能見到的有關史料以及本文的考析，我們可以列出曹頫的生平簡表：

曹頫生平簡表

生平　年代	行略
康熙三十五年至三十七年(1696-1698)	生於北京，曹宣第四子。
康熙四十四年前(1705)	爲曹寅所撫養，生活於江寧織造府。
康熙五十年（1711）	三月，隨侍曹寅於揚州鹽運使院。冬十一月，隨曹寅返京。
康熙五十四年（1715）	正月奉康熙帝命過繼爲曹寅之嗣，補放江寧織造、六品主事。二月初九奏辭南下，三月六日正式上任，接印視事。
康熙五十六年（1717）	十一月因錢糧全完，康熙帝有旨議敍，升內務府員外郎。
雍正二年(1724)	正月初七日奏謝允准將織造補庫分三年帶完。
雍正四年(1726)	三月初十日因織緞輕薄罰俸一年，並令織賠。冬十一月進京送賠補綢緞。
雍正五年（1727）	六月二十四日因御用褂面落色罰俸一年。十一月二十四日，因騷擾驛站爲山東巡撫塞楞額參奏。十二月四日上諭命交吏部內務府嚴審，十五日命離職，二十四日命江南總督范時繹查封家產。
雍正六年（1728）	六月二十一日騷擾驛站案結，受革職處分，並令賠還多取銀兩。七月初三日，隋赫德奏報曹頫曾代貯塞思黑所鑄銅獅一對。
雍正七年(1729)	五月，在枷號中。年底可能獲釋。
雍正八年五月前(1730)	虧空補完。開始往平郡王府行走。
雍正十年前後（1732）	行動自由，出入平郡王府，並敢於覬覦抄沒之家產。
雍正十三年（1735）	九月初三日，恩詔寬免騷擾驛站尚欠銀三百二兩二錢。
乾隆三十二年以後（1767）	去世。

注：

①全文載《紅樓夢學刊》一九八四年第一輯。

②見《關於江寧織造曹家檔案史料》，以下所引檔案凡收於此書者不再加注。

③詳見本書〈曹宣小考〉。

④同注③。

⑤見康熙六十年刊《上元縣志》卷十六〈曹璽傳〉，轉引自馮其庸先生《曹雪芹家世新考》三一七頁。

⑥均詳見顧景星《白茅堂詩文全集》卷四十六〈家傳〉及所附顧昌之子顧湛露所撰〈顧公培山府君行略〉。

⑦見張雲章《樸村詩集》卷十〈聞曹荔軒銀台得孫卻寄兼送入都〉詩末聯：「歸時湯餅應招我，祖硯傳看入幕賓」。

⑧詳見《江寧織造曹家檔案史料補遺（下）》所收曹頫奏摺，《紅樓夢學刊》一九八〇年第二輯。

⑨同注⑧。

⑩見《李煦奏摺》二四〇頁。

⑪詳見楊啟樵先生《雍正帝及其密摺制度研究》一九二頁及九五頁。

⑫同注⑪。
⑬詳見《雍正硃批諭旨》第十三册、第三十九册。
⑭引自雍正八年五月二十六日上諭，《欽定八旗通志》卷一〈敕諭四〉。
⑮同注⑬。
⑯引自大連圖書館藏〈曹頫騷擾驛站獲罪結案題本〉，《紅樓夢學刊》一九八七年第一輯。
⑰引自《永憲錄續編》。
⑱引自《雍正朝起居注》三年十二月十一日條。
⑲詳見拙作〈曹順小考〉。
⑳同注⑲。
㉑見《歷史檔案》一九八一年第二期〈總管內務府奏查抄李煦在京家產情形摺〉。
㉒見《歷史檔案》一九八三第一期〈新發現的有關曹雪芹家世的檔案〉。
㉓見《紅樓夢研究集刊》第十二輯。
㉔同注⑯。
㉕同注⑯。
㉖見雍正《大清會典》卷二百三十一〈內務府六·愼刑司〉。
㉗見《雍正朝起居注》。雍正帝自七年冬起即病重，一度垂危，九年秋始恢復健康。他採取此類赦免功臣子孫的措施或有爲自己祈福之目的。

㉘此處曾參考徐恭時先生〈槐園聞雁西園曲〉一文的意見，文見《紅樓夢研究集刊》第八輯。

㉙詳見《八旗滿洲氏族通譜》卷首〈凡例〉。

㉚詳見趙岡先生〈紅樓夢新探〉；皮述民先生〈補論畸笏叟即曹頫說〉（《海外紅學論文選》）；戴不凡先生〈畸笏叟即曹頫辨〉（《紅樓夢研究集刊》第一輯）。

㉛靖本第十八、四十二回各有署「戊子孟夏」和「辛卯冬日」之批語，據分析亦應出畸笏之手。戊子、辛卯爲乾隆三十三年、三十六年。然靖本未見，此處姑據庚辰本批語有畸笏叟署名及年份者立說。

㉜庚辰本第十七、十八回「三四歲時已得賈妃手引口傳」旁批：「批書人領至此教，故批至此，竟放聲大哭。俺先姊先（仙）逝太早，不然余何得爲廢人耶？」此批者應是畸笏。由此可知畸笏晚年淪爲「廢人」，並未做官。

㉝靖本第十八回書眉長批引庾信〈哀江南賦序〉，感慨宗法大族的衰敗，末有「後世子孫其毋慢忽之」之語。此批署「戊子孟夏」，應爲畸笏所批。

十二、曹氏家族敗落原因新論

在研究曹雪芹家世史料時，研究者常常聯繫清代康熙、雍正、乾隆三朝的政治背景，並試而由此探索曹氏家族的興衰與曹雪芹創作《紅樓夢》之間的關係。這是一項很有價值的工作，前輩學者已作了很多努力。然學術無止境，我們仍試圖在逐一考察曹氏家族成員情況的基礎上進一步探索「百年望族」的曹氏家族全面破敗的原因。與前輩學者的意見不同，我認爲：曹氏家族的敗落並非雍正帝一手造成，整個曹氏家族在雍正朝仍然興旺發達，受雍正帝打擊者唯曹頫一人而已。曹頫一支雖曾因抄家而一度中落，到雍正後期（約雍正八、九年）似又復蘇。將各方面的材料綜合考察，曹氏家族的全面敗落當在乾隆六、七年間，其直接起因乃家族內部矛盾的發展和激化，由兄弟不和發展到彼此告訐、自相殘害，並由此而導致了來自皇室的打擊，以致造成整個曹氏家族的迅速衰敗。

㈠雍正年間的曹氏家族

考雍正年間的曹氏家族成員，可能健在者不過數人：曹宣之子順、頔、顏、頫（已過繼爲寅子），曹顒之子天祐，曹宜及其子曹頎。

我們目前所能見到的有關曹頔的最後史料，是曹寅〈途次示侄驥〉五律三首（見《楝亭詩鈔》卷五）。該組詩作於康熙四十六年秋冬，時頔二十二歲，正是一個雄姿勃勃長于騎射的有爲青年，以至寅詩以「奇材」、「志士」相許。然此後頔之情況不可考，估計他有可能在內務府三旗中擔任軍職，因未見記載，難以確定。顏即桑額，康熙五十年四月引見，派往寧壽宮茶房任茶上人，其秩別乃是侍衛；其後詳情亦不可考，但他至少在雍正五年還活著①。曹天祐，《五慶堂譜》記爲「顒子」，則他應即生於康熙五十四年夏的曹顒遺腹子，到雍正十三年亦僅二十一歲。《永憲錄續編》在雍正六年下記：「國制：旗員子弟年十八歲者，當差三年，量能授秩。」則《八旗滿州氏族通譜》記其「現任州同」，應系乾隆初元時事。曹宜乃曹爾正之子，寅之堂弟，康熙三十五年開始當差，雍正七年前已任護軍校，十一年七月前已任鳥槍護軍參領，同年七月二十四日補放正白旗護軍參領，後又兼任正白旗包衣第四參領第二旗鼓佐領。此外，曹順、曹頫、曹頎三人本書已有專考②。爲便於對雍正年間的曹氏家族成員作一宏觀剖視，可列如下簡表。

從表上可以看出：曹頫被革職查抄、枷號追賠對整個曹氏家族的命運並無決定性的影響，曹氏家族在雍正朝仍然相當顯赫。曹頫的親長兄曹順任驍騎參領兼佐領，官銜三品，又在內務府兼任郎中之類的職務；曹頫的堂叔曹宜從六品護軍校提升爲鳥槍護軍參領，官銜也是三品，還被派出監視雍正帝的政敵允禩；其堂兄曹頎則任茶房總領，二等侍衛兼佐領，官

雍正年間曹氏家族成員簡表

人名 \ 年代（行略）	雍正元年	二年	三年	四年	五年
曹順					
曹頫	仍任江寧織造，內務府員外郎。	正月初七日奏謝准見將織造補庫分三年帶完。		因織緞輕薄罰俸一年，並令織賠。	六月，因御用褂面落色罰俸一年。十二月四日因騷擾驛站交內
曹宜					
曹頎	仍任茶房總領。始授二等侍衛。		五月二十九日，雍正帝賞給房屋一所。	前此已任鑲黃旗第四參領第二旗鼓佐領。	十二月二十八日雍正帝賞給御書福字一張。

		務府、吏部嚴審，十五日革職，二十四日有旨查封家產。		
六年		六月騷擾驛站案結，應分賠銀四百餘兩，枷號追賠。		同上
七年	前此已任內務府司官兼驍騎參領。十月初五日補放鑲黃旗包衣第一參領。	仍枷號追賠。該年底可能獲釋。	前此已任正白旗包衣第五參領第一旗鼓佐領下護軍校。	
十一年	前此已調任正白旗包衣第五參領。七月二十四日補放該參領下第二旗鼓佐領（兼）。	自八年開始往平郡王府行走，行動自由，已敢於覬覦抄沒之家產。	前此已任鳥槍護軍參領。七月二十四日補放正白旗護軍參領。	七月以前去世。
十三年	不詳。	九月三日恩詔寬免。	已兼任正白旗第四參領第二旗鼓佐領，巡察見麵圈禁地方。九月三日，其祖曹振彥及其父曹爾正等獲誥封。	

銜雖是四品，卻是皇帝的親信近臣。總之，他們都是深得雍正帝信任重用的親貴。特別是一家三人均任佐領，這在內務府包衣中是很少見的，因爲內務府三旗佐領全屬公中佐領，由皇帝直接掌握並直接任命，非同滿洲八旗的世管佐領，一家祖、父、子、孫可以世襲。福格《聽雨叢談》卷一「佐領」條下記：

從前佐領一官極爲尊重，由此而歷顯宦者最多。如大學士尹文恪公泰以國子祭酒授錦州公中佐領，病免在家，尋以雍正元年起爲內閣學士：證此可見其盛矣。

因而，如從順、宜、頎三人的仕宦情況考察，曹氏家族在雍正年間並未式微當可論定。

曹頫是整個曹氏家族的唯一例外。先是被懷疑爲結黨附托、造言誹謗而引起雍正帝厭惡；五年底終於因騷擾驛站、虧空帑金、轉移家產等而革職查抄。次年六月騷擾驛站案結，應分賠銀四百餘兩無法清納，被枷號追賠一年有餘。但到七年底，曹頫似已開始恢復自由。至於曹頫家屬，包括寅妻李氏、顒妻馬氏、顒子天祐及曹頫妻兒，自雍正六年回京後，既蒙雍正帝恩諭留有蒜市口十七間半房屋及家僕三對③，一般日常生活已無虞匱乏；李氏與馬氏均是誥命夫人，其誥封非由曹頫而得，故不會因曹頫獲罪而褫去誥封；據〈大請會典〉卷七十七，孤寡無產業者又有養贍銀米可領（每人每季銀四兩）；曹家闊親戚數量不少：當仍可維持小康生活水平，不至於陷入絕境。曹頫免罪獲釋之後，情況當更可好轉。因此，如認爲曹雪芹家自雍正五年底抄家後即一敗塗地是與事實不符的。正如《紅樓夢》中冷子興所說：「百足之蟲，死而不僵。」曹氏家族在雍正年間雖已瀕臨末世，一次對其局部的突然打擊並不能使它就此解體沒落。

㈡曹氏家族破敗的時間

曹氏家族在雍正朝既仍興旺發達，則其破敗自應在乾隆年間。

雍正十三年八月二十三日，世宗暴死，弘曆繼位，是爲乾隆帝。九月三日，新皇帝發布恩詔，寬免應追之侵貪挪移賠補款項，曹頫騷擾驛站案內尚欠銀三百餘兩查明寬免。同日，覃恩封贈官員祖先，曹宜之祖曹振彥、父曹爾正得追封爲資政大夫（二品），祖母歐陽氏、袁氏及嫡母徐氏、生母梁氏均爲夫人④。曹順如仍健在，其祖曹璽、父曹宣當亦可獲封贈，然未見誥命，難以確定。十二月初一日，乾隆帝有旨編修《八旗滿洲氏族通譜》。據此譜卷首〈凡例〉，乾隆五年十二月初八日奏定：「蒙古、高麗、尼堪、台尼堪、撫順尼堪等人員，從前入於滿洲旗分內、歷年久遠者注明伊等情由，附于滿洲姓氏之後。」乾隆帝爲此譜親制序文，文末署「乾隆九年十二月初三日」，故此譜正式頒發當在乾隆十年初。曹氏家族自曹錫遠起共五代十一人載於卷七十四，所反映的當係乾隆五年前後的情況。其中所可注意者有五：

⑴曹家被收入此譜，且曹天祐現任州同，可見曹氏家族在乾隆五年底六年初時尚未徹底破落。因此譜〈凡例〉云：「有名位者載，無名位者删。」故凡某氏族已無人現任官職或有

爵位，即無收入之可能。李煦家已破敗，故未收入。

(2)譜記：「曹頫，原任員外郎。」曹頫自康熙五十六年至雍正五年任內務府員外郎，與譜記甚合。周汝昌先生認爲乾隆元年曹頫被起用爲內務府員外郎，如此假說屬實，則譜內應記「現任」而不應用「原任」字樣。今既僅記「原任」，則此假說尚需證實。當然，在當時政治氣候下，曹頫起復也是有可能的。

(3)譜記：「曹天祐，現任州同。」《五慶堂譜》亦記其「官州同」，則天祐在乾隆五年前很可能已任州同實缺（從六品），而非僅恩蔭虛銜。因爲據迄今所見內務府檔案，其父曹顒生前僅官主事（正六品），此兩譜雖記：「曹顒，原任郎中。」然迄今未見其他文獻佐證，估計係死後封贈。康熙帝對曹顒印象甚佳，曾譽之爲「文武全才之人」，對其不幸早逝極表惋惜，則在其死後封贈郎中亦在情理之中。但無論曹顒此銜係生前晉升還是身後封贈，郎中乃正四品銜，其子天祐應蔭八品官，與州同品級不合。可能天祐從恩蔭八品入仕，補缺後轉升州同。

(4)曹宜在雍正十三年十二月十五日還活著，見同日〈內務府奏請補放護軍校等缺摺〉⑤。而此譜記「曹宜，原任護軍參領兼佐領」，可佑曹宜在乾隆五年前已免職或去世。

(5)曹順之名不見於此譜。是偶而漏載還是因罪削去名位，故而不載？待考。

總之，在乾隆改元之初，曹氏家族的情況似並無很大變化。然而，至遲在乾隆八年癸亥（一七四三），曹氏家族已子孫流散，無可尋覓，「落得白茫茫一片大地真乾淨」了。這個信息，我們是從屈復《弱水集》卷十四〈消暑詩十六首〉之十二〈曹荔軒織造〉詩得到的⑥。

屈復，陝西蒲城人，生於康熙七年（一六六八），並非明代遺民而終身未應正式科舉考試，以布衣終老。一生浪跡天涯，僕僕奔走於南北道途，以詩聞名。乾隆元年，屈復已六十九歲，刑部右侍郎楊超曾薦其爲丙辰博學宏詞科徵士，屈復辭而不赴，作〈感遇〉三十首。詩見《弱水集》卷三，其一爲：

貞不必絶俗，隱不必逃世。自我來燕山，星霜已五易。風雲有青蠅，潔清無白璧。點污徒爾爲，本自不相識。

可知屈復以貞隱之士自命，而視楊超曾之薦舉爲「點污」，措詞之激烈，較拒絶參加康熙己未博學宏詞科的明遺民有過之而無不及，則其身世可能有難言之隱，錄此備查。屈復一生曾五次寓居北京，在京時與各界知名人士多所往還，怡親王允祥曾欲聘爲記室，亦婉辭（見楊鍾義《雪橋詩話》卷三）。屈復爲人如此，故其所言置信度很高。爲便分析，今錄其〈消暑詩十六首〉小序及此組詩之十二〈曹荔軒織造〉詩：

消暑詩十六首

吾年二十七出關浪游，今七十有六矣。凡一粒一絲、寸紙點墨皆賴友朋，然得力者少。癸亥客姑蘇，老病酷熱，獨坐一室，揮汗成雨，長飢可忍而僕怨莫解，作絶句若干首。其人之死生、貴賤、親疏皆不論，意之所至，在我不在彼也。

曹荔軒織造

荔軒，康熙間織造江寧，頗禮賢下士，當時稱之，所著有《楝亭詩集》。

直贈千金趙秋谷，相尋幾度杜茶村。
詩書家計俱冰雪，何處飄零有子孫？

據組詩小序，此詩作於乾隆癸亥夏，即乾隆八年，公元一七四三年。詩中提及的趙秋谷及杜茶村即趙執信和杜濬，兩人皆係曹寅生前友人。詩意若謂：曹寅生前禮賢下士、慷慨助人；所著詩文晶瑩如冰雪；管理江寧織造及兩淮鹽政，操守清潔亦如冰雪：如斯品格，如斯才華，而天道無知，令其子孫飄泊無依！

筆者根據《弱水集》所載詩詞鈎稽互考，得知屈復自雍正十年進京後，一直滯居京師，直至乾隆八年初方始南下。故屈復有親見曹氏家族全面破敗悲慘過程及場面之可能。事實上，如非屈復親見親聞曹氏家族確已衰落，深知曹寅子孫確已流散，〈曹荔軒織造〉亦決不會如此措詞。

然根據我們目前所知的曹氏家世史料，曹頫至遲在雍正十三年九月已擺脱了罪犯的身分，乾隆初元亦未見有重行罹罪之跡象；蒜市口十七間半房屋如仍爲曹頫及其家屬所居，則曹寅之子孫自不至飄零；或其時連此小小產業也已收歸官有，曹頫及其家屬已無可棲身了。曹天祐在乾隆五年前後明明「現任州同」，今按屈復所言，或亦已革職解任，隨處飄流，難覓踪跡矣。從廣義説，曹順、曹頎及其兒輩亦曹寅之子孫，順、頎在雍正朝尚顯貴，頎已知死于雍正十一年，順即使不久即亡，他們的兒孫亦當健在，如有家業可守，必不至於飄泊四散。由此推論，其時「從龍入關」、「沸沸揚揚將及百載」的曹氏家族必已徹底破敗、子孫流散天各一方了。

綜上所述，似可肯定曹氏家族的全面敗落當在乾隆五年底以後、八年初之前，離屈復寫〈曹荔軒織造〉詩不太久，很可能即在乾隆六、七年間。因爲此類題材自應寫於事後，然如相隔時間太長，則屈復未必會有此創作感興矣。因此，如果我們説整個曹氏家族在乾隆六、七年間曾經歷了一場「忽喇喇似大廈傾」的巨變，那還是有一定根據的。

㈢曹氏家族徹底破敗的原因

據上節所析，曹氏家族在乾隆八年前必已敗落，然其破敗原因與過程均不見官私史書明文記載，這就決定了我們對曹氏家族破敗原因的探討不能不是推論性質的。但筆者盡可能在歸納史料的基礎上進行分析推論，結論的準確與否，還有待於今後發掘史料作進一步檢驗。

筆者認爲，以往紅學界在研究曹家敗落原因時，似多偏重於對曹氏家族外部原因的探討。諸如曹寅受康熙帝南巡之累以致巨額虧空、曹家係包衣老奴捲入雍正帝及其兄弟的爭位惡鬥、曹頫騷擾驛站等等，固然它們不是沒有道理，但總覺得似有忽視曹氏家族內部原因的缺欠。因此，筆者試將目光轉向曹氏家族內部，觀察一下在這個赫赫揚揚將及百載的典型封建宗法家族之內，在它的崩潰前夕發生了些什麼？爲什麼會發生？是怎樣發生的？曹雪芹在《紅樓夢》中以藝術形式所回答的實際上也就是這三大問題，當然小說所概括的要更加廣泛而深刻。

筆者看到，在雍乾年間，曹氏家族已經面臨末世，內部矛盾盤根錯節、尖銳複雜，子孫不肖、後繼無人，「君子之澤，五世而斬」的規律正如幽靈般地在這個即將衰敗的家族內遊蕩。事實上，即使没有來自雍正、乾隆父子的無情打擊，它的没落解體亦已迫在眉睫。危機本就一觸即發，雍正年間曹頫的抄家枷號以及乾隆初年的再遭變故，只不過是加速它敗落的催化劑，導致它全面破落的導火線而已。在綜合考察現有史料之後，我們認爲，曹氏家族的敗落原因應是：家族內部子孫不肖、後繼無人，矛盾複雜尖銳，從兄弟不和發展到招接匪人，彼此告訐、互相殘害；由此而引來最高統治者的殘酷打擊，造成了整個家族的徹底敗落。下面我將從四個方面提出論證。

其一　曹氏家族的內部矛盾

中國封建宗法家族內部矛盾之錯綜複雜爲世所公認，然其中表現最突出、後果最嚴重的矛盾應推兄弟不和。這實際上是家族成員爭奪財產繼承權與管理權的集中表現。如果在貴族官僚之家，由于父輩的爵祿和政治權力也可以轉化爲私有財產並以世襲或恩蔭的方式移交給下一代，於是兄弟矛盾就表現爲對財產與政治權力兩者（即賈政所說的「冠帶家私」）的爭奪。如果在帝王之家，那骨肉兄弟之間的爭奪就更其殘酷，因爲他們爭奪的目標乃是整個國家的財富和統治權力。這也就是歷史上各種蕭牆之禍的根本原因。可以說，在所有封建宗法家族內部都存在著兄弟矛盾，無一例外，最多只有範圍與程度的差別。因而如若認爲曹雪芹家竟會是孝友仁義的典範，那就未免與實際情況相差太遠。

我在考察曹家家世情況時發現，兄弟不和是曹氏家族由來已久的老問題。曹家高祖曹錫遠與其子曹振彥「從龍入關」，曹振彥有二子，長子曹璽乃妻歐陽氏所生，次子爾正係繼室袁氏所出，幸兄弟二人年齡相差甚大（至少二十歲），又分居南北，矛盾尚不很突出。曹璽亦有二子，長子曹寅生母乃其妾顧氏（明遺民顧景星之妹），次子曹宣與寅僅差四歲，乃曹璽之妻康熙帝保母一品夫人孫氏親生。如按慣例，自然應由嫡子曹宣承繼。但由於曹寅少年時代即爲康熙帝伴讀，援《禮記．文王世子》中「伯禽抗世子法」之古例，履行過代替皇帝撲責受教的「光榮」義務，又常年與康熙帝朝夕相處，故深得康熙帝的歡心；曹寅之舅顧景星係名滿海內的學者，曹寅因此而與明遺民有著千絲萬縷的聯繫；曹寅本人又博學多才，確能勝任江寧織造的重任：因此在曹璽死後，康熙帝即命曹寅協理江寧織造，原有即令其繼任父職之意。這就在曹寅和孫氏、曹宣母子兄弟之間種下了不和的根苗。其後曹寅連連升擢，從內務府廣儲司郎中出爲蘇州織造，轉江寧織造，四十三年起兼任兩淮巡鹽御史，與李煦十年輪視淮鹺，次年授通政使司通政使銜，貴爲三品大員；而其弟曹宣卻僅在京任侍衛兼南巡圖監畫，到晚年還只是六品司庫：兄弟兩人的仕宦經歷恰成鮮明對比。根據曹寅友人納蘭成德、杜岕、馮景等人的旁證，寅宣兄弟實亦不和；曹寅自己也在詩文中多次透露過他們兄弟之間「骨肉鮮舊歡」的真相⑦。曹宣和孫氏故後，原已過繼爲曹寅之子的曹宣長子曹順被遣回本支，于是曹順與曹寅、曹顒父子之間的矛盾又開始表面化。這實際是當年孫氏曹宣母子與曹寅之間矛盾的繼續，因此很快爲康熙帝所知。曹顒死後，深明曹家內情的康熙帝親自主持爲曹寅立嗣，明令不准「不和者」（實即曹順）入嗣，而另行挑選曹頫爲曹寅嗣子，這樣，曹順與曹頫兄弟之間又產生了新的矛盾。曹宣之子順、頔、顏、頫四兄弟中，順與頔爲庶出之子，顏和頫爲嫡出之子，宗法家庭不可避免的嫡庶矛盾在四兄弟中亦決無例外地存在；且康熙所云「伊等兄弟原亦不和」語意頗泛，有可能曹宣之四子彼此本也不相和睦。這是康熙年間的情況。

雍正年間，曹氏家族內部兄弟矛盾仍在繼續發展。本書〈曹頫考〉探討曹頫所以被抄家之由，曾指出其直接起因乃雍正帝接到曹頫轉移家財之密報，認爲曹頫「有違朕恩，甚屬可惡」，這才「龍顏大怒」下令抄家。至於密報者爲誰，史無明文。然此類家事，外人何從得曉，唯自家人所知最爲詳細；而雍正之上諭又特別命令將曹頫之「重要家人立即嚴拿」、「家人之財產亦著固封看守」，懲處及于曹家奴僕：故知密報者很可能即是曹氏家族內部成員。雍正六年六月，審理達七個月之久的騷擾驛站案結案，曹頫革職，應分賠銀四百四十三兩二錢。時曹頫在北京和江南地區的產業人口均已賞給了隋赫德，故已「無銀可賠、無產可變」，好容易東拼西湊交納了一百四十一兩，尚欠三百兩有零，於是按例枷號追賠，到次年七月仍在枷號之中。看來在「百年望族」的曹氏家族之內，竟沒有一個人願意慷慨解囊，救援曹頫，與當年曹寅動輒以千金助人之豪舉⑧簡直無法相比。如果曹頫的親屬也窮愁潦倒，那還可以理解；可是其時他的親長兄曹順早已是司官兼驍騎參領，其堂兄曹頎現任二等侍衛、茶房總領兼佐領，其堂叔曹宜也已任五品護軍校。難道他們連三百兩銀子也拿不出，竟忍心看著自家骨肉枷號追賠一年有餘？在封建宗法社會裡，關係如此切近的親屬被枷號示眾乃是整個家族的奇恥大辱，曹順等竟不肯援之以手乃是極其不仁不義的行爲。雖然曹順係庶出，曹頫乃嫡出，但按宗法規定，同父異母兄弟還是親兄弟；有人認爲曹頎即曹宣第三子曹桑額，那他與曹頫的關係更切近了，乃是同父同母的親兄弟。這就是說，曹頫的兩個親兄長身爲貴官而不肯爲親弟弟一破慳囊，墊付三百兩銀子以拯其出于水火，寧可讓其身陷囹圄，枷號示眾。從這一事實，亦可推想這些親骨肉之間以往感情交惡的程度。曹頫一旦獲釋，對這些坐觀其落井不救的兄長決不會感恩戴德，而定然將切齒懷恨，則曹氏家族的內部矛盾將更趨尖銳複雜當爲必然之事。

曹雪芹身處的就是這樣一個內部矛盾盤根錯節、年深月久的封建宗法家族。曹氏家族的成員，正如探春所形容的那樣：「一個個不像烏眼鷄似的，恨不得你吃了我，我吃了你！」曹氏家族在乾隆八年前全面衰敗，與其內部矛盾的發展和激化應該有直接的關連，因爲脂硯和畸笏這兩位曹家親丁都在現存《石頭記》鈔本的批語中這樣提示我們，曹雪芹也運用自己家族的素材這樣處理小說中賈家的最後結局。

其二　「鶺鴒之悲，棠棣之威」與「自執金矛又執戈，自相戕戮自張羅」——脂硯所認爲的雪芹之創作動機

曹雪芹爲什麼要盡半生之力創作《紅樓夢》？現代人有現代人的看法，而曹雪芹的親密合作者脂硯齋也有他自己的意見。這意見在現存庚辰本和甲戌本的批語中都有流露。脂硯齋意見本身的正確與否是另一個問題，筆者所注意的乃是其中所透露的曹家內部情況。

庚辰本第二十一回回前總批有這樣一段文字：

> 有客題《紅樓夢》一律，失其姓氏，惟見其詩意駭警，故錄于斯：「自執金矛又執戈，自相戕戮自張羅。茜紗公子情無限，脂硯先生恨幾多。是幻是真空歷遍，閑風

閑月枉吟哦。情機轉得情天破，情不情兮奈我何。」凡是書題者不可此爲絕調。詩句警拔，且深知擬書底里，惜乎失石〔名〕矣。

這首被脂硯評爲「詩意駭警」、「詞句警拔」的題紅七律，一向不大有人注意。脂硯認爲它的作者（是誰姑且不論）「深知擬書底里」——所謂「擬書底里」，即曹雪芹創作《紅樓夢》所據的素材及其創作動機，而值得注意的是，它的首聯即「自執金矛又執戈，自相戕戮自張羅」，分明畫出一幅封建宗法家族內部烏眼鷄們的自殺自滅圖：看，這些「恨不得你吃了我，我吃了你」的親骨肉們，手執戈矛自相殘殺，偷張羅網陷人於罪，這是多麼令人駭目驚心的場面啊！而這，就是脂硯所認爲的曹雪芹之「擬書底里」！我們既承認曹雪芹創作《紅樓夢》的素材來源於他自己的家族與生活，曹氏家族內部矛盾的尖銳複雜又既經證實，則此詩所寫的骨肉相殘的悲慘場面就極可能是曹氏家族解體前夕所發生過的。

不僅如此。甲戌本第二回在甄寶玉挨打時大叫姐姐妹妹一段文字上有眉批：「蓋作者實因鶺鴒之悲、棠棣之威，故撰此閨閣庭幃之傳。」此批更加明確地指出曹雪芹創作《紅樓夢》的直接動機是「鶺鴒之悲，棠棣之威」。按此兩語實即兄弟不和、自相殘殺的委婉語，典出詩經《小雅．常棣》：

> 常棣之華，鄂不韡韡。凡今之人，莫如兄弟。
> 死喪之威，兄弟孔懷。原隰裒矣，兄弟求矣。
> 脊令在原，兄弟急難。每有良朋，況也永嘆。

兄弟鬩於牆，外禦其侮。每有良朋，烝也無戎。
喪亂既平，既安且寧。雖有兄弟，不如友生。
儐爾籩豆，飲酒之飫。兄弟既具，和樂且孺。
妻子好合，如鼓瑟琴。兄弟既翕，和樂且湛。
宜爾室家，樂爾妻帑。是究是圖，亶其然乎。

《毛詩正義》卷九孔穎達疏：

兄弟者，共父之親。推而廣之，同姓宗族皆是也。……周公閔傷管叔蔡叔失兄弟相承順之道，不能和睦，以亂王室，至於被誅，使己兄弟之恩疏，恐天下見在上既然，皆疏兄弟：故作此《常棣》之詩，言兄弟不可不親，以敦天下之俗焉。

朱熹《詩集傳》注第二章謂：

威，畏。……此詩蓋周公既誅管蔡而作。故此章以下，專以死喪、急難、鬥鬩之事爲言。其志切，其情哀，乃處兄弟之變，如孟子所謂「其兄關弓而射之，則己垂涕泣而道之」者。

從孔穎達和朱熹對〈常棣〉詩所作的權威解釋，我們懂得了脂硯此批的含義。他認爲：雪芹因有感於兄弟不和彼此骨肉相殘而創作《紅樓夢》，以讚美聰明善良、秉山川日月之靈秀的清淨女兒，貶斥渣滓濁沫之鬚眉男子。當然，脂硯的看法未必準確，但我們所注意探求的並非批語本身，而是使脂硯產生這種意識的客觀存在。有人認爲脂硯此處乃暗示《紅樓夢》有貶斥雍正帝殘酷迫害屠戮兄弟之語，即弘旿所謂「礙語」⑨，此說固並非毫無根據，但我們既經證實曹氏家族的徹底敗落並非雍正帝一手造成，則「鶺鴒之悲，棠棣之威」與其說是譏刺雍正帝屠戮兄弟，毋寧說是揭露曹氏家族內部骨肉兄弟自相殘害更符事實，至少也應該是一擊兩鳴，一手兩牘，一聲兩歌。根據筆者的考索，曹氏家族多年以來兄弟不和，以至雍正朝曹頫抄沒，後又枷號追賠而無人援救，但這與上引題紅七律所寫的骨肉相殘與〈常棣〉篇所寫的「兄弟之變」還是有很大距離。如果不是其後曹氏家族內部發生某種變故，以至從兄弟不和發展到互相殘害，則脂硯兩次對作者創作動機的說明就成爲無根之遊談，毫無意義了。

綜上所述，筆者認爲：從脂硯對雪芹創作動機的介紹，似有窺見當日曹家最後敗落緣由的可能。欣幸的是，雪芹的另一個親密合作者畸笏叟也曾有過相類似的意見，可供我們作進一步探索。

其三　「子孫不肖，招接匪類」
——畸笏所認爲的曹氏家族敗落原因

脂批中有兩條直接論及封建宗法家族破敗原因的批語，其一爲蒙王府本和戚序本第四回「護官符」前句下雙批，其二乃靖本第十八回書眉墨批，屬今存靖批抄件第八十三條。爲便分析，先錄原文：

(1)此等人家，豈必欺霸方始成名耶？總因子弟不肖，招接匪人；一朝生事，則百計營求，父爲子隱，群小迎合。雖暫時不罹羅網，而從此放膽，必破家滅族不已。哀哉！（據戚序本；蒙府本「罹」作「沾」，「必」作「非」）。

(2)孫策以天下爲三分，衆才一旅；項籍用江東之子弟，人惟八千：遂乃分裂山河，宰割天下。豈有百萬義師，一朝捲甲，芟夷斬伐，如草木焉？江淮無涯岸之阻，亭壁無藩籬之固。頭會箕斂者，合從締交；鋤耰棘矜者，因利乘便。將非江表王氣，終於三百年乎？是知併呑六合，不免軹道之災；混一車書，無救平陽之禍。嗚呼！山岳崩頹，既履危亡之運；春秋迭代，不免去故之悲。天意人事，可以淒滄（愴）傷心者矣！

大族之敗必不致如此之速，特以子孫不肖，招接匪類，不知創業之艱難。當知瞬息榮華，暫時歡樂，無異於烈火烹油、鮮花著錦，豈得久乎！戊子孟夏讀《虞（庾）子山文集》，因將數語繫此，後世子孫其毋慢忽之！

上引兩條批語雖出自不同版本，但語意頗有相同之處，應出同一批者之手。靖批署「戊子孟夏」，按「戊子」爲乾隆三十三年（一七六八），其前一年畸笏叟的批語已云：「今丁亥夏，只剩朽物一枚，寧不痛乎！」（庚辰本二十二回眉批，亦見靖本批語第八十七條。）故此兩條批語應是畸笏所批。靖批末句既云「後世子孫其毋慢忽之」，則上文「大族之敗必不致如此之速」等語必與批者家世事實有關。蒙戚三本雙批亦云：「子弟不肖，招接匪人，……必破家滅族不已。哀哉！」如與批者家世無關，何勞其遽發哀鳴。今既知畸笏即曹類⑩，則上引兩批必與曹家家世史實深有關連。因而，我認為上引兩批隱含著曹氏家族破敗原因的大量信息，值得仔細研究。經初步尋繹，有三點可以注意：

⑴子孫不肖確是曹家的一大隱患。蒙戚三本第四回回前詩即明寫曹氏家族子孫不肖、難繼祖業：

請君著眼護官符，把筆悲傷說世途。
作者淚痕同我淚，燕山仍舊竇公無。

從「作者淚痕同我淚」句，可見此詩作者與曹雪芹關係切近，必為曹氏家族成員；而結句「燕山仍舊竇公無」又用五代竇禹均（竇燕山）五子相繼登科成名之典感嘆曹氏家族子孫之零夷：故此詩所寫必與曹氏家族的現實情況有關。第五回寧榮二公之靈對警幻訴說「子孫雖多，竟無一可以繼業」，甲戌本有旁批：「這是作者真正一把眼淚。」與上詩對看，可見曹氏家族後繼無人之真相。且據《八旗滿洲氏族通譜》和《五慶堂譜》，曹氏家族至頁字輩以下，除曹天祐一人而外已無一有名位者；而曹天祐亦僅官從六品之州同，品級已遠遠不如他的先人：曹氏家族子孫不肖之朕兆於此可見。

⑵靖批所引大段駢文，乃梁朝庾信〈哀江南賦〉序文中的一節。畸笏為什麼要在寫元春省親的第十八回書眉抄引這段感慨梁朝滅亡的文字？當然，此批中「當知瞬息榮華，暫時歡樂，無異於烈火烹油、鮮花著錦，豈得久乎」數句係對元春省親而發；然畸笏在此引〈哀江南賦〉之序文而告誡「後世子孫其毋慢忽之」，必因梁朝的滅亡與曹氏家族的最後破敗有可

以類比的地方。關於梁朝的滅亡原因及過程，《梁書》及《南史》都有詳細的記載，此處不贅。據《南史．梁本紀》評梁武帝之語：

帝紀不立，悖逆萌生。反噬彎弧，皆自子弟。履霜勿戒，卒至亂亡。開門揖盜，棄好即仇。釁起蕭牆，禍成戎羯。身殞非命，災被億兆。

可見《南史》作者認爲，梁朝之所以滅亡，其原因在於諸王爭奪帝位骨肉相殘以及接納匪人侯景引起內亂。如用畸笏之語來概括，「子孫不肖，招接匪類」八字是最恰當不過的了

說到梁朝諸王矛盾的起源，也很值得一提。梁武帝早年沒有兒子，過繼六弟蕭宏之子正德爲嗣。後武帝生昭明太子蕭統，蕭正德回歸本支，封西豐侯，邑五百户。蕭正德失掉皇帝繼承權，很不滿意，就逃到魏國，自稱廢太子來避禍，企圖引魏軍攻梁。魏國未遂其願，一年後他又逃回梁國，梁武帝哭著教訓他，仍給他原有封爵，並不採取措施防微杜漸。結果蕭正德野心不死，侯景叛亂時他作內應，引侯軍渡江入建康，直接造成了大規模的戰亂和屠殺，梁武帝也被困餓死於台城。梁武帝的其他子孫亦極其醜惡，人人都想做皇帝。昭明太子蕭統病死後，梁武帝未按繼承慣例立蕭統之子爲皇太孫，卻立第三子蕭綱爲太子，因而蕭綱與其諸弟蕭綸、蕭繹、蕭紀之間，蕭統之子蕭詧與諸叔之間充滿著矛盾與仇恨。侯景叛亂時，這些人自私殘忍的真面目就全都暴露，先後起兵爲爭奪帝位相互殘殺。最後梁國終於滅亡於這些不肖子孫之手。

如果將我們已經考知的曹氏家族的內部矛盾與梁朝諸王的爭鬥相比較，可見兩者有著驚

人的相似之處。無怪乎畸笏要大段抄錄庾信〈哀江南賦序〉並訓誡後世子孫「不可慢忽」了。

這樣我們就懂得了畸笏兩次説「子孫（弟）不肖，招接匪類（人）」的真實含義：「子孫不肖」者，骨肉兄弟爲爭奪繼承權而彼此相殘也；「招接匪類」者，接納侯景之類人物，導致內亂之謂也。這是畸笏叟一再指出的大族敗亡的原因，也是曹氏家族最終衰敗的直接原因。畸笏所指斥的「匪人」、「匪類」，對曹家而言，應指中山狼式的忘恩負義之徒，如《紅樓夢》中的賈雨村、孫紹祖之流。很可能曹家不肖子孫勾結此類人物掀風作浪，以致家族內部矛盾激化，家族成員彼此告訐，自相殘害，招來最高統治者的無情打擊，終於落得「破家滅族」的可悲下場。

(3)上引靖本批語以梁朝的滅亡譬曹氏家族的破敗，兩者既可類比，則曹氏家族在乾隆朝曾遭受第二次打擊似亦有佐證。蓋梁朝之覆亡分兩個階段：先是在太清二年戊辰（五四八），侯景軍攻入建康，次年梁武帝餓死，簡文帝蕭綱即位，兩年後亦爲侯景所殺。後是在承聖三年甲戌（五五四），稱帝於江陵的梁元帝蕭繹被西魏于謹及蕭詧的聯軍攻滅。庾信《哀江南賦序》內「中興道銷，窮於甲戌」等語即指江陵城破事。經這兩次禍亂，梁朝遂徹底崩潰。然自建康城破至梁國最後被隋文帝消滅，梁朝還苟延殘喘了近四十年，這也是「百足之蟲，死而不僵」的一個例證。從曹家情況看，曹頫一支在雍正五年底因抄家而一度中落，然據我們考索曹頫在七年底似已獲釋，其後且屢出入於平郡王府，並企圖通過老平郡王訥爾蘇向隋赫德索回家產，可見其時曹頫一支已經復蘇。當時曹氏家族其他成員則仍然顯貴，未見敗落跡象。且據《紅樓夢》正文及脂批提示，作者所採用的曹家素材確已有發生在乾隆初年的。舉兩個最顯著的例子。如靖本第四十一回妙玉送茶一段眉批：「尚記丁巳春日謝園送茶乎？展眼二十年矣。丁丑仲春畸笏。」丁巳爲乾隆二年。又如第十六回賈璉之乳母趙嬤嬤回憶「太祖舜巡」，王熙鳳因遲生二、三十年不及見南巡盛典而表遺憾；而康熙末次南巡在四十六年春（一七〇七），則此回所寫已是乾隆元年（一七三六）以後的事。凡此均可證雍正五年底曹頫被抄家並未使曹氏家族一敗塗地。但據屈復〈曹荔軒織造〉詩透露，曹氏家族在乾隆八年前已徹底敗落，子孫流散：如果其間曹家並未遭到來自最高統治者的嚴重打擊，當不至於在數年內迅速破敗。因此，從畸笏以梁朝滅亡事相譬，似亦可見曹家另遭巨變之可能。

其四　「必須先從家裡自殺自滅起來，才能一敗塗地！」

——曹雪芹對封建宗法家族敗落原因的總結

曹雪芹在《紅樓夢》後半部將寫到賈府的徹底破敗，雖然我們已不能見到雪芹原稿，但賈府由自殘而致抄沒的趨勢在前八十回已明確可見。在第七十四回「惑奸讒抄檢大觀園」中，作者借探春之口作了預示：

你們別忙，自然連你們抄的日子有呢！你們今日早起不曾議論甄家，自己家裡好好的抄家，果然今日真抄了。咱們也漸漸的來了。可知這樣大族人家，若從外頭殺來，一時是殺不死的，這是古人曾說的「百足之蟲，死而不僵」，必須先從家裡自殺自滅起來，才能一敗塗地！

探春先說「你們別忙，自然你們抄的日子有呢」，又說「必須先從家裡自殺自滅起來，才能一敗塗地」：可見賈府不久將因「自殺自滅」而導致抄家，最後徹底敗落。

至於賈府怎樣因自殘而導致抄家，限於本題筆者不擬作更多的推測。然而有一點是可以肯定的：賈府的最後破敗正是曹氏家族徹底敗落的藝術再現。當然，《紅樓夢》既是小說，就不可避免地會有人物、情節的虛構與集中，但兩者在總體上應有所類似。根據本文考索，此點似已可證實，因爲：

(1)小說中，賈府將因「自殺自滅」而導致抄家敗落；現實中，曹氏家族因「子孫不肖，招接匪類」、「自執金矛又執戈，自相戕戮自張羅」而致「破家滅族」。

(2)據庚辰本第二十二回探春風箏謎下雙批，賈府事敗後諸子孫流散；據屈復《曹荔軒織造》詩，曹氏家族亦落得子孫飄零、無從尋覓的地步。

《紅樓夢》中賈府因自殘而抄沒敗落的素材來源於當日曹氏家族的破敗史實既可肯定，則上引探春之語就更值得注意。因爲它不僅是小說人物敏探春對賈府內部矛盾激化必將導致破家滅族惡果的預言，而且是作者對包括自己家族在內的宗法大族因內亂外禍以致徹底破落的歷史總結。它是凝聚著作者家世血淚的史筆，令二百年後的讀者尚能體味到那一把血淚的辛酸。

㈣餘　論

上文從四個方面探討論證了曹氏家族徹底敗落的原因，由於史料所限，目前我們只能說到這裡。至於曹氏家族敗落的具體過程，那自然仍是不太清晰的。然而曹氏家族因不睦自殘而致一敗塗地的可能還是值得我們予以充分的注意：因爲在我國封建社會，自隋唐以來的歷朝法律均將不睦自殘與謀反叛逆案等同，列入「十惡」之罪，遇赦不免⑪。因此，曹氏家族如因不睦自殘而致徹底破敗實有法律依據。如果能遍查乾嘉時人的別集與筆記，很可能還會發現某些記述以供佐證。因爲從屈復《弱水集》及曹寅《楝亭集》所反映的情況看來，屈復與曹寅並無直接交往，彼此關係可稱疏遠；而在曹寅去世三十一年之後，屈復居然會寫下一首關於曹寅本人及其子孫（包括了曹雪芹）的小詩，透露出曹氏家族已徹底敗落的信息：則以曹氏家族成員在康熙、雍正、乾隆三朝的廣泛社會交往，其家族的最後破敗必然會爲人著錄並流傳至今。就目前我們已知的材料而言，脂批及屈復〈曹荔軒織造〉詩也尚有作進一步探討的餘地。況且中國第一歷史檔案館還保存著大量當時的內務府滿文檔案，則曹氏家族徹底敗落的原因及過程終有真相大白之日。然而，在直接史料記載尚未發現之前，曹雪芹家世研究還是必要的。我們認爲：曹學不僅要研究曹氏家族譜系，而且要研究曹氏家族的家庭情況，亦即曹氏家族成員之間的關係，前者是後者的根據，後者是前者的深入，兩者的目的是同一的。而後者不僅對研究《紅樓夢》的創作背景、成書過程有所裨益，而且將有助於曹雪芹的思想發展與世界觀形成過程的研究，並進一步推動對《紅樓夢》的思想意義及藝術成就的研究。這也就是我們研究曹雪芹家世的真正目的。

注：

①詳見本書《曹宣考》第六節。

②本文有關曹順、曹頫、曹頎的介紹均詳見本書〈曹順考〉、〈曹頫考〉、和〈曹頎考〉。

③見張書才先生〈新發現的有關曹雪芹家世的檔案〉。《歷史檔案》一九八三年第一期。

④見雍正七年九月初三日誥命。《紅樓夢新證》該年條下有全文引錄。

⑤見《關於江寧織造曹家檔案史料》。

⑥徐恭時先生〈曹雪芹之家的一處園宅試探〉（收於周汝昌先生《恭王府考》附編）已引錄此詩。聞徐先生另有專考，未見。

⑦詳見本書〈曹寅考〉。

⑧顧景星《白茅堂全集》、朱彝尊《曝書亭集》、施閏章《學餘全集》等皆曹寅捐資刊行，費率千金。屈復詩言「直贈千金趙秋谷」亦其中一例，唯本事尚未考知。

⑨見愛新覺羅永忠《延芬室集》稿本第十五册〈因墨香得觀〈紅樓夢〉小説弔雪芹三絶句〉上方

弘旿眉批。

⑩國內外有部分紅學家認爲畸笏即曹頫，所提論據頗爲有力。參見趙岡先生〈紅樓夢新探〉、皮述民先生〈補論畸笏叟即曹頫說〉、戴不凡先生〈畸笏叟即曹頫辨〉等文。

⑪隋開皇定律，始有「十惡」，唐律沿隋制，以謀反、謀大逆、謀叛、惡逆、不道、大不敬、不孝、不睦、不義、內亂爲十惡，見《隋書，刑法志》和《唐律疏議·名例》。遇赦不免的實例，可見《永憲錄》卷一所記雍正帝即位初須布恩詔赦免罪犯的情況：「恩詔除謀反叛逆、子孫謀殺祖父母父母、內亂、妻妾殺夫告夫、奴婢殺家長、殺一家非死罪三人、採生折割人、謀殺故殺真正人命、蠱毒魘魅藥殺人、強盜奴變十惡等真正死罪，及軍機獲罪、藏匿逃人不赦外，咸赦除之。」

附錄　曹氏家族年譜簡編

後金天命六年（明天啟元年，一六二一）　辛酉

三月，努爾哈赤攻占瀋陽。明瀋陽中衛指揮使曹錫遠及其子振彥被俘投降，編入額駙佟養性管理之「舊漢兵」①。振彥之子曹璽其時已三歲左右②。

後金天聰四年（明崇禎三年，一六三〇）　庚午

四月，曹振彥已任佟養性屬下之「教官」，九月前調爲「致政」③。

後金天聰六年（明崇禎五年，一六三二）　壬申

佟養性死，曹振彥可能於此時或稍後撥入滿洲正白旗（或鑲白旗）爲旗鼓佐領下人成爲滿洲貴族的包衣（家奴）④。十二月初一日，孫氏（後嫁爲曹璽繼妻）生⑤。

後金天聰八年（明崇禎七年，一六三四）　甲戌

本年前，曹振彥已任多爾袞屬下的旗鼓牛彔章京即旗鼓佐領，且因參加大凌河戰役有功而加半個前程⑥。

清順治元年（明崇禎十七年，一六四四）　甲申

五月，曹家「從龍入關」，清王朝定鼎北京。十月，豫親王多鐸率清兵南下，曹振彥及其子曹璽可能隨軍參加了進擊弘光政權的戰爭⑦。

順治二年（一六四五）　乙酉

五月，清軍攻占南京，十月班師。曹寅生母顧氏（明遺民顧景星之妹）可能在此期間為清軍在昆山地區擄獲，後歸曹璽為婢妾⑧。孫氏約在此年前後選入宮中為女官⑨。

順治三年（一六四六）　丙戌

三月，殿試天下貢士，曹振彥與試⑩。

順治六年（一六四九）　己丑

曹振彥、曹璽父子隨攝政王多爾袞出征大同，平定姜瓖叛亂。

順治七年（一六五〇）　庚寅

大同亂平，曹振彥留任山西平陽府吉州知州⑫。曹璽選入鑾儀衛，任二等侍衛⑬。振彥妻歐陽氏前此已經去世，繼娶袁氏，生曹爾正⑭。十二月，多爾袞病卒。

順治八年（一六五一）　辛卯

二月，追奪多爾袞封爵，正白旗歸皇帝自將。曹氏家族成員遂以正白旗包衣入內務府為皇帝家奴。

順治九年（一六五二）　壬辰

曹振彥調任山西陽和府知府⑮。

順治十一年（一六五四）　甲午

三月十八日，玄燁生。二十三歲的孫氏由女官而被選爲玄燁保母⑯。

順治十二年（一六五五）　乙未

曹振彥升兩浙都轉運鹽司運使（從三品）⑰。曹寅內兄李煦生於本年正月，其父李士楨時三十七歲，任安慶知府⑱。

順治十五年（一六五八）　戊戌

曹振彥離任⑲，約在此後不久去世。九月初七日，曹璽之妾顧氏生長子曹寅⑳。

順治十八年（一六六一）　辛丑

正月初九日，玄燁即皇帝位。孫氏是年三十歲，出宮嫁曹璽爲繼室㉑。十二月，南明永曆帝爲吳三桂擒殺，明亡。

康熙元年（一六六二）　壬寅

二月十二日，曹宣（字子猷）出生㉒。

康熙二年（一六六三）　癸卯

曹璽前此已升任內務府郎中。二月，出任江寧織造，攜家定居江寧（今南京）㉓。

康熙三年（一六六四）　甲辰

曹璽聘明遺民馬鑾（馬士英之子）爲曹寅之蒙師㉔。曹寅本年七歲，能辨四聲㉕。此後數年內，曹璽親自督教寅宣兄弟於江寧織造署西花園楝亭㉖。

康熙九年（一六七〇）　庚戌

曹寅十三歲，有神童之譽，約於本年前後挑爲御前待衛，兼爲康熙帝南書房及經筵伴讀㉗。曹爾正之子曹宜約生於本年前後㉘。

康熙十三年（一六七四）　甲寅

上年底，康熙帝決意撤藩，吳三桂、孫延齡和耿精忠相繼叛亂割據，史稱「三藩之亂」。內務府三旗包衣佐領多派往江浙一帶鎮壓耿軍。時曹爾正可能已任正白旗包衣第五佐領第一旗鼓佐領㉙；曹寅亦於本年至江南，侍曹璽往句容等地㉚。除曹璽代表清廷坐鎮江南，在政治、經濟兩方面爲清廷效忠而外，曹爾正亦可能親身參加了平定耿軍的戰爭。

康熙十六至十七年（一六七七—一六七八）　丁巳、戊午

曹璽連續兩年督運，進京陛見。康熙帝「面訪江南吏治，樂其詳剴」，「賜蟒服，加正一品，御書『敬慎』匾額」㉛。十七年，曹寅南下至江浙一帶，似與次年春的博學鴻儒科有關㉜。曹宣庶長子曹順生㉝。

康熙十八年（一六七九）　己未

曹寅已任鑾儀衛治儀正㉞，參與博學鴻儒科接待工作，與應試徵士多有交往，特別與舅氏顧景星及施閏章、陳維崧、朱彝尊等人情誼深厚。暇時並與陳、朱、蔣景祈（《瑤華集》編者）、陳枋（陳維崧之侄）及黃庭（《採香涇詞》作者）塡詞唱和㉟。此後數年內，曹寅屢次隨駕巡視塞北，從獵回中㊱。

曹寅生母顧氏約在此年前去世㊲。曹爾正約在此年前後緣事革退佐領㊳。

康熙二十年（一六八一）　辛酉

曹寅前妻某氏約在本年前後病亡，寅有〈弔亡〉詩㊴。

康熙二十一年（一六八二）　壬戌

春夏，曹寅扈從康熙帝東巡至奉天及烏喇一帶，有詞〈滿江紅·烏喇江看雨〉㊵。

康熙二十三年（一六八四）　甲子

六月，曹璽病逝於江寧，曹寅迅即南下奔喪。詔升曹寅爲內務府慎刑司郎中，協理江寧織造㊶。孫氏、曹宣母子因之與曹寅不和，家庭矛盾尖銳，寅作〈放愁詩〉抒懷。爲緩和家庭矛盾，曹寅主動辭讓協理江寧織造之職於其弟曹宣，然未獲康熙帝諭允㊷。十一月初，康熙帝第一次南巡回鑾至江寧，親往江寧織造署「撫慰諸孤」，並特遣內大臣祭奠曹璽，贈工部尚書銜㊸。十二月初三日，馬桑格從內務府員外郎轉升江寧織造㊹。曹璽入祀名宦祠㊺。

曹璽逝後，曹寅、曹宣兄弟以《楝亭圖》六卷徵集名家題詠紀念亡父。

康熙二十四年（一六八五）　乙丑

五月底，曹寅攜全家於江寧登舟扶父柩返京，到京已在重陽以後；途中有〈北行雜詩〉二十首及〈黃河看月示子猷〉詩㊻。此後曹寅就任慎刑司郎中，仍兼佐領。曹宣任侍衛，改名曹荃，以避康熙帝名「玄燁」之音諱㊼。

康熙二十五年（一六八六）　丙寅

曹荃次子曹頫出生，曹順過繼爲曹寅嗣子㊽。

康熙二十六年（一六八七）　丁卯

曹寅續娶李煦從妹李氏爲繼室。李氏本年約三十歲，可能原係宮中女官當差滿限放出擇配㊾。是年，李煦在寧波知府任，李士楨十一月從廣東巡撫任休致，退居潞河。㊿

康熙二十七年（一六八八）　戊辰

曹荃三子曹顏生。曹宜之子曹頎約生於本年或上年，略早於曹顏51。

康熙二十八年（一六八九）　己巳

春，曹荃隨康熙帝第二次南巡，回京後以侍衛銜任南巡圖監畫52。曹寅之子曹顒出生53。

康熙二十九年（一六九〇）　庚午

四月，曹寅從廣儲司郎中出爲蘇州織造，行前爲弟曹荃及子侄輩曹順、曹顏、曹頔、曹顒等捐納監生54。此後，曹寅奉養嫡母孫氏一品太夫人於蘇州織造署，並於署內築「懷楝堂」，又於堂下遍植萱草，以示孝於父母55。

曹寅長女（後嫁爲平郡王訥爾蘇妃）約生於本年前後56。九月，多羅平悼郡王訥爾福生長子訥爾蘇57。

康熙三十一年（一六九二）　壬申

秋，曹寅進京述職58。十一月，從蘇州織造調江寧織造59。是年，曹寅曾游越五日倚舟作《北紅拂記》，歸蘇州命家伶演之。此後，又有〈虎口餘生〉及〈後琵琶〉傳奇之作。曹家之有家庭小戲班當不遲於此年[60]。

康熙三十二年（一六九三）　癸酉

三月，李煦由暢春園總管出任蘇州織造[61]。曹寅次女（後嫁某王子）約生於本年[62]。

十二月，曹寅有〈祀灶后作〉七絕三首，據其中「所願高堂頻健飯，燈前兒女拜成群」之句，知是年曹家已兒孫滿堂[63]。

康熙三十五年（一六九六）　丙子

曹爾正前此爲內務府派出管理稅務或鹽差等，遲至此年已經回京[64]。其子曹宜開始在內務府當差[65]。

康熙三十六年（一六九七）　丁丑

正月，康熙帝第三次北征噶爾丹部。曹宣從軍出征，任康熙帝之侍從軍官[66]。曹爾正被派巴延，掌管隨行馬匹[67]。曹寅有〈聞二弟從軍卻寄〉詩[68]。冬，曹寅與漕運總督馬桑格及江蘇巡撫宋犖奉旨賑濟江淮災民[69]。曹荃第四子曹頫約生於本年前後[70]。

康熙三十八年（一六九九）　己卯

春，曹荃因鹽務及南巡事宜南下，途經淮安，會見閻若璩，並應閻之請作怪石枯枝畫，閻亦有〈贈曹子猷〉詩。隨後，曹荃又至儀真淮南鹽運使院，寓居西軒（即十年後爲曹寅所命名的思仲軒），手植杜仲一株於庭。又至江寧，向曹寅宣讀康熙帝聖旨[71]。

閏四月初十日，康熙帝第三次南巡回鑾至江寧，駐蹕江寧織造署，召見保母孫氏，賜御書「萱瑞堂」匾額⑫。閏四月十四日，康熙帝親祭明太祖陵寢，次日諭曹寅會同宋犖修理孝陵並製「治隆唐宋」御書匾⑬。張玉書撰《駕幸江寧紀恩碑記》，碑後刻有「管理江寧織造內務府三品郎中加五級臣曹寅」之署名⑭，知此時曹寅巳「三品食祿」（每年銀一百三十兩，米六石）⑮。

康熙三十九年（一七〇〇）　庚辰

秋，顧景星第三子顧昌奉其父遺像至金陵，曹寅作〈舅氏顧赤方先生擁書圖記〉⑯。

康熙四十年（一七〇一）　辛巳

春，曹寅與蘇州織造李煦、杭州織造敖福合奉旨公議委派杭州織造署物林達莫爾森出使東洋（日本）⑰。五月，曹寅、曹荃兄弟合辦五關銅觔，實際事務交與家人王文及曹寅嗣子（曹荃庶長子）曹順辦理。曹荃前此已調任上駟院或慶豐司物林達（司庫）⑱。五月初三日曹寅作《東皋草堂記》。時曹家寶坻田莊已爲曹荃所有，並由曹荃管理⑲。

康熙四十一年（一七〇二）　壬午

顧昌再至江寧。曹寅捐千金，代梓舅氏顧景星《白茅堂全集》⑳。

康熙四十二年（一七〇三）　癸未

春正月，康熙帝第四次南巡，二月回鑾駐江寧織造府，曹家第二次接駕。曹寅與李煦奉旨從下年起輪管兩淮鹽政，以十年爲期㉑。

曹寅於本年完成雜劇《太平樂事》。十二月，洪昇爲作序文[82]。

康熙四十三年（一七〇四）　甲申

四月，曹寅迎洪昇來江寧，搬演《長生殿》凡三晝夜，並作〈讀洪昉思《稗畦行卷》，感贈一首，兼寄趙秋谷贊善〉詩，並以「上帑兼金」贈之[83]。是年，《白茅堂全集》刊行[84]。

十月，曹寅首任兩淮巡鹽御史，立志整頓鹽務，兩月之內連進有關鹽務密摺五件[85]。自去年起曹寅與李煦各捐銀二萬兩，於揚州寶塔灣高旻寺西監修行宮，本年底竣工[86]。

康熙四十四年（一七〇五）　乙酉

春，康熙帝第五次南巡，四月回鑾至江寧，仍駐蹕江寧織造府，曹寅第三次接駕。江寧知府陳鵬年因行宮草創幾爲皇太子允礽所殺，得曹寅向康熙帝力請而免。曹頫時年約十歲，已爲曹寅扶養於江寧[87]。閏四月，曹寅與李煦因捐修寶塔灣行宮給予京堂兼銜，曹爲通政使司通政使，李爲大理寺卿，皆正三品[88]。

曹荃四十四歲，五月病卒於北京。[89]

五月，曹寅開始於揚州天寧寺設立書局主持校刊《全唐詩》[90]。十月，曹寅進京陛見，進呈部分《全唐詩》樣本[91]。

康熙四十五年（一七〇六）　丙戌

二月前，孫氏病故於江寧，享年七十五歲[92]。秋，曹寅復點鹽差，十月進京爲孫氏營葬

⑨③。十一月二十六日曹寅長女嫁鑲紅旗王子訥爾蘇⑨④。

九、十月間，《全唐詩》陸續刻印完畢，送呈御覽。⑨⑤

康熙四十六年（一七〇七）　丁亥

正月，康熙帝第六次南巡。三月回鑾至江寧，駐江寧織造署。曹寅第四次接駕。四月十六日，康熙帝作《全唐詩序》成。

春，曹寅有〈喜三侄頎能畫長干爲題四絕句〉，知該年前曹頎已入宮當差，其畫梅曾受康熙帝稱譽⑨⑥。冬，曹寅鹽務任滿進京陛見，曹頔隨行，有〈途次示侄驥〉三首。時曹頔二十二歲，年少有志，精於騎射⑨⑦。

康熙四十七年（一七〇八）　戊子

三月，曹宜奉佛至揚州，隨杭州織造孫文成至普陀山安置，曹寅、李煦均有摺奏報⑨⑧。

五月，曹、李及兩淮運使李斯佺共捐銀二萬兩買米平糶以濟江淮災民⑨⑨。六月二十六日，曹寅長女生福彭⑩⓪。

九月，皇太子允礽廢。查允礽于四十四、四十六年派內務府總管凌普向曹寅索銀五萬兩，向李煦取銀三萬餘兩⑩①。康熙帝免究曹、李之罪，曹寅李煦有密摺奏謝「天恩」「撫恤周詳」⑩②。

康熙四十八年（一七〇九）　己丑

秋，曹寅出資代刊之施閏章《學餘全集》印行⑩③。

二月，曹頫送妹入京，嫁某侍衛（時係王子，後襲王爵），曹寅爲次婿於東華門外置房移居，並購置莊田奴僕104。九月，曹寅作《太平樂事》雜劇〈自序〉105。

四月前，曹順已回歸曹荃本支106。五月，曹寅作〈思仲軒詩〉二首紀念亡弟曹荃107。

本年五月，曹寅辦理八年五關銅斤已期滿，共交節省銀三十二萬餘兩108。秋，曹寅捐資倡助刊刻朱彝尊《曝書亭集》109。

康熙四十九年（一七一〇）　庚寅

八月，兩江總督噶禮欲參曹寅、李煦虧空兩淮鹽課三百萬兩，爲康熙帝所阻止110。時曹李實際虧空數已達一百八十萬兩。康熙帝屢於曹李密摺加批，囑其設法補虧以免遺罪子孫111。十月，曹寅復任兩淮巡鹽御史。寅耳鳴目昏，已露衰病之象112。

康熙五十年（一七一一）　辛卯

三月初九日，曹寅有〈設法補完鹽課虧空折〉，並附奏〈錢糧實數單〉，並謂：「兩淮事務重大，日夜悚懼，恐成病廢，急欲將錢糧清楚，脱離此地。」蓋其時曹李兩人虧欠數已達三百八十萬兩，雖其中有部分可補，實際虧空錢糧數額仍巨113。

三月，曹寅次子珍兒殤，有〈辛卯三月二十六日聞珍兒殤，書此忍慟，兼示四侄三首〉。時寅雙耳已聾，曹頫隨侍寅於揚州鹽運使院，曹顒在京等待引見114。

四月初十日，曹荃三子曹桑額（頫）與曹寅之子曹顒引見，桑額錄取爲寧壽宮茶上人115。

冬，曹寅始識張雲章。曹顒家報生子，張有〈聞曹荔軒銀台得孫卻寄兼送入都〉詩爲賀。寅進京陛見116。

康熙五十一年（一七一二）　壬辰

正月十五日，曹寅於暢春園領宴；二十九日隨侍康熙帝於鹿苑；二月初十日陛辭回江寧：各有詩紀其事117。三月，曹寅至揚州書局料理《佩文韻府》刊刻事宜。七月因風寒轉瘧，李煦代請賜「聖藥」。康熙帝命驛馬專程馳送金鷄拿，限九日到揚州。二十三日，藥未至而曹寅病故，時年五十五歲118。張伯行、張雲章均有祭文119。

七月二十三日，李煦請代曹寅管理兩淮鹽政一年，以鹽課羨餘爲曹寅補欠，得准。九月初三日，曹頎奉命南下宣示聖旨，曹顒有摺謝恩120。

八月二十七日江西巡撫郎廷極（時署理江南總督印務）以江寧士民、機户、匠役等吁請曹顒繼任織造事奏報。十月，康熙帝特諭命曹顒繼任江寧織造121。

康熙五十二年（一七一三）　癸巳

正月初五日。內務府奉旨議奏補放曹顒爲主事。二月初二日，曹顒就任江寧織造。十一月，李煦代管鹽差任滿，代補完欠共五十四萬九千兩零。曹顒具摺以三萬六千兩餘銀「恭進主子添備養馬之需，或備賞人之用」，康熙帝以其中三萬兩賞曹顒歸還私債122。

康熙五十三年（一七一四）　甲午

曹李十年輪管兩淮鹽政已滿，李煦奏請再賞鹽差數年以補江寧、蘇州織造虧空。康熙帝不允所請，另派李陳常爲兩淮巡鹽御史，命其以任內餘銀代曹李補欠[123]。

冬，曹顒進京述職染疾，康熙帝日遣太醫調治不效，於本年底或次年初去世[124]。

康熙五十四年（一七一五）　乙未

正月十二日，康熙帝親自主持將曹荃第四子曹頫過繼與曹寅爲嗣，並補放曹頫爲江寧織造，給予主事之職。曹頫於三月初六日南下任職[125]。

夏四、五月間，曹顒妻馬氏生遺腹子，取名爲「霑」，字之「天祐」，即曹雪芹[126]。七月，曹頫奉旨奏聞家產。十二月初一日御前會議，户部尚書趙申喬等奏：江寧、蘇州兩處織造虧欠共八十一萬九千餘兩[127]。

本年始，李煦、曹頫在蘇州、江寧一帶試種雙季稻[128]。

康熙五十五年（一七一六）　丙申

曹頫遵旨照看已故大學士熊賜履之子[129]。閏三月，曹頎補放茶房總領[130]。

七月二十七日，兩淮巡鹽李陳常病故。十月，李煦再派兩淮鹽差。前此李陳常已代補江寧、蘇州織造署錢糧五十四萬二千兩[131]。

康熙五十六年（一七一七）　丁酉

九月，李煦以兩淮餘銀補完江寧、蘇州織造公帑虧欠二十八萬八千兩。十月，康熙帝交吏部議敍[132]。十一月，李煦加户部右侍郎，曹頫升員外郎[133]。

康熙五十七年（一七一八）　戊戌

正月，曹頫、李煦、孫文成奉旨在南方出售人參。六月，康熙帝命曹頫密摺奏聞地方大小事務[134]。

康熙五十八年（一七一九）　己亥

六月十一日，曹頫奏請承辦銅斤十年，共交節省銀三十餘萬兩，康熙帝不准所請[135]。二十七日，茶房總領曹頫等因做茶不合罰俸一年，降三級[136]。

康熙五十九年（一七二〇）　庚子

二月，康熙帝諭曹頫：「已後非上傳旨意，爾即當密摺內聲名奏聞。」[137]

康熙六十年（一七二一）　辛丑

李煦、曹頫、孫文成（蘇州、江寧、杭州三織造）奉旨修理揚州天寧寺，九月告竣。又發三織造庫帑各五百兩裝修佛象[138]。

康熙六十一年（一七二二）　壬寅

李煦虧空公帑四十五萬兩，奏請逐年補還[139]。十月，內務府奏請嚴催曹頫、李煦送交售參銀兩[140]。

十一月，康熙帝病逝於暢春園。四子雍親王胤禛即位

雍正元年（一七二三）　癸卯

正月，李煦因奏請代王修德挖參而觸怒雍正帝，諭令革職抄家，以其家產抵補虧空。家屬十人及奴僕二百二十名在蘇州變賣，其在京產業同時查抄。其餘虧空後由兩淮鹽商解納，

得清141。八月，在京房屋奉旨賞年羹堯142。

三月，怡親王允祥分管户部。三月十六日，令兩淮停解江寧、蘇州織造經費銀（年二十一萬兩）。十二月，兩淮巡鹽御史謝賜履奏稱本年曾兩次解過江寧織造銀八萬五千一百二十兩，部議令曹頫解還户部，而曹頫竟無回覆143。本年秋冬之間，雍正帝曾欲就曹頫虧空案對其進行某種處置，爲同情曹頫的怡親王所救144。

曹頎授二等侍衛145。

雍正二年（一七二四）　甲辰

正月，曹頫奏謝允准將織造補庫分三年帶完146。又有請安摺，雍正帝書寫長達二百字之長批，其大要有二：一不准攀援結黨，二諸事聽怡親王教導而行；硃批並謂：「主意要拿定，少亂一點，壞朕聲名，朕就要重重處分，王子也救你不下了。」147五月初七日又有奏報江南蝗災摺，雍正帝硃批甚峻，謂：「據實奏，凡事有一點欺隱作用，是你自己尋罪，不與朕相干148。」

十月，諭將李煦家屬十名交還，其奴婢財物等賞年羹堯揀選，餘著崇文門監督變價149。

曹寅妹夫富察傅鼐原爲雍親王府侍衛，本年出任漢軍鑲黃旗副都統，授兵部右侍郎150。

雍正三年（一七二五）　乙巳

五月，內務府奉旨賞給曹頎住房一所151。

十二月，年羹堯以九十二款大罪賜自盡。其家產奴婢賜與議政大臣、兵部尚書蔡珽152。

雍正四年（一七二六）丙午

三月，曹頫因織緞輕薄罰俸一年並令織賠。[153]冬十一月進京送賠補綢緞，內務府又奉旨「將緞匹輕薄者完全加細挑出交伊織賠。」[154]曹頎在本年前已兼任鑲黃旗包衣第四參領第二旗鼓佐領。[155]

五月，傅鼐獲罪革職，遣戍黑龍江。[156]七月，平郡王訥爾蘇因與雍正帝政敵允禵案有牽連「革退王爵，不許出門」。世襲罔替的平郡王爵由其長子福彭（曹寅長女生）承襲。[157]十月，桑額等人設計逮捕曹頫家人吳老漢。[158]

雍正五年（一七二七）丁未

正月，兩淮巡鹽御史噶爾泰向雍正帝密摺報告：「訪得曹頫年少無才，遇事畏縮，人亦平常。」雍正帝朱批：「原不成器」，「豈止平常而已」！[159]五月，特旨令曹頫押送三處織造緞匹進京。[160]六月，曹頫因御用褂面落色罰俸一年。[161]十一月，曹頫督運龍衣進京，因騷擾驛站二十四日爲山東巡撫塞楞額所參奏。[162]十二月四日上諭交吏部和內務府嚴審，十五日由隋赫德接任江寧織造。二十四日，雍正帝因得曹頫轉移家產之密報而令江南總督范時繹查抄曹頫家產，其在京產業當即查封。[163]

曹頎年終得御筆「福」字之賞。[164]

本年二月，李煦因於康熙五十二年以八百兩銀子買五個蘇州女子送給阿其那（即雍正帝政敵允禩）而發往打牲烏拉。[165]

雍正六年（一七二八）　戊申

正月十五日前，曹頫在江寧的家產被抄沒，計有「房屋並家人住房十三處，共計四百八十四間；地八處，共十九頃零六十七畝，家人大小男女共一百十四口」，「外有所欠曹頫銀連本利共計三萬二千餘兩」，加上曹頫在北京地區的家產，其總值當不亞於五萬兩。⑯⑥雍正帝將其全部賞給隋赫德。⑯⑦

夏，曹頫家屬回京，隋赫德奉旨「少留房屋以資養贍」，撥給崇文門外蒜市口十七間半房屋及家僕三對，給予曹寅之妻李氏、曹顒之妻馬氏及子天祐、曹頫妻兒等度日。⑯⑧至此，前後在江南生活長達六十年左右的曹家回京歸旗，曹雪芹隨其祖母孫氏與母親馬氏離開了生活十三年的江寧。

六月，曹頫騷擾驛站案結，得革職處分，並令賠還多取銀兩。⑯⑨七月，隋赫德奏報曹頫曾代貯塞思黑（雍正帝政敵允禟）所鑄鍍金銅獅一對。⑰⓪

十一月，有旨設立咸安宮官學。十二月二十七日，曹頫得賜御書「福」字一張。⑰①

雍正七年（一七二九）　己酉

七月，曹雪芹可能選入咸安宮官學就讀⑰②。曹頫時枷號示眾，原因不明，或因爲不能如期交納追賠銀（總數爲四百四十三兩二錢）而致枷號催追⑰③。十一月初八日，雍正帝發布寬釋功臣子孫犯法問罪及虧空拖欠者之上諭，曹頫可能援此得釋⑰④。

十月初五日曹順（赫達色）補放爲鑲黃旗包衣第一參領之驍騎參領，前此曹順已任內務府司官兼驍騎參領[175]。曹宜前此已任正白旗包衣第五參領第一旗鼓佐領護軍校[176]。

本年二月，李煦在烏喇流放地凍餓病卒[177]。十月，愛新覺羅．敦敏生。

雍正八年（一七三〇）　庚戌

五月怡親王允祥卒，在其生前代爲各官彌補虧空達二百五十餘萬兩，曹頫之虧空亦經補完[178]。

雍正十年（一七三二）　壬子

曹雪芹十八歲，其父曹顒乃郎中，曹雪芹可能於本年或稍後以恩蔭八品入仕[179]。

曹頫已獲自由，常出入平郡王府，並敢於覬覦抄沒之家產。訥爾蘇令六子福靖（曹寅女所生）向回京閑居的隋赫德索借銀五千兩，恰符原曹家揚州房地產變賣銀數。後分兩次實借給三千八百兩[180]。

雍正十一年（一七三三）　癸丑

七月前，曹順已調任正白旗包衣第五參領之驍騎參領，七月二十四日始兼此參領下第二旗鼓佐領[181]。曹宜前此已爲鳥槍護軍參領，同日補放正白旗護軍參領[182]。曹頎於七月前去世[183]。

十月，隋赫德鑽營平郡王案結，隋赫德發往北路軍台效力贖罪，老平郡王訥爾蘇未予追究[184]。時平郡王福彭已爲定邊大將軍。

雍正十二年（一七三四）　甲寅

曹雪芹二十歲。曹頫一家有可能於本年前後發還家產，遷入一所有花園之宅第⑱⑤。

三月，愛新覺羅．敦誠出生。

雍正十三年（一七三五）　乙卯

七月，曹宜以護軍參領派出巡察圈禁允禵地方，時已兼正白旗包衣第四參領第二旗鼓佐領⑱⑥。八月二十三日，雍正帝暴卒。九月初三日，乾隆帝即位，有恩詔寬免曹頫騷擾驛站案尚欠銀三百二兩二錢⑱⑦。曹宜之祖曹振彥及父曹爾正覃恩封贈二品資政大夫⑱⑧。

十一月，福彭協辦總理事務；十二月，傅鼐兼兵、刑二部尚書。有旨編修《八旗滿洲氏族通譜》。

乾隆元年（一七三六）　丙辰

曹雪芹可能於此年或稍後轉升從六品州同，曹頫或可能起復爲內務府員外郎⑱⑨。

三月，福彭爲正白旗滿洲都統。

乾隆二年（一七三七）　丁巳

本年，曹雪芹與曹頫等有「謝園送茶」等活動⑲⓪。

傅鼐爲內務府總管，二月，復授正藍旗滿洲都統。

乾隆五年（一七四〇）　庚申

九月初五日，訥爾蘇卒⑲①。十二月，乾隆帝有旨將歷年久遠之尼堪（漢人）列入《八旗滿洲氏族通譜》附錄⑲②。

乾隆八年（一七四三）　癸亥

夏，屈復作〈曹荔軒織造〉詩，內有「詩書家計俱冰雪，何處飄零有子孫」之句，透露前此曹家已徹底敗落，子孫流散⑲³。

乾隆九年（一七四四）　甲子

曹雪芹三十歲，開始創作《石頭記》初稿⑲⁴。

十二月，《八旗滿洲氏族通譜》成，曹氏家族六代十一人收入卷七十四⑲⁵。

乾隆十三年（一七四八）　戊辰

約本年前後，曹雪芹在右翼宗學任筆帖式，與宗學學生敦敏、敦誠兄弟結社聯吟，後敦誠有詩述及⑲⁶。

十一月，平郡王福彭卒。次年三月，子慶明襲爵⑲⁷。

乾隆十五年（一七五〇）　庚午

約本年前後，曹雪芹已完成第三次增删稿《風月寶鑒》，前附其弟曹棠村之序文⑲⁸。

九月，慶明卒；十二月，曹寅女所生子福秀之子慶恒過繼襲封平郡王⑲⁹。

乾隆十六年（一七五一）　辛未

正月十三日，乾隆帝第一次南巡。江寧織造署改建爲行宮。曹雪芹有可能隨從南巡⑳⁰。

乾隆十八年（一七五三）　癸酉

本年底（或下年初）前，曹雪芹已完成第四次增删稿即明義所見《紅樓夢》，脂硯齋爲作《凡例》，此即脂硯齋抄閱初評本㉑。

乾隆十九年（一七五四）　甲戌

前此數年，曹雪芹離開宗學，有過一段投親靠友的生活經歷。三月，曹雪芹離開內務府出旗為民，並遷居西山，開始第五次增刪。脂硯齋隨而開始抄閱再評，仍名小說為《石頭記》㉒。

乾隆二十一年（一七五六）　丙子

五月，曹雪芹第五次增删稿第七十五回已基本寫成并謄清㉓。

約本年前後，曹雪芹與張宜泉結識。張有《題芹溪居士》詩，贊美曹雪芹拒絕皇室徵召之品格。敦敏在此前後亦有〈題芹圃畫石〉詩讚其「傲骨」㉔。

乾隆二十二年（一七五七）　丁丑

遲至本年二月，畸笏叟已參與《石頭記》抄閱評批工作㉕。

二月，敦誠協助其父山海關關督瑚玐分榷喜峰口稅務；秋，作〈寄懷曹雪芹霑〉㉖。

正月至三月，乾隆帝第二次南巡。

乾隆二十四年（一七五九）　己卯

曹雪芹第五次增删稿已完成前八十回（內缺第六十四、六十七回）㉗，乃離京南遊江寧一帶㉘。張宜泉有〈懷曹芹溪〉詩㉙。

畸笏叟於本年冬開始抄寫己卯原本。脂硯齋第四次閱評《石頭記》，並於本年冬夜作有大量批語⑳。

乾隆二十五年（一七六〇）　庚辰

三月初三上巳，曹雪芹在江南與少年時代舊人結褵㉑。夏秋間，曹雪芹回京，重定畸笏叟抄錄之己卯原本爲庚辰秋定本㉒。

春二月底，敦敏有《小詩代簡寄曹雪芹》約其同賞杏花春色，曹雪芹因南遊未赴㉓。秋冬間，敦敏訪友明琳於養石軒，得遇隔院高談之曹雪芹，有七律一首感贈㉔。約本年前後，敦誠作〈白香山《琵琶行》〉傳奇一折，曹雪芹爲作題跋㉕。

乾隆二十六年（一七六一）　辛巳

秋，敦敏、敦誠兄弟訪曹雪芹於西山，各有贈詩㉖。冬，敦敏重訪曹雪芹未遇，有小詩紀其事㉗。

約本年前後，曹雪芹以第四次增刪稿《紅樓夢》之鈔本借予富察明義，明義作〈題紅樓夢〉組詩二十首㉘。

乾隆二十七年（一七六二）　壬午

曹雪芹四十八歲。初秋，曹雪芹入城訪敦敏於槐園；次晨風雨，敦誠適至，乃同暢飲，雪芹歡甚作長歌以謝，敦誠有〈佩刀質酒歌〉紀其事㉙。

未幾，曹雪芹愛子夭亡，因感傷成疾，於本年除夕（公元一七六三年二月一日）病逝㉚。

是年，畸笏叟爲《石頭記》作多條評語[221]。

本年春，乾隆帝第三次南巡。閏五月，平郡王慶恒緣事降爲固山貝子[222]。

乾隆二十八年（一七六三）　癸未

初春，敦誠參與曹雪芹之葬禮，有〈輓曹雪芹〉七律二首[223]。曹雪芹繼妻旋亦飄零離京[224]。

春夏間，張宜泉重訪曹雪芹西山故居，感悼而作〈傷芹溪居士〉詩[225]。

乾隆二十九年（一七六四）　甲申

八月，脂硯齋於甲戌原本第一回「滿紙荒唐言」五絕書眉作一長批，謂「余常哭芹，淚亦待盡」，不久亦即逝世[226]。

乾隆三十年至三十六年（一七六五—一七七一）

畸笏叟繼續評批並開始向外傳抄《石頭記》，於乾隆三十六年辛卯冬以後去世，身後遺有子孫[227]。

曹氏家族世系表

- 曹錫遠
  - 曹振彥
    - 曹璽
      - 曹寅
        - 長女（嫁平郡王訥爾蘇）
        - 曹顒—曹天祐（曹霑）
        - 次女（嫁某王子）
        - 曹頫（嗣子）—曹棠村
        - 珍兒（早殤）
      - 曹宣
        - 曹順（赫達色）
        - 曹頔（驥兒）
        - 曹頎（桑額）
        - 曹頫（出嗣爲寅子）
      - 女（嫁傅鼐）
    - 曹爾正—曹宜—曹頎

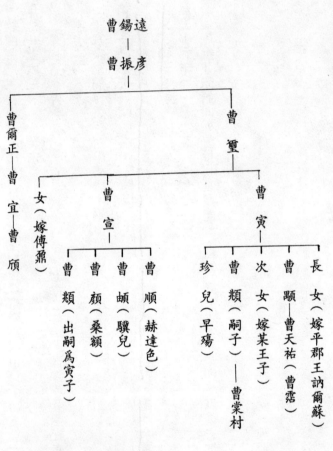

注：

①康熙二十三年未刊《江寧府志》卷十七〈宦跡．曹璽傳〉：「及王父寶宦瀋陽，遂家焉。」康熙六十年刊《上元縣志》卷十六〈人物．曹璽傳〉：「大父世選，令瀋陽有聲。」《八旗滿洲氏族通譜》卷七十四：「曹錫遠，正白旗包衣人，世居瀋陽地方，來歸年分無考。」據此知曹雪芹五世祖名曹錫遠，又名「寶」，「世選」或爲字。按，明代瀋陽不設縣，而置衛；故無縣令，只有相當於縣令的中衛指揮使，「令瀋陽」意即任瀋陽中衛指揮使；中衛指揮使爲世官，曹氏家族遠祖曹俊、曹輔、曹銘等人在明初已任此職。參見馮其庸先生《曹雪芹家世新考》三三五—三三九頁，三五七—三六四頁。

②據康熙六十年刊《上元縣志》卷十六〈人物．曹璽傳〉：「曹璽，字完璧。……璽少好學，沉深有大志。及壯，補侍衛，隨王師出征山右有功。」按：「王師出征山右」指順治六年多爾袞討姜壤叛亂之戰；而《禮記．曲禮》有「三十曰壯」之說，按順治五年曹璽三十歲推算，他當生於明萬曆四十七年（一六一九），瀋陽爲努爾哈赤攻占時年已三歲。

③見天聰四年（一六三〇）四月〈大金喇嘛法師寶記碑〉和九月〈重建玉皇廟碑〉碑陰題名。詳見馮其庸先生《夢邊集》一八六—一八八頁，一一二—一一五頁。曹振彥入滿洲正白旗包衣籍至遲應在後金天聰八年（一六三四）以前，至早亦應在天聰四年九月以後，其間當以佟養性去世後最爲可能。參見《夢邊集》一三七—一四〇頁。

④同注③。

⑤據尤侗《艮齋倦稿》卷四康熙三十年作〈曹太夫人六十壽序〉：「於今辛未臘月朔日，年登六秩」之語推算。

⑥《清太宗實錄》卷十八「天聰八年甲戌」條下記：「墨爾根戴青貝勒多爾衮屬下旗鼓牛彔章京曹振彥，因有功加半個前程。」按，「墨爾根戴青」係滿語音譯，乃天聰二年清太宗皇太極賜其異母弟多爾衮的美號，鄭天挺《清史探微》認爲即「睿智聰明」義。貝勒，滿語音譯，意爲旗主。多爾衮及其同母弟多鐸其時爲正白旗與鑲白旗旗主，參見孟森《明清史論著集刊》一書之〈八旗制度考實〉。

⑦詳見本書〈曹寅考〉

⑧同注⑦。

⑨據吳振棫《養吉齋叢錄》卷二十五：「挑選八旗秀女，……其年自十四至十六爲合例。」順治十一年孫氏十五歲，當於此年前後被選入宮爲孝莊文皇后（玄燁祖母）之侍從女官，故以後得選爲玄燁保母。

⑩曹振彥有「貢士」之功名（見下注），應即於此年考試取得。

⑪曹振彥及曹璽均參加了此年的平定姜瓖叛亂之戰，據《順治朝揭帖奏本啟本》中曹振彥奏本及康熙二十三年未刊《江寧府志》、六十年《上元縣志》所載〈曹璽傳〉考知，詳見張書才先生《曹振彥檔案史料的新發現》（《紅樓夢學刊》一九八〇年第三輯）及馮其庸先生《夢邊集》中〈曹雪芹家世史料的新發現〉。又《康熙山西通志》卷十七〈職官志〉：「平陽府吉州知州

曹振彥，奉天遼陽人，貢士，順治七年任。」當於平定叛亂後留任當地爲知州。

⑫同注⑪。

⑬康熙二十三年未刊《江寧府志》卷十七〈宦跡．曹璽傳〉：「補侍衛之秩，隨王師征山右建績。世祖章皇帝拔入內廷二等侍衛，管鑾儀事，升內工部。」

⑭順治八年八月二十一日覃恩誥命：「授山西平陽府吉州知州曹振彥奉直大夫，封妻袁氏宜人。」又康熙十四年十二月曹璽之父母所獲覃恩誥命：「贈曹振彥光祿大夫，妻歐陽氏一品太夫人，封繼室袁氏一品夫人。」並贊袁氏「撫異產爲己出」。因誥命「自身曰授，上代未服官或已致仕曰封，已故曰贈」，故知曹璽應係歐陽氏所出，歐陽氏卒於順治八年前。曹爾正應爲袁氏所生，其生卒年不詳，然康熙三十六年時他還隨清聖祖西征噶爾丹並掌管隨行馬匹，其年齡當至少比曹璽小二十餘歲。曹爾正別名「鼎」，見《五慶堂遼東曹氏宗譜》。

⑮見中國第一歷史檔案館藏《順治朝揭帖奏本啟本》內〈曹振彥奏本〉（順治九年十二月初八日）自署職銜，其全稱爲「山西等處承宣布政使司陽和府知府」，奏本全文載《紅樓夢學刊》一九八〇年第三輯。《山西通志》載該年曹振彥爲「大同府知府」，誤。

⑯蕭奭《永憲錄續編》記：曹寅「母爲聖祖保母」。又馮景《解春集文鈔》卷四〈萱瑞堂記〉云：「康熙己卯夏四月，皇帝南巡回馭，止蹕於江寧織造臣寅之府。寅紹父官，實維親臣、世臣，故奉其母孫氏朝謁。上見之色喜，且勞之曰：『此吾家老人也。』賞賚甚厚。會庭中萱花開，遂御書『萱瑞堂』三大字以賜。嘗觀史冊，大臣母高年召見者，第給扶，稱『老福』而

已，親賜宸翰，無有也。」又毛際可《安序堂文鈔》卷十七亦有〈萱瑞堂記〉，內云：「時內部郎中臣曹寅之母封一品太夫人孫氏叩顙墀下，兼得候皇太后起居。問其年已六十有八，宸衷益加欣悅，遂書『萱瑞堂』以賜之。」合而觀之，知爲「聖祖保母」者乃曹寅之嫡母孫氏。

⑰見《清世祖實錄》卷九十三及《浙江通志》卷一二二〈職官志〉。

⑱詳見王利器先生《李士楨李煦年譜》。

⑲同注⑰。

⑳曹寅生年月日參見周汝昌先生《紅樓夢新證．史事稽年》順治十五年條下考析。曹寅字子清，見《五慶堂曹氏宗譜》，又屢見於清人記載。其別號甚多：荔軒、楝亭、雪樵、鵲玉亭、柳山居士、棉花道人、紫雪軒、紫雪庵主、西堂掃花行者等，晚年又因耳聾目昏自號盹翁、柳山聱叟。爲省篇幅，不一一注明出處。

㉑同注⑦。

㉒康熙二十九年四月初四日《總管內務府爲曹順等人捐納監生事咨戶部文》：「三格佐領下南巡圖監畫曹荃（按，即曹宣）：情願捐納監生，二十九歲。」逆推其生年當爲康熙元年。曹宣生日爲二月十二日，《楝亭詩鈔》卷三〈支俸金鑄酒槍一枚寄二弟生辰〉「百花同日著新緋」句下自注：「生辰同花生日。」俗以農曆二月十二日爲花生日，又稱花朝，見清潘榮陛《帝京歲時紀勝》。參見馮其庸先生《曹雪芹家世新考》一〇三—一〇五頁。

㉓據康熙二十三年未刊《江寧府志》及六十年《上元縣志》的兩篇〈曹璽傳〉：「康熙二年，特

簡督理江寧織造。」參見周汝昌先生《紅樓夢新證．史事繫年》康熙二年條。

㉔《楝亭詩別集》卷一有〈見雁懷馬伯和〉〈哭馬伯和先生二首〉，其二首聯爲：「憶昔提攜童稚年，追歡最在小池邊。」可知馬伯和是曹寅幼時塾師。按：馬伯和名鑾，貴陽人，弘光政權大學士馬士英之子，明亡後在江寧教書爲生，工詩，有〈詠美人絕句三十六首〉，多所寄托，詩見卓爾堪《明遺民詩》卷十二。筆者據卓爾堪此書作者小注及作品勾稽互考，推知馬鑾與杜濬（茶村）、杜岕（些山）、姚勝（思陶）等明遺民交往密切，曹璽、曹寅父子與明遺民的往來可能即由馬鑾開始介紹。吳美淥有〈曹寅塾師馬伯和考〉（《貴州社會科學》一九八三年第一期），可參看。

㉕康熙六十年刊《上元縣志》卷十六〈曹璽傳〉：「子寅，字子清，號荔軒，七歲能辨四聲。」

㉖據納蘭成德〈曹司空手植楝樹記〉（《楝亭圖》卷一）：「子清爲余言：其先人司空公當日奉命督江寧織造，……衙齋蕭寂，攜子清兄弟以從，方佩觿佩韘之年，温經課業，靡間寒暑。其書室外，司空親栽楝樹一株，今尚在無恙。」

㉗顧景星《荔軒草序》：「子清門第國勛，長江南佳麗地，束髮即以詩詞經藝驚動長者，稱神童，既舞象，入爲近臣。」鄧之誠《清詩紀事初編》卷六乙編「曹寅」：「寅年十三，挑御前侍衛。」關於曹寅爲玄燁伴讀、曹寅與顧景星舅甥關係，曹寅生母顧氏及曹寅、曹宣兄弟不和諸事詳見本書〈曹寅考〉及〈曹宣考〉。

㉘此係筆者據內務府檔案中有關曹宣的文獻推算而得。曹宣在雍正十三年（一七三五）還健在且

現任參領，其年齡當不超過七十歲；而康熙四十七年時曹宜作爲欽差奉佛至普陀山安置，其時當在三十歲以上：故筆者推定曹宜當生於本年或稍後。

㉙《八旗通志》卷七〈旗分志〉於「正白旗包衣佐領管領」下記：「第五參領第一旗鼓佐領亦係國初編立，始以高國元管理；高國元故，以曹爾正管理；曹爾正緣事革退，以張士鑒管理；張士鑒故，以鄭連管理；鄭連緣事革退，以曹寅管理。（下略）」曹爾正任佐領及革退年分係筆者據各種文獻資料推算暫定。

㉚《楝亭詩鈔》卷四〈句容館驛〉：「余十七歲侍先公館此，今來往三十年矣。」據此知曹寅康熙十三年曾來江南。

㉛引自康熙二十三年未刊《江寧府志》和六十年《上元縣志》的兩篇〈曹璽傳〉。

㉜此係筆者據《楝亭集》及有關材料考得。詳見拙作〈呼吸會能通帝座—關於曹寅與康熙帝〉，《上海師範大學學報》一九八八年第四期。

㉝康熙二十九年四月初四日〈總管內務府爲曹順等人捐納監生事咨户部文〉：「三格佐領下蘇州織造曹寅之子曹順，情願捐納監生，十三歲。」逆推知生於此年。曹順生父實係曹宣，詳本書〈曹宣考〉。

㉞張伯行《正誼堂文集》卷二十三〈祭織造曹荔軒文〉：「比冠而書法精工，騎射嫻習，擢儀尉、遷儀正。」

㉟王朝瓛《楝亭詞鈔序》：「當己未庚申（按，即康熙十八、十九年），陳、朱兩太史（按，即

陳維崧、朱彝尊）同就徵入館閣，而公以期門四姓官爲天子侍衛之臣。……每下直，輒招兩太史倚聲按譜，拈韻分題，含毫邈然，作此冷淡生活。每或一闋，必令人驚心動魄，兩太史動以陳思天人目之。時又有檢討從子次山（按，即陳維崧侄陳枋，「次山」爲其字）、陽羨蔣郡丞京少（按，即蔣景祈，「京少」爲其字），長洲黃孝廉蕺山（按，即黃庭，「蕺山」爲其字）相與庚和，所作甚夥。」顧景星《白茅堂集》及施閏章《學餘全集》亦屢見與曹寅酬答之篇什。參見周汝昌先生《紅樓夢新證·史事稽年》康熙十八年條下。

㊱此係筆者撰《楝亭集》勾稽考核推知。康熙二十一年，曹寅曾隨康熙帝出關東巡奉天，直至烏喇，見《楝亭詞鈔別集》《滿江紅·烏喇江看雨》；數隨帝出獵回中，見《楝亭詩別集》卷一〈送桐初南歸三首〉之三：「年年待獵出回中。」（按，「桐初」即葉藩，乃葉燮侄，杜濬婿。）

㊲同注㉗。

㊳同注㉙。

㊴見《楝亭詩別集》卷一。詩約作於康熙二十年左右，內有「枯桐鑿琴鳳凰老，鴛鴦塚上生秋草」之句，當爲悼亡妻詩：故知曹寅有一結髮妻，前此已經亡故。

㊵同注㊱。

㊶康熙二十三年未刊《江寧府志》卷十七〈宦跡·曹璽傳〉：「甲子六月，又督運。瀕行，以積勞成疾，卒於署寢。……是年冬，天子東巡抵江寧，特遣致祭。又奉旨以長子寅仍協理江寧織

造事務，以纘公緒。」康熙六十年刊《上元縣志》卷十六〈人物·曹璽傳〉：「甲子卒於署，祀名宦。子寅，……璽在殯，詔晉內少司寇（按，此即代指內務府慎刑司郎中），仍督織江寧。」

㊸熊賜履《經義堂集》卷四〈曹公崇祀名宦序〉：「洎甲子夏，以勞瘁卒于官。易簀之五月，遇天子巡幸至秣陵，親臨其署，撫慰諸孤，特遣內大臣以尚尊奠公，若曰：『是朕藎臣，能爲朕惠此一方人者也。』而都人士益思公不能忘，既合請於有司，張鼓樂，導公主侑食學宮名宦祠，復作爲詩歌，壽之棗梨，以侈公盛美。」

㊹據《歷朝八旗雜檔》，原文爲：「原任吏部尚書馬桑格，……（康熙）二十年十二月初三日從佐領員外郎轉升南京織造員外郎。」「二十年」應是「二十三年」之誤。見馬國權先生〈關於馬桑格的一件新史料〉，《紅樓夢學刊》創刊號。

㊺同注㊸。

㊻詩見《楝亭詩鈔》卷一〈北行雜詩〉之一：「六月水初寬」「未及渡江看」，杜岕《些山集輯》卷二〈思賢篇〉題下小注：「送荔軒還京師，時乙丑五月，登舟日也。」故知曹家離江寧返京時間乃康熙二十四年五月底。又〈北行雜詩〉之十九：「明日黃花外，萸囊意倍親。」之二十：「野風吹側帽，斷岸始登高。」皆證曹家于京郊張家灣登陸時爲重陽節，則其進京已在此後。

㊼參見周汝昌先生《紅樓夢新證》第二章〈人物考〉。

㊽康熙二十九年四月初四日〈總管內務府爲曹順等捐納監生事咨戶部文〉：「三格佐領南巡圖監畫曹荃之子曹頔，情願捐納監生，五歲。」逆推知生於康熙二十五年。曹順過繼爲曹寅之子，當在曹頔出生以後。筆者認爲，此舉當是曹寅對孫氏、曹荃母子讓步而採取的姿態，詳見本書〈曹宣考〉。

㊾康熙五十四年正月十八日〈蘇州織造李煦奏安排曹頫後事摺〉謂：「蓋頫母（按，指寅妻李氏）年近六旬，獨自在南奉守夫靈」，如該年李氏五十八歲，逆推李氏當生於順治十五年，則康熙二十六年時爲三十歲。《楝亭詩鈔》卷一〈五月十一夜集西堂限韻〉之五有「欲奏成連音，床琴久無弦」之句，雖用陶潛無弦琴典，亦寓斷弦未娶之意，故知曹寅於寫作此組詩的康熙二十五年尚未續娶。且曹寅應爲其父璽服喪三年，康熙二十六年方始滿服，曹顒生於康熙二十八年，故李氏嫁曹寅應在康熙二十六、七年。其時李氏年已三十歲，當時社會早婚成習，李氏如非宮中女官，決不可能延至此時方始結婚。而康熙朝秀女入宮三十歲遣出嫁人，年齡正合。

㊿同注⑱。

(51)康熙二十九年四月初四日〈總管內務府爲曹順等捐納監生咨戶部文〉：「三格佐領下蘇州織造曹寅之子曹顏，情願捐納監生，三歲。」逆推當生於此年。筆者考證：曹顏實乃曹荃三子，小名桑額。詳見本書〈曹宣考〉。

(52)尤侗〈曹太夫人六十壽序〉（《艮齋倦稿》卷四）：「曹母孫太夫人者，司空完璧先生之令妻，而農部子清、侍衛子猷兩君之壽母也。」又有「難弟子猷，爲朝廷管冊府」之語。證以康熙二十九年四月初四日內府〈咨文〉》稱曹荃爲「南巡圖監畫」，可知曹荃其時乃係以侍衛銜任此職；「爲朝廷管冊府」即「任南巡圖監畫」之謂。按，南巡圖係第二次南巡回京後康熙帝諭令王翬、宋駿業等江南地區名畫家多人歷三年繪成，今存故宮博物院。曹荃擅長繪畫，又可能親見第二次南巡盛典，故康熙帝令其任南巡圖監畫。

53 康熙二十九年四月初四日〈總管內務府爲曹順等捐納監生事咨戶部文〉：「三格佐領下南巡圖監畫曹荃之子曹顒，情願捐納監生，二歲。」逆推當生於此年。筆者考證：曹顒應係曹寅之子，總管內務府的筆帖式在抄寫〈此咨文〉時將曹顒與曹顏調錯了地位。詳見本書〈曹宣考〉。

54 康熙五十二年正月初九日〈內務府奏請補放連生爲主事掌織造關防摺〉：「查曹寅係由廣儲司郎中補放織造郎中。」而上注引總管內務府〈咨文〉已稱其爲「蘇州織造曹寅」，且尤侗《艮齋倦稿》卷十〈司農曹公虎丘生祠記〉謂：「司農曹公之駐節吾吳，自庚午四月，迄壬申十一月，奉詔移鎮江寧。」與〈咨文〉時間相符。故而知曹寅升任蘇州織造與調任江寧織造的時間及其原任職務。捐納監生者名單據〈咨文〉。

55 尤侗《艮齋倦稿》卷四〈曹太夫人六十壽序〉：「當司空在金陵嘗築楝亭，今農部於姑蘇作懷楝堂以志慕。其事太夫人也，卷韝鞠腃，盡晨夕之歡，北堂之下，又樹萱焉。」所云「北堂」，當即懷楝堂。我國古代以「萱親」「萱堂」指代母親，故種植萱草有孝順母親之隱含意義。

㊽據中國第一歷史檔案館藏清代玉牒，訥爾蘇生於康熙二十九年九月十一日，曹寅長女年當相若，故繫此年。

㊾同注㊽。

㊿錢秉鐙《田間尺牘》卷三《與曹子青〔清〕書》：「去秋過吳門趨候，知旌節已入都門。」書作於康熙三十二年秋。又《棟亭詩別集》卷二有〈自潤州至吳門，行將北歸，杜些山、程令彰作詩見寄，奉和二首〉，詩作於三十一年秋。故知其時曹寅曾回京陞見述職。

(59)同注(54)。

(60)尤侗《艮齋倦稿》卷九〈題北紅拂記〉云：「荔軒遊越五日，倚舟脫稿，歸授家伶演之，予從曲宴得寓目焉。」文作於康熙三十一年壬申。故知曹家已有小戲班。曹寅作《虎口餘生》及《後琵琶》，見劉廷璣《在園雜誌》卷三及蕭奭《永憲錄續編》。

(61)同注(18)。

(62)蕭奭《永憲錄續編》記曹寅「二女皆爲王妃」；又康熙四十八年二月初八日〈江寧織造曹寅奏爲婿移居并報米價摺〉：「臣愚以爲皇上左右侍衛朝夕出入住家恐其稍遠，擬於東華門外置房移居臣婿，並置莊田奴僕，爲永遠之計。臣有一子，今年即令上京當差，送女同往，則臣男女之事畢矣。」是曹寅次婿時爲侍衛，後襲王爵。其人爲誰今尚難確知。曹寅次女生年係據此推算。

⑥③詩見《楝亭詩鈔》卷二。
⑥④康熙三十六年正月二十六日〈內務府總管海拉遜等奏請派定張進孝、曹爾正等隨同出行輪班掌管馬匹摺〉云：「此次出行，請派出巴延人備辦收掌太監之馬匹」，被派出巴延人中有曹爾正之名。「『巴延』是滿文譯音，意爲『富户人』。『派巴延』是清初一種專爲皇帝當差報效的制度。凡是內務府出外差的人員（如鹽稅、關稅等），回京後都要編入『巴延』等候派差。」（引自《關於江寧織造曹家檔案史料》頁八）可見曹爾正前此曾爲內務府派出管理鹽差或稅務。
⑥⑤雍正七年十月初五日〈署內務府總管允祿等奏請補放內府三旗參領等缺摺〉：「尚志舜佐領下護軍校曹宜，當差共三十三年，原任佐領曹爾正之子，漢人。」查《八旗通志》卷七〈旗分志〉，尚志舜乃正白旗包衣第五參領第一旗鼓佐領，曹家即屬此佐領。逆推知曹宜於康熙三十五年開始當差，雍正七年前爲護軍校。
⑥⑥《楝亭詩別集》卷三〈聞二弟從軍卻寄〉稱「與子四十猶嬰孩」，康熙三十六年曹寅正四十歲。是年康熙帝第三次親征噶爾丹，故曹寅《松茨四兄遠過西池》組詩之五云：「勾陳逼招搖，幽天風夜至。單于六贏走，羽林呼動地。三驅度瀚海，持冰裹糗精。念我同胞生，旃裘擁戈寐。」從「三驅」句可證曹荃確於此年從軍西征。而由「羽林」、「旃裘」等句可知曹荃係康熙帝的侍從軍官，這亦符合清代上三旗包衣制度，參見《清朝文獻通考．職官考三》。
⑥⑦同注⑥④。

(68)同注(66)。

(69)詳見康熙三十六年十月二十二日〈江寧織造曹寅奏押運賑米到淮情形摺〉。

(70)此係筆者據有關文獻推考而得。詳見本書〈曹頫考〉。

(71)閻若璩《潛丘札記》卷六〈贈曹子猷〉：「骨肉誰兼筆墨歡，羨君兄弟信才難。南臨淮海熬波遠，北覲雲霄補袞寬。坐嘯應知勝公幹，暮歸還見服邯鄲。請揮一匹好東絹，怪石枯枝即飽看。」「南臨」、「北覲」分詠曹荃、曹寅弟兄，「熬波」用張融〈海賦〉「漉沙構白，熬波出素」及歐陽修〈運鹽〉「熬波銷海水」典，即煎海水以取鹽之意。按：清代淮北鹽運使院駐節淮安，曹荃在淮安與閻若璩見面，必係其因兩淮鹽務出差至此之故。曹荃旋南下真州，住淮南鹽運使院西軒。曹寅於康熙四十八年作〈思仲軒詩〉二首（《楝亭詩集》卷六）紀念曹荃，有「憶汝持節來，錦衣貌殊眾。舉眼歷十稔，拱木已成棟」之句，故知曹荃此來在康熙三十八年。朱彝尊〈題曹通政寅思仲軒詩卷〉（《曝書亭集》卷二十三）自注：「公弟居此，植杜仲一本於庭，故以名軒」，據曹寅〈思仲軒詩小序〉：「思仲，杜仲也。俗呼爲綿芽，可食。其木美蔭而益下，在使院西軒之南。」故知思仲軒即西軒，乃曹寅爲紀念二弟曹荃而臨時給予西軒的別名。詳見本書〈曹寅考〉、〈曹宣考〉。

(72)同注⑯。

(73)見張玉書《張文貞公集》卷六〈駕幸江寧紀恩碑記〉及康熙三十八年五月二十六日〈江寧織造曹寅奏與督撫公議明陵俟秋涼修補摺〉，碑今存明孝陵，內記康熙帝諭旨：「朕昨往奠洪武陵寢，見牆垣復多傾圮，可交與江蘇巡撫宋犖、織造郎中曹寅會同修理。朕御書『治隆唐宋』四大字，交與織造曹寅製匾懸置殿上，並行勒石，以垂永遠。」碑後有當時在江寧的高級官員名單。

(74)同注(73)。

(75)《楝亭詩鈔》卷三〈支俸金，鑄酒槍一枚，寄二弟生辰〉「三品全家增舊祿」句下自注：「近蒙恩擢階正三品食祿。」據而知曹寅「三品食祿」在本年二月。

(76)文見《楝亭文鈔》。記云：「後己未（按，康熙十八年）二十二年庚辰（按，康熙三十九年），寅行年四十三，文饒（按：顧昌字）四十有八，舅黃公（按：顧景星字）先生棄世已十四年。寅出使菰吳十年，文饒三上公車矣。文饒下第，自都門奉遺像及海內名家詩贊共一巨卷，投知己中丞宋公（按：江蘇巡撫宋犖），抵蘇州而還，過金陵使院，將買舟歸黃岡。八月十七夜，晚廳畫諾畢，振衣履，秉燭炬，出像瞻拜，顴頰宛然，謦欬如在，第鬚鬢蒼白，稍異前時，問知爲後來追想補圖者。中間人事不足述，感嘆存歿，悠悠忽忽，何以遂至二十二年之久。而燈影徘徊，亦竟忘余與文饒之年皆企於知非不惑之間也。然自今以往得睹此卷者尚有日，雖壽至耄耋，子孫滿前，亦終拳拳于二十二年之前也。」顧景星爲曹寅舅氏，此記爲硬證之一。

(77)見康熙四十年三月〈蘇州織造李煦奏與曹寅等議得莫爾森可去東洋摺〉，《李煦奏摺》第一七號。

⑱見康熙四十年五月二十三日〈內務府題請將湖口等十四關銅觔分別交與張鼎臣、王綱明、曹寅等經營本〉。曹寅、曹荃兄弟分辦龍江、淮安、臨清、贛關、南新五關銅觔共八年，實際事務由曹順及王文辦理，因其時寅荃兄弟曾呈文內務府稱：「我們兄弟二人俱有欽交差使，無暇辦銅，今著我們的孩子赫達色帶領家人王文等採辦。」據考，「赫達色」即曹順。參見張書才先生〈有關曹家子侄的幾個問題〉，《江海學刊》一九八四年第六期。曹荃任物林達在四十年五月之前，因康熙四十年十一月十二日〈內務府總管瑪斯喀等奏曹荃呈稱户部交進豆草請與户部會議具奏摺〉稱曹荃「物林達」，上注引同年五月二十三日內務府題本亦已稱其爲「物林達曹荃。「物林達」爲滿文「司庫」音譯，曹荃既掌豆草，則應爲上駟院或慶豐司之司庫。

⑲文見《楝亭詩鈔》，篇末署「康熙四十年五月初三日記於萱瑞堂之西軒」。內謂：「予家受田亦在寶坻之西，與東皋鷄犬之聲相聞，僕僕道途，溝塍多不治。兄歸，幸召佃奴撻而教之，且以勗弟筠石。至東皋牆垣籬落庖湢之處，耕藝之事，筠石愛弄柔翰，尚能記之。予以未及見，故不書。」「筠石」爲曹荃字。文中暗示：寶坻莊田已爲其所有並管理。

⑳顧湛露爲其父顧昌所作〈皇清揀授文林郎顧公培山府君行略〉謂：「迨壬午，以中丞牧仲宋公招，自都門達姑蘇。宋公有意梓徵君（按，指顧景星）集，時幕客有以費繁議芟薙者，府君不欲也。去止金陵，晤銀台曹公。公時織造江南，兼鹽漕務察院，前與徵君燕台雅集，舅甥契誼，遂捐千金，代梓《白茅堂全集》，府君一手較正。歷癸未、甲申，歆厥告成，徵君詩文始大行海內。」此文作於乾隆二十年，見《白茅堂全集》附錄。

⑧①見康熙四十三年七月二十九日〈江寧織造曹寅奏謝欽點巡鹽並請陛見摺〉：「去年奉旨著與李煦輪管鹽務，今又蒙欽點臣寅本年巡視兩淮。」又康熙五十一年七月二十三日〈蘇州織造李煦奏請代管鹽差一年以鹽餘償曹寅虧欠摺〉：「江寧織造臣曹寅與臣煦俱蒙萬歲特旨，十年輪視淮鹺。」

⑧②見曹寅《太平樂事》卷首〈自序〉及洪昇所作序文。洪序末署「癸未臘月錢塘後學洪昇拜記」，故知此劇在康熙四十二年已經寫成。錄洪序片斷以見此劇大概：「柳山先生出使江左，鈴閣多暇，含風咀雅，酌古准今，撰《太平樂事》雜劇以紀京華上元。凡漁樵耕牧、嬉游士女、貨郎村伎、花擔秧歌，皆摩肩接踵，外及遠方部落，雕題黑齒，卉服長髟休兜離，罔不羅列院本。其傳神寫景，文思煥然；詼諧笑語，奕奕生動，比之吳昌齡〈村姑演説〉（按，出於楊景賢《唐三藏西天取經》雜劇，非吳昌齡作），尤錯落有古致。而序次風華，即《紫釵》、〈元夕〉數折，無以過之。至於〈日本燈詞〉（按：係《太平樂事》第八齣），譜入蠻語，怪怪奇奇，古所未有。即以之紹樂府餘音，良不虛矣。吾知此劇之傳，百世以下猶可想見其盛，而況身際昌期者乎！」

⑧③金埴《巾箱説》：「迨甲申（按：康熙四十三年）春杪，昉思別予游雲間、白門，……提帥張侯雲翼（按：時爲江南提督）駐節雲間（今松江），開宴於九峰三泖間，選吳優數十人搬演〈長生殿〉，軍士執殳者亦許列觀堂下，而所部諸將并得納交昉思。時督造曹公子清寅亦即迎致於白門。曹公素有詩才，明聲律，乃集江南江北名士爲高會。獨讓昉思居上座，置〈長生殿〉

本於其席，又自置一本於席。每優人演出一折，公與昉思讎對其本，以合節奏。凡三晝夜始闋。兩公並極盡其興賞之豪華，以互相引重，且出上帑兼金贐行。長安傳爲盛事，士林榮之。迨歸至烏鎮，昉思酒後登舟，而竟爲汨羅之投矣。傷哉。」曹寅《太平樂事自序》亦謂「武林稗畦生（按，洪昇別號）擊賞此詞，秋碧曾爲稗畦說宮調，令其注《彈詞·九轉貨郎兒》下。未幾，有捉月之遊。」按，洪昇死於該年六月初一日。故曹寅置會演〈長生殿〉當在四、五月間。曹寅贈洪昇詩見《楝亭詩鈔》卷四，詩云：「惆悵江關白髮生，斷雲零雁各淒清。稱心歲月荒唐過，垂老文章恐懼成。禮法誰嘗輕阮籍，窮愁天亦厚虞卿。縱橫捭闔人間世，只此能消萬古情。」筆者認爲，曹寅以「上帑兼金」爲洪昇贐行，且贈詩有「禮法」一聯，細味其意，似是以康熙帝名義贈洪昇程儀，乃爲其在康熙二十八年孝懿仁皇后喪期演〈長生殿〉得罪事公開平反，故金埴言「士林榮之」云云。張雲翼與曹寅身爲高級官吏，竟敢不避風險公演〈長生殿〉，或亦事先曾得康熙帝同意。金埴亦云：「先是康熙戊辰，朝彥名流聞〈長生殿〉出，各醵金過昉思邸搬演，觴而觀之；會國服未除才一日，其不與者嫉而構難，有翰部名流坐是罷官者。後其本遂經御覽，被宸褒焉。」可證此推論有據。

84 同注80。

85《關於江寧織造曹家檔案史料》十七—二一號。

86 見康熙四十四年閏四月初五日《內務府等衙門奏曹寅李煦捐修行宮議給京堂兼銜摺》。關於寶塔灣行宮修建情況，詳見黃進德先生〈三汊河干築帝家，金錢濫用比泥沙〉（《曹雪芹江南家

世考》一九〇—一二二〇頁）

(87)《耆獻類徵》卷一六四宋和〈陳鵬年傳〉：「乙酉，上南巡。總督（按，時兩江總督爲阿山）集有司議供張，欲於丁糧耗加三分。有司皆懾服，唯唯；獨鵬年不服，否否。總督怏怏。議雖寢，則欲抉去鵬年矣。無何，車駕由龍潭幸江寧，行宮草創，欲抉去之者因以是激上怒，時故庶人（按，指太子胤礽）從幸，更怒，欲殺鵬年。車駕至江寧，駐蹕織造府。一日，織造幼子嬉而過於庭，上以其無知也，曰：「兒知江寧有好官乎？」曰：「知有陳鵬年。」時有致政大學士張英來朝，……使人問鵬年，英稱其賢，而英則庶人之所傅。上乃謂庶人曰：『爾師傅賢之，如何殺之？』庶人猶欲殺之。織造曹寅免冠叩頭爲鵬年請。當是時，蘇州織造李某伏寅後，爲寅嗹，見寅血被額，恐觸上怒，陰曳其衣警之。寅怒而顧之曰：『云何也？』復叩頭，階有聲，竟得請。」該年寅子曹顒已十七歲，故文中所云「織造幼子」應爲曹頫。

(88)同注(86)。

(89)此係筆者考證所得。康熙四十四年冬，曹寅致汪繹函自署「期弟寅」，是曹荃至早亦當逝於四十三年底。而《思仲軒詩》作於四十八年五月，可能時當曹荃忌日，故曹荃卒於四十四年五月的可能最大。詳見本書〈曹宣考〉。

(90)見康熙四十四年五月初一日〈江寧織造曹寅奏刊刻全唐詩集摺〉及同年十月二十二日〈江寧織造曹寅奏進唐詩樣本摺〉、四十五年九月十五日〈江寧織造曹寅奏報起程日期并進刻對完全唐詩摺〉。

91同注90。

92見康熙四十五年八月初四日〈江寧織造曹寅奏謝復點巡鹽並奉女北上及請假葬親摺〉及同年十二月初五日〈江寧織造曹寅奏王子迎娶情形摺〉。按：曹寅長女本年十一月二十六日出嫁，按禮法她應爲祖母孫氏守期年喪（實際九個月），故孫氏應於本年二月前去世。

93同注92。

94同注92。

95同注90。

96詩見《楝亭詩鈔》卷五。筆者據其前後詩寫作時間定其作於本年。因前四首〈哭東山修撰〉乃康熙四十五年五月哭《全唐詩》校刊者翰林院編修汪繹，而其後第二首爲〈南轅雜詩〉，第七首下小注「二月十四日驚蟄雷雨」，正符四十七年之節氣：故介於它們之間的爲曹頎所作題梅詩必爲康熙四十六年之作。題畫詩之一云：「墨瀋鱗皴蟄早雷，後生蜂蝶盡知猜。一家准敕誰修得，壓卷詩從笨伯來。」詩下小注：「補之畫梅，蜂蝶皆集，高宗謂之『准敕惡梅』。」用楊補之畫梅得宋高宗品評典，典出虞集〈梅野詩序〉及李日華〈六硯齋二筆〉。故知曹寅、曹荃、曹頎的畫梅都得到過康熙帝的稱賞，「一家准敕誰修得」句充分流露了曹寅洋洋自得受寵若驚的心態。據此推論，曹頎在康熙四十六年前應已在宮內當差，因之有機會接近康熙帝，其畫梅得入皇帝「龍目」而受稱讚。康熙五十五年曹頎破格提拔爲茶房總領，與此亦有聯繫。詳見本書〈曹頎考〉。

⑰詩見《楝亭詩鈔》卷五。其三首句爲「吾年方半百」，故知作於曹寅五十歲即康熙四十六年冬。

⑱《關於江寧織造曹家檔案史料》四五，四六，四七號。

⑲同注⑱。

⑳《關於江寧織造曹家檔案史料》五二號，康熙四十七年七月十五日〈江寧織造曹寅再奏洪武陵家塌陷摺〉：「臣接家信，知鑲紅旗王子已育世子。……所有應備金銀緞匹鞍馬搖車等物，已經照例送訖。」同書附錄〈鑲紅旗第五族納爾蘇諸子生平簡歷〉「多羅平敏郡王福彭」條下：「康熙四十七年戊子六月二十六日卯時，嫡福晉曹佳氏、通政使曹寅之女所出。」

101康熙四十七年九月二十三日〈八貝勒等奏查報訊問曹寅李煦家人等取付款項情形摺〉載廢太子允礽向曹李取銀事甚詳。其後，曹李即有密摺叩謝「天恩」，語焉不詳，然聯繫當時政治背景必，與允礽取銀事有關。參見康熙四十七年十月初五日〈曹寅奏請聖安並江南雖知異常之變但無異說摺〉（《關於江寧織造曹家檔案史料補遺》三三號），四十七年十月初七日李煦〈謝恩並進揚州晴雨冊摺〉（《李煦奏摺》七二號）。

102同注101。

103梅庚爲施閏章《學餘全集》作《跋》：「今通政楝亭曹公追念舊遊，懼遺文之就湮也，寓書於其孤，舉《學餘全集》授諸梓，經始於丁亥五月，又館其孫瑮于金陵事讎校，戊子九月刻垂竣。」

⑩④康熙四十八年二月初八日〈江寧織造曹寅奏爲婿移居並報米價摺〉：「臣愚以爲皇上左右侍衛，朝夕出入，住家恐其稍遠，擬於東華門外置房移居臣婿，並置莊田奴僕爲永遠之計。臣有一子，今年即令上京當差，送女同往，則臣男女之事畢矣。」據蕭奭《永憲錄續編》：「（曹寅）二女皆爲王妃」，知此年出嫁之次女後亦爲王妃，其次婿後應襲王爵。

⑩⑤《太平樂事·自序》末署「己丑九月十五日，柳山居士書」。曹寅別號柳山，見張雲章《朴村詩集》卷四〈奉陪曹公月夜坐柳下賦呈〉：「柳山先生性愛柳」及句下自注：「公以柳山自號。」

⑩⑥康熙四十八年四月十三日〈內務府奏曹寅辦銅尚欠節銀應速完結並請再交接辦摺〉內引曹順呈文，「我伯父曹寅」出現四次，內務府摺且兩次稱其爲「曹寅弟弟之子曹順」，故知曹順回歸本支當在此前。曹順生父曹荃及祖母孫氏卒於康熙四十四、五年，其回歸本支應在此後：約當四十六、七年間。詳本書〈曹順考〉。

⑩⑦據《楝亭詩鈔》卷六各詩前後編年，〈思仲軒詩〉二首當作於此年。而朱彝尊〈題曹通疏寅《思仲軒詩卷》〉及〈五月，曹通政寅招同李大理煦、李都運斯佺納涼天池水榭，即席送大理還蘇州〉二詩編年皆在「屠維赤奮若」即「己丑」（二詩見《曝書亭集》卷二十三）：可知〈思軒詩〉必作於該年五月。

⑩⑧見《關於江寧織造曹家檔案史料》五七，六十，六一號。

⑩⑨查愼行《曝書亭集序》：「刻始於己丑秋，曹通政荔軒實捐資倡助。工未竣而先生與曹相繼下

世。」

⑩康熙五十三年八月十二日〈上諭著李陳常巡視鹽差一年請補曹寅李煦虧欠〉：「先是總督噶禮奏稱，欲參曹寅、李煦虧欠兩淮鹽課銀三百萬兩，朕姑止之。查伊虧欠課銀之處，不至三百萬兩，其缺一百八十餘萬兩是真。」曹、李自四十三年秋兼任兩淮巡鹽御史，每年約得餘銀五十五萬兩左右，其中二十一萬兩應撥充江寧、蘇州織造署經費。至四十九年秋，已獲餘銀一百八十萬兩以上。噶禮時爲江南總督，素與曹李不和，至將已撥充織造費用的款項也計入虧空，意欲公開參奏。自四十九年八月起，康熙帝屢在曹李密摺加批警告，如該年八月二十二日〈鹽法道李斯佺病危預請簡員佐理摺〉硃批：「夙聞庫帑虧空者甚多，卻不知爾等作何法補完？留心，留心，留心，留心！」九月十一日〈蘇揚田禾收成摺〉硃批：每聞兩淮虧空甚是利害，爾等十分留心。後來被眾人笑罵，遺罪子弟，都要想到方好。」（《李煦奏摺》一〇九，一一〇號）九月初二日〈江寧織造曹寅奏進晴雨錄摺〉硃批：「兩淮情弊多端，虧空甚多，必要設法補完，任內無事方好，不可疏忽。千萬小心，小心，小心，小心！」五十年二月初三日〈江寧織造曹寅奏進晴雨錄摺〉硃批：「兩淮虧空近日可曾補完否？」三月十九日〈江寧織造曹寅奏設法補完鹽課虧空摺〉硃批：「虧空太多，甚有關係，十分留心，還未知後來如何，不要看輕了。」（〈關於江寧織造曹家檔案史料〉七〇，七四，七五頁）將以上材料綜合分析，可證噶禮欲參曹李的時間正在康熙四十九年秋。

⑪同注⑩。

⑫康熙四十九年十月初二日〈江寧織造曹寅奏設法補完鹽課虧空摺〉硃批有「爾病比先何似」之語；十一月初三日〈江寧織造曹寅奏病已漸愈摺〉云：「臣今歲偶感風寒，因誤服人參，得解後旋復患疥，臥病兩月有餘，幸蒙聖恩命服地黃湯得以痊愈。」《楝亭詩鈔》卷七〈題徐文長墨芭蕉圖〉題下小注：「時病耳鳴。」又有「蹋壁靜偃雙荷鳴」之句。而《楝亭詩別集》卷四〈于宮贈桱屑枕志謝二首〉題下小注：「時病耳閉。」詩末自注：「近復苦目暗。」此後遂自號「柳山聱叟」及「盹翁」。馬湘蘭蘭竹立軸有曹寅題詩，落款「康熙辛卯乙酉日真州使院柳山聱叟書」。「盹翁」，見《楝亭詩別集》卷四〈贈楊舜章二首〉、〈題秘戲圖〉。

⑬據康熙五十年三月初九日〈江寧織造曹寅奏設法補完鹽課虧空摺〉及所附〈錢糧實數單〉。虧欠數係據此單開列數目相加而得。

⑭詩見《楝亭詩別集》卷四。其一有「零丁摧亞子，孤弱例寒門」之句，知珍兒爲曹寅次子。「四侄」指曹頫，因康熙五十四年正月十二日〈內務府請將曹頫給曹寅之妻爲嗣並補江寧織造摺〉有「曹荃第四子曹頫好，若給曹寅之妻爲嗣，可以奉養」之語。曹顒自四十八年二月送妹入京後未歸，唯曹頫在側，故寅以此詩示之，且勉其「努力作奇男」、「程朱理必探」（其二）。寅時已衰病，故有「老不禁愁病」，「殷勤慰衰朽，素髮滿朝簪」，「聾聳雙荷異」諸句。

⑮見《關於江寧織造曹家檔案史料》七七號。

⑯《樸村文集》卷十八〈祭曹荔軒通政文〉：「吾始謁公，辛卯之冬。我刺初入，喜溢公容。遍

告座客：吾於天下士，獨未識者此翁。」張詩見《樸村詩集》卷十：「天上驚傳降石麟（時令子在京師，以充閭信至），先生謁帝戒茲晨。俶裝繼相蕭爲侶，取印提戈彬作倫。書帶小同開葉細，鳳毛靈運出池新。歸時湯餅應招我，祖硯傳看入幕賓。」周汝昌先生因曹頫康熙五十四年三月初七日奏摺有「奴才之嫂馬氏因現懷妊孕已及七月……將來倘幸而生男，則奴才之兄嗣有在矣」諸語，推論此子旋即夭殤。筆者贊同此說。詳見《紅樓夢新證．史事稽年》。

(117) 見《楝亭詩鈔》卷八〈暢春苑張燈賜宴歸舍恭紀四首〉、〈正月二十九日隨駕入侍鹿苑，二月初十日陛辭南歸恭紀四首〉。

(118)《關於江寧織造曹家檔案史料》八五，八七，八八號。

(119) 張伯行〈祭曹荔軒織造文〉，《正誼堂文集》卷二十三；張雲章〈祭曹荔軒通政文〉，《樸村文集》卷十八。周汝昌先生《紅樓夢新證．史事稽年》該年條下有全文引錄。

(120)《關於江寧織造曹家檔案史料》八八，九二/九〇，九四/九八，九九/一〇五，一〇六，一〇八，一一七/一一〇/一一一，一一三號。

(121) 同注(120)。

(122) 同注(120)。

(123) 同注(120)。

(124) 康熙六十年刊《上元縣志》卷十六〈人物．曹璽傳〉：「孫顒，字孚若。嗣任三載，因赴都染疾，上日遣太醫調治，尋卒。上嘆息不置。」康熙五十四年正月十二日〈內務府奏請將曹頫給

曹寅之妻爲嗣並補江寧織造摺〉：「康熙五十四年正月初九日，奏事員外郞雙全……交出曹顒

具奏漢文摺」，據而知曹顒卒於五十三底至五十四年正月初九前。

(125)同注(120)。

(126)《五慶堂曹氏宗譜》：「十三世，顒，寅長子，內務府郞中，督理江寧織造，誥封中憲大夫，生子天佑。」「十四世天佑，顒子，官州同。」《八旗滿洲氏族通譜》卷七十四：「曹天祐，現任州同。」佑、祐通。康熙五十四年三月初七日〈江寧織造曹頫代母陳情摺〉「奴才之嫂馬氏，因現懷妊孕已及七月」之語，則曹顒確有遺腹子曹天祐。此子應即曹雪芹，因雪芹名「霑」，取字「天祐」正合古人命名取字的原則。按：《詩經·小雅·信南山》有「即霑既足，生我百穀」、「曾孫壽考，受天之祐」之句，乃曹家爲此曹顒遺腹子取名出典：一以感激康熙帝命曹頫襲職保全曹家之「浩蕩皇恩」，二以報謝蒼天賜予男嗣之福祐，三以祝頌此子未來富貴壽考有如周成王—日後曹雪芹以曹頫爲主要原型虛構小說人物賈政，字之以「存周」，亦可能即於此（周公旦爲周成王攝政以存周）聯想取義。參見王利器先生〈馬氏遺腹子·曹天祐·曹霑〉一文考證（《耐雪堂集》三一〇—三一九頁）。

(127)《關於江寧織造曹家檔案史料》一一七，一二二號。按曹頫所奏家產有「京中住房二所，外城鮮魚口空房一所，通州典地六百畝，張家灣當鋪一所，本銀七千兩，江南含山縣田二百餘畝，蕪湖縣田一百餘畝，揚州舊房一所」，有研究者因此數與雍正六年初抄家田產數不符而懷疑曹頫隱瞞了家產。但曹頫此摺內謂「此田產數目，奴才哥哥曹顒曾在主子跟前面奏過的」，而曹

頫似無必要向康熙帝謊報，故此數應係實情。可注意者，曹寅於四十年五月作〈東皋草堂記〉中述及的「寶坻受田」已不在內，聯繫此文內「兄歸，幸召佃奴撻而教之，且以昜弟筠石」諸語，「寶坻受田」必已早屬曹荃一支所有。

(128)《關於江寧織造曹家檔案史料》一一八，一二一頁，《補遺》八三，九一，九五，一〇四號。

(129)《關於江寧織造曹家檔案史料》一二四，一二五，一二六，一二九，一三一，一三二，一三三，《李煦奏摺》三二三號〈加戶部右侍郎銜謝恩摺〉所具日期為康熙五十六年十二月十七日，內云：「竊奴才接到京抄，知蒙萬歲垂念虧欠補完，特敕議敘，授奴才戶部右侍郎之銜。」按當時驛遞條件，從北京到蘇州至少需二十天，則李煦加銜當在十一月。曹頫加員外郎銜亦應於此時，詳見本書〈曹頫考〉第二節。

(130)同注(129)。

(131)同注(129)。

(132)同注(129)。

(133)同注(129)。

(134)《關於江寧織造曹家檔案史料》一三四，一三五號，《補遺》一一二號，康熙五十八年六月十一日〈曹頫奏為籌畫銅斤節省效力摺〉內奏稱：「奴才因見銅斤缺誤，鼓鑄維艱，思圖效力，仰求萬歲天恩，將八省督撫承辦七分紅銅，賞給奴才採辦。奴才當於添給節省二分水腳銀內，仍可節省一分，每年可節省銀三萬餘兩。自五十九年起承辦十年，共可節省銀三十餘萬兩。」

朱批：「此事斷不可行。當日曹寅若不虧出，兩淮差如何交回？後日必致噬臍不及之悔。」可證曹寅辦理八年銅斤實有虧空，曹頫奏請承辦，實屬少不更事。

(135)同注(134)。

(136)《關於江寧織造曹家檔案史料》一三七，一三八，一三九，一四二號。

(137)同注(136)。

(138)同注(136)。

(139)李果《在亭叢稿》卷十一〈前光祿大夫户部右侍郎管理蘇州織造李公行狀〉：「康熙六十一年，勞山李公虧織造庫帑金四十五萬兩，上奏聖祖皇帝，請以逐年完補。今上即位，清查所在錢糧，覆核無異，温旨赦其罪，令罷官，以家產抵十五萬兩，又兩淮鹽商代完庫三十餘萬兩，蓋公視鹺時有德於商人也，帑金以清。」但據雍正元年六月十四日〈內務府總管允祿等面奏查抄李煦家產並捕其家人等解部事〉：「李煦虧空銀三十八萬兩。查過其家產，估銀十萬九千二百三十二兩餘，京城家產估銀一萬九千二百四十五兩餘，共十二萬八千四百七十七兩餘。以上抵補外，尚虧空二十五萬一千五百二十三兩餘。」又雍正二年〈步軍統領隆科多奏李煦虧空銀兩處理情形摺〉：「據江南總督查弼納查出李煦虧空銀內，減去商人擔賠少繳秤銀三十七萬八千八百四十兩，此項銀兩應由商人頭目追賠。」三者記錄可互爲補充。李煦革職抄家原因複雜，然其導火線正因奏請代王修德挖參而起。關於李煦被罪情況，李果所作〈行狀〉及內務府檔案有明確記錄，詳參王利器先生《李士楨李煦年譜》所引文獻，此處不再一一注明。

⑭⓪ 同注⑬⑥。

⑭① 同注⑬⑨。

⑭② 同注⑬⑨。

⑭③ 《雍正朱批諭旨》第十三冊兩淮巡鹽御史謝賜履雍正元年十二月初一日摺及第三十九冊兩淮巡鹽御史噶爾泰雍正五年正月十八日摺。

⑭④ 詳本書〈曹頫考〉。

⑭⑤ 《八旗通志》卷四十五〈職官志四・內務府〉：「雍正元年定飯房、茶房總領俱授爲二等侍衛。」

⑭⑥ 《關於江寧織造曹家檔案史料》一四四，一五二，一四八，一五四，一五九，一六〇，一六一號。

⑭⑦ 同註⑭⑥。

⑭⑧ 同註⑭⑥。

⑭⑨ 同註⑬⑨。

⑮⓪ 有關傅鼐事跡，詳見《清史稿》本傳及袁枚《小倉山房文集》卷二〈刑部尚書富察公神道碑〉。

⑮① 同注⑭⑥。

⑮② 蔡珽爲年羹堯政敵，年之家產及奴婢二百二十五人賞給蔡珽見《永憲錄》卷三，時蔡珽爲兵部

尚書兼議政大臣、正白旗漢軍都統。由是知李煦家奴婢後盡入蔡家。

⑮③同注⑭⑥。

⑮④同注⑭⑥。

⑮⑤《八旗通志續集》卷一〇九及卷一〇八〈選舉志〉分別有雍正四年武舉人譚五格，雍正五年武進士譚五格隸「包衣曹頫佐領」之記載，且注明爲「鑲黃旗」，故知曹頫至遲在雍正四年已任鑲黃旗旗鼓佐領。其所任佐領編制見《八旗通志》卷七〈旗分志〉。

⑮⑥同注⑮⓪。

⑮⑦同注56。

⑮⑧同注⑭⑥。

⑮⑨同注⑭③。

⑯⓪《關於江寧織造曹家檔案史料》一六二，一六三，一六四，一六七，一六八，一六九號。

⑯①同注⑯⓪。

⑯②同注⑯⓪。

⑯③同注⑯⓪。

⑯④同注⑯⓪。

⑯⑤同注⑬⑨。

⑯⑥《關於江寧織造曹家檔案史料》一七二頁。此處曹頫家產估銀數，係筆者根據雍正元年四月初

九日總管內務府所奏李煦抄家清單（見《歷史檔案》一九八一年第一期）中房地人口折銀數估算。雍正帝素性節儉，今將價值甚鉅之財產賜與一包衣奴才而不以之抵曹頫虧空，顯示曹頫抄家原因不盡是虧空帑金，可能有較爲複雜的背景。

⑯⑦同注⑯⑥。

⑯⑧雍正七年七月二十九日《刑部移會》引總管內務府五月七日〈咨文〉：「查曹頫因騷擾驛站獲罪，現今枷號。曹頫之京城家產人口及江省家產人口，俱奉旨賞給隋赫德。後因隋赫德見曹寅之妻孀婦無力不能度日，將賞伊之家產人口內於京城崇文門外蒜市口地方房十七間半、家僕三對，給與曹寅之妻孀婦度命。」載《歷史檔案》一九八三年第一期。

⑯⑨〈曹頫騷擾驛站獲罪結案題本〉，載《紅樓夢學刊》一九八七年第一輯。

⑰⓪〈關於江寧織造曹家檔案史料〉一七三、一七四、一七七、一七六、一七九號。

⑰①同注⑰⓪。

⑰②清代爲培養內務府子弟設立的學校有景山官學與咸安宮官學。雍正六年十一月始有諭旨成立咸安宮官學，後選定十三歲以上、二十三歲以下俊秀者九十名，於七年七月正式成立。按曹雪芹年齡及智力條件，有可能入選。

⑰③同注⑯⑧。

⑰④上諭全文見《雍正朝起居注》。內云：「上年降旨，令各旗將功臣之子孫犯法問罪及虧空拖欠者一一查出具奏，今年各該旗陸續查奏前來。……此項錢糧俱係國家公帑，非朕所得私自用恩

者。著內庫銀兩照數撥補，代爲伊等完項。其或充發、或問監候及妻子家屬入辛者庫等罪者，概行寬釋。……其餘八旗所查功臣之子孫可寬者，亦無及候朕再詳加細閱發出。」實際上是在八旗內實行了一次大赦。雍正帝自七年冬起即病重，一度垂危，九年秋始恢復健康。他採取此類寬宥功臣子孫的措施或有爲自己祈福之目的。

(175) 雍正七年十月初五日〈署內務府總管允祿等奏請補放內府三旗參領等缺摺〉，記：「司官兼驍騎參領白喜、劉格、鄂善、七十、赫雅圖、赫達色、八十、穆克德木布、舒通阿等，解除參領。……奉旨：以中略…赫達色、薩哈連、常壽等，補放驍騎參領。……按照本堂掣簽，以赫達色爲鑲黃頭甲喇。」按「甲喇」滿語音譯，意爲「參領」。又雍正十一年七月二十四日〈內務府總管允祿爲旗鼓佐領曹頎等身故請補放缺額摺〉內有「驍騎參領黑達色」「以黑達色補放旗鼓佐領」「黑達色補鄭禪寶之佐領」等語。經查《八旗通志》卷七〈旗分志〉「正白旗包衣佐領管領」條下記：「第五參領第二旗鼓佐領亦係國初編立。……鄭禪寶升山東布政使，以參領赫達色管理。」可見黑達色與赫達色兩者實係一人。據以上文獻可知，赫達色原係「司官兼驍騎參領」，後補「鑲黃旗包衣第一參領」，又調正白旗包衣第五參領，故能接替鄭禪寶兼任該參領的第二旗鼓佐領。按：曹家是正白旗包衣第五參領第一旗鼓佐領下人，曹順（滿名赫達色）任本旗參領兼佐領，這是符合內務府三旗任職慣例的。詳見本書〈曹順考〉。

(176) 同注(170)。

(177) 同注(139)。

⑱怡親王允祥故後，雍正帝接連頒發上諭表示哀悼，並親賜書謚「賢」。如雍正八年五月十六日上諭：「王自總理户部以來，謙領度支，均平貢賦，月要歲會，令肅風清，無弊不除，無惠不舉。……如户部庫帑累年虧空至二百五十萬之多，王則經理多方，代爲彌補，使各官脱然無累，子孫並免追賠：此王之功德及於衆姓者也。又如朕因怡親王之奏而蠲免多年之逋欠，寬宥各官之處分：此王之功德及於天下者也。」由此可知，曹頫虧空在怡親王生前應已補完。

⑲曹頫官「郎中」見《八旗滿洲氏族通譜》卷七十四及《五慶堂曹氏宗譜》。據迄今所見內務府檔案，曹頫僅官主事，估計「郎中」係身後封贈。據清代恩蔭之制，其子曹雪芹可蔭八品官，年滿十八歲即可等候補缺。

⑱雍正十一年十月初七日〈莊親王允祿奏審訊綏赫德鑽營老平郡王摺〉錄綏赫德供詞：「奴才來京時，曾將官賞的揚州地方所有房地賣銀五千餘兩。我原要帶回京城，養贍家口。老平郡王差人來説要借銀五千兩使用，奴才一時糊塗，只將所剩銀三千八百送去借給是實。」又其子富璋供：「從前曹家人往老平郡王家行走，後來沈四帶六阿哥並趙姓太監到我家看古董，二次老平郡王又使六阿哥同趙姓太監到我家向我父親借銀使用。」一同摺內富璋曾供稱「看古董」爲雍正十年十一月之事，則「從前曹家人往老平郡王家行走」的時間概念乃雍正八、九年。富璋以「從前」「後來」云云暗示其中的因果關係：老平郡王借銀與曹家有關，納爾蘇似有代曹家向綏赫德索回家產之意。詳見本書〈曹頫考〉。綏赫德奉旨「發往北路軍台效力贖罪，若盡心效力，著該總管奏聞；如不肯實心效力，即行請旨，於該處正法。」亦見此摺，其家產如何處

置，未見檔案。

181 同注175。

182 同注170。

183 同注170。

184 同注180。

185 從脂評中可見雍末乾初曹雪芹活動鱗爪。己卯、庚辰本第三十八回在「寶玉命將那合歡花浸的酒燙一壺來」句下有雙批：「傷哉作者猶記矮䫜舫前以合歡花釀酒乎？屈指二十年矣。」此雙批時間不遲於乾隆二十四年己卯，但亦不能早於乾隆十八年，故所記往事當在乾隆四年前，雍正十一年後。時曹家有矮䫜舫（當爲花園中的船形建築，富貴人家多用作書室）、合歡樹，此決非蒜市口舊居所能有，顯示曹家此際已遷入一所有較富麗花園之宅第。聯繫雍正十一年十月隋蒜德獲罪發配之事，曹家原在北京的房產（已於雍正六年初賞給隋赫德）或有發還的可能。

186 雍正十三年七月十七日〈內務府奏拿獲允禵使用之太監李鳳琛越牆案請旨摺〉有「派出巡察圈禁允禵地方之護軍參領曹宜」之語，按允禵爲康熙帝第十四子，雍正帝同母弟，雍正元年五月孝恭仁皇后（雍正帝及允禵生母）病亡，封爲恂郡王。三年十二月革郡王，四年五月拘禁大內壽皇殿。允禵爲雍正帝之政敵，曹宜獲此重任，知其頗受信用。又同年十二月十五日〈內務府奏請補放護軍校等缺摺〉稱其爲「正白旗曹宜佐領」，經查《八旗通志》卷七〈旗分志〉知曹宜其時爲正白旗包衣第四參領第二旗鼓佐領。

⑱同注⑰。

⑱見雍正十三年九月初三日誥命。誥命共兩件，追封曹宜之祖曹振彥爲資政大夫，其妻歐陽氏、繼妻袁氏爲夫人，曹宜之父曹爾正爲資政大夫，妻徐氏及梁氏（曹宜生母）爲夫人。誥命原件藏北京大學圖書館。《紅樓夢新證．史事稽年》該年條下有全文引錄。據此誥命，知曹宜生母梁氏其時仍健在。

⑱《八旗滿洲氏族通譜》卷七十四：「曹天祐，現任州同。」《五慶堂譜》：「天佑，顒子，官州同。」乾隆五年十二月初八日奏准：「蒙古、高麗、尼堪（漢人）、台尼堪、撫順尼堪等人員，從前入於滿洲旗分內，歷年久遠者注明伊等情由，附於滿洲姓氏之後。」故曹天祐「現任州同」的時間必在乾隆五年前後。又前譜同卷載「曹頫，原任員外郎。」曹頫自康熙五十六年至雍正五年任內務府員外郎，乾隆元年有否復職，無文獻記載。唯用「原任」字樣，證實曹頫在乾隆五年前必已離任。周汝昌先生認爲曹頫於乾隆元年起復，乃是根據當時政治氣候所作假設，可供參考。

⑲靖本第四十一回妙玉品茶一段眉批：「尚記丁巳春日謝園送茶乎？展眼二十年矣。丁丑仲春畸笏。」「丁巳」爲乾隆二年。畸笏可能是曹頫的化名，參見趙岡先生《紅樓夢新探》、皮述民先生《補論畸笏叟即曹頫説》、戴不凡先生《畸笏叟即曹頫辨》等文。

⑲同注56。

⑲見《八旗滿洲氏族通譜》之〈凡例〉。

193 詩見屈復《弱水集》卷十四〈消暑詩十六首〉之十二。組詩小序：「吾年二十七出關浪遊，今七十有六矣。凡一粒一絲、寸紙點墨皆賴友朋，然得力者少。癸亥客姑蘇，老病酷熱，獨坐一室，揮汗成雨，長飢可忍，僕怨莫解，作絕句若干首。其人之死生、貴賤、親疏皆不論，意之所至，在我不在彼也。」〈曹荔軒織造〉詩小序：「荔軒，康熙間織造江寧，頗禮賢下士，當時稱之，所著有《楝亭詩集》。」全詩云：「直贈千金趙秋谷，相尋幾度杜茶村。詩書家計俱冰雪，何處飄零有子孫？」據筆者考證，曹氏家族敗落的原因應是：家族內部子孫不肖、後繼無人，矛盾尖銳複雜，從連續數代的兄弟不和展到招接匪人，彼此告訐、互相殘害，由此而引來最高統治者的殘酷打擊，造成整個家族的徹底破敗。詳見本書〈曹氏家族敗落原因新論〉。

194 《脂硯齋重評石頭記》甲戌本第一回：「後因曹雪芹于悼紅軒中披閱十載，增刪五次，纂成目錄，分出章回。……至脂硯齋甲戌抄閱再評，仍用《石頭記》。」據此可知，乾隆十九年甲戌，《石頭記》已抄閱再評，且經曹雪芹「披閱十載（實即創作十載），增刪五次，纂成目錄，分出章回」，則《石頭記》初稿的創作應開始于乾隆九年。時曹雪芹三十歲。由本《年譜》，可見曹雪芹孕育《紅樓夢》的創作計劃，實開始於曹氏家族徹底敗亡之後。

195 《八旗滿洲氏族通譜》卷首乾隆帝御制序文，署「乾隆九年十二月初三日」，可視爲此譜全部告成時間。曹氏家族在此譜第七十四卷，記於「曹氏」條下，全文爲：「曹錫遠，正白旗包衣人，世居瀋陽地方，來歸年分無考。其子曹振彥，原任浙江鹽法道；孫曹璽，原任工部尚書；曹爾正，原任佐領；曾孫曹寅，原任通政使司通政使；曹宜，原任護軍參領兼佐領；曹荃，原任司庫；元孫曹顒，原任郎中；曹頫，原任員外郎；曹頎，原任二等侍衛兼佐領；曹天祐，現任州同。」

196 敦誠《四松堂集》卷一〈寄懷曹雪芹霑〉：「少陵昔贈曹將軍，曾曰魏武之子孫。君又無乃將軍後，於今環堵蓬蒿屯。揚州舊夢久已覺（雪芹曾隨其先祖寅織造之任），且著臨邛犢鼻褌。愛君詩筆有奇氣，直追昌谷披籬樊。當時虎門數晨夕，西窗剪燭風雨昏。接䍦倒著容君傲，高談雄辯虱手捫。感時思君不相見，薊門落日松亭樽（時余在喜峰口）。勸君莫彈食客鋏，勸君莫叩富兒門。殘杯冷炙有德色，不如著書黃葉村。」據吳恩裕先生考證：「虎門」即宗學之代詞。按：據敦敏《敬亭小傳》，二敦在乾隆九年宗學創辦時即入右翼宗學就讀，時敦敏十六歲，敦誠十一歲。因其時二敦年少且走讀，故他們與曹雪芹友誼的產生並日漸增進，當係在數年之後。曹雪芹沒有正途功名，不可能擔任宗學教習，只可能是一般職員。據《大清會典事例》，宗學屬內務府管轄，故宗學的工作人員必由內務府委派。內務府在上三旗包衣中挑選知書識字者任筆帖式（官階最高爲七品），在所屬各機構中任文書工作，宗學編制中亦有筆帖式，曹雪芹做過州同，有資格挑選任此職。又據周汝昌先生《曹雪芹小傳》二一五頁引民國二十四年第一八七期《立言畫刊》槐隱〈李廣橋濃陰如畫絕似江南水國〉云：「雪芹官內務府筆帖式，學問淵博，曾爲明相國邸中西賓。因有文無行，遂下逐客之令，後以貧困而死。傳聞如是，不知確否。」亦謂曹雪芹官內務府筆帖式，可參考。按：敦敏（一七二九—一七九六後），字子明，有《懋齋詩鈔》；敦誠（一七三四—一七九一），字敬亭，號松堂，有《四松堂集》。二敦是清太祖努爾哈赤第十二子阿濟格的五世孫。阿濟格原封英親王，順治時因黨同多爾袞被抄家，賜自盡，並黜去宗籍；康熙時改封阿濟格之子爲鎮國公；乾隆登基後方爲阿濟格恢復名譽，以親王儀制重修陵墓。因之二敦雖係宗室，卻並不顯貴。其父瑚玐，係管理山海關稅務官，亦無政治地位。二敦的這種家世背景，或許是他們能夠理解並欣賞曹雪芹的原因之一。關於二敦情況，可參考吳恩裕《曹雪芹叢考》及周汝昌《曹雪芹小傳》。

197 同注56。

198 《脂硯齋重評石頭記》甲戌本第一回頁八眉批：「雪芹舊有《風月寶鑒》之書，乃其弟棠村序也。」據第一回正文所敍小說創作過程：「空空道人……將這《石頭記》再檢閱一遍，……方從頭至尾抄錄回來，問世傳奇。因空見色，由色生情，傳情入色，自色悟空，遂易名爲情僧，改《石頭記》爲《情僧錄》，至吳玉峰題曰《紅樓夢》，東魯孔梅溪則題曰《風月寶鑑》。後因曹雪芹於悼紅軒中披閱十載，增刪五次，纂成目錄，分出章回，則題曰《金陵十二釵》。……至脂硯齋甲戌抄閱再評，仍用《石頭記》。」據此可知：小說初稿名《石頭記》，第一、二、三、四次增刪稿分別爲《情僧錄》、《紅樓夢》、《風月寶鑑》和《金陵十二釵》；乾隆十九年甲戌開始第五次增刪，仍改名爲《石頭記》，今存《脂硯齋重評石頭記》甲戌本、已卯本和庚辰本即作者第五次增刪稿的過錄本。從此創作過程推測，實際存在過的第三次增刪稿《風月寶鑑》當於乾隆十五年左右完成。關於《紅樓夢》的創作過程，詳見本書《增刪剪接：從長篇故事到章回小說——紅樓夢成書過程探索》。

(199) 同注56。

(200) 據《清高宗實錄》卷三百八十四記載，單爲預備此次南巡隨從之拜唐阿（執事人）和護軍的回京乘騎，一次就從山東省驛站調撥驛馬達四千零五十五匹之多，顯示隨從人員多達四千餘人。曹雪芹其時仍爲內務府包衣，不難得到扈從南巡的機會。筆者個人認爲，曹雪芹可能親身經歷過第一次南巡，因爲甲戌本第十六回回首總評曾云：「借省親事寫南巡，出脫心中多少憶惜（昔）感今。」庚辰本第十七、十八合回元春省親儀仗一段旁批又云：「難得他（奪「寫」字）的出，是經過之人也。」顯示作者有過類似經歷。而今已卯、庚辰本第十七、十八回（寫大觀園及元春省親）尚未分開，顯示這兩回定稿較晚。可能曹雪芹在乾隆十六年親身參與了南巡，增加了對南巡及南方園林建築、風土人情的感性認識，因而在乾隆十九年甲戌開始的最後一次增刪中，對有關大觀園和省親大典的情節進行了較大修改補充，以致到乾隆二十四、二十五年間（即已卯庚辰年間）尚未將這兩回最後定稿。今存其他各脂本的分回有很大差異，正是分回出於他人之手的明證。

(201) 富察明義《綠烟瑣窗集》有〈題《紅樓夢》〉組詩二十首，顯示《紅樓夢》舊稿與今本第五次增刪稿內容基本一致，而細節有較大差異。明義所見《紅樓夢》舊稿應即第四次增刪稿，今存甲戌本卷首〈凡例〉即爲此稿撰寫：因爲其首條即稱「《紅樓夢》旨義」，顯示它係爲《紅樓夢》舊稿而非《石頭記》所撰，而其末七律「十年辛苦不尋常」句又顯示〈凡例〉撰寫時間係在作者創作十年之後，即乾隆十八年底十九年初，正當第四次增刪完成之時。脂硯齋於乾隆十九年甲戌開始抄閱再評，則第四次增刪稿即明義所見《紅樓夢》應即脂硯齋抄閱初評本。參見本書《富察明義〈題紅樓夢〉組詩箋證》。

202 乾隆十九年三月有旨准「八旗奴僕」出旗爲民，其諭云：「八旗奴僕受國家之恩百有餘年，邇來生齒日繁，不得不酌爲辦理。是以經朕降旨，將京城八旗漢軍人等聽其散處，願爲民者准其爲民，見爲遵照辦理。」此旨既言及「八旗奴僕」，則內務府上三旗包衣自應包括在內，曹雪芹很可能於此旨頒發後不久離開內務府遷居西郊，散處爲民。按，早在乾隆七年四月，清高宗即有旨准八旗漢軍出旗爲民，但其諭旨有謂：「從龍人員子孫皆係舊有功勳，歷世既久，無庸另議更張。」將內務府包衣漢人劃於准許出旗範圍之外；且曹雪芹在乾隆九年後還由內務府派往右翼宗學任職，故他不可能在此次辦理漢軍出旗開戶時離開內務府。曹雪芹之遷居西山，當在乾隆十九年，因爲在此年所作的第一回回前總評（甲戌本混入〈凡例〉）中，脂硯齋記「作者自云」，已有「雖今日之茅椽蓬牖、瓦灶繩床，其風晨月夕、階柳庭花，亦未有傷於我之襟懷筆墨者」諸語，顯示了一種初獲自由者「久在樊籠裡，復得返自然」的輕鬆舒暢與狷傲自信，說明其時曹雪芹已擺脫了內務府包衣的低賤身份遷居鄉間。至於其遷居地爲北京西郊，除後人多種傳說以外，其好友張宜泉詩已屢次言及，如「廬結西郊別樣幽」（〈題芹溪居士〉）、「寂寞西郊人到罕」（〈和曹雪芹西郊信步憩廢寺原韻〉），見《春柳堂詩稿》；敦敏《訪曹雪芹不值》也有「山村不見人，夕陽寒欲落」之句：皆可爲曹雪芹遷居西山之證。又，根據敦誠〈寄懷曹雪芹霑〉「勸君莫彈食客鋏，勸君莫叩富兒門。殘杯冷炙有德色，不如著書黃葉村」諸句，曹雪芹在遷居西山潛心著書之前，有過一段投親靠友的生活經歷，脂評中亦有涉及，參見周汝昌先生《曹雪芹小傳》。

203 庚辰本第七十五回回前頁（影印本一八三一頁）有「乾隆二十一年五月初七日對清，缺中秋詩，俟雪芹」的題記，顯示本回屆時已基本完成並謄清。

204 《題芹溪居士》詩見《春柳堂詩稿》，題下有小注：「姓曹名霑，字夢阮，號芹溪居士，其人工詩善畫。」詩云：「愛將筆墨逞風流，廬結西郊別樣幽。門外山川供繪畫，堂前花鳥入吟謳。羹調未羨青蓮寵，苑召難忘立本羞。借問古來誰得似，野心應被白雲留。」頸聯顯示內務府有徵聘曹雪芹爲皇家畫苑如意館畫師之舉，但爲其斷然拒絕。《題芹圃畫石》詩見《懋齋詩鈔》，云：「傲骨如君世已奇，嶙峋更見此支離。醉餘更掃如椽筆，寫出胸中磈礧時。」按：張宜泉，楊鍾義《白山詞介》卷三：「興廉原名興義，字宜泉，漢軍鑲黃旗人，嘉慶二十四年舉人，官侯官令，升鹿港同知，工畫。」巴噜特恩華《八旗藝文編目別集》卷五：「《春柳堂詩稿》漢軍興廉著。興廉原名興義，字宜泉，隸鑲黃旗，嘉慶己卯舉人，官侯官知縣，鹿港同知。」其中介紹有誤。嘉慶二十四年己卯（一八一九）張宜泉已至少九十歲，殆無中舉之理。而張《春柳堂詩稿自序》曾言及「想昔丁丑禮部試，我皇上欽定鄉會小考增試五言排律八韻一，經查《清高宗實錄》，乾隆二十二年正月確有旨令「嗣後會試第二場表文可易以五言八韻唐律一首，其即以本年丁丑科會爲始」：張宜泉既能參加丁丑科會試，必係乾隆丙子科以前之順天鄉試舉人。光緒時延茂、貴賢爲《春柳堂詩稿》作序，曾稱「宜泉隱下僚」，「宜泉先生久輕軒冕、溷跡樵漁」，其〈五十自警〉詩亦云：「天命知還未？蹉跎五十春。服官慚計拙，衣帛愧家貧。」可證張宜泉確曾出爲下級官吏，後棄官還鄉，隱居京郊。張宜泉爲人如此，其經歷和愛好又與曹雪芹相仿，故兩人意氣相投。惟因其所居在東郊（《春柳堂詩稿》頁四十九〈四時雜興〉組詩八首之二：「東郊一去幾弓餘，欲踏芳塵事竟虛。」證實其所居近北京東郊），與曹雪芹居處相距較遠，兩人見面機會不多。《春柳堂詩稿》留存四首有關曹雪芹的詩歌，是關於曹雪芹生平的寶貴資料。

(205)畸笏叟評語署年最早者爲「丁丑仲春」，即本年二月，見靖本批語抄件第四十一回眉批：「尚記丁巳春日謝園送茶乎？展眼二十年矣！丁丑仲春，畸笏。」

(206)敦敏「敬亭小傳」：「丁丑二月，隨先大人司榷山海，住喜峰口。」敦誠〈寄懷曹雪芹霑〉自注：「時余在喜峰口。」參見前注(196)。

(207)今己卯本第三册首頁有「己卯冬月定本」之題記，而今庚辰本第五、六、七、八册首頁均有「庚辰秋（月）定本」之題簽。據筆者考證，今己卯、庚辰二本同出於己卯庚辰原本，己卯原本（未經「庚辰秋定」者）已有八十回（內缺第六十四、六十七回），此即己卯冬月曹雪芹寫定《石頭記》第五次增删稿的情況。脂硯齋署「己卯冬夜」或「己卯冬」的評語共二十四條，見庚辰本，又己卯、庚辰二本册首有「脂硯齋凡四閱評過」的題簽，可見乾隆二十四年己卯脂硯齋已第四次評閱。己卯庚辰原本非脂硯齋清抄，因此本款式與脂硯齋自留本甲戌原本完全不同，且第一回回首即漏抄石頭與一僧一道對話的四百二十九字（此乃脂硯齋不可能出現的錯誤），故筆者推定已卯庚辰原本乃畸笏叟所抄。參見本書《〈紅樓夢〉版本源流總論》。

208 敦敏《懋齋詩鈔》有〈芹圃曹君霑別來已一載餘矣。偶過明君琳養石軒隔院聞高談聲，疑是曹君，急就相訪，驚喜意外，因呼酒話舊事，感成長句〉七律（明琳疑即富察明仁、明義之堂兄弟）。詩云：「可知野鶴在雞群，隔院驚呼意倍殷，雅識我慚褚太傅，高談君是孟參軍。秦淮舊夢人猶在，燕市悲歌酒易醺。忽漫相逢頻把袂，年來聚散感浮雲。」詩題及末句均顯示曹雪芹於一年前似離京他往。此詩按《懋齋詩鈔》順序編年應爲乾隆二十五年之作品。此詩及次年敦敏〈贈芹圃〉詩、敦誠〈贈曹雪芹〉詩均有提及江寧曹氏老家之句，如「秦淮舊夢人猶在」、「秦淮風月憶繁華」、「廢館頹樓夢舊家」等，且嘉慶十一年刊吳蘭徵《絳蘅秋》傳奇序言亦提及曹雪芹曾遊南京：故可推知曹雪芹於乾隆二十四冬將前八十回定稿後曾南遊江寧一帶。一九七七年在北京發現一對乾隆時的松木書箱，據吳恩裕先生《曹雪芹佚著淺探》及馮其庸先生《夢邊集》所考，此書箱乃曹雪芹續婚時友人所贈。左箱面刻有「乾隆二十五年歲在庚辰上巳」，知即其繼娶之日，「秦淮舊夢人猶在」則顯示此女子乃經歷過曹家昔日繁華之舊人。據左書箱背面五行題詞，知此女名爲「芳卿」。然箱背墨跡恐不可靠，參見注224。

209《懷曹芹溪》：「似歷三秋闊，同君一別時。懷人空有夢，見面尚無期。掃逕張筵久，封書畀雁遲。何當長聚會，促膝話新詩。」見《春柳堂詩稿》。此詩念遠之情顯示當作於曹雪芹離京後不久。

210 同注207。

⑪同注⑳⑧。

⑫同注⑳⑦。

⑬《懋齋詩鈔》〈小詩代簡寄曹雪芹〉詩：「東風吹杏雨，又早落花辰。好枉故人駕，來看小院春。詩才憶曹植，酒盞愧陳遵。上已前三日，相勞醉碧茵。」因其前三首〈古刹小憩〉下注有「癸未」且《小詩代簡》所寫內容亦合癸未年物候，故周汝昌先生等認爲《小詩代簡》亦作於癸未，並進而以此否定曹雪芹卒於壬午說。然國內所藏《懋齋詩鈔》「癸未」二字有挖改跡，經趙岡先生查閱美國哈佛燕京圖書館藏《八旗叢書》第二十七册《懋齋詩鈔》清鈔本，此二字作「庚辰」（詳見趙岡先生〈《懋齋詩鈔》的流傳〉）：可知〈小詩代簡寄曹雪芹〉亦作於乾隆二十五年庚辰春。

⑭同注⑳⑧。

⑮敦誠《四松堂集》卷五〈鷦鷯庵雜志〉記：「余昔爲《白香山〈琵琶行〉》傳奇一折，諸君題跋不下幾十家。曹雪芹詩末云：『白傅詩靈應喜甚，定教蠻素鬼排場。』亦新奇可誦。曹平生爲詩大類如此，竟坎坷以終。余輓詩有「牛鬼遺文悲李賀，鹿車荷鍤葬劉伶」之句，亦驢鳴弔之意也。」曹雪芹題跋應係七律，不詳其年，暫繫於此。

⑯敦敏《懋齋詩鈔》〈贈芹圃〉：「碧水清山曲逕遐，薜蘿門巷足煙霞。尋詩人去留僧舍，賣畫錢來付酒家。燕市哭歌悲遇合，秦淮風月憶繁華。新愁舊恨知多少，一醉酕醄白眼斜。」敦誠《四松堂集》〈贈曹雪芹〉：「滿徑蓬蒿老不華，舉家食粥酒常賒。衡門僻巷愁今雨，廢館頹

樓夢舊家。司業青錢留客醉，步兵白眼向人斜。何人肯與豬肝食？日望西山餐暮霞。」二詩同用麻韻，詩意又頗切近，應爲同時所作。味二詩涵意，似二敦兄弟訪雪芹西山新居，雪芹留客小飲乃暢懷敍談上年江南見聞經歷而致賓主感慨無已。敦敏「燕市哭歌悲遇合，秦淮風月憶繁華」與去冬詩「秦淮舊夢人猶在，燕市悲歌酒易醺」所詠應係曹雪芹半生不遇、流落燕市而恰與昔日秦淮同度繁華舊夢之情人重逢等情事，參見注208。

217 敦敏《懋齋詩鈔》〈訪曹雪芹不值〉：「野浦凍雲深，柴扉晚酒薄。山村不見人，夕陽寒欲落。」抄錄於〈贈芹圃〉詩後五首位置，應係同年冬作。

218 組詩〈題紅樓夢〉見明義《綠煙瑣窗集》。組詩小序云：「曹子雪芹出所撰《紅樓夢》一部，備記風月繁華之盛。蓋其先人爲江寧織府。其所謂大觀園者，即今隨園故址，惜其書未傳，世鮮知者，余見其鈔本焉。」因《綠煙瑣窗集》非編年體，故僅能據此小序知其作於曹雪芹生前。又，明義姊丈墨香（即愛新覺羅·額爾赫宜）生於乾隆八年，明義年齡當相若，則雪芹去世時明義已二十歲。明義之作《題紅樓夢》當在本年前後，故繫此。參見本書《富察明義〈題紅樓夢〉組詩箋證》。

219 敦誠《四松堂集》〈佩刀質酒歌〉之〈小序〉：「秋曉，遇雪芹於槐園。風雨淋涔，朝寒襲袂。時主人未出，雪芹酒渴如狂。余因解佩刀沽酒而飲之。雪芹歡甚，作長歌以謝余，余亦作此答之。」按，「槐園」爲敦敏別墅，在太平湖側，見於《雪橋詩話正集》卷六，敦誠此詩後半描寫曹雪芹性格風采，爲極可寶貴之直接文獻：「曹子大笑稱快哉，擊石作歌聲琅琅。知君詩膽昔如鐵，堪與刀穎交寒光。我有古劍尚在匣，一條秋水蒼波涼。君才抑塞倘欲拔，不妨斫地歌王郎。」曹雪芹之長歌今已不復可見。《四松堂集》此詩下第二首〈南村清明〉題下注「癸未」，故《佩刀質酒歌》應作於壬午秋。

220 敦誠《鷦鷯庵雜記》抄本〈輓曹雪芹〉：「四十蕭然太瘦生，曉風昨日拂銘旌。腸迴故壠孤兒泣（前數月伊子殤，因感傷成疾），淚迸荒天寡婦聲。牛鬼遺文悲李賀，鹿車荷鍤葬劉伶。故人欲有生芻弔，何處招魂賦楚蘅？」「開篋猶存冰雪文，故交零落散如雲。三年下第曾憐我，一病無醫竟負君。鄴下才人應有恨，山陽殘笛不堪聞。他時瘦馬西州路，宿草寒煙對落曛。」由於前首「八庚」韻而伶字爲「九青」出韻，後敦誠又將它們改寫成一首，見《四松堂集》抄本（刻本未改），題下注有「甲申」，應係改寫之年，也可能是乾隆六十年此抄本編輯者宜興（敦誠堂弟）所加。詩云：「四十年華付杳冥，哀旌一片阿誰銘？孤兒渺漠魂應逐（前數月伊子殤，因感傷成疾），新婦飄零目豈瞑？牛鬼遺文悲李賀，鹿車荷鍤葬劉伶。故人惟有青山淚，絮酒生芻上舊坰。」按，曹雪芹的卒年有壬午、癸未、甲申三說：「壬午」說據甲戌回頁八眉批「壬午除夕，書未成，芹爲淚盡而逝」的直接文獻記載（此批後注226有全文引錄）；「癸未」說則認爲敦敏《小詩代簡寄曹雪芹》作於癸未（參見上注213），斷無前此之「壬午除夕」雪芹已逝之理，應係脂硯齋誤記，曹雪芹應卒於癸未除夕；「甲申」說則將甲戌本第一回頁八那條眉批分讀爲三條，認爲「壬午除夕」係署年而非曹雪芹卒年，並以敦誠《四松堂集》抄本《輓曹雪芹》題下注「甲申」爲據定其卒年爲甲申。筆者認爲：後兩說雖均有一定理由而尚不足以推翻脂批的直接文獻證據，且《小詩代簡寄曹雪芹》未必作於癸未（《八旗叢書》清抄本爲「庚辰」參見上注㉑③），甲戌本那條眉批也未必一定能分成三條（最顯明者，「今而後」乃承上之詞，何能獨起一條？），「壬午除夕」視爲署年則脂批中更無同例可證。目前既無新的過硬證據，不妨仍據脂評定曹雪芹之卒年爲「壬午除夕」。

(221)庚辰本有署年爲「壬午春」、「壬午孟夏」、「壬午九月」等的畸笏評語共四十二條。

(222)同注56。

(223)同注(220)。

(224)敦誠《輓曹雪芹》：「新婦飄零目豈瞑？」按，一九七七年發現的曹雪芹書箱左箱背有五行墨筆章草：「爲芳卿編織紋樣所擬歌訣稿本」、「爲芳卿所繪彩圖稿本」、「芳卿自繪編錦紋樣草圖稿本之一」、「芳卿自繪編錦紋樣草圖稿本之二」、「芳卿自繪織錦紋樣草圖稿本」，又有七言悼亡詩一首：「不怨糟糠怨杜康，乩諑玄羊重克傷。睹物思情理陳篋，停君待殮鬻嫁裳。織錦意深睥蘇女，續書才淺愧班孃。誰識戲語終成讖，窀穸何處葬劉郎。」又有勾去的草稿「喪明子夏又逝傷，地坼天崩人未亡，才非班女書難續，義重冒」等詞句。不知是否確係曹雪芹及其續妻「芳卿」所書：蓋書箱雖真，墨跡固可以不必爲真也。「芳卿」之稱太俗，明代擬話本小說中屢見，乃嫖客對妓女的稱呼，以曹雪芹之才華，連《紅樓夢》中的小丫環名字亦精心構思，何能對自己夫人之名如此草率不恭？悼亡詩亦不爲佳。然曹雪芹逝前確有一新婚不久之夫人，見於敦誠輓詩；且書箱據專家鑒定確係乾隆時代舊物，箱面蘭花及題詞亦皆不俗：

書箱爲曹雪芹遺物之可能頗大。一九八〇年前後學術界討論此書箱真僞時，有專家提出：左箱面題詞「清香沁詩脾，花國第一芳」不合韻律，且「詩脾」不詞。筆者認爲：題詞不同於作詩；固不必合近體詩之韻律；而「詩脾」典出曹寅《楝亭詩鈔》卷八〈蓼齋餉麻酥、笋豆、鵝卵題三絕句志謝兼索數句爲笑〉之一：「稻花作炒徧甌犧，巨勝扶衰祇淖糜。誰似殷家出新意，擣成環玦利詩脾。」題詞顯係蘭花助曹雪芹詩情之意。題簽者讀過《楝亭集》，可見書箱造假不易，或真爲曹雪芹之遺物也。又據此箱題刻詩畫，曹雪芹之繼妻可能名「蘭」（或與「蘭」相關）。

(225)張宜泉《春柳堂詩稿》〈傷芹溪居士〉詩題下小注：「其人素性放達，好飲，又善詩畫，年未五旬而卒。」詩云：「謝草池邊曉露香，懷人不見淚成行。北風圖冷魂難返，白雪歌殘夢正長。琴裹壞囊聲漠漠，劍橫破匣影鋩鋩。多情再問藏修地，翠迭空山晚照涼。」據末聯，知此係春夏間張宜泉重訪西山曹雪芹居處所作。張宜泉住北京東郊（詳上注(204)）或其時始得雪芹死訊而來弔問，詩中未言及雪芹家屬，「新婦」可能此時已飄零他去。

(226)甲戌本第一回頁八眉批：「能解者方有辛酸之淚，哭成此書。壬午除夕書未成；芹爲淚盡而逝。余嘗哭芹，淚亦待盡。每意覓青埂峰再問石兄，奈余不遇獺頭和尚何？悵悵。」「今而後惟願造化主再出一芹一脂，是書何本，余二人亦大快遂心於九泉矣。甲午八日淚筆。」按：此在甲戌本上抄成兩條，位置亦在「滿紙荒唐言」詩稍後，且有誤字，應係甲戌本過錄者之失，在甲戌原本上應爲批於「滿紙荒唐言」詩上的一長批。因「夕葵書屋《石頭記》卷一」批語作：「此是第一首標題詩。能解者方有辛酸之淚哭成此書。壬午除夕書未成，芹爲淚盡而逝，余常哭芹，淚亦待盡。每思覓青埂峰再問石兄，奈不遇癩頭和尚何，悵悵。今而後願造化主再出一脂一芹，是書有幸，余二人亦大快遂心于九原矣。甲申八月淚筆。」合甲戌本之二條批爲一長批。據俞平伯先生考證，應以後者爲是，詳見《記「夕葵書屋《石頭記》卷一」的批語》，上海古籍出版社《俞平伯論〈紅樓夢〉》。筆者贊同俞先生的意見，故以此批爲脂硯齋甲申八月臨卒前不久的批語。

(227)今存庚辰本有署「乙酉冬雪窗畸笏老人」之眉批一條，畸笏又有「丁亥春」、「丁亥夏」的批語二十七條，乙酉、丁亥及乾隆三十年、三十二年。據傳靖本批語抄件第八十三條署「戊子孟夏」，第一〇二條署「辛卯冬日」，戊子、辛卯爲乾隆三十三年、三十六年，皆應爲畸笏之批：故畸笏有可能活到乾隆三十六年辛卯以後。又靖本批語抄件第八十三條有「後世子孫其毋慢忽之」語，故判斷畸笏身後遺有子孫。

(228)乾隆五十七年二月十六日，程偉元、高鶚爲程乙本作〈引言〉，內云：「是書前八十回藏書家抄錄傳閱幾三十年矣。」逆推則前八十回《石頭記》開始向外傳鈔正當曹雪芹身後不久。而脂硯齋於甲申八月後不久即棄世，向外傳鈔的工作應非畸笏叟莫屬。今存各脂本除甲戌本以外均係己卯庚辰本系統，亦即來自畸笏所整理抄錄的己卯庚辰原本，顯示《石頭記》前八十回的向外傳鈔實由畸笏主其事。各脂本版本系統的考析，詳本書《〈紅樓夢〉版本源流總論》。

國立中央圖書館出版品預行編目資料

紅樓夢研究／朱淡文作．-- 初版．-- 臺北市
：貫雅文化，民80
面；　公分

ISBN 957-9388-52-0(平裝)

1.紅樓夢 - 批評，解釋等

857.49　　80004099

紅樓夢研究

作　者／朱淡文
發行人／林恵珍
出版者／貫雅文化事業有限公司
編　輯／羅麗珍
地　址／臺北市重慶南路三段83號 3樓
電　話／3672649
傳　真／3657481
郵　撥／1265603-4，貫雅文化事業有限公司
印　刷／東陞美術印刷有限公司
初　版／中華民國 80．年12月
登記證／行政院新聞局局版臺業字第4301號
定　價／420元

ISBN 957-9388-52-0

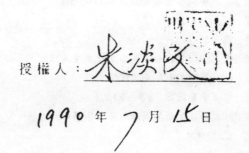